Grimms Märchen

Märchen der Brüder Grimm

Mit 100 Bildern nach Aquarellen
von Ruth Koser-Michaëls

KNAUR

Besuchen Sie uns im Internet:
www.knaur.de

FSC
www.fsc.org
MIX
Papier aus verantwortungsvollen Quellen
FSC® C083411

Aktualisierte Neuausgabe September 2012

Ein Imprint der Verlagsgruppe
Droemer Knaur GmbH & Co. KG, München

Umschlaggestaltung: ZERO Werbeagentur, München
Umschlagabbildung: Ruth Koser-Michaëls
Satz: Adobe InDesign im Verlag
Druck und Bindung: CPI books GmbH, Leck
ISBN 978-3-426-65316-6

6 8 10 9 7

Der Froschkönig oder der eiserne Heinrich

In den alten Zeiten, wo das Wünschen noch geholfen hat, lebte ein König, dessen Töchter waren alle schön, aber die jüngste war so schön, dass die Sonne selber, die doch so vieles gesehen hat, sich verwunderte, sooft sie ihr ins Gesicht schien. Nahe bei dem Schlosse des Königs lag ein großer, dunkler Wald, und in dem Walde, unter einer alten Linde war ein Brunnen. Wenn nun der Tag recht heiß war, so ging das Königskind hinaus in den Wald und setzte sich an den Brunnen, und wenn es Langeweile hatte, so nahm es eine goldene Kugel, warf sie in die Höhe und fing sie wieder; und das war sein liebstes Spielwerk.

Nun trug es sich einmal zu, dass die goldene Kugel der Königstochter nicht in ihr Händchen fiel, das sie in die Höhe gehalten hatte, sondern vorbei auf die Erde schlug und geradezu ins Wasser hineinrollte. Die Königstochter folgte ihr mit den Augen nach, aber die Kugel verschwand, und der Brunnen war tief, so tief, dass man keinen Grund sah. Da fing sie an zu weinen und weinte immer lauter und konnte sich gar nicht trösten. Und wie sie so klagte, rief ihr jemand zu: »Was hast du vor, Königstochter, du schreist ja, dass sich ein Stein erbarmen möchte.« Sie sah sich um, woher die Stimme käme, da erblickte sie einen Frosch, der seinen dicken hässlichen Kopf aus dem Wasser streckte. »Ach, du bist's, alter Wasserpatscher«, sagte sie, »ich weine über meine goldene Kugel, die mir in den Brunnen hinabgefallen ist.« – »Sei still und weine nicht«, antwortete der Frosch, »ich kann wohl Rat schaffen, aber was gibst du mir, wenn ich dein Spielwerk wieder heraufhole?« – »Was du haben willst, lieber Frosch«, sagte sie, »meine Kleider, meine Perlen und Edelsteine, auch noch die goldene Krone, die ich trage.« Der Frosch antwortete: »Deine Kleider, deine Perlen und Edelsteine und deine goldene Krone, die mag ich nicht, aber wenn du mich lieb haben willst, und ich soll dein Geselle und

Spielkamerad sein, an deinem Tischlein neben dir sitzen, von deinem goldenen Tellerlein essen, aus deinem Becherlein trinken, in deinem Bettlein schlafen; wenn du mir das versprichst, so will ich hinuntersteigen und dir die goldene Kugel wieder heraufholen.« – »Ach ja«, sagte sie, »ich verspreche dir alles, was du willst, wenn du mir nur die Kugel wieder bringst.« Sie dachte aber: ›Was der einfältige Frosch schwätzt, der sitzt im Wasser bei seinesgleichen und quakt und kann keines Menschen Geselle sein.‹

Der Frosch, als er die Zusage erhalten hatte, tauchte seinen Kopf unter, sank hinab, und über ein Weilchen kam er wieder heraufgerudert, hatte die Kugel im Maul und warf sie ins Gras. Die Königstochter war voll Freude, als sie ihr schönes Spielwerk wieder erblickte, hob es auf und sprang damit fort. »Warte, warte«, rief der Frosch, »nimm mich mit, ich kann nicht so laufen wie du.« Aber es half ihm nichts! Sie hörte nicht darauf, eilte nach Haus und hatte bald den armen Frosch vergessen, der wieder in seinen Brunnen hinabsteigen musste.

Am andern Tage, als sie mit dem König und allen Hofleuten sich zur Tafel gesetzt hatte und von ihrem goldenen Tellerlein aß, da kam, platsch platsch, platsch platsch, etwas die Marmortreppe heraufgekrochen, und als es oben angelangt war, klopfte es an der Tür und rief: »Königstochter, jüngste, mach mir auf!« Sie lief und wollte sehen, wer draußen wäre, als sie aber aufmachte, so saß der Frosch davor. Da warf sie die Tür hastig zu, setzte sich wieder an den Tisch, und es war ihr ganz angst. Der König sah wohl, dass ihr das Herz gewaltig klopfte, und sprach: »Mein Kind, was fürchtest du dich, steht etwa ein Riese vor der Tür und will dich holen?« – »Ach nein«, antwortete sie, »es ist kein Riese, sondern ein garstiger Frosch.« – »Was will der Frosch von dir?« – »Ach, lieber Vater, als ich gestern im Wald bei dem Brunnen saß und spielte, da fiel meine goldene Kugel ins Wasser. Und weil ich so weinte, hat sie der Frosch wieder heraufgeholt, und weil er es durchaus verlangte, so versprach ich ihm, er sollte mein Geselle werden, ich dachte aber nimmermehr, dass er aus seinem Wasser herauskönnte. Nun ist er draußen und will zu mir herein.« Indem klopfte es zum zweiten Mal und rief:

»Königstochter, jüngste,
mach mir auf,
weißt du nicht, was gestern
du zu mir gesagt
bei dem kühlen Brunnenwasser?
Königstochter, jüngste,
mach mir auf.«

Da sagte der König: »Was du versprochen hast, das musst du auch halten; geh nur und mach ihm auf.« Sie ging und öffnete die Tür, da hüpfte der Frosch herein, ihr immer auf dem Fuße nach, bis zu ihrem Stuhl. Da saß er und rief: »Heb mich herauf zu dir.« Sie zauderte, bis es endlich der König befahl. Als der Frosch erst auf dem Stuhl war, wollte er auf den Tisch, und als er da saß, sprach er: »Nun schieb mir dein goldenes Tellerlein näher, damit wir zusammen essen.« Das tat sie zwar, aber man sah wohl, dass sie's nicht gerne tat. Der Frosch ließ sich's gut schmecken, aber ihr blieb fast jedes Bisslein im Halse. Endlich sprach er: »Ich habe mich satt gegessen und bin müde, nun trag mich in dein seiden Bettlein, da wollen wir uns schlafen legen.« Die Königstochter fing an zu weinen und fürchtete sich vor dem kalten Frosch, den sie sich nicht anzurühren getraute und der nun in ihrem schönen reinen Bettlein schlafen sollte. Der König aber ward zornig und sprach: »Wer dir geholfen hat, als du in der Not warst, den sollst du hernach nicht verachten.« Da packte sie ihn mit zwei Fingern, trug ihn hinauf und setzte ihn in eine Ecke. Als sie aber im Bett lag, kam er gekrochen und sprach: »Ich bin müde, ich will schlafen so gut wie du; heb mich herauf, oder ich sag's deinem Vater.« Da ward sie erst bitterböse, holte ihn herauf und warf ihn mit allen Kräften wider die Wand: »Nun wirst du Ruhe haben, du garstiger Frosch!«

Als er aber herabfiel, war er kein Frosch, sondern ein Königssohn mit schönen und freundlichen Augen. Der ward nun nach ihres Vaters Willen ihr lieber Geselle und Gemahl. Da erzählte er ihr, er wäre von einer bösen Hexe verwünscht worden, und niemand hätte ihn aus dem Brunnen erlösen können als sie allein, und morgen wollten sie zusammen in sein Reich gehen. Dann schliefen sie ein, und am andern Morgen kam ein Wagen herangefahren, mit acht weißen Pferden bespannt, die hatten weiße Straußfedern auf dem Kopf und gingen in goldenen Ketten, und hinten stand der Diener des jungen Königs, das war der treue Heinrich. Der treue Heinrich hatte sich so betrübt, als sein Herr war in einen Frosch verwandelt worden, dass er drei eiserne Bande hatte um sein Herz legen lassen, damit es ihm nicht vor Weh und Traurigkeit zerspränge. Der Wagen aber sollte den jungen König in sein Reich abholen; der treue Heinrich hob beide hinein, stellte sich wieder hinten auf und war voller Freude über die Erlösung. Und als sie ein Stück Wegs gefahren waren, hörte der Königssohn, dass es hinter ihm krachte, als wäre etwas zerbrochen. Da drehte er sich um und rief:

»Heinrich, der Wagen bricht.«
»Nein, Herr, der Wagen nicht,
es ist ein Band von meinem Herzen,
das da lag in großen Schmerzen,
als Ihr in dem Brunnen saßt,
als Ihr eine Fretsche (Frosch) wast (wart).«

Noch einmal und noch einmal krachte es auf dem Weg, und der Königssohn meinte immer, der Wagen bräche, aber es waren nur die Bande, die vom Herzen des treuen Heinrich absprangen, weil sein Herr erlöst und glücklich war.

Daumesdick

Es war ein armer Bauersmann, der saß abends beim Herd und schürte das Feuer, und die Frau saß und spann. Da sprach er: »Wie ist's so traurig, dass wir keine Kinder haben! Es ist so still bei uns, und in den andern Häusern ist's so laut und lustig.« – »Ja«, antwortete die Frau und seufzte, »wenn's nur ein einziges wäre, und wenn's auch ganz klein wäre, nur daumengroß, so wollt' ich schon zufrieden sein; wir hätten's doch von Herzen lieb.« Nun geschah es, dass die Frau kränklich ward und nach sieben Monaten ein Kind gebar, das zwar an allen Gliedern vollkommen, aber nicht länger als ein Daumen war. Da sprachen sie: »Es ist, wie wir es gewünscht haben, und es soll unser liebes Kind sein«, und nannten es nach seiner Gestalt Daumesdick. Sie ließen's nicht an Nahrung fehlen, aber das Kind ward nicht größer, sondern blieb, wie es in der ersten Stunde gewesen war; doch schaute es verständig aus den Augen und zeigte sich bald als ein kluges und behändes Ding, dem alles glückte, was es anfing.

Der Bauer machte sich eines Tages fertig, in den Wald zu gehen und Holz zu fällen; da sprach er so vor sich hin: »Nun wollt' ich, dass einer da wäre, der mir den Wagen nachbrächte.« – »O Vater«, rief Daumesdick, »den Wagen will ich schon bringen, verlasst Euch drauf.« Da lachte der Mann und sprach: »Wie sollte das zugehen? Du bist viel zu klein, um das Pferd mit dem Zügel zu leiten.« – »Das tut nichts, Vater, wenn nur die Mutter anspannen will, ich setze mich dem Pferd ins Ohr und rufe ihm zu, wie es gehen soll.« – »Nun«, antwortete der Vater, »einmal wollen wir's versuchen.« Als die Stunde kam, spannte die Mutter an und setzte Daumesdick ins Ohr des Pferdes, und dann rief der Kleine, wie das Pferd gehen sollte: »Jüh« und »Jon«, »Hot« und »Har«. Da ging es ganz ordentlich wie bei einem Meister, und der Wagen fuhr den rechten Weg nach dem Walde. Als er eben um eine Ecke bog und der Kleine »Har, har!«, rief, kamen zwei fremde Männer daher. »Mein«, sprach der eine, »was ist das? Da fährt ein Wagen, und ein Fuhrmann ruft dem Pferde zu und ist doch nicht zu sehen.« – »Das geht nicht mit rechten Dingen zu«, sagte der andere, »wir wollen dem Karren folgen und sehen, wo er anhält.« Der Wagen aber fuhr vollends in den Wald hinein und richtig zu dem Platze, wo das Holz gehauen ward. Als Daumesdick seinen Vater erblickte, rief er ihm zu: »Siehst du, Vater, da bin ich mit dem Wagen, nun hol mich herunter!« Der Vater fasste das Pferd mit der Linken und holte mit der rechten sein Söhnlein aus dem Ohr, das sich ganz lustig auf einen Strohhalm niedersetzte. Als die beiden fremden Männer den Daumesdick erblickten, wussten sie nicht, was sie vor Verwunderung sagen sollten. Da nahm der eine den andern beiseit' und sprach: »Hör, der kleine Kerl könnte unser Glück machen, wenn wir ihn in einer großen Stadt für Geld sehen ließen. Wir wollen ihn kaufen.« Sie gingen zu dem Bauer und sprachen: »Verkauft uns den kleinen Mann, er soll's gut bei uns haben.« – »Nein«, antwortete der Vater, »er ist mein Herzblatt und ist mir für alles Gold in der Welt nicht feil.« Daumesdick aber, als er von dem Handel gehört, war an den Rockfalten seines Vaters hinaufgekrochen, stellte sich ihm auf die Schulter und wisperte ihm ins Ohr: »Vater, gib mich nur hin, ich will schon wieder zurückkommen.« Da gab ihn der Vater für ein schönes Stück Geld den beiden Männern hin. »Wo willst du sitzen?«, sprachen sie zu ihm. »Ach, setzt mich nur auf den Rand von eurem Hut; da kann ich auf und ab spazieren und die Gegend betrachten und falle doch nicht herunter.« Sie taten ihm den Willen, und als Daumesdick Abschied von seinem Vater genommen hatte, machten sie sich mit ihm fort. So gingen sie, bis es dämmerig ward; da sprach der Kleine: »Hebt mich einmal herunter, es ist nötig.« – »Bleib nur droben«, sprach der Mann, auf dessen Kopf er saß, »ich will mir nichts draus machen, die Vögel lassen mir auch manchmal was drauf fallen.« – »Nein«, sprach Daumesdick, »ich weiß auch, was sich schickt, hebt mich nur geschwind herab.« Der Mann nahm den Hut ab und setzte den Kleinen auf einen Acker am Weg; da sprang und kroch er ein wenig zwischen den Schollen hin und her, dann schlüpfte er plötzlich in ein Mausloch. »Guten Abend, ihr Herren, geht nur ohne mich heim!«, rief er ihnen zu und lachte sie aus. Sie liefen herbei und stachen mit Stöcken in das Mausloch, aber das war vergebliche Mühe.

Als Daumesdick merkte, dass sie fort waren, kroch er aus dem unterirdischen Gang hervor. »Es ist auf dem Acker in der Finsternis so gefährlich gehen«, sprach er, »wie leicht bricht einer Hals und Bein!«

Zum Glück stieß er an ein leeres Schneckenhaus. »Gottlob«, sagte er, »da kann ich die Nacht sicher zubringen«, und setzte sich hinein. Nicht lang, so hörte er zwei Männer vorübergehen, davon sprach der eine: »Wie wir's nur anfangen, um dem reichen Pfarrer sein Geld und sein Silber zu holen?« – »Das könnt' ich dir sagen«, rief Daumesdick dazwischen. »Was war das?«, sprach der eine Dieb erschrocken, »ich hörte jemand sprechen.« Sie blieben stehen und horchten, da sprach Daumesdick wieder: »Nehmt mich mit, so will ich euch helfen.« – »Wo bist du denn?« – »Sucht nur auf der Erde und merkt, wo die Stimme herkommt«, antwortete er. Da fanden ihn endlich die Diebe und hoben ihn in die Höhe. »Du kleiner Wicht, was willst du uns helfen?«, sprachen sie. »Seht«, antwortete er, »ich krieche zwischen den Eisenstäben in die Kammer des Pfarrers und reiche euch heraus, was ihr haben wollt.« – »Wohlan«, sagten sie, »wir wollen sehen, was du kannst.« Als sie bei dem Pfarrhaus ankamen, kroch Daumesdick in die Kammer, schrie aber gleich aus Leibeskräften: »Wollt ihr alles haben, was hier ist?« Die Diebe erschraken und sagten: »So sprich doch leise, damit niemand aufwacht.« Aber Daumesdick tat, als hätte er sie nicht verstanden und schrie von neuem: »Was wollt ihr? Wollt ihr alles haben, was hier ist?« Das hörte die Köchin, die in der Stube daneben schlief, richtete sich im Bette auf und horchte. Die Diebe aber waren vor Schrecken ein Stück Wegs zurückgelaufen. Endlich fassten sie wieder Mut und dachten: ›Der kleine Kerl will uns necken.‹ Sie kamen zurück und flüsterten ihm zu: »Nun mach Ernst und reich uns etwas heraus.« Da schrie Daumesdick noch einmal, so laut er konnte: »Ich will euch ja alles geben, reicht nur die Hände herein.« Dies hörte die horchende Magd ganz deutlich, sprang aus dem Bett und stolperte zur Tür herein. Die Diebe liefen fort; die Magd aber, als sie nichts bemerken konnte, ging ein Licht anzuzünden. Wie sie damit herbeikam, machte sich Daumesdick, ohne dass er gesehen wurde, hinaus in die Scheune. Die Magd aber, nachdem sie alle Winkel durchgesucht und nichts gefunden hatte, legte sich endlich wieder zu Bett und glaubte, sie hätte mit offenen Augen und Ohren doch nur geträumt.

Daumesdick war in den Heuhälmchen herumgeklettert und hatte einen schönen Platz zum Schlafen gefunden. Da wollte er sich ausruhen, bis es Tag wäre und dann zu seinen Eltern wieder heimgehen. Aber er

musste andere Dinge erfahren! Ja, es gibt viel Trübsal und Not auf der Welt! Die Magd stieg, als der Tag graute, schon aus dem Bett, um das Vieh zu füttern. Ihr erster Gang war in die Scheune, wo sie einen Arm voll Heu packte, und gerade dasjenige, worin der arme Daumesdick lag und schlief. Er schlief aber so fest, dass er nichts gewahr ward und nicht eher aufwachte, als bis er in dem Maul der Kuh war, die ihn mit dem Heu aufgerafft hatte. »Ach Gott«, rief er, »wie bin ich in die Walkmühle geraten?« merkte aber bald, wo er war. Da hieß es aufpassen, dass er nicht zwischen die Zähne kam und zermalmt ward, und hernach musste er doch mit in den Magen hinabrutschen. »In dem Stübchen sind die Fenster vergessen«, sprach er, »und scheint keine Sonne herein. Ein Licht wird auch nicht gebracht.« Überhaupt gefiel ihm das Quartier schlecht, und was das Schlimmste war, es kam immer mehr neues Heu zur Tür herein, und der Platz ward immer enger. Da rief er endlich in der Angst, so laut er konnte: »Bringt mir kein frisch Futter mehr, bringt mir kein frisches Futter mehr!« Die Magd melkte gerade die Kuh, und als sie sprechen hörte, ohne jemand zu sehen und es dieselbe Stimme war, die sie auch in der Nacht gehört hatte, erschrak sie so, dass sie von ihrem Stühlchen herabglitschte und die Milch verschüttete. Sie lief in der größten Hast zu ihrem Herrn und rief: »Ach Gott, Herr Pfarrer, die Kuh hat geredet.« – »Du bist verrückt«, antwortete der Pfarrer, ging aber doch selbst in den Stall und wollte nachsehen, was es da gäbe. Kaum aber hatte er den Fuß hineingesetzt, so rief Daumesdick aufs Neue: »Bringt mir kein frisch Futter mehr, bringt mir kein frisches Futter mehr.« Da erschrak der Pfarrer selbst, meinte, es wäre ein böser Geist in die Kuh gefahren und hieß sie töten. Sie ward geschlachtet, der Magen aber, worin Daumesdick steckte, auf den Mist geworfen. Daumesdick hatte große Mühe, sich hindurchzuarbeiten, doch brachte er's so weit, dass er Platz bekam, aber als er eben sein Haupt herausstrecken wollte, kam ein neues Unglück. Ein hungriger Wolf lief heran und verschlang den ganzen Magen mit einem Schluck. Daumesdick verlor den Mut nicht.

›Vielleicht‹, dachte er, ›lässt der Wolf mit sich reden‹, und rief ihm aus dem Wanste zu: »Lieber Wolf, ich weiß dir einen herrlichen Fraß.« – »Wo ist der zu holen?«, sprach der Wolf. »In dem und dem Haus, da musst du durch die Gosse hineinkriechen und wirst Kuchen, Speck und Wurst finden, so viel du essen willst«, und beschrieb ihm genau seines Vaters Haus. Der Wolf ließ sich das nicht zweimal sagen, drängte sich in der Nacht zur Gosse hinein und fraß in der Vorratskammer nach Herzenslust. Als er sich gesättigt hatte, wollte er wieder fort, aber er war so dick geworden, dass er denselben Weg nicht wieder hinauskonnte. Damit hatte Daumesdick gerechnet und fing nun an, in dem Leib des Wolfs einen gewaltigen Lärm zu machen, tobte und schrie, was er konnte. »Willst du stille sein«, sprach der Wolf, »du weckst die Leute auf.« – »Ei was«, antwortete der Kleine, »du hast dich satt gefressen, ich will mich auch lustig machen«, und fing von neuem an, aus allen Kräften zu schreien. Davon erwachten endlich sein Vater und seine Mutter, liefen an die Kammer und schauten durch die Spalte hinein. Wie sie sahen, dass ein Wolf darin hauste, liefen sie davon, und der Mann holte die Axt und die Frau die Sense. »Bleib dahinten«, sprach der Mann, als sie in die Kammer traten, »wenn ich ihm einen Schlag gegeben habe und er davon noch nicht tot ist, so musst du auf ihn einhauen und ihm den Leib zerschneiden.« Da hörte Daumesdick die Stimme seines Vaters und rief: »Lieber Vater, ich bin hier, ich stecke im Leibe des Wolfs.« Sprach der Vater voll Freuden: »Gottlob, unser liebes Kind hat sich wieder gefunden«, und hieß die Frau die Sense wegtun, damit Daumesdick nicht verletzt würde. Danach holte er aus und schlug dem Wolf einen Schlag auf den Kopf, dass er tot niederstürzte; dann suchten sie Messer und Schere, schnitten ihm den Leib auf und zogen den Kleinen wieder hervor. »Ach«, sprach der Vater, »was haben wir für Sorge um dich ausgestanden!« – »Ja, Vater, ich bin viel in der Welt herumgekommen!« – »Wo bist du denn all gewesen?« – »Ach, Vater, ich war in einem Mauseloch, in einer Kuh Bauch und in eines Wolfes Wanst. Nun bleib' ich bei euch.« – »Und wir verkaufen dich um alle Reichtümer der Welt nicht wieder«, sprachen die Eltern, herzten und küssten ihren lieben Daumesdick. Sie gaben ihm zu essen und zu trinken und ließen ihm neue Kleider machen; denn die seinigen waren ihm auf der Reise verdorben.

Der Mond

Vorzeiten gab es ein Land, wo die Nacht immer dunkel und der Himmel wie ein schwarzes Tuch darüber gebreitet war; denn es ging dort niemals der Mond auf, und kein Stern blinkte in der Finsternis. Bei Erschaffung der Welt hatte das nächtliche Licht ausgereicht. Aus diesem Land gingen einmal vier Burschen auf die Wanderschaft und gelangten in ein anderes Reich, wo abends, wenn die Sonne hinter den Bergen verschwunden war, auf einem Eichbaum eine leuchtende Kugel stand, die weit und breit ein sanftes Licht ausgoss. Man konnte dabei alles wohl sehen und unterscheiden. Die Wanderer standen still und fragten einen Bauer, der da mit seinem Wagen vorbeifuhr, was das für ein Licht sei. »Das ist der Mond«, antwortete dieser, »unser Schultheiß hat ihn für drei Taler gekauft und an den Eichbaum befestigt. Er muss täglich Öl aufgießen und ihn rein erhalten, damit er immer hell brennt. Dafür erhält er von uns wöchentlich einen Taler.«

Als der Bauer weggefahren war, sagte der eine von ihnen: »Diese Lampe könnten wir brauchen, wir haben daheim einen Eichbaum, der ebenso groß ist, daran können wir sie hängen. Was für eine Freude, wenn wir nachts nicht in der Finsternis herumtappen!« – »Wisst ihr was?«, sprach der Zweite, »wir wollen Wagen und Pferde holen und den Mond wegführen. Sie können sich hier einen andern kaufen.« »Ich kann gut klettern«, sprach der Dritte, »ich will ihn schon herunterholen.« Der Vierte brachte einen Wagen mit Pferden herbei, und der Dritte stieg den Baum hinauf, bohrte ein Loch in den Mond, zog ein Seil hindurch und ließ ihn herab. Als die glänzende Kugel auf dem Wagen lag, deckten sie ein Tuch darüber, damit niemand den

Raub bemerken sollte. Sie brachten ihn glücklich in ihr Land und stellten ihn auf eine hohe Eiche. Alte und Junge freuten sich, als die neue Lampe ihr Licht über alle Felder leuchten ließ und Stuben und Kammern damit erfüllte. Die Zwerge kamen aus den Felsenhöhlen hervor, und die kleinen Wichtelmänner tanzten in ihren roten Röckchen auf den Wiesen den Ringeltanz.

Die vier versorgten den Mond mit Öl, putzten den Docht und erhielten wöchentlich ihren Taler. Aber sie wurden alte Greise, und als der eine erkrankte und seinen Tod voraussah, verordnete er, dass der vierte Teil des Mondes als sein Eigentum ihm mit in das Grab sollte gegeben werden. Als er gestorben war, stieg der Schultheiß auf den Baum und schnitt mit der Heckenschere ein Viertel ab, das in den Sarg gelegt ward. Das Licht des Mondes nahm ab, aber noch nicht merklich. Als der Zweite starb, ward ihm das zweite Viertel mitgegeben, und das Licht minderte sich. Noch schwächer ward es nach dem Tod des Dritten, der gleichfalls seinen Teil mitnahm, und als der Vierte ins Grab kam, trat die alte Finsternis wieder ein. Wenn die Leute abends ohne Laterne ausgingen, stießen sie mit den Köpfen zusammen.

Aber als die Teile des Monds in der Unterwelt sich wieder vereinigten, so wurden dort, wo immer Dunkelheit geherrscht hatte, die Toten unruhig und erwachten aus ihrem Schlaf. Sie erstaunten, als sie wieder sehen konnten; das Mondlicht war ihnen genug; denn ihre Augen waren so schwach geworden, dass sie den Glanz der Sonne nicht ertragen hätten. Sie erhoben sich, wurden wieder lustig und nahmen ihre alte Lebensweise wieder an. Ein Teil ging zum Spiel und Tanz; andere liefen in die Wirtshäuser, wo sie Wein forderten, sich betranken, tobten und zankten und endlich ihre Knüttel aufhoben und sich

prügelten. Der Lärm ward immer ärger und drang endlich bis in den Himmel hinauf.
Der heilige Petrus, der das Himmelstor bewacht, glaubte, die Unterwelt wäre in Aufruhr geraten, und rief die himmlischen Heerscharen zusammen, die den bösen Feind zurückjagen sollten. Da sie aber nicht kamen, so setzte er sich auf sein Pferd und ritt durch das Himmelstor hinab in die Unterwelt. Da brachte er die Toten zur Ruhe, hieß sie sich wieder in ihre Gräber legen und nahm den Mond mit fort, den er oben am Himmel aufhing.

Der Gevatter Tod

Es hatte ein armer Mann zwölf Kinder und musste Tag und Nacht arbeiten, damit er ihnen nur Brot geben konnte. Als nun das dreizehnte zur Welt kam, wusste er sich in seiner Not nicht zu helfen, lief hinaus auf die große Landstraße und wollte den Ersten, der ihm begegnete, zu Gevatter bitten. Der Erste, der ihm begegnete, das war der liebe Gott. Der wusste schon, was er auf dem Herzen hatte, und sprach zu ihm: »Armer Mann, du dauerst mich, ich will dein Kind aus der Taufe heben, will für es sorgen und es glücklich machen auf Erden.« Der Mann sprach: »Wer bist du?« – »Ich bin der liebe Gott.« – »So begehr' ich dich nicht zu Gevatter«, sagte der Mann, »du gibst dem Reichen und lässest den Armen hungern.« Das sprach der Mann, weil er nicht wusste, wie weislich Gott Reichtum und Armut verteilt. Also wendete er sich von dem Herrn und ging weiter. Da trat der Teufel zu ihm und sprach: »Was suchst du? Willst du mich zum Paten deines Kindes nehmen, so will ich ihm Gold die Hülle und Fülle und alle Lust der Welt dazu geben.« Der Mann fragte: »Wer bist du?« – »Ich bin der Teufel.« – »So begehr' ich dich nicht zu Gevatter«, sprach der Mann, »du betrügst und verführst die Menschen.« Er ging weiter; da kam der dürrbeinige Tod auf ihn zugeschritten und sprach: »Nimm mich zu Gevatter.« Der Mann fragte: »Wer bist du?« – »Ich bin der Tod, der alle gleichmacht.« Da sprach der Mann: »Du bist der Rechte, du holst den Reichen wie den Armen ohne Unterschied, du sollst mein Gevattersmann sein.« Der Tod antwortete: »Ich will dein Kind reich und berühmt machen; denn wer mich zum Freunde hat, dem kann's nicht fehlen.« Der Mann sprach: »Künftigen Sonntag ist die Taufe, da stelle dich zu rechter Zeit ein.« Der Tod erschien, wie er versprochen hatte, und stand ganz ordentlich Gevatter.

Als der Knabe zu Jahren gekommen war, trat zu einer Zeit der Pate ein und hieß ihn mitgehen. Er führte ihn hinaus in den Wald, zeigte ihm ein Kraut, das da wuchs, und sprach: »Jetzt sollst du dein Patengeschenk empfangen. Ich mache dich zu einem berühmten Arzt. Wenn du zu einem Kranken gerufen wirst, so will ich dir jedes Mal erscheinen. Steh' ich zu Häupten des Kranken, so kannst du keck sprechen, du wolltest ihn wieder gesund machen, und gibst du ihm dann von jenem Kraut ein, so wird er genesen. Steh' ich aber zu Füßen des Kranken, so ist er mein, und du musst sagen, alle Hilfe sei umsonst. Aber hüte dich, dass du das Kraut nicht gegen meinen Willen gebrauchst, es könnte dir schlimm ergehen.«

Es dauerte nicht lange, so war der Jüngling der berühmteste Arzt auf der ganzen Welt. ›Er braucht nur den Kranken anzusehen, so weiß er schon, wie es steht, ob er wieder gesund wird oder ob er sterben muss‹, so hieß es von ihm, und weit und breit kamen die Leute herbei, holten ihn zu den Kranken und gaben ihm so viel Gold, dass er bald ein reicher Mann war. Nun trug es sich zu, dass der König erkrankte. Der Arzt ward berufen und sollte sagen, ob Genesung möglich wäre. Wie er aber zu dem Bette trat, so stand der Tod zu den Füßen des Kranken, und da war für ihn kein Kraut mehr gewachsen. ›Wenn ich doch einmal den Tod überlisten könnte‹, dachte der Arzt, ›er wird's freilich übel nehmen, aber da ich sein Pate bin, so drückt er wohl ein Auge zu, ich will's wagen.‹ Er fasste also den Kranken und legte ihn verkehrt, so dass der Tod zu Häupten desselben zu stehen kam. Dann gab er ihm von dem Kraute ein, und der König erholte sich und ward wieder gesund. Der Tod aber kam zu dem Arzte, machte ein böses und finsteres Gesicht, drohte mit dem Finger und sagte: »Du hast mich hinter das Licht geführt, diesmal will ich dir's nachsehen, weil du mein Pate bist, aber wagst du das noch einmal, so geht dir's an den Kragen, und ich nehme dich selbst mit fort.«

Bald hernach verfiel die Tochter des Königs in eine schwere Krankheit. Sie war sein einziges Kind, er weinte Tag und Nacht, dass ihm die Augen erblindeten, und ließ bekannt machen, wer sie vom Tode errette, der sollte ihr Gemahl werden und die Krone erben. Der Arzt, als er zu dem Bette der Kranken kam, erblickte den Tod zu ihren Füßen. Er hätte sich der Warnung seines Paten erinnern sollen, aber die große Schönheit der Königstochter und das Glück, ihr Gemahl zu werden, betörten ihn so, dass er alle Gedanken in den Wind schlug. Er sah nicht, dass der Tod ihm zornige Blicke zuwarf, die Hand in die Höhe hob und mit der dürren Faust drohte; er hob die Kranke auf und legte ihr Haupt dahin, wo die Füße gelegen hatten. Dann gab er ihr das Kraut ein, und alsbald regte sich das Leben von neuem.

Der Tod, als er sich zum zweiten Mal um sein Eigentum betrogen sah, ging mit langen Schritten auf den Arzt zu und sprach: »Es ist aus mit dir, und die Reihe kommt nun an dich«, packte ihn mit seiner eiskalten Hand so hart, dass er nicht widerstehen konnte, und führte ihn in eine unterirdische Höhle. Da sah er, wie tausend und tausend Lichter in unübersehbaren Reihen brannten, einige groß, andere halbgroß, andere klein. Jeden Augenblick verloschen einige, und andere brannten wieder auf, also dass die Flämmchen in beständigem Wechsel zu sein schienen. »Siehst du«, sprach der Tod, »das sind die Lebenslichter der Menschen. Die großen gehören Kindern, die halbgroßen Ehe-

leuten in ihren besten Jahren, die kleinen gehören Greisen. Doch auch Kinder und junge Leute haben oft nur ein kleines Lichtchen.« – »Zeige mir mein Lebenslicht«, sagte der Arzt und meinte, es wäre noch recht groß. Der Tod deutete auf ein kleines Endchen, das eben auszugehen drohte, und sagte: »Siehst du, da ist es.« – »Ach, lieber Pate«, sagte der erschrockene Arzt, »zündet mir ein neues an, tut mir's zuliebe, damit ich König werde und Gemahl der schönen Königstochter.« – »Ich kann nicht«, antwortete der Tod, »erst muss eins verlöschen, eh' ein neues anbrennt.« – »So setzt das alte auf ein neues, das gleich fortbrennt, wenn jenes zu Ende ist«, bat der Arzt. Der Tod stellte sich, als ob er seinen Wunsch erfüllen wollte, langte ein frisches, großes Licht herbei, aber weil er sich rächen wollte, versah er's beim Umstecken absichtlich, und das Stückchen fiel um und verlosch. Alsbald sank der Arzt zu Boden und war nun selbst in die Hand des Todes geraten.

Tischchen deck dich, Goldesel und Knüppel aus dem Sack

Vorzeiten war ein Schneider, der drei Söhne hatte und nur eine einzige Ziege. Aber die Ziege, weil sie alle zusammen mit ihrer Milch ernährte, musste ihr gutes Futter haben und täglich hinaus auf die Weide geführt werden. Die Söhne taten das auch nach der Reihe. Einmal brachte sie der Älteste auf den Kirchhof, wo die schönsten Kräuter standen, ließ sie da fressen und herumspringen. Abends, als es Zeit war heimzugehen, fragte er: »Ziege, bist du satt?« Die Ziege antwortete:

»Ich bin so satt,
ich mag kein Blatt. Meh! Meh!«

»So komm nach Haus«, sprach der Junge, fasste sie am Strickchen, führte sie in den Stall und band sie fest. »Nun«, sagte der alte Schneider, »hat die Ziege ihr gehöriges Futter?« – »Oh«, antwortete der Sohn, »die ist so satt, sie mag kein Blatt.« Der Vater aber wollte sich selbst überzeugen, ging hinab in den Stall, streichelte das liebe Tier und fragte: »Ziege, bist du auch satt?« Die Ziege antwortete:

»Wovon sollt' ich satt sein?
Ich sprang nur über Gräbelein
und fand kein einzig Blättelein. Meh! Meh!«

»Was muss ich hören?«, rief der Schneider, lief hinauf und sprach zu dem Jungen: »Ei, du Lügner, sagst, die Ziege wäre satt, und hast sie hungern lassen?« Und in seinem Zorne nahm er die Elle von der Wand und jagte ihn mit Schlägen hinaus.

Am andern Tag war die Reihe am zweiten Sohn, der suchte an der Gartenhecke einen Platz aus, wo lauter gute Kräuter standen, und die Ziege fraß sie rein ab. Abends, als er heim wollte, fragte er: »Ziege, bist du satt?« Die Ziege antwortete:

»Ich bin so satt,
ich mag kein Blatt. Meh! Meh!«

»So komm nach Haus«, sprach der Junge, zog sie heim und band sie im Stalle fest. »Nun«, sagte der alte Schneider, »hat die Ziege ihr gehöriges Futter?« »Oh«, antwortete der Sohn, »die ist so satt, sie mag kein Blatt.« Der Schneider wollte sich darauf nicht verlassen und fragte: »Ziege, bist du auch satt?« Die Ziege antwortete:

»Wovon sollt' ich satt sein?
Ich sprang nur über Gräbelein
und fand kein einzig Blättelein. Meh! Meh!«

»Der gottlose Bösewicht!«, schrie der Schneider, »so ein frommes Tier hungern zu lassen!«, lief hinauf und schlug mit der Elle den Jungen zur Haustür hinaus.

Die Reihe kam jetzt an den dritten Sohn, der wollte seine Sache gut machen, suchte Buschwerk mit dem schönsten Laube aus und ließ die

Ziege daran fressen. Abends, als er heim wollte, fragte er: »Ziege, bist du auch satt?« Die Ziege antwortete:

»Ich bin so satt,
ich mag kein Blatt. Meh! Meh!«

»So komm nach Haus«, sagte der Junge. »Nun«, sagte der alte Schneider, »hat die Ziege ihr gehöriges Futter?« – »Oh«, antwortete der Sohn, »die ist so satt, sie mag kein Blatt.« Der Schneider traute nicht, ging hinab und fragte: »Ziege, bist du auch satt?« Das boshafte Tier antwortete:

»Wovon sollt' ich satt sein?
Ich sprang nur über Gräbelein
und fand kein einzig Blättelein. Meh! Meh!«

»Oh, die Lügenbrut!«, rief der Schneider, »einer so gottlos und pflichtvergessen wie der andere! Ihr sollt mich nicht länger zum Narren haben!« Und vor Zorn ganz außer sich, sprang er hinauf und gerbte dem armen Jungen mit der Elle den Rücken so gewaltig, dass er zum Haus hinaussprang.
Der alte Schneider war nun mit seiner Ziege allein. Am andern Morgen ging er hinab in den Stall, liebkoste die Ziege und sprach: »Komm, mein liebes Tierlein, ich will dich selbst zur Weide führen.« Er nahm sie am Strick und brachte sie zu grünen Hecken und unter Schafrippe und was sonst die Ziegen gerne fressen. »Da kannst du dich einmal nach Herzenslust sättigen«, sprach er zu ihr und ließ sie weiden bis zum Abend. Da fragte er: »Ziege, bist du satt?« Sie antwortete:

»Ich bin so satt,
ich mag kein Blatt. Meh! Meh!«

»So komm nach Haus«, sagte der Schneider, führte sie in den Stall und band sie fest. Als er wegging, kehrte er sich noch einmal um und sagte: »Nun bist du doch einmal satt!« Aber die Ziege machte es ihm nicht besser und rief:

»Wie sollt' ich satt sein?
Ich sprang nur über Gräbelein
und fand kein einzig Blättelein. Meh! Meh!«

Als der Schneider das hörte, stutzte er, und sah wohl, dass er seine drei Söhne ohne Ursache verstoßen hatte. »Wart«, rief er, »du undankbares Geschöpf, dich fortzujagen, ist noch zu wenig, ich will dich zeichnen, dass du dich unter ehrbaren Schneidern nicht mehr darfst sehen lassen.« In einer Hast sprang er hinauf, holte sein Bartmesser, seifte der Ziege den Kopf ein und schor sie so glatt wie seine flache Hand. Und weil die Elle zu ehrenvoll gewesen wäre, holte er die Peitsche und versetzte ihr solche Hiebe, dass sie in gewaltigen Sprüngen davonlief.

Der Schneider, als er so ganz einsam in seinem Hause saß, verfiel in große Traurigkeit und hätte seine Söhne gerne wieder gehabt. Der Älteste war zu einem Schreiner in die Lehre gegangen. Da lernte er fleißig und unverdrossen, und als seine Zeit herum war, dass er wandern sollte, schenkte ihm der Meister ein Tischchen, das gar kein besonderes Ansehen hatte und von gewöhnlichem Holz war, aber es hatte eine gute Eigenschaft. Wenn man es hinstellte und sprach: ›Tischchen, deck dich‹, so war das gute Tischchen auf einmal mit einem saubern Tüchlein bedeckt, und stand da ein Teller und Messer und Gabel daneben und Schüsseln mit Gesottenem und Gebratenem, so viel Platz hatten, und ein großes Glas mit rotem Wein leuchtete, dass einem das Herz lachte. Der junge Gesell dachte: ›Damit hast du genug für dein Lebtag‹, zog guter Dinge in der Welt umher und bekümmerte sich gar nicht darum, ob ein Wirtshaus gut oder schlecht und ob etwas darin zu finden war oder nicht. Wenn es ihm gefiel, so kehrte er gar nicht ein, sondern im Felde, im Wald, auf einer Wiese, wo er Lust hatte, nahm er sein Tischchen vom Rücken, stellte es vor sich und sprach: »Deck dich«, so war alles da, was sein Herz begehrte. Endlich kam es ihm in den Sinn, er wollte zu seinem Vater zurückkehren; sein Zorn würde sich gelegt haben, und mit dem Tischchendeckdich würde er ihn gerne wieder aufnehmen. Es trug sich zu, dass er auf dem Heimweg abends in ein Wirtshaus kam, das mit Gästen angefüllt war. Sie hießen ihn willkommen und luden ihn ein, sich zu ihnen zu setzen und mit ihnen zu essen; sonst würde er schwerlich noch etwas bekommen. »Nein«, antwortete der Schreiner, »die paar Bissen will ich euch nicht vor dem Munde wegnehmen, lieber sollt ihr meine Gäste sein.« Sie lachten und meinten, er triebe seinen Spaß mit ihnen. Er aber stellte sein hölzernes Tischchen mitten in die Stube und sprach: »Tischchen, deck dich.« Augenblicklich war es mit Speisen besetzt, so gut, wie sie der Wirt nicht hätte herbeischaffen können. »Zugegriffen, liebe Freunde«, sprach der Schreiner, und die Gäste, als sie sahen, wie es gemeint war, ließen sich nicht zweimal bitten, rückten heran, zogen ihre Messer und griffen tapfer zu. Und was sie am meisten verwunderte: Wenn eine Schüssel leer geworden war, so stellte sich gleich von selbst eine volle an ihren Platz. Der Wirt stand in einer Ecke und sah dem Dinge zu; er wusste gar nicht, was er sagen sollte, dachte aber: ›Einen solchen Koch könntest du in deiner Wirtschaft wohl brauchen.‹ Der Schreiner und seine Gesellschaft waren lustig bis in die späte Nacht; endlich legten sie sich schlafen, und der junge Geselle ging auch zu Bett und stellte sein Wünschtischchen an die Wand. Dem Wirte aber ließen seine Gedanken keine Ruhe; es fiel ihm ein, dass in seiner Rumpelkammer ein altes Tischchen stände, das geradeso aussähe. Das holte er ganz sachte herbei und vertauschte es mit dem Wünschtischchen. Am andern Morgen zahlte der Schreiner sein Schlafgeld, packte sein Tischchen auf, dachte gar nicht daran, dass er ein falsches hätte, und ging seiner Wege. Zu Mittag kam er bei seinem Vater an, der ihn mit großer Freude empfing. »Nun, mein lieber Sohn, was hast du gelernt?«, sagte er zu ihm. »Vater, ich bin ein Schreiner geworden.« – »Ein gutes Handwerk«, erwiderte der Alte, »aber was hast du von deiner Wanderschaft mitgebracht?« – »Vater, das Beste, was ich mitgebracht habe, ist das Tischchen.« Der Schneider betrachtete es von allen Seiten und sagte: »Daran hast du kein Meisterstück gemacht, das ist ein altes und schlechtes Tischchen.« – »Aber es ist ein Tischchendeckdich«, antwortete der Sohn, »wenn ich es hinstelle und sage ihm, es solle sich decken, so stehen gleich die schönsten Gerichte darauf und ein Wein dabei, der das Herz erfreut. Ladet nur alle Verwandten und Freunde ein, die sollen sich einmal laben und erquicken; denn das Tischchen macht sie alle satt.« Als die Gesellschaft beisammen war, stellte er sein Tischchen mitten in die Stube und sprach:

»Tischchen, deck dich.« Aber das Tischchen regte sich nicht und blieb so leer wie ein anderer Tisch, der die Sprache nicht versteht. Da merkte der arme Geselle, dass ihm das Tischchen vertauscht war, und schämte sich, dass er wie ein Lügner dastand. Die Verwandten aber lachten ihn aus und mussten ungetrunken und ungegessen wieder heimwandern. Der Vater holte seine Lappen wieder herbei und schneiderte fort, der Sohn aber ging bei einem Meister in die Arbeit.

Der zweite Sohn war zu einem Müller gekommen und bei ihm in die Lehre gegangen. Als er seine Jahre herum hatte, sprach der Meister: »Weil du dich so wohl gehalten hast, so schenke ich dir einen Esel von einer besondern Art, er zieht nicht am Wagen und trägt auch keine Säcke.« – »Wozu ist er denn nütze?«, fragte der junge Geselle. »Er speit Gold«, antwortete der Müller, »wenn du ihn auf ein Tuch stellst und sprichst: ›Bricklebrit‹, so speit dir das gute Tier Goldstücke aus, hinten und vorn.« – »Das ist eine schöne Sache«, sprach der Geselle, dankte dem Meister und zog in die Welt. Wenn er Gold nötig hatte, brauchte er nur zu seinem Esel »Bricklebrit« zu sagen, so regnete es Goldstücke. Wo er hinkam, war ihm das Beste gut genug und je teurer, je lieber; denn er hatte immer einen vollen Beutel. Als er sich eine Zeit lang in der Welt umgesehen hatte, dachte er: ›Du musst deinen Vater aufsuchen. Wenn du mit dem Goldesel kommst, so wird er seinen Zorn vergessen und dich gut aufnehmen.‹ Es trug sich zu, dass er in dasselbe Wirtshaus geriet, in welchem seinem Bruder das Tischchen vertauscht war. Er führte seinen Esel an der Hand, und der Wirt wollte ihm das Tier abnehmen und anbinden, der junge Geselle aber sprach: »Gebt Euch keine Mühe, meinen Grauschimmel führe ich selbst in den Stall und binde ihn auch selbst an; denn ich muss wissen, wo er steht.« Dem Wirt kam das wunderlich vor, und er meinte, einer, der seinen Esel selbst besorgen müsste, hätte nicht viel zu verzehren. Als aber der Fremde in die Tasche griff, zwei Goldstücke herausholte und sagte, er sollte nur etwas Gutes für ihn einkaufen, so machte er große Augen, lief und suchte das Beste, das er auftreiben konnte. Nach der Mahlzeit fragte der Gast, was er schuldig wäre; der Wirt wollte die doppelte Kreide nicht sparen und sagte, noch ein paar Goldstücke müsste er zulegen. Der Geselle griff in die Tasche, aber sein Gold war eben zu Ende. »Wartet einen Augenblick, Herr Wirt«, sprach er, »ich will nur gehen und Gold holen«, nahm aber das Tischtuch mit. Der Wirt wusste nicht, was das heißen sollte, war neugierig, schlich ihm nach und guckte durch ein Astloch. Der Fremde breitete unter dem Esel das Tuch aus, rief: »Bricklebrit«, und augenblicklich fing das Tier an, Gold zu speien von hinten und vorn, dass es ordentlich auf die Erde herabregnete. »Ei der Tausend«, sagte der Wirt, »da sind die Dukaten bald geprägt! So ein Geldbeutel ist nicht übel!« Der Gast bezahlte seine Zeche und legte sich schlafen, der Wirt aber schlich in der Nacht hinab in den Stall, führte den Münzmeister weg und band einen andern Esel an seine Stelle. Den folgenden Morgen in der Frühe zog der Geselle mit seinem Esel ab und meinte, er hätte seinen Goldesel. Mittags kam er bei seinem Vater an, der sich freute, als er ihn wieder sah, und ihn gerne aufnahm. »Was ist aus dir geworden, mein Sohn?«, fragte der Alte. »Ein Müller, lieber Vater«, antwortete er. »Was hast du von deiner Wanderschaft mitgebracht?« – »Weiter nichts als einen Esel.« – »Esel gibt's hier genug«, sagte der Vater, »da wäre mir doch eine gute Ziege lieber gewesen.« – »Ja«, antwortete der Sohn, »aber es ist kein gemeiner Esel, sondern ein Goldesel. Wenn ich sage: ›Bricklebrit‹, so speit Euch das gute Tier ein ganzes Tuch voll Goldstücke. Lasst nur alle Verwandten herbeirufen, ich mache sie alle zu reichen Leuten.« – »Das lass ich mir gefallen«, sagte der Schneider, »dann brauch' ich mich mit der Nadel nicht weiter zu quälen«, sprang selbst fort und rief die Verwandten herbei. Sobald sie beisammen waren, hieß sie der Müller Platz machen, breitete sein Tuch aus und brachte den Esel in die Stube. Jetzt gebt Acht«, sagte er und rief: »Bricklebrit«, aber es waren keine Goldstücke, was herabfiel, und es zeigte sich, dass das Tier nichts von der Kunst verstand; denn es bringt's nicht jeder Esel so weit. Da machte der arme Müller ein langes Gesicht, sah, dass er betrogen war und bat die Verwandten um Verzeihung. Es blieb nichts übrig, der Alte musste wieder nach der Nadel greifen und der Junge sich bei einem Müller verdingen.

Der dritte Bruder war zu einem Drechsler in die Lehre gegangen, und weil es ein kunstreiches Handwerk ist, musste er am längsten lernen. Seine Brüder aber meldeten ihm in einem Briefe, wie schlimm es ihnen ergangen wäre und wie sie der Wirt noch am letzten Abend um ihre schönen Wünschdinge gebracht hätte. Als der Drechsler nun aus-

gelernt hatte und wandern sollte, so schenkte ihm sein Meister, weil er sich so wohl gehalten, einen Sack und sagte: »Es liegt ein Knüppel darin.« – »Den Sack kann ich umhängen, und er kann mir gute Dienste leisten, aber was soll der Knüppel darin? Der macht ihn nur schwer.« – »Das will ich dir sagen«, antwortete der Meister, »hat dir jemand etwas zu Leid getan, so sprich nur: ›Knüppel, aus dem Sack‹, so springt dir der Knüppel heraus unter die Leute und tanzt ihnen so lustig auf dem Rücken herum, dass sie sich acht Tage lang nicht regen und bewegen können; und eher lässt er nicht ab, als bis du sagst: ›Knüppel, in den Sack.‹« Der Gesell dankte ihm, hing den Sack um, und wenn ihm jemand zu nahe kam und auf den Leib wollte, so sprach er: »Knüppel, aus dem Sack«, alsbald sprang der Knüppel heraus und klopfte einem nach dem andern den Rock oder das Wams gleich auf dem Rücken aus und wartete nicht erst, bis er ihn ausgezogen hatte. Der junge Drechsler langte zur Abendzeit in dem Wirtshaus an, wo seine Brüder waren betrogen worden. Er legte seinen Ranzen vor sich auf den Tisch und fing an zu erzählen, was er alles Merkwürdiges in der Welt gesehen habe. »Ja«, sagte er, »man findet wohl ein Tischchendeckdich, einen Goldesel und dergleichen, lauter gute Dinge, die ich nicht verachte, aber das ist alles nichts gegen den Schatz, den ich mir erworben habe und mit mir da in meinem Sack führe.« Der Wirt spitzte die Ohren. ›Was in aller Welt mag das sein?‹ dachte er, ›der Sack ist wohl mit lauter Edelsteinen angefüllt; den sollte ich billig auch noch haben; denn aller guten Dinge sind drei.‹ Als Schlafenszeit war, streckte sich der Gast auf die Bank und legte seinen Sack als Kopfkissen unter. Der Wirt, als er meinte, der Gast läge in tiefem Schlaf, ging herbei, rückte und zog ganz sachte und vorsichtig an dem Sack, ob er ihn vielleicht wegziehen und einen andern unterlegen könnte. Der Drechsler aber hatte schon lange darauf gewartet; wie nun der Wirt eben einen herzhaften Ruck tun wollte, rief er: »Knüppel, aus dem Sack.« Alsbald fuhr das Knüppelchen heraus, dem Wirt auf den Leib, und rieb ihm die Nähte, dass es eine Art hatte. Der Wirt schrie zum Erbarmen, aber je lauter er schrie, desto kräftiger schlug der Knüppel ihm den Takt dazu auf den Rücken, bis er endlich erschöpft zur Erde fiel. Da sprach der Drechsler: »Wenn du das Tischchendeckdich und den Goldesel nicht wieder herausgibst, so soll der

Tanz von neuem angehen.« – »Ach, nein«, rief der Wirt ganz kleinlaut, »ich gebe alles gerne wieder heraus, lasst nur den verwünschten Kobold wieder in den Sack kriechen.« Da sprach der Geselle: »Ich will Gnade für Recht ergehen lassen, aber hüte dich vor Schaden!« Dann rief er: »Knüppel, in den Sack!« und ließ ihn ruhen.

Der Drechsler zog am andern Morgen mit dem Tischchendeckdich und dem Goldesel heim zu seinem Vater. Der Schneider freute sich, als er ihn wieder sah und fragte ihn auch, was er in der Fremde gelernt hätte. »Lieber Vater«, antwortete er, »ich bin ein Drechsler geworden.« – »Ein kunstreiches Handwerk«, sagte der Vater, »was hast du von der Wanderschaft mitgebracht?« – »Ein kostbares Stück, lieber Vater«, antwortete der Sohn, »einen Knüppel in dem Sack.« – »Was!«, rief der Vater, »einen Knüppel! Das ist der Mühe wert! Den kannst du dir von jedem Baume abhauen.« – »Aber einen solchen nicht, lieber Vater. Sage ich: ›Knüppel, aus dem Sack‹, so springt der Knüppel heraus und macht mit dem, der es nicht gut mit mir meint, einen schlimmen Tanz und lässt nicht eher nach, als bis er auf der Erde liegt und um gut Wetter bittet. Seht Ihr, mit diesem Knüppel habe ich das Tischchendeckdich und den Goldesel wieder herbeigeschafft, die der diebische Wirt meinen Brüdern abgenommen hatte. Jetzt lasst sie beide rufen und ladet alle Verwandten ein. Ich will sie speisen und tränken und will ihnen die Taschen noch mit Gold füllen.« Der alte Schneider wollte nicht recht trauen, brachte aber doch die Verwandten zusammen. Da deckte der Drechsler ein Tuch in die Stube, führte den Goldesel herein und sagte zu seinem Bruder: »Nun, lieber Bruder, sprich mit ihm.« Der Müller sagte: »Bricklebrit«, und augenblicklich sprangen die Goldstücke auf das Tuch herab, als käme ein Platzregen, und der Esel hörte nicht eher auf, als bis alle so viel hatten, dass sie nicht mehr tragen konnten. Dann holte der Drechsler das Tischchen und sagte: »Lieber Bruder, nun sprich mit ihm.« Und kaum hatte der Schreiner »Tischchen, deck dich« gesagt, so war es gedeckt und mit den schönsten Schüsseln reichlich besetzt. Da ward eine Mahlzeit gehalten, wie der gute Schneider noch keine in seinem Hause erlebt hatte, und die ganze Verwandtschaft blieb beisammen bis in die Nacht, und waren alle lustig und vergnügt. Der Schneider verschloss Nadel und Zwirn, Elle und Bügeleisen in einen Schrank und lebte mit seinen drei Söhnen in Freude und Herrlichkeit.

Wo ist aber die Ziege hingekommen, die schuld war, dass der Schneider seine drei Söhne fortjagte? Das will ich dir sagen. Sie schämte sich, dass sie einen kahlen Kopf hatte, lief in eine Fuchshöhle und verkroch sich hinein. Als der Fuchs nach Hause kam, funkelten ihm ein Paar große Augen aus der Dunkelheit entgegen, dass er erschrak und wieder zurücklief. Der Bär begegnete ihm, und da der Fuchs ganz verstört aussah, so sprach er: »Was ist dir, Bruder Fuchs, was machst du für ein Gesicht?« – »Ach«, antwortete der Rote, »ein grimmig Tier sitzt in meiner Höhle und hat mich mit feurigen Augen angeglotzt.« – »Das wollen wir bald austreiben«, sprach der Bär, ging mit zur Höhle und schaute hinein; als er aber die feurigen Augen erblickte, wandelte ihn ebenfalls Furcht an. Er wollte mit dem grimmigen Tiere nichts zu tun haben und nahm Reißaus. Die Biene begegnete ihm, und da sie merkte, dass es ihm in seiner Haut nicht wohl zu Mute war, sprach sie: »Bär, du machst ja ein gewaltig verdrießlich Gesicht, wo ist deine Lustigkeit geblieben?« – »Du hast gut reden«, antwortete der Bär, »es sitzt ein grimmiges Tier mit Glotzaugen in dem Hause des Roten, und wir können es nicht herausjagen.« Die Biene sprach: »Du dauerst mich, Bär, ich bin ein armes, schwaches Geschöpf, das ihr im Wege nicht anguckt, aber ich glaube doch, dass ich euch helfen kann.« Sie flog in die Fuchshöhle, setzte sich der Ziege auf den glatten, geschorenen Kopf und stach sie so gewaltig, dass sie aufsprang, »meh! meh!«, schrie und wie toll in die Welt hineinlief; und niemand weiß auf diese Stunde, wo sie hingelaufen ist.

Märchen von einem, der auszog, das Fürchten zu lernen

Ein Vater hatte zwei Söhne, davon war der älteste klug und gescheit und wusste sich in alles wohl zu schicken, der jüngste aber war dumm, konnte nichts begreifen und lernen. Und wenn ihn die Leute sahen, sprachen sie: »Mit dem wird der Vater noch seine Last haben!« Wenn nun etwas zu tun war, so musste es der Älteste allzeit ausrichten; hieß ihn aber der Vater noch spät oder gar in der Nacht etwas holen, und der Weg ging dabei über den Kirchhof oder sonst einen schaurigen Ort, so antwortete er wohl: »Ach nein, Vater, ich gehe nicht dahin, es gruselt mir!«, denn er fürchtete sich. Oder wenn abends beim Feuer Geschichten erzählt wurden, wobei einem die Haut schaudert, so sprachen die Zuhörer manchmal: »Ach, es gruselt mir!« Der Jüngste saß in einer Ecke und hörte das mit an und konnte nicht begreifen, was es heißen sollte. »Immer sagen sie, es gruselt mir! Mir gruselt's nicht, das wird wohl eine Kunst sein, von der ich auch nichts verstehe.«

Nun geschah es, dass der Vater einmal zu ihm sprach: »Hör du, in der Ecke dort, du wirst groß und stark, du musst auch etwas lernen, womit du dein Brot verdienst. Siehst du, wie dein Bruder sich Mühe gibt, aber an dir ist Hopfen und Malz verloren.« – »Ei, Vater«, antwortete er, »ich will gerne was lernen; ja, wenn's anginge, so möchte ich lernen, dass mir's gruselte.« Der Älteste lachte, als er das hörte, und dachte bei sich: ›Du lieber Gott, was ist mein Bruder ein Dummbart, aus dem wird sein Lebtag nichts; was ein Häkchen werden will, muss sich beizeiten krümmen.‹ Der Vater seufzte und antwortete ihm: »Das Gruseln, das sollst du schon lernen, aber dein Brot wirst du damit nicht verdienen.«

Bald danach kam der Küster zu Besuch ins Haus, da klagte ihm der Vater seine Not und erzählte, wie sein jüngster Sohn in allen Dingen so schlecht beschlagen wäre, er wüsste nichts und lernte nichts. »Denkt Euch, als ich ihn fragte, womit er sein Brot verdienen wollte, hat er gar verlangt, das Gruseln zu lernen.« – »Wenn's weiter nichts ist«, antwortete der Küster, »das kann er bei mir lernen; tut ihn nur zu mir, ich will ihn schon abhobeln.« Der Vater war es zufrieden, weil er dachte: ›Der Junge wird doch ein wenig zugestutzt.‹ Der Küster nahm ihn also ins Haus, und er musste die Glocke läuten. Nach ein paar Tagen weckte er ihn um Mitternacht, hieß ihn aufstehen, in den Kirchturm steigen und läuten. ›Du sollst schon lernen, was Gruseln ist‹, dachte er, ging heimlich voraus, und als der Junge oben war und sich umdrehte und das Glockenseil fassen wollte, so sah er auf der Treppe, dem Schallloch gegenüber eine weiße Gestalt stehen. »Wer da?«, rief er, aber die Gestalt gab keine Antwort, regte und bewegte sich nicht. »Gib Antwort«, rief der Junge, »oder mache, dass du fortkommst, du hast hier in der Nacht nichts zu schaffen.« Der Küster aber blieb unbeweglich stehen, damit der Junge glauben sollte, es wäre ein Gespenst. Der Junge rief zum zweiten Mal: »Was willst du hier? Sprich, wenn du ein ehrlicher Kerl bist, oder ich werfe dich die Treppe hinab!« Der Küster dachte: ›Das wird so schlimm nicht gemeint sein‹, gab keinen Laut von sich und stand, als wenn er von Stein wäre. Da rief ihn der Junge zum dritten Male an, und als das auch vergeblich war, nahm er einen Anlauf und stieß das Gespenst die Treppe hinab, dass es in einer Ecke liegen blieb. Darauf läutete er die Glocke, ging heim, legte sich ins Bett und schlief fort. Die Küsterfrau wartete lange Zeit auf ihren Mann, aber er wollte nicht

wieder kommen. Da ward ihr endlich angst, sie weckte den Jungen und fragte: »Weißt du nicht, wo mein Mann geblieben ist? Er ist vor dir auf den Turm gestiegen.« – »Nein«, antwortete der Junge, »aber da hat einer dem Schallloch gegenüber auf der Treppe gestanden, und weil er keine Antwort geben und auch nicht weggehen wollte, so habe ich ihn für einen Spitzbuben gehalten und hinuntergestoßen. Geht nur hin, so werdet Ihr sehen, ob er's gewesen ist, es sollte mir Leid tun.« Die Frau sprang fort und fand ihren Mann, der in einer Ecke lag und ein Bein gebrochen hatte.

Sie trug ihn herab und eilte dann mit lautem Geschrei zu dem Vater des Jungen. »Euer Junge«, rief sie, »hat ein großes Unglück angerichtet, meinen Mann hat er die Treppe hinabgeworfen, dass er ein Bein gebrochen hat; schafft den Taugenichts aus unserm Hause.« Der Vater erschrak, kam herbeigelaufen und schalt den Jungen aus. »Was sind das für gottlose Streiche, die muss dir der Böse eingegeben haben.« – »Vater«, antwortete er, »hört nur an, ich bin ganz unschuldig; er stand da in der Nacht wie einer, der Böses im Sinne hat. Ich wusste nicht, wer's war, und habe ihn dreimal ermahnt zu reden oder wegzugehen.« – »Ach«, sprach der Vater, »mit dir erleb' ich nur Unglück, geh mir aus den Augen, ich will dich nicht mehr ansehen.« – »Ja, Vater, recht gerne, wartet nur, bis Tag ist, da will ich ausgehen und das Gruseln lernen, so versteh' ich doch eine Kunst, die mich ernähren kann.« – »Lerne, was du willst«, sprach der Vater, »mir ist alles einerlei. Da hast du fünfzig Taler, damit geh in die weite Welt und sage keinem Menschen, wo du her bist und wer dein Vater ist; denn ich muss mich deiner schämen.« – »Ja, Vater, wie Ihr's haben wollt, wenn Ihr nicht mehr verlangt, das kann ich leicht in Acht behalten.«

Als nun der Tag anbrach, steckte der Junge seine fünfzig Taler in die Tasche, ging hinaus auf die große Landstraße und sprach immer vor sich hin: »Wenn mir's nur gruselte! Wenn mir's nur gruselte!« Da kam ein Mann heran, der hörte, was der Junge sprach, und als sie ein Stück weiter waren, dass man den Galgen sehen konnte, sagte der Mann zu ihm: »Siehst du, dort ist der Baum, wo siebene mit des Seilers Tochter Hochzeit gehalten haben und jetzt das Fliegen lernen. Setz dich darunter und warte, bis die Nacht kommt, so wirst du schon das Gruseln lernen.« – »Wenn weiter nichts dazugehört«, antwortete der Junge, »das ist leicht getan; lerne ich aber so geschwind das Gruseln, so sollst du meine fünfzig Taler haben, komm nur morgen früh wieder zu mir.« Da ging der Junge zu dem Galgen, setzte sich darunter und wartete, bis der Abend kam. Und weil ihn fror, machte er sich ein Feuer an, aber um Mitternacht ging der Wind so kalt, dass er trotz des Feuers nicht warm werden wollte. Und als der Wind die Gehenkten gegeneinander stieß, dass sie sich hin und her bewegten, so dachte er: ›Du frierst unten beim Feuer, was mögen die da oben erst frieren und zappeln!‹ Und weil er mitleidig war, legte er die Leiter an, stieg hinauf, knüpfte einen nach dem andern los und holte sie alle siebene herab. Darauf schürte er das Feuer, blies es an und setzte sie ringsherum, dass sie sich wärmen sollten. Aber sie saßen da und regten sich nicht, und das Feuer ergriff ihre Kleider. Da sprach er: »Nehmt euch in Acht, sonst häng' ich euch wieder hinauf.« Die Toten aber hörten nicht, schwiegen und ließen ihre Lumpen fort brennen. Da ward er bös und sprach: »Wenn ihr nicht Acht geben wollt, so kann ich euch nicht helfen, ich will nicht mit euch verbrennen«, und hing sie nach der Reihe wieder hinauf. Nun setzte er sich zu seinem Feuer und schlief ein, und am andern Morgen, da kam der Mann zu ihm, wollte die fünfzig Taler haben und sprach: »Nun, weißt du, was Gruseln ist?« – »Nein«, antwortete er, »woher sollte ich's wissen? Die da droben haben das Maul nicht aufgetan und waren so dumm, dass sie die paar alten Lappen, die sie am Leibe haben, brennen ließen.« Da sah der Mann, dass er die fünfzig Taler heute nicht davontragen würde, ging fort und sprach: »So einer ist mir noch nicht vorgekommen.«

Der Junge ging auch seines Weges und fing wieder an, vor sich hin zu reden: »Ach, wenn mir's nur gruselte! Ach, wenn mir's nur gruselte!« Das hörte ein Fuhrmann, der hinter ihm herschritt, und fragte: »Wer bist du?« – »Ich weiß nicht«, antwortete der Junge. Der Fuhrmann fragte weiter: »Wo bist du her?« – »Ich weiß nicht.« – »Wer ist dein Vater?« – »Das darf ich nicht sagen.« – »Was brummst du beständig in den Bart hinein?« – »Ei«, antwortete der Junge, »ich wollte, dass mir's gruselte, aber niemand kann mich's lehren.« – »Lass dein dummes Geschwätz«, sprach der Fuhrmann, »komm, geh mit mir, ich will sehen, dass ich dich unterbringe.« Der Junge ging mit dem Fuhrmann, und abends gelangten sie zu einem Wirtshaus, wo sie übernachten wollten. Da sprach er beim Eintritt in die Stube wieder ganz laut: »Wenn mir's nur gruselte! Wenn mir's nur gruselte!« Der Wirt, der das hörte, lachte und sprach: »Wenn dich danach lüstet, dazu sollte hier wohl Gelegenheit sein.« – »Ach, schweig stille«, sprach die Wirtsfrau, »so mancher Vorwitzige hat schon sein Leben eingebüßt, schade um die schönen Augen, wenn die das Tageslicht nicht wieder sehen sollten.« Der Junge aber sagte: »Wenn's noch so schwer wäre, ich will's einmal lernen.« Er ließ dem Wirt auch keine Ruhe, bis dieser erzählte, nicht weit davon stünde ein verwünschtes Schloss, wo einer wohl lernen könnte, was Gruseln wäre, wenn er nur drei Nächte darin wachen wollte. Der König hätte dem, der's wagen wollte, seine Tochter zur Frau versprochen, und die wäre die schönste Jungfrau, welche die Sonne beschien. In dem Schlosse steckten auch große Schätze, von bösen Geistern bewacht, die würden dann frei und könnten einen Armen reich genug machen. Da ging der Junge am andern Morgen vor den König und sprach: »Wenn's erlaubt wäre, so wollte ich wohl drei Nächte in dem verwünschten Schlosse wachen.« Der König sah ihn an, und weil er ihm gefiel, sprach er: »Du darfst dir noch dreierlei ausbitten, aber es müssen leblose Dinge sein, und die darfst du mit ins Schloss nehmen.« Da antwortete er: »So bitt' ich um ein Feuer, eine Drehbank und eine Schnitzbank mit dem Messer.«

Der König ließ ihm das alles bei Tage in das Schloss tragen. Als es Nacht werden wollte, ging der Junge hinauf, machte sich in einer Kammer ein helles Feuer an, stellte die Schnitzbank mit dem Messer daneben und setzte sich auf die Drehbank. »Ach, wenn mir's nur gruselte!«, sprach er, »aber hier werde ich's auch nicht lernen.« Gegen Mitternacht wollte er sich sein Feuer einmal aufschüren, wie er so hineinblies, da schrie's plötzlich aus einer Ecke: »Au, miau! Was uns friert!« – »Ihr Narren«, rief er, »was schreit ihr? Wenn euch friert, kommt, setzt euch ans Feuer und wärmt euch.« Und wie er das gesagt hatte, kamen zwei große schwarze Katzen in einem gewaltigen Sprunge herbei, setzten sich ihm zu beiden Seiten und sahen ihn mit ihren feurigen Augen ganz wild an. Über ein Weilchen, als sie sich gewärmt hatten, sprachen sie: »Kamerad, wollen wir eins in der Karte spielen?« – »Warum nicht?«, antwortete er, »aber zeigt einmal eure Pfoten her!« Da streckten sie die Krallen aus. »Ei«, sagte er, »was habt ihr lange Nägel! Wartet, die muss ich euch erst abschneiden.« Damit packte er sie beim Kragen, hob sie auf die Schnitzbank und schraubte ihnen die Pfoten fest. »Euch habe ich auf die Finger gesehen«, sprach er, »da vergeht mir die Lust zum Kartenspiel«, schlug sie tot und warf sie hinaus ins Wasser. Als er aber die zwei zur Ruhe gebracht hatte, da kamen aus allen Ecken und Enden schwarze Katzen und schwarze Hunde an glühenden Ketten, immer mehr und mehr, dass er sich nicht mehr bergen konnte. Die schrien gräulich, traten ihm auf sein Feuer, zerrten es auseinander und wollten es ausmachen. Das sah er ein Weilchen ruhig mit an, als es ihm aber zu arg ward, fasste er sein Schnitzmesser und rief: »Fort mit dir, du Gesindel!« und haute auf sie los. Ein Teil sprang weg, die andern schlug er tot und warf sie hinaus in den Teich. Als er wieder gekommen war, blies er aus den Funken sein Feuer frisch an und wärmte sich. Und als er so saß, wollten ihm die Augen nicht länger offen bleiben, und er bekam Lust zu schlafen. Da blickte er um sich und sah in der Ecke ein großes Bett. »Das ist mir eben recht«, sprach er und legte sich hinein. Als er aber die Augen zutun wollte, so fing das Bett von selbst an zu fahren und fuhr im ganzen Schloss herum. »Recht so«, sprach er, »nur besser zu.« Da rollte das Bett fort, als wären sechs Pferde vorgespannt, über Schwellen und Treppen auf und ab. Auf einmal, hopp hopp, fiel es um, das Unterste zuoberst, dass es wie ein Berg auf ihm lag. Aber er schleuderte Decken und Kissen in die Höhe, stieg heraus und sagte: »Nun mag fahren, wer Lust hat«, legte sich an sein Feuer und schlief, bis es Tag war. Am Morgen kam der König, und als er ihn da auf der Erde liegen sah, meinte er, er wäre tot. Da sprach er: »Es ist doch schade um den schönen Menschen.« Das hörte der Junge, richtete sich auf und sprach: »So weit ist's noch nicht!« Da wunderte sich der König, freute sich aber und fragte, wie es ihm gegangen wäre. »Recht gut«, antwortete er, »eine Nacht wäre herum, die zwei andern werden auch herumgehen.« Als er zum Wirt kam, da machte der große Augen. »Ich dachte nicht«, sprach er, »dass ich dich wieder lebendig sehen würde; hast du nun gelernt, was Gruseln ist?« – »Nein«, sagte er, »es ist alles vergeblich, wenn mir's nur einer sagen könnte!«

Die zweite Nacht ging er abermals hinauf ins alte Schloss, setzte sich zum Feuer und fing sein altes Lied wieder an: »Wenn mir's nur gruselte!« Wie Mitternacht herankam, ließ sich ein Lärm und Gepolter hören, erst sachte, dann immer stärker, dann war's ein bisschen still, endlich kam mit lautem Geschrei ein halber Mensch den Schornstein herab und fiel vor ihn hin. »Heda!«, rief er, »noch ein halber gehört dazu, das ist zu wenig.« Da ging der Lärm von frischem an, es tobte und heulte, und da fiel die andere Hälfte auch herab. »Wart«, sprach er, »ich will dir erst das Feuer ein wenig anblasen.« Wie er das getan hatte und sich wieder umsah, da waren die beiden Stücke zusammengefahren, und da saß ein gräulicher Mann auf seinem Platz. »So haben wir nicht gewettet«, sprach der Junge, »die Bank ist mein.« Der Mann wollte ihn wegdrängen, aber der Junge ließ sich's nicht gefallen, schob ihn mit Gewalt weg und setzte sich wieder auf seinen Platz. Da fielen noch mehr Männer herab, einer nach dem andern, die holten neun Totenbeine und zwei Totenköpfe, setzten auf und spielten Kegel. Der Junge bekam auch Lust und fragte: »Hört ihr, kann ich mittun?« – »Ja, wenn du Geld hast.« – »Geld genug«, antwortete er, »aber eure Kugeln sind nicht recht rund.« Da nahm er die Totenköpfe, setzte sie in die Drehbank und drehte sie rund. »So, jetzt werden sie besser schüppeln«, sprach er, »heida, nun geht's lustig!« Er spielte mit und verlor etwas von seinem Geld, als es aber zwölf Uhr schlug, war alles vor seinen Augen verschwunden. Er legte sich nieder und schlief ruhig ein. Am andern Morgen kam der König und wollte sich erkundigen. »Wie ist dir's diesmal gegangen?«, fragte er. »Ich habe gekegelt«, antwortete er, »und ein paar Heller verloren.« – »Hat dir denn nicht gegruselt?« – »Ei was«, sprach er, »lustig hab' ich mich gemacht. Wenn ich nur wüsste, was Gruseln wäre!«

In der dritten Nacht setzte er sich wieder auf seine Bank und sprach ganz verdrießlich: »Wenn es mir nur gruselte!« Als es spät ward, kamen sechs große Männer und brachten eine Totenlade hereingetragen. Da sprach er: »Ha, ha, das ist gewiss mein Vetterchen, das erst vor ein paar Tagen gestorben ist«, winkte mit dem Finger und rief: »Komm, Vetterchen, komm!« Sie stellten den Sarg auf die Erde, er aber ging hinzu und nahm den Deckel ab, da lag ein toter Mann darin. Er fühlte ihm ans Gesicht, aber es war kalt wie Eis. »Wart«, sprach er, »ich will dich ein bisschen wärmen«, ging ans Feuer, wärmte seine Hand und legte sie ihm aufs Gesicht, aber der Tote blieb kalt. Nun nahm er ihn heraus, setzte ihn ans Feuer und rieb ihm die Arme, damit das Blut wieder in Bewegung kommen sollte. Als auch das nichts helfen wollte, fiel ihm ein: ›Wenn zwei zusammen im Bett liegen, so wärmen sie sich‹, brachte ihn ins Bett, deckte ihn zu und legte sich neben ihn. Über ein Weilchen ward auch der Tote warm und fing an, sich zu regen. Da sprach der Junge: »Siehst du, Vetterchen, hätt' ich dich nicht gewärmt!« Der Tote aber hub an zu sprechen: »Jetzt will ich dich erwürgen.« – »Was«, sagte er, »ist das der Dank? Gleich sollst du wieder in deinen Sarg«, hob ihn auf, warf ihn hinein und machte den Deckel zu; da kamen die sechs Männer und trugen ihn wieder fort. »Es will mir nicht gruseln«, sagte er, »hier lerne ich's mein Lebtag nicht.«

Da trat ein Mann herein, der war größer als alle anderen und sah fürchterlich aus; er war aber alt und hatte einen langen weißen Bart. »O du Wicht«, rief er, »nun sollst du bald lernen, was Gruseln ist; denn du sollst sterben.« – »Nicht so schnell«, antwortete der Junge, »soll ich sterben, so muss ich auch dabei sein.« – »Dich will ich schon packen«, sprach der Unhold. – »Sachte, sachte, mach dich nicht so breit; so stark wie du bin ich auch.« – »Das wollen wir seh'n«, sprach der Alte, »bist du stärker als ich, so will ich dich gehen lassen; komm, wir wollen's versuchen.« Da führte er ihn durch dunkle Gänge zu einem Schmiedefeuer, nahm eine Axt und schlug den einen Amboss mit einem Schlag in die Erde. »Das kann ich noch besser«, sprach der Junge und ging zu dem andern Amboss. Der Alte stellte sich nebenhin und wollte zusehen, und sein weißer Bart hing herab. Da fasste der Junge die Axt, spaltete den Amboss auf einen Hieb und klemmte den Bart des Alten mit hinein. »Nun hab' ich dich«, sprach der Junge, »jetzt ist das Sterben an dir.« Dann fasste er eine Eisenstange und schlug auf den Alten los, bis er wimmerte und bat, er möchte aufhören, er wollte ihm große Reichtümer geben. Der Junge zog die Axt raus und ließ ihn los. Der Alte führte ihn wieder ins Schloss zurück und zeigte ihm in einem Keller drei Kasten voll Gold. »Davon«, sprach er, »ist ein Teil den Armen, der andere dem König, der dritte dein.« Indem schlug es zwölfe, und der Geist verschwand. Am andern Morgen kam der König und sagte: »Nun wirst du gelernt haben, was Gruseln ist!« – »Nein«, antwortete er, »was ist's nur? Mein toter

Vetter war da, und ein bärtiger Mann ist gekommen, der hat mir da unten viel Geld gezeigt, aber was Gruseln ist, hat mir keiner gesagt.« Da sprach der König: »Du hast das Schloss erlöst und sollst meine Tochter heiraten.«

Da ward das Gold heraufgebracht und die Hochzeit gefeiert, aber der junge König, so lieb er seine Gemahlin hatte und so vergnügt er war, sagte doch immer: »Wenn mir nur gruselte, wenn mir nur gruselte!« Das verdross sie endlich. Ihr Kammermädchen sprach: »Ich will Hilfe schaffen, das Gruseln soll er schon lernen.« Sie ging hinaus zum Bach, der durch den Garten floss, und ließ sich einen ganzen Eimer voll Gründlinge holen. Nachts, als der junge König schlief, musste seine Gemahlin ihm die Decke wegziehen und den Eimer voll kaltem Wasser mit den Gründlingen über ihn herschütten, dass die kleinen Fische um ihn herum zappelten. Da wachte er auf und rief: »Ach, was gruselt mir, was gruselt mir, liebe Frau! Ja, nun weiß ich, was Gruseln ist.«

Brüderchen und Schwesterchen

Brüderchen nahm sein Schwesterchen an der Hand und sprach: »Seit die Mutter tot ist, haben wir keine gute Stunde mehr; die Stiefmutter schlägt uns alle Tage und stößt uns mit den Füßen fort. Die harten Brotkrusten, die übrig bleiben, sind unsere Speise, und dem Hündchen unter dem Tisch geht's besser, dem wirft sie doch manchmal einen guten Bissen zu. Dass Gott erbarm, wenn das unsere Mutter wüsste! Komm, wir wollen miteinander in die weite Welt gehen.« Sie gingen den ganzen Tag, und wenn es regnete, sprach das Schwesterlein: »Gott und unsere Herzen, die weinen zusammen!« Abends kamen sie in einen großen Wald und waren so müde von Jammer, vom Hunger und von dem langen Weg, dass sie sich in einen hohlen Baum setzten und einschliefen.

Am andern Morgen, als sie aufwachten, stand die Sonne schon hoch am Himmel und schien heiß in den Baum hinein. Da sprach das Brüderchen: »Schwesterchen, mich dürstet, wenn ich ein Brünnlein wüsste, ich ging' und tränk' einmal; ich mein', ich hört' eins rauschen.« Brüderchen stand auf, nahm Schwesterchen an der Hand, und sie wollten das Brünnlein suchen. Die böse Stiefmutter aber war eine Hexe und hatte wohl gesehen, wie die beiden Kinder fortgegangen waren, war ihnen nachgeschlichen, heimlich, wie die Hexen schleichen, und hatte alle Brunnen im Walde verwünscht. Als sie nun ein Brünnlein fanden, das so glitzerig über die Steine sprang, wollte das Brüderchen daraus trinken; aber das Schwesterchen hörte, wie es im Rauschen sprach: »Wer aus mir trinkt, wird ein Tiger.« Da rief das Schwesterchen: »Ich bitte dich, Brüderchen, trink nicht, sonst wirst du ein wildes Tier und zerreißt mich.« Das Brüderchen trank nicht, obgleich es so großen Durst hatte, und sprach: »Ich will warten bis zur nächsten Quelle.« Als sie zum zweiten Brünnlein kamen, hörte das Schwesterchen, wie auch dieses sprach: »Wer aus mir trinkt, wird ein Wolf, wer aus mir trinkt, wird ein Wolf.« Da rief das Schwesterchen: »Brüderchen, ich bitte dich, trink nicht, sonst wirst du ein Wolf und frisst mich.« Das Brüderchen trank nicht und sprach: »Ich will warten, bis wir zur nächsten Quelle kommen, aber dann muss ich trinken, du magst sagen, was du willst; mein Durst ist gar zu groß.« Und als sie zum dritten Brünnlein kamen, hörte das Schwesterlein, wie es im Rauschen sprach: »Wer aus mir trinkt, wird ein Reh, wer aus mir trinkt, wird ein Reh.« Das Schwesterchen sprach: »Ach, Brüderchen, trink nicht, sonst wirst du ein Reh und läufst mir fort.« Aber das Brüderchen hatte sich gleich beim Brünnlein niedergekniet und von dem Wasser getrunken, und wie die ersten Tropfen auf seine Lippen gekommen waren, lag es da als ein Rehkälbchen.

Nun weinte das Schwesterchen über das arme verwünschte Brüderchen, und das Rehchen weinte auch und saß so traurig neben ihm. Da sprach das Mädchen endlich: »Sei still, liebes Rehchen, ich will dich ja nimmermehr verlassen.« Dann band es sein goldenes Strumpfband ab und tat es dem Rehchen um den Hals und rupfte Binsen und flocht ein weiches Seil daraus. Daran band es das Tierchen und führte es weiter und ging immer tiefer in den Wald hinein. Und als sie lange, lange gegangen waren, kamen sie endlich an ein kleines Haus, und das Mädchen schaute hinein, und weil es leer war, dachte es: ›Hier können wir bleiben und wohnen.‹ Da suchte es dem Rehchen Laub

und Moos zu einem weichen Lager, und jeden Morgen ging es aus und sammelte Wurzeln, Beeren und Nüsse, und für das Rehchen brachte es zartes Gras mit, war vergnügt und spielte vor ihm herum. Abends, wenn Schwesterchen müde war und sein Gebet gesagt hatte, legte es seinen Kopf auf den Rücken des Rehkälbchens, das war sein Kissen, darauf es sanft einschlief. Und hätte das Brüderchen nur seine menschliche Gestalt gehabt, es wäre ein herrliches Leben gewesen.

Das dauerte eine Zeit lang, dass sie so allein in der Wildnis waren. Es trug sich aber zu, dass der König des Landes eine große Jagd in dem Wald hielt. Da schallte das Hörnerblasen, Hundegebell und das lustige Geschrei der Jäger durch die Bäume, und das Rehlein hörte es und wäre gar zu gerne dabei gewesen. »Ach«, sprach es zum Schwesterlein, »lass mich hinaus in die Jagd, ich kann's nicht länger mehr aushalten«, und bat so lange, bis es einwilligte. »Aber«, sprach es zu ihm, »komm mir ja abends wieder, vor den wilden Jägern schließ' ich mein Türlein; und damit ich dich kenne, so klopf und sprich: ›Mein Schwesterlein, lass mich herein!‹ Und wenn du nicht so sprichst, so schließ ich mein Türlein nicht auf.« Nun sprang das Rehchen hinaus und es war ihm so wohl und es war so lustig in freier Luft. Der König und seine Jäger sahen das schöne Tier und setzten ihm nach, aber sie konnten es nicht einholen, und wenn sie meinten, sie hätten es gewiss, da sprang es über das Gebüsch weg und war verschwunden. Als es dunkel ward, lief es zu dem Häuschen, klopfte und sprach: »Mein

Schwesterlein, lass mich herein.« Da ward ihm die kleine Tür aufgetan, es sprang hinein und ruhte sich die ganze Nacht auf seinem weichen Lager aus. Am andern Morgen ging die Jagd von neuem an, und als das Rehlein wieder das Hifthorn hörte und das »Ho ho!« der Jäger, da hatte es keine Ruhe und sprach: »Schwesterchen, mach mir auf, ich muss hinaus.« Das Schwesterchen öffnete ihm die Tür und sprach: »Aber zu Abend musst du wieder da sein und dein Sprüchlein sagen.« Als der König und seine Jäger das Rehlein mit dem goldenen Halsband wieder sahen, jagten sie ihm alle nach, aber es war ihnen zu schnell und behänd. Das währte den ganzen Tag, endlich aber hatten es die Jäger abends umzingelt, und einer verwundete es ein wenig am Fuß, so dass es hinken musste und langsam fortlief. Da schlich ihm ein Jäger nach bis zu dem Häuschen und hörte, wie es rief: »Mein Schwesterlein, lass mich herein«, und sah, dass die Tür ihm aufgetan und alsbald wieder zugeschlossen ward. Der Jäger ging zum König und erzählte ihm, was er gesehen und gehört hatte. Da sprach der König: »Morgen soll noch einmal gejagt werden.«

Das Schwesterchen aber erschrak gewaltig, als es sah, dass sein Rehkälbchen verwundet war. Es wusch ihm das Blut ab, legte Kräuter auf und sprach: »Geh auf dein Lager, lieb Rehchen, dass du wieder heil wirst.« Die Wunde aber war so gering, dass das Rehchen am Morgen nichts mehr davon spürte. Und als es die Jagdlust wieder draußen hörte, sprach es: »Ich kann's nicht aushalten, ich muss dabei sein!« Das Schwesterchen weinte und sprach: »Nun werden sie dich töten, und ich bin hier allein im Wald und bin verlassen von aller Welt, ich lass' dich nicht hinaus.« – »So sterb' ich dir hier vor Betrübnis«, antwortete das Rehchen, »wenn ich das Hifthorn höre, so mein' ich, ich müsst' aus den Schuhen springen!« Da konnte das Schwesterchen nicht anders und schloss ihm mit schwerem Herzen die Tür auf, und das Rehchen sprang gesund und fröhlich in den Wald. Als es der König erblickte, sprach er zu seinen Jägern: »Nun jagt ihm nach den ganzen Tag bis in die Nacht, aber dass ihm keiner etwas zu Leide tut.« Sobald die Sonne untergegangen war, sprach der König zum Jäger: »Nun komm und zeige mir das Waldhäuschen.« Und als er vor dem Türlein war, klopfte er an und rief: »Lieb Schwesterlein, lass mich herein.« Da ging die Tür auf, und der König trat herein, und da stand ein

Mädchen, das war so schön, wie er noch keins gesehen hatte. Das Mädchen erschrak, als es sah, dass ein Mann hereinkam, der eine goldene Krone auf dem Haupt hatte. Aber der König sah es freundlich an, reichte ihm die Hand und sprach: »Willst du mit mir gehen auf mein Schloss und meine liebe Frau sein?« – »Ach ja«, antwortete das Mädchen, »aber das Rehchen muss auch mit, das verlass' ich nicht.« Sprach der König: »Es soll bei dir bleiben, solange du lebst, und es soll ihm an nichts fehlen.« Indem kam es hereingesprungen; da band es das Schwesterchen wieder an das Binsenseil, nahm es selbst in die Hand und ging mit ihm aus dem Waldhäuschen fort.

Der König nahm das schöne Mädchen auf sein Pferd und führte es in sein Schloss, wo die Hochzeit mit großer Pracht gefeiert wurde, und es war nun die Frau Königin, und sie lebten lange Zeit vergnügt zusammen; das Rehlein ward gehegt und gepflegt und sprang in dem Schlossgarten herum. Die böse Stiefmutter aber, um derentwillen die Kinder in die Welt hineingegangen waren, die meinte nicht anders als Schwesterchen wäre von den wilden Tieren im Walde zerrissen worden und Brüderchen als ein Rehkalb von den Jägern totgeschossen. Als sie nun hörte, dass sie so glücklich waren und es ihnen so wohl ging, da wurden Neid und Missgunst in ihrem Herzen rege und ließen ihr keine Ruhe, wie sie die beiden doch noch ins Unglück bringen könnte. Ihre rechte Tochter, die hässlich war wie die Nacht und nur ein Auge hatte, die machte ihr Vorwürfe und sprach: »Eine Königin zu werden, das Glück hätte mir gebührt.« – »Sei nur still«, sagte die Alte und sprach sie zufrieden, »wenn's Zeit ist, will ich schon bei der Hand sein.« Als nun die Zeit herangerückt war und die Königin ein schönes Knäblein zur Welt gebracht hatte und der König gerade auf der Jagd war, nahm die alte Hexe die Gestalt der Kammerfrau an, trat in die Stube, wo die Königin lag, und sprach zu der Kranken: »Kommt, das Bad ist fertig, das wird Euch wohl tun und frische Kräfte geben; geschwind, eh' es kalt wird.« Ihre Tochter war auch bei der Hand, sie trugen die schwache Königin in die Badstube und legten sie in die Wanne. Dann schlossen sie die Türe ab und liefen davon. In der Badstube aber hatten sie ein rechtes Höllenfeuer angemacht, dass die schöne junge Königin bald ersticken musste.

Als das vollbracht war, nahm die Alte ihre Tochter, setzte ihr eine

Haube auf und legte sie ins Bett an der Königin Stelle. Sie gab ihr auch die Gestalt und das Ansehen der Königin; nur das verlorene Auge konnte sie ihr nicht wieder geben. Damit es aber der König nicht merkte, musste sie sich auf die Seite legen, wo sie kein Auge hatte. Am Abend, als er heimkam und hörte, dass ihm ein Söhnlein geboren war, freute er sich herzlich und wollte ans Bett seiner lieben Frau gehen und sehen, was sie machte. Da rief die Alte geschwind: »Beileibe, lasst die Vorhänge zu, die Königin darf noch nicht ins Licht sehen und muss Ruhe haben.« Der König ging zurück und wusste nicht, dass eine falsche Königin im Bette lag.

Als es aber Mitternacht war und alles schlief, da sah die Kinderfrau, die in der Kinderstube neben der Wiege saß und allein noch wachte, wie die Tür aufging und die rechte Königin hereintrat. Sie nahm das Kind aus der Wiege, legte es in ihren Arm und gab ihm zu trinken. Dann schüttelte sie ihm sein Kisschen, legte es wieder hinein. Sie vergaß aber auch das Rehchen nicht, ging in die Ecke, wo es lag, und streichelte ihm über den Rücken. Darauf ging sie wieder zur Tür hinaus, und die Kinderfrau fragte am andern Morgen die Wächter, ob jemand während der Nacht ins Schloss gegangen wäre, aber sie antworteten: »Nein, wir haben niemand gesehen.« So kam sie viele Nächte und sprach niemals ein Wort dabei; die Kinderfrau sah sie immer, aber sie getraute sich nicht, jemandem etwas davon zu sagen.

Als nun so eine Zeit verflossen war, da hub die Königin in der Nacht an zu reden und sprach:

»Was macht mein Kind? Was macht mein Reh?
Nun komm' ich noch zweimal und dann nimmermehr.«

Die Kinderfrau antwortete ihr nicht, aber als sie wieder verschwunden war, ging sie zum König und erzählte ihm alles. Sprach der König: »Ach Gott, was ist das? Ich will in der nächsten Nacht bei dem Kinde wachen.« Abends ging er in die Kinderstube, aber um Mitternacht erschien die Königin und sprach:

»Was macht mein Kind? Was macht mein Reh?
Nun komm' ich noch einmal und dann nimmermehr«,

und pflegte dann das Kind, wie sie gewöhnlich tat, ehe sie verschwand. Der König getraute sich nicht, sie anzureden, aber er wachte auch in der folgenden Nacht. Sie sprach abermals:

»Was macht mein Kind? Was macht mein Reh?
Nun komm' ich noch diesmal und dann nimmermehr.«

Da konnte sich der König nicht zurückhalten, sprang zu ihr und sprach: »Du kannst niemand anders sein als meine liebe Frau.« Da antwortete sie: »Ja, ich bin deine liebe Frau«, und hatte in dem Augenblick durch Gottes Gnade das Leben wieder erhalten, war frisch, rot und gesund. Darauf erzählte sie dem König den Frevel, den die böse Hexe und ihre Tochter an ihr verübt hatten. Der König ließ beide vor Gericht führen, und es ward ihnen das Urteil gesprochen. Die Tochter ward in den Wald geführt, wo sie die wilden Tiere zerrissen, die Hexe aber ward ins Feuer gelegt und musste jammervoll verbrennen. Und wie sie zu Asche verbrannt war, verwandelte sich das Rehkälbchen und erhielt seine menschliche Gestalt wieder; Schwesterchen und Brüderchen aber lebten glücklich zusammen bis an ihr Ende.

Die sieben Raben

Ein Mann hatte sieben Söhne und immer noch kein Töchterchen, so sehr er sich's auch wünschte; endlich gab ihm seine Frau wieder gute Hoffnung zu einem Kinde, und wie's zur Welt kam, war's auch ein Mädchen. Die Freude war groß, aber das Kind war schmächtig und klein und sollte wegen seiner Schwachheit die Nottaufe haben. Der Vater schickte einen der Knaben eilends zur Quelle, Taufwasser zu holen, die andern sechs liefen mit, und weil jeder der Erste beim Schöpfen sein wollte, so fiel ihnen der Krug in den Brunnen.

Da standen sie und wussten nicht, was sie tun sollten, und keiner getraute sich heim. Als sie immer nicht zurückkamen, ward der Vater ungeduldig und sprach: »Gewiss haben sie's wieder über einem Spiel vergessen, die gottlosen Jungen.« Es ward ihm Angst, das Mädchen müsste ungetauft verscheiden, und im Ärger rief er: »Ich wollte, dass die Jungen alle zu Raben würden.« Kaum war das Wort ausgeredet, so hörte er ein Geschwirr über seinem Haupt in der Luft, blickte in die Höhe und sah sieben kohlschwarze Raben auf und davon fliegen.

Die Eltern konnten die Verwünschung nicht mehr zurücknehmen, und so traurig sie über den Verlust ihrer sieben Söhne waren, trösteten sie sich doch einigermaßen durch ihr liebes Töchterchen, das bald zu Kräften kam und mit jedem Tag schöner ward. Es wusste lange Zeit nicht einmal, dass es Geschwister gehabt hatte; denn die Eltern hüteten sich, ihrer zu erwähnen, bis es eines Tages von ungefähr die Leute von sich sprechen hörte, das Mädchen wäre wohl schön, aber doch eigentlich schuld an dem Unglück seiner sieben Brüder. Da ward es ganz betrübt, ging zu Vater und Mutter und fragte, ob es denn Brüder gehabt hätte und wo sie hingeraten wären. Nun durften die Eltern das Geheimnis nicht länger verschweigen, sagten jedoch, es sei so des Himmels Verhängnis und seine Geburt nur der unschuldige Anlass gewesen. Allein das Mädchen machte sich täglich ein Gewissen daraus und glaubte, es müsste seine Geschwister wieder erlösen. Es hatte nicht Ruhe und Rast, bis es sich heimlich aufmachte und in die weite Welt ging, seine Brüder irgendwo aufzuspüren und zu befreien. Es nahm nichts mit sich als ein Ringlein von seinen Eltern zum Andenken, einen Laib Brot für den Hunger, ein Krüglein Wasser für den Durst und ein Stühlchen für die Müdigkeit.

Nun ging es immer zu, weit, weit, bis an der Welt Ende. Da kam es zur Sonne, aber die war zu heiß und fürchterlich und fraß die kleinen Kinder. Eilig lief es weg und lief hin zu dem Mond, aber der war gar zu kalt und auch grausig und bös, und als er das Kind merkte, sprach er: »Ich rieche, rieche Menschenfleisch.« Da machte es sich geschwind fort und kam zu den Sternen, die waren ihm freundlich und gut. Der Morgenstern aber gab ihm ein Hinkelbeinchen und sprach: »Wenn du das Beinchen nicht hast, kannst du den Glasberg nicht aufschließen, darin deine Brüder sind.«

Das Mädchen nahm das Beinchen, wickelte es wohl in ein Tüchlein und ging wieder fort, so lange, bis es an den Glasberg kam. Das Tor war verschlossen, und es wollte das Beinchen hervorholen, aber wie es das Tüchlein aufmachte, so war es leer, und es hatte das Geschenk der guten Sterne verloren. Was sollte es nun anfangen? Seine Brüder wollte es erretten und hatte keinen Schlüssel zum Glasberg. Das gute Schwesterchen nahm ein Messer, schnitt sich ein kleines Fingerchen ab, steckte es in das Tor und schloss glücklich auf. Als es eingegangen war, kam ihm ein Zwerglein entgegen, das sprach: »Mein Kind, was suchst du?« – »Ich suche meine Brüder, die sieben Raben«, antwortete es. Der Zwerg sprach: »Die Herren Raben sind nicht zu Haus, aber willst du hier so lang warten, bis sie kommen, so tritt ein.« Darauf trug das Zwerglein die Speise der Raben herein auf sieben Tellerchen und in sieben Becherchen, und von jedem Tellerchen aß das Schwesterchen ein Bröckchen, und aus jedem Becherchen trank es ein Schlückchen; in das letzte Becherchen aber ließ es das Ringlein fallen, das es mitgenommen hatte.

Auf einmal hörte es in der Luft ein Geschwirr und ein Geweh; da sprach das Zwerglein: »Jetzt kommen die Herren Raben heimgeflogen.« Da kamen sie, wollten essen und trinken und suchten ihre Tellerchen und Becherchen. Da sprach einer nach dem andern: »Wer hat von meinem Tellerchen gegessen? Wer hat aus meinem Becherchen getrunken? Das ist eines Menschen Mund gewesen.« Und wie der Siebente auf den Grund des Bechers kam, rollte ihm das Ringlein entgegen. Da sah er es an und erkannte, dass es ein

Ring von Vater und Mutter war, und sprach: »Gott gebe, unser Schwesterlein wäre da, so wären wir erlöst.« Wie das Mädchen, das hinter der Tür stand und lauschte, den Wunsch hörte, so trat es hervor, und da bekamen alle die Raben ihre menschliche Gestalt wieder. Und sie herzten und küssten einander und zogen fröhlich heim.

Die Gänsemagd

Es lebte einmal eine alte Königin, der war ihr Gemahl schon lange Jahre gestorben, und sie hatte eine schöne Tochter. Wie die erwuchs, wurde sie weit über Feld an einen Königssohn versprochen. Als nun die Zeit kam, wo sie vermählt werden sollten und das Kind in das fremde Reich abreisen musste, packte ihr die Alte gar viel köstliches Gerät und Geschmeide ein, Gold und Silber, Becher und Kleinode, kurz alles, was nur zu einem königlichen Brautschatz gehörte; denn sie hatte ihr Kind von Herzen lieb. Auch gab sie ihr eine Kammerjungfer bei, welche mitreiten und die Braut in die Hände des Bräutigams überliefern sollte, und jede bekam ein Pferd zur Reise, aber das Pferd der Königstochter hieß Falada und konnte sprechen. Wie nun die Abschiedsstunde da war, begab sich die alte Mutter in ihre Schlafkammer, nahm ein Messerlein und schnitt damit in ihre Finger, dass sie bluteten. Darauf hielt sie ein weißes Läppchen unter und ließ drei Tropfen Blut hineinfallen, gab sie der Tochter und sprach: »Liebes Kind, verwahre sie wohl, sie werden dir unterwegs Not tun.«
Also nahmen sie beide voneinander betrübten Abschied. Das Läppchen steckte die Königstochter in ihren Busen vor sich, setzte sich aufs Pferd und zog nun fort zu ihrem Bräutigam. Da sie eine Stunde geritten waren, empfand sie heißen Durst und sprach zu ihrer Kammerjungfer: »Steig ab und schöpfe mir mit meinem Becher Wasser aus dem Bache, ich möchte trinken.« – »Wenn Ihr Durst habt«, sprach die Kammerjungfer, »so steigt selber ab, legt Euch ans Wasser und trinkt, ich mag Eure Magd nicht sein.« Da stieg die Königstochter

vor großem Durst hinunter, neigte sich über das Wasser im Bach und trank und durfte nicht aus dem goldenen Becher trinken. Da sprach sie: »Ach Gott!« Da antworteten die drei Blutstropfen: »Wenn das deine Mutter wüsste, das Herz im Leibe tät' ihr zerspringen.« Aber die Königsbraut war demütig, sagte nichts und stieg wieder zu Pferde. So ritten sie etliche Meilen weiter fort, aber der Tag war warm, die Sonne stach, und sie durstete bald von neuem. Da sie nun an einen Wasserfluss kamen, rief sie noch einmal ihrer Kammerjungfer: »Steig ab und gib mir aus meinem Goldbecher zu trinken«; denn sie hatte aller bösen Worte längst vergessen. Die Kammerjungfer sprach aber noch hochmütiger. »Wollt Ihr trinken, so trinkt allein, ich mag nicht Eure Magd sein.« Da stieg die Königstochter hernieder, legte sich über das fließende Wasser, weinte und sprach: »Ach Gott!« und die Blutstropfen antworteten wiederum: »Wenn das deine Mutter wüsste, das Herz im Leibe tät' ihr zerspringen.« Und wie sie so trank und sich recht überlehnte, fiel ihr das Läppchen, worin die drei Tropfen waren, aus dem Busen und floss mit dem Wasser fort, ohne dass sie es in ihrer großen Angst merkte. Die Kammerjungfer hatte aber zugesehen und freute sich, dass sie Gewalt über die Braut bekäme, denn damit, dass diese die Blutstropfen verloren hatte, war sie machtlos geworden. Als sie nun wieder auf ihr Pferd Falada steigen wollte, sagte die Kammerfrau: »Auf Falada gehör' ich, und auf meinen Gaul gehörst du«; und das musste sie sich gefallen lassen. Dann befahl ihr die Kammerfrau mit harten Worten, die königlichen Kleider auszuziehen und ihre schlechten anzulegen, und endlich musste sie sich unter freiem Himmel verschwören, dass sie am königlichen Hof keinem Menschen etwas davon sprechen wollte; und wenn sie diesen Eid nicht abgelegt hätte, wäre sie auf der Stelle umgebracht worden. Aber Falada sah das alles an und nahm's wohl in Acht.

Die Kammerfrau stieg nun auf Falada und die wahre Braut auf das schlechte Ross, und so zogen sie weiter, bis sie endlich in dem königlichen Schloss eintrafen. Da war große Freude über ihre Ankunft, und der Königssohn sprang ihnen entgegen, hob die Kammerfrau vom Pferde und meinte, sie wäre seine Gemahlin. Sie ward die Treppe hinaufgeführt, die wahre Königstochter aber musste unten stehen bleiben. Da schaute der alte König am Fenster und sah sie im Hof halten und sah, wie sie fein war, zart und gar schön, ging alsbald hin ins königliche Gemach und fragte die Braut nach der, die sie bei sich hätte und die da unten im Hofe stände und wer sie wäre. »Die hab' ich mir unterwegs mitgenommen zur Gesellschaft; gebt der Magd was zu arbeiten, dass sie nicht müßig steht.« Aber der alte König hatte keine Arbeit für sie und wusste nichts, als dass er sagte: »Da hab' ich so einen kleinen Jungen, der hütet die Gänse, dem mag sie helfen.« Der Junge hieß Kürdchen (Konrädchen), dem musste die wahre Braut Gänse hüten helfen.

Bald aber sprach die falsche Braut zu dem jungen König: »Liebster Gemahl, ich bitte Euch, tut mir einen Gefallen.« Er antwortete: »Das will ich gerne tun.« – »Nun, so lasst den Schinder rufen und da dem Pferde, worauf ich hergeritten bin, den Hals abhauen, weil es mich unterwegs geärgert hat.« Eigentlich aber fürchtete sie, dass das Pferd sprechen möchte, wie sie mit der Königstochter umgegangen war. Nun war das so weit geraten, dass der treue Falada sterben sollte, da kam es auch der rechten Königstochter zu Ohr, und sie versprach dem Schinder heimlich ein Stück Geld, das sie ihm bezahlen wollte, wenn er ihr einen kleinen Dienst erwiese. In der Stadt war ein großes, finsteres Tor, wo sie abends und morgens mit den Gänsen durch musste. Unter das finstere Tor möchte er dem Falada seinen Kopf hinnageln, dass sie ihn doch öfter sehen könnte. Also versprach das der Schindersknecht zu tun, hieb den Kopf ab und nagelte ihn unter das finstere Tor fest.

Des Morgens früh, da sie und Kürdchen unterm Tor hinaustrieben, sprach sie im Vorbeigehen:

»O du Falada, da du hangest«,

da antwortete der Kopf

»O du Jungfer Königin, da du gangest,
wenn das deine Mutter wüsste,
ihr Herz tät' ihr zerspringen.«

Da zog sie still weiter zur Stadt hinaus, und sie trieben die Gänse aufs Feld. Und wenn sie auf der Wiese angekommen war, saß sie nieder und machte ihre Haare auf, die waren eitel Gold, und

Kürdchen sah sie und freute sich, wie sie glänzten, und wollte ihr ein paar ausraufen. Da sprach sie:

»Weh, weh, Windchen,
nimm Kürdchen sein Hütchen
und lass'n sich mit jagen,
bis ich mich geflochten und geschnatzt
und wieder aufgesatzt.«

Und da kam ein so starker Wind, dass er dem Kürdchen sein Hütchen wegwehte, und es musste ihm nachlaufen. Bis es wiederkam, war sie mit dem Kämmen und Aufsetzen fertig, und er konnte keine Haare kriegen. Da war Kürdchen bös und sprach nicht mit ihr; und so hüteten sie die Gänse, bis dass es Abend ward, dann gingen sie nach Haus.

Den andern Morgen, wie sie unter dem finstern Tor hinaustrieben, sprach die Jungfrau:

»O du Falada, da du hangest«,

Falada antwortete:

»O du Jungfer Königin, da du gangest,
wenn das deine Mutter wüsste,
ihr Herz tät' ihr zerspringen.«

Und in dem Feld setzte sie sich wieder auf die Wiese und fing an, ihr Haar auszukämmen, und Kürdchen lief und wollte danach greifen, da sprach sie:

»Weh, weh, Windchen,
nimm Kürdchen sein Hütchen
und lass'n sich mit jagen,
bis ich mich geflochten und geschnatzt
und wieder aufgesatzt.«

Da wehte der Wind und wehte ihm das Hütchen vom Kopf weit weg, dass Kürdchen nachlaufen musste; und als es wieder kam, hatte sie längst ihr Haar zurecht, und es konnte keins davon erwischen.
Abends aber, nachdem sie heimgekommen waren, ging Kürdchen vor den alten König und sagte: »Mit dem Mädchen will ich nicht länger Gänse hüten.«

»Warum denn?«, fragte der alte König. »Ei, das ärgert mich den ganzen Tag.« Da befahl ihm der alte König, zu erzählen, wie's ihm denn mit ihr ginge. Da sagte Kürdchen: »Morgens, wenn wir unter dem finstern Tor mit der Herde durchkommen, so ist da ein Gaulskopf an der Wand, zu dem redet sie:

›Falada, da du hangest‹,

da antwortet der Kopf:

›O du Jungfer Königin, da du gangest,
wenn das deine Mutter wüsste,
ihr Herz tät' ihr zerspringen.‹«

Und so erzählte Kürdchen weiter, was auf der Gänsewiese geschähe und wie es da dem Hut im Winde nachlaufen müsste.
Der alte König befahl ihm, den nächsten Tag wieder hinauszutreiben,

und er selbst setzte sich hinter das finstere Tor und hörte da, wie sie mit dem Haupt des Falada sprach; und dann ging er ihr auch nach in das Feld und barg sich in einem Busch auf der Wiese. Da sah er nun bald selbst, wie die Gänsemagd und der Gänsejunge die Herde getrieben brachten und wie sie nach einer Weile sich setzte und ihre Haare losflocht, die strahlten von Glanz. Gleich sprach sie wieder:

»Weh, weh, Windchen,
nimm Kürdchen sein Hütchen
und lass'n sich mit jagen,
bis ich mich geflochten und geschnatzt
und wieder aufgesatzt.«

Da kam ein Windstoß und fuhr mit Kürdchens Hut weg, dass es weit zu laufen hatte, und die Magd kämmte und flocht ihre Locken still fort, welches der alte König alles beobachtete. Darauf ging er unbemerkt zurück, und als abends die Gänsemagd heimkam, rief er sie beiseite und fragte, warum sie das alles so täte? »Das darf ich Euch nicht sagen und darf auch keinem Menschen mein Leid klagen; denn so hab' ich mich unter freiem Himmel verschworen, weil ich sonst um mein Leben gekommen wäre.« Er drang in sie und ließ ihr keinen Frieden, aber er konnte nichts aus ihr herausbringen. Da sprach er: »Wenn du mir nichts sagen willst, so klag dem Eisenofen da dein leid«, und ging fort. Da kroch sie in den Eisenofen, fing an zu jammern und zu weinen, schüttete ihr Herz aus und sprach: »Da sitze ich nun von aller Welt verlassen und bin doch eine Königstochter, und eine falsche Kammerjungfer hat mich mit Gewalt dahin gebracht, dass ich meine königlichen Kleider habe ablegen müssen, und hat meinen Platz bei meinem Bräutigam eingenommen, und ich muss als Gänsemagd gemeine Dienste tun. Wenn das meine Mutter wüsste, das Herz im Leib tät' ihr zerspringen.« Der alte König stand aber außen an der Ofenröhre und hörte, was sie sprach. Da kam er wieder herein und hieß sie aus dem Ofen gehen. Da wurden ihr königliche Kleider angetan, und es schien ein Wunder, wie schön sie war. Der alte König rief seinen Sohn und offenbarte ihm, dass er die falsche Braut hätte, die wäre bloß ein Kammermädchen, die wahre aber stände hier als die gewesene Gänsemagd. Der junge König war herzensfroh, als er ihre Schönheit und Tugend erblickte, und ein großes Mahl wurde angestellt, zu dem alle Leute und guten Freunde gebeten wurden. Obenan saß der Bräutigam, die Königstochter zur einen Seite und die Kammerjungfer zur andern, aber die Kammerjungfer war verblendet und erkannte jene nicht mehr in dem glänzenden Schmuck. Als sie nun gegessen und getrunken hatten und guten Muts waren, gab der alte König der Kammerfrau ein Rätsel auf, was eine solche wert wäre, die den Herrn so und so betrogen hätte, erzählte damit den ganzen Verlauf und fragte: »Welches Urteils ist diese würdig?« Da sprach die falsche Braut: »Die ist nichts Besseres wert, als dass sie splitternackt ausgezogen und in ein Fass gesteckt wird, das inwendig mit spitzen Nägeln beschlagen ist; und zwei weiße Pferde müssen vorgespannt werden, die sie Gasse auf, Gasse ab zu Tode schleifen.« – »Das bist du«, sprach der alte König, »und hast dein eigen Urteil gefunden, und danach soll dir widerfahren.« Und als das Urteil vollzogen war, vermählte sich der junge König mit seiner rechten Gemahlin, und beide beherrschten ihr Reich in Frieden und Seligkeit.

Das Eselein

Es lebten einmal ein König und eine Königin, die waren reich und hatten alles, was sie sich wünschten, nur keine Kinder. Darüber klagte die Königin Tag und Nacht und sprach: »Ich bin wie ein Acker, auf dem nichts wächst.« Endlich erfüllte Gott ihre Wünsche; als das Kind aber zur Welt kam, sah's nicht aus wie ein Menschenkind, sondern war ein junges Eselein. Wie die Mutter das erblickte, fing ihr Klagen erst recht an, sie hätte lieber gar kein Kind gehabt als einen Esel, und sagte, man sollt' ihn ins Wasser werfen, damit ihn die Fische fräßen. Der König aber sprach: »Nein, hat Gott ihn gegeben, soll er auch mein Sohn und Erbe sein und nach meinem Tod die königliche Krone tragen.« Also ward das Eselein aufgezogen, nahm zu, und die Ohren wuchsen ihm auch fein hoch und gerad hinauf. Es war aber sonst fröhlicher Art, sprang herum, spielte und hatte besonders seine Lust an der Musik, so dass es zu einem berühmten Spielmann ging und sprach: »Lehre mich deine Kunst, dass ich so gut die Laute schlagen kann wie du.« – »Ach, liebes Herrlein«, antwortete der Spielmann, »das sollt' Euch schwer fallen, Eure Finger sind allerdings nicht dazu gemacht und gar zu groß; ich sorge, die Saiten halten's nicht aus.« Es half keine Ausrede, das Eselein wollte und musste die Laute schlagen, war beharrlich und fleißig und lernte es am Ende so gut wie sein Meister selber. Einmal ging das junge Herrlein nachdenksam spazieren und kam an einen Brunnen, da schaute es hinein und sah im spiegelhellen Wasser seine Eseleinsgestalt. Darüber ward es so betrübt, dass es in die weite Welt ging und nur einen treuen Gesellen mitnahm. Sie zogen auf und ab, zuletzt kamen sie in ein Reich, wo ein alter König herrschte, der nur eine einzige, aber wunderschöne Tochter hatte. Das Eselein sagte: »Hier wollen wir weilen«, klopfte ans Tor und rief: »Es ist ein Gast haußen, macht auf, damit er eingehen kann.« Als aber nicht aufgetan ward, nahm es seine Laute und schlug sie mit seinen zwei Vorderfüßen aufs Lieblichste. Da sperrte der Türhüter gewaltig die Augen auf, lief zum König und sprach: »Da draußen sitzt ein junges Eselein vor dem Tor, das schlägt die Laute so gut wie ein gelernter Meister.« – »So lass mir den Musikanten hereinkommen«, sprach der König. Wie aber ein Eselein hereintrat, fing alles an zu lachen. Nun sollte das Eselein unten zu den Knechten gesetzt und gespeist werden, es ward aber unwillig und sprach: »Ich bin kein gemeines Stalleselein, ich bin ein vornehmes.« Da sagten sie: »Wenn du das bist, so setze dich zu dem Kriegsvolk.« – »Nein«, sprach es, »ich will beim König sitzen.« Der König lachte und sprach in gutem Mut: »Ja, es soll so sein, wie du verlangst, Eselein, komm her zu mir.« Danach fragte er: »Eselein, wie gefällt dir meine Tochter?« Das Eselein drehte den Kopf nach ihr, schaute sie an, nickte und sprach: »Über die Maßen wohl, sie ist so schön, wie ich noch keine gesehen habe.« – »Nun, so sollst du auch neben ihr sitzen«, sagte der König. »Das ist mir eben recht«, sprach das Eselein und setzte sich an ihre Seite, aß und trank und wusste sich fein und säuberlich zu betragen. Als das edle Tierlein eine gute Zeit an des Königs Hof geblieben war, dachte es: ›Was hilft das alles, du musst wieder heim‹, ließ den Kopf traurig hängen, trat vor den König und verlangte seinen

Abschied. Der König hatte es aber lieb gewonnen und sprach. »Eselein, was ist dir? Du schaust ja sauer wie ein Essigkrug; bleib bei mir, ich will dir geben, was du verlangst. Willst du Gold?« – »Nein«, sagte das Eselein und schüttelte mit dem Kopf. »Willst du Kostbarkeiten und Schmuck?« – »Nein.« – »Willst du mein halbes Reich?« – »Ach nein.« Da sprach der König: »Wenn ich nur wüsste, was dich vergnügt machen könnte; willst du meine schöne Tochter zur Frau?« – »Ach ja«, sagte das Eselein, »die möchte ich wohl haben«, war auf einmal ganz lustig, denn das war's gerade, was es sich gewünscht hatte. Also ward eine große und prächtige Hochzeit gehalten. Abends, wie Braut und Bräutigam in ihr Schlafkämmerlein geführt wurden, wollte der König wissen, ob sich das Eselein auch fein artig und manierlich betrüge, und hieß einen Diener sich dort verstecken. Wie sie nun beide drinnen waren, schob der Bräutigam den Riegel vor die Tür, blickte sich um und, wie er glaubte, dass sie ganz allein wären, da warf er auf einmal seine Eselshaut ab und stand da als schöner königlicher Jüngling. »Nun siehst du«, sprach er, »wer ich bin, und siehst auch, dass ich deiner nicht unwert war.« Da ward die Braut froh, küsste ihn und hatte ihn von Herzen lieb. Als aber der Morgen herankam, sprang er auf, zog seine Tierhaut wieder über, und kein Mensch hätte gedacht, was für einer dahinter steckte. Bald kam auch der alte König gegangen. »Ei«, rief er, »ist das Eselein schon munter! Du bist wohl recht traurig«, sagte er zu seiner Tochter, dass du keinen ordentlichen Menschen zum Mann bekommen hast?« »Ach, nein, lieber Vater, ich habe ihn so lieb und will ihn mein Lebtag behalten.« Der König wunderte sich, aber der Diener, der sich versteckt hatte, kam und offenbarte ihm alles. Der

König sprach: »Das ist nimmermehr wahr.« – »So wacht selber die folgende Nacht, Ihr werdet's mit eigenen Augen sehen, und wisst Ihr was, Herr König, nehmt ihm die Haut weg und werft sie ins Feuer, so muss er sich wohl in seiner rechten Gestalt zeigen.« – »Dein Rat ist gut«, sprach der König, und abends, als sie schliefen, schlich er sich hinein, und wie er zum Bett kam, sah er im Mondschein einen stolzen Jüngling da ruhen, und die Haut lag abgestreift auf der Erde. Da nahm er sie weg und ließ draußen ein gewaltiges Feuer anmachen und die Haut hineinwerfen und blieb selber dabei, bis sie ganz zu Asche verbrannt war. Weil er aber sehen wollte, wie sich der Beraubte anstellen würde, blieb er die Nacht über wach und lauschte. Als der Jüngling ausgeschlafen hatte, stand er beim ersten Morgenschein auf und wollte die Eselshaut anziehen, aber sie war nicht zu finden. Da erschrak er und sprach voll Trauer und Angst: »Nun muss ich sehen, dass ich entfliehe.« Wie er hinaustrat, stand aber der König da und sprach: »Mein Sohn, wohin so eilig, was hast du im Sinn? Bleib hier, du bist ein so schöner Mann, du sollst nicht wieder von mir. Ich gebe dir jetzt mein Reich halb, und nach meinem Tod bekommst du es ganz.« – »So wünsch' ich, dass der gute Anfang auch ein gutes Ende nehme«, sprach der Jüngling, »ich bleibe bei Euch.« Da gab ihm der Alte das halbe Reich, und als er nach einem Jahr starb, hatte er das ganze und nach dem Tod seines Vaters noch eins dazu, und sie lebten in aller Herrlichkeit.

Die kluge Else

Es war ein Mann, der hatte eine Tochter, die hieß die kluge Else. Als sie nun erwachsen war, sprach der Vater: »Wir wollen sie heiraten lassen.« – »Ja«, sagte die Mutter, »wenn nur einer käme, der sie haben wollte.« Endlich kam von weit her einer, der hieß Hans und hielt um sie an, er machte aber die Bedingung, dass die kluge Else auch recht gescheit wäre. »Oh«, sprach der Vater, »die hat Zwirn im Kopf«, und die Mutter sagte: »Ach, die sieht den Wind auf der Gasse laufen und hört die Fliegen husten.« – »Ja«, sprach der Hans, »wenn sie nicht recht gescheit ist, so nehm' ich sie nicht.« Als sie nun zu Tisch saßen und gegessen hatten, sprach die Mutter: »Else, geh in den Keller und hol Bier.« Da nahm die kluge Else den Krug von der Wand und ging in den Keller. Als sie unten war, holte sie ein Stühlchen und stellte es vors Fass, damit sie sich nicht zu bücken brauchte und ihrem Rücken nicht etwa wehe täte und unverhofften Schaden nähme. Dann stellte sie die Kanne vor sich und drehte den Hahn auf, und während der Zeit, dass das Bier hineinlief, wollte sie doch ihre Augen nicht müßig lassen, sah oben an die Wand hinauf und erblickte nach vielem Hinundherschauen eine Kreuzhacke gerade über sich, welche die Maurer da aus Versehen hatten stecken lassen. Da fing die kluge Else an zu weinen und sprach: »Wenn ich den Hans kriege und wir kriegen ein Kind und das ist groß und wir schicken das Kind in den Keller, dass es hier Bier zapfen soll, so fällt ihm die Kreuzhacke auf den Kopf und schlägt's tot.« Da saß sie und weinte und schrie aus Leibeskräften über das bevorstehende Unglück. Die oben warteten auf den Trank, aber die kluge Else kam immer nicht. Da sprach die Frau zur Magd: »Geh doch hinunter in den Keller und sieh, wo die Else bleibt.« Die Magd ging und fand sie vor dem Fasse sitzend und laut schreiend. »Else, was weinst du?«, fragte die Magd. »Ach«, antwortete sie, »soll ich nicht weinen? Wenn ich den Hans kriege und wir kriegen ein Kind und das ist groß und soll hier Trinken zapfen, so fällt ihm vielleicht die Kreuzhacke auf den Kopf und schlägt es tot.« Da sprach die Magd: »Was haben wir für eine kluge Else!«, setzte sich zu ihr und fing auch an, über das Unglück zu weinen. Über eine Weile, als die Magd nicht wieder kam, sprach der Mann zum Knecht: »Geh doch hinunter in den Keller und sieh, wo die Else und die Magd bleiben.« Der Knecht ging hinab; da saßen die kluge Else und die Magd und weinten beide zusammen. Da fragte er: »Was weint ihr denn?« – »Ach«, sprach die Else, »soll ich nicht weinen? Wenn ich den Hans kriege und wir kriegen ein Kind und das ist groß und soll hier Trinken zapfen, so fällt ihm die Kreuzhacke auf den Kopf und schlägt's tot.« Da sprach der Knecht: »Was haben wir für eine kluge Else!«, setzte sich zu ihr und fing auch an, laut zu heulen. Oben warteten sie auf den Knecht, als er aber immer nicht kam, sprach der Mann zur Frau: »Geh doch hinunter in den Keller und sieh, wo die Else bleibt.« Die Frau ging hinab und fand alle drei in Wehklagen und fragte nach der Ursache; da erzählte ihr die Else auch, dass ihr zukünftiges Kind wohl würde von der Kreuzhacke totgeschlagen werden, wenn es erst groß wäre und Bier zapfen sollte und die Kreuzhacke fiele herab. Da sprach die Mutter gleichfalls: »Ach, was haben wir für eine kluge Else!«, setzte sich hin und weinte mit. Der Mann oben wartete noch ein Weilchen, als aber seine Frau nicht wieder kam und sein Durst immer stärker ward, sprach er: »Ich muss nun selber in den Keller gehn und sehen, wo die Else bleibt.« Als er aber in den Keller kam und alle da beieinander saßen und weinten und er die Ursache hörte, dass das Kind der Else schuld wäre, das sie vielleicht einmal zur Welt brächte und das von der Kreuzhacke könnte totgeschlagen werden, wenn es gerade zur Zeit, wo sie herabfiele, darunter säße um Bier zu zapfen, da rief er: »Was für eine kluge Else!«, setzte sich und weinte auch mit. Der Bräutigam blieb lange oben allein; da niemand wiederkommen wollte, dachte er: ›Sie werden unten auf dich warten, du musst auch hingehen und sehen, was sie vorhaben.‹ Als er hinabkam, saßen da fünfe und schrien und jammerten ganz erbärmlich, einer immer besser als der andere. »Was für ein Unglück ist denn geschehen?«, fragte er. »Ach, lieber Hans«, sprach die Else, »wann wir einander heiraten und haben ein Kind und es ist groß und wir schicken's vielleicht hierher, Trinken zu zapfen, da kann ihm ja die Kreuzhacke, die da oben ist stecken geblieben, wenn sie herabfallen sollte, den Kopf zerschlagen, dass es liegen bleibt; sollen wir da nicht weinen?« – »Nun«, sprach Hans, »mehr Verstand ist für meinen Haushalt nicht nötig; weil du so eine kluge Else bist, so will ich dich haben«, und nahm sie mit hinauf und hielt Hochzeit mit ihr.

Als sie den Hans eine Weile hatte, sprach er: »Frau, ich will ausgehen, arbeiten und uns Geld verdienen, geh du ins Feld und schneid das Korn, dass wir Brot haben.« – »Ja, mein lieber Hans, das will ich tun.« Nachdem der Hans fort war, kochte sie sich einen guten Brei und nahm ihn mit ins Feld. Als sie vor den Acker kam, sprach sie zu sich selbst: »Was tu' ich? Schneid' ich eher oder ess' ich eher? Hei, ich will erst essen!« Nun aß sie ihren Topf mit Brei aus, und als sie dick satt war, sprach sie wieder: »Was tu' ich? Schneid' ich eher oder schlaf' ich eher? Hei, ich will erst schlafen!« Da legte sie sich ins Korn und schlief ein. Der Hans war längst zu Haus, aber die Else wollte nicht kommen; da sprach er: »Was hab' ich für eine kluge Else, die ist so fleißig, dass sie nicht einmal nach Haus kommt und isst.« Als sie aber noch immer ausblieb und es Abend ward, ging der Hans hinaus und wollte sehen, was sie geschnitten hätte. Aber es war nichts geschnitten, sondern sie lag im Korn und schlief. Da eilte Hans geschwind heim und holte ein Vogelgarn mit kleinen Schellen und hängte es um sie herum, und sie schlief noch immer fort. Dann lief er heim, schloss die Haustür zu und setzte sich auf seinen Stuhl und arbeitete. Endlich, als es schon ganz dunkel war, erwachte die kluge Else, und als sie aufstand, klingelten die Schellen bei jedem Schritte, den sie tat. Da erschrak sie, ward irre, ob sie auch wirklich die kluge Else wäre, und sprach: »Bin ich's, oder bin ich's nicht?« Sie wusste aber nicht, was sie darauf antworten sollte, und stand eine Zeit lang zweifelhaft. Endlich dachte sie: ›Ich will nach Haus gehen und fragen, ob ich's bin oder ob ich's nicht bin, die werden's ja wissen.‹ Sie lief vor ihre Haustür, aber die war verschlossen, da klopfte sie an das Fenster und rief: »Hans, ist die Else drinnen?« – »Ja«, antwortete der Hans, »sie ist drinnen.« Da erschrak sie und sprach: »Ach Gott, dann bin ich's nicht«, und ging vor eine andere Tür; als aber die Leute das Klingeln der Schellen hörten, wollten sie nicht aufmachen, und sie konnte nirgends unterkommen. Da lief sie fort und niemand hat sie wieder gesehen.

Von dem Fischer un syner Fru

Da wöör maal eens en Fischer un syne Fru, de waanden tosamen in'n Pissputt, dicht an der See; un de Fischer güng alle Dage hen un angeld, un he angeld un angeld.
So seet he ook eens by de Angel un seeg jümmer in das blanke Water henin, un he seet un seet.
Do güng de Angel to Grund, deep ünner, un as he se heruphaald, so haald he enen grooten Butt heruut. Do säd de Butt to em: »Hör mal, Fischer, ik bidd dy, laat my lewen, ik bün keen rechten Butt, ik bün'n verwünschten Prins. Wat helpt dy dat, dat du my doot maakst? Ik würr dy doch nick recht smecken. Sett my wedder in dat Water un laat my swemmen.« – »Nu«, säd de Mann, »du bruukst nick so veel Wöörd to maken, eenen Butt, de spreken kann, hadd ik doch wol swemmen laten.« Mit des sett't he cm wedder in dat Water, do güng de Butt to Grund un leet enen langen Strypen Bloot achter sik. Do stünn de Fischer up un güng na syne Fru in'n Pissputt.
»Mann«, säd de Fru, »hest du hüüt niks fungen?« – »Ne«, säd de Mann, »ik füng enen Butt, de säd, he wöör en verwünschten Prins, do hebb ik em wedder swemmen laten.« – »Hest du dy denn niks wünschd?«, säd de Fru. »Ne«, säd de Mann, »wat schull ik my wünschen?« – »Ach«, säd de Fru, »dat is doch äwel, hyr man jümmer in'n Pissputt to wanen, dat stinkt un is so eeklig. Du haddst uns doch ene lüttje Hütt wünschen kunnt. Ga noch hen un roop em, segg em, wy wählt ne lüttje Hütt hebben.« – »Ach«, säd de Mann, »wat schull ik door noch hengaan?« – »I«, säd de Fru, »du haddst em doch fungen un hest em wedder swemmen laten, he dait dat gewiss. Ga glyk hen.« De Mann wull noch nicht recht, wull awerst syn Fru ook nicht to weddern syn un güng hen na der See.
As he door köhm, wöör de See ganß gröön un geel un goor nick meer so blank. So güng he staan un säd:

»Manntje, Manntje, Timpe Te,
Buttje, Buttje in der See,
myne Fru de Ilsebill
will nich so, as ik wol will.«

Do köhm de Butt answemmen un säd: »Na, wat will se denn?« – »Ach«, säd de Mann, »ik hebb dy doch fungen hatt, nu säd myn Fru, ik hadd my doch wat wünschen schullt. Se mag nick meer in'n Pissputt wanen, se wull geern ne Hütt!« – »Ga man hen«, sed de Butt, »se hett se all.« Do güng de Mann hen, dar stünn awerst ene lüttje Hütt, un syne Fru seet vor de Döhr up ene Bänk. Do nöhm syne Fru em by de Hand un säd to em: »Kumm man herin, süh, nu is dat doch veel beter.« Do güngen se henin, un in de Hütt was een lüttjen Vörplatz un ene lüttje herrliche Stuw un Kamer, wo jem eer Bedd stünn, un Kääk un Spysekamer, allens up dat beste mit Gerädschoppen, un up dat schönnste upgefleyt, Tinntüüg un Mischen (Messing), wat sik darin höört. Un achter was ook en lüttjen Hof mit Hönern un Aanten un en lüttjen Goorn mit Grönigkeiten un Aaft (Obst). »Süh«, säd de Fru, »is dat nich nett?« – »Ja«, säd de Mann, »so schall't blywen, nu wähl wy recht vergnöögt lewen.« – »Dat wähl wy uns bedenken«, säd de Fru. Mit des eeten se wat un güngen to Bedd.

So güng dat wol 'n acht oder veertein Dag, do säd de Fru: »Hör, Mann, de Hütt is ook goor to eng, un de Hof un de Goorn is so kleen; de Butt hadd uns ook wol een grötter Huus schenken kunnt. Ich much woll in enem grooten stenern Slott wanen. Ga hen tom Butt, he schall uns en Slott schenken.« – »Ach, Fru«, säd de Mann, »de Hütt is jo god noog, wat wähl wy in'n Slott wanen?« – »I wat«, säd de Fru, »ga du man hen, de Butt kann dat jümmer doon.« – »Ne, Fru«, säd de Mann, »de Butt hett uns eerst de Hütt gewen, ik mag nu nich all wedder kamen, den Butt muchd et vördreten.« – »Ga doch«, säd de Fru, »he kann dat recht good un dait dat geern.« Dem Mann wöör syn Hart so swoor, un he wull nich; he säd by sik sülven: »Dat is nich recht«, he güng awerst doch hen.

As he an de See köhm, wöör dat Water ganß vigelett und dunkelblau un grau un dick un goor nich meer so gröön un geel, doch wöör't noch still. Do güng he staan un säd:

»Manntje, Manntje, Timpe Te,
Buttje, Buttje in der See,
myne Fru de Ilsebill
will nich so, as ik wol will.«

»Na, wat will se denn?«, säd de Butt. »Ach«, säd de Mann, »se will in'n groot stenern Slott wanen.« – »Ga man hen, se stait vör der Döhr«, säd de Butt.

Da güng de Mann hen un dachd, he wull na Huus gaan, as he awerst daar köhm, so stünn door 'n grooten stenern Pallast, un syn Fru stünn ewen up de Trepp un wull henin gaan. Do nöhm se em by de Hand un säd: »Kumm man herein.« Mit des güng he mit ehr henin, un in dem Slott wöör ene groote Dehl mit marmelstenern Asters (Estrich), un dar wären so veel Bedeenters, de reten de grooten Dören up, un de Wende wären all blank un mit schöne Tapeten un in de Zimmers luter gollne Stöhl un Dischen, un krystallen Kroonlüchters höngen an dem Bähn, un so wöör dat all de Stuwen un Kamers mit Footdeken, un dat Aeten und de allerbeste Wyn stünn up den Dischen as wenn se breken wullen. Un achter dem Huse wöör okk'n grooten Hof mit Peerd- un Kohstall un Kutschwagens up dat allerbeste, ook was door en grooten herrlichen Goorn mit de schönnsten Blomen un fyne Aaftbömer, un en Lustholt wol ne halwe Myl lang, door wären Hirschen un Reh un Hasen drin un allens, wat man sik jümmer wünschen mag. »Na«, säd de Fru, »is dat nu nich schön?« – »Ach ja«, säd de Mann, »so schall't ook blywen, nu wähl wy ook tofreden syn.« – »Dat wähl wy uns bedenken«, säd de Fru, »un wählen't beslapen.« Mit des güngen se to Bedd.

Den annern Morgen waakd de Fru to eerst up, dat was jüst Dag, un seeg uut jem ehr Bedd dat herrliche Land vör sik liggen. De Mann reckd sik noch, do stödd se em mit dem Ellbagen in de Syd un säd: »Mann, sta up, und kyk mal uut dem Fenster. Süh, kunnen wy nich König warden äwer all düt Land? Ga hen tom Butt, wy wählt König syn.« – »Ach, Fru«, säd de Mann, »wat wähl wy König syn! Ik mag nich König syn.« – »Na«, säd de Fru, »wullt du nich König syn, so will ik König syn. Ga hen tom Butt, ik will König syn.« – »Ach, Fru«, säd de Mann, »wat wullst du König syn! Dat mag ik em nich seggen.« – »Worüm nich?«, säd de Fru, »ga stracks hen, ik mutt König syn.« Do güng de Mann hen un wöör ganß bedröft, dat syne Fru König warden wull. ›Dat is nich recht un is nich recht‹, dachd de Mann.

Un as he an de See köhm, da wöör de See ganß swartgrau, un dat Water geerd so von ünnen up un stünk ook ganß fuul. Do güng he staan un säd:

»Manntie, Manntje, Timpe Te,
Buttje, Buttje in der See,
myne Fru de Ilsebill
will nich so, as ik wol will.«

»Na, wat will se denn?«, säd de Butt. »Ach«, säd de Mann, »se will König warden.« – »Ga man hen, se is't all«, säd de Butt.
Do güng de Mann hen, un as he na dem Pallast köhm, so wöör dat Slott veel größer worren, mit enem grooten Toorn un heerlyken Zyraat doran. Un de Schildwacht stünn vor de Döhr, un dar wören so väle Soldaten un Pauken un Trumpeten. Un as he in dat Huus köhm, so wöör allens von purem Marmelsteen mit Gold un sammtne Deken un groote gollne Quasten. Do güngen de Dören von dem Saal up, door de ganße Hofstaat wöör, un syne Fru seet up enem hogen Troon von Gold un Demant un hadd ene groote gollne Kroon up un den Zepter in der Hand von purem Gold un Edelsteen, un up beyden Syden by ehr stünnen ses Jumpfern in ene Reeg, jümmer ene enen Kops lüttjer as de annere. Do güng he staan un säd: »Ach, Fru, büst du nun König?« – »Ja«, säd de Fru, »nu bün ik König.« Do stünn he un seeg se an, un as he se do een Flach (eine Zeit lang) so ansehn hadd, säd he: »Ach, Fru, wat lett dat schöön, wenn du König büst! Nu wähl wy ook niks meer wünschen.« – »Ne, Mann«, säd de Fru un wöör ganß unruhig, »my waart de Tyd un Wyl al lang, ik kann dar nick meer uthollen. Ga hen tom Butt, König bün ik, nu mutt ik ook Kaiser warden.« – »Ach, Fru«, säd de Mann, »wat wullst du Kaiser warden?« – »Mann«, säd se, »ga tom Butt, ik will Kaiser syn.« – »Ach, Fru«, säd de Mann, »Kaiser kann he nich maken, ik mag dem Butt dat nich seggen; Kaiser is man eenmal im Reich; Kaiser kann de Butt jo nich maken, dat kann un kann he nich.« – »Wat«, säd de Fru, »ik bünn König, un du büst man myn Mann, wullt du glyk hengaan? Glyk ga hen, kann he König maken, kann he ook Kaiser maken, ik will un will Kaiser syn; glyk ga hen.« Do mussd he hengaan. Do de Mann awer hengüng, wöör ganß bang, un as he so güng, dachd he by sik: ›Düt gait un gait nich good, Kaiser is to uutvörschaamt, de Butt wart am Ende möd.‹
Mit des köhm he an de See, do wöör de See noch ganß swart un dick

un füng al so von ünnen up to geeren, dat et so Blasen smeet, un et güng so ein Keekwind äwer hen, dat et sik so köhrd; nu de Mann wurr groen (grauen). Do güng he staan un säd:

»Manntje, Manntje, Timpe Te,
Buttje, Buttje in der See,
myne Fru de Ilsebill
will nich so, as ik wol will.«

»Na, wat will se denn?«, säd de Butt. – »Ach, Butt«, säd he, »myn Fru will Kaiser warden.« – »Ga man hen«, säd de Butt, »se is't all.«
Do güng de Mann hen, un as he door köhm, so wöör dat ganße Slott von poleertem Marmelsteen mit albasternen Figuren un gollnen Zyraten. Vör de Döhr marscheerden de Soldaten, un se blösen Trumpeten un slögen Pauken und Trummeln. Awerst in dem Huse, da güngen de Baronen un Grawen un Herzogen man so as Bedeenters herüm. Do maakden se em de Dören up, de von luter Gold wären. Und as he herinköhm, door seet syne Fru up enem Troon, de wöör von een Stück Gold un wör wol twe Myl hoog; un hadd ene groote gollne Kroon up, de wöör dre Elen hoog un mit Briljanten un Karfunkelsteen besett't, in de ene Hand hadde se den Zepter un in de annere Hand den Reichsappel, un up beyden Syden by eer door stünnen de Trabanten so in twe Regen, jümmer een lüttjer as de annere, von dem allergröttesten Rysen, de wöör twe Myl hoog, bet to dem allerlüttjesten Dwaark, de wöör man so groot as min lüttje Finger. Un vör ehr stünnen so vele Fürsten un Herzogen. Door güng de Mann tüschen staan un säd: »Fru, büst du nu Kaiser?« – »Ja«, säd se, »ik bün Kaiser.« Do güng he staan un beseeg se sik so recht, un as he se so'n Flach ansehn hadd, so säd he: »Ach, Fru, watt lett dat schöön, wenn du Kaiser büst.« – »Mann«, säd se, »wat staist du door? Ik bün nu Kaiser, nu will ik awerst ook Paabst warden, ga hen tom Butt.« – »Ach, Fru«, säd de Mann, »was wullst du man nich? Paabst kannst du nich warden, Paabst is man eenmal in der Kristenhait, dat kann he doch nich maken.« – »Mann«, säd se, ik mutt hüüt noch Paabst warden.« – »Ne, Fru«, säd de Mann, »dat mag ik em nich seggen, dat gait nich good, tom Paabst kann de Butt nich maken.« – »Mann, wat Snack!«, säd de

Fru, »kann he Kaiser maken, kann he ook Paabst maken. Ga foorts hen, ik bünn Kaiser, un du büst man myn Mann, wullt du wol hengaan?« Do wurr he bang un güng hen, em wöör awerst ganß flau, un zitterd un beewd, un de Knee un de Waden slakkerden em. Un dar streek so'n Wind äwer dat Land, un de Wolken flögen, as dat düster wurr gegen Awend; de Bläder waiden von den Bömern, un dat Water güng und bruusd, as kaakd dat, un platschd an dat Aever, un von feern seeg he de Schepen, de schöten in der Noot un danßden un sprüngen up den Bülgen. Doch wöör de Himmel noch so'n bitten blau in de Midd, awerst an den Syden door toog dat so recht rood up as en swohr Gewitter. Do güng he recht vörzufft (verzagt) staan in de Angst un säd:

»Manntje, Manntje, Timpe Te,
Buttje, Buttje in der See,
myne Fru de Ilsebill
will nich so, as ik wol will.«

»Na, wat will se denn?«, säd de Butt. »Ach«, säd de Mann, »se will Paabst warden.« – »Ga man hen, se is't all«, säd de Butt.

Do güng he hen, un as he door köhm, so wöör dar as en groote Kirch mit luter Pallastens ümgewen. Door drängd he sik dorch dat Volk. Inwendig was awer allens mit dausend un dausend Lichtern erleuchtet, un syne Fru wöör in luter Gold gekledet un seet noch up enem veel högeren Troon un hadde dre groote gollne Kronen up, un üm ehr dar so veel von geistlykem Staat, un up beyden Syden by ehr door stünnen twe Regen Lichter, dat gröttste so dick un groot as de allergröttste Toorn, bet to dem allerkleensten Käkenlicht; un alle de Kaisers un de Königen de legen vör ehr up de Kne un küssden ehr den Tüffel. »Fru«, säd de Mann un seeg se so recht an, »büst du nu Paabst?« – »Ja«, säd se, »ik bün Paabst.« – Do güng he staan un seeg se recht an, un dat wöör, as wenn he in de hell Sunn seeg. Ass he se do en Flach ansehn hadd, so segt he: »Ach, Fru, wat lett dat schöön, wenn du Paabst büst!« Se seet awerst ganß styf as en Boom un rüppeld un röhrd sik nich. Do säd he: »Fru, nu sy tofreden, nu kannst du doch niks meer warden.« – »Dat will ik my bedenken«, säd de Fru. Mit des güngen se beyde to Bedd, awerst se wörr nick tofreden, se dachd jümmer, wat se noch warden wull.

De Mann sleep recht good un fast, he hadd den Dag veel lopen, de Fru awerst kunn goor nich inslapen de ganße Nacht un dachd man jümmer, wat se noch wol warden kunn, un kunn sik doch up niks meer besinnen. Mit des wull de Sünn upgaan, un as se dat Morgenrood seeg, richt'd se sik äwer End im Bedd un seeg door henin, un as se uut dem Fenster de Sünn so herup kamen seeg, ha, dachd se, kunn ik nich ook de Sünn un de Maan upgaan laten? – »Mann«, säd se un stödd em mit dem Ellbagen in de Ribben, »waak up, ga hen tom Butt, ik will warden as de lewe Gott.« De Mann was noch meist in'n Slaap, awerst he vörschrock sik so, dat he uut dem Bedd füll. He meend, he hadd sik vörhöörd un säd: »Ach, Fru, wat säd'st du?« – »Mann«, säd se, »wenn ik nich de Sünn un de Maan kan upgaan laten un mutt dat so ansehn, dat de Sünn un de Maan upgaan, ik kann dat nich uuthollen un hebb kene geruhige Stünd meer, dat ik se nich sülwst kann upgaan laten.« Do seeg se em so recht gräsig an, dat em so'n Schudder äwerleep. »Glyk ga hen, ik will warden as de lewe Gott.« – »Ach, Fru«, säd de Mann un füll vör eer up de Knee, »dat kann de Butt nich. Kaiser un Paabst kann he maken, ik bidd dy, sla in dy un blyf Paabst.« Do köhm se in de Booshait, de Hoor flögen ehr so wild üm den Kopp, da reet se sik dat Lyfken up un geef em eens mit dem Foot un schreed: »Ik holl dat nich uut, wult du hengaan?« Do slööpd he sik de Büxen an un leep wech as unsinnig.

Buten awer güng de Storm un bruusde, dat he kuum up den Föten staan kunn. De Huser un de Bömer waiden um, un de Baarge beewden, un de Felsenstücken rullden in de See, un de Himmel wöör ganß pickswart, un dat dunnerd un blitzd, un de See güng in so hoge swarte Bülgen as Kirchentöörn un as Baarge, un de hadden bawen all ene witte Kroon von Schuum up. Do schre he un kun syn egen Woord nich hören:

»Manntje, Manntje, Timpe Te,
Buttje, Buttje in der See,
myne Fru de Ilsebill
will nich so, as ik wol will.«

»Na, wat will se denn?«, säd de Butt. »Ach«, säd he, »se will warden as de lewe Gott.« – »Ga man hen, se sitt all weder in'n Visputt.«
Door sitten se noch bet up hüüt un düssen Dag.

Frau Holle

Eine Witwe hatte zwei Töchter, davon war die eine schön und fleißig, die andere hässlich und faul. Sie hatte aber die hässliche und faule, weil sie ihr rechte Tochter war, viel lieber, und die andere musste alle Arbeit tun. Das arme Mädchen musste sich täglich auf die große Straße bei einen Brunnen setzen und musste so viel spinnen, dass ihm das Blut aus den Fingern sprang. Nun trug es sich zu, dass die Spule einmal ganz blutig war; da bückte es sich damit in den Brunnen und wollte sie abwaschen, sie sprang ihm aber aus der Hand und fiel hinab. Es weinte, lief zur Stiefmutter und erzählte ihr das Unglück. Sie schalt es aber so heftig und war so unbarmherzig, dass sie sprach: »Hast du die Spule hinunterfallen lassen, so hol sie auch wieder herauf.« Da ging das Mädchen zu dem Brunnen zurück und wusste nicht, was es anfangen sollte, und in seiner Herzensangst sprang es in den Brunnen hinein, um die Spule zu holen. Es verlor die Besinnung, und als es erwachte und wieder zu sich selber kam, war es auf einer schönen Wiese, wo die Sonne schien und viel tausend Blumen standen. Auf dieser Wiese ging es fort und kam zu einem Backofen, der war voller Brot; das Brot aber rief: »Ach, zieh mich raus, zieh mich raus, sonst verbrenn' ich, ich bin schon längst ausgebacken.« Da trat es herzu und holte mit dem Brotschieber alles nacheinander heraus. Danach ging es weiter und kam zu einem Baum, der hing voller Äpfel und rief ihm zu: »Ach, schüttel mich, schüttel mich, wir Äpfel sind alle miteinander reif.« Da schüttelte es den Baum, dass die Äpfel fielen, als regneten sie, und schüttelte, bis keiner mehr oben war; und als es alle in einen Haufen zusammengelegt hatte, ging es wieder weiter. Endlich kam es zu einem kleinen Haus, daraus guckte eine alte Frau, weil sie aber so große Zähne hatte, ward ihm angst, und es wollte fortlaufen. Die alte Frau aber rief ihm nach: »Was fürchtest du dich, liebes Kind? Bleib bei mir, wenn du alle Arbeit tun willst, so soll dir's gut gehn. Du musst nur Acht geben, dass du mein Bett gut machst und es fleißig aufschüttelst, dass die Federn fliegen. Dann schneit es in der Welt; ich bin die Frau Holle.« Weil die Alte ihm so gut zusprach, willigte es ein und gab sich in ihren Dienst. Es besorgte auch alles nach ihrer Zufriedenheit und schüttelte ihr das Bett immer gewaltig auf, dass die Federn wie Schneeflocken umherflogen; dafür hatte es auch ein gutes Leben bei ihr, kein böses Wort und alle Tage Gesottenes und Gebratenes. Nun war es eine Zeit lang bei der Frau Holle, da ward es traurig und wusste anfangs selbst nicht, was ihm fehlte, endlich merkte es, dass es Heimweh war; obwohl es ihm hier vieltausendmal besser ging als zu Haus. Endlich sagte es zu ihr: »Ich habe den Jammer nach Haus gekriegt, und wenn es mir auch noch so gut hier unten geht, so kann ich doch nicht länger bleiben, ich muss wieder hinauf zu den Meinigen.« Die Frau Holle sagte: »Es gefällt mir, dass du wieder nach Haus verlangst, und weil du mir so treu gedient hast, so will ich dich selbst wieder hinaufbringen.« Sie nahm es darauf bei der Hand und führte es vor ein großes Tor. Das Tor ward aufgetan, und wie das Mädchen gerade darunter stand, fiel ein gewaltiger Goldregen, und alles Gold blieb an ihm hängen, so dass es über und über davon bedeckt war. »Das sollst du haben, weil du so fleißig gewesen bist«, sprach die Frau Holle und gab ihm auch die Spule wieder, die ihm in den Brunnen gefallen war. Darauf ward das Tor verschlossen, und das Mädchen befand sich oben auf der Welt, nicht weit von seiner Mutter Haus. Und als es in den Hof kam, saß der Hahn auf dem Brunnen und rief:

»Kikeriki,
unsere goldene Jungfrau ist wieder hie.«

Da ging es hinein zu seiner Mutter, und weil es so mit Gold bedeckt ankam, ward es von ihr und der Schwester gut aufgenommen.

Das Mädchen erzählte alles, was ihm begegnet war, und als die Mutter hörte, wie es zu dem großen Reichtum gekommen war, wollte sie

der andern hässlichen und faulen Tochter gerne dasselbe Glück verschaffen. Sie musste sich an den Brunnen setzen und spinnen, und damit ihre Spule blutig ward, stach sie sich in die Finger und stieß die Hand in die Dornhecke. Dann warf sie die Spule in den Brunnen und sprang selber hinein. Sie kam wie die andere auf die schöne Wiese und ging auf demselben Pfade weiter. Als sie zu dem Backofen gelangte, schrie das Brot wieder: »Ach, zieh mich raus, zieh mich raus, sonst verbrenn' ich, ich bin schon längst ausgebacken.« Die Faule aber antwortete: »Da hätt' ich Lust, mich schmutzig zu machen«, und ging fort. Bald kam sie zu dem Apfelbaum, der rief: »Ach, schüttel mich, schüttel mich, wir Äpfel sind alle miteinander reif.« Sie antwortete aber: »Du kommst mir recht, es könnte mir einer auf den Kopf fallen«, und ging damit weiter. Als sie vor der Frau Holle Haus kam, fürchtete sie sich nicht, weil sie von ihren großen Zähnen schon gehört hatte, und verdingte sich gleich zu ihr. Am ersten Tag tat sie sich Gewalt an, war fleißig und folgte der Frau Holle, wenn sie ihr etwas sagte, denn sie dachte an das viele Gold, das sie ihr schenken würde; am zweiten Tag aber fing sie schon an zu faulenzen, am dritten noch mehr, da wollte sie morgens gar nicht aufstehen. Sie machte auch der Frau Holle das Bett nicht, wie sich's gebührte, und schüttelte es nicht, dass die Federn aufflogen. Das ward die Frau Holle bald müde und sagte ihr den Dienst auf. Die Faule war das wohl zufrieden und meinte, nun würde der Goldregen kommen; die Frau Holle führte sie auch zu dem Tor, als sie aber darunter stand, ward statt des Goldes ein großer Kessel voll Pech ausgeschüttet. »Das ist zur Belohnung deiner Dienste«, sagte die Frau Holle und schloss das Tor zu. Da kam die Faule heim, aber sie war ganz mit Pech bedeckt, und der Hahn auf dem Brunnen, als er sie sah, rief:

»Kikeriki,
unsere schmutzige Jungfrau ist wieder hie.«

Das Pech aber blieb fest an ihr hängen und wollte, solange sie lebte, nicht abgehen.

Die Sterntaler

Es war einmal ein kleines Mädchen, dem waren Vater und Mutter gestorben, und es war so arm, dass es kein Kämmerchen mehr hatte, darin zu wohnen, und kein Bettchen mehr, darin zu schlafen, und endlich gar nichts mehr als die Kleider auf dem Leib und ein Stückchen Brot in der Hand, das ihm ein mitleidiges Herz geschenkt hatte. Es war aber gut und fromm. Und weil es so von aller Welt verlassen war, ging es im Vertrauen auf den lieben Gott hinaus ins Feld. Da begegnete ihm ein armer Mann, der sprach: »Ach, gib mir etwas zu essen, ich bin so hungrig.« Es reichte ihm das ganze Stückchen Brot und sagte: »Gott segne dir's«, und ging weiter. Da kam ein Kind, das jammerte und sprach: »Es friert mich so an meinem Kopfe, schenk mir etwas, womit ich ihn bedecken kann.« Da tat es seine Mütze ab und gab sie ihm. Und als es noch eine Weile gegangen war, kam wieder ein Kind und hatte kein Leibchen an und fror, da gab es ihm seins; und noch weiter, da bat eins um ein Röcklein, das gab es auch von sich hin. Endlich gelangte es in einen Wald, und es war schon dunkel geworden, da kam noch eins und bat um ein Hemdlein, und das fromme Mädchen dachte: ›Es ist dunkle Nacht, da sieht dich niemand, du kannst wohl dein Hemd weggeben‹, und gab es auch noch hin. Und wie es so stand und gar nichts mehr hatte, fielen auf einmal die Sterne vom Himmel und waren lauter harte, blanke Taler; und ob es gleich sein Hemdlein weggegeben, so hatte es ein neues an, und das war vom allerfeinsten Linnen. Da sammelte es sich die Taler hinein und war reich für sein Lebtag.

Der Krautesel

Es war einmal ein junger Jäger, der ging in den Wald auf Anstand. Er hatte ein frisches und fröhliches Herz, und als er daherging und auf dem Blatt pfiff, kam ein altes, hässliches Mütterchen, das redete ihn an und sprach: »Guten Tag, lieber Jäger, du bist wohl lustig und vergnügt, aber ich leide Hunger und Durst, gib mir doch ein Almosen.« Da dauerte den Jäger das arme Mütterchen, dass er in seine Tasche griff und ihr nach seinem Vermögen etwas reichte. Nun wollte er weitergehen, aber die alte Frau hielt ihn an und sprach: »Höre, lieber Jäger, was ich dir sage, für dein gutes Herz will ich dir ein Geschenk machen. Geh nur immer deiner Wege, über ein Weilchen wirst du an einen Baum kommen, darauf sitzen neun Vögel, die haben einen Mantel in den Krallen und raufen sich darum. Da lege du deine Büchse an und schieß mittendrunter; den Mantel werden sie dir wohl fallen lassen, aber auch einer von den Vögeln wird getroffen sein und tot herabstürzen. Den Mantel nimm mit dir, es ist ein Wunschmantel, wenn du ihn um die Schultern wirfst, brauchst du dich nur an einen Ort zu wünschen, und im Augenblick bist du dort. Aus dem toten Vogel nimm das Herz heraus und verschluck es ganz, dann wirst du allen und jeden Morgen früh beim Aufstehen ein Goldstück unter deinem Kopfkissen finden.«

Der Jäger dankte der weisen Frau und dachte bei sich: ›Schöne Dinge, die sie mir versprochen hat, wenn's nur auch all so einträfe.‹ Doch wie er weiter gegangen war, hörte er über sich in den Ästen ein Geschrei und Gezwitscher, dass er aufschaute. Da sah er einen Haufen Vögel, die rissen mit den Schnäbeln und Füßen ein Tuch herum, zerrten und balgten sich, als wollt's ein jeder allein haben. »Nun«, sprach der Jäger, »das ist wunderlich, es kommt ja geradeso, wie das Mütterchen gesagt hat«, nahm die Büchse von der Schulter, legte an und tat seinen Schuss mitten hinein. Alsbald nahm das Getier mit großem Schreien die Flucht, aber einer fiel tot herab, und der Mantel sank ebenfalls herunter. Da tat der Jäger, wie ihm die Alte geheißen hatte, schnitt den Vogel auf, suchte das Herz, schluckte es hinunter und nahm den Mantel mit nach Haus.

Am andern Morgen, als er aufwachte, fiel ihm die Verheißung ein, und er wollte sehen, ob sie auch eingetroffen wäre. Wie er aber sein Kopfkissen in die Höhe hob, da schimmerte ihm das Goldstück entgegen, und am andern Morgen fand er wieder eins und so weiter jedes Mal, wenn er aufstand. Er sammelte sich einen Haufen Gold, endlich aber dachte er: ›Was hilft mir all mein Gold, wenn ich daheim bleibe? Ich will mich in der Welt umsehen.‹

Da nahm er von seinen Eltern Abschied, hing seinen Jägerranzen und seine Flinte um und zog in die Welt. Es trug sich zu, dass er eines Tages durch einen dicken Wald kam, und wie der zu Ende war, lag in der Ebene vor ihm ein ansehnliches Schloss. In einem Fenster desselben stand eine Alte mit einer wunderschönen Jungfrau und schaute herab. Die Alte aber war eine Hexe und sprach zu dem Mädchen: »Dort kommt einer aus dem Wald, der hat einen wunderbaren Schatz im Leib, den müssen wir darum berücken, mein Herzenstöchterchen, uns steht das besser an als ihm. Er hat ein Vogelherz bei sich, deshalb liegt jeden Morgen ein Goldstück unter seinem Kopfkissen.« Sie erzählte ihr, wie es damit beschaffen wäre und wie sie darum zu spielen hätte, und zuletzt drohte sie und sprach mit zornigen Augen: »Und wenn du mir nicht gehorchst, so bist du unglücklich.« Als nun der Jäger näher kam, erblickte er das Mädchen und sprach zu sich: »Ich bin nun so lang herumgezogen, ich will einmal ausruhen und in das schöne Schloss einkehren, Geld hab' ich ja vollauf.« Eigentlich aber war die Ursache, dass er ein Auge auf das schöne Bild geworfen hatte.

Er trat in das Haus ein und ward freundlich empfangen und bewirtet. Bald war er so in das Hexenmädchen verliebt, dass er an nichts anderes mehr dachte und nur nach ihren Augen sah, und was sie verlangte, das tat er gerne. Da sprach die Alte: »Nun müssen wir das Vogelherz haben, er wird nicht spüren, wenn es ihm fehlt.« Sie richteten einen Trank zu, und wie der gekocht war, tat sie ihn in einen Becher und gab ihn dem Mädchen, das musste ihn dem Jäger reichen. Sprach es: »Nun, mein Liebster, trink mir zu.« Da nahm er den Becher, und wie er den Trank geschluckt hatte, brach er das Herz des Vogels aus dem Leibe. Das Mädchen musste es heimlich fortschaffen und dann selbst verschlucken; denn die Alte wollte es haben. Von nun an fand er kein Gold mehr unter seinem Kopfkissen, sondern es lag unter dem Kissen des Mädchens, wo es die Alte jeden Morgen holte; aber er war so verliebt und vernarrt, dass er an nichts anderes dachte, als sich mit dem Mädchen die Zeit zu vertreiben.

Da sprach die alte Hexe: »Das Vogelherz haben wir, aber den Wunschmantel müssen wir ihm auch abnehmen.« Antwortete das Mädchen: »Den wollen wir ihm lassen, er hat ja doch seinen Reichtum verloren.« Da ward die Alte bös und sprach: »So ein Mantel ist ein wunderbares Ding, das selten auf der Welt gefunden wird, den soll und muss ich haben.« Sie machte dem Mädchen Vorschläge und sagte, wenn es ihr nicht gehorchte, sollte es ihm schlimm ergehen. Da tat es nach dem Geheiß der Alten, stellte sich einmal ans Fenster und schaute in die weite Gegend, als wäre es ganz traurig. Fragte der Jäger: »Was stehst du so traurig da?« – »Ach, mein Schatz«, gab es zur Antwort, »da gegenüber liegt der Granatenberg, wo die köstlichen Edelsteine wachsen. Ich trage so groß Verlangen danach, dass, wenn ich daran denke, ich ganz traurig bin; aber wer kann sie holen? Nur die Vögel, die fliegen, kommen hin, ein Mensch nimmermehr.« – »Hast du weiter nichts zu klagen?«, sagte der Jäger, »den Kummer will ich dir bald vom Herzen nehmen.« Damit fasste er sie unter seinen Mantel und wünschte sich hinüber auf den Granatenberg, und im

Augenblick saßen sie auch beide drauf. Da schimmerte das edle Gestein von allen Seiten, dass es eine Freude war anzusehen, und sie lasen die schönsten und kostbarsten Stücke zusammen. Nun hatte es aber die Alte durch ihre Hexenkunst bewirkt, dass dem Jäger die Augen schwer wurden. Er sprach zu dem Mädchen: »Wir wollen ein wenig niedersitzen und ruhen, ich bin so müde.« Da setzten sie sich, und er legte sein Haupt in ihren Schoß und schlief ein. Wie er eingeschlafen war, da band es ihm den Mantel von den Schultern und hing ihn sich selbst um, las die Granaten und Steine auf und wünschte sich damit nach Haus.

Als aber der Jäger seinen Schlaf ausgetan hatte und aufwachte, sah er, dass seine Liebste ihn betrogen und auf dem wilden Gebirg allein gelassen hatte. »Oh«, sprach er, »wie ist die Untreue so groß auf der Welt!« Saß da in Sorge und Herzeleid und wusste nicht, was er anfangen sollte. Der Berg aber gehörte wilden und ungeheuern Riesen, die drauf wohnten und ihr Wesen trieben, und er saß nicht lange, so sah er ihrer drei daherschreiten. Da legte er sich lang nieder, als wäre er in tiefen Schlaf versunken. Nun kamen die Riesen herbei, und der Erste stieß ihn mit dem Fuß an und sprach: »Was liegt da für ein Erdwurm und beschaut sich inwendig?« Der Zweite sprach: »Tritt ihn tot.« Der Dritte aber sprach verächtlich: »Das wäre der Mühe wert! Lasst ihn nur leben, hier kann er nicht bleiben, und wenn er höher steigt bis auf die Bergspitze, so packen ihn die Wolken und tragen ihn fort.« Unter diesem Gespräch gingen sie vorüber, der Jäger aber hatte auf ihre Worte gemerkt, und sobald sie fort waren, stand er auf und klomm den Berggipfel hinauf. Als er ein Weilchen dagesessen hatte, so schwebte eine Wolke heran, ergriff ihn, trug ihn fort und zog eine Zeit lang am Himmel her, dann senkte sie sich und ließ sich über einen mit Mauern umgebenen Krautgarten nieder, also dass er zwischen Kohl und Gemüsen sanft auf den Boden kam.

Da sah der Jäger sich um und sprach: »Wenn ich nur etwas zu essen hätte, ich bin so hungrig, und mit dem Weiterkommen wird's schwer fallen; aber hier seh' ich keinen Apfel und keine Birne und keinerlei Obst, überall nichts als Krautwerk.« Endlich dachte er: ›Zur Not kann ich von dem Salat essen.‹ Also suchte er sich ein schönes Haupt aus und aß davon, aber kaum hatte er ein paar Bissen hinabgeschluckt, so

war ihm so wunderlich zu Mute, und er fühlte sich ganz verändert. Es wuchsen ihm vier Beine, ein dicker Kopf und zwei lange Ohren, und er sah mit Schrecken, dass er in einen Esel verwandelt war. Doch weil er dabei immer noch großen Hunger spürte und ihm der saftige Salat nach seiner jetzigen Natur gut schmeckte, so aß er mit großer Gier immerzu. Endlich gelangte er an eine andere Art Salat, aber kaum hatte er etwas davon verschluckt, so fühlte er aufs Neue eine Veränderung und kehrte in seine menschliche Gestalt zurück.

Nun legte sich der Jäger nieder und schlief seine Müdigkeit aus. Als er am andern Morgen erwachte, brach er ein Haupt von dem bösen und eins von dem guten Salat ab und dachte: ›Das soll mir zu dem Meinigen wieder helfen und die Treulosigkeit bestrafen.‹ Dann steckte er die Häupter zu sich, kletterte über die Mauer und ging fort, das Schloss seiner Liebsten zu suchen. Als er ein paar Tage herumgestrichen war, fand er es glücklicherweise wieder. Da bräunte er sich schnell sein Gesicht, dass ihn seine eigene Mutter nicht erkannt hätte, ging in das Schloss und bat um Herberge. »Ich bin so müde«, sprach er, »und kann nicht weiter.« Fragte die Hexe: »Landsmann, wer seid Ihr, und was ist Euer Geschäft?« Er antwortete: »Ich bin ein Bote des Königs und war ausgeschickt, den köstlichsten Salat zu suchen, der unter der Sonne wächst. Ich bin auch so glücklich gewesen, ihn zu finden, und trage ihn bei mir, aber die Sonnenhitze brennt gar zu stark, dass mir das zarte Kraut zu welken droht, und ich weiß nicht, ob ich es weiterbringen werde.«

Als die Alte von dem köstlichen Salat hörte, ward sie lüstern und sprach. »Lieber Landsmann, lasst mich doch den wunderbaren Salat versuchen.« – »Warum nicht?«, antwortete er, »ich habe zwei Häupter mitgebracht und will Euch eins geben«, machte seinen Sack auf und reichte ihr das böse hin. Die Hexe dachte an nichts Arges, und der Mund wässerte ihr so sehr nach dem neuen Gericht, dass sie selbst in die Küche ging und es zubereitete. Als es fertig war, konnte sie nicht warten, bis es auf dem Tisch stand, sondern sie nahm gleich ein paar Blätter und steckte sie in den Mund; kaum aber waren sie verschluckt, so war auch die menschliche Gestalt verloren, und sie lief als eine Eselin hinab in den Hof. Nun kam die Magd in die Küche, sah den fertigen Salat dastehen und wollte ihn auftragen, unterwegs aber überfiel sie nach alter Gewohnheit die Lust, zu versuchen, und sie aß ein paar Blätter. Alsbald zeigte sich die Wunderkraft, und sie ward ebenfalls zu einer Eselin und lief hinaus zu der Alten, und die Schüssel mit Salat fiel auf die Erde. Der Bote saß in der Zeit bei dem schönen Mädchen, und als niemand mit dem Salat kam und es doch auch lüstern danach war, sprach es: »Ich weiß nicht, wo der Salat bleibt.« Da dachte der Jäger: ›Das Kraut wird schon gewirkt haben‹, und sprach: »Ich will nach der Küche gehen und mich erkundigen.« Wie er hinabkam, sah er die zwei Eselinnen im Hof herumlaufen, der Salat aber lag auf der Erde. »Schon recht«, sprach er, »die zwei haben ihr Teil weg«, und hob die übrigen Blätter auf, legte sie auf die Schüssel und brachte sie dem Mädchen. »Ich bring' Euch selbst das köstliche Essen«, sprach er, »damit Ihr nicht länger zu warten braucht.« Da aß sie davon und war alsbald wie die Übrigen ihrer menschlichen Gestalt beraubt und lief als eine Eselin in den Hof.

Nachdem sich der Jäger sein Angesicht gewaschen hatte, also dass ihn die Verwandelten erkennen konnten, ging er hinab in den Hof und sprach: »Jetzt sollt ihr den Lohn für eure Untreue empfangen.« Er band sie alle drei an ein Seil und trieb sie fort, bis er zu einer Mühle kam. Er klopfte an das Fenster, der Müller steckte den Kopf heraus und fragte, was sein Begehren wäre. »Ich habe drei böse Tiere«, antwortete er, »die ich nicht länger behalten mag. Wollt Ihr sie bei Euch nehmen, Futter und Lager geben und sie halten, wie ich Euch sage, so zahl' ich dafür, was Ihr verlangt.« Sprach der Müller: »Warum das nicht? Wie soll ich sie aber halten?« Da sagte der Jäger, der alten Eselin, und das war die Hexe, sollte er täglich dreimal Schläge und einmal zu fressen geben; der jüngern, welche die Magd war, einmal Schläge und dreimal Futter; und der jüngsten, welche das Mädchen war, kein Mal Schläge und dreimal zu fressen; denn er konnte es doch nicht über das Herz bringen, dass das Mädchen sollte geschlagen werden. Darauf ging er zurück in das Schloss, und was er nötig hatte, das fand er alles darin.

Nach ein paar Tagen kam der Müller und sprach, er müsste melden, dass die alte Eselin, die nur Schläge bekommen hätte und nur einmal zu fressen, gestorben wäre. »Die zwei andern«, sagte er weiter, »sind zwar nicht gestorben und kriegen auch dreimal zu fressen, aber sie sind so traurig, dass es nicht lange mit ihnen dauern kann.« Da erbarmte sich der Jäger, ließ den Zorn fahren und sprach zum Müller, er sollte sie wieder hertreiben. Und wie sie kamen, gab er ihnen von dem guten Salat zu fressen, dass sie wieder zu Menschen wurden. Da fiel das schöne Mädchen vor ihm auf die Knie und sprach: »Ach, mein Liebster, verzeiht mir, was ich Böses an Euch getan, meine Mutter hatte mich dazu gezwungen, ich aber habe Euch von Herzen lieb. Euer Wunschmantel hängt in einem Schrank, und für das Vogelherz will ich einen Brechtrunk einnehmen.« Da ward er anderen Sinnes und sprach: »Behalt es nur, es ist doch einerlei; denn ich will dich zu meiner treuen Ehegemahlin annehmen.« Und da ward Hochzeit gehalten, und sie lebten vergnügt miteinander bis an ihren Tod.

Der arme Müllerbursch und das Kätzchen

In einer Mühle lebte ein alter Müller, der hatte weder Frau noch Kinder, und drei Müllerburschen dienten bei ihm. Wie sie nun etliche Jahre bei ihm gewesen waren, sagte er eines Tages zu ihnen: »Ich bin alt und will mich hinter den Ofen setzen, zieht aus, und wer mir das beste Pferd nach Haus bringt, dem will ich die Mühle geben, und er soll mich dafür bis an meinen Tod verpflegen.« Der dritte von den Burschen war aber der Kleinknecht, der ward von den andern für albern gehalten, dem gönnten sie die Mühle nicht; und er wollte sie hernach nicht einmal. Da zogen sie alle drei miteinander aus, und wie sie vor das Dorf kamen, sagten die zwei zu dem albernen Hans: »Du kannst nur hier bleiben, du kriegst dein Lebtag keinen Gaul.« Hans aber ging doch mit, und als es Nacht war, kamen sie an eine Höhle, dahinein legten sie sich schlafen. Die zwei Klugen warteten, bis Hans eingeschlafen war, dann stiegen sie auf, machten sich fort und ließen Hänschen liegen, und meinten's recht fein gemacht zu haben. Wie nun die Sonne kam und Hans aufwachte, lag er in einer tiefen Höhle; er guckte sich überall um und rief: »Ach Gott, wo bin ich?« Da erhob er sich und krabbelte die Höhle hinauf, ging in den Wald und dachte:

›Ich bin hier ganz verlassen, wie soll ich nun zu einem Pferde kommen?‹ Indem er so in Gedanken dahinging, begegnete ihm ein kleines, buntes Kätzchen, das sprach ganz freundlich: »Hans, wo willst du hin?« – »Ach, du kannst mir doch nicht helfen.« – »Was dein Begehren ist, weiß ich wohl«, sprach das Kätzchen, »du willst einen hübschen Gaul haben. Komm mit mir, und sei sieben Jahre lang mein treuer Knecht, so will ich dir einen geben, schöner, als du je einen gesehen hast.«Nun, das ist eine wunderliche Katze‹, dachte Hans, ›aber sehen will ich doch, ob das wahr ist, was sie sagt.‹ Da nahm sie ihn mit in ihr verwünschtes Schlösschen und hatte da lauter Kätzchen, die ihr dienten. Die sprangen flink die Treppe auf und ab, waren lustig und guter Dinge.

Abends, als sie sich zu Tisch setzten, mussten drei Musik machen, eins strich den Bass, das andere die Geige, das dritte setzte die Trompete an und blies die Backen auf, so sehr es nur konnte. Als sie gegessen hatten, wurde der Tisch weggetragen, und die Katze sagte: »Nun komm, Hans, und tanze mit mir.« – »Nein«, antwortete er, »mit einer Miezekatze tanze ich nicht, das habe ich noch niemals getan.« – »So bringt ihn ins Bett«, sagte sie zu den Kätzchen. Da leuchtete ihm eins in seine Schlafkammer, eins zog ihm die Schuhe aus, eins die Strümpfe, und zuletzt blies eins das Licht aus.

Am andern Morgen kamen sie wieder und halfen ihm aus dem Bett; eins zog ihm die Strümpfe an, eins band ihm die Strumpfbänder, eins holte die Schuhe, eins wusch ihn, und eins trocknete ihm mit dem Schwanz das Gesicht ab. »Das tut recht sanft«, sagte Hans. Er musste aber auch der Katze dienen und alle Tage Holz klein machen; dazu kriegte er eine Axt von Silber und die Keile und Säge von Silber, und der Schläger war von Kupfer. Nun, da machte er's klein, blieb da im Haus, hatte sein gutes Essen und Trinken, sah aber niemand als die bunte Katze und ihr Gesinde. Einmal sagte sie zu ihm: »Geh hin und mähe meine Wiese und mache das Gras trocken«, und gab ihm von Silber eine Sense und von Gold einen Wetzstein, hieß ihn aber auch alles wieder richtig abliefern. Da ging Hans hin und tat, was ihm geheißen war; nach vollbrachter Arbeit trug er Sense, Wetzstein und Heu nach Haus und fragte, ob sie ihm noch nicht seinen Lohn geben wollte. »Nein«, sagte die Katze, »du sollst mir erst noch einerlei tun, da ist Bauholz von Silber, Zimmeraxt, Winkeleisen und was nötig ist, alles von Silber, daraus baue mir erst ein kleines Häuschen.« Da baute Hans das Häuschen fertig und sagte, er hätte nun alles getan und hätte noch kein Pferd. Doch waren ihm die sieben Jahre herumgegangen wie ein halbes. Fragte die Katze, ob er ihre Pferde sehen wollte. »Ja«, sagte Hans. Da machte sie ihm das Häuschen auf, und wie sie die Tür so aufmacht, stehen zwölf Pferde da, ach, die waren so prächtig, dass sich sein Herz im Leibe darüber freute. Nun gab sie ihm zu essen und zu trinken und sprach: »Geh heim, dein Pferd geb' ich dir nicht mit, in drei Tagen aber bringe ich dir's nach.« Also machte Hans sich auf, und sie zeigte ihm den Weg zur Mühle. Sie hatte ihm aber nicht einmal ein neues Kleid gegeben, sondern er musste sein altes, lumpiges Kittelchen behalten, das ihm in den sieben Jahren überall zu kurz geworden war.

Wie er nun heimkam, so waren die beiden andern Müllerburschen auch wieder da. Jeder hatte zwar sein Pferd mitgebracht, aber das des einen war blind, das des andern lahm. Sie fragten: »Hans, wo hast du dein Pferd?« – »In drei Tagen wird's nachkommen.« Da lachten sie und sagten: »Ja, du Hans, wo willst du ein Pferd herkriegen, das wird was Rechtes sein!« Hans ging in die Stube, der Müller sagte aber, er solle nicht an den Tisch kommen, er wäre so zerrissen und zerlumpt, man müsste sich schämen. Da gaben sie ihm ein bisschen Essen hinaus, und wie sie abends schlafen gingen, wollten ihm die zwei andern kein Bett geben, und er musste endlich ins Gänseställchen kriechen und sich auf hartes Stroh legen. Am Morgen, wie er aufwacht, sind schon die drei Tage herum, und es kommt eine Kutsche mit sechs Pferden. Ei, die glänzten, dass es schön war, und ein Bedienter brachte noch ein siebentes, das war für den armen Müllerbursch. Aus der Kutsche aber stieg eine prächtige Königstochter und ging in die Mühle hinein, und die Königstochter war das kleine, bunte Kätzchen, dem der arme Hans sieben Jahre gedient hatte. Sie fragte den Müller, wo der Mahlbursch, der Kleinknecht wäre. Da sagte der Müller: »Den können wir nicht in die Mühle nehmen, der ist so zerrissen und liegt im Gänsestall.« Da sagte die Königstochter, sie sollten ihn gleich holen. Also holten sie ihn heraus, und er musste sein Kittelchen zusammenpacken, um sich zu bedecken. Da schnallte der Bediente prächtige Kleider aus und musste ihn waschen und anziehen, und wie er fertig war, konnte kein König schöner aussehen. Danach verlangte die Jungfrau, die Pferde zu sehen, welche die andern Mahlburschen mitgebracht hatten, eins war blind, das andere lahm. Da ließ sie den Bedienten das siebente Pferd bringen. Wie der Müller das sah, sprach er, so eins wär' ihm noch nicht auf den Hof gekommen; »und das ist für den dritten Mahlbursch«, sagte sie. »Da muss er die Mühle haben«, sagte der Müller, die Königstochter aber sprach, da wäre das Pferd, er sollte seine Mühle auch behalten. Und nimmt ihren treuen Hans, setzt ihn in die Kutsche und fährt mit ihm fort. Sie fahren zuerst nach dem kleinen Häuschen, das er mit dem silbernen Werkzeug gemacht hat, da ist es ein großes Schloss, und alles darin ist von Silber und Gold; und da hat sie ihn geheiratet, und er war reich, so reich, dass er für sein Lebtag genug hatte. Darum soll keiner sagen, dass, wer albern ist, deshalb nichts Rechtes werden könne.

Die Goldkinder

Es waren ein armer Mann und eine arme Frau, die hatten nichts als eine kleine Hütte und nährten sich nur vom Fischfang. Es geschah aber, als der Mann eines Tages beim Wasser saß und sein Netz auswarf, dass er einen Fisch herauszog, der ganz golden war. Und als er den Fisch voll Verwunderung betrachtete, hub dieser an zu reden und sprach: »Hör, Fischer, wirfst du mich wieder ins Wasser, so mach' ich deine Hütte zu einem prächtigen Schloss.« Da antwortete der Fischer: »Was hilft mir ein Schloss, wenn ich nichts zu essen habe?« Sprach der Goldfisch weiter: »Auch dafür soll gesorgt sein, es wird ein Schrank im Schloss sein, wenn du den aufschließt, so stehen Schüsseln darin mit den schönsten Speisen, so viel du dir wünschest.« – »Wenn das ist«, sprach der Mann, »so kann ich dir wohl den Gefallen tun.« – »Ja«, sagte der Fisch, »es ist aber die Bedingung dabei, dass du keinem Menschen auf der Welt, wer es auch immer sein mag, entdeckst, woher dein Glück gekommen ist; sprichst du ein einziges Wort, so ist alles vorbei.«
Nun warf der Mann den wunderbaren Fisch wieder ins Wasser und ging heim. Wo aber sonst seine Hütte ge-

standen hatte, da stand jetzt ein großes Schloss. Da machte er große Augen, trat hinein und sah seine Frau, mit schönen Kleidern geputzt, in einer prächtigen Stube sitzen. Sie war ganz vergnügt und sprach: »Mann, wie ist das auf einmal gekommen? Das gefällt mir wohl.« – »Ja«, sagte der Mann, »es gefällt mir auch, aber es hungert mich auch gewaltig, gib mir erst was zu essen.« Sprach die Frau: »Ich habe nichts und weiß in dem neuen Haus nichts zu finden.« – »Das hat keine Not«, sagte der Mann, »dort sehe ich einen großen Schrank, den schließ einmal auf.« Wie sie den Schrank aufschloss, standen da Kuchen, Fleisch, Obst, Wein und lachten einen ordentlich an. Da rief die Frau voll Freude: »Herz, was begehrst du nun?«, und sie setzten sich nieder, aßen und tranken zusammen. Wie sie satt waren, fragte die Frau: »Aber Mann, wo kommt all dieser Reichtum her?« – »Ach«, antwortete er, »frage mich nicht darum, ich darf dir's nicht sagen, sonst ist unser Glück wieder dahin.« – »Gut«, sprach sie, »wenn ich's nicht wissen soll, so begehr' ich's auch nicht zu wissen.« Das war aber ihr Ernst nicht, es ließ ihr keine Ruhe, und sie quälte und stachelte den Mann so lange, bis er in Ungeduld heraussagte, es käme alles von dem goldenen Fisch, den er gefangen und dafür wieder in Freiheit gelassen hätte. Und wie's heraus war, da verschwand alsbald das schöne Schloss mit dem Schrank, und sie saßen wieder in der alten Fischerhütte.

Der Mann musste von vorne anfangen, seinem Gewerbe nachgehen und fischen. Das Glück wollte es aber, dass er den goldenen Fisch noch einmal herauszog. »Hör«, sprach der Fisch, »wenn du mich wieder ins Wasser wirfst, so will ich dir noch einmal das Schloss mit dem Schrank voll Gesottenem und Gebratenem zurückgeben; nur halt dich fest und verrat beileibe nicht, von wem du's hast, sonst geht's wieder verloren.« – »Ich will mich schon hüten«, antwortete der Fischer und warf den Fisch in sein Wasser hinab. Daheim war nun alles wieder in voriger Herrlichkeit, und die Frau war in einer Freude über das Glück; aber die Neugierde ließ ihr doch keine Ruhe, dass sie nach ein paar Tagen wieder zu fragen anhub, wie es zugegangen wäre und wie er es angefangen habe. Der Mann schwieg eine Zeit lang still dazu, endlich aber machte sie ihn so ärgerlich, dass er herausplatzte und das Geheimnis verriet. In dem Augenblick verschwand das Schloss, und sie saßen wieder in der alten Hütte. »Nun hast du's«,

sagte der Mann, »jetzt können wir wieder am Hungertuch nagen.« – »Ach«, sprach die Frau, »ich will den Reichtum lieber nicht, wenn ich nicht weiß, von wem er kommt; sonst habe ich doch keine Ruhe.«
Der Mann ging wieder fischen, und über eine Zeit, da war's nicht anders, er holte den Goldfisch zum dritten Mal heraus. »Hör«, sprach der Fisch, »ich sehe wohl, ich soll immer wieder in deine Hände fallen, nimm mich mit nach Haus und zerschneid mich in sechs Stücke, zwei davon gib deiner Frau zu essen, zwei deinem Pferd und zwei leg in die Erde, so wirst du Segen davon haben.« Der Mann nahm den Fisch mit nach Haus und tat, wie er ihm gesagt hatte. Es geschah aber, dass aus den zwei Stücken, die in die Erde gelegt waren, zwei goldene Lilien aufwuchsen und dass das Pferd zwei goldene Füllen bekam und des Fischers Frau zwei goldene Kinder gebar.
Die Kinder wuchsen heran, wurden groß und schön, und die Lilien und Pferde wuchsen mit ihnen. Da sprachen sie: »Vater, wir wollen uns auf unsere goldenen Rosse setzen und in die Welt ausziehen.« Er aber antwortete betrübt: »Wie soll ich's aushalten, wenn ihr fortzieht und ich nicht weiß, wie's euch geht?« Da sagten sie: »Die zwei goldenen Lilien bleiben hier, daran könnt Ihr sehen, wie's uns geht. Sind sie frisch, so sind wir gesund; sind sie welk, so sind wir krank; fallen sie um, so sind wir tot.« Sie ritten fort und kamen in ein Wirtshaus, darin waren viele Leute, und als sie die zwei Goldkinder erblickten, fingen sie an zu lachen und zu spotten. Wie der eine das Gespött hörte, so schämte er sich, kehrte um und kam wieder heim zu seinem Vater. Der andere aber ritt fort und gelangte zu einem großen Wald. Und als er hineinreiten wollte, sprachen die Leute: »Es geht nicht, dass Ihr durchreitet, der Wald ist voller Räuber, die werden übel mit Euch umgehen, und gar, wenn sie sehen, dass Ihr golden seid und Euer Pferd auch, so werden sie Euch totschlagen.« Er aber ließ sich nicht schrecken und sprach: »Ich muss und soll hindurch.« Da nahm er Bärenfelle und überzog sich und sein Pferd damit, dass nichts mehr vom Gold zu sehen war, und ritt getrost in den Wald hinein. Als er ein wenig fortgeritten war, so hörte er es in den Gebüschen rauschen und vernahm Stimmen. Von der einen Seite rief's: »Da ist einer«, von der andern aber: »Lass ihn laufen, das ist ein Bärenhäuter und arm wie eine Kirchenmaus, was sollen wir mit ihm anfangen?«

Eines Tages kam er in ein Dorf, darin sah er ein Mädchen, das war so schön, dass er nicht glaubte, es könnte ein schöneres auf der Welt sein. Und weil er eine so große Liebe zu ihm empfand, so ging er zu ihm und sagte: »Ich habe dich von ganzem Herzen lieb, willst du meine Frau werden?« Er gefiel aber auch dem Mädchen so sehr, dass es einwilligte und sprach: »Ja, ich will deine Frau werden und dir treu sein mein Leben lang.« Nun hielten sie Hochzeit zusammen, und als sie eben in der größten Freude waren, kam der Vater der Braut heim, und als er sah, dass seine Tochter Hochzeit machte, verwunderte er sich und sprach: »Wo ist der Bräutigam?« Sie zeigten ihm das Goldkind, das hatte aber noch seine Bärenfelle um. Da sprach der Vater zornig: »Nimmermehr soll ein Bärenhäuter meine Tochter haben«, und wollte ihn ermorden. Da bat ihn die Braut, was sie konnte, und sprach: »Er ist einmal mein Mann, und ich habe ihn von Herzen lieb«, bis er sich endlich besänftigen ließ. Doch es kam ihm nicht aus den Gedanken, so dass er am andern Morgen früh aufstand und seiner Tochter Mann sehen wollte, ob er ein verlumpter Bettler wäre. Wie er aber hinblickte, sah er einen herrlichen goldenen Mann im Bette, und die abgeworfenen Bärenfelle lagen auf der Erde. Da ging er zurück und dachte: ›Wie gut ist's, dass ich meinen Zorn bändigte, ich hätte eine große Missetat begangen.‹

Dem Goldkind aber träumte, er zöge hinaus auf die Jagd nach einem prächtigen Hirsch, und als er am Morgen erwachte, sprach er zu seiner Braut: »Ich will hinaus auf die Jagd.« Ihr war angst, und sie bat ihn, dazubleiben, und sagte: »Leicht kann dir ein großes Unglück begegnen«, aber er antwortete: »Ich soll und muss fort.« Da stand er auf und zog in den Wald, und gar nicht lange, so hielt auch ein stolzer Hirsch vor ihm, ganz nach seinem Traume. Er wollte ihn schießen, aber der Hirsch sprang fort. Da jagte er ihm nach über Gräben und durch Gebüsche und ward nicht müde den ganzen Tag; am Abend aber verschwand der Hirsch vor seinen Augen. Und als das Goldkind sich umsah, so stand er vor einem kleinen Haus, darin saß eine Hexe. Er klopfte an, und ein Mütterchen kam heraus und fragte: »Was wollt Ihr so spät noch mitten in dem großen Wald?« Er sprach: »Habt Ihr keinen Hirsch gesehen?« – »Ja«, antwortete sie, »den Hirsch kenn' ich wohl«, und ein Hündlein, das mit ihr aus dem Haus gekommen war, bellte dabei den Mann heftig an. »Willst du schweigen, du böse Kröte«, sprach er, »sonst schieß' ich dich tot.« Da rief die Hexe zornig: »Was, mein Hündchen willst du töten?«, und verwandelte ihn alsbald, dass er dalag wie ein Stein, und seine Braut erwartete ihn umsonst und dachte: ›Es ist gewiss eingetroffen, was mir so angst machte und so schwer auf dem Herzen lag.‹

Daheim aber stand der andere Bruder bei den Goldlilien, als plötzlich eine davon umfiel. »Ach, Gott«, sprach er, »meinem Bruder ist ein großes Unglück zugestoßen, ich muss fort, ob ich ihn vielleicht errette.« Da sagte der Vater: »Bleib hier, wenn ich auch dich verliere, was soll ich anfangen?« Er aber antwortete: »Ich soll und muss fort.« Da setzte er sich auf sein goldenes Pferd und ritt fort und kam in den großen Wald, wo sein Bruder lag und Stein war. Die alte Hexe kam aus ihrem Haus, rief ihn an und wollte ihn auch berücken, aber er näherte sich nicht, sondern sprach: »Ich schieße dich nieder, wenn du meinen Bruder nicht wieder lebendig machst.« Sie rührte, so ungerne sie's auch tat, den Stein mit dem Finger an, und alsbald erhielt er sein menschliches Leben zurück. Die beiden Goldkinder aber freuten sich, küssten und herzten sich und ritten zusammen fort, der eine zu seiner Braut, der andere heim zu seinem Vater. Da sprach der Vater: »Ich wusste wohl, dass du deinen Bruder erlöst hattest; denn die goldene Lilie ist auf einmal wieder aufgestanden und hat fortgeblüht.« Nun lebten sie vergnügt bis an ihr Ende.

Der Geist im Glas

Es war einmal ein armer Holzhacker, der arbeitete vom Morgen bis in die späte Nacht. Als er sich endlich etwas Geld zusammengespart hatte, sprach er zu seinem Jungen: »Du bist mein einziges Kind, ich will das Geld, das ich mit saurem Schweiß erworben habe, zu deinem Unterricht anwenden; lernst du etwas Rechtschaffenes, so kannst du mich im Alter ernähren, wenn meine Glieder steif geworden sind und ich daheim sitzen muss.« Da ging der Junge auf eine hohe Schule und lernte fleißig, so dass ihn seine Lehrer rühmten, und blieb eine Zeit lang dort. Als er ein paar Schulen durchgelernt hatte, aber noch nicht in allem vollkommen war, reichte das mühsam vom Vater erübrigte Geld nicht mehr aus, und er musste wieder heimkehren. »Ach«, sprach der Vater betrübt, »ich kann dir nichts mehr geben und kann auch nicht mehr verdienen als das tägliche Brot.« – »Lieber Vater«, antwortete der Sohn, »macht Euch darüber keine Gedanken, wenn's Gottes Wille also ist, so wird's zu meinem Besten ausschlagen; ich will mich schon drein schicken.« Als der Vater hinaus in den Wald wollte, um etwas am Malterholz – am Zuhauen und Aufrichten – zu verdienen, so sprach der Sohn: »Ich will mit Euch gehen und Euch helfen.« »Ja, mein Sohn«, sagte der Vater, »du bist an harte Arbeit nicht gewöhnt, du hältst das nicht aus; ich habe auch nur eine Axt und kein Geld übrig, um noch eine zu kaufen.« – »Geht nur zum Nachbar«, antwortete der Sohn, »der leiht Euch seine Axt so lange, bis ich mir selbst eine verdient habe.«

Da borgte der Vater beim Nachbar eine Axt, und am andern Morgen gingen sie zusammen hinaus in den Wald. Der Sohn half dem Vater und war ganz munter und frisch dabei. Als nun die Sonne über ihnen stand, sprach der Vater: »Wir wollen rasten und Mittag halten, hernach geht's noch einmal so gut.« Der Sohn nahm sein Brot in die Hand und sprach: »Ruht Euch nur aus, Vater, ich bin nicht müde, ich will in dem Wald ein wenig auf und ab gehen und Vogelnester suchen.« – »O du Geck«, sprach der Vater, »was willst du da herumlaufen, hernach bist du müde und kannst den Arm nicht mehr aufheben; bleib hier und setze dich zu mir.«

Der Sohn aber ging in den Wald, aß sein Brot, war ganz fröhlich und sah in die grünen Zweige hinein, ob er etwa ein Nest entdeckte. So ging er hin und her, bis er endlich zu einer großen, gefährlichen Eiche kam, die gewiss schon viele hundert Jahre alt war und die keine fünf Menschen umspannt hätten. Er blieb stehen und sah sie an und dachte: ›Es muss doch mancher Vogel sein Nest hineingebaut haben.‹ Da deuchte ihn auf einmal, als hörte er eine Stimme. Er horchte und vernahm, wie es mit so einem recht dumpfen Ton rief: »Lass mich heraus, lass mich heraus!« Er sah sich rings um, konnte aber nichts entdecken, doch war es ihm, als ob die Stimme unten aus der Erde hervorkäme.

Da rief er: »Wo bist du?« Die Stimme antwortete: »Ich stecke da unten bei den Eichwurzeln. Lass mich heraus, lass mich heraus!« Der Schüler fing an, unter dem Baum aufzuräumen und bei den Wurzeln zu suchen, bis er endlich in einer kleinen Höhlung eine Glasflasche entdeckte. Er hob sie in die Höhe und hielt sie gegen das Licht, da sah er ein Ding, gleich einem Frosch gestaltet, das sprang darin auf und nieder. »Lass mich heraus, lass mich heraus«, rief's von neuem und der Schüler, der an nichts Böses dachte, nahm den Pfropfen von der Flasche ab. Alsbald stieg ein Geist heraus und fing an zu wachsen und wuchs so schnell, dass er in wenigen Augenblicken als ein entsetzlicher Kerl, so groß wie der halbe Baum, vor dem Schüler stand. »Weißt du«, rief er mit einer fürchterlichen Stimme, »was dein Lohn dafür ist, dass du mich herausgelassen hast?« – »Nein«, antwortete der Schüler ohne Furcht, »wie soll ich das wissen?« – »So will ich dir's sagen', rief der Geist, »den Hals muss ich dir dafür brechen.« »Das hättest du mir früher sagen sollen«, antwortete der Schüler, »so hätte ich dich stecken lassen; mein Kopf aber soll vor dir wohl feststehen, da müssen mehr Leute gefragt werden.« – »Mehr Leute hin, mehr Leute her«, rief der Geist, »deinen verdienten Lohn, den sollst du haben. Denkst du, ich wäre aus Gnade da so lange Zeit eingeschlossen worden, nein, es war zu meiner Strafe; ich bin der großmächtige Merkurius, wer mich loslässt, dem muss ich den Hals brechen.« – »Sachte«, antwortete der Schüler, »so geschwind geht das nicht, erst muss ich auch wissen, dass du wirklich in der kleinen Flasche gesessen hast und dass du der rechte Geist bist; kannst du auch wieder hinein, so will ich's glauben, und dann magst du mit mir anfangen, was du willst.« Der Geist sprach voll Hochmut: »Das ist eine geringe Kunst«, zog sich zusammen, wie er anfangs gewesen war, also dass er durch dieselbe Öffnung und durch den Hals der Flasche wieder hineinkroch. Kaum aber war er darin, so drückte der Schüler den abgezogenen Pfropfen wieder auf und warf die Flasche an ihren alten Platz, und der Geist war betrogen.

Nun wollte der Schüler zu seinem Vater zurückgehen, aber der Geist rief ganz kläglich: »Ach, lass mich doch heraus, lass mich doch heraus!« – »Nein«, antwortete der Schüler, »zum zweiten Mal nicht. Wer mir einmal nach dem Leben gestrebt hat, den lass' ich nicht los, wenn ich ihn wieder eingefangen habe.« – »Wenn du mich frei machst«, rief der Geist, »so will ich dir so viel geben, dass du dein Lebtag genug hast.« – »Nein«, antwortete der Schüler, »du würdest mich betrügen wie das erste Mal.« – »Du verscherzest dein Glück«, sprach der Geist, »ich will dir nichts tun, sondern dich reichlich belohnen.« Der Schüler dachte: ›Ich will's wagen, vielleicht hält er Wort, und anhaben soll er mir doch nichts.‹ Da nahm er den Pfropfen ab, und der Geist stieg wie das vorige Mal heraus, dehnte sich auseinander und ward groß wie ein Riese. »Nun sollst du deinen Lohn haben«, sprach er und reichte dem Schüler einen kleinen Lappen, ganz wie ein Pflaster, und sagte: »Wenn du mit dem einen Ende eine Wunde bestreichst, so heilt sie; und wenn du mit dem andern Ende Stahl und Eisen bestreichst, so wird es in Silber verwandelt.« – »Das muss ich erst versuchen«, sprach der Schüler, ging an einen Baum, ritzte die Rinde mit seiner

Axt und bestrich sie mit dem einen Ende des Pflasters. Alsbald schloss sie sich wieder zusammen und war geheilt. »Nun, es hat seine Richtigkeit«, sprach er zum Geist, »jetzt können wir uns trennen.« Der Geist dankte ihm für seine Erlösung, und der Schüler dankte dem Geist für sein Geschenk und ging zurück zu seinem Vater.

»Wo bist du herumgelaufen?«, sprach der Vater, »warum hast du die Arbeit vergessen?« – »Gebt Euch zufrieden, Vater, ich will's nachholen.« – »Ja, nachholen«, sprach der Vater zornig, »das hat keine Art.« »Habt Acht, Vater, den Baum da will ich gleich umhauen, dass er krachen soll.« Da nahm er sein Pflaster, bestrich die Axt damit und tat einen gewaltigen Hieb; aber weil das Eisen in Silber verwandelt war, so legte sich die Schneide um. »Ei, Vater, seht einmal, was habt Ihr mir für eine schlechte Axt gegeben, die ist ganz schief geworden.« Da erschrak der Vater und sprach: »Ach, was hast du gemacht! Nun muss ich die Axt bezahlen und weiß nicht womit; das ist der Nutzen, den ich von deiner Arbeit habe.« – »Werdet nicht bös«, antwortete der Sohn, »die Axt will ich schon bezahlen.« – »Oh, du Dummbart«, rief der Vater, »wovon willst du sie bezahlen? Du hast nichts, als was ich dir gebe; das sind Studentenkniffe, die dir im Kopf stecken, aber vom Holzhacken hast du keinen Verstand.«

Über ein Weilchen sprach der Schüler: »Vater, ich kann doch nichts mehr arbeiten, wir wollen lieber Feierabend machen.« – »Ei was«, antwortete er, »meinst du, ich wollte die Hände in den Schoß legen wie du? Ich muss noch schaffen, du kannst dich aber heimpacken.« – »Vater, ich bin zum ersten Mal hier in dem Wald, ich weiß den Weg nicht allein, geht doch mit mir.« Weil sich der Zorn gelegt hatte, so ließ der Vater sich endlich bereden und ging mit ihm heim. Da sprach er zum Sohn: »Geh und verkauf die verschändete Axt und sieh zu, was du dafür kriegst; das Übrige muss ich verdienen, um sie dem Nachbar zu bezahlen.« Der Sohn nahm die Axt und trug sie in die Stadt zu einem Goldschmied, der probierte sie, legte sie auf die Waage und sprach: »Sie ist vierhundert Taler wert, so viel habe ich nicht bar.« Der Schüler sprach: »Gebt mir, was Ihr habt, das Übrige will ich Euch borgen.« Der Goldschmied gab ihm dreihundert Taler und blieb einhundert schuldig. Darauf ging der Schüler heim und sprach: »Vater, ich habe Geld, geht und fragt, was der Nachbar für die Axt haben will.« – »Das weiß ich schon«, antwortete der Alte, »einen Taler sechs Groschen.« – »So gebt ihm zwei Taler zwölf Groschen, das ist das Doppelte und ist genug; seht Ihr, ich habe Geld im Überfluss«, und gab dem Vater einhundert Taler und sprach: »Es soll Euch niemals fehlen, lebt nach Eurer Bequemlichkeit.« – »Mein Gott«, sprach der Alte, »wie bist du zu dem Reichtum gekommen?« Da erzählte er ihm, wie alles zugegangen wäre und wie er im Vertrauen auf sein Glück einen so reichen Fang getan hätte. Mit dem übrigen Geld lernte er weiter, und weil er mit seinem Pflaster alle Wunden heilen konnte, ward er der berühmteste Doktor.

Das blaue Licht

Es war einmal ein Soldat, der hatte dem König lange Jahre treu gedient; als aber der Krieg zu Ende war und der Soldat der vielen Wunden wegen, die er empfangen hatte, nicht weiter dienen konnte, sprach der König zu ihm: »Du kannst heimgehen, ich brauche dich nicht mehr; Geld bekommst du weiter nicht; denn Lohn erhält nur der, welcher mir Dienste dafür leistet.« Da ging der Soldat fort und wusste nicht, wie er sein Leben fristen sollte, bis er an einen Wald kam und im Dunkel ein Licht sah. Dem näherte er sich und kam zu einem Haus, darin wohnte eine Hexe. »Gib mir doch ein Nachtlager und ein wenig Essen und Trinken«, sprach er zu ihr, »ich verschmachte sonst.« – »Oho!«, antwortete sie, »wer gibt einem verlaufenen Soldaten etwas? Doch will ich barmherzig sein und dich aufnehmen, wenn du tust, was ich verlange.« – »Was verlangst du?«, fragte der Soldat. »Dass du mir morgen meinen Garten umgräbst.« Der Soldat willigte ein und arbeitete, konnte aber vor Abend nicht fertig werden. »Ich sehe wohl«, sprach die Hexe, »dass du heute nicht weiter kannst; ich will dich noch eine Nacht behalten, dafür sollst du mir morgen ein Fuder Holz spalten und klein machen.« Der Soldat brauchte dazu den ganzen Tag, und abends machte ihm die Hexe den Vorschlag, noch eine Nacht zu bleiben. »Du sollst mir morgen nur eine geringe Arbeit tun, hinter meinem Hause ist ein alter, wasserleerer Brunnen, in den ist mir mein Licht gefallen, es brennt blau und verlischt nicht, das sollst du mir wieder heraufholen.« Den andern Tag führte ihn die Alte zu dem Brunnen und ließ ihn in einem Korb hinab. Er fand das blaue Licht und machte ein Zeichen, dass sie ihn wieder hinaufziehen solle. Sie zog ihn auch in die Höhe, als er aber dem Rand nahe war, reichte sie die Hand hinab und wollte ihm das blaue Licht abnehmen. »Nein«, sagte er und merkte ihre bösen Gedanken, »das Licht gebe ich dir nicht eher, als bis ich auf dem Erdboden stehe.« Da geriet die Hexe in Wut, ließ ihn wieder in den Brunnen fallen und ging fort.

Der arme Soldat fiel, ohne Schaden zu nehmen, auf den feuchten Boden, und das blaue Licht brannte fort, aber was konnte ihm das helfen? Er sah wohl, dass er dem Tod nicht entgehen würde. Er saß eine Weile ganz traurig, da griff er zufällig in seine Tasche und fand seine Tabakspfeife, die noch halb gestopft war. Das soll mein letztes Vergnügen sein, dachte er, zog sie heraus, zündete sie an dem blauen Licht an und fing an zu rauchen. Als der Dampf in der Höhle umhergezogen war, stand auf einmal ein kleines, schwarzes Männchen vor ihm und fragte: »Herr, was befiehlst du?« – »Was habe ich dir zu befehlen?«, erwiderte der Soldat ganz verwundert. »Ich muss alles tun«, sagte das Männchen, »was du verlangst.« – »Gut«, sprach der Soldat, »so hilf mir zuerst aus dem Brunnen.« Das Männchen nahm ihn bei der Hand und führte ihn durch einen unterirdischen Gang, vergaß aber nicht, das blaue Licht mitzunehmen. Es zeigte ihm unterwegs die Schätze, welche die Hexe zusammengebracht und da versteckt hatte, und der Soldat nahm so viel Geld, wie er tragen konnte. Als er oben war, sprach er zu dem Männchen: »Nun geh hin, bind die alte Hexe und führe sie vor das Gericht.« Nicht lange, so kam sie auf einem wilden Kater mit furchtbarem Geschrei schnell wie der Wind vorbeigeritten, und es dauerte abermals nicht lang, so war das Männchen zurück. »Es ist alles ausgerichtet«, sprach es, »und die Hexe hängt schon am Galgen. Herr, was befiehlst du weiter?«, fragte der Kleine. »In dem Augenblick nichts«, antwortete der Soldat, »du kannst nach Haus gehen, sei nur gleich bei der Hand, wenn ich dich rufe.« – »Es ist nichts nötig«, sprach das Männchen, »als dass du deine Pfeife an dem blauen Licht anzündest, dann stehe ich gleich vor dir.« Darauf verschwand es vor seinen Augen.

Der Soldat kehrte in die Stadt zurück, aus der er gekommen war. Er ging in den besten Gasthof und ließ sich schöne Kleider machen, dann befahl er dem Wirt, ihm ein Zimmer so prächtig wie möglich einzurichten. Als es fertig war, rief er das schwarze Männchen und sprach: »Ich habe dem König treu gedient, er aber hat mich fortgeschickt und mich hungern lassen, dafür will ich jetzt Rache nehmen.« »Was soll ich tun?«, fragte der Kleine. »Spätabends, wenn die Königstochter im Bett liegt, so bring sie schlafend hierher, sie soll Mägdedienste bei mir tun.« Das Männchen sprach: »Für mich ist das ein leichtes, für dich aber ein gefährliches Ding; wenn das herauskommt, wird es dir schlimm ergehen.« Als es zwölf geschlagen hatte, sprang die Tür auf, und das Männchen trug die Königstochter herein. »Aha, bist du da?«, rief der Soldat, »frisch an die Arbeit! Geh, hol den Besen und kehr die Stube.« Als sie fertig war, hieß er sie zu seinem Sessel kommen, streckte ihr die Füße entgegen und sprach: »Zieh mir die Stiefel aus«, warf sie ihr hin, und sie musste sie reinigen und glänzend machen. Sie tat aber alles, was er ihr befahl, ohne Widerstreben, stumm und mit halbgeschlossenen Augen. Bei dem ersten Hahnschrei trug sie das Männchen wieder in das königliche Schloss und in ihr Bett zurück.

Am andern Morgen, als die Königstochter aufgestanden war, ging sie zu ihrem Vater und erzählte ihm, sie hätte einen wunderlichen Traum gehabt: »Ich ward durch die Straßen mit Blitzesschnelle fortgetragen und in das Zimmer eines Soldaten gebracht, dem musste ich als Magd dienen, die Stube kehren und die Stiefel putzen. Es war nur ein Traum, und doch bin ich so müde, als wenn ich wirklich alles getan hätte.« – »Der Traum könnte wahr gewesen sein«, sprach der König, »ich will dir einen Rat geben, stecke deine Taschen voll Erbsen und mache ein kleines Loch in die Tasche; wirst du wieder abgeholt, so fallen sie heraus und lassen die Spur auf der Straße.« Als der König so sprach, stand das Männchen unsichtbar dabei und hörte alles mit an. Nachts, als es die schlafende Königstochter wieder durch die Straßen trug, fielen zwar einzelne Erbsen aus der Tasche, aber sie konnten keine Spur machen, denn das listige Männchen hatte vorher in allen Straßen Erbsen verstreut. Die Königstochter aber musste wieder bis zum Hahnenschrei Mägdedienste tun.

Der König schickte am folgenden Morgen seine Leute aus, welche die Spur suchen sollten, aber es war vergeblich; denn in allen Straßen saßen die armen Kinder und lasen Erbsen auf und sagten: »Es hat heut nacht Erbsen geregnet.« – »Wir müssen etwas anderes aussinnen«, sprach der König, »behalt deine Schuh an, wenn du dich zu Bett legst, und ehe du von dort zurückkehrst, verstecke einen davon; ich will ihn schon finden.« Das schwarze Männchen vernahm den Anschlag, und als der Soldat abends verlangte, es sollte die Königstochter wieder herbeitragen, riet es ihm ab und sagte, gegen diese List wüsste es kein Mittel, und wenn der Schuh bei ihm gefunden würde, so könnte es ihm schlimm ergehen. »Tue, was ich dir sage«, erwiderte der Soldat, und die Königstochter musste auch in der dritten Nacht wie eine Magd arbeiten; sie versteckte aber, ehe sie zurückgetragen wurde, einen Schuh unter das Bett.

Am andern Morgen ließ der König in der ganzen Stadt den Schuh seiner Tochter suchen; er ward bei dem Soldaten gefunden, und der Soldat selbst, der sich auf Bitten des Kleinen zum Tor hinausgemacht hatte, ward bald eingeholt und ins Gefängnis geworfen. Er hatte sein Bestes bei der Flucht vergessen, das blaue Licht und das Gold, und hatte nur noch einen Dukaten in der Tasche. Als er nun mit Ketten belastet an dem Fenster seines Gefängnisses stand, sah er einen seiner Kameraden vorbeigehen. Er klopfte an die Scheibe, und als er herbeikam, sagte er: »Sei so gut und hol mir das kleine Bündelchen, das ich in dem Gasthaus habe liegen lassen, ich gebe dir dafür einen Dukaten.« Der Kamerad lief hin und brachte ihm das Verlangte. Sobald der Soldat wieder allein war, steckte er seine Pfeife an und ließ das schwarze Männchen kommen. »Sei ohne Furcht«, sprach es zu seinem Herrn, »geh hin, wo sie dich hinführen, und lass alles geschehen, nimm nur das blaue Licht mit.« Am andern Tag ward Gericht über den Soldaten gehalten, und obgleich er nichts Böses getan hatte, verurteilte ihn der Richter doch zum Tode. Als er nun hinausgeführt wurde, bat er den König um eine letzte Gnade. »Was für eine?«, fragte der König. »Dass ich auf dem Weg noch eine Pfeife rauchen darf.« »Du kannst drei rauchen«, antwortete der König, »aber glaube nicht, dass ich dir das Leben schenke.« Da zog der Soldat seine Pfeife heraus und zündete sie an dem blauen Licht an, und wie ein paar Ringel vom Rauch aufgestiegen waren, so stand schon das Männchen da, hatte einen kleinen Knüppel in der Hand und sprach: »Was befiehlt mein Herr?« – »Schlag mir da die falschen Richter und ihre Häscher zu Boden und verschone auch den König nicht, der mich so schlecht behandelt hat.« Da fuhr das Männchen wie der Blitz, zickzack, hin und her, und wen es mit seinem Knüppel nur anrührte, der fiel schon zu Boden und getraute sich nicht mehr, sich zu regen. Dem König ward angst, er legte sich auf das Bitten, und, um nur das Leben zu behalten, gab er dem Soldaten das Reich und seine Tochter zur Frau.

Der gestiefelte Kater

Ein Müller hatte drei Söhne, seine Mühle, einen Esel und einen Kater; die Söhne mussten mahlen, der Esel Getreide holen und Mehl forttragen und die Katze die Mäuse wegfangen. Als der Müller starb, teilten sich die drei Söhne in die Erbschaft, der Älteste bekam die Mühle, der Zweite den Esel, der Dritte den Kater, weiter blieb nichts für ihn übrig. Da war er traurig und sprach zu sich selbst: »Ich hab' es doch am allerschlimmsten gekriegt, mein ältester Bruder kann mahlen, mein zweiter kann auf seinem Esel reiten, was kann ich mit dem Kater anfangen? Lass' ich mir ein Paar Pelzhandschuhe aus seinem Fell machen, so ist's vorbei.« – »Hör«, fing der Kater an, der alles verstanden hatte, was er gesagt, »du brauchst mich nicht zu töten um ein Paar schlechte Handschuhe, lass mir nur ein Paar Stiefel machen, dass ich ausgehen und mich unter den Leuten sehen lassen kann, dann soll dir bald geholfen sein.« Der Müllerssohn verwunderte sich, dass der Kater so sprach, weil aber eben der Schuster vorbeiging, rief er ihn herein und ließ ihm ein Paar Stiefel anmessen. Als sie fertig waren, zog sie der Kater an, nahm einen Sack, machte den Boden desselben voll Korn, oben aber eine Schnur daran, womit man ihn zuziehen konnte, dann warf er ihn über den Rücken und ging auf zwei Beinen wie ein Mensch zur Tür hinaus.

Dazumal regierte ein König in dem Land, der aß die Rebhühner so gern. Es war aber eine Not, dass keine zu kriegen waren. Der ganze Wald war voll, aber sie waren so scheu, dass kein Jäger sie erreichen konnte. Das wusste der Kater und gedachte seine Sache besser zu machen; als er in den Wald kam, tat er den Sack auf, breitete das Korn auseinander, die Schnur aber legte er ins Gras und leitete sie hinter eine Hecke. Dann versteckte er sich und lauerte. Die Rebhühner kamen bald gelaufen, fanden das Korn und eins nach dem andern hüpfte in den Sack hinein. Als eine gute Anzahl darin war, zog der Kater den Strick zu, lief herzu und drehte ihnen den Hals um; dann ging er geradeswegs nach des Königs Schloss. Die Wache rief: »Halt! Wohin?« – »Zu dem König«, antwortete der Kater kurzweg. »Bist du toll, ein Kater zum König?« – »Lass ihn nur gehen«, sagte ein anderer, »der König hat doch oft Langeweile, vielleicht macht ihm der Kater mit seinem Brummen und Spinnen Vergnügen.« Als der Kater vor den König kam, machte er eine Reverenz und sagte: »Mein Herr, der Graf«, dabei nannte er einen langen und vornehmen Namen, »lässt sich dem Herrn König empfehlen und schickt ihm hier Rebhühner, die er eben in Schlingen gefangen hat.« Der König erstaunte über die schönen Rebhühner, wusste sich vor Freude nicht zu lassen und befahl, dem Kater so viel Gold aus der Schatzkammer in den Sack zu tun, als er tragen könne: »Das bring deinem Herrn und dank ihm für sein Geschenk.«

Der arme Müllerssohn aber saß zu Haus am Fenster, stützte den Kopf auf die Hand und dachte, dass er nun sein Letztes für die Stiefel des

Katers weggegeben, und was werde ihm der schon Großes dafür bringen können. Da trat der Kater herein, warf den Sack vom Rücken, schnürte ihn auf und schüttete das Gold vor den Müller hin: »Da hast du etwas für die Stiefel, der König lässt dich auch grüßen und dir viel Dank sagen.« Der Müller war froh über den Reichtum, ohne dass er noch recht begreifen konnte, wie es zugegangen war. Der Kater aber, während er seine Stiefel auszog, erzählte ihm alles, dann sagte er: »Du hast zwar jetzt Geld genug, aber dabei soll es nicht bleiben, morgen zieh' ich meine Stiefel wieder an, du sollst noch reicher werden, dem König hab ich auch gesagt, dass du ein Graf bist.« Am andern Tag ging der Kater, wie er gesagt hatte, wohlgestiefelt wieder auf die Jagd und brachte dem König einen reichen Fang. So ging es alle Tage, und der Kater brachte alle Tage Gold heim und ward beliebt bei dem König, dass er aus und ein gehen durfte und im Schloss herumstreichen, wo er wollte. Einmal stand der Kater in der Küche des Königs beim Herd und wärmte sich, da kam der Kutscher und fluchte: »Ich wünsch', der König mit der Prinzessin wär' beim Henker! Ich wollt' ins Wirtshaus gehen und einmal trinken und Karten spielen, da soll ich sie spazieren fahren an den See.« Wie der Kater das hörte, schlich er nach Haus und sagte zu seinem Herrn: »Wenn du willst ein Graf und reich werden, so komm mit mir hinaus an den See und bad dich darin.« Der Müller wusste nicht, was er dazu sagen sollte, doch folgte er dem Kater, zog sich splitternackend aus und sprang ins Wasser. Der Kater aber nahm seine Kleider und versteckte sie. Kaum war er damit fertig, da kam der König dahergefahren; der Kater fing sogleich an, erbärmlich zu lamentieren: »Ach! Allergnädigster König! Mein Herr, der hat sich hier im See gebadet, da ist ein Dieb gekommen und hat ihm die Kleider gestohlen, nun ist der Herr Graf im Wasser und kann nicht heraus, und wenn er länger darin bleibt, wird er sich erkälten und sterben.« Wie der König das hörte, ließ er Halt machen, und einer von seinen Leuten musste zurückjagen und von des Königs Kleidern holen. Der Herr Graf zog die prächtigsten Kleider an, und weil ihm ohnehin der König wegen der Rebhühner, die er meinte von ihm empfangen zu haben, gewogen war, so musste er sich zu ihm in die Kutsche setzen. Die Prinzessin war auch nicht bös darüber, denn der junge Graf gefiel ihr recht gut.

Der Kater aber war vorausgegangen und zu einer großen Wiese gekommen, wo über hundert Leute waren und Heu machten. »Wem ist die Wiese, ihr Leute?«, fragte der Kater. – »Dem großen Zauberer.« »Hört, jetzt wird der König bald vorbeifahren; wenn der fragt, wem die Wiese gehört, so antwortet: ›Dem Grafen‹; und wenn ihr das nicht tut, so werdet ihr alle totgeschlagen.« – Darauf ging der Kater weiter und kam an ein Kornfeld, so groß, dass es niemand übersehen konnte, da standen mehr als zweihundert Leute und schnitten das Korn. »Wem ist das Korn, ihr Leute?« – »Dem Zauberer.« – »Hört, jetzt wird der König vorbeifahren; wenn er fragt, wem das Korn gehört, so antwortet: ›Dem Grafen‹; und wenn ihr das nicht tut, so werdet ihr alle totgeschlagen.« – Endlich kam der Kater an einen prächtigen Wald, da standen mehr als dreihundert Leute, fällten die großen Eichen und machten Holz. »Wem ist der Wald, ihr Leute?« – »Dem Zauberer.« »Hört, jetzt wird der König vorbeifahren; wenn er fragt, wem der Wald gehört, so antwortet: ›Dem Grafen‹; und wenn ihr das nicht tut, so werdet ihr alle umgebracht.« Der Kater ging noch weiter, die Leute sahen ihm alle nach, und weil er so wunderlich aussah und wie ein Mensch in Stiefeln daherging, fürchteten sie sich vor ihm. Er kam bald an des Zauberers Schloss, trat kecklich hinein und vor ihn hin. Der Zauberer sah ihn verächtlich an und fragte ihn, was er wolle. Der Kater machte eine Reverenz und sagte: »Ich habe gehört, dass du in jedes Tier nach deinem Gefallen dich verwandeln könntest; was einen Hund, Fuchs oder auch Wolf betrifft, da will ich es wohl glauben, aber von einem Elefant, das scheint mir ganz unmöglich, und deshalb bin ich gekommen, um mich selbst zu überzeugen.« Der Zauberer sagte stolz: »Das ist mir eine Kleinigkeit«, und war in dem Augenblick in einen Elefant verwandelt. »Das ist viel, aber auch in einen Löwen?« »Das ist auch nichts«, sagte der Zauberer und stand als ein Löwe vor dem Kater. Der Kater stellte sich erschrocken und rief: »Das ist unglaublich und unerhört, dergleichen hätt' ich mir nicht im Traume in die Gedanken kommen lassen; aber noch mehr als alles andere wäre es, wenn du dich auch in ein so kleines Tier, wie eine Maus ist, verwandeln könntest, du kannst gewiss mehr als irgendein Zauberer auf der Welt, aber das wird dir doch zu hoch sein.« Der Zauberer war ganz freundlich durch die süßen Worte und sagte: »O ja, liebes Kätzchen, das kann ich auch«, und sprang als eine Maus im Zimmer herum. Der Kater war hinter ihr her, fing die Maus und fraß sie auf.

Der König aber war mit dem Grafen und der Prinzessin weiter spazieren gefahren und kam zu der großen Wiese. »Wem gehört das Heu?«, fragte der König. – »Dem Herrn Grafen«, riefen alle, wie der Kater ihnen befohlen hatte. – »Ihr habt da ein schön Stück Land, Herr Graf«, sagte er. Darnach kamen sie an das große Kornfeld. »Wem gehört das Korn, ihr Leute?« – »Dem Herrn Grafen.« – »Ei! Herr Graf! Große, schöne Ländereien!« – Darauf zu dem Wald: »Wem gehört das Holz, ihr Leute?« – »Dem Herrn Grafen.« – Der König verwunderte sich noch mehr und sagte: »Ihr müsst ein reicher Mann sein, Herr Graf, ich habe keinen so prächtigen Wald.« Endlich kamen sie an das Schloss, der Kater stand oben an der Treppe, und als der Wagen unten hielt, sprang er herab, machte die Tür auf und sagte: »Herr König, Ihr gelangt hier in das Schloss meines Herrn, des Grafen, den diese Ehre für sein Lebtag glücklich machen wird.« Der König stieg aus und verwunderte sich über das prächtige Gebäude, das fast größer und schöner war als sein Schloss; der Graf aber führte die Prinzessin hinauf in den Saal.

Da ward die Prinzessin mit dem Grafen versprochen, und als der König starb, ward er König, der gestiefelte Kater aber sein erster Minister.

Der Bärenhäuter

Es war einmal ein junger Kerl, der ließ sich als Soldat anwerben, hielt sich tapfer und war immer der Vorderste, wenn es blaue Bohnen regnete. Solange der Krieg dauerte, ging alles gut, aber als Friede geschlossen war, erhielt er seinen Abschied, und der Hauptmann sagte, er könnte gehen, wohin er wollte. Seine Eltern waren tot, und er hatte keine Heimat mehr, da ging er zu seinen Brüdern und bat, sie möchten ihm so lange Unterhalt geben, bis der Krieg wieder anfinge. Die Brüder aber waren hartherzig und sagten: »Was sollen wir mit dir?

Wir können dich nicht brauchen; sieh zu, wie du dich durchschlägst.« Der Soldat hatte nichts übrig als sein Gewehr, das nahm er auf die Schulter und wollte in die Welt gehen. Er kam auf eine große Heide, auf der nichts zu sehen war als ein Ring von Bäumen. Darunter setzte er sich ganz traurig nieder und sann über sein Schicksal nach. ›Ich habe kein Geld‹, dachte er, ›ich habe nichts gelernt als das Kriegshandwerk, und jetzt, weil Friede geschlossen ist, brauchen sie mich nicht mehr; ich sehe voraus, ich muss verhungern.‹ Auf einmal hörte er ein Brausen, und plötzlich stand ein unbekannter Mann vor ihm, der einen grünen Rock trug, recht stattlich aussah, aber einen garstigen Pferdefuß hatte. »Ich weiß schon, was dir fehlt«, sagte der Mann, »Geld und Gut sollst du haben, so viel du willst, aber ich muss zuvor wissen, ob du dich nicht fürchtest, damit ich mein Geld nicht umsonst ausgebe.« – »Ein Soldat und Furcht, wie passt das zusammen?«, antwortete er, »du kannst mich auf die Probe stellen.« – »Wohlan«, antwortete der Mann, »schau hinter dich.« Der Soldat kehrte sich um und sah einen großen Bär, der brummend auf ihn zutrabte. »Oho«, rief der Soldat, »dich will ich an der Nase kitzeln, dass dir die Lust zum Brummen vergehen soll«, legte an und schoss den Bär auf die Schnauze, dass er zusammenfiel und sich nicht mehr regte. »Ich sehe wohl«, sagte der Fremde, »dass dir's an Mut nicht fehlt, aber es ist noch eine Be-

dingung dabei, die musst du erfüllen.« – »Wenn mir's an meiner Seligkeit nicht schadet«, antwortete der Soldat, der wohl merkte, wen er vor sich hatte, »sonst lass' ich mich auf nichts ein.« – »Das wirst du selber sehen«, antwortete der Grünrock, »du darfst in den nächsten sieben Jahren dich nicht waschen, dir Bart und Haare nicht kämmen, die Nägel nicht schneiden und kein Vaterunser beten. Dann will ich dir einen Rock und Mantel geben, den musst du in dieser Zeit tragen. Stirbst du in diesen sieben Jahren, so bist du mein, bleibst du aber am Leben, so bist du frei und bist reich dazu für dein Lebtag.« Der Soldat dachte an die große Not, in der er sich befand, und er wollte es wagen und willigte ein. Der Teufel zog den grünen Rock aus, reichte ihn dem Soldaten hin und sagte: »Wenn du den Rock an deinem Leibe hast und in die Tasche greifst, so wirst du die Hand immer voll Geld haben.« Dann zog er dem Bären die Haut ab und sagte: »Das soll dein Mantel sein und auch dein Bett; denn darauf musst du schlafen und darfst in kein anderes Bett kommen. Und dieser Tracht wegen sollst du Bärenhäuter heißen.« Hierauf verschwand der Teufel.

Der Soldat zog den Rock an, griff gleich in die Tasche und fand, dass die Sache ihre Richtigkeit hatte. Dann hing er die Bärenhaut um, ging in die Welt, war guter Dinge und unterließ nichts, was ihm wohl und dem Gelde wehe tat. Im ersten Jahr ging es noch leidlich, aber in dem zweiten sah er schon aus wie ein Ungeheuer. Das Haar bedeckte ihm fast das ganze Gesicht, sein Bart glich einem Stück groben Filztuches, seine Finger hatten Krallen, und sein Gesicht war so mit Schmutz bedeckt, dass, wenn man Kresse hineingesät hätte, sie aufgegangen wäre. Wer ihn sah, lief fort, weil er aber allerorten den Armen Geld gab, damit sie für ihn beteten, dass er in den sieben Jahren nicht stürbe, und weil er alles gut bezahlte, so erhielt er doch immer noch Herberge. Im vierten Jahr kam er in ein Wirtshaus, da wollte ihn der Wirt nicht aufnehmen und wollte ihm nicht einmal einen Platz im Stall anweisen, weil er fürchtete, seine Pferde würden scheu werden. Doch als der Bärenhäuter in die Tasche griff und eine Hand voll Dukaten herausholte, so ließ der Wirt sich erweichen und gab ihm eine Stube im Hintergebäude; doch musste er versprechen, sich nicht sehen zu lassen, damit sein Haus nicht in bösen Ruf käme.

Als der Bärenhäuter abends allein saß und von Herzen wünschte, dass die sieben Jahre herum wären, so hörte er in einem Nebenzimmer ein lautes Jammern. Er hatte ein mitleidiges Herz, öffnete die Türe und erblickte einen alten Mann, der heftig weinte und die Hände über dem Kopf zusammenschlug. Der Bärenhäuter trat näher, aber der Mann sprang auf und wollte entfliehen. Endlich, als er eine menschliche Stimme vernahm, ließ er sich bewegen, und durch freundliches Zureden brachte es der Bärenhäuter dahin, dass er ihm die Ursache seines Kummers offenbarte. Sein Vermögen war nach und nach geschwunden, er und seine Töchter mussten darben, und er war so arm, dass er den Wirt nicht einmal bezahlen konnte und ins Gefängnis gesetzt werden sollte. »Wenn Ihr weiter keine Sorge habt«, sagte der Bärenhäuter, »Geld habe ich genug.« Er ließ den Wirt herbeikommen, bezahlte ihn und steckte dem Unglücklichen noch einen Beutel voll Gold in die Tasche.

Als der alte Mann sich aus seinen Sorgen erlöst sah, wusste er nicht, womit er sich dankbar erweisen sollte. »Komm mit mir«, sprach er zu ihm, »meine Töchter sind Wunder von Schönheit, wähle dir eine davon zur Frau. Wenn sie hört, was du für mich getan hast, so wird sie sich nicht weigern. Du siehst freilich ein wenig seltsam aus, aber sie wird dich schon wieder in Ordnung bringen.« Dem Bärenhäuter gefiel das wohl, und er ging mit. Als ihn die Älteste erblickte, entsetzte sie sich so gewaltig vor seinem Antlitz, dass sie aufschrie und fortlief. Die Zweite blieb zwar stehen und betrachtete ihn von Kopf bis zu Füßen, dann aber sprach sie: »Wie kann ich einen Mann nehmen, der keine menschliche Gestalt mehr hat? Da gefiel mir der rasierte Bär noch besser, der einmal hier zu sehen war und sich für einen Menschen ausgab, der hatte doch einen Husarenpelz an und weiße Handschuhe. Wenn er nur hässlich wäre, so könnte ich mich an ihn gewöhnen.« Die Jüngste aber sprach: »Lieber Vater, das muss ein guter Mann sein, der Euch aus der Not geholfen hat; Euer Wort muss gehalten werden.« Es war schade, dass das Gesicht des Bärenhäuters von Schmutz und Haaren bedeckt war, sonst hätte man sehen können, wie ihm das Herz im Leibe lachte, als er diese Worte hörte. Er nahm einen Ring von seinem Finger, brach ihn entzwei und gab ihr die eine Hälfte, die andere behielt er für sich. In ihre Hälfte aber schrieb er seinen Namen, und in seine Hälfte schrieb er ihren Namen und bat sie, ihr Stück gut aufzuheben. Hierauf nahm er Abschied und sprach: »Ich muss noch drei Jahre wandern, komm' ich aber nicht wieder, so bist du frei, weil ich dann tot bin. Bitte aber Gott, dass er mir das Leben erhält.«

Die arme Braut kleidete sich ganz schwarz, und wenn sie an ihren Bräutigam dachte, so kamen ihr die Tränen in die Augen. Von ihren Schwestern ward ihr nichts als Hohn und Spott zuteil. »Nimm dich in Acht«, sprach die Älteste, »wenn du ihm die Hand reichst, so schlägt er dir mit der Tatze darauf.« »Hüte dich«, sagte die Zweite, »die Bären lieben die Süßigkeit, und wenn du ihm gefällst, so frisst er dich auf.« »Du musst nur immer seinen Willen tun«, hub die Älteste wieder an, »sonst fängt er an zu brummen.« Und die Zweite fuhr fort: »Aber die Hochzeit wird lustig sein, Bären, die tanzen gut.« Die Braut schwieg still und ließ sich nicht irremachen. Der Bärenhäuter aber zog in der Welt herum, tat Gutes, wo er konnte, und gab den Armen reichlich, damit sie für ihn beteten. Endlich, als der letzte Tag von den sieben Jahren anbrach, ging er wieder hinaus auf die Heide und setzte sich unter den Ring von Bäumen. Nicht lange, so sauste der Wind, und der Teufel stand vor ihm und blickte ihn verdrießlich an; dann warf er ihm den alten Rock hin und verlangte seinen grünen zurück. »So weit sind wir noch nicht«, antwortete der Bärenhäuter, »erst sollst du mich reinigen.« Der Teufel mochte wollen oder nicht, er musste den Bärenhäuter abwaschen, ihm die Haare kämmen und die Nägel schneiden. Hierauf sah er wie ein tapferer Kriegsmann aus und war viel schöner als je vorher.

Als der Teufel glücklich abgezogen war, so war es dem Bärenhäuter ganz leicht ums Herz. Er ging in die Stadt, tat einen prächtigen Sammetrock an, setzte sich in einen Wagen, mit vier Schimmeln bespannt, und fuhr zu dem Haus seiner Braut. Niemand erkannte ihn, der Vater hielt ihn für einen vornehmen Feldobrist und führte ihn in das Zimmer, wo seine Töchter saßen. Er musste sich zwischen den beiden ältesten niederlassen; sie schenkten ihm Wein ein, legten ihm die besten Bissen vor und meinten, sie hätten nie einen schönern Mann auf der Welt gesehen. Die Braut aber saß in schwarzem Kleide ihm gegenüber, schlug die Augen nicht auf und sprach kein Wort. Als er endlich den Vater fragte, ob er ihm eine seiner Töchter zur Frau geben wollte, so sprangen die beiden ältesten auf, liefen in ihre Kammer und wollten prächtige Kleider anziehen; denn eine jede bildete sich ein, sie wäre die Auserwählte. Der Fremde, sobald er mit seiner Braut allein war, holte den halben Ring hervor und warf ihn in einen Becher mit Wein, den er ihr über den Tisch reichte. Sie nahm ihn an, aber als sie getrunken hatte und den halben Ring auf dem Grund liegen fand, so schlug ihr das Herz. Sie holte die andere Hälfte, die sie an einem Band um den Hals trug, hielt sie daran, und es zeigte sich, dass beide Teile vollkommen zueinander passten. Da sprach er: »Ich bin dein verlobter Bräutigam, den du als Bärenhäuter gesehen hast, aber durch Gottes Gnade habe ich meine menschliche Gestalt wieder erhalten.« Er ging auf sie zu, umarmte sie und gab ihr einen Kuss. Indem kamen die beiden Schwestern in vollem Putz herein, und als sie sahen, dass der schöne Mann der Jüngsten zuteil geworden war, und hörten, dass das der Bärenhäuter war, liefen sie voll Zorn und Wut hinaus; die eine ersäufte sich im Brunnen, die andere erhängte sich an einem Baum. Am Abend klopfte jemand an der Türe, und als der Bräutigam öffnete, so war's der Teufel im grünen Rock, der sprach: »Siehst du, nun habe ich zwei Seelen für deine eine.«

Rotkäppchen

Es war einmal eine kleine süße Dirne, die hatte jedermann lieb, der sie nur ansah, am allerliebsten aber ihre Großmutter, die wusste gar nicht, was sie alles dem Kinde geben sollte. Einmal schenkte sie ihm ein Käppchen von rotem Samt, und weil ihm das so wohl stand und es nichts anderes mehr tragen wollte, hieß es nur das Rotkäppchen. Eines Tages sprach seine Mutter zu ihm: »Komm, Rotkäppchen, da hast du ein Stück Kuchen und eine Flasche Wein, bring das der Großmutter hinaus; sie ist krank und schwach und wird sich daran laben. Mach dich auf, bevor es heiß wird, und wenn du hinauskommst, so geh hübsch sittsam und lauf nicht vom Weg ab, sonst fällst du und zerbrichst das Glas, und die Großmutter hat nichts. Und wenn du in ihre Stube kommst, so vergiss nicht, guten Morgen zu sagen, und guck nicht erst in allen Ecken herum.«

»Ich will schon alles gut machen«, sagte Rotkäppchen zur Mutter und gab ihr die Hand darauf. Die Großmutter aber wohnte draußen im Wald, eine halbe Stunde vom Dorf. Wie nun Rotkäppchen in den Wald kam, begegnete ihm der Wolf. Rotkäppchen aber wusste nicht, was das für ein böses Tier war, und fürchtete sich nicht vor ihm. »Guten Tag, Rotkäppchen«, sprach er. »Schönen Dank, Wolf.« – »Wohinaus so früh, Rotkäppchen?« – »Zur Großmutter.« – »Was trägst du unter der Schürze?« – »Kuchen und Wein, gestern haben wir gebacken; da soll sich die kranke und schwache Großmutter etwas zugute tun und sich damit stärken.« – »Rotkäppchen, wo wohnt deine Großmutter?« – »Noch eine gute Viertelstunde weiter im Wald, unter den drei großen Eichbäumen, da steht ihr Haus, unten sind die Nusshecken, das wirst du ja wissen«, sagte Rotkäppchen. Der Wolf dachte bei sich: ›Das junge, zarte Ding, das ist ein fetter Bissen, der wird noch besser schmecken als die Alte, du musst es listig anfangen, damit du beide erschnappst.‹ Da ging er ein Weilchen neben Rotkäppchen her; dann sprach er: »Rotkäppchen, sieh einmal die schönen Blumen, die ringsumher stehen. Ich glaube, du hörst gar nicht, wie die Vöglein so lieblich singen? Du gehst ja für dich hin, als wenn du zur Schule gingst, und ist so lustig draußen in dem Wald.«

Rotkäppchen schlug die Augen auf, und als es sah, wie die Sonnenstrahlen durch die Bäume hin und her tanzten und alles voll schöner Blumen stand, dachte es: ›Wenn ich der Großmutter einen frischen Strauß mitbringe, der wird ihr auch Freude machen; es ist so früh am Tag, dass ich doch zu rechter Zeit ankomme‹, lief vom Wege ab in den Wald hinein und suchte Blumen. Und wenn es eine gebrochen hatte, meinte es, weiter hinaus stände eine schönere, und geriet immer tiefer in den Wald hinein. Der Wolf aber ging geradewegs nach dem Haus der Großmutter und klopfte an die Tür. »Wer ist draußen?« – »Rotkäppchen, das bringt Kuchen und Wein, mach auf.« – »Drück nur auf die Klinke«, rief die Großmutter, »ich bin zu schwach und kann nicht aufstehen.« Der Wolf drückte auf die Klinke, die Tür sprang auf, und er ging, ohne ein Wort zu sprechen, gerade zum Bett der Großmutter

und verschluckte sie. Dann tat er ihre Kleider an, setzte ihre Haube auf, legte sich in ihr Bett und zog die Vorhänge vor.
Rotkäppchen aber war nach den Blumen herumgelaufen, und als es so viel zusammen hatte, dass es keine mehr tragen konnte, fiel ihm die Großmutter wieder ein, und es machte sich auf den Weg zu ihr. Es wunderte sich, dass die Tür aufstand, und wie es in die Stube trat, so kam es ihm so seltsam darin vor, dass es dachte: ›Ei, du mein Gott, wie ängstlich wird mir's heute zumut, und ich bin sonst so gerne bei der Großmutter!‹ – Es rief »Guten Morgen«, bekam aber keine Antwort. Darauf ging es zum Bett und zog die Vorhänge zurück. Da lag die Großmutter und hatte die Haube tief ins Gesicht gesetzt und sah so wunderlich aus. »Ei, Großmutter, was hast du für große Ohren?« »Dass ich dich besser hören kann.« – »Ei, Großmutter, was hast du für große Augen?« – »Dass ich dich besser sehen kann.« – »Ei, Großmutter, was hast du für große Hände?« – »Dass ich dich besser packen kann!« – »Aber, Großmutter, was hast du für ein entsetzlich großes Maul?« – »Dass ich dich besser fressen kann.« Kaum hatte der Wolf das gesagt, so tat er einen Satz aus dem Bette und verschlang das arme Rotkäppchen.
Wie der Wolf sein Gelüsten gestillt hatte, legte er sich wieder ins Bett, schlief ein und fing an, überlaut zu schnarchen. Der Jäger ging eben an dem Haus vorbei und dachte: ›Wie die alte Frau schnarcht, du musst doch sehen, ob ihr was fehlt.‹ Da trat er in die Stube, und wie er vor das Bette kam, so sah er, dass der Wolf darin lag. »Finde ich dich hier, du alter Sünder«, sagte er, »ich habe dich lange gesucht.« Nun wollte er seine Büchse anlegen, da fiel ihm ein, der Wolf könnte die Großmutter gefressen haben, und sie wäre noch zu retten, schoss nicht, sondern nahm eine Schere und fing an, dem schlafenden Wolf den Bauch aufzuschneiden. Wie er ein paar Schnitte getan hatte, da sah er das rote Käppchen leuchten, und noch ein paar Schnitte, da sprang das Mädchen heraus und rief: »Ach, wie war's so dunkel in dem Wolf seinem Leib!« Und dann kam die alte Großmutter auch noch lebendig heraus. Rotkäppchen aber holte geschwind große Steine, damit füllten sie dem Wolf den Leib, und wie er aufwachte, wollte er fortspringen, aber die Steine waren so schwer, dass er gleich niedersank und sich tot fiel.

Da waren alle drei vergnügt; der Jäger zog dem Wolf den Pelz ab und ging damit heim, die Großmutter aß den Kuchen und trank den Wein, den Rotkäppchen gebracht hatte, und erholte sich wieder, Rotkäppchen aber dachte: ›Du willst dein Lebtag nicht wieder allein vom Wege ab in den Wald laufen, wenn dir's die Mutter verboten hat.‹

*

Es wird auch erzählt, dass einmal, als Rotkäppchen der alten Großmutter wieder Gebackenes brachte, ein anderer Wolf ihm zugesprochen und es vom Wege habe ableiten wollen. Rotkäppchen aber hütete sich und ging geradefort seines Wegs und sagte der Großmutter, dass es dem Wolf begegnet wäre, der ihm Guten Tag gewünscht, aber so bös aus den Augen geguckt hätte. »Wenn's nicht auf offner Straße gewesen wäre, er hätte mich gefressen.« – »Komm«, sagte die Großmutter, »wir wollen die Tür verschließen, dass er nicht herein kann.« Bald darnach klopfte der Wolf an und rief: »Mach auf, Großmutter, ich bin das Rotkäppchen, ich bring' dir Gebackenes.« Sie schwiegen aber still und machten die Tür nicht auf, da schlich der Graukopf etliche Mal um das Haus, sprang endlich aufs Dach und wollte warten, bis Rotkäppchen abends nach Haus ginge; dann wollte er ihm nachschleichen und wollt's in der Dunkelheit fressen. Aber die Großmutter merkte, was er im Sinn hatte. Nun stand vor dem Haus ein großer Steintrog, da sprach sie zu dem Kind: »Nimm den Eimer, Rotkäppchen, gestern hab' ich Würste gekocht, da trag das Wasser, worin sie gekocht sind, in den Trog.« Rotkäppchen trug so lange, bis der große, große Trog ganz voll war. Da stieg der Geruch von den Würsten dem Wolf in die Nase, er schnupperte und guckte hinab, endlich machte er den Hals so lang, dass er sich nicht mehr halten konnte und anfing zu rutschen. So rutschte er vom Dach herab, gerade in den großen Trog hinein und ertrank. Rotkäppchen aber ging fröhlich nach Haus, und niemand tat ihm etwas zu Leid.

Der Ranzen, das Hütlein und das Hörnlein

Es waren einmal drei Brüder, die waren immer tiefer in Armut geraten, und endlich war die Not so groß, dass sie nichts mehr zu beißen und zu brechen hatten. Da sprachen sie. »Es kann so nicht bleiben, es ist besser, wir gehen in die Welt und suchen unser Glück.« Sie machten sich also auf und waren schon weite Wege und über viele Grashälmerchen gegangen, aber das Glück war ihnen noch nicht begegnet. Da gelangten sie eines Tages in einen großen Wald, und mitten darin war ein Berg, und als sie näher kamen, so sahen sie, dass der Berg ganz von Silber war. Da sprach der Älteste: »Nun habe ich das gewünschte Glück gefunden und verlange kein größeres.« Er nahm von dem Silber, so viel er nur tragen konnte, kehrte dann um und ging wieder nach Haus. Die beiden andern aber sprachen: »Wir verlangen vom Glück noch etwas mehr als bloßes Silber«, rührten es nicht an und gingen weiter. Nachdem sie abermals ein paar Tage gegangen waren, so kamen sie zu einem Berg, der ganz von Gold war. Der zweite Bruder stand, besann sich und war ungewiss. »Was soll ich tun?«, sprach er, »soll ich mir von dem Golde so viel nehmen, dass ich mein Lebtag genug habe, oder soll ich weitergehen?« Endlich fasste er einen Entschluss, füllte seine Taschen, sagte seinem Bruder Lebewohl und ging heim. Der Dritte aber sprach: »Silber und Gold, das rührt mich nicht, ich will meinem Glück nicht absagen, vielleicht ist mir etwas Besseres beschert.« Er zog weiter, und als er drei Tage gegangen war, so kam er in einen Wald, der noch größer war als die vorigen und gar kein Ende nehmen wollte; und da er nichts zu essen und zu trinken fand, so war er nahe daran, zu verschmachten. Da stieg er auf einen hohen Baum, ob er da oben des Waldes Ende sehen möchte, aber, so weit sein Auge reichte, sah er nichts als die Gipfel der Bäume. Da entschloss er sich, von dem Baume wieder hinunterzusteigen, aber der Hunger quälte ihn, und er dachte: ›Wenn ich nur noch einmal meinen Leib sättigen könnte.‹ Als er herabkam, sah er mit Erstaunen unter dem Baum einen Tisch, der mit Speisen reichlich besetzt war. »Diesmal«, sprach er, »ist mein Wunsch zu rechter Zeit erfüllt worden«, und ohne zu fragen, wer das Essen gebracht und wer es gekocht hätte, nahte er sich dem Tisch und aß, bis er seinen Hunger gestillt hatte. Als er fertig war, dachte er, es wäre doch schade, wenn das feine Tischtüchlein hier in dem Walde verderben sollte, legte es säuberlich zusammen und steckte es ein. Darauf ging er weiter, und abends, als der Hunger sich wieder regte, wollte er sein Tüchlein auf die Probe stellen, breitete es aus und sagte: »So wünsche ich, dass du abermals mit guten Speisen besetzt wärest«, und kaum war der Wunsch über seine Lippen gekommen, so standen so viel Schüsseln mit dem schönsten Essen darauf, als nur Platz hatten. »Jetzt merke ich«, sagte er, »in welcher Küche für mich gekocht wird; du sollst mir lieber sein als der Berg von Silber und Gold«; denn er sah wohl, dass es ein Tüchleindeckdich war. Das Tüchlein war ihm aber doch nicht genug, um sich daheim zur Ruhe zu setzen, sondern er wollte noch in der Welt herumwandern und weiter sein Glück versuchen. Eines Abends traf er in einem einsamen Walde einen schwarz bestaubten Köhler, der brannte da Kohlen und hatte Kartoffeln am Feuer stehen, damit wollte er seine Mahlzeit halten. »Guten Abend, du Schwarzamsel«, sagte er, »wie geht dir's in deiner Einsamkeit?« – »Einen Tag wie den andern«, erwiderte der Köhler, »und jeden Abend Kartoffeln; hast du Lust dazu und willst mein Gast sein?« – »Schönen Dank«, antwortete der Reisende, »ich will dir die Mahlzeit nicht wegnehmen, du hast auf einen Gast nicht gerechnet, aber wenn du mit mir vorlieb nehmen willst, so sollst du eingeladen sein.« – »Wer soll dir anrichten?«, sprach der Köhler, »ich sehe, dass du nichts bei dir hast, und ein paar Stunden im Umkreis ist niemand, der dir etwas geben könnte.« – »Und doch soll's ein Essen sein«, antwortete er, »so gut, wie du noch keins gekostet hast.« Darauf holte er sein Tüchlein aus dem Ranzen, breitete es auf die Erde und sprach: »Tüchlein, deck dich«, und alsbald stand da Gesottenes und Gebratenes, so warm, als wenn es eben aus der Küche käme. Der Köhler machte große Augen, ließ sich aber nicht lange bitten, sondern schob immer größere Bissen in sein schwarzes Maul. Als sie abgegessen hatten, schmunzelte der Köhler und sagte: »Hör, dein Tüchlein hat meinen Beifall, das wäre so etwas für mich in dem Walde, wo mir niemand etwas Gutes kocht. Ich will dir einen Tausch vorschlagen: Da in der Ecke hängt ein Soldatenranzen, der zwar alt und unscheinbar ist, in dem aber wunderbare Kräfte stecken; da ich ihn doch nicht mehr brauche, so will ich ihn für das Tüchlein geben.« – »Erst muss ich wissen, was das für Kräfte sind«, erwiderte er. »Das will ich dir sagen«, antwortete der Köhler, »wenn du mit der Hand darauf klopfst, so kommt jedes Mal ein Gefreiter mit sechs Mann, die haben Ober- und Untergewehr, und was du befiehlst, das vollbringen sie.« – »Meinetwegen«, sagte er, »wenn's nicht anders sein kann, so wollen wir tauschen«, gab dem Köhler das Tüchlein, hob den Ranzen von dem Haken, hing ihn um und nahm Abschied. Als er ein Stück Wegs gegangen war, wollte er die Wunderkräfte seines Ranzens versuchen und klopfte darauf. Alsbald traten die sieben Kriegshelden vor ihn, und der Gefreite sprach: »Was verlangt mein Herr und Gebieter?« – »Marschiert im Eilschritt zu dem Köhler und fordert mein Wunschtüchlein zurück.« Sie machten links um, und gar nicht lange, so brachten sie das Verlangte, und hatten es dem Köhler, ohne viel zu fragen, abgenommen. Er hieß sie wieder abziehen, ging weiter und hoffte, das Glück würde ihm noch heller scheinen. Bei Sonnenuntergang kam er zu einem andern Köhler, der bei dem Feuer seine Abendmahlzeit bereitete. »Willst du mit mir essen«, sagte der Köhler, »Kartoffeln mit Salz, aber ohne Schmalz, so setz dich zu mir nieder.« – »Nein«, antwortete er, »für diesmal sollst du mein Gast sein«, deckte sein Tüchlein auf, das gleich mit den schönsten Gerichten besetzt war. Sie aßen und tranken und waren guter Dinge. Nach dem Essen sprach der Kohlenbrenner: »Da oben auf der Kammbank liegt ein altes abgegriffenes Hütlein, das hat seltsame Eigenschaften: Wenn das einer aufsetzt und dreht es auf dem Kopf herum, so gehen die Feldschlangen, als wären zwölfe nebeneinander aufgeführt, und schießen alles darnieder, dass niemand dagegen bestehen kann. Mir nützt das Hütlein nichts, und für dein Tischtuch will ich's wohl hingeben.« – »Das lässt sich hören«, antwortete er, nahm das Hütlein, setzte es auf und ließ sein Tüchlein zurück. Kaum aber war er ein Stück Wegs gegangen, so klopfte er auf seinen Ranzen, und seine Soldaten mussten ihm das Tüchlein wieder holen. ›Es kommt eins zum andern‹, dachte er, ›und es ist mir, als wäre mein Glück noch nicht zu Ende.‹ Seine Gedanken hatten ihn auch nicht betrogen. Nachdem er abermals einen Tag gegangen war, kam er zu einem dritten Köhler, der ihn nicht anders als die vorigen zu ungeschmälzten Kartoffeln einlud. Er ließ ihn

aber von seinem Wunschtüchlein mitessen, und das schmeckte dem Köhler so gut, dass er ihm zuletzt ein Hörnlein dafür bot, das noch ganz andere Eigenschaften hatte als das Hütlein. Wenn man darauf blies, so fielen alle Mauern und Festungswerke, alle Städte und Dörfer übern Haufen. Er gab dem Köhler zwar das Tüchlein dafür, ließ sich's aber hernach von seiner Mannschaft wieder abfordern, so dass er endlich Ranzen, Hütlein und Hörnlein beisammen hatte. »Jetzt«, sprach er, »bin ich ein gemachter Mann, und es ist Zeit, dass ich heimkehre und sehe, wie es meinen Brüdern ergeht.«

Als er daheim anlangte, hatten sich seine Brüder von ihrem Silber und Gold ein schönes Haus gebaut und lebten in Saus und Braus. Er trat bei ihnen ein, weil er aber in einem halb zerrissenen Rock kam, das schäbige Hütlein auf dem Kopf und den alten Ranzen auf dem Rücken, so wollten sie ihn nicht für ihren Bruder anerkennen. Sie spotteten und sagten: »Du gibst dich für unsern Bruder aus, der Silber und Gold verschmähte und für sich ein besseres Glück verlangte. Der kommt gewiss in voller Pracht als ein mächtiger König angefahren, nicht als ein Bettelmann«, und jagten ihn zur Tür hinaus. Da geriet er in Zorn, klopfte auf seinen Ranzen so lange, bis hundertundfünfzig Mann vor ihm standen. Er befahl ihnen, das Haus seiner Brüder zu umzingeln, und zwei sollten Haselgerten mitnehmen und den beiden die Haut auf dem Leib so lange weich gerben, bis sie wüssten, wer er wäre. Es entstand ein gewaltiger Lärm, die Leute liefen zusammen und wollten den beiden helfen, aber sie konnten gegen die Soldaten nichts ausrichten. Es ward endlich dem Könige Meldung davon; der ward unwillig und ließ einen Hauptmann mit seiner Schar ausrücken, der sollte den Ruhestörer aus der Stadt jagen. Aber der Mann mit dem Ranzen hatte bald eine größere Mannschaft zusammen, die schlug den Hauptmann mit seinen Leuten zurück, dass sie mit blutigen Nasen abziehen mussten. Der König sprach: »Der hergelaufene Kerl ist noch zu bändigen«, und schickte am andern Tage eine größere Schar gegen ihn aus, aber sie konnte noch weniger ausrichten. Er stellte noch mehr Volk entgegen, und um noch schneller fertig zu werden, drehte er ein paar Mal sein Hütlein auf dem Kopf herum. Da fing das schwere Geschütz an zu spielen, und des Königs Leute wurden geschlagen und in die Flucht gejagt. »Jetzt mache ich nicht eher Frieden«, sprach er, »als bis mir der König seine Tochter zur Frau gibt und ich in seinem Namen das ganze Reich beherrsche.« Das ließ er dem König verkündigen, und dieser sprach zu seiner Tochter: »Muss ist eine harte Nuss, was bleibt mir anders übrig, als dass ich tue, was er verlangt? Will ich Frieden haben und die Krone auf meinem Haupte behalten, so muss ich dich hingeben.«

Die Hochzeit ward also gefeiert, aber die Königstochter war verdrießlich, dass ihr Gemahl ein gemeiner Mann war, der einen schäbigen Hut trug und einen alten Ranzen umhängen hatte. Sie wäre ihn gerne wieder los gewesen und sann Tag und Nacht, wie sie das bewerkstelligen könnte. Da dachte sie: ›Sollten seine Wunderkräfte wohl in dem Ranzen stecken?‹, verstellte sich und liebkoste ihn, und als sein Herz weich geworden war, sprach sie: »Wenn du nur den schlechten Ranzen ablegen wolltest, er verunziert dich so sehr, dass ich mich deiner schämen muss.« – »Liebes Kind«, antwortete er, »dieser Ranzen ist mein größter Schatz, solange ich den habe, fürchte ich keine Macht der Welt!« und verriet ihr, mit welchen Wunderkräften er begabt war. Da fiel sie ihm um den Hals, als wenn sie ihn küssen wollte, nahm ihm aber den Ranzen von der Schulter und lief damit fort. Sobald sie allein war, klopfte sie darauf und befahl den Kriegsleuten, sie sollten ihren vorigen Herrn festnehmen und aus dem königlichen Palast fortführen. Sie gehorchten, und die falsche Frau ließ noch mehr Leute hinter ihm herziehen, die ihn zum Lande hinausjagen sollten. Da wäre er verloren gewesen, wenn er nicht das Hütlein gehabt hätte. Kaum aber waren seine Hände frei, so schwenkte er es ein paar Mal. Alsbald fing das Geschütz an zu donnern und schlug alles nieder, und die Königstochter musste selbst kommen und um Gnade bitten. Weil sie so beweglich bat und sich zu bessern versprach, bewilligte er ihr Frieden. Sie tat freundlich mit ihm, stellte sich an, als hätte sie ihn sehr lieb, und wusste ihn nach einiger Zeit so zu betören, dass er ihr vertraute, wenn auch einer den Ranzen in seine Gewalt bekäme, so könnte er doch nichts gegen ihn ausrichten, solange das alte Hütlein noch sein wäre. Als sie das Geheimnis wusste, wartete sie, bis er eingeschlafen war; dann nahm sie ihm das Hütlein weg und ließ ihn hinaus auf die Straße werfen. Aber noch war ihm das Hörnlein übrig, und in großem Zorne blies er aus allen Kräften hinein. Alsbald fiel alles zusammen, Mauern, Festungswerk, Städte und Dörfer, und sie schlugen den König und die Königstochter tot. Und wenn er das Hörnlein nicht abgesetzt und nur noch ein wenig länger geblasen hätte, so wäre alles über den Haufen gestürzt und kein Stein auf dem andern geblieben. Da widerstand ihm niemand mehr, und er setzte sich zum König über das ganze Reich.

Die Kristallkugel

Es war einmal eine Zauberin, die hatte drei Söhne, die sich brüderlich liebten, aber die Alte traute ihnen nicht und dachte, sie wollten ihr ihre Macht rauben. Da verwandelte sie den Ältesten in einen Adler, der musste auf einem Felsengebirge hausen, und man sah ihn manchmal am Himmel in großen Kreisen auf und nieder schweben. Den Zweiten verwandelte sie in einen Walfisch, der lebte im tiefen Meer, und man sah nur, wie er zuweilen einen mächtigen Wasserstrahl in die Höhe warf. Beide hatten nur zwei Stunden jeden Tag ihre menschliche Gestalt. Der dritte Sohn, da er fürchtete, sie möchte ihn auch in ein reißendes Tier verwandeln, ging heimlich fort. Er hatte aber gehört, dass auf dem Schloss der goldenen Sonne eine verwünschte Königstochter säße, die auf Erlösung harrte. Es müsste aber jeder sein Leben daran wagen, schon dreiundzwanzig Jünglinge wären eines jämmerlichen Todes gestorben und nur noch einer übrig, dann dürfte keiner mehr kommen. Und da sein Herz ohne Furcht war, so fasste er den Entschluss, dieses Schloss aufzusuchen. Er war schon lange Zeit herumgezogen und hatte es nicht finden können, da geriet er in einen großen Wald und wusste nicht, wo der Ausgang war. Auf einmal erblickte er in der Ferne zwei Riesen, die winkten ihm mit der Hand, und als er zu ihnen kam, sprachen sie: »Wir streiten um einen Hut, wem er zugehören soll, und da wir beide gleich stark sind, so kann keiner den andern überwältigen. Die kleinen Menschen sind klüger als wir, daher wollen wir dir die Entscheidung überlassen.« – »Wie könnt ihr euch um einen alten Hut streiten?«, sagte der Jüngling. »Du weißt nicht, was er für Eigenschaften hat, es ist ein Wünschhut, wer den aufsetzt, der kann sich hinwünschen, wohin er will, und im Augenblick ist er dort.« – »Gebt mir den Hut«, sagte der Jüngling, »ich will ein Stück Wegs gehen, und wenn ich euch dann rufe, so lauft um die Wette, und wer am ersten bei mir ist, dem soll er gehören.« Er setzte den Hut auf und ging fort, dachte aber an die Königstochter, vergaß die Riesen und ging immer weiter. Einmal seufzte er aus Herzensgrund und rief: »Ach, wäre ich doch auf dem Schloss der goldenen Sonne!« Und kaum gesagt, so stand er auf einem hohen Berg vor dem Tor des Schlosses.

Er ging durch alle Zimmer, bis er in dem letzten die Königstochter fand. Aber wie erschrak er, als er sie anblickte. Sie hatte ein aschgraues Gesicht voll Runzeln, trübe Augen und rote Haare. »Seid Ihr die Königstochter, deren Schönheit alle Welt rühmt?«, rief er aus. »Ach«, erwiderte sie, »das ist meine Gestalt nicht, die Augen der Menschen können mich nur in dieser Hässlichkeit erblicken, aber damit du weißt, wie ich aussehe, so schau in den Spiegel, der lässt sich nicht irremachen, der zeigt dir mein Bild, wie es in Wahrheit ist.« Sie gab ihm den Spiegel in die Hand, und er sah darin das Abbild der schönsten Jungfrau, die auf der Welt war, und sah, wie ihr vor Traurigkeit die Tränen über die Wangen rollten. Da sprach er: »Wie kannst du erlöst werden? Ich scheue keine Gefahr.« Sie sprach: »Wer die kristallne Kugel erlangt und hält sie dem Zauberer vor, der bricht damit seine Macht, und ich kehre in meine wahre Gestalt zurück. Ach«, setzte sie hinzu, »schon so mancher ist darum in seinen Tod gegangen, und du, junges Blut, du jammerst mich, wenn du dich in die großen Gefährlichkeiten begibst.« – »Mich kann nichts abhalten«, sprach er, »aber sage mir, was ich tun muss.« – »Du sollst alles wissen«, sprach die Königstochter, »wenn du den Berg, auf dem das Schloss steht, hinabgehst, so wird unten an einer Quelle ein wilder Auerochs stehen, mit dem musst du kämpfen. Und wenn es dir glückt, ihn zu töten, so wird sich aus ihm ein feuriger Vogel erheben, der trägt in seinem Leib ein glühendes Ei, und in dem Ei steckt als Dotter die Kristallkugel. Er lässt aber das Ei nicht fallen, bis er dazu gedrängt wird, fällt es aber auf die Erde, so zündet es und verbrennt alles in seiner Nähe, und das Ei selbst zerschmilzt und mit ihm die kristallne Kugel, und all deine Mühe ist vergeblich gewesen.«

Der Jüngling stieg hinab zu der Quelle, wo der Auerochse schnaubte und ihn anbrüllte. Nach langem Kampf stieß er ihn nieder. Augenblicklich erhob sich aus ihm der Feuervogel und wollte fortfliegen, aber der Adler, der Bruder des Jünglings, der zwischen den Wolken daherzog, stürzte auf ihn herab, jagte ihn nach dem Meer hin und stieß ihn mit seinem Schnabel an, so dass er das Ei fallen ließ. Es fiel aber nicht in das Meer, sondern auf eine Fischerhütte, die am Ufer stand, und die fing gleich an zu rauchen und wollte in Flamen aufgehen. Da erhoben sich im Meer haushohe Wellen, strömten über die Hütte und bezwangen das Feuer. Der andere Bruder, der Walfisch, war herangeschwommen und hatte das Wasser in die Höhe getrieben. Als der Brand gelöscht war, suchte der Jüngling nach dem Ei und fand es glücklicherweise. Es war noch nicht geschmolzen, aber die Schale war von der plötzlichen Abkühlung durch das kalte Wasser zerbröckelt, und er konnte die Kristallkugel unversehrt herausnehmen.

Als der Jüngling zu dem Zauberer ging und sie ihm vorhielt, so sagte dieser: »Meine Macht ist zerstört, und du bist von nun an der König vom Schloss der goldenen Sonne. Auch deinen Brüdern kannst du die menschliche Gestalt damit zurückgeben.« Da eilte der Jüngling zu der Königstochter, und als er in ihr Zimmer trat, so stand sie da im vollen Glanz ihrer Schönheit, und beide wechselten voll Freude ihre Ringe miteinander.

Schneeweißchen und Rosenrot

Eine arme Witwe lebte einsam in einem Hüttchen, und vor dem Hüttchen war ein Garten, darin standen zwei Rosenbäumchen, davon trug das eine weiße, das andere rote Rosen. Und sie hatte zwei Kinder, die glichen den beiden Rosenbäumchen, und das eine hieß Schneeweißchen, das andere Rosenrot. Sie waren aber so fromm und gut, so arbeitsam und unverdrossen, als je zwei Kinder auf der Welt gewesen sind. Schneeweißchen war nur stiller und sanfter als Rosenrot. Rosenrot sprang lieber in den Wiesen und Feldern umher, suchte Blumen und fing Sommervögel. Schneeweißchen aber saß daheim bei der Mutter, half ihr im Hauswesen oder las ihr vor, wenn nichts zu tun war. Die beiden Kinder hatten einander so lieb, dass sie sich immer an den Händen fassten, sooft sie zusammen ausgingen. Und wenn Schneeweißchen sagte: »Wir wollen uns nicht verlassen«, so antwortete Rosenrot: »Solange wir leben, nicht.« Und die Mutter setzte hinzu: »Was das eine hat, soll's mit dem andern teilen.« Oft liefen sie im Walde allein umher und sammelten rote Beeren, aber kein Tier tat ihnen etwas zu Leid, sondern sie kamen vertraulich herbei. Das Häschen fraß ein Kohlblatt aus ihren Händen, das Reh graste an ihrer Seite, der Hirsch sprang ganz lustig vorbei, und die Vögel blieben auf den Ästen sitzen und sangen. Kein Unfall traf sie; wenn sie sich im Walde verspätet hatten und die Nacht sie überfiel, so legten sie sich nebeneinander auf das Moos und schliefen, bis der Morgen kam, und die Mutter wusste das und hatte ihretwegen keine Sorge. Einmal, als sie im Walde übernachtet hatten und das Morgenrot sie aufweckte, da sahen sie ein schönes Kind in einem weißen, glänzenden Kleidchen neben ihrem Lager sitzen. Es stand auf und blickte sie freundlich an, sprach aber nichts und ging in den Wald hinein. Und als sie sich umsahen, so hatten sie ganz nahe bei einem Abgrunde geschlafen und wären gewiss hineingefallen, wenn sie in der Dunkelheit noch ein paar Schritte weitergegangen wären. Die Mutter aber sagte ihnen, das müsste der Engel gewesen sein, der gute Kinder bewache.

Schneeweißchen und Rosenrot hielten das Hüttchen der Mutter so reinlich, dass es eine Freude war. Im Sommer besorgte Rosenrot das

Haus und stellte der Mutter jeden Morgen, ehe sie aufwachte, einen Blumenstrauß vors Bett, darin war von jedem Bäumchen eine Rose. Im Winter zündete Schneeweißchen das Feuer an und hing den Kessel an den Feuerhaken, und der Kessel war von Messing, glänzte aber wie Gold, so rein war er gescheuert. Abends, wenn die Flocken fielen, sagte die Mutter: »Geh, Schneeweißchen, und schieb den Riegel vor«, und dann setzten sie sich an den Herd, und die Mutter nahm die Brille und las aus einem großen Buche vor, und die beiden Mädchen hörten zu und spannen; neben ihnen lag ein Lämmchen auf dem Boden, und hinter ihnen auf einer Stange saß ein weißes Täubchen und hatte seinen Kopf unter die Flügel gesteckt.

Eines Abends, als sie so vertraulich beisammensaßen, klopfte jemand an die Tür, als wollte er eingelassen sein. Die Mutter sprach: »Geschwind, Rosenrot, mach auf, es wird ein Wanderer sein, der Obdach sucht.« Rosenrot ging und schob den Riegel weg und dachte, es wäre ein armer Mann, aber der war es nicht, es war ein Bär, der seinen dicken, schwarzen Kopf zur Tür hereinsteckte. Rosenrot schrie laut und sprang zurück; das Lämmchen blökte, das Täubchen flatterte auf, und Schneeweißchen versteckte sich hinter der Mutter Bett. Der Bär aber fing an zu sprechen und sagte: »Fürchtet euch nicht, ich tue euch nichts zu Leid, ich bin halb erfroren und will mich nur ein wenig bei euch wärmen.« – »Du armer Bär«, sprach die Mutter, »leg dich ans Feuer und gib nur acht, dass dir dein Pelz nicht brennt.« Dann rief sie: »Schneeweißchen, Rosenrot, kommt hervor, der Bär tut euch nichts, er meint's ehrlich.« Da kamen sie beide heran, und nach und nach näherten sich auch das Lämmchen und Täubchen und hatten keine Furcht. Der Bär sprach: »Ihr Kinder, klopft mir den Schnee ein wenig aus dem Pelzwerk«, und sie holten den Besen und kehrten dem Bär das Fell rein; er aber streckte sich ans Feuer und brummte ganz vergnügt und behaglich. Nicht lange, so wurden sie ganz vertraut und trieben Mutwillen mit dem unbeholfenen Gast. Sie zausten ihm das Fell mit den Händen, setzten ihre Füßchen auf seinen Rücken und walgerten ihn hin und her, oder sie nahmen eine Haselrute und schlugen auf ihn los, und wenn er brummte, so lachten sie. Der Bär ließ sich's gerne gefallen, nur wenn sie's zu arg machten, rief er: »Lasst mich am Leben, ihr Kinder:

Schneeweißchen, Rosenrot,
schlägst dir den Freier tot.«

Als Schlafenszeit war und die andern zu Bett gingen, sagte die Mutter zu dem Bär: »Du kannst da am Herd liegen bleiben, so bist du vor der Kälte und dem bösen Wetter geschützt.« Sobald der Tag graute, ließen ihn die Kinder hinaus, und er trabte durch den Schnee in den Wald hinein. Von nun an kam der Bär jeden Abend zu der bestimmten Stunde, legte sich an den Herd und erlaubte den Kindern, Kurzweil mit ihm zu treiben, so viel sie wollten; und sie waren so gewöhnt an ihn, dass die Tür nicht eher zugeriegelt ward, bis der schwarze Gesell angelangt war.

Als das Frühjahr herangekommen und draußen alles grün war, sagte der Bär eines Morgens zu Schneeweißchen: »Nun muss ich fort und darf den ganzen Sommer nicht wiederkommen.« – »Wo gehst du denn hin, lieber Bär?«, fragte Schneeweißchen. »Ich muss in den Wald und meine Schätze vor den bösen Zwergen hüten. Im Winter, wenn die Erde hart gefroren ist, müssen sie wohl unten bleiben und können sich nicht durcharbeiten, aber jetzt, wenn die Sonne die Erde aufgetaut hat, da steigen sie herauf, suchen und stehlen; was einmal in ihren Händen ist und in ihren Höhlen liegt, das kommt so leicht nicht wieder an des Tages Licht.« Schneeweißchen war ganz traurig über den Abschied, und als es ihm die Tür aufriegelte und der Bär sich hinausdrängte, blieb er an dem Türhaken hängen, und ein Stück seiner Haut riss auf, und da war es Schneeweißchen, als hätte es Gold durchschimmern sehen, aber es war seiner Sache nicht gewiss. Der Bär lief eilig fort und war bald verschwunden.

Nach einiger Zeit schickte die Mutter die Kinder in den Wald, Reisig zu sammeln. Da fanden sie draußen einen großen Baum, der lag gefällt auf dem Boden, und an dem Stamme sprang zwischen dem Gras etwas auf und ab, sie konnten aber nicht unterscheiden, was es war. Als sie näher kamen, sahen sie einen Zwerg mit einem alten, verwelkten Gesicht und einem ellenlangen, schneeweißen Bart. Das Ende des Bartes war in eine Spalte des Baumes eingeklemmt, und der Kleine sprang hin und her wie ein Hündchen an einem Seil und wusste nicht, wie er sich helfen sollte. Er glotzte die Mädchen mit seinen roten, feurigen Augen an und schrie: »Was steht ihr da! Könnt ihr nicht herbeigehen und mir Beistand leisten?« – »Was hast du angefangen, kleines Männchen?«, fragte Rosenrot. »Dumme, neugierige Gans«, antwortete der Zwerg, »den Baum habe ich mir spalten wollen, um kleines Holz in der Küche zu haben; bei den dicken Klötzen verbrennt gleich das bisschen Speise, das unsereiner braucht, der nicht so viel hinunterschlingt wie ihr grobes, gieriges Volk. Ich hatte den Keil schon glücklich hineingetrieben, und es wäre alles nach Wunsch gegangen, aber das verwünschte Holz war zu glatt und sprang unversehens heraus, und der Baum fuhr so geschwind zusammen, dass ich meinen schönen, weißen

Bart nicht mehr herausziehen konnte; nun steckt er drin, und ich kann nicht fort. Da lachen die albernen, glatten Milchgesichter! Pfui, was seid ihr garstig!« Die Kinder gaben sich alle Mühe, aber sie konnten den Bart nicht herausziehen, er steckte zu fest. »Ich will laufen und Leute herbeiholen«, sagte Rosenrot. »Wahnsinnige Schafsköpfe«, schnarrte der Zwerg, »wer wird gleich Leute herbeirufen, ihr seid mir schon um zwei zu viel; fällt euch nichts Besseres ein?« »Sei nur nicht ungeduldig«, sagte Schneeweißchen, »ich will schon Rat schaffen«, holte sein Scherchen aus der Tasche und schnitt das Ende des Bartes ab. Sobald der Zwerg sich frei fühlte, griff er nach einem Sack, der zwischen den Wurzeln des Baumes steckte und mit Gold gefüllt war, hob ihn heraus und brummte vor sich hin: »Ungehobeltes Volk, schneidet mir ein Stück von meinem stolzen Barte ab!

Lohn's euch der Kuckuck!« Damit schwang er seinen Sack auf den Rücken und ging fort, ohne die Kinder nur noch einmal anzusehen.

Einige Zeit danach wollten Schneeweißchen und Rosenrot ein Gericht Fische angeln. Als sie nahe bei dem Bach waren, sahen sie, dass etwas wie eine große Heuschrecke nach dem Wasser zu hüpfte, als wollte es hineinspringen. Sie liefen heran und erkannten den Zwerg. »Wo willst du hin?«, sagte Rosenrot, »du willst doch nicht ins Wasser?« »Solch ein Narr bin ich nicht«, schrie der Zwerg, »seht ihr nicht? Der verwünschte Fisch will mich hineinziehen!« Der Kleine hatte dagesessen und geangelt, und unglücklicherweise hatte der Wind seinen Bart mit der Angelschnur verflochten. Als gleich darauf ein großer Fisch anbiss, fehlten dem schwachen Geschöpf die Kräfte, ihn herauszuziehen, der Fisch behielt die Oberhand und riss den Zwerg zu sich hin. Zwar hielt er sich an allen Halmen und Binsen, aber das half nicht viel, und er war in beständiger Gefahr, ins Wasser gezogen zu werden. Die Mädchen kamen zu rechter Zeit, hielten ihn fest und versuchten, den Bart von der Schnur loszumachen, aber vergebens. Bart und Schnur waren fest ineinander verwirrt. Es blieb nichts übrig, als das Scherchen hervorzuholen und den Bart abzuschneiden, wobei ein kleiner Teil desselben verloren ging. Als der Zwerg das sah, schrie er sie an: »Ist das Manier, ihr Lorche, einem das Gesicht zu schänden? Nicht genug, dass ihr mir den Bart unten abgestutzt habt, jetzt schneidet ihr mir den besten Teil davon ab, ich darf mich vor den Meinigen gar nicht sehen lassen. Dass ihr laufen müsstet und die Schuhsohlen verloren hättet!« Dann holte er einen Sack Perlen, der im Schilfe lag, und ohne noch etwas zu sagen, verschwand er damit hinter einem Stein.

Es trug sich zu, dass bald hernach die Mutter die beiden Mädchen nach der Stadt schickte, Zwirn, Nadeln, Schnüre und Bänder einzukaufen. Der Weg führte sie über eine Heide, auf der hier und da mächtige Felsenstücke zerstreut lagen. Da sahen sie einen großen Vogel in der Luft schweben, der langsam über ihnen kreiste, sich immer tiefer herabsenkte und endlich nicht weit bei einem Felsen niederstieß. Gleich darauf hörten sie einen durchdringenden, jämmerlichen Schrei. Sie liefen herzu und sahen mit Schrecken, dass der Adler ihren alten Bekannten, den Zwerg, gepackt hatte und ihn forttragen wollte. Die mitleidigen Kinder hielten das Männchen fest und zerrten sich so lange mit dem Adler herum, bis er seine Beute fahren ließ. Als der Zwerg sich von dem Schrecken erholt hatte, schrie er mit seiner kreischenden Stimme: »Konntet ihr nicht säuberlicher mit mir umgehen? Gerissen habt ihr an meinem dünnen Röckchen, dass es überall zerfetzt und durchlöchert ist, unbeholfenes und täppisches Gesindel, das ihr seid!« Dann nahm er einen Sack mit Edelsteinen und schlüpfte wieder in seine Höhle. Die Mädchen waren an seinen Undank schon gewöhnt,. setzten ihren Weg fort und verrichteten ihr Geschäft in der Stadt. Als sie beim Heimweg wieder auf die Heide kamen, überraschten sie den Zwerg, der auf einem reinlichen Plätzchen seinen Sack mit Edelsteinen ausgeschüttet und nicht gedacht hatte, dass so spät noch jemand daherkommen würde. Die Abendsonne schien über die glänzenden Steine, sie schimmerten und leuchteten so prächtig in allen Farben, dass die Kinder stehen blieben und sie betrachteten. »Was steht ihr da und habt Maulaffen feil?«, schrie der Zwerg, und sein aschgraues Gesicht ward zinnoberrot vor Zorn. Er wollte mit seinen Scheltworten fortfahren, als sich ein lautes Brummen hören ließ und ein schwarzer Bär aus dem Walde herbeitrabte. Erschrocken sprang der Zwerg auf, aber er konnte nicht mehr zu seinem Schlupfwinkel gelangen, der Bär war schon in seiner Nähe. Da rief er in Herzensangst: »Lieber Herr Bär, verschont mich, ich will Euch alle meine Schätze geben, sehet, die schönen Edelsteine, die da liegen. Schenkt mir das Leben, was habt Ihr an mir kleinem, schmächtigem Kerl? Ihr spürt mich nicht zwischen den Zähnen; da, die beiden gottlosen Mädchen packt, das sind für Euch zarte Bissen, die fresst in Gottes Namen.« Der Bär kümmerte sich um seine Worte nicht, gab dem boshaften Geschöpf einen Schlag mit der Tatze, und es regte sich nicht mehr.

Die Mädchen waren fortgesprungen, aber der Bär rief ihnen nach: »Schneeweißchen und Rosenrot, fürchtet euch nicht, wartet, ich will mit euch gehen.« Da erkannten sie seine Stimme und blieben stehen, und als der Bär bei ihnen war, fiel plötzlich die Bärenhaut ab, und er stand da als ein schöner Mann, ganz in Gold gekleidet. »Ich bin eines Königs Sohn«, sprach er, »und war von dem gottlosen Zwerg, der mir meine Schätze gestohlen hatte, verwünscht, als ein wilder Bär in dem

Walde zu laufen, bis ich durch seinen Tod erlöst würde. Jetzt hat er seine wohlverdiente Strafe empfangen.«
Schneeweißchen ward mit ihm vermählt und Rosenrot mit seinem Bruder, und sie teilten die großen Schätze miteinander, die der Zwerg in seiner Höhle zusammengetragen hatte. Die alte Mutter lebte noch lange Jahre glücklich bei ihren Kindern. Die zwei Rosenbäumchen aber nahm sie mit, und sie standen vor ihrem Fenster und trugen jedes Jahr die schönsten Rosen, weiß und rot.

Der Stiefel von Büffelleder

Ein Soldat, der sich vor nichts fürchtet, kümmert sich auch um nichts. So einer hatte seinen Abschied erhalten, und da er nichts gelernt hatte und nichts verdienen konnte, so zog er umher und bat gute Leute um ein Almosen. Auf seinen Schultern hing ein alter Wettermantel, und ein paar Reiterstiefel von Büffelleder waren ihm auch noch geblieben. Eines Tages ging er, ohne auf Weg und Steg zu achten, immer ins Feld hinein und gelangte endlich in einen Wald. Er wusste nicht, wo er war, sah aber auf einem abgehauenen Baumstamm einen Mann sitzen, der gut gekleidet war und einen grünen Jägerrock trug. Der Soldat reichte ihm die Hand, ließ sich neben ihm auf das Gras nieder und streckte seine Beine aus. »Ich seh', du hast feine Stiefel an, die glänzend gewichst sind«, sagte er zu dem Jäger, »wenn du aber herumziehen müsstest wie ich, so würden sie nicht lange halten. Schau die meinigen an, die sind von Büffelleder und haben schon lange gedient, gehen aber durch dick und dünn.« Nach einer Weile stand der Soldat auf und sprach: »Ich kann nicht länger bleiben, der Hunger treibt mich fort. Aber, Bruder Wichsstiefel, wohinaus geht der Weg?« – »Ich weiß es selber nicht«, antwortete der Jäger, »ich habe mich in dem Wald verirrt.« – »So geht dir's ja wie mir«, sprach der Soldat, »Gleich und Gleich gesellt sich gern, wir wollen beieinander bleiben und den Weg suchen.« Der Jäger lächelte ein wenig, und sie gingen fort, immer weiter, bis die Nacht einbrach.

»Wir kommen aus dem Wald nicht heraus«, sprach der Soldat, »aber ich sehe dort in der Ferne ein Licht schimmern, da wird's etwas zu essen geben.« Sie fanden ein Steinhaus, klopften an die Tür, und ein altes Weib öffnete. »Wir suchen ein Nachtquartier«, sprach der Soldat, »und etwas Unterfutter für den Magen; der meinige ist so leer wie ein alter Tornister.« – »Hier könnt ihr nicht bleiben«, antwortete die Alte, »das ist ein Räuberhaus, und ihr tut am klügsten, dass ihr euch fortmacht, bevor sie heimkommen; denn finden sie euch, so seid ihr verloren.« – »Es wird so schlimm nicht sein«, antwortete der Soldat, »ich habe seit zwei Tagen nichts genossen, und es ist mir einerlei, ob ich hier umkomme oder im Wald vor Hunger sterbe. Ich gehe herein.« Der Jäger wollte nicht folgen, aber der Soldat zog ihn mit sich: »Komm, Bruderherz, es wird nicht gleich an den Kragen gehen.« Die Alte hatte Mitleiden und sagte: »Kriecht hinter den Ofen, wenn sie etwas übrig lassen und eingeschlafen sind, so will ich's euch zustecken.« Kaum saßen sie in der Ecke, so kamen zwölf Räuber hereingestürmt, setzten sich an den Tisch und forderten mit Ungestüm das Essen. Die Alte trug einen großen Braten herein, und die Räuber ließen sich's wohl schmecken. Als der Geruch von der Speise dem Soldaten in die Nase stieg, sagte er zum Jäger: »Ich halt's nicht länger aus, ich setze mich an den Tisch und esse mit.« – »Du bringst uns ums Leben«, sprach der Jäger und hielt ihn am Arm. Aber der Soldat fing an, laut zu husten. Als die Räuber das hörten, warfen sie Messer und Gabel hin, sprangen auf und entdeckten die beiden hinter dem Ofen. »Aha, ihr Herren«, riefen sie, »sitzt ihr in der Ecke? Was wollt ihr hier? Seid ihr als Kundschafter ausgeschickt? Wartet, ihr sollt an einem dürren Ast das Fliegen lernen!« – »Nur manierlich«, sprach der Soldat, »mich hungert, gebt mir zu essen, hernach könnt ihr mit mir machen, was ihr wollt.« Die Räuber stutzten, und der Anführer sprach: »Ich sehe, du fürchtest dich nicht, gut, Essen sollst du haben, aber hernach musst du sterben.« – »Das wird sich finden«, sagte der Soldat, setzte sich an den Tisch und fing an, in den Braten einzuhauen. »Bruder Wichsstiefel, komm und iss«, rief er dem Jäger zu, »du wirst auch hungrig sein, und einen bessern Braten kannst du zu Haus nicht haben«, aber der Jäger wollte nicht essen. Die Räuber sahen dem Soldaten mit Erstaunen zu und sagten: »Der Kerl macht keine Umstände.« Hernach sprach er: »Das Essen wäre schon gut, nun schafft auch einen guten Trunk herbei.« Der Anführer war in der Laune, sich das auch noch gefallen zu lassen, und rief der Alten zu: »Hol die beste Flasche aus dem Keller.« Der Soldat zog den Pfropfen heraus, dass es knallte, ging mit der Flasche zu dem Jäger und sprach: »Gib Acht, Bruder, du sollst dein blaues Wunder sehen: Jetzt will ich eine Gesundheit auf die ganze Sippschaft ausbringen.« Dann schwenkte er die Flasche über den Köpfen der Räuber, rief: »Ihr sollt alle leben, aber das Maul auf und die rechte Hand in die Höhe!« und tat einen herzhaften Zug. Kaum waren die Worte heraus, so saßen sie alle bewegungslos, als wären sie von Stein, hatten das Maul offen und streckten den rechten Arm in die Höhe. Der Jäger sprach zu dem Soldaten: »Ich sehe, du kannst noch andere Kunststücke, aber nun komm und lass uns heimgehen.« – »Oho, Bruderherz, das wäre zu früh abmarschiert, wir haben den Feind geschlagen und wollen erst Beute machen. Die sitzen da fest und sperren das Maul vor Verwunderung auf, sie dürfen sich aber nicht rühren, bis ich es erlaube. Komm, iss und trink!« Die Alte musste noch eine Flasche von dem Besten holen, und der Soldat stand nicht eher auf, als bis er wieder für drei Tage gegessen hatte. Endlich, als der Tag kam, sagte er: »Nun ist es Zeit, dass wir das Zelt abbrechen, und damit wir einen kurzen Marsch haben, so soll die Alte uns den nächsten Weg nach der Stadt zeigen.« Als sie dort angelangt waren, ging er zu seinen alten Kameraden und sprach: »Ich habe draußen im Wald ein Nest voll Galgenvögel aufgefunden, kommt mit, wir wollen es ausheben.« Der Soldat führte sie an und sprach zu dem Jäger: »Du musst wieder mit und zusehen, wie sie flattern, wenn wir sie an den Füßen packen.« Er stellte die Mannschaft rings um die Räuber herum, dann nahm er die Flasche, trank einen Schluck, schwenkte sie über ihnen her und rief: »Ihr sollt alle leben!« Augenblicklich hatten sie ihre Bewegung wieder, wurden aber an Händen und Füßen mit Stricken gebunden. Dann hieß sie der Soldat wie Säcke auf einen Wagen werfen und sagte: »Fahrt sie nur gleich vor das Gefängnis.« Der Jäger aber nahm einen von der Mannschaft beiseite und gab ihm noch eine Bestellung mit.

»Bruder Wichsstiefel«, sprach der Soldat, »wir haben den Feind glücklich überrumpelt und uns wohl genährt, jetzt wollen wir in aller Ruhe hinterher marschieren.« Als sie sich der Stadt näherten, sah der Soldat, wie sich eine Menge Menschen aus dem Stadttor drängten, die lautes Freudengeschrei erhoben und grüne Zweige in der Luft schwangen. Dann sah er, dass die ganze Leibwache herangezogen kam. »Was soll das heißen?«, sprach er ganz verwundert zu dem Jäger. »Weißt du nicht«, antwortete er, »dass der König lange Zeit aus seinem Reich entfernt war? Heute kehrt er zurück, und da gehen ihm alle entgegen.« – »Aber wo ist der König?«, sprach der Soldat, »ich sehe ihn nicht.« – »Hier ist er«, antwortete der Jäger, »ich bin der König und habe meine Ankunft melden lassen.« Dann öffnete er seinen Jägerrock, dass man die königlichen Kleider sehen konnte. Der Soldat erschrak, fiel auf die Knie und bat ihn um Vergebung, dass er ihn in Unwissenheit wie seinesgleichen behandelt habe. Der König aber reichte ihm die Hand und sprach: »Du bist ein braver Soldat und hast mir das Leben gerettet. Du sollst keine Not mehr leiden, ich will schon für dich sorgen. Und wenn du einmal ein Stück guten Braten essen willst, so komm nur in die königliche Küche. Willst du aber eine Gesundheit ausbringen, so sollst du erst bei mir Erlaubnis dazu holen.«

Des Teufels rußiger Bruder

Ein abgedankter Soldat hatte nichts zu leben und wusste sich nicht mehr zu helfen. Da ging er hinaus in den Wald, und als er ein Weilchen gegangen war, begegnete ihm ein kleines Männchen, das war aber der Teufel. Das Männchen sagte zu ihm: »Was fehlt dir? Du siehst ja so trübselig aus.« Da sprach der Soldat: »Ich habe Hunger, aber kein Geld.« Der Teufel sagte: »Willst du dich bei mir vermieten und mein Knecht sein, so sollst du für dein Lebtag genug haben; sieben Jahre sollst du mir dienen, hernach bist du wieder frei. Aber eins sag' ich dir, du darfst dich nicht waschen, nicht kämmen, nicht schnippen, keine Nägel und Haare abschneiden und kein Wasser aus den Augen wischen.« Der Soldat sprach: »Frisch dran, wenn's nicht anders sein kann«, und ging mit dem Männchen fort, das führte ihn geradeswegs in die Hölle. Dann sagte es ihm, was er zu tun hätte: Er müsste das Feuer schüren unter den Kesseln, wo die Höllenbraten drin säßen, das Haus rein halten, den Kehrdreck hinter die Tür tragen und überall auf Ordnung sehen; aber guckte er ein einziges Mal in die Kessel hinein, so würde es ihm schlimm ergehen. Der Soldat sprach: »Es ist gut, ich will's schon besorgen.« Da ging nun der alte Teufel wieder auf seine Wanderung, und der Soldat trat seinen Dienst an und tat alles, wie es befohlen war. Wie der alte Teufel wiederkam, sah er nach, ob alles geschehen war, zeigte sich zufrieden und ging zum zweiten Mal fort. Der Soldat schaute sich nun einmal recht um, da standen die Kessel rings herum in der Hölle, und es war ein gewaltiges Feuer darunter, und es kochte und brutzelte darin. Er hätte für sein Leben gerne hineingeschaut, wenn es ihm der Teufel nicht so streng verboten hätte. Endlich konnte er sich nicht mehr anhalten, hob vom ersten Kessel ein klein bisschen den Deckel auf und guckte hinein. Da sah er seinen ehemaligen Unteroffizier darin sitzen: »Aha, Vogel«, sprach er, »treff' ich dich hier? Du hast mich gehabt, jetzt hab' ich dich«, ließ geschwind den Deckel fallen, schürte das Feuer und legte noch frisch zu.

Danach ging er zum zweiten Kessel, hob ihn auch ein wenig auf und guckte, da saß sein Fähnrich darin: »Aha, Vogel, treff' ich dich hier?

Du hast mich gehabt, jetzt hab' ich dich«, machte den Deckel wieder zu und trug noch einen Klotz herbei, der sollte ihm erst recht heiß machen.

Nun wollte er auch sehen, wer im dritten Kessel säße, da war's gar ein General: »Aha, Vogel, treff' ich dich hier? Du hast mich gehabt, jetzt hab' ich dich«, holte den Blasbalg und ließ das Höllenfeuer recht unter ihm flackern.

Also tat er sieben Jahre seinen Dienst in der Hölle, wusch sich nicht, kämmte sich nicht, schnippte sich nicht, schnitt sich die Nägel und Haare nicht und wischte sich kein Wasser aus den Augen; und die sieben Jahre waren ihm so kurz, dass er meinte, es wäre nur ein halbes Jahr gewesen. Als nun die Zeit vollends herum war, kam der Teufel und sagte: »Nun, Hans, was hast du gemacht?« – »Ich habe das Feuer unter den Kesseln geschürt, ich habe gekehrt und den Kehrdreck hinter die Tür getragen.« – »Aber du hast auch in die Kessel geguckt; dein Glück ist, dass du noch Holz zugelegt hast, sonst war dein Leben verloren; jetzt ist deine Zeit herum, willst du wieder heim?« – »Ja«, sagte der Soldat, »ich wollt' auch gerne sehen, was mein Vater daheim macht.« Sprach der Teufel: »Damit du deinen verdienten Lohn kriegst, geh und raffe dir deinen Ranzen voll Kehrdreck und nimm's mit nach Haus. Du sollst auch ungewaschen und ungekämmt gehen, mit langen Haaren am Kopf und am Bart, mit ungeschnittenen Nägeln und mit trüben Augen, und wenn du gefragt wirst, woher du kämst, sollst du sagen: ›Aus der Hölle‹, und wenn du gefragt wirst, wer du wärst, sollst du sagen: ›Des Teufels rußiger Bruder und mein König auch.‹« Der Soldat schwieg still und tat, was der Teufel sagte, aber er war mit seinem Lohn gar nicht zufrieden.

Sobald er nun wieder oben im Wald war, hob er seinen Ranzen vom Rücken und wollt' ihn ausschütten. Wie er ihn aber öffnete, so war der Kehrdreck pures Gold geworden. »Das hätte ich mir nicht gedacht«, sprach er, war vergnügt und ging in die Stadt hinein. Vor dem Wirthaus stand der Wirt, und wie ihn der herankommen sah, erschrak er, weil Hans so entsetzlich aussah. Er rief ihn an und fragte: »Woher kommst du?« – »Aus der Hölle.« – »Wer bist du?« – »Dem Teufel sein rußiger Bruder und mein König auch.« Nun wollte der Wirt ihn nicht einlassen, wie er ihm aber das Gold zeigte, klinkte er

selber die Türe auf. Da ließ sich Hans die beste Stube geben und köstlich aufwarten, aß und trank sich satt, wusch sich aber nicht und kämmte sich nicht, wie ihm der Teufel geheißen hatte, und legte sich endlich schlafen. Dem Wirt aber stand der Ranzen voll Gold vor den Augen und ließ ihm keine Ruhe, bis er in der Nacht hinschlich und ihn wegstahl.

Wie nun Hans am andern Morgen aufstand, den Wirt bezahlen und weitergehen wollte, da war sein Ranzen weg. Er fasste sich aber kurz, dachte: ›Du bist ohne Schuld unglücklich gewesen‹, und kehrte wieder um, geradezu in die Hölle. Da klagte er dem Teufel seine Not und bat ihn um Hilfe. Der Teufel sagte: »Setze dich, ich will dich waschen, kämmen, schnippen, die Haare und die Nägel schneiden und die Augen auswischen«, und als er fertig war, gab er ihm den Ranzen wieder voll Kehrdreck und sprach: »Geh hin und sage dem Wirt, er sollte dir dein Gold herausgeben, sonst wollt' ich kommen und ihn abholen, und er sollte an deinem Platz das Feuer schüren.«

Hans ging hinauf und sprach zum Wirt: »Du hast mein Gold gestohlen, gibst du's nicht wieder, so kommst du in die Hölle an meinen Platz und sollst aussehen so gräulich wie ich.« Da gab ihm der Wirt das Gold und noch mehr dazu und bat ihn, nur still davon zu sein; und Hans war nun ein reicher Mann.

Hans machte sich auf den Weg heim zu seinem Vater, kaufte sich einen schlechten Linnenkittel auf den Leib, ging herum und machte Musik; denn das hatte er beim Teufel in der Hölle gelernt. Es war aber ein alter König im Land, vor dem musst' er spielen, und der geriet darüber in solche Freude, dass er dem Hans seine älteste Tochter zur Ehe versprach. Als die aber hörte, dass sie so einen gemeinen Kerl im weißen Kittel heiraten sollte, sprach sie: »Eh' ich das tät', wollt' ich lieber ins tiefste Wasser gehen.« Da gab ihm der König die Jüngste, die wollt's ihrem Vater zuliebe gerne tun; und also bekam des Teufels rußiger Bruder die Königstochter und, als der alte König gestorben war, auch das ganze Reich.

Die Rabe

Es war einmal eine Königin, die hatte ein Töchterchen, das war noch klein und musste noch auf dem Arm getragen werden. Zu einer Zeit war das Kind unartig, und die Mutter mochte sagen, was sie wollte, es hielt nicht Ruhe. Da ward sie ungeduldig, und weil die Raben so um das Schloss herumflogen, öffnete sie das Fenster und sagte: »Ich wollte, du wärst ein Rabe und flögst fort, so hätt' ich Ruhe.« Kaum hatte sie das Wort gesagt, so war das Kind in eine Rabe verwandelt und flog zum Fenster hinaus. Sie flog in einen dunklen Wald und blieb lange Zeit darin, und die Eltern hörten nichts von ihr. Danach führte einmal einen Mann sein Weg in diesen Wald, der hörte die Rabe rufen und ging der Stimme nach, und als er näher kam, sprach die Rabe: »Ich bin eine Königstochter von Geburt und bin verwünscht worden, du aber kannst mich erlösen.« – »Was soll ich tun?«, fragte er. Sie sagte: »Geh weiter in den Wald, und du wirst ein Haus finden, darin sitzt eine alte Frau, die wird dir Essen und Trinken reichen, aber du darfst nichts nehmen, sonst verfällst du in einen Schlaf und kannst mich nicht erlösen. Im Garten hinter dem Haus ist eine große Lohhucke, darauf sollst du stehen und mich erwarten. Drei Tage lang komm' ich jeden Mittag um zwei Uhr zu dir in einem Wagen, der ist erst mit vier weißen Hengsten bespannt, dann mit vier roten und zuletzt mit vier schwarzen; wenn du aber nicht wach bist, sondern schläfst, so werde ich nicht erlöst.« Der Mann versprach, alles zu tun, was sie verlangt hatte. Die Rabe aber sagte: »Ach, ich weiß es schon, du wirst mich nicht erlösen, du nimmst etwas von der Frau.« Da versprach der Mann noch einmal, er wollte gewiss nichts anrühren, weder von dem Essen noch von dem Trinken. Wie er aber in das Haus kam, trat die alte Frau zu ihm und sagte: »Armer Mann, was seid Ihr abgemattet, kommt und erquickt Euch, esset und trinket.« – »Nein«, sagte der Mann, »ich will nicht essen und nicht trinken.« Sie ließ ihm aber keine Ruhe und sprach: »Wenn Ihr dann nicht essen wollt, so tut einen Zug aus dem Glas, einmal ist keinmal.« Da ließ er sich überreden und trank. Nachmittags gegen zwei Uhr ging er hinaus in den Garten auf die Lohhucke und wollte auf die Rabe warten. Wie er dastand, ward er auf einmal so müde und konnte es nicht überwinden und legte sich ein wenig nieder, doch wollte er nicht einschlafen. Aber kaum hatte er sich hingestreckt, so fielen ihm die Augen von selber zu, und er schlief ein und schlief so fest, dass ihn nichts auf der Welt hätte erwecken können. Um zwei Uhr kam die Rabe mit vier weißen Hengsten gefahren, aber sie war schon in voller Trauer und sprach: »Ich weiß, dass er schläft.« Und als sie in den Garten kam, lag er auch da auf der Lohhucke und schlief. Sie stieg aus dem Wagen, ging zu ihm und schüttelte ihn und rief ihn an, aber er erwachte nicht. Am andern Tag zur Mittagszeit kam die alte Frau wieder und brachte ihm Essen und Trinken, aber er wollte es nicht annehmen. Doch sie ließ ihm keine Ruhe und redete ihm so lange zu, bis er wieder einen Zug aus dem Glase tat. Gegen zwei Uhr ging er in den Garten auf die Lohhucke und wollte auf die Rabe warten, da empfand er auf einmal so große Müdigkeit, dass seine Glieder ihn nicht mehr hielten. Er konnte sich nicht helfen, musste sich legen und fiel in tiefen Schlaf. Als die Rabe daherfuhr mit vier roten Hengsten, war sie schon in voller Trauer und sagte: »Ich weiß, dass er schläft.« Sie ging zu ihm hin, aber er lag da und war nicht zu erwecken. Am andern Tag sagte die alte Frau, was das wäre? Er äße und tränke nichts; ob er sterben wollte? Er antwortete: »Ich will und darf nicht essen und trinken.« Sie stellte aber die Schüssel mit Essen und das Glas mit Wein vor ihn hin, und als der Geruch davon zu ihm aufstieg, so konnte er nicht widerstehen und tat einen starken Zug. Als die Zeit kam, ging er hinaus in den Garten auf die Lohhucke und wartete auf die Königstochter. Da ward er noch müder als die Tage vorher, legte sich nieder und schlief so fest, als wäre er ein Stein. Um zwei Uhr kam die Rabe und hatte vier schwarze Hengste, und die Kutsche und alles war schwarz. Sie war aber schon in voller Trauer und sprach: »Ich weiß, dass er schläft und mich nicht erlösen kann.« Als sie zu ihm kam, lag er da und schlief fest. Sie rüttelte ihn und rief ihn, aber sie konnte ihn nicht aufwecken. Da legte sie ein Brot neben ihn hin, dann ein Stück Fleisch, eine Flasche Wein, und er konnte von allem so viel nehmen, wie er wollte, es ward nicht weniger. Danach nahm sie einen goldenen Ring von ihrem Finger und steckte ihn an seinen Finger, ihr

Name war darin eingegraben. Zuletzt legte sie einen Brief hin, darin stand, was sie ihm gegeben hatte und dass es nie alle würde, und es stand auch darin: »Ich sehe wohl, dass du mich hier nicht erlösen kannst, willst du mich aber noch erlösen, so komm nach dem goldenen Schloss von Stromberg, es steht in deiner Macht, das weiß ich gewiss.« Und wie sie ihm das alles gegeben hatte, setzte sie sich in ihren Wagen und fuhr in das goldene Schloss von Stromberg.

Als der Mann aufwachte und sah, dass er geschlafen hatte, ward er von Herzen traurig und sprach: »Gewiss, nun ist sie vorbeigefahren, und ich habe sie nicht erlöst.« Da fielen ihm die Dinge in die Augen, die neben ihm lagen, und er las den Brief. Also machte er sich auf und ging fort und wollte nach dem goldenen Schloss von Stromberg, aber er wusste nicht, wo es lag. Nun war er schon lange in der Welt herumgegangen, da kam er in einen dunklen Wald und ging vierzehn Tage darin fort und konnte sich nicht herausfinden. Da ward es wieder Abend, und er war so müde, dass er sich an einen Busch legte und einschlief. Am andern Tag ging er weiter, und abends, als er sich wieder an einen Busch legen wollte, hörte er ein Heulen und Jammern, dass er nicht einschlafen konnte. Und wie die Zeit kam, wo die Leute Lichter anstecken, sah er eins schimmern, machte sich auf und ging ihm nach; da kam er vor ein Haus, das schien so klein; denn es stand ein großer Riese davor. Da dachte er bei sich: ›Gehst du hinein und der Riese erblickt dich, so ist es leicht um dein Leben geschehen.‹ Endlich wagte er es und trat heran. Als der Riese ihn sah, sprach er: »Es ist gut, dass du kommst, ich habe lange nichts gegessen, ich will dich gleich zum Abendbrot verschlucken.« – »Lass das lieber sein«, sprach der Mann, »ich lasse mich nicht gerne verschlucken; verlangst du zu essen, so habe ich genug, um dich satt zu machen.« – »Wenn das wahr ist«, sagte der Riese, »so kannst du ruhig bleiben; ich wollte dich nur verzehren, weil ich nichts anderes habe.« Da gingen sie und setzten sich an den Tisch, und der Mann holte Brot, Wein und Fleisch, das nicht alle ward. »Das gefällt mir wohl«, sprach der Riese und aß nach Herzenslust. Danach sprach der Mann zu ihm: »Kannst du mir nicht sagen, wo das goldene Schloss von Stromberg ist?« Der Riese sagte: »Ich will auf meiner Landkarte nachsehen, darauf sind alle Städte, Dörfer und Häuser zu finden.« Er holte die Landkarte, die er in der

Stube hatte, und suchte das Schloss, aber es stand nicht darauf. »Es tut nichts«, sprach er, »ich habe oben im Schranke noch größere Landkarten; darauf wollen wir suchen«; aber es war auch vergeblich. Der Mann wollte nun weitergehen; aber der Riese bat ihn, noch ein paar Tage zu warten, bis sein Bruder heimkäme, der wäre ausgegangen, Lebensmittel zu holen. Als der Bruder heimkam, fragten sie nach dem Schloss von Stromberg, er antwortete: »Wenn ich gegessen habe und satt bin, dann will ich auf der Karte suchen.« Er stieg dann mit ihnen auf seine Kammer, und sie suchten auf seiner Landkarte, konnten es aber nicht finden. Da holte er noch andere alte Karten, und sie ließen nicht ab, bis sie endlich das goldene Schloss von Stromberg fanden, aber es war viele tausend Meilen weit weg. »Wie werde ich nun dahin kommen?«, fragte der Mann. Der Riese sprach: »Zwei Stunden hab' ich Zeit, da will ich dich bis in die Nähe tragen, dann aber muss ich wieder nach Haus und das Kind säugen, das wir haben.« Da trug der Riese den Mann bis etwa hundert Stunden vom Schloss und sagte: »Den übrigen Weg kannst du wohl allein gehen.« Dann kehrte er um, der Mann aber ging vorwärts Tag und Nacht, bis er endlich zu dem goldenen Schloss von Stromberg kam. Es stand aber auf einem gläsernen Berge, und die verwünschte Jungfrau fuhr in ihrem Wagen um das Schloss herum und ging dann hinein. Er freute sich, als er sie erblickte, und wollte zu ihr hinaufsteigen, aber wie er es auch anfing, er rutschte an dem Glas immer wieder herunter. Und er ward ganz betrübt und sprach zu sich selbst: »Ich will hier unten bleiben und auf sie warten.« Also baute er sich eine Hütte und saß darin ein ganzes Jahr und sah die Königstochter alle Tage oben fahren, konnte aber nicht zu ihr hinaufkommen.

Da sah er einmal aus seiner Hütte, wie drei Räuber sich schlugen, und rief ihnen zu: »Gott sei mit euch!« Sie hielten bei dem Ruf inne, als sie aber niemand sahen, fingen sie wieder an, sich zu schlagen, und das war ganz gefährlich. Da rief er abermals: »Gott sei mit euch!« Sie hörten wieder auf, guckten sich um, weil sie aber niemand sahen, fuhren sie auch wieder fort, sich zu schlagen. Da rief er zum dritten Mal: »Gott sei mit euch!« und dachte: ›Du musst sehen, was die drei vorhaben‹, ging hin und fragte, warum sie aufeinander losschlügen. Da sagte der eine, er hätte einen Stock gefunden, wenn er damit wider eine Tür schlüge, so spränge sie auf; der andere sagte, er hätte einen Mantel gefunden, wenn er den umhinge, so wäre er unsichtbar; der dritte aber sprach, er hätte ein Pferd gefangen, damit könne er überall hinreisen, auch den gläsernen Berg hinauf. Nun wüssten sie nicht, ob sie das in Gemeinschaft behalten oder ob sie sich trennen sollten. Da sprach der Mann: »Die drei Sachen will ich euch eintauschen. Geld habe ich zwar nicht, aber andere Dinge, die mehr wert sind! Doch muss ich vorher eine Probe machen, ob ihr auch die Wahrheit gesagt habt.« Da ließen sie ihn aufs Pferd sitzen, hingen ihm den Mantel um und gaben ihm den Stock in die Hand, und wie er das alles hatte, konnten sie ihn nicht mehr sehen. Da gab er ihnen tüchtige Schläge und rief: »Nun, ihr Bärenhäuter, da habt ihr, was euch gebührt, seid ihr zufrieden?« Dann ritt er den Glasberg hinauf, und als er vor das Schloss kam, war es verschlossen. Da schlug er mit dem Stock an das Tor, und alsbald sprang es auf. Er trat ein und ging die Treppe hinauf bis oben in den Saal, da saß die Jungfrau und hatte einen goldenen Kelch mit Wein vor sich. Sie konnte ihn aber nicht sehen, weil er den Mantel umhatte. Und als er vor sie kam, zog er den Ring, den sie ihm gegeben hatte, vom Finger und warf ihn in den Kelch. Da rief sie: »Das ist mein Ring, so muss auch der Mann da sein, der mich erlösen wird.« Sie suchten im ganzen Schloss und fanden ihn nicht, er war aber hinausgegangen, hatte sich aufs Pferd gesetzt und den Mantel abgeworfen. Wie sie nun vor das Tor kamen, sahen sie ihn und schrien vor Freude. Da stieg er ab und nahm die Königstochter in den Arm; sie aber küsste ihn und sagte: »Jetzt hast du mich erlöst, und morgen wollen wir unsere Hochzeit feiern.«

Der Bauer und der Teufel

Es war einmal ein kluges und verschmitztes Bäuerlein, von dessen Streichen viel zu erzählen wäre; die schönste Geschichte ist aber doch, wie es den Teufel einmal zum Narren gehabt hat.

Das Bäuerlein hatte eines Tages seinen Acker bestellt und rüstete sich zur Heimfahrt, als die Dämmerung schon eingetreten war. Da erblickte es mitten auf seinem Acker einen Haufen feuriger Kohlen, und als es voll Verwunderung hinzuging, so saß oben auf der Glut ein kleiner schwarzer Teufel. »Du sitzest wohl auf einem Schatz?« sprach das Bäuerlein. »Jawohl«, antwortete der Teufel, »auf einem Schatz, der mehr Gold und Silber enthält, als du dein Lebtag gesehen hast.« – »Der Schatz liegt auf meinem Feld und gehört mir«, sprach das Bäuerlein. »Er ist dein«, antwortete der Teufel, »wenn du mir zwei Jahre lang die Hälfte von dem gibst, was dein Acker hervorbringt. Geld habe ich genug, aber ich trage Verlangen nach den Früchten der Erde.« Das Bäuerlein ging auf den Handel ein. »Damit aber kein Streit bei der Teilung entsteht«, sprach es, »so soll dir gehören, was über der Erde ist, und mir, was unter der Erde ist.« Dem Teufel gefiel das, aber das listige Bäuerlein hatte Rüben gesät. Als nun die Zeit der Ernte kam, so erschien der Teufel und wollte seine Frucht holen, er fand aber nichts als die gelben, welken Blätter, und das Bäuerlein, ganz vergnügt, grub seine Rüben aus. »Einmal hast du den Vorteil gehabt«, sprach der Teufen, »aber das nächste Mal soll das nicht gelten. Dein ist, was über der Erde wächst, und mein, was darunter ist.« – »Mir auch recht«, antwortete das Bäuerlein. Als aber die Zeit zur Aussaat kam, säte das Bäuerlein Weizen. Die Frucht ward reif, das Bäuerlein ging auf den Acker und schnitt die vollen Halme bis zur Erde ab. Als der Teufel kam, fand er nur die Stoppeln und fuhr wütend in eine Felsenschlucht hinab. »So muss man die Füchse prellen«, sprach das Bäuerlein, ging hin und holte sich den Schatz.

Von dem Machandelboom

Dat is nu all lang heer, wol twe dusend Johr, do wöör dar en ryk Mann, de hadd enne schöne frame Fru, un se hadden sik beyde sehr leef, hadden awerst kene Kinner, so wünschden sik awerst sehr welke, un de Fru bedd'd so veel dorüm Dag un Nacht, man se kregen keen un kregen keen. Vör erem Huse wöör en Hof, dorup stünn en Machandelboom, ünner dem stünn de Fru eens im Winter un schelld sik enen Appel, un as se sik den Appel so schelld, so sneet se sik in'n Finger, un dat Blood feel in den Snee. »Ach«, säd de Fru un süft'd so recht hoog up, un seg dat Blood vör sik an un wöör so recht wehmödig: »Hadd ik doch en Kind so rood as Blood un so witt as Snee.« Un as se dat säd, so wurr ehr so recht fröhlich to Mode, ehr wöör recht, as schull dat wat warden. Da güng se to dem Huse, un't güng een Maand hen, de Snee vorgüng; un twe Maand, do wöör dat gröön; un dre Maand, da kömen de Blömer uut der Eerd; un veer Maand, do drungen sik alle Bömer in dat Holt, un de grönen Twyge wören all in eenanner wussen; door süngen de Vögelkens, dat dat ganße Holt schalld, un de Blöiten felen von den Bömern; do wöör de fofte Maand wech, un se stünn ünner dem Machandelboom, de röök so schön, do sprüng ehr dat Hert vor Freuden, un se füll up ere Knee un kunn sik nich laten; un as de soste Maand vorby wöör, da wurren de Früchte dick un staark, do wurr se ganß still; und de söwde Maand, do greep se na den Machandelbeeren un eet se so nydisch, do wurr se trurig un krank; da güng de achte Maand hen, un se reep eren Mann un weend un säd: »Wenn ik staarw, so begraaf my ünner den Machandelboom.« Do wurr se ganß getrost un freude sik, bet de neegte Maand vorby wöör, do kreeg se en Kind so witt as Snee un so rood as Blood, un as se dat seeg, so freude se sik so, dat se stürw.

Do begroof ehr Mann se ünner den Machandelboom, un he füng an to weenn so sehr. Ene Tyd lang, do wurr dat wat sachter, un do he noch wat weend hat, do hüll he up, un noch en Tyd, do nöhm he sik wedder ene Fru.

Mit de tweden Fru kreeg he ene Dochter, dat Kind awerst von der eersten Fruu wöör en lüttje Sähn un wöör so rood as Blood un so witt as Snee. Wenn de Fru ere Dochter so anseeg, so hadd se se so leef, awerst denn seeg se den lüttjen Jung an, un dat güng ehr so dorch't Hart, un ehr düchd, as stünn he ehr allerwegen im Weg, un dachd denn man jümmer, wo se ehr Dochter all dat Vörmägent towenden wull, un de Böse gaf ehr dat in, dat se dem lüttjen Jung ganß gramm wurr und stödd em herüm von een Eck in de anner, so dat dat aarme Kind jümmer in Angst wöör.

Eens wöör de Fru up de Kamer gaan, da köhm de lüttje Dochter ook erup un säd: »Moder, gif my enen Appel.« – »Ja, myn Kind«, säd de Fru un gaf ehr enen schönen Appel uut der Kist; de Kist awerst hadd enen grooten sworen Deckel mit en groot schaarp ysern Slott. »Moder«, säd de lüttje Dochter, »schall Broder nich ook enen hebben?« Dat vördrööt de Fru, doch säd se: »Ja, wenn he uut de School kummt.« Un as se uut dat Fenster wohr wurr, dat he köhm, so wöör dat recht, as wenn de Böse awer ehr köhm, un se grappst to un nöhm erer Dochter den Appel wedder wech un säd: »Du schalst nick ehr enen hebben as Broder.« Do smeet se den Appel in de Kist un maakd de Kist to. Do köhm de lüttje Jung in de Döhr, do gaf ehr de Böse in, dat se fründlich to em säd: »Myn Sähn, wullt du enen Appel hebben?« un seeg em so hastig an. »Moder«, säd de lüttje Jung, »wat sühst du gräsig uut! Ja, gif my enen Appel.« Do wöör ehr, as schull se em toreden. »Kumm mit my«, säd se un maakd den Deckel up, »hahl dy enen Appel heruut.« Un as sik de lüttje Jung henin bückd, so reet ehr de Böse: ›Bratsch!‹ Slögg se den Deckel to, dat de Kopp afflögg un ünner de Appel füll. Da äwerleep ehr dat in de Angst, un dacht: ›Kunn ik dat von my bringen!‹ Da güng se na ere Stuw na erem Draagkasten un hahl' uut de bäwelste Schuuflad enen witten Dook un sett't den Kopp wedder up den Hals un bünd den Halsdook so üm, dat'n niks sehn kunn, un sett't em vör de Döhr up enen Stohl un gaf em den Appel in de Hand.

Do köhm doorna Marleenken to erer Moder in de Kääk, de stünn by dem Führ un hadd enen Putt mit heet Water vör sik, den rörd se jümmer ümm. »Moder«, säd Marleenken, »Broder sitt vör de Döhr un süht ganß witt uut un hett enen Appel in die Hand, ik heb em beden, he schull my den Appel gewen, awerst he antwöörd my nich, do wurr my ganß grolich.« – »Gah nochmaal hen«, säd de Moder, »un wenn he dy nich antworden will, so gif em eens an de Oren.« Do güng Marleenken hen un säd: »Broder, gif my den Appel.« Awerst he sweeg still; do gaf se em eens up de Oren, do feel de Kopp herünn, doräwer vörschrock se sik un füng an to wenen un löp to erer Moder un säd: »Ach, Moder, ik hebb mynem Broder den Kopp afslagen«, un weend un wull sik nich tofreden gewen. »Marleenken«, säd de Moder, »wat hest du dahn? Awerst swyg man still, dat et keen Mensch maarkt, dat is nu doch nich to ännern; wy willen em in Suhr kaken.« Do nöhm de Moder den lüttjen Jung un hackd em in Stücken, un maakd em in Suhr. Marleenken awerst stünn daarby un weend un weend, un de Tranen füllen all in den Putt, un se bruukden goor keen Solt.

Da köhm de Vader to Huus un sett't sik to Disch un säd: »Wo is denn myn Sähn?« Da droog de Moder ene groote groote Schöttel up mit Swartsuhr, un Marleenken weend un kunn sich nich hollen. Do säd de Vader wedder: »Wo is denn myn Sähn?« – »Ach«, säd de Moder, »he is äwer Land gaan, na Mütten erer Grootöhm, he wull door wat blywen.« – »Wat dait he denn door? Un heft my nich maal Adjüüs sechd!« – »O, he wull geern hen un bed my, of he door wol sos Wäken blywen kunn; he is jo woll door uphawen.« – »Ach«, säd de Mann, »my is so recht trurig! Dat is doch nich recht, he hadd my doch Adjüüs sagen schullt.« Mit des füng he an to äten un säd: »Marleenken, wat weenst du? Broder wart wol wedder kamen.« – »Ach, Fru«, säd he do,

»wat smeckt my dat Aeten schöön! Gif my mehr!« Und je mehr he eet, je mehr wull he hebben un säd: »Geeft my mehr, gy schöhlt niks door af hebben, dat is, as wenn dar all myn wör.« Un he eet un eet, bet he allens up hadd. Marleenken awerst güng hen na ere Kommod un nöhm ut de ünnerste Schuuf eren besten syden Dook un hahl al de Beenkens un Knakens ünner den Disch herrut un bünd se in den syden Dook und droog se vör de Döhr un weend ere blödigen Tranen. Door läd se se ünner den Machandelboom in dat gröne Gras, un as se se door henlechd hadd, so war ehr mit eenmal so recht licht, und weend nich mer. Da füng de Machandelboom an, sik to bewegen, un de Twyge deden sik jümmer so recht von eenanner un denn wedder tohoop, so recht, as wenn sik eener so recht freut un mit de Händ so dait. Mit des so güng dar so'n Newel von dem Boom, un recht in dem Newel dar brennd dat as Führ, un uut dem Führ dar flöög so'n schönen Vagel heruut, de süng so herrlich un flöög hoog in de Luft, un as he wech wöör, do wöör de Machandelboom, as he vörhen west wöör, un de Dook mit de Knakens wöör wech. Marleenken awerst wöör so recht licht un vörgnöögt, recht as wenn de Broder noch leewd. Do güng se wedder ganß lustig in dat Huus un eet.
De Vagel awerst flöög wech un sett't sik up enen Goldsmidt syn Huus un füng an to singen:

»Mein Mutter, der mich schlacht',
mein Vater, der mich aß,
mein Schwester, der Marlenichen,
sucht alle meine Benichen,
bind't sie in ein seiden Tuch,
legt's unter den Machandelboom.
Kywitt, kywitt, wat vör'n schöön Vagel bün ik!«

De Goldsmidt seet in syn Waarkstäd un maakd ere gollne Kede, do höörd he den Vagel, de up syn Dack seet un süng, un dat dünkd em so schöön. Da stünn he up, un as he äwer den Süll güng, do vörlöör he eenen Tüffel. He güng awer so recht midden up de Strat hen, eenen Tüffel un een Sock an. Syn Schortfell hadd he vör, un in de een Hand hadd he de golln Kede un in de anner de Tang; un de Sünn schynd so hell up de Strat. Door güng he recht so staan un seeg den Vagel an. »Vogel«, secht he do, »wo schöön kannst du singen! Sing my dat Stück nochmaal.« – »Ne«, secht de Vagel, »twemaal sing ik nich umsünst. Gif my de golln Kede, so will ik dy't nochmaal singen.« – »Door«, secht de Goldsmidt, »hest du de Kede, nu sing my dat nochmaal.« Do köhm de Vagel un nöhm de golln Kede un güng vor den Goldsmidt sitten un süng:

»Mein Mutter, der mich schlacht',
mein Vater, der mich aß,
mein Schwester, der Marlenichen,
sucht alle meine Benichen,
bind't sie in ein seiden Tuch,
legt's unter den Machandelbaum.
Kywitt, kywitt, wat vör'n schöön Vagel bün ik!«

Da flög de Vagel wech na enem Schooster und sett't sik up den syn Dack un süng:

»Mein Mutter, der mich schlacht'
mein Vater, der mich aß,
mein Schwester, der Marlenichen,
sucht alle meine Benichen,
bind't sie in ein seiden Tuch,
legt's unter den Machandelbaum.
Kywitt, kywitt, wat vör'n schöön Vagel bün ik!«

De Schooster hööord dat un leep vör syn Döhr in Hemdsaarmels un seeg na syn Dack un mussd de Hand vör de Ogen hollen, dat de Sünn em nich blend't. »Vagel«, secht he, »wat kannst du schöön singen.« Da rööp he in syn Döhr henin: »Fru, kumm mal heruut, dar is een Vagel, de kann maal schöön singen.« Da rööp he syn Dochter un Kinner un Gesellen, Jung un Maagd, un se kömen all up de Strat un seegen den Vagel an, wo schöön he wöör, un he hadd so recht rode un gröne Feddern, un üm den Hals wöör dat as luter Gold, un de Ogen blünken em as Steern. »Vagel«, sägd de Schooster, »nu sing my dat Stück nochmaal.« – »Ne«, secht de Vagel, »twemaal sing ik nich umsünst, du must my wat schenken.« – »Fru«, säd de Mann, »ga na dem Bähn, up dem bäwelsten Boord door staan een Poor rode Schö, de bring herünn.« Do güng de Fru hen un hahl de Schö. »Door, Vagel«, säd de Mann, »nu sing my dat Stück nochmaal.« Do köhm de Vagel un nöhm de Schö in de linke Klau un flöög wedder up dat Dack un süng:

»Mein Mutter, der mich schlacht',
mein Vater, der mich aß,
mein Schwester, der Marlenichen,
sucht alle meine Benichen,
bind't sie in ein seiden Tuch,
legt's unter den Machandelbaum.
Kywitt, kywitt, wat vör'n schöön Vagel bün ik!«

Und as he uutsungen hadd, so flöög he wech. De Kede hadd he in de rechte un de Schö in de linke Klau, un he flöög wyt wech na ene Mähl, un de Mähl güng: »Klippe klappe, klippe klappe.« Un in de Mähl door seeten twintig Mählenburßen, de hauden enen Steen un hackden: »Hick hack, hick hack«, un de Mähl güng: »Klippe klappe, klippe klappe.« Do güng de Vagel up enen Lindenboom sitten, de vör de Mähl stünn, un süng:

»Mein Mutter, der mich schlacht'«,

do höörd een up,

»mein Vater, der mich aß«,

da höörden noch twe up un höörden dat,

»mein Schwester, der Marlenichen«,

da höörden wedder veer up,

»sucht alle meine Benichen,
bind't sie in ein seiden Tuch«,

nu hackden man noch acht,

»legt's unter«

nu noch man fyw,

»den Machandelbaum«,

nu noch man een.

»Kywitt, kywitt, wat vör'n
schöön Vagel bün ik!«

Do hüll de lezte ook up un hadd dat lezte noch hööörd. »Vagel«, secht he, »wat singst du schöön! Laat my dat ook hören.« – »Ne«, secht de Vagel, »twemaal sing ik nich umsünst, gif my den Mählensteen, so will ik dat nochmaal singen.« – »Ja«, secht he, »wenn he my alleen tohöörd, so schullst du em hebben.« – »Ja«, säden de annern, »wenn he nochmaal singt, so schall he em hebben.« Do köhm de Vagel herünn, un de Möllers saat'n all twintig mit Böhm an un böhrden Steen up: »Hu uh uhp, hu uh uph!« Do stöök de Vagel den Hals döör dat Lock un nöhm em üm as enen Kragen un flöög wedder up den Boom un süng:

»Mein Mutter, der mich schlacht',
mein Vater, der mich aß,
mein Schwester, der Marlenichen,
sucht alle meine Benichen,
bind't sie in ein seiden Tuch,
legt's unter den Machandelbaum.
Kywitt, kywitt, wat vör'n schöön Vagel bün ik!«

Un as he dat uutsungen hadd, do deed he de Flünk von eenanner un hadd in de rechte Klau de Kede und in de linke de Schö un üm den Hals den Mählensteen und floog na synes Vaders Huse.
In de Stuw seet de Vader, de Moder un Marleenken by Disch, un de Vader säd: »Ach, wat waart my licht, my is recht so good to Mode.« – »Nä«, säd de Moder, »my is recht so angst, as wenn en swoor Gewitter kummt.« Marleenken awerst seet un weend un weend; da köhm de Vagel anflegen, un as he sik up dat Dack sett't: »Ach«, säd de Vader, »my is so recht freudig, un de Sünn schynt buten so schöön, my is recht, as schull ik enen olen Bekannten weddersehn.« – »Ne«, säd de Fru, »my is so angst, de Täne klappern my, un dat is my as Führ in den Adern.« Un se reet sik ehr Lyfken up un so mehr, awer Marleenken seet in en Eck un weend un hadd eren Platen vör de Ogen und weend den Platen ganß messnatt. Do sett't sik de Vagel uv den Machandelboom un süng:

»Mein Mutter, der mich schlacht'«,

Do hüll de Moder de Oren to un kneep de Ogen to un wull nich sehn un hören, awer dat bruusde ehr in de Oren un de Ogen brennden ehr un zackden as Blitz.

»Mein Vater, der mich aß«,

»Ach, Moder«, secht de Mann, »door is en schöön Vagel, de singt so herrlich, de Sünn schynt so warm, un dat rückt as luter Zinnemamen.«

»Mein Schwester, der Marlenichen«,

Do läd Marleenken den Kopp up de Knee un weend, de Mann awerst säd: »Ik ga henuut, ik mutt den Vagel dicht by sehn.« – »Ach, gah nich«, säd de Fru, »my is, as beewd dat ganße Huus un stünn in Flammen.« Awerst de Mann güng henuut un seeg den Vagel an.

»Sucht alle meine Benichen,
bind't sie in ein seiden Tuch,

legt's unter den Machandelbaum.
Kywitt, kywitt, wat vör'n schöön Vagel bün ik!«

Mit des leet de Vagel de gollne Kede fallen, un se feel dem Mann jüst um'n Hals, so recht hier herüm, dat se recht so schöön passd. Do güng he herin un säd: »Süh, wat is dat vör'n schöön Vagel, heft my so ne schöne gollne Kede schenkd.« De Fru awerst wöör so angst, un füll langs in de Stuw hen, un de Mütz füll ehr von dem Kopp. Do süng de Vagel wedder:

»Mein Mutter, der mich schlacht'«,

»Ach, dat ik dusend Föder unner de Eerd wöör, dat ik dat nich hören schull!«

»Mein Vater, der mich aß«,

Do füll de Fru vör dood nedder.

»Mein Schwester, der Marlenichen«,

»Ach«, säd Marleenken, »ik will ook henuut gahn un sehn, of de Vagel my wat schenkt.« Do güng se henuut.

»Sucht alle meine Benichen,
bind't sie in ein seiden Tuch«,

Do smeet he ehr de Schöh herünn.

»Legt's unter den Machandelbaum.
Kywitt, kywitt, wat vör'n schöön Vagel bün ik!«

Do wöör ehr so licht un frölich. Do truck se de neen roden Schö an un danßd un sprüng herin. »Ach«, säd se, »ich wöör so trurig, as ik henuut güng, un nu is my so licht! Dat is maal en herrlichen Vagel, hett my en Poor rode Schö schenkd.« – »Nee«, säd de Fru un sprüng up, un de Hoor stünnen ehr to Baarg as Führsflammen, »my is, as schull de Welt ünnergahn, ik will ook henuut, of my lichter warden schull.« Un as se uut de Döhr köhm, bratsch, smeet ehr de Vagel den Mählensteen up den Kopp, dat se ganß tomatscht wurr. De Vader un Marleenken höörden dat un güngen henuut; do güng en Damp un Flamm un Führ up von der Städ, un as dat vorby wöör, do stünn de lütje Broder door, un he nöhm synen Vader un Marleenken by der Hand, un wören alle dre so recht vergnöögt un gingen in dat Huus by Disch un eeten.

Die kluge Bauerntochter

Es war einmal ein armer Bauer, der hatte kein Land, nur ein kleines Häuschen und eine Tochter. Da sprach die Tochter: »Wir sollten den Herrn König um ein Stückchen Rodland bitten.« Da der König von ihrer Armut hörte, schenkte er ihnen auch ein Eckchen Rasen, den hackten sie und ihr Vater um und wollten ein wenig Korn und derart Frucht darauf säen. Als sie den Acker beinah herum hatten, so fanden sie in der Erde einen Mörser von purem Gold. »Hör«, sagte der Vater zu dem Mädchen, »weil unser Herr König so gnädig gewesen ist, so müssen wir ihm den Mörser dafür geben.« Die Tochter aber wollt' es nicht bewilligen und sagte: »Vater, wenn wir den Mörser haben und haben den Stößer nicht, dann müssen wir auch den Stößer herbeischaffen, darum schweigt lieber still.« Er wollte ihr aber nicht gehorchen, nahm den Mörser, trug ihn zum Herrn König und sagte, den hätte er gefunden in der Heide, ob er ihn als eine Verehrung annehmen wollte. Der König nahm den Mörser und fragte, ob er nichts mehr gefunden hätte. »Nein«, antwortete der Bauer. Da sagte der König, er sollte nun auch den Stößer herbeischaffen. Der Bauer sprach, den hätten sie nicht gefunden; aber das half ihm so viel, als hätt' er's in den Wind gesagt, er ward ins Gefängnis gesetzt und sollte so lange da sitzen, bis er den Stößer herbeigeschafft hätte. Die Bedienten mussten ihm täglich Wasser und Brot bringen, da hörten sie, wie der Mann alsfort schrie: »Ach, hätt' ich meiner Tochter gehört! Ach, ach, hätt' ich meiner Tochter gehört!« Da gingen sie zum König und berichteten, wie der Gefangene alsfort schrie: »Ach, hätt' ich doch meiner Tochter gehört!« und wie er nicht essen und nicht trinken wollte. Da befahl er den Bedienten, sie sollten den Gefangenen vor ihn bringen, und da fragte ihn der Herr König, warum er alsfort schrie: »›Ach, hätt' ich meiner Tochter gehört!‹ Was hat Eure Tochter denn gesagt?« – »Ja, sie hat gesprochen, ich sollte den Mörser nicht bringen, sonst müsst' ich auch den Stößer schaffen.« – »Habt Ihr so eine kluge Tochter, so lasst sie einmal herkommen.« Also musste sie vor den König kommen, der fragte sie, ob sie denn so klug wäre, und sagte, er wollte ihr ein Rätsel aufgeben, wenn sie das treffen könnte, dann wollte er sie heiraten. Da sprach sie gleich, ja, sie wollt's erraten. Da sagte der König: »Komm zu mir, nicht gekleidet, nicht nackend, nicht geritten, nicht gefahren, nicht in dem Weg, nicht außer dem Weg, und wenn du das kannst, will ich dich heiraten.« Da ging sie hin und zog sich splitternackend aus, da war sie nicht gekleidet, nahm ein großes Fischgarn und setzte sich hinein und wickelte es ganz um sich herum, da war sie nicht nackend, borgte einen Esel fürs Geld und band dem Esel das Fischgarn an den Schwanz, darin er sie fortschleppen musste, und das war nicht geritten und nicht gefahren. Der Esel musste sie aber in dem Fahrgleise schleppen, so dass sie nur mit der großen Zehe auf die Erde kam, und das war nicht in dem Wege und nicht außer dem Wege. Und wie sie daherkam, sagte der König, sie hätte das Rätsel getroffen, und es wäre alles erfüllt. Da ließ er ihren Vater los aus

dem Gefängnis und nahm sie als seine Gemahlin und befahl ihr das ganze königliche Gut an.
Nun waren etliche Jahre herum, als der Herr König einmal auf die Parade zog, da trug es sich zu, dass Bauern mit ihren Wagen vor dem Schloss hielten, die hatten Holz verkauft; etliche hatten Ochsen vorgespannt und etliche Pferde. Da war ein Bauer, der hatte drei Pferde, davon kriegte eins ein junges Füllchen, das lief weg und legte sich mitten zwischen zwei Ochsen, die vor dem Wagen waren. Als nun die Bauern zusammenkamen, fingen sie an sich zu zanken und zu lärmen, und der Ochsenbauer wollte das Füllchen behalten und sagte, die Ochsen hätten's gehabt; und der andere sagte, nein, seine Pferde hätten's gehabt, und es wäre sein. Der Zank kam vor den König, und er tat den Ausspruch, wo das Füllen gelegen hätte, da sollt' es bleiben; und also bekam's der Ochsenbauer, dem's doch nicht gehörte. Da ging der andere weg, weinte und lamentierte über sein Füllchen. Nun hatte er gehört, dass die Frau Königin so gnädig wäre, weil sie auch von armen Bauersleuten gekommen wäre, ging zu ihr und bat sie, ob sie ihm nicht helfen könnte, dass er sein Füllchen wieder bekäme. Sagte sie: »Ja, wenn Ihr mir versprecht, dass Ihr mich nicht verraten wollt, so will ich's Euch sagen. Morgen früh, wenn der König auf der Wachtparade ist, so stellt Euch hin mitten in die Straße, wo er vorbeikommen muss, nehmt ein großes Fischgarn und tut, als fischtet Ihr, und fischt alsfort und schüttet das Garn aus, als wenn Ihr's voll hättet«, und sie sagte ihm auch, was er antworten sollte, wenn er vom König gefragt würde. Also stand der Bauer am andern Tag da und fischte auf einem trockenen Platz. Wie der König vorbeikam und das sah, schickte er seinen Laufer hin, der sollte fragen, was der närrische Mann vorhätte. Da gab er zur Antwort: »Ich fische.« Fragte der Laufer, wie er fischen könnte, es wäre ja kein Wasser da. Sagte der Bauer: »So gut als zwei Ochsen können ein Füllen kriegen, so gut kann ich auch auf dem trockenen Platz fischen.« Der Laufer ging hin und brachte dem König die Antwort, da ließ er den Bauer vor sich kommen und sagte ihm, das hätte er nicht von sich, von wem er das hätte, und sollt's gleich bekennen. Der Bauer aber wollt's nicht tun und sagte immer: »Gott bewahr!« Er hätt' es von sich. Sie legten ihn aber auf ein Gebund Stroh und schlugen ihn so lange, bis er's bekannte, dass

er's von der Frau Königin hätte. Als der König nach Haus kam, sagte er zu seiner Frau: »Warum bist du so falsch mit mir, ich will dich nicht mehr zur Gemahlin. Geh wieder hin, woher du kommen bist, in dein Bauernhäuschen.« Doch erlaubte er ihr eins, sie sollte sich das Liebste und Beste mitnehmen, was sie wüsste, und das sollte ihr Abschied sein. Sie sagte: »Ja, lieber Mann, wenn du's so befiehlst, will ich es auch tun«, und fiel über ihn her und küsste ihn und sprach, sie wollte Abschied von ihm nehmen. Dann ließ sie einen starken Schlaftrunk kommen, Abschied mit ihm zu trinken. Der König tat einen großen Zug, sie aber trank nur ein wenig. Da geriet er in einen tiefen Schlaf, und als sie das sah, rief sie einen Bedienten und nahm ein schönes weißes Linnentuch und schlug ihn da hinein, und die Bedienten mussten ihn in einen Wagen vor die Türe tragen, und sie fuhr ihn heim in ihr Häuschen. Da legte sie ihn in ihr Bettchen, und er schlief Tag und Nacht in einem fort, und als er aufwachte, sah er sich um und sagte: »Ach Gott, wo bin ich denn?« Er rief seinen Bedienten, aber es war keiner da. Endlich kam seine Frau vors Bett und sagte: »Lieber Herr König, Ihr habt mir befohlen, ich sollte das Liebste und Beste aus dem Schloss mitnehmen, nun hab' ich nichts Besseres und Lieberes als dich, da hab' ich dich mitgenommen.« Dem König stiegen die Tränen in die Augen, und er sagte: »Liebe Frau, du sollst mein sein und ich dein«, und nahm sie wieder mit ins königliche Schloss und ließ sich aufs Neue mit ihr vermählen; und sie werden ja wohl noch auf den heutigen Tag leben.

Die drei Brüder

Es war ein Mann, der hatte drei Söhne und weiter nichts im Vermögen als das Haus, worin er wohnte. Nun hätte jeder gerne nach seinem Tode das Haus gehabt, dem Vater war aber einer so lieb wie der andere, da wusste er nicht, wie er's anfangen sollte, dass er keinem zu nahe trät'; verkaufen wollte er das Haus auch nicht, weil's von seinen Voreltern war, sonst hätte er das Geld unter sie geteilt. Da fiel ihm endlich ein Rat ein, und er sprach zu seinen Söhnen: »Geht in die Welt und versucht euch, und lerne jeder sein Handwerk. Wer das beste Meisterstück macht, wenn ihr dann wieder kommt, der soll das Haus haben.«

Da waren die Söhne zufrieden, und der älteste wollte ein Hufschmied, der zweite ein Barbier, der dritte aber ein Fechtmeister werden. Darauf bestimmten sie eine Zeit, wo sie wieder nach Haus zusammenkommen wollten, und zogen fort. Es traf sich auch, dass jeder einen tüchtigen Meister fand. Der Schmied musste des Königs Pferde beschlagen und dachte: ›Nun kann dir's nicht fehlen, du kriegst das Haus.‹ Der Barbier rasierte lauter vornehme Herren und meinte auch, das Haus wäre schon sein. Der Fechtmeister kriegte manchen Hieb, biss aber die Zähne zusammen und ließ sich's nicht verdrießen; denn er dachte bei sich: ›Fürchtest du dich vor einem Hieb, so kriegst du das Haus nimmermehr.‹ Als nun die gesetzte Zeit herum war, kamen sie bei ihrem Vater wieder zusammen. Sie wussten aber nicht, wie sie die beste Gelegenheit finden sollten, ihre Kunst zu zeigen, und ratschlagten. Wie sie so saßen, kam auf einmal ein Hase übers Feld dahergelaufen. »Ei«, sagte der Barbier, »der kommt wie gerufen«, nahm Becken und Seife, schaumte so lange, bis der Hase in die Nähe kam, dann seifte er ihn in vollem Laufe ein und rasierte ihm auch in vollem Laufe ein Stutzbärtchen, und dabei schnitt er ihn nicht und tat ihm an keinem Haare weh. »Das gefällt mir«, sagte der Vater, »wenn sich die andern nicht gewaltig angreifen, so ist das Haus dein.« Es währte nicht lang, so kam ein Herr in einem Wagen dahergerennt in vollem Jagen. »Nun sollt Ihr sehen, Vater, was ich kann«, sprach der Hufschmied, sprang dem Wagen nach, riss dem Pferd, das in einem fort jagte, die vier Hufeisen ab und schlug ihm vier neue wieder an. »Du bist ein ganzer Kerl«, sprach der Vater, »du machst deine Sache so gut wie dein Bruder; ich weiß nicht, wem ich das Haus geben soll.« Da sprach der Dritte: »Vater, lasst mich auch einmal gewähren«, und weil es anfing zu regnen, zog er seinen Degen und schwenkte ihn in Kreuzhieben über seinen Kopf, dass kein Tropfen auf ihn fiel; und als der Regen stärker ward und endlich so stark, als ob man mit Mulden vom Himmel gösse, schwang er den Degen immer schneller und blieb so trocken, als säß' er unter Dach und Fach. Wie der Vater das sah, er-

staunte er und sprach: »Du hast das beste Meisterstück gemacht, das Haus ist dein.«
Die beiden andern Brüder waren zufrieden, wie sie vorher gelobt hatten, und weil sie einander so lieb hatten, blieben sie alle drei zusammen im Haus und trieben ihr Handwerk; und da sie so gut ausgelernt hatten und so geschickt waren, verdienten sie viel Geld. So lebten sie vergnügt bis in ihr Alter zusammen, und als der eine krank ward und starb, grämten sich die zwei andern so sehr darüber, dass sie auch bald krank wurden und starben. Da wurden sie, weil sie sich so lieb gehabt hatten, alle drei zusammen in ein Grab gelegt.

Die drei Handwerksburschen

Es waren drei Handwerksburschen, die hatten es verabredet, auf ihrer Wanderung beisammenzubleiben und immer in einer Stadt zu arbeiten. Auf eine Zeit aber fanden sie bei ihren Meistern keinen Verdienst mehr, so dass sie endlich ganz abgerissen waren und nichts zu leben hatten. Da sprach der eine: »Was sollen wir anfangen? Hier bleiben können wir nicht länger, wir wollen wieder wandern, und wenn wir in der Stadt, wo wir hinkommen, keine Arbeit finden, so wollen wir beim Herbergsvater ausmachen, dass wir ihm schreiben, wo wir uns aufhalten und einer vom andern Nachricht haben kann, und dann wollen wir uns trennen«; das schien den andern auch das Beste. Sie zogen fort, da kam ihnen auf dem Weg ein reichgekleideter Mann entgegen, der fragte, wer sie wären. »Wir sind Handwerksleute und suchen Arbeit. Wir haben uns bisher zusammengehalten, wenn wir aber keine mehr finden, so wollen wir uns trennen.« – »Das hat keine Not«, sprach der Mann, »wenn ihr tun wollt, was ich euch sage, soll's euch an Geld und Arbeit nicht fehlen; ja, ihr sollt große Herren werden.« Der eine sprach: »Wenn's unserer Seele und Seligkeit nicht schadet, so wollen wir's wohl tun.« – »Nein«, antwortete der Mann, »ich habe keinen Teil an euch.« Der andere aber hatte nach seinen Füßen gesehen, und als er da einen Pferdefuß und einen Menschenfuß erblickte, wollte er sich nicht mit ihm einlassen. Der Teufel aber sprach: »Gebt euch zufrieden, es ist nicht auf euch abgesehen, sondern auf eines anderen Seele, der schon halb mein ist und dessen Maß nur voll laufen soll.« Nun willigten sie ein, und der Teufel sagte ihnen, was er verlangte: Der Erste sollte auf jede Frage antworten: ›Wir alle drei‹, der Zweite: ›Ums Geld‹, der Dritte: ›Und das war recht.‹ Das sollten sie immer hintereinander sagen, weiter dürften sie kein Wort sprechen, und überträten sie das Gebot, so wäre gleich alles Geld verschwunden; solange sie es aber befolgten, sollten ihre Taschen immer voll sein. Zum Anfang gab er ihnen auch gleich so viel, wie sie tragen konnten, und hieß sie in die Stadt und in das Wirtshaus gehen. Sie gingen hinein, der Wirt kam ihnen entgegen und fragte: »Wollt ihr etwas zu essen?« Der Erste antwortete: »Wir alle drei.« – »Ja«, sagte der Wirt, »das mein' ich auch.« Der Zweite: »Ums Geld.« – »Das versteht sich«, sagte der Wirt. Der Dritte: »Und das war recht.« – »Jawohl war's recht«, sagte der Wirt. Es ward ihnen nun gut Essen und Trinken gebracht und wohl aufgewartet. Nach dem Essen musste die Bezahlung geschehen, da hielt der Wirt dem einen die Rechnung hin, der sprach: »Wir alle drei«, der Zweite: »Ums Geld«, der Dritte: »Und das war recht.« – »Freilich ist's recht«, sagte der Wirt, »alle drei bezahlen, und ohne Geld kann ich nichts geben.« Sie bezahlten aber noch mehr, als er gefordert hatte. Die Gäste sahen das mit an und sprachen: »Die Leute müssen toll sein.« – »Ja, das sind sie auch«, sagte der Wirt, »sie sind nicht recht klug.« So blieben sie eine Zeit lang in dem Wirtshaus und sprachen kein ander Wort aus: ›Wir alle drei, ums Geld, und das war recht.‹ Sie sahen aber und wussten alles, was darin vorging. Es trug sich zu, dass ein großer Kaufmann kam mit vielem Geld, der sprach: »Herr Wirt, heb' Er mir mein Geld auf, da sind die drei närrischen Handwerksburschen, die möchten mir's stehlen.« Das tat der Wirt. Wie er den Mantelsack in seine Stube trug, fühlte er, dass er schwer von Gold war. Darauf gab er den drei Handwerkern unten ein Lager, der Kaufmann aber kam oben hin in eine besondere Stube. Als Mitternacht war und der Wirt dachte, sie schliefen alle, kam er mit seiner Frau, und sie hatten eine Holzaxt, schlugen den reichen Kaufmann tot und legten sich wieder schlafen. Wie's nun Tag war, gab's großen Lärm, der Kaufmann lag tot im Bett in seinem Blut. Da liefen alle Gäste zusammen, der Wirt aber sprach: »Das haben die drei tollen Handwerker getan.« Die Gäste bestätigten es und sagten: »Niemand anders kann's gewesen sein.« Der Wirt aber ließ sie rufen und sagte zu ihnen: »Habt ihr den Kaufmann getötet?« – »Wir alle drei«, sagte der Erste, »ums Geld«, der Zweite, »und das war recht«, der Dritte. »Da hört ihr's nun«, sprach der Wirt, »sie gestehen's selber.« Sie wurden also ins Gefängnis gebracht und sollten gerichtet werden. Wie sie nun sahen, dass es so ernsthaft ging, ward ihnen doch angst, aber nachts kam der Teufel und sprach: »Haltet nur noch einen Tag aus und verscherzt euer Glück nicht, es soll euch kein Haar gekrümmt werden.« Am andern Morgen wurden sie vor Gericht geführt. Da sprach der Richter: »Seid ihr die Mörder?« – »Wir alle drei.« – »Warum habt ihr den Kaufmann erschlagen?« – »Ums Geld.« – »Ihr Bösewichter«, sagte der Richter, »habt ihr euch nicht der Sünde gescheut?« – »Und das war recht.« – »Sie haben bekannt und sind noch halsstarrig dazu«, sprach der Richter, »führt sie gleich zum Tod.« Also wurden sie hinausgebracht, und der Wirt musste mit in den Kreis treten. Wie sie nun von den Henkersknechten gefasst und oben aufs Gerüst geführt wurden, wo der Scharfrichter mit bloßem Schwerte stand, kam auf einmal eine Kutsche, mit vier blutroten Füchsen bespannt, und fuhr, dass das Feuer aus den Steinen sprang; aus dem

Fenster aber winkte einer mit einem weißen Tuche. Da sprach der Scharfrichter: »Es kommt Gnade«, und es ward aus dem Wagen: »Gnade! Gnade!« gerufen. Da trat der Teufel heraus als ein sehr vornehmer Herr und sprach: »Ihr drei seid unschuldig, ihr dürft nun sprechen, sagt, was ihr gesehen und gehört habt.« Da sprach der Älteste: »Wir haben den Kaufmann nicht getötet, der Mörder steht da im Kreis«, und deutete auf den Wirt, »zum Wahrzeichen geht hin in seinen Keller, da hängen noch viele andere, die er ums Leben gebracht.« Da schickte der Richter die Henkersknechte hin, die fanden es, wie's gesagt war, und als sie dem Richter das berichtet hatten, ließ er dem Wirt das Haupt abschlagen. Da sprach der Teufel zu den dreien: »Nun hab' ich die Seele, die ich haben wollte, ihr seid aber frei und habt Geld für euer Lebtag.«

Der gelernte Jäger

Es war einmal ein junger Bursch, der hatte die Schlosserhantierung gelernt und sprach zu seinem Vater, er wollte jetzt in die Welt gehen und sich versuchen. »Ja«, sagte der Vater, »das bin ich zufrieden«, und gab ihm etwas Geld auf die Reise. Also zog er herum und suchte Arbeit. Auf eine Zeit, da wollt' ihm das Schlosserwerk nicht mehr folgen und stand ihm auch nicht mehr an, aber er kriegte Lust zur Jägerei. Da begegnete ihm auf der Wanderschaft ein Jäger im grünen Kleide, der fragte, wo er her käme und wo er hin wollte. Er wär' ein Schlossergesell, sagte der Bursch, aber das Handwerk gefiele ihm nicht mehr, und er hätte Lust zur Jägerei, ob er ihn als Lehrling annehmen wollte. »O ja, wenn du mit mir gehen willst.« Da ging der junge Bursch mit, vermietete sich etliche Jahre bei ihm und lernte die Jägerei. Danach wollte er sich weiter versuchen, und der Jäger gab ihm nichts zum Lohn als eine Windbüchse, die hatte aber die Eigenschaft, wenn er damit einen Schuss tat, so traf er ohnfehlbar. Da ging er fort und kam in einen sehr großen Wald, von dem konnte er in einem Tag das Ende nicht finden. Wie's Abend war, setzte er sich auf einen hohen Baum, den wilden Tieren nicht erreichbar. Gegen Mitternacht zu, deuchte ihn, schimmerte ein kleines Lichtchen von weitem, da sah er durch die Äste darauf hin und behielt in Acht, wo es war. Doch nahm er noch seinen Hut und warf ihn nach dem Licht zu herunter, dass er danach gehen wollte, wann er herabgestiegen wäre, wie nach einem Zeichen. Nun kletterte er herunter, ging auf seinen Hut los, setzte ihn wieder auf und zog geradeswegs fort. Je weiter er ging, je größer ward das Licht, und wie er nahe dabei kam, sah er, dass es ein gewaltiges Feuer war, und saßen drei Riesen dabei und hatten einen Ochsen am Spieß und ließen ihn braten. Nun sprach der eine: »Ich muss doch schmecken, ob das Fleisch bald zu essen ist«, riss ein Stück herab und wollt' es in den Mund stecken, aber der Jäger schoss es ihm aus der Hand. »Nun ja«, sprach der Riese, »da weht mir der Wind das Stück aus der Hand«, und nahm sich ein anderes. Wie er eben anbeißen wollte, schoss es ihm der Jäger abermals weg; da gab der Riese dem, der neben ihm saß, eine Ohrfeige und rief zornig: »Was reißt du mir mein Stück weg?« – »Ich habe es nicht weggerissen«, sprach der andere, »es wird dir's ein Scharfschütze weggeschossen haben.« Der Riese nahm das dritte Stück in die Hand, der Jäger aber schoss es ihm heraus. Da sprachen die Riesen: »Das muss ein guter Schütze sein, der den Bissen vor dem Maul wegschießt, so einer wäre uns nützlich«, und riefen laut: »Komm herbei, du Scharfschütze, setze dich zu uns ans Feuer und iss dich satt, wir wollen dir nichts tun; aber kommst du nicht und wir holen dich mit Gewalt, so bist du verloren.« Da trat der Bursch herzu und sagte, er wäre gelernter Jäger, und wonach er mit seiner Büchse ziele, das treffe er auch sicher und gewiss. Da sprachen sie, wenn er mit ihnen gehen wollte, sollte er's gut haben, und erzählten ihm, vor dem Wald sei ein großes Wasser, dahinter ständ' ein Turm, und in dem Turm säß' eine schöne Königstochter, die wollten sie gern rauben. »Ja«, sprach er, »die will ich bald geschafft haben.« Sagten sie weiter: »Es ist aber noch etwas dabei, es liegt ein kleines Hündchen dort, das fängt gleich an zu bellen, wann sich jemand nähert, und sobald das bellt, wacht auch alles am königlichen Hofe auf, und deshalb können wir nicht hineinkommen; unterstehst du dich, das Hündchen totzuschießen?« – »Ja«, sprach er, »das ist mir ein kleiner Spaß.« Danach setzte er sich auf ein Schiff und fuhr über das Wasser, und wie er bald beim Land war, kam das Hündchen gelaufen und wollte bellen, aber er kriegte seine Windbüchse und schoss es tot. Wie die Riesen das sahen, freuten sie sich und meinten, sie hätten die Königstochter schon gewiss, aber der Jäger wollte erst sehen, wie die Sache beschaffen war und sprach, sie sollten draußen bleiben, bis er sie riefe. Da ging er in das Schloss, und es war mäuschenstill darin, und alles schlief. Wie er das erste Zimmer aufmachte, hing da ein Säbel an der Wand, der war von purem Silber, und war ein goldener Stern darauf und des Königs Name; daneben aber lag auf einem Tisch ein versiegelter Brief, den brach er auf, und es stand darin, wer den Säbel hätte, könnte alles ums Leben bringen, was ihm vorkäme. Da nahm er den Säbel, hing ihn um und ging weiter. Da kam er in das Zimmer, wo die Königstochter lag und schlief; und sie war so schön, dass er stillstand und sie betrachtete und den Atem anhielt. Er dachte bei sich selbst: ›Wie darf ich eine unschuldige Jungfrau in die Gewalt der wilden Riesen bringen, die haben Böses im Sinn.‹ Er schaute sich weiter um, da standen unter dem Bett ein Paar Pantoffeln, auf dem rechten stand ihres Vaters Name mit einem Stern und auf dem linken ihr eigener Name mit einem Stern. Sie hatte auch ein großes Halstuch um, von Seide und mit Gold ausgestickt, auf der rechten Seite ihres Vaters Name, auf der linken ihr Name, alles mit goldenen Buchstaben. Da nahm der Jäger eine Schere und schnitt den rechten Schlippen ab und tat ihn in seinen Ranzen, und dann nahm er auch den rechten Pantoffel mit des Königs Namen und steckte ihn hinein. Nun lag die Jungfrau noch immer und schlief, und sie war ganz in ihr Hemd eingenäht. Da schnitt er auch ein Stückchen von dem Hemd ab und steckte es zu dem andern, doch tat er das alles, ohne sie anzurühren. Dann ging er fort und ließ sie schlafen, und als er wieder ans Tor kam, warteten die Riesen noch auf ihn und dachten, er würde die Königstochter bringen. Er rief ihnen aber zu, sie sollten hereinkommen, die Jungfrau wäre schon in seiner Gewalt. Die Tür könnte er ihnen aber nicht aufmachen, aber da wäre ein Loch, durch welches sie kriechen müssten. Nun kam der Erste näher, da wickelte der Jäger des Riesen Haar um seine Hand, zog den Kopf herein und hieb ihn mit seinem Säbel in einem Streich ab und zog ihn dann vollends herein. Dann rief er den Zweiten und hieb ihm gleichfalls das Haupt ab und endlich auch dem

Dritten, und war froh, dass er die schöne Jungfrau von ihren Feinden befreit hatte, und er schnitt ihnen die Zungen aus und steckte sie in seinen Ranzen. Da dachte er: ›Ich will heimgehen zu meinem Vater und ihm zeigen, was ich schon getan habe, dann will ich in der Welt herumziehen; das Glück, das mir Gott bescheren will, wird mich schon erreichen.‹

Der König in dem Schloss aber, als er aufwachte, erblickte die drei toten Riesen. Dann ging er in die Schlafkammer seiner Tochter, weckte sie auf und fragte, wer das wohl gewesen wäre, der die Riesen ums Leben gebracht hätte. Da sagte sie: »Lieber Vater, ich weiß es nicht, ich habe geschlafen.« Wie sie nun aufstand und ihre Pantoffeln anziehen wollte, da war der rechte weg, und wie sie ihr Halstuch betrachtete, war es durchschnitten, und es fehlte der rechte Schlippen, und wie sie ihr Hemd ansah, war ein Stückchen heraus. Der König ließ den ganzen Hof zusammenkommen und fragte, wer seine Tochter befreit und die Riesen ums Leben gebracht hätte. Nun hatte er einen Hauptmann, der war einäugig und ein hässlicher Mensch, der sagte, er hätte es getan. Da sprach der alte König, so er das vollbracht hätte, sollte er seine Tochter auch heiraten. Die Jungfrau aber sagte: »Lieber Vater, dafür, dass ich den heiraten soll, will ich lieber in die Welt gehen, so weit wie mich meine Beine tragen.« Da sprach der König, wenn sie den nicht heiraten wollte, sollte sie die königlichen Kleider ausziehen und Bauernkleider antun und fortgehen; und sie sollte zu einem Töpfer gehen und einen Handel mit irdenem Geschirr anfangen. Da tat sie ihre königlichen Kleider aus und ging zu einem Töpfer und borgte sich einen

Kram irden Werk; sie versprach ihm auch, wenn sie's am Abend verkauft hätte, wollte sie es bezahlen. Nun sagte der König, sie sollte sich an eine Ecke damit setzen und es verkaufen, dann bestellte er etliche Bauernwagen, die sollten mittendurch fahren, dass alles in tausend Stücke ginge. Wie nun die Königstochter ihren Kram auf die Straße hingestellt hatte, kamen die Wagen und zerbrachen ihn zu lauter Scherben. Sie fing an zu weinen und sprach: »Ach Gott, wie will ich nun den Töpfer bezahlen?« Der König aber hatte sie damit zwingen wollen, den Hauptmann zu heiraten, stattdessen ging sie wieder zum Töpfer und fragte ihn, ob er ihr noch einmal borgen wollte. Er antwortete, nein, sie sollte erst das vorige bezahlen. Da ging sie zu ihrem Vater, schrie und jammerte und sagte, sie wollte in die Welt gehen. Da sprach er: »Ich will dir draußen in dem Wald ein Häuschen bauen lassen, darin sollst du dein Lebtag sitzen und für jedermann kochen, du darfst aber kein Geld nehmen.« Als das Häuschen fertig war, ward vor die Tür ein Schild gehängt, darauf stand geschrieben: ›Heute umsonst, morgen für Geld.‹ Da saß sie lange Zeit, und es sprach sich in der Welt herum, da säße eine Jungfrau, die kochte umsonst, und das stände vor der Tür an einem Schild. Das hörte auch der Jäger und dachte: ›Das wär' etwas für dich, du bist doch arm und hast kein Geld.‹ Er nahm also seine Windbüchse und den Ranzen, worin noch alles steckte, was er damals im Schloss als Wahrzeichen mitgenommen hatte, ging in den Wald und fand auch das Häuschen mit dem Schild: ›Heute umsonst, morgen für Geld.‹ Er hatte aber den Degen umhängen, womit er den drei Riesen den Kopf abgehauen hatte, trat so in das Häuschen und ließ sich etwas zu essen geben. Er freute sich über das schöne Mädchen, es war aber auch bildschön. Sie fragte, wo er her käme und hin wollte, da sagte er: »Ich reise in der Welt herum.« Da fragte sie ihn, wo er den Degen her hätte, da stände ja ihres Vaters Name darauf. Fragte er, ob sie des Königs Tochter wäre. »Ja«, antwortete sie. »Mit diesem Säbel«, sprach er, »habe ich drei Riesen den Kopf abgehauen«, und holte zum Zeichen ihre Zungen aus dem Ranzen, dann auch den Pantoffel, den Schlippen vom Halstuch und das Stück vom Hemd. Da war sie voll Freude und sagte, er wäre derjenige, der sie erlöst hätte. Darauf gingen sie zum König und holten ihn herbei, und sie führte ihn in ihre Kammer und sagte ihm, der Jäger wäre der

Rechte, der sie von den Riesen erlöst hätte. Und wie der alte König die Wahrzeichen sah, da konnte er nicht mehr zweifeln und sagte, es wäre ihm lieb, dass er wüsste, wie alles zugegangen wäre, und er sollte sie nun auch zur Gemahlin haben; darüber freute sich die Jungfrau von Herzen. Darauf kleideten sie ihn, als wenn er ein fremder Herr wäre, und der König ließ ein Gastmahl anstellen. Als sie nun zu Tisch gingen, kam der Hauptmann auf die linke Seite der Königstochter zu sitzen, der Jäger aber auf die rechte; und der Hauptmann meinte, das wäre ein fremder Herr und wäre zu Besuch gekommen. Wie sie gegessen und getrunken hatten, sprach der alte König zum Hauptmann, er wollte ihm etwas aufgeben, das sollte er erraten. Wenn einer spräche, er hätte drei Riesen ums Leben gebracht und er gefragt würde, wo die Zungen der Riesen wären, und er müsste zusehen, und wären keine in ihren Köpfen, wie das zuginge? Da sagte der Hauptmann: »Sie werden keine gehabt haben.« – »Nicht so«, sagte der König, »jedes Getier hat eine Zunge«, und fragte weiter, was der wert wäre, der seinen Herrn so betröge? Antwortete der Hauptmann: »Der gehört in Stücke zerrissen zu werden.« Da sagte der König, er hätte sich selber sein Urteil gesprochen, und ward der Hauptmann in vier Stücke zerrissen, die Königstochter aber mit dem Jäger vermählt. Danach holte er seinen Vater und seine Mutter herbei, und die lebten in Freude bei ihrem Sohn, und nach des alten Königs Tod bekam er das Reich.

Der Teufel mit den drei goldenen Haaren

Es war einmal eine arme Frau, die gebar ein Söhnlein, und weil es eine Glückshaut umhatte, als es zur Welt kam, so ward ihm geweissagt, es werde im vierzehnten Jahr die Tochter des Königs zur Frau haben. Es trug sich zu, dass der König bald darauf ins Dorf kam, und niemand wusste, dass es der König war, und als er die Leute fragte, was es Neues gäbe, so antworteten sie: »Es ist in diesen Tagen ein Kind mit einer Glückshaut geboren. Was so einer unternimmt, das schlägt ihm zum Glück aus. Es ist ihm auch vorausgesagt, in seinem vierzehnten Jahre solle er die Tochter des Königs zur Frau haben.« Der König, der ein böses Herz hatte und über die Weissagung sich ärgerte, ging zu den Eltern, tat ganz freundlich und sagte: »Ihr armen Leute, überlasst mir euer Kind, ich will es versorgen.« Anfangs weigerten sie sich, da aber der fremde Mann schweres Gold dafür bot und sie dachten: ›Es ist ein Glückskind, es muss doch zu seinem Besten ausschlagen‹, so willigten sie endlich ein und gaben ihm das Kind.

Der König legte es in eine Schachtel und ritt damit weiter, bis er zu einem tiefen Wasser kam. Da warf er die Schachtel hinein und dachte: ›Von dem unerwarteten Freier habe ich meiner Tochter abgeholfen.‹ Die Schachtel aber ging nicht unter, sondern schwamm wie ein Schiffchen. So schwamm sie bis zwei Meilen von des Königs Hauptstadt, wo eine Mühle war, an deren Wehr sie hängen blieb. Ein Mahlbursche, der glücklicherweise dastand und sie bemerkte, zog sie mit einem Haken heran und meinte große Schätze zu finden; als er sie aber aufmachte, lag ein schöner Knabe darin, der ganz frisch und munter war. Er brachte ihn zu den Müllersleuten, und weil diese keine Kinder hatten, freuten sie sich und sprachen: »Gott hat es uns beschert.« Sie pflegten den Findling wohl, und er wuchs in allen Tugenden heran.

Es trug sich zu, dass der König einmal bei einem Gewitter in die Mühle trat und die Müllersleute fragte, ob der große Junge ihr Sohn wäre. »Nein«, antworteten sie, »es ist ein Findling, er ist vor vierzehn Jahren in einer Schachtel ans Wehr geschwommen, und der Mahlbursche hat ihn aus dem Wasser gezogen.« Da merkte der König, dass es niemand anders als das Glückskind war, das er ins Wasser geworfen hatte, und sprach: »Ihr guten Leute, könnte der Junge nicht einen Brief an die Frau Königin bringen? Ich will ihm zwei Goldstücke zum Lohn geben.« – »Wie der Herr König gebietet«, antworteten die Leute und hießen den Jungen sich bereithalten. Da schrieb der König einen Brief an die Königin, worin stand: »Sobald der Knabe mit diesem Schreiben angelangt ist, soll er getötet und begraben werden, und das alles soll geschehen sein, ehe ich zurückkomme.«

Der Knabe machte sich mit diesem Briefe auf den Weg, verirrte sich aber und kam abends in einen großen Wald. In der Dunkelheit sah er ein kleines Licht, ging darauf zu und gelangte zu einem Häuschen. Als er hineintrat, saß eine alte Frau beim Feuer ganz allein. Sie erschrak, als sie den Knaben erblickte und sprach: »Wo kommst du her, und wo willst du hin?« – »Ich komme von der Mühle«, antwortete er, »und will zur Frau Königin, der ich einen Brief bringen soll. Weil ich mich aber in dem Walde verirrt habe, so wollte ich hier gerne übernachten.« – »Du armer Junge«, sprach die Frau, »du bist in ein Räuberhaus geraten, und wenn sie heimkommen, so bringen sie dich um.« – »Mag kommen, wer will«, sagte der Junge, »ich fürchte mich nicht.« Er streckte sich auf eine Bank und schlief ein. Bald hernach kamen die Räuber und fragten zornig, was da für ein fremder Knabe läge. »Ach«, sagte die Alte, »es ist ein unschuldiges Kind, es hat sich im Walde verirrt, und ich habe es aus Barmherzigkeit aufgenommen, er soll einen Brief an die Frau Königin bringen.« Die Räuber erbrachen den Brief und lasen ihn, und es stand darin, dass der Knabe sogleich, wie er ankäme, sollte ums Leben gebracht werden. Da empfanden die hartherzigen Räuber Mitleid, und der Anführer zerriss den Brief und schrieb einen andern, und es stand darin, sowie der Knabe ankäme, sollte er sogleich mit der Königstochter vermählt werden. Sie ließen ihn dann ruhig bis zum andern Morgen auf der Bank liegen, und als er aufgewacht war, gaben sie ihm den Brief und zeigten ihm den rechten Weg. Die Königin aber, als sie den Brief empfangen und gelesen hatte, tat, wie darin stand, hieß ein prächtiges Hochzeitsfest anstellen, und die Königstochter ward mit dem Glückskind vermählt; und da der Jüngling schön und freundlich war, so lebte sie vergnügt und zufrieden mit ihm.

Nach einiger Zeit kam der König wieder in sein Schloss und sah, dass die Weissagung erfüllt und das Glückskind mit seiner Tochter vermählt war. »Wie ist das zugegangen?«, sprach er, »ich habe in meinem Brief einen ganz andern Befehl erteilt.« Da reichte ihm die Königin den Brief und sagte, er möchte selbst sehen, was darin stände. Der König las den Brief und merkte wohl, dass er mit einem andern war vertauscht worden. Er fragte den Jüngling, wie es mit dem anvertrauten Briefe zugegangen wäre, warum er einen andern dafür gebracht hätte. »Ich weiß von nichts«, antwortete er, »er muss mir in der Nacht vertauscht worden sein, als ich im Walde geschlafen habe.« Voll Zorn sprach der König: »So leicht soll es dir nicht werden! Wer meine Tochter haben will, der muss mir aus der Hölle drei goldene Haare von dem Haupte des Teufels holen; bringst du mir, was ich verlange, so sollst du meine Tochter behalten.« Damit hoffte der König, ihn auf immer loszuwerden. Das Glückskind aber antwortete: »Die goldenen Haare will ich wohl holen, ich fürchte mich vor dem Teufel nicht.« Darauf nahm er Abschied und begann seine Wanderschaft.

Der Weg führte ihn zu einer großen Stadt, wo ihn der Wächter an dem Tore ausfragte, was für ein Gewerbe er verstünde und was er wüsste. »Ich weiß alles«, antwortete das Glückskind. »So kannst du uns einen Gefallen tun«, sagte der Wächter, »wenn du uns sagst, warum unser Marktbrunnen, aus dem sonst Wein quoll, trocken geworden ist und nicht einmal mehr Wasser gibt.« – »Das sollt ihr erfahren«, antwortete er, »wartet nur, bis ich wiederkomme.« – Da ging er weiter und kam vor eine andere Stadt; da fragte der Torwächter das Gleiche. »Ich weiß alles«, antwortete er. »So kannst du uns einen Gefallen tun und uns sagen, warum ein Baum in unserer Stadt, der sonst goldene Äpfel trug, jetzt nicht einmal Blätter hervortreibt.« – »Das sollt ihr erfahren«, antwortete er, »wartet nur, bis ich wiederkomme.« Da ging er weiter und kam an ein großes Wasser, über das er hinüber musste. Der Fährmann fragte ihn, was er für ein Gewerbe verstünde und was er wüsste. »Ich weiß alles«, antwortete er. »So kannst du mir einen Gefallen tun«, sprach der Fährmann, »und mir sagen, warum ich immer hin und her fahren muss und niemals abgelöst werde.« – »Das sollst du erfahren«, antwortete er, »warte nur, bis ich wiederkomme.«

Als er über das Wasser hinüber war, so fand er den Eingang zur Hölle. Es war schwarz und rußig darin, und der Teufel war nicht zu Haus, aber seine Ellermutter saß da in einem breiten Sorgenstuhl. »Was willst du?«, sprach sie zu ihm, sah aber gar nicht so böse aus. »Ich wollte gerne drei goldene Haare von des Teufels Kopf«, antwortete er, »sonst kann ich meine Frau nicht behalten.« – »Das ist viel verlangt«, sagte sie, »wenn der Teufel heimkommt und findet dich, so geht dir's an den Kragen; ich will dir helfen.« Sie verwandelte ihn in eine Ameise und sprach: »Kriech in meine Rockfalten, da bist du sicher.« – »Ja«, antwortete er, »das ist schon gut, aber drei Dinge möcht' ich gerne noch wissen: Warum ein Brunnen, aus dem sonst Wein quoll, trocken geworden ist, jetzt nicht einmal mehr Wasser gibt; warum ein Baum, der sonst goldene Äpfel trug, nicht einmal mehr Laub treibt, und warum ein Fährmann immer hinüber und herüber fahren muss und nicht abgelöst wird.« – »Das sind schwere Fragen«, antwortete sie, »aber halte dich nur still und ruhig und hab Acht, was der Teufel spricht, wenn ich ihm die drei goldenen Haare ausziehe.«

Als der Abend einbrach, kam der Teufel nach Haus. Kaum war er eingetreten, so merkte er, dass die Luft nicht rein war. »Ich rieche, rieche Menschenfleisch«, sagte er, »es ist hier nicht richtig.« Dann guckte er in alle Ecken und suchte, konnte aber nichts finden. Die Ellermutter schalt ihn aus: »Eben ist erst gekehrt«, sprach sie, »und alles in Ordnung gebracht, nun wirfst du mir's wieder untereinander; immer hast du Menschenfleisch in der Nase! Setze dich nieder und iss dein Abendbrot.« Als er gegessen und getrunken hatte, war er müde, legte der Ellermutter seinen Kopf in den Schoß und sagte, sie solle ihn ein wenig lausen. Es dauerte nicht lange, so schlummerte er ein, blies und schnarchte. Da fasste die Alte ein goldenes Haar, riss es aus und legte es neben sich. »Autsch!«, schrie der Teufel, »was hast du vor?« – »Ich habe einen schweren Traum gehabt«, antwortete die Ellermutter, da hab' ich dir in die Haare gefasst.« – »Was hat dir denn geträumt?«, fragte der Teufel. »Mir hat geträumt, ein Marktbrunnen, aus dem sonst Wein quoll, sei versiegt und es habe nicht einmal Wasser daraus quellen wollen, was ist wohl schuld daran? – »He, wenn sie's wüssten!«, antwortete der Teufel, »es sitzt eine Kröte unter einem Stein im Brunnen, wenn sie die töten, so wird der Wein schon wieder fließen.« Die Ellermutter lauste ihn wieder, bis er einschlief und schnarchte, dass die Fenster zitterten. Da riss sie ihm das zweite Haar aus. »Hu! Was machst du?«, schrie der Teufel zornig. »Nimm's nicht übel«, antwortete sie, »ich habe es im Traum getan.« – »Was hat dir wieder geträumt?«, fragte er. »Mir hat geträumt, in einem Königreiche ständ' ein Obstbaum, der hätte sonst goldene Äpfel getragen und wollte jetzt nicht einmal Laub treiben. Was war wohl die Ursache davon?« – »He, wenn sie's wüssten!«, antwortete der Teufel, »an der Wurzel nagt eine Maus, wenn sie die töten, so wird er schon wieder goldene Äpfel tragen. Aber lass mich mit deinen Träumen in Ruhe; wenn du mich noch einmal im Schlafe störst, so kriegst du eine Ohrfeige.« Die Ellermutter sprach ihmzugut und lauste ihn wieder, bis er eingeschlafen war und schnarchte. Da fasste sie das drittene goldene Haar und riss es ihm aus. Der Teufel fuhr in die Höhe, schrie und wollte übel mit ihr wirtschaften, aber sie besänftigte ihn nochmals und sprach: »Wer kann für böse Träume!« – »Was hat dir denn geträumt?«, fragte er und war doch neugierig. »Mir hat von einem Fährmann geträumt, der sich beklagte, dass er immer hin und her fahren müsste und nicht abgelöst würde. Was ist wohl schuld?« – »He, der Dummbart!«, antwortete der Teufel, »wenn einer kommt und will überfahren, so muss er ihm die Stange in die Hand geben; dann muss der andere überfahren, und er ist frei.« Da die Ellermutter ihm die drei goldenen Haare ausgerissen hatte und die drei Fragen beantwortet waren, so ließ sie den alten Drachen in Ruhe, und er schlief, bis der Tag anbrach.

Als der Teufel wieder fortgezogen war, holte die Alte die Ameise aus der Rockfalte und gab dem Glückskind die menschliche Gestalt zurück. »Da hast du die drei goldenen Haare«, sprach sie, »was der Teufel zu deinen drei Fragen gesagt hat, wirst du wohl gehört haben.« »Ja«, antwortete er, »ich habe es gehört und will's wohl behalten.« »So ist dir geholfen«, sagte sie, und nun kannst du deiner Wege ziehen.« Er bedankte sich bei der Alten für die Hilfe in der Not und verließ die Hölle. Als er zu dem Fährmann kam, sollte er ihm die versprochene Antwort geben. »Fahr mich erst hinüber«, sprach das Glückskind, »so will ich dir sagen, wie du erlöst wirst«, und als er auf dem jenseitigen Ufer angelangt war, gab er ihm des Teufels Rat: ;,Wenn wieder einer kommt und will übergefahren sein, so gib ihm nur die Stange in die Hand.« Er ging weiter und kam zu der Stadt, worin der unfruchtbare Baum stand, und wo der Wächter auch Antwort haben wollte. Da sagte er ihm, wie er vom Teufel gehört hatte: »Tötet die Maus, die an seiner Wurzel nagt, so wird er wieder goldene Äpfel tragen.« Da dankte ihm der Wächter und gab ihm zur Belohnung zwei mit Gold beladene Esel, die mussten ihm nachfolgen. Zuletzt kam er zu der Stadt, deren Brunnen versiegt war. Da sprach er zu dem Wächter, wie der Teufel gesprochen hatte: »Es sitzt eine Kröte im Brunnen unter einem Stein, die müsst ihr aufsuchen und töten, so wird er wieder reichlich Wein geben.« Der Wächter dankte und gab ihm ebenfalls zwei mit Gold beladene Esel.

Endlich langte das Glückskind daheim bei seiner Frau an, die sich herzlich freute, als sie ihn wieder sah und hörte, wie wohl ihm alles gelungen war. Dem König brachte er, was er verlangt hatte, die drei goldenen Haare des Teufels, und als dieser die vier Esel mit dem Golde sah, ward er ganz vergnügt und sprach: »Nun sind alle Bedingungen erfüllt, und du kannst meine Tochter behalten. Aber, lieber Schwiegersohn, sage mir doch, woher ist das viele Gold? Das sind ja gewaltige Schätze!« – »Ich bin über einen Fluss gefahren«, antwortete er, »und da habe ich es mitgenommen; es liegt dort statt des Sandes am Ufer.« – »Kann ich mir auch davon holen?«, sprach der König und war ganz begierig. »So viel Ihr nur wollt«, antwortete er, »es ist ein Fährmann auf dem Fluss, von dem lasst Euch überfahren, so könnt Ihr drüben Eure Säcke füllen.« Der habsüchtige König machte sich in aller Eile auf den Weg, und als er zu dem Fluss kam, so winkte er dem Fährmann, der sollte ihn übersetzen. Der Fährmann kam und hieß ihn einsteigen, und als sie an das jenseitige Ufer kamen, gab er ihm die Ruderstange in die Hand und sprang davon. Der König aber musste von nun an fahren zur Strafe für seine Sünden.

»Fährt er wohl noch?« – »Was denn? Es wird ihm niemand die Stange abgenommen haben.«

Dornröschen

Vor Zeiten waren ein König und eine Königin, die sprachen jeden Tag: »Ach, wenn wir doch ein Kind hätten!« und kriegten immer keins. Da trug sich zu, als die Königin einmal im Bade saß, dass ein Frosch aus dem Wasser ans Land kroch und zu ihr sprach: »Dein Wunsch wird erfüllt werden; ehe ein Jahr vergeht, wirst du eine Tochter zur Welt bringen.« Was der Frosch gesagt hatte, das geschah, und die Königin gebar ein Mädchen, das war so schön, dass der König vor Freude sich nicht zu lassen wusste und ein großes Fest anstellte. Er lud nicht bloß seine Verwandten, Freunde und Bekannten, sondern auch die weisen Frauen dazu ein, damit sie dem Kind hold und gewogen wären. Es waren ihrer dreizehn in seinem Reiche, weil er aber nur zwölf goldene Teller hatte, von welchen sie essen sollten, so musste eine von ihnen daheim bleiben. Das Fest ward mit aller Pracht gefeiert, und als es zu Ende war, beschenkten die weisen Frauen das Kind mit ihren Wundergaben: die eine mit Tugend, die andere mit Schönheit, die Dritte mit Reichtum und so mit allem, was auf der Welt zu wünschen ist. Als elfe ihre Sprüche eben getan hatten, trat plötzlich die Dreizehnte herein. Sie wollte sich dafür rächen, dass sie nicht eingeladen war, und rief mit lauter Stimme: »Die Königstochter soll sich in ihrem fünfzehnten Jahr an einer Spindel stechen und tot hinfallen.« Und ohne ein Wort weiter zu sprechen, kehrte sie sich um und verließ den Saal. Alle waren erschrocken, da trat die Zwölfte hervor, die ihren Wunsch noch übrig hatte, und weil sie den bösen Spruch nicht aufheben, sondern ihn nur mildern konnte, so sagte sie: »Es soll aber kein Tod sein, sondern ein hundertjähriger tiefer Schlaf, in welchen die Königstochter fällt.«

Der König, der sein liebes Kind vor dem Unglück gern bewahren wollte, ließ den Befehl ausgeben, dass alle Spindeln im ganzen Königreiche sollten verbrannt werden. An dem Mädchen aber wurden die Gaben der weisen Frauen sämtlich erfüllt; denn es war so schön, sittsam, freundlich und verständig, dass es jedermann, der es ansah, lieb haben musste. Es geschah, dass an dem Tage, wo es gerade fünfzehn Jahr alt ward, der König und die Königin nicht zu Haus waren und das Mädchen ganz allein im Schloss zurückblieb. Da ging es allerorten herum, besah Stuben und Kammern, wie es Lust hatte, und kam endlich auch an einen alten Turm. Es stieg die enge Wendeltreppe hinauf und gelangte zu einer kleinen Tür. In dem Schloss steckte ein verrosteter Schlüssel, und als es ihn umdrehte, sprang die Tür auf, und da saß in einem kleinen Stübchen eine alte Frau mit einer Spindel und spann emsig ihren Flachs. »Guten Tag, du Mütterchen«, sprach die Königstochter, »was machst du da?« – »Ich spinne«, sagte die Alte und nickte mit dem Kopf. »Was ist das für ein Ding, das so lustig herumspringt?«, sprach das Mädchen und nahm die Spindel. Kaum hatte sie aber die Spindel angerührt, so ging der Zauberspruch in Erfüllung, und sie stach sich damit in den Finger.

In dem Augenblick aber, wo sie den Stich empfand, fiel sie auf das Bett nieder, das da stand, und lag in einem tiefen Schlaf. Und dieser Schlaf verbreitete sich über das ganze Schloss, der König und die Königin, die eben heimgekommen waren und in den Saal getreten waren, fingen an einzuschlafen und der ganze Hofstaat mit ihnen. Da schliefen auch die Pferde im Stall, die Hunde im Hofe, die Tauben auf dem Dache, die Fliegen an der Wand, ja, das Feuer, das auf dem Herde flackerte, ward still und schlief ein, und der Braten hörte auf zu brutzeln, und der Koch, der den Küchenjungen, weil er etwas versehen hatte, an den Haaren ziehen wollte, ließ ihn los und schlief. Und der Wind legte sich, und auf den Bäumen vor dem Schloss regte sich kein Blättchen mehr.

Rings um das Schloss aber begann eine Dornenhecke zu wachsen, die jedes Jahr höher ward und endlich das ganze Schloss umzog und darüber hinaus wuchs, dass gar nichts mehr davon zu sehen war, selbst nicht die Fahne auf dem Dach. Es ging aber die Sage in dem Land von dem schönen schlafenden Dornröschen; denn so ward die Königstochter genannt, also dass von Zeit zu Zeit Königssöhne kamen und durch die Hecke in das Schloss dringen wollten. Es war ihnen aber nicht möglich; denn die Dornen hielten fest zusammen, und die Jünglinge blieben darin hängen, konnten sich nicht wieder losmachen und starben eines jämmerlichen Todes. Nach langen, langen Jahren kam wieder mal ein Königssohn in das Land und hörte, wie ein alter Mann von der Dornhecke erzählte, es sollte ein Schloss dahinter stehen, in welchem eine wunderschöne Königstochter, Dornröschen genannt,

schon seit hundert Jahren schliefe, und mit ihr schliefe der König und die Königin und der ganze Hofstaat. Er wusste auch von seinem Großvater, dass schon viele Königssöhne gekommen wären und versucht hätten, durch die Dornenhecke zu dringen, aber sie wären darin hängen geblieben und gestorben. Da sprach der Jüngling: »Ich fürchte mich nicht, ich will hinaus und Dornröschen sehen.« Der gute Alte mochte ihm abraten, wie er wollte, er hörte nicht auf seine Worte.

Nun waren aber gerade die hundert Jahre verflossen, und der Tag war gekommen, wo Dornröschen wieder erwachen sollte. Als der Königssohn sich der Dornenhecke näherte, waren es lauter große, schöne Blumen, die taten sich von selbst auseinander und ließen ihn unbeschädigt hindurch und hinter ihm taten sie sich wieder als eine Hecke zusammen. Im Schlosshof sah er die Pferde und scheckigen Jagdhunde liegen und schlafen; auf dem Dache saßen die Tauben und hatten das Köpfchen unter den Flügel gesteckt. Und als er ins Haus kam, schliefen die Fliegen an der Wand, der Koch in der Küche hielt noch die Hand, als wollte er den Jungen anpacken, und die Magd saß vor dem schwarzen Huhn, das sollte gerupft werden. Da ging er weiter und sah im Saale den ganzen Hofstaat liegen und schlafen, und oben bei dem Throne lagen der König und die Königin. Da ging er noch weiter, und alles war so still; endlich kam er zu dem Turm und öffnete die Tür zu der Stube, in welcher Dornröschen schlief. Da lag es und war so schön, dass er die Augen nicht abwenden konnte, und er bückte sich und gab ihm einen Kuss. Wie er es mit dem Kuss berührt hatte, schlug Dornröschen die Augen auf, erwachte und blickte ihn ganz freundlich an. Da gingen sie zusammen hinab, und der König erwachte und die Königin und der ganze Hofstaat, und sie sahen einander mit großen Augen an. Und die Pferde im Hof standen auf und rüttelten sich; die Jagdhunde sprangen und wedelten; die Tauben auf dem Dache zogen das Köpfchen unterm Flügel hervor, sahen umher und flogen ins Feld; die Fliegen an den Wänden krochen weiter; das Feuer in der Küche erhob sich, flackerte und kochte das Essen; der Braten fing wieder an zu brutzeln; und der Koch gab dem Jungen eine Ohrfeige, dass er schrie, und die Magd rupfte das Huhn fertig. Und da wurde die Hochzeit des Königssohns mit dem Dornröschen in aller Pracht gefeiert, und sie lebten vergnügt bis an ihr Ende.

Die sieben Schwaben

Einmal waren sieben Schwaben beisammen, der erste war der Herr Schulz, der zweite der Jackli, der dritte der Marli, der vierte der Jergli, der fünfte der Michal, der sechste der Hans, der siebente der Veitli; die hatten alle siebene sich vorgenommen, die Welt zu durchziehen, Abenteuer zu suchen und große Taten zu vollbringen. Damit sie aber auch mit bewaffneter Hand und sicher gingen, sahen sie's für gut an, dass sie sich zwar nur einen einzigen, aber recht starken und langen Spieß machen ließen. Diesen Spieß fassten sie alle siebene zusammen an, vorn ging der Kühnste und Männlichste, das musste der Herr Schulz sein, und dann folgten die andern nach der Reihe, und der Veitli war der Letzte. Nun geschah es, als sie im Heumonat eines Tags einen weiten Weg gegangen waren, auch noch ein gut Stück bis in das Dorf hatten, wo sie über Nacht bleiben mussten, dass in der Dämmerung auf einer Wiese ein großer Rosskäfer oder eine Hornisse nicht weit von ihnen hinter einer Staude vorbeiflog und feindlich brummelte. Der Herr Schulz erschrak, dass er fast den Spieß hätte fallen lassen und ihm der Angstschweiß am ganzen Leibe ausbrach. »Horcht, horcht«, rief er seinen Gesellen zu, »Gott, ich höre eine Trommel!« Der Jackli, der hinter ihm den Spieß hielt und dem, ich weiß nicht was für ein Geruch in die Nase kam, sprach: »Etwas ist ohne Zweifel vorhanden; denn ich schmeck' das Pulver und den Zündstrick.« Bei diesen Worten hub der Herr Schulz an, die Flucht zu ergreifen und sprang im Hui über einen Zaun, weil er aber gerade auf die Zinken eines Rechens sprang, der vom Heumachen da liegen geblieben war, so fuhr ihm der Stiel ins Gesicht und gab ihm einen ungewaschenen Schlag. »O wei, o wei«, schrie der Herr Schulz, »nimm mich gefangen, ich ergeb' mich, ich ergeb' mich!« Die andern sechs hüpften auch alle einer über den andern herzu und schrien: »Gibst du dich, so geb' ich mich auch, gibst du dich, so geb' ich mich auch.« Endlich, wie kein Feind da war, merkten sie, dass sie betrogen waren; und damit die Geschichte nicht unter die Leute käme und sie nicht gespottet würden, verschwuren sie sich untereinander, so lang stillzuschweigen, bis einer unverhofft das Maul auftäte.

Hierauf zogen sie weiter. Die zweite Gefährlichkeit, die sie erlebten, kann aber mit der ersten nicht verglichen werden. Nach etlichen Tagen trug sie ihr Weg durch ein Brachfeld, da saß ein Hase in der Sonne und schlief, streckte die Ohren in die Höhe und hatte die großen gläsernen Augen starr aufstehen. Da erschraken sie bei dem Anblick des grausamen und wilden Tieres insgesamt und hielten Rat, was zu tun das wenigst Gefährliche wäre. Denn so sie fliehen wollten, war zu besorgen, das Ungeheuer setzte ihnen nach und verschlänge sie alle mit Haut und Haar. Also sprachen sie: »Wir müssen einen großen und gefährlichen Kampf bestehen, frisch gewagt ist halb gewonnen!«, fassten alle siebene den Spieß an, der Herr Schulz vorn und der Veitli hinten. Der Herr Schulz wollte den Spieß noch immer anhalten, der Veitli aber war hinten ganz mutig geworden, wollte losbrechen und rief

»Stoß zu in aller Schwabe Name,
sonst wünsch i, dass ihr möcht erlahme.«

Aber der Hans wusst' ihn zu treffen und sprach:

»Beim Element, du hascht gut schwätze,
bischt stets der Letscht beim Drachehetze.«

Der Michal rief:

»Es wird nit fehle um ei Haar,
so ischt es wohl der Teufel gar.«

Drauf kam an den Jergli die Reihe, der sprach:

»Ischt er es nit, so ischt's sei Muter
oder des Teufels Stiefbruder.«

Der Marli hatte da einen guten Gedanken und sagte zum Veitli:

»Gang, Veitli, gang, gang du voran,
i will dahinte vor di stahn.«

Der Veitli hörte aber nicht drauf, und der Jackli sagte:

»Der Schulz, der muss der Erschte sei;
denn ihm gebührt die Ehr allei.«

Da nahm sich der Herr Schulz ein Herz und sprach gravitätisch:

»So zieht denn herzhaft in den Streit,
hieran erkennt man tapfre Leut.«

Da gingen sie insgesamt auf den Drachen los. Der Herr Schulz segnete sich und rief Gott um Beistand an; wie aber das alles nicht helfen wollte und er dem Feind immer näher kam, schrie er in großer Angst: »Hau! Hurlehau! Hau! Hauhau!« Davon erwachte der Has, erschrak und sprang eilig davon. Als ihn der Herr Schulz so feldflüchtig sah, da rief er voll Freude:

»Potz, Veitli, lueg, lueg, was isch das?
Das Ungehüer ischt a Has.«

Der Schwabenbund suchte aber weiter Abenteuer und kam an die Mosel, ein moosiges, stilles und tiefes Wasser, darüber nicht viel Brücken sind, sondern man an mehrern Orten sich muss in Schiffen überfahren lassen. Weil die sieben Schwaben dessen unberichtet waren, riefen sie einem Mann, der jenseits des Wassers seine Arbeit vollbrachte, zu, wie man doch hinüberkommen könnte. Der Mann verstand wegen der Weite und wegen ihrer Sprache nicht, was sie wollten, und fragte auf sein Trierisch: »Wat? Wat?« Da meinte der Herr Schulz, er spräche nicht anders als: »Wate, wate durchs Wasser«, und begann, sich auf den Weg zu machen und in die Mosel hineinzugehen. Nicht lang, so versank er in den Schlamm und in die tiefen Wellen, seinen Hut aber jagte der Wind an das jenseitige Ufer, und ein Frosch setzte sich dabei und quakte: »Wat, wat, wat.« Die sechs andern hörten das drüben und sprachen: »Unser Gesell, der Herr Schulz, ruft uns, kann er hinüberwaten, warum wir nicht auch?« Sprangen darum eilig alle zusammen in das Wasser und ertranken, also dass ein Frosch ihrer sechse ums Leben brachte und niemand von dem Schwabenbund wieder nach Haus kam.

Bruder Lustig

Es war einmal ein großer Krieg, und als der Krieg zu Ende war, bekamen viele Soldaten ihren Abschied. Nun bekam der Bruder Lustig auch seinen Abschied und sonst nichts als ein kleines Laibchen Kommissbrot und vier Kreuzer an Geld; damit zog er fort. Der heilige Petrus aber hatte sich als ein armer Bettler an den Weg gesetzt, und wie der Bruder Lustig daherkam, bat er ihn um ein Almosen. Er antwortete: »Lieber Bettelmann, was soll ich dir geben? Ich bin Soldat gewesen und habe meinen Abschied bekommen und habe sonst nichts als das kleine Kommissbrot und vier Kreuzer Geld, wenn das all ist, muss ich betteln, so gut wie du. Doch geben will ich dir was.« Darauf teilte er den Laib in vier Teile und gab davon dem Apostel einen und auch einen Kreuzer. Der heilige Petrus bedankte sich, ging weiter und setzte sich in einer andern Gestalt wieder als Bettelmann dem Soldaten an den Weg, und als er zu ihm kam, bat er ihn wie das vorige Mal um eine Gabe. Der Bruder Lustig sprach wie vorher und gab ihm wieder ein Viertel von dem Brot und einen Kreuzer. Der heilige Petrus bedankte sich und ging weiter, setzte sich aber zum dritten Mal in einer andern Gestalt als ein Bettler an den Weg und sprach den Bruder Lustig an. Der Bruder Lustig gab ihm auch das dritte Viertel Brot und den dritten Kreuzer. Der heilige Petrus bedankte sich, und der Bruder Lustig ging weiter und hatte nicht mehr als ein Viertel Brot und einen Kreuzer. Damit ging er in ein Wirtshaus, aß das Brot und ließ sich für den Kreuzer Bier dazu geben. Als er fertig war, zog er weiter, und da ging ihm der heilige Petrus gleichfalls in der Gestalt eines verabschiedeten Sodaten entgegen und redete ihn an: »Guten Tag, Kamerad, kannst du mir nicht ein Stück Brot geben und einen Kreuzer zu einem Trunk?« – »Wo soll ich's hernehmen«, antwortete der Bruder Lustig, »ich habe meinen Abschied und sonst nichts als einen Laib Kommissbrot und vier Kreuzer an Geld bekommen. Drei Bettler sind mir auf der Landstraße begegnet, davon hab' ich jedem ein Viertel von meinem Brot und einen Kreuzer Geld gegeben. Das letzte Viertel hab' ich im Wirtshaus gegessen und für den letzten Kreuzer dazu getrunken. Jetzt bin ich leer, und wenn du auch nichts mehr hast, so können wir miteinander betteln gehen.« – »Nein«, antwortete der heilige Petrus, »das wird just nicht nötig sein. Ich verstehe mich ein wenig auf die Doktorei, und damit will ich mir schon so viel verdienen, wie ich brauche.« – »Ja«, sagte der Bruder Lustig, »davon verstehe ich nichts, also muss ich allein betteln gehen.« – »Nun, komm nur mit«, sprach der heilige Petrus, »wenn ich was verdiene, sollst du die Hälfte davon haben.« – »Das ist mir wohl recht«, sagte der Bruder Lustig. Also zogen sie miteinander fort.

Nun kamen sie an ein Bauernhaus und hörten darin gewaltig jammern und schreien, da gingen sie hinein, es lag der Mann darin auf den Tod krank und war nah dem Verscheiden, und die Frau heulte und weinte ganz laut. »Lasst Euer Heulen und Weinen«, sprach der heilige Petrus, »ich will den Mann wieder gesund machen«, nahm eine Salbe aus der Tasche und machte den Kranken augenblicklich gesund. Da sprachen Mann und Frau in großer Freude: »Wie können wir Euch lohnen? Was sollen wir Euch geben?« Der heilige Petrus aber wollte nichts nehmen, und je mehr ihn die Bauersleute baten, desto mehr weigerte er sich. Der Bruder Lustig aber stieß den heiligen Petrus an und sagte: »So nimm doch was, wir brauchen's ja.« Endlich brachte die Bäuerin ein Lamm und sprach zu dem heiligen Petrus, das müsste er annehmen, aber er wollte es nicht. Da stieß ihn der Bruder Lustig in die Seite und sprach: »Nimm's doch, dummer Teufel, wir brauchen's ja.« Da sagte der heilige Petrus endlich: »Ja, das Lamm will ich nehmen, aber ich trag's nicht, wenn du's willst, so musst du es tragen.« – »Das hat keine Not«, sprach der Bruder Lustig, »das will ich schon tragen«, und nahm's auf die Schulter. Nun gingen sie fort und kamen in einen Wald, da war das Lamm dem Bruder Lustig schwer geworden, er aber war hungrig, also sprach er zu dem heiligen Petrus: »Schau, da ist ein schöner Platz, da könnten wir das Lamm kochen und verzehren.« – »Mir ist's recht«, antwortete der heilige Petrus, »doch kann ich mit der Kocherei nicht umgehen. Willst du kochen, so hast du da einen Kessel, ich will derweil auf und ab gehen, bis es gar ist. Du musst aber nicht eher zu essen anfangen, als bis ich wieder zurück bin, ich will schon zu rechter Zeit kommen.« – »Geh nur«, sagte Bruder Lustig, »ich verstehe mich aufs Kochen, ich will's schon machen.« Da ging der heilige Petrus fort, und der Bruder Lustig schlachtete das Lamm, machte Feuer an, warf das Fleisch in den Kessel und kochte. Das Lamm war aber schon gar und der Apostel noch immer nicht zurück, da nahm es der Bruder Lustig aus dem Kessel, zerschnitt es und fand das Herz. »Das soll das Beste sein«, sprach er und versuchte es, zuletzt aber aß er es ganz auf. Endlich kam der heilige Petrus zurück und sprach: »Du kannst das ganze Lamm allein essen, ich will nur das Herz davon, das gib mir.« Da nahm Bruder Lustig Messer und Gabel, tat, als suchte er eifrig in dem Lammfleisch he-

rum, konnte aber das Herz nicht finden; endlich sagte er kurzweg: »Es ist keins da.« – »Nun, wo soll's denn sein?«, sagte der Apostel. »Das weiß ich nicht«, antwortete der Bruder Lustig, »aber schau, was sind wir alle beide für Narren, suchen das Herz vom Lamm und fällt keinem von uns ein: Ein Lamm hat ja kein Herz!« – »Ei«, sprach der heilige Petrus, »das ist was ganz Neues, jedes Tier hat ja ein Herz!« – »Nein, gewisslich, Bruder, ein Lamm hat kein Herz, denk nur recht nach, so wird dir's einfallen, es hat im Ernst keins.« – »Nun, es ist schon gut«, sagte der heilige Petrus, »ist kein Herz da, so brauch' ich auch nichts vom Lamm, du kannst's allein essen.« – »Was ich halt nicht aufessen kann, das nehm' ich mit in meinem Ranzen«, sprach der Bruder Lustig, aß das halbe Lamm und steckte das Übrige in seinen Ranzen.

Sie gingen weiter, da machte der heilige Petrus, dass ein großes Wasser quer über den Weg floss und sie hindurch mussten. Petrus sprach: »Geh du nur voran.« – »Nein«, antwortete der Bruder Lustig, »geh du voran«, und dachte: ›Wenn dem das Wasser zu tief ist, so bleib' ich zurück.‹ Da schritt der heilige Petrus hindurch, und das Wasser ging ihm nur bis ans Knie. Nun wollte Bruder Lustig auch hindurch, aber das Wasser wurde größer und stieg ihm an den Hals. Da rief er: »Bruder, hilf mir.« Sagte der heilige Petrus: »Willst du auch gestehen, dass du das Herz von dem Lamm gegessen hast?« – »Nein«, antwortete er. Da ward das Wasser noch größer und stieg ihm bis an den Mund. »Hilf mir, Bruder«, rief der Soldat. Sprach der heilige Petrus noch einmal: »Willst du auch gestehen, dass du das Herz vom Lamm gegessen hast?« – »Nein«, antwortete er, »ich hab' es nicht gegessen.« Der heilige Petrus wollte ihn doch nicht ertrinken lassen, ließ das Wasser wieder fallen und half ihm hinüber.

Nun zogen sie weiter und kamen in ein Reich, da hörten sie, dass die Königstochter todkrank läge. »Holla, Bruder«, sprach der Soldat zum heiligen Petrus, »da ist ein Fang für uns, wenn wir die gesund machen, so ist uns auf ewige Zeiten geholfen.« Da war ihm der heilige Petrus nicht geschwind genug: »Nun, heb die Beine auf, Bruderherz«, sprach er zu ihm, »dass wir noch zu rechter Zeit hinkommen.« Der heilige Petrus ging aber immer langsamer, wie auch der Bruder Lustig ihn trieb und schob, bis sie endlich hörten, die Königstochter wäre gestorben. »Da haben wir's«, sprach der Bruder Lustig, »das kommt von deinem schläfrigen Gang.« – »Sei nur still«, antwortete der heilige Petrus, »ich kann auch Tote wieder ins Leben erwecken.« – »Nun, wenn das ist«, sagte der Bruder Lustig, »so lass' ich mir's gefallen, das halbe Königreich musst du uns aber zum wenigsten damit verdienen.« Darauf gingen sie in das königliche Schloss, wo alles in großer Trauer war. Der heilige Petrus aber sagte zu dem König, er wolle die Tochter wieder lebendig machen. Da ward er zu ihr geführt, und dann sprach er: »Bringt mir einen Kessel mit Wasser«, und wie der gebracht war, hieß er jedermann hinausgehen, und nur der Bruder Lustig durfte bei ihm bleiben. Darauf schnitt er alle Glieder der Toten los und warf sie ins Wasser, machte Feuer unter den Kessel und ließ sie kochen. Und wie alles Fleisch von den Knochen herabgefallen war, nahm er das weiße Gebein heraus und legte es auf eine Tafel und reihte und legte es nach seiner natürlichen Ordnung zusammen. Als das geschehen war, trat er davor und sprach dreimal: »Im Namen der allerheiligsten Dreifaltigkeit, Tote, steh auf.« Und beim dritten Mal erhob sich die Königstochter lebendig, gesund und schön. Nun war der König darüber in großer Freude und sprach zum heiligen Petrus: »Begehre deinen Lohn, und wenn's mein halbes Königreich wäre, so will ich dir's geben.« Der heilige Petrus aber antwortete: »Ich verlange nichts dafür.« ›Oh, du Hansnarr‹ dachte der Bruder Lustig bei sich, stieß seinen Kameraden in die Seite und sprach: »Sei doch nicht so dumm, wenn du nichts willst, so brauch' ich doch was.« Der heilige Petrus aber wollte nichts; doch weil der König sah, dass der andere gerne was wollte, ließ er ihm vom Schatzmeister seinen Ranzen mit Gold anfüllen.

Sie zogen darauf weiter, und wie sie in einen Wald kamen, sprach der heilige Petrus zum Bruder Lustig: »Jetzt wollen wir das Gold teilen.« »Ja«, antwortete er, »das wollen wir tun.« Da teilte der heilige Petrus das Gold und teilte es in drei Teile. Dachte der Bruder Lustig: ›Was er wieder für einen Sparren im Kopf hat! Macht drei Teile, und unser sind zwei.‹ Der heilige Petrus aber sprach: »Nun habe ich genau geteilt, ein Teil für mich, ein Teil für dich und ein Teil für den, der das Herz vom Lamm gegessen hat!« – »Oh, das hab' ich gegessen«, antwortete der Bruder Lustig und strich geschwind das Gold ein, »das kannst du mir glauben.« – »Wie kann das wahr sein«, sprach der heilige Petrus, »ein Lamm hat ja kein Herz.« – »Ei was, Bruder, wo denkst du hin! Ein Lamm hat ja ein Herz, so gut wie jedes Tier, warum sollte das allein keins haben?« – »Nun, es ist schon gut«, sagte der heilige Petrus, »behalt das Gold allein, aber ich bleibe nicht mehr bei dir und will meinen Weg allein gehen.« – »Wie du willst, Bruderherz«, antwortete der Soldat, »leb wohl.«

Da ging der heilige Petrus eine andere Straße, Bruder Lustig aber dachte: ›Es ist gut, dass er abtrabt, er ist doch ein wunderlicher Heiliger.‹ Nun hatte er zwar Geld genug, wusste aber nicht damit umzugehen, vertat's, verschenkt's, und bald hatte er wieder nichts. Da kam er in ein Land, wo er hörte, dass die Königstochter gestorben wäre. Holla, dachte er, das kann gut werden, die will ich wieder lebendig machen und mir's bezahlen lassen. Ging also zum König und bot ihm an, die Tote wieder zu erwecken. Nun hatte der König gehört, dass ein abgedankter Soldat herumziehe und die Gestorbenen wieder lebendig mache, und dachte, der Bruder Lustig wäre dieser Mann, doch weil er kein Vertrauen zu ihm hatte, fragte er erst seine Räte, die sagten aber, er könnte es wagen, da seine Tochter doch tot wäre. Nun ließ sich der Bruder Lustig Wasser im Kessel bringen, hieß jedermann hinausgehen, schnitt die Glieder ab, warf sie ins Wasser und machte Feuer darunter, gerade wie er es beim heiligen Petrus gesehen hatte. Das Wasser fing an zu kochen, und das Fleisch fiel herab, da nahm er das Gebein heraus und tat es auf die Tafel; er wusste aber nicht, in welcher Ordnung es liegen musste, und legte alles durcheinander. Dann stellte er sich davor und sprach: »Im Namen der allerheiligsten Dreifaltigkeit, Tote, steh auf«, und sprach's dreimal, aber die Gebeine rührten sich nicht. Da sprach er es noch dreimal, aber gleichfalls umsonst. »Du Blitzmädel, steh auf«, rief er, »steh auf, oder es geht dir nicht gut.« Wie er das gesprochen, kam der heilige Petrus auf einmal in seiner vorigen Gestalt, als verabschiedeter Soldat durchs Fenster hereingegangen und sprach: »Du gottloser Mensch, was treibst du da, wie kann die Tote auferstehen, da du ihr Gebein so untereinandergeworfen hast?« – »Bruderherz, ich hab's gemacht, so gut ich konnte«, antwortete er. »Diesmal will ich dir aus der Not helfen, aber das sag ich dir, wo du noch einmal so etwas unternimmst, so bist du unglücklich, auch darfst du von dem König nicht das Geringste dafür begehren oder annehmen.« Darauf legte der heilige Petrus die Gebeine in ihre rechte Ordnung, sprach dreimal zu ihr: »Im Namen der allerheiligsten Dreifaltigkeit, Tote, steh auf«, und die Königstochter stand auf, war gesund und schöner als vorher. Nun ging der heilige Petrus wieder durchs Fenster hinaus; der Bruder Lustig war froh, dass es so gut abgelaufen war, ärgerte sich aber doch, dass er nichs dafür nehmen sollte. ›Ich möchte nur wissen‹, dachte er, ›was der für Mucken im Kopf hat; denn was er mit der einen Hand gibt, das nimmt er mit der andern, da ist kein Verstand drin.‹ Nun bot der König dem Bruder Lustig an, was er haben wollte, er durfte aber nichts nehmen, doch brachte er es durch Anspielung und Listigkeit dahin, dass ihm der König seinen Ranzen mit Gold füllen ließ, und damit zog er ab. Als er hinauskam, stand vor dem Tor der heilige Petrus und sprach: »Schau, was du für ein Mensch bist, habe ich dir nicht verboten, etwas zu nehmen, und nun hast du den Ranzen doch voll Gold.« – »Was kann ich dafür«, antwortete Bruder Lustig, »wenn mir's hineingesteckt wird.« »Das sag ich dir, dass du nicht zum zweiten Mal solche Dinge unternimmst, sonst soll es dir schlimm ergehen.« – »Ei, Bruder, sorg doch nicht, jetzt hab' ich Gold, was soll ich mich da mit dem Knochenwaschen abgeben.« – »Ja«, sprach der heilige Petrus, »das Gold wird lang dauern! Damit du aber hernach nicht wieder auf unerlaubten Wegen gehst, so will ich deinem Ranzen die Kraft geben, dass alles, was du dir hinein wünschest, auch darin sein soll. Leb wohl, du siehst mich nun nicht wieder.« – »Gott befohlen«, sprach der Bruder Lustig und dachte: ›Ich bin froh, dass du fortgehst, ich will dir wohl nicht nachgehen.‹ An die Wunderkraft aber, die seinem Ranzen verliehen war, dachte er nicht weiter.

Bruder Lustig zog mit seinem Gold umher und vertat's wie das erste Mal. Als er nun nichts mehr als vier Kreuzer hatte, kam er an einem Wirtshaus vorbei und dachte: ›Das Geld muss fort‹, und ließ sich für drei Kreuzer Wein und einen Kreuzer Brot geben. Wie er dasaß und trank, kam ihm der Geruch von gebratenen Gänsen in die Nase. Bruder Lustig guckte und sah, dass der Wirt zwei Gänse in der Ofenröhre stehen hatte. Da fiel ihm ein, dass ihm sein Kamerad gesagt hatte, was er sich in seinen Ranzen wünschte, das sollte darin sein. ›Holla, das musst du mit den Gänsen versuchen!‹ Also ging er hinaus, und vor der Tür sprach er: »So wünsch' ich die zwei gebratenen Gänse aus der Ofenröhre in meinen Ranzen.« Wie er das gesagt hatte, schnallte er ihn auf und schaute hinein, da lagen sie beide darin. »Ach, so ist's recht«, sprach er, »nun bin ich ein gemachter Kerl«, ging fort auf eine Wiese und holte den Braten hervor. Wie er so im besten Essen war, kamen zwei Handwerksburschen daher und sahen die eine Gans, die noch nicht angerührt war, mit hungrigen Augen an. Dachte der Bruder Lustig: ›Mit einer hast du genug‹, rief die zwei Burschen herbei und sprach: »Da, nehmt die Gans und verzehrt sie auf meine Gesundheit.« Sie bedankten sich, gingen damit ins Wirtshaus, ließen sich eine Halbe Wein und ein Brot geben, packten die geschenkte Gans aus und fingen an zu essen. Die Wirtin sah zu und sprach zu ihrem Mann: »Die zwei essen eine Gans, sieh doch nach, ob's nicht eine von unsern aus der Ofenröhre ist.« Der Wirt lief hin, da war die Ofenröhre leer: »Was, ihr Diebsgesindel, so wohlfeil wollt ihr Gänse essen? Gleich bezahlt, oder ich will euch mit grünem Haselsaft waschen.« Die zwei sprachen: »Wir sind keine Diebe, ein abgedankter Soldat hat uns die Gans draußen auf der Wiese geschenkt.« – »Ihr sollt mir keine Nase drehen, der Soldat ist hier gewesen, aber als ein ehrlicher Kerl zur Tür hinausgegangen, auf den hab' ich Acht gehabt. Ihr seid die Diebe und sollt bezahlen.« Da sie aber nicht bezahlen konnten, nahm er den Stock und prügelte sie zur Tür hinaus.

Bruder Lustig ging seiner Wege und kam an einen Ort, da stand ein prächtiges Schloss und nicht weit davon ein schlechtes Wirtshaus. Er ging in das Wirtshaus und bat um ein Nachtlager, aber der Wirt wies ihn ab und sprach: »Es ist kein Platz mehr da, das Haus ist voll vornehmer Gäste.« – »Das nimmt mich wunder«, sprach der Bruder Lustig, »dass sie zu Euch kommen und nicht in das prächtige Schloss gehen.« – »Ja«, antwortete der Wirt, »es hat was an sich, dort eine Nacht zu liegen, wer's noch versucht hat, ist nicht lebendig wieder herausgekommen.« – »Wenn's andere versucht haben«, sagte der Bruder Lustig, »will ich's auch versuchen.« – »Das lasst nur bleiben«, sprach der Wirt, »es geht Euch an den Hals.« – »Es wird nicht gleich an den Hals gehen«, sagte der Bruder Lustig, »gebt mir nur die Schlüssel und brav Essen und Trinken mit.« Nun gab ihm der Wirt die Schlüssel und

Essen und Trinken, und damit ging der Bruder Lustig ins Schloss, ließ sich's gut schmecken, und als er endlich schläfrig wurde, legte er sich auf die Erde; denn es war kein Bett da. Er schlief auch bald ein, in der Nacht aber wurde er von einem großen Lärm aufgeweckt, und wie er sich ermunterte, sah er neun hässliche Teufel in dem Zimmer, die tanzten um ihn herum. Sprach der Bruder Lustig: »Nun tanzt, solang ihr wollt, aber komm mir keiner zu nah.« Die Teufel aber drangen immer näher auf ihn ein und traten ihm mit ihren garstigen Füßen fast ins Gesicht. »Habt Ruh, ihr Teufelsgespenster«, sprach er, aber sie trieben's immer ärger. Da ward der Bruder Lustig bös und rief: »Holla, ich will bald Ruhe stiften!«, kriegte ein Stuhlbein und schlug mitten hinein. Aber neun Teufel waren doch zu viel, und wenn er auf den vordern zuschlug, so packten ihn die andern hinten bei den Haaren und rissen ihn erbärmlich. »Teufelspack«, rief er, »jetzt wird mir's zu arg, wartet aber! Alle neune in meinen Ranzen hinein!« Husch, steckten sie darin, und nun schnallte er ihn zu und warf ihn in eine Ecke. Da war's auf einmal still, und Bruder Lustig legte sich wieder hin und schlief bis an den hellen Morgen. Nun kamen der Wirt und der Edelmann, dem das Schloss gehörte, und wollten sehen, wie es ihm ergangen wäre; als sie ihn gesund und munter erblickten, erstaunten sie und fragten: »Haben Euch denn die Geister nichts getan?« – »Warum nicht gar«, antwortete Bruder Lustig, »ich habe sie alle neune in meinem Ranzen. Ihr könnt Euer Schloss wieder ganz ruhig bewohnen, es wird von nun an keiner mehr darin umgehen!« Da dankte ihm der Edelmann, beschenkte ihn reichlich und bat ihn, in seinen Diensten zu bleiben, er wollte ihn auf sein Lebtag versorgen. »Nein«, antwortete er, »ich bin an das Herumwandern gewöhnt, ich will weiterziehen.« Da ging der Bruder Lustig fort, trat in eine Schmiede und legte den Ranzen, worin die neun Teufel waren, auf den Amboss und bat den Schmied und seine Gesellen, zuzuschlagen. Die schlugen mit ihren großen Hämmern aus allen Kräften zu, dass die Teufel ein erbärmliches Gekreisch erhoben. Wie er danach den Ranzen aufmachte, waren achte tot, einer aber, der in einer Falte gesessen hatte, lebte noch, schlüpfte heraus und fuhr wieder in die Hölle.

Darauf zog der Bruder Lustig noch lange in der Welt herum, und wer's wüsste, könnte viel davon erzählen. Endlich aber wurde er alt und dachte an sein Ende; da ging er zu einem Einsiedler, der als ein frommer Mann bekannt war, und sprach zu ihm: »Ich bin das Wandern müde und will nun trachten, in das Himmelreich zu kommen.« Der Einsiedler antwortete: »Es gibt zwei Wege, der eine ist breit und angenehm und führt zur Hölle, der andere ist eng und rau und führt zum Himmel.« – ›Da müsst' ich ein Narr sein‹, dachte der Bruder Lustig, wenn ich den engen und rauen Weg gehen sollte. Machte sich auf und ging den breiten und angenehmen Weg und kam endlich zu einem großen schwarzen Tor, und das war das Tor der Hölle. Bruder Lustig klopfte an, und der Torwächter guckte, wer da wäre. Wie er aber den Bruder Lustig sah, erschrak er; denn er war gerade der neunte Teufel, der mit in dem Ranzen gesteckt hatte und mit einem blauen Auge davongekommen war. Darum schob er den Riegel geschwind wieder vor, lief zum obersten der Teufel und sprach: »Draußen ist ein Kerl mit einem Ranzen und will herein, aber lasst ihn beileibe nicht herein, er wünscht sonst die ganze Hölle in seinen Ranzen. Er hat mich einmal garstig darin hämmern lassen.« Also ward dem Bruder Lustig hinausgerufen, er sollte wieder abgehen, er käme nicht herein. ›Wenn sie mich da nicht wollen‹, dachte er, ›will ich sehen, ob ich im Himmel ein Unterkommen finde.‹ Kehrte also um und zog weiter bis vor das Himmelstor, wo er auch anklopfte. Der heilige Petrus saß gerade dabei als Torwächter; der Bruder Lustig erkannte ihn gleich und dachte: ›Hier findest du einen alten Freund, da wird's besser gehen.‹ Aber der heilige Petrus sprach: »Ich glaube gar, du willst in den Himmel?« »Lass mich doch ein, Bruder, ich muss doch wo einkehren; hätten sie mich in der Hölle aufgenommen, so wär' ich nicht hierhergegangen.« »Nein«, sagte der heilige Petrus, »du kommst nicht herein.« – »Nun, willst du mich nicht einlassen, so nimm auch deinen Ranzen wieder, dann will ich gar nichts von dir haben«, sprach der Bruder Lustig. »So gib ihn her«, sagte der heilige Petrus. Da reichte er den Ranzen durchs Gitter in den Himmel hinein, und der heilige Petrus nahm ihn und hing ihn neben seinem Sessel auf. Da sprach der Bruder Lustig: »Nun wünsch' ich mich selbst in meinen Ranzen hinein.« Husch, war er darin und saß nun im Himmel, und der heilige Petrus musste ihn darin lassen.

König Drosselbart

Ein König hatte eine Tochter, die war über alle Maßen schön, aber dabei so stolz und übermütig, dass ihr kein Freier gut genug war. Sie wies einen nach dem andern ab und trieb noch dazu Spott mit ihnen. Einmal ließ der König ein großes Fest anstellen und lud dazu aus der Nähe und Ferne die heiratslustigen Männer ein. Sie wurden alle in eine Reihe nach Rang und Stand geordnet; erst kamen die Könige, dann die Herzöge, die Fürsten, Grafen und Freiherren, zuletzt die Edelleute. Nun ward die Königstochter durch die Reihen geführt, aber an jedem hatte sie etwas auszusetzen. Der eine war ihr zu dick. »Das Weinfass!«, sprach sie. Der andere zu lang. »Lang und schwank hat keinen Gang.« Der Dritte zu kurz. »Kurz und dick hat kein Geschick.« Der Vierte zu blass. »Der bleiche Tod!« Der Fünfte zu rot. »Der Zinshahn!« Der Sechste war nicht gerade genug. »Grünes Holz, hinterm Ofen getrocknet!« Und so hatte sie an einem jeden etwas auszusetzen, besonders aber machte sie sich über einen guten König lustig, dem das Kinn ein wenig krumm gewachsen war. »Ei«, rief sie und lachte, »der hat ein Kinn wie die Drossel einen Schnabel«, und seit der Zeit bekam er den Namen Drosselbart. Der alte König aber, als er sah, dass seine Tochter nichts tat als über die Leute spotten, und alle Freier verschmähte, ward er zornig und schwur, sie sollte den ersten besten Bettler zum Manne nehmen, der vor seine Tür käme.

Ein paar Tage darauf hub ein Spielmann an, unter dem Fenster zu singen, um damit ein geringes Almosen zu verdienen. Als es der König hörte, sprach er: »Lasst ihn heraufkommen.« Da trat der Spielmann in seinen schmutzigen, verlumpten Kleidern herein, sang vor dem König und seiner Tochter und bat, als er fertig war, um eine milde Gabe. Der König sprach: »Dein Gesang hat mir so wohlgefallen, dass ich dir meine Tochter da zur Frau geben will.« Die Königstochter erschrak, aber der König sagte: »Ich habe den Eid getan, dich dem ersten besten Bettelmann zu geben, den will ich auch halten.« Es half keine Einrede, der Pfarrer ward geholt, und sie musste sich gleich mit dem Spielmann trauen lassen. Als das geschehen war, sprach der König: »Nun schickt sich's nicht, dass du als ein Bettelweib noch länger in meinem Schloss bleibst, du kannst nur mit deinem Manne fortziehen.«

Der Bettelmann führte sie an der Hand hinaus, und sie musste mit ihm zu Fuß fortgehen. Als sie in einen großen Wald kamen, da fragte sie:

»Ach, wem gehört der schöne Wald?«
»Der gehört dem König Drosselbart;
hättst du'n genommen, so wär' er dein.«
»Ich arme Jungfer zart,
ach, hätt' ich genommen den König Drosselbart!«

Darauf kamen sie über eine Wiese; da fragte sie wieder:

»Wem gehört die schöne grüne Wiese?«
»Sie gehört dem König Drosselbart;
hättst du'n genommen, so wär' sie dein.«
»Ich arme Jungfer zart,
ach, hätt' ich genommen den König Drosselbart!«

Dann kamen sie durch eine große Stadt; da fragte sie wieder:

»Wem gehört diese schöne große Stadt?«
»Sie gehört dem König Drosselbart;
hättst du'n genommen, so wär' sie dein.«
»Ich arme Jungfer zart,
ach, hätt' ich genommen den König Drosselbart!«

»Es gefällt mir gar nicht«, sprach der Spielmann, »dass du dir immer einen andern zum Mann wünschest, bin ich dir nicht gut genug?« Endlich kamen sie an ein ganz kleines Häuschen, da sprach sie:

»Ach Gott, was ist das Haus so klein!
Wem mag das elende, winzige Häuschen sein?«

Der Spielmann antwortete: »Das ist mein und dein Haus, wo wir zusammen wohnen.« Sie musste sich bücken, damit sie zu der niedrigen Tür hineinkam. »Wo sind die Diener?«, sprach die Königstochter. »Was Diener!«, antwortete der Bettelmann, »du musst selber tun, was du willst getan haben. Mach nur gleich Feuer an und stell Wasser auf, dass du mir mein Essen kochst.« Die Königstochter verstand aber nichts vom Feueranmachen und Kochen, und der Bettelmann musste selber mit Hand anlegen, dass es noch so leidlich ging. Als sie die schmale Kost verzehrt hatten, legten sie sich zu Bett, aber am Morgen trieb er sie schon ganz früh heraus, weil sie das Haus besorgen sollte. Ein paar Tage lebten sie auf diese Art schlecht und recht und zehrten ihren Vorrat auf. Da sprach der Mann. »Frau, so geht's nicht länger, dass wir hier zehren und nichts verdienen. Du sollst Körbe flechten.« Er ging aus, schnitt Weiden und brachte sie heim. Da fing sie an zu flechten, aber die harten Weiden stachen ihr die zarten Hände wund. »Ich sehe, das geht nicht«, sprach der Mann, »spinn lieber, vielleicht kannst du das besser.« Sie setzte sich hin und versuchte zu spinnen, aber der harte Faden schnitt ihr bald in die weichen Finger, dass das Blut daran herunterlief. »Siehst du«, sprach der Mann, »du taugst zu keiner Arbeit, mit dir bin ich schlimm angekommen. Nun will ich's versuchen und einen Handel mit Töpfen und irdenem Geschirr anfangen. Du sollst dich auf den Markt setzen und die Ware feilhalten.« ›Ach‹, dachte sie, ›wenn auf den Markt Leute aus meines Vaters Reich kommen, wie werden sie mich verspotten!‹ Aber es half nichts, sie musste sich fügen, wenn sie nicht hungers sterben wollten. Das erste Mal ging's gut; denn die Leute kauften der Frau, weil sie schön war, gern ihre Ware ab und bezahlten, was sie forderte; ja, viele gaben ihr das Geld und ließen ihr die Töpfe noch dazu. Nun lebten sie von dem Erworbenen, solang es dauerte; da handelte der Mann wieder eine

Menge neues Geschirr ein. Sie setzte sich damit an eine Ecke des Marktes und hielt es feil. Da kam plötzlich ein trunkener Husar dahergeiagt und ritt geradezu in die Töpfe hinein, dass alles in tausend Scherben zersprang. Sie fing an zu weinen und wusste vor Angst nicht, was sie anfangen sollte. »Ach, wie wird mir's ergehen«, rief sie, »was wird mein Mann dazu sagen?« Sie lief heim und erzählte ihm das Unglück. »Wer setzt sich auch an die Ecke des Marktes mit irdenem Geschirr!«, sprach der Mann, »lass nur das Weinen, ich sehe wohl, du bist zu keiner ordentlichen Arbeit zu gebrauchen. Da bin ich in unseres Königs Schloss gewesen und habe gefragt, ob sie nicht eine Küchenmagd brauchen könnten, und sie haben mir versprochen, sie wollten dich dazu nehmen; dafür bekommst du freies Essen.«

Nun ward die Königstochter eine Küchenmagd und musste die sauerste Arbeit tun. Sie machte sich in beiden Taschen ein Töpfchen fest, darin brachte sie nach Haus, was ihr von dem Übriggebliebenen zuteil ward, und davon nährten sie sich. Es trug sich zu, dass die Hochzeit des ältesten Königssohnes gefeiert werden sollte, da ging die arme Frau hinauf, stellte sich vor die Saaltür und wollte zusehen. Als nun die Lichter angezündet waren und immer einer schöner als der andere hereintrat und alles voll Pracht und Herrlichkeit war, da dachte sie mit betrübtem Herzen an ihr Schicksal und verwünschte ihren Stolz, der sie in so große Armut gestürzt hatte. Von den köstlichen Speisen, die da ein und aus getragen wurden und von welchen der Geruch zu ihr aufstieg, warfen ihr Diener manchmal ein paar Brocken zu, die tat sie in ihr Töpfchen und wollte es heimtragen. Auf einmal trat der Königssohn herein, war in Samt und Seide gekleidet und hatte goldene Ketten um den Hals. Und als er die schöne Frau in der Tür stehen sah, ergriff er sie bei der Hand und wollte mit ihr tanzen, aber sie weigerte sich und erschrak; denn sie sah, dass es der König Drosselbart war, der um sie gefreit und den sie mit Spott abgewiesen hatte. Ihr Sträuben half nichts, er zog sie in den Saal. Da zerriss das Band, an welchem die Taschen hingen, und die Töpfe fielen heraus, dass die Suppe floss und die Brocken umhersprangen. Und wie das die Leute sahen, entstand ein allgemeines Gelächter und Spotten, und sie war so beschämt, dass sie sich lieber tausend Klafter unter die Erde gewünscht hätte. Sie sprang zur Tür hinaus und wollte entfliehen, aber

auf der Treppe holte sie ein Mann ein und brachte sie zurück. Und wie sie ihn ansah, war es wieder der König Drosselbart. Er sprach ihr freundlich zu: »Fürchte dich nicht, ich und der Spielmann, der mit dir in dem elenden Häuschen gewohnt hat, sind eins. Dir zuliebe habe ich mich so verstellt, und der Husar, der dir die Töpfe entzweigeritten hat, bin ich auch gewesen. Das alles ist geschehen, um deinen stolzen Sinn zu beugen und dich für deinen Hochmut zu strafen, womit du mich verspottet hast.« Da weinte sie bitterlich und sagte: »Ich habe großes Unrecht getan und bin nicht wert, deine Frau zu sein.« Er aber sprach: »Tröste dich, die bösen Tage sind vorüber, jetzt wollen wir unsere Hochzeit feiern.« Da kamen die Kammerfrauen und taten ihr die prächtigsten Kleider an, und ihr Vater kam und der ganze Hof und wünschten ihr Glück zu ihrer Vermählung mit dem König Drosselbart, und die rechte Freude fing jetzt erst an.
Ich wollte, du und ich, wir wären auch dabei gewesen.

Katze und Maus in Gesellschaft

Eine Katze hatte die Bekanntschaft mit einer Maus gemacht und ihr so viel von der großen Liebe und Freundschaft vorgesagt, die sie zu ihr trüge, dass die Maus endlich einwilligte, mit ihr zusammen in einem Hause zu wohnen und gemeinschaftliche Wirtschaft zu führen. »Aber für den Winter müssen wir Vorsorge tragen, sonst leiden wir Hunger«, sagte die Katze, »du, Mäuschen, kannst dich nicht überall hinwagen und gerätst mir am Ende in eine Falle.« Der gute Rat ward also befolgt und ein Töpfchen mit Fett angekauft. Sie wussten aber nicht, wo sie es hinstellen sollten; endlich nach langer Überlegung sprach die Katze: »Ich weiß keinen Ort, wo es besser aufgehoben wäre, als die Kirche, da getraut sich niemand etwas wegzunehmen. Wir stellen es unter den Altar und rühren es nicht eher an, bis wir es nötig haben.« Das Töpfchen ward also in Sicherheit gebracht; aber es dauerte nicht lange, so trug die Katze Gelüsten danach und sprach zur Maus: »Was ich dir sagen wollte, Mäuschen, ich bin von meiner

Base zu Gevatter gebeten, sie hat ein Söhnchen zur Welt gebracht, weiß mit braunen Flecken, das soll ich über die Taufe halten. Lass mich heute ausgehen und besorge du das Haus allein.« – »Ja, ja«, antwortete die Maus, »geh in Gottes Namen; wenn du was Gutes issest, so denk an mich.« Es war aber alles nicht wahr; die Katze hatte keine Base und war nicht zu Gevatter gebeten. Sie ging geradeswegs nach der Kirche, schlich zu dem Fetttöpfchen, fing an zu lecken und leckte die fette Haut ab. Dann machte sie einen Spaziergang auf den Dächern der Stadt, besah sich die Gelegenheit, streckte sich hernach in der Sonne aus und wischte sich den Bart, sooft sie an das Fetttöpfchen dachte. Erst als es Abend war, kam sie wieder nach Haus. »Nun, da bist du ja wieder«, sagte die Maus, »du hast gewiss einen lustigen Tag gehabt.« – »Es ging wohl an«, antwortete die Katze. »Was hat denn das Kind für einen Namen bekommen?«, fragte die Maus. »Hautab«, sagte die Katze ganz trocken. »Hautab«, rief die Maus, »das ist ja ein wunderlicher und seltsamer Name, ist der in eurer Familie gebräuchlich?« – »Was ist da weiter«, sagte die Katze, »er ist nicht schlechter als Bröseldieb, wie deine Paten heißen.«

Nicht lange danach überkam die Katze wieder ein Gelüsten. Sie sprach zur Maus: »Du musst mir den Gefallen tun und nochmals das Hauswesen allein besorgen, ich bin zum zweiten Mal zu Gevatter gebeten, und da das Kind einen weißen Ring um den Hals hat, so kann ich's nicht absagen.« Die gute Maus willigte ein, die Katze aber schlich hinter der Stadtmauer zu der Kirche und fraß den Fetttopf halb aus. »Es schmeckt nichts besser«, sagte sie, »als was man selber isst.« Als sie heimkam, fragte die Maus: »Wie ist denn dieses Kind getauft worden?« – »Halbaus«, antwortete die Katze. »Halbaus! Was du sagst! Den Namen habe ich mein Lebtag noch nicht gehört, ich wette, der steht nicht in dem Kalender.«

Der Katze wässerte das Maul bald wieder nach dem Leckerwerk. »Aller guten Dinge sind drei«, sprach sie zu der Maus, »da soll ich wieder Gevatter stehen, das Kind ist ganz schwarz und hat bloß weiße Pfoten, sonst kein weißes Haar am ganzen Leib, das trifft sich alle paar Jahre nur einmal. Du lässest mich doch ausgehen?« – »Hautab! Halbaus!«, antwortete die Maus. »Es sind so kuriose Namen, die machen mich so nachdenksam.« – »Da sitzest du daheim in deinem dunkelgrauen Flausrock und deinem langen Haarzopf«, sprach die Katze, »und fängst Grillen. Das kommt davon, wenn man bei Tage nicht ausgeht.« Die Maus räumte während der Abwesenheit der Katze auf und brachte das Haus in Ordnung, die naschhafte Katze aber fraß den Fetttopf rein aus. »Wenn erst alles aufgezehrt ist, so hat man Ruhe«, sagte sie zu sich selbst und kam satt und dick erst in der Nacht nach Haus. Die Maus fragte gleich nach dem Namen, den das dritte Kind bekommen hätte. »Er wird dir wohl auch nicht gefallen«, sagte die Katze, »er heißt Ganzaus.« – »Ganzaus!«, rief die Maus, »das ist der allerbedenklichste Name, gedruckt ist er mir noch nicht vorgekommen. Ganzaus! Was soll das bedeuten?« Sie schüttelte den Kopf, rollte sich zusammen und legte sich schlafen.

Von nun an wollte niemand mehr die Katze zu Gevatter bitten; als aber der Winter herangekommen und draußen nichts mehr zu finden war, gedachte die Maus ihres Vorrats und sprach: »Komm, Katze, wir wollen zu unserm Fetttopfe gehen, den wir uns aufgespart haben.« – »Jawohl«, antwortete die Katze, »der wird dir schmecken, als wenn du deine feine Zunge zum Fenster hinausstreckst.« Sie machten sich auf den Weg, und als sie anlangten, stand zwar der Fetttopf noch an

seinem Platz, er war aber leer. »Ach«, sagte die Maus, »jetzt merke ich, was geschehen ist, jetzt kommt's an den Tag, du bist mir die wahre Freundin! Aufgefressen hast du alles, wie du zu Gevatter gestanden hast, erst Haut ab, dann halb aus, dann ...« – »Willst du schweigen«, rief die Katze, »noch ein Wort, und ich fresse dich auf.« – »Ganz aus«, hatte die arme Maus schon auf der Zunge, kaum war es heraus, so tat die Katze einen Satz nach ihr, packte sie und schluckte sie hinunter. Siehst du, so geht's in der Welt.

Allerleirau

Es war einmal ein König, der hatte eine Frau mit goldenen Haaren, und sie war so schön, dass sich ihresgleichen nicht mehr auf Erden fand. Es geschah, dass sie krank lag, und als sie fühlte, dass sie bald sterben würde, rief sie den König und sprach: »Wenn du nach meinem Tode dich wieder vermählen willst, so nimm keine, die nicht ebenso schön ist, wie ich bin, und die nicht solche goldenen Haare hat, wie ich habe; das musst du mir versprechen.« Nachdem es ihr der König versprochen hatte, tat sie die Augen zu und starb.

Der König war lange Zeit nicht zu trösten und dachte nicht daran, eine zweite Frau zu nehmen. Endlich sprachen seine Räte: »Es geht nicht anders, der König muss sich wieder vermählen, damit wir eine Königin haben.« Nun wurden Boten weit und breit umhergeschickt, eine Braut zu suchen, die an Schönheit der verstorbenen Königin ganz gleichkäme. Es war aber keine in der ganzen Welt zu finden, und wenn man sie auch gefunden hätte, so war doch keine da, die solche goldene Haare gehabt hätte. Also kamen die Boten unverrichteter Sache wieder heim.

Nun hatte der König eine Tochter, die war geradeso schön wie ihre verstorbene Mutter und hatte auch solche goldenen Haare. Als sie herangewachsen war, sah sie der König einmal an und sah, dass sie in allem seiner verstorbenen Gemahlin ähnlich war, und fühlte plötzlich eine heftige Liebe zu ihr. Da sprach er zu seinen Räten: »Ich will meine

Tochter heiraten; denn sie ist das Ebenbild meiner verstorbenen Frau, und sonst kann ich doch keine Braut finden, die ihr gleicht.« Als die Räte das hörten, erschraken sie und sprachen: »Gott hat verboten, dass der Vater seine Tochter heirate, aus der Sünde kann nichts Gutes entspringen, und das Reich wird mit ins Verderben gezogen.« Die Tochter erschrak noch mehr, als sie den Entschluss ihres Vaters vernahm, hoffte aber, ihn von seinem Vorhaben noch abzubringen. Da sagte sie zu ihm: »Eh' ich Euren Wunsch erfülle, muss ich erst drei Kleider haben, eins so golden wie die Sonne, eins so silbern wie der Mond und eins so glänzend wie die Sterne; ferner verlange ich einen Mantel von tausenderlei Pelz und Rauwerk zusammengesetzt, und ein jedes Tier in Euerm Reich muss ein Stück von seiner Haut dazu geben.« Sie dachte aber: ›Das anzuschaffen ist ganz unmöglich, und ich bringe damit meinen Vater von seinen bösen Gedanken ab.‹ Der König ließ aber nicht ab, und die geschicktesten Jungfrauen in seinem Reiche mussten die drei Kleider weben, eins so golden wie die Sonne, eins so silbern wie der Mond und eins so glänzend wie die Sterne; und seine Jäger mussten alle Tiere im ganzen Reiche auffangen; daraus ward ein Mantel von tausenderlei Rauwerk gemacht. Als alles fertig war, ließ der König den Mantel herbeiholen, breitete ihn vor ihr aus und sprach: »Morgen soll Hochzeit sein.«

Als nun die Königstochter sah, dass keine Hoffnung mehr war, ihres Vaters Herz umzuwenden, so fasste sie den Entschluss, zu entfliehen. In der Nacht, während alles schlief, stand sie auf und nahm von ihren Kostbarkeiten dreierlei, einen goldenen Ring, ein goldenes Spinnrädchen und ein goldenes Haspelchen; die drei Kleider von Sonne, Mond und Sternen tat sie in eine Nussschale, zog den Mantel von allerlei Rauwerk an und machte sich Gesicht und Hände mit Ruß schwarz. Dann befahl sie sich Gott und ging fort und ging die ganze Nacht, bis sie in einen großen Wald kam. Und weil sie müde war, setzte sie sich in einen hohlen Baum und schlief ein.

Die Sonne ging auf, und sie schlief fort und schlief noch immer, als es schon hoher Tag war. Da trug es sich zu, dass der König, dem dieser Wald gehörte, darin jagte. Als seine Hunde zu dem Baum kamen, schnupperten sie, liefen ringsherum und bellten. Sprach der König zu den Jägern: »Seht doch, was dort für ein Wild sich versteckt hat!« Die

Jäger folgten dem Befehl, und als sie wiederkamen, sprachen sie: »In dem hohlen Baum liegt ein wunderliches Tier, an seiner Haut ist tausenderlei Pelz; es liegt aber und schläft.« Sprach der König: »Seht zu, ob ihr's lebendig fangen könnt, dann bindet's auf den Wagen und nehmt's mit.« Als die Jäger das Mädchen anfassten, erwachte es voll Schrecken und rief ihnen zu: »Ich bin ein armes Kind, von Vater und Mutter verlassen, erbarmt euch mein und nehmt mich mit.« Da sprachen sie: »Allerleirau, du bist gut für die Küche, komm nur mit, da kannst du die Asche zusammenkehren.« Also setzten sie es auf den Wagen und fuhren heim in das königliche Schloss. Dort wiesen sie ihm ein Ställchen an unter der Treppe, wo kein Tageslicht hinkam, und sagten: »Rautierchen, da kannst du wohnen und schlafen.« Dann ward es in die Küche geschickt, da trug es Holz und Wasser, schürte das Feuer, rupfte das Federvieh, verlas das Gemüse, kehrte die Asche und tat alle schlechte Arbeit.

Da lebte Allerleirau lange Zeit recht armselig. Ach, du schöne Königstochter, wie soll's mit dir noch werden! Es geschah aber einmal, dass ein Fest im Schloss gefeiert ward, da sprach sie zum Koch: »Darf ich ein wenig hinaufgehen und zusehen? Ich will mich außen vor die Tür stellen.« Antwortete der Koch: »Ja, geh nur hin, aber in einer halben Stunde musst du wieder hier sein und die Asche zusammentragen.« Da nahm sie ihr Öllämpchen, ging in ihr Ställchen, zog den Pelzrock aus und wusch sich den Ruß von dem Gesicht und den Händen ab, so dass ihre volle Schönheit wieder an den Tag kam. Dann machte sie die Nuss auf und holte ihr Kleid hervor, das wie die Sonne glänzte. Und wie das geschehen war, ging sie hinauf zum Fest, und alle traten ihr aus dem Weg; denn niemand kannte sie, und sie meinten nicht anders, als dass es eine Königstochter wäre. Der König aber kam ihr entgegen, reichte ihr die Hand und tanzte mit ihr und dachte in seinem Herzen: ›So schön haben meine Augen noch keine gesehen.‹ Als der Tanz zu Ende war, verneigte sie sich, und wie sich der König umsah, war sie verschwunden, und niemand wusste, wohin. Die Wächter, die vor dem Schlosse standen, wurden gerufen und ausgefragt, aber niemand hatte sie erblickt.

Sie war aber in ihr Ställchen gelaufen, hatte geschwind ihr Kleid ausgezogen, Gesicht und Hände schwarz gemacht und den Pelzmantel umgetan und war wieder Allerleirau. Als sie nun in die Küche kam und an ihre Arbeit gehen und die Asche zusammenkehren wollte, sprach der Koch: »Lass das gut sein bis morgen und koche mir da die Suppe für den König, ich will auch einmal ein bisschen oben zugucken; aber lass mir kein Haar hineinfallen, sonst kriegst du in Zukunft nichts mehr zu essen.« Da ging der Koch fort, und Allerleirau kochte die Suppe für den König und kochte eine Brotsuppe, so gut sie

konnte, und wie sie fertig war, holte sie in dem Ställchen ihren goldenen Ring und legte ihn in die Schüssel, in welche die Suppe angerichtet ward. Als der Tanz zu Ende war, ließ sich der König die Suppe bringen und aß sie, und sie schmeckte ihm so gut, dass er meinte, niemals eine bessere Suppe gegessen zu haben. Wie er aber auf den Grund kam, sah er einen goldenen Ring liegen und konnte nicht begreifen, wie er dahin geraten war. Da befahl er, der Koch sollte vor ihn kommen. Der Koch erschrak, wie er den Befehl hörte, und sprach zu Allerleirau: »Gewiss hast du ein Haar in die Suppe fallen lassen, wenn's wahr ist, so kriegst du Schläge.« Als er vor den König kam, fragte dieser, wer die Suppe gekocht hätte. Antwortete der Koch: »Ich habe sie gekocht.« Der König aber sprach: »Das ist nicht wahr; denn sie war auf andere Art und viel besser gekocht als sonst.« Antwortete er: »Ich muss gestehen, dass ich sie nicht gekocht habe, sondern das Rautierchen.« Sprach der König: »Geh und lass es heraufkommen.«

Als Allerleirau kam, fragte der König: »Wer bist du?« – »Ich bin ein armes Kind.« Fragte er weiter: »Wozu bist du in meinem Schloss?« Antwortete es: »Ich bin zu nichts gut, als dass mir die Stiefel an den Kopf geworfen werden.« Fragte er weiter: »Wo hast du den Ring her, der in der Suppe war?« Antwortete es: »Von dem Ring weiß ich nichts.« Also konnte der König nichts erfahren und musste es wieder fortschicken.

Über eine Zeit war wieder ein Fest, da bat Allerleirau den Koch wie voriges Mal um Erlaubnis, zusehen zu dürfen. Antwortete er: »Ja, aber komm in einer halben Stunde wieder und koch dem König die Brotsuppe, die er so gerne isst.« Da lief sie in ihr Ställchen, wusch sich geschwind und nahm aus der Nuss das Kleid, das so silbern war wie der Mond, und tat es an. Da ging sie hinauf und glich einer Königstochter; und der König trat ihr entgegen und freute sich, dass er sie wieder sah, und weil eben der Tanz anhub, so tanzten sie zusammen. Als aber der Tanz zu Ende war, verschwand sie wieder so schnell, dass der König nicht bemerken konnte, wo sie hinging. Sie sprang aber in ihr Ställchen und machte sich wieder zum Rautierchen und ging in die Küche, die Brotsuppe zu kochen. Als der Koch oben war, holte sie das goldene Spinnrad und tat es in die Schüssel, so dass die Suppe darüber angerichtet wurde. Danach ward sie dem König gebracht, der aß sie, und sie schmeckte ihm so gut wie das vorige Mal, und er ließ den Koch kommen, der musste auch diesmal gestehen, dass Allerleirau die Suppe gekocht hätte. Allerleirau kam da wieder vor den König, aber sie antwortete, dass sie nur dazu da wäre, dass ihr die Stiefel an den Kopf geworfen würden und dass sie von dem goldenen Spinnrädchen gar nichts wüsste.

Als der König zum dritten Mal ein Fest anstellte, da ging es nicht anders als die vorigen Male. Der Koch sprach zwar: »Du bist eine

Hexe, Rautierchen, und tust immer etwas in die Suppe, davon sie so gut wird und dem König besser schmeckt, als was ich koche«; doch weil es so bat, so ließ er es auf die bestimmte Zeit hingehen. Nun zog es das Kleid an, das wie die Sterne glänzte, und trat damit in den Saal.

Der König tanzte wieder mit der schönen Jungfrau und meinte, dass sie noch niemals so schön gewesen wäre. Und während er tanzte, steckte er ihr, ohne dass sie es merkte, einen goldenen Ring an den Finger und hatte befohlen, dass der Tanz recht lang währen sollte. Wie er zu Ende war, wollte er sie an den Händen festhalten, aber sie riss sich los und verschwand. Sie lief, was sie konnte, in ihr Ställchen unter der Treppe, weil sie aber zu lange und über eine halbe Stunde geblieben war, so konnte sie das schöne Kleid nicht ausziehen, sondern warf nur den Mantel von Pelz darüber, und in der Eile machte sie sich auch nicht ganz rußig, sondern ein Finger blieb weiß. Allerleirau lief nun in die Küche, kochte dem König die Brotsuppe und legte, wie der Koch fort war, den goldenen Haspel hinein. Der König, als er den Haspel auf dem Grunde fand, ließ Allerleirau rufen. Da erblickte er den weißen Finger und sah den Ring, den er im Tanze ihr angesteckt hatte. Da ergriff er sie an der Hand und hielt sie fest, und als sie sich losmachen und fortspringen wollte, tat sich der Pelzmantel ein wenig auf, und das Sternenkleid schimmerte hervor. Der König fasste den Mantel und riss ihn ab. Da kamen die goldenen Haare hervor, und sie stand da in voller Pracht und konnte sich nicht länger verbergen. Und als sie Ruß und Asche aus ihrem Gesicht gewischt hatte, da war sie schöner, als man noch jemand auf Erden gesehen hatte. Der König aber sprach: »Du bist meine liebe Braut, und wir scheiden nimmermehr voneinander.« Darauf ward die Hochzeit gefeiert, und sie lebten vergnügt bis an ihren Tod.

Der Eisenhans

Es war einmal ein König, der hatte einen großen Wald bei seinem Schloss, darin lief Wild aller Art herum. Zu einer Zeit schickte er einen Jäger hinaus, der sollte ein Reh schießen, aber er kam nicht wieder. »Vielleicht ist ihm ein Unglück zugestoßen«, sagte der König und schickte den folgenden Tag zwei andere Jäger hinaus, die sollten ihn aufsuchen, aber die blieben auch weg. Da ließ er am dritten Tag alle seine Jäger kommen und sprach: »Streift durch den ganzen Wald und lasst nicht ab, bis ihr sie alle drei gefunden habt.« Aber auch von diesen kam keiner wieder heim, und von der Meute Hunde, die sie mitgenommen hatten, ließ sich keiner wieder sehen. Von der Zeit an wollte sich niemand mehr in den Wald wagen, und man sah zuweilen nur einen Adler oder Habicht darüber hinfliegen. Das dauerte viele Jahre, da meldete sich ein fremder Jäger bei dem König, suchte eine Versorgung und erbot sich, in den gefährlichen Wald zu gehen. Der König aber wollte seine Einwilligung nicht geben und sprach: »Es ist nicht geheuer darin, ich fürchte, es geht dir nicht besser als den andern, und du kommst nicht heraus.« Der Jäger antwortete: »Herr, ich will's auf meine Gefahr wagen, von Furcht weiß ich nichts.«

Der Jäger begab sich also mit seinem Hund in den Wald. Es dauerte nicht lange, so geriet der Hund einem Wild an die Fährte und wollte hinter ihm her. Kaum aber war er ein paar Schritte gelaufen, so stand er vor einem tiefen Pfuhl, konnte nicht weiter, und ein nackter Arm streckte sich aus dem Wasser, packte ihn und zog ihn hinab. Als der Jäger das sah, ging er zurück und holte drei Männer, die mussten mit Eimern kommen und das Wasser ausschöpfen. Als sie auf den Grund sehen konnten, so lag da ein wilder Mann, der braun am Leib war wie rostiges Eisen und dem die Haare über das Gesicht bis zu den Knien herabhingen. Sie banden ihn mit Stricken und führten ihn fort in das Schloss. Da war große Verwunderung über den wilden Mann, der König aber ließ ihn in einen eisernen Käfig auf seinen Hof setzen und verbot bei Lebensstrafe, die Tür des Käfigs zu öffnen, und die Königin musste den Schlüssel selbst in Verwahrung nehmen. Von nun an konnte ein jeder wieder mit Sicherheit in den Wald gehen.

Der König hatte einen Sohn von acht Jahren, der spielte einmal auf dem Hof, und bei dem Spiel fiel ihm sein goldener Ball in den Käfig. Der Knabe lief hin und sprach: »Gib mir meinen Ball heraus.« – »Nicht eher«, antwortete der Mann, »als bis du mir die Tür aufgemacht hast.« »Nein«, sagte der Knabe, »das tue ich nicht, das hat der König verboten«, und lief fort. Am andern Tag kam er wieder und forderte seinen Ball; der wilde Mann sagte: »Öffne meine Tür«, aber der Knabe wollte nicht. Am dritten Tag war der König auf die Jagd geritten, da kam der Knabe nochmals und sagte: »Wenn ich auch wollte, ich kann die Tür nicht öffnen, ich habe den Schlüssel nicht.« Da sprach der wilde Mann: »Er liegt unter dem Kopfkissen deiner Mutter, da kannst du ihn holen.« Der Knabe, der seinen Ball wiederhaben wollte, brachte den Schlüssel herbei. Die Tür ging schwer auf, und der Knabe klemmte sich den Finger. Als sie offen war, trat der wilde Mann heraus, gab ihm den goldenen Ball und eilte hinweg. Dem Knaben war angst geworden, er schrie und rief ihm nach: »Ach, wilder Mann, geh nicht fort, sonst bekomme ich Schläge.« Der wilde Mann kehrte um, hob ihn auf, setzte ihn auf seinen Nacken und ging mit schnellen Schritten in den Wald hinein. Als der König heimkam, bemerkte er den leeren Käfig und fragte die Königin, wie das zugegangen wäre. Sie wusste nichts davon, suchte den Schlüssel, aber er war weg. Sie rief den Knaben, aber niemand antwortete. Der König schickte Leute aus, die ihn auf dem Felde suchen sollten, aber sie fanden ihn nicht. Da konnte er leicht erraten, was geschehen war, und es herrschte große Trauer an dem königlichen Hof.

Als der wilde Mann wieder in dem finstern Wald angelangt war, so setzte er den Knaben von den Schultern herab und sprach zu ihm: »Vater und Mutter siehst du nicht wieder, aber ich will dich bei mir behalten; denn du hast mich befreit, und ich habe Mitleid mit dir. Wenn du alles tust, was ich dir sage, so sollst du's gut haben. Schätze und Gold habe ich genug und mehr als jemand in der Welt.« Er machte dem Knaben ein Lager von Moos, auf dem er einschlief, und am andern Morgen führte ihn der Mann zu einem Brunnen und sprach: »Siehst du, der Goldbrunnen ist hell und klar wie Kristall; du sollst dabeisitzen und Acht haben, dass nichts hineinfällt, sonst ist er verunehrt. Jeden Abend komme ich und sehe, ob

du mein Gebot befolgt hast.« Der Knabe setzte sich an den Rand des Brunnens, sah, wie manchmal ein goldner Fisch, manchmal eine goldne Schlange sich darin zeigte, und hatte Acht, dass nichts hineinfiel. Als er so saß, schmerzte ihn einmal der Finger so heftig, dass er ihn unwillkürlich in das Wasser steckte. Er zog ihn schnell wieder heraus, sah aber, dass er ganz vergoldet war, und wie große Mühe er sich gab, das Gold wieder abzuwischen, es war alles vergeblich. Abends kam der Eisenhans zurück, sah den Knaben an und sprach: »Was ist mit dem Brunnen geschehen?« – »Nichts, nichts«, antwortete er und hielt den Finger auf den Rücken, dass er ihn nicht sehen sollte. Aber der Mann sagte: »Du hast den Finger in das Wasser getaucht. Diesmal mag's hingehen, aber hüte dich, dass du nicht wieder etwas hineinfallen lässt.« Am frühesten Morgen saß er schon bei dem Brunnen und bewachte ihn. Der Finger tat ihm wieder weh, und er fuhr damit über seinen Kopf, da fiel unglücklicherweise ein Haar herab in den Brunnen. Er nahm es schnell heraus, aber es war schon ganz vergoldet. Der Eisenhans kam und wusste schon, was geschehen war. »Du hast ein Haar in den Brunnen fallen lassen«, sagte er, »ich will dir's noch einmal nachsehen, aber wenn's zum dritten Mal geschieht, so ist der Brunnen entehrt, und du kannst nicht länger bei mir bleiben.« Am dritten Tag saß der Knabe am Brunnen und bewegte den Finger nicht, wenn er ihm noch so wehtat. Aber die Zeit ward ihm lang, und er betrachtete sein Angesicht, das auf dem Wasserspiegel stand. Und als er sich dabei immer mehr beugte und sich recht in die Augen sehen wollte, so fielen ihm seine langen Haare von den Schultern herab in das Wasser. Er richtete sich schnell in die Höhe, aber das ganze Haupthaar war schon vergoldet und glänzte wie eine Sonne. Ihr könnt denken, wie der arme Knabe erschrak. Er nahm sein Taschentuch und band es um den Kopf, damit es der Mann nicht sehen sollte. Als er kam, wusste er schon alles und sprach: »Binde das Tuch auf.« Da quollen die goldenen Haare hervor. »Du hast die Probe nicht bestanden und kannst nicht länger hier bleiben. Geh hinaus in die Welt, da wirst du erfahren, wie die Armut tut. Aber weil du kein böses Herz hast und ich's gut mit dir meine, so will ich dir eins erlauben: Wenn du in Not gerätst, so geh zu dem Wald und rufe: ›Eisenhans‹, dann will ich kommen und dir helfen. Meine

Macht ist groß, größer, als du denkst, und Gold und Silber hab ich im Überfluss.«

Da verließ der Königssohn den Wald und ging immerzu, bis er zuletzt in eine große Stadt kam. Er suchte da Arbeit, aber er konnte keine finden und hatte auch nichts erlernt. Endlich ging er in das Schloss und fragte, ob sie ihn behalten wollten. Die Hofleute wussten nicht, wozu sie ihn brauchen sollten, aber sie hatten Wohlgefallen an ihm und hießen ihn bleiben. Zuletzt nahm ihn der Koch in Dienst und sagte, er könnte Holz und Wasser tragen und die Asche zusammenkehren. Einmal, als gerade kein anderer zur Hand war, hieß ihn der Koch die Speisen zur königlichen Tafel tragen; da er aber seine goldenen Haare nicht wollte sehen lassen, so behielt er sein Hütchen auf. Dem König war so etwas noch nicht vorgekommen, und er sprach: »Wenn du zur königlichen Tafel kommst, musst du deinen Hut abziehen.« – »Ach, Herr«, antwortete er, »ich kann nicht, ich habe einen bösen Grind auf dem Kopf.« Da ließ der König den Koch herbeirufen, schalt ihn und fragte, wie er einen solchen Jungen hätte in seinen Dienst nehmen können; er sollte ihn gleich fortjagen. Der Koch aber hatte Mitleiden mit ihm und vertauschte ihn mit dem Gärtnerjungen.

Nun musste der Junge im Garten pflanzen und begießen, hacken und graben und Wind und böses Wetter über sich ergehen lassen. Einmal im Sommer, als er allein im Garten arbeitete, war der Tag so heiß, dass er sein Hütchen abnahm und die Luft ihn kühlen sollte. Wie die Sonne auf das Haar schien, glitzte und blitzte es, dass die Strahlen in das Schlafzimmer der Königstochter fielen und sie aufsprang, um zu sehen, was das wäre. Da erblickte sie den Jungen und rief ihn an: »Junge, bring mir einen Blumenstrauß.« Er setzte in aller Eile sein Hütchen auf, brach wilde Feldblumen ab und band sie zusammen. Als er damit die Treppe hinaufstieg, begegnete ihm der Gärtner und sprach: »Wie kannst du der Königstochter einen Strauß von schlechten Blumen bringen? Geschwind hole andere und suche die schönsten und seltensten aus.« – »Ach nein«, antwortete der Junge, »die wilden riechen kräftiger und werden ihr besser gefallen.« Als er in ihr Zimmer kam, sprach die Königstochter: »Nimm dein Hütchen ab, es ziemt sich nicht, dass du es vor mir aufbehältst.« Er antwortete wieder: »Ich darf nicht, ich habe einen grindigen Kopf.« Sie griff aber nach dem Hütchen und zog es ab, da rollten seine goldenen Haare auf die Schultern herab, dass es prächtig anzusehen war. Er wollte fortspringen, aber sie hielt ihn am Arm und gab ihm eine Hand voll Dukaten. Er ging damit fort, achtete aber des Goldes nicht, sondern er brachte es dem Gärtner und sprach: »Ich schenke es deinen Kindern, die können damit spielen.« Den andern Tag rief ihm die Königstochter abermals zu, er sollte ihr einen Strauß Feldblumen bringen, und als er damit eintrat, grapste sie gleich nach seinem Hütchen und wollte es ihm wegnehmen, aber er hielt es mit beiden Händen fest. Sie gab ihm wieder eine Hand voll Dukaten, aber er wollte sie nicht behalten und gab sie dem Gärtner zum Spielwerk für seine Kinder. Den dritten Tag ging's nicht anders, sie konnte ihm sein Hütchen nicht wegnehmen, und er wollte ihr Gold nicht.

Nicht lange danach ward das Land mit Krieg überzogen. Der König sammelte sein Volk und wusste nicht, ob er dem Feind, der übermächtig war und ein großes Heer hatte, Widerstand leisten könnte. Da sagte der Gärtnerjunge: »Ich bin herangewachsen und will mit in den Krieg ziehen, gebt mir nur ein Pferd.« Die andern lachten und sprachen: »Wenn wir fort sind, so suche dir eins, wir wollen dir eins im Stall zurücklassen.« Als sie ausgezogen waren, ging er in den Stall und zog das Pferd heraus; es war an einem Fuß lahm und hickelte hunkepuus, hunkepuus. Dennoch setzte er sich auf und ritt fort nach dem dunkeln Wald. Als er an den Rand desselben gekommen war, rief er dreimal »Eisenhans!« so laut, dass es durch die Bäume schallte. Gleich darauf erschien der wilde Mann und sprach: »Was verlangst du?« – »Ich verlange ein starkes Ross; denn ich will in den Krieg ziehen.« – »Das sollst du haben und noch mehr, als du verlangst.« Dann ging der wilde Mann in den Wald zurück, und es dauerte nicht lange, so kam ein Stallknecht aus dem Wald und führte ein Ross herbei, das schnaubte aus den Nüstern und war kaum zu bändigen. Und hinterher folgte eine große Schar Kriegsvolk, ganz in Eisen gerüstet, und ihre Schwerter blitzten in der Sonne. Der Jüngling übergab dem Stallknecht sein dreibeiniges Pferd, bestieg das andere und ritt vor der Schar her. Als er sich dem Schlachtfeld näherte, war schon ein großer Teil von des Königs Leuten gefallen, und es fehlte nicht viel, so mussten die Übrigen weichen. Da jagte der Jüngling mit seiner eisernen

Schar heran, fuhr wie ein Wetter über die Feinde und schlug alles nieder, was sich ihm widersetzte. Sie wollten fliehen, aber der Jüngling saß ihnen auf dem Nacken und ließ nicht ab, bis kein Mann mehr übrig war. Statt aber zu dem König zurückzukehren, führte er seine Schar auf Umwegen wieder in den Wald und rief den Eisenhans heraus. »Was verlangst du?«, fragte der wilde Mann. »Nimm dein Ross und deine Schar zurück und gib mir mein dreibeiniges Pferd wieder.« Es geschah alles, was er verlangte, und er ritt auf seinem dreibeinigen Pferd heim. Als der König wieder in sein Schloss kam, ging ihm seine Tochter entgegen und wünschte ihm Glück zu seinem Sieg. »Ich bin es nicht, der den Sieg davongetragen hat«, sprach er, »sondern ein fremder Ritter, der mir mit seiner Schar zu Hilfe kam.« Die Tochter wollte wissen, wer der fremde Ritter wäre, aber der König wusste es nicht und sagte: »Er hat die Feinde verfolgt, und ich habe ihn nicht wieder gesehen.« Sie erkundigte sich bei dem Gärtner nach seinem Jungen, der lachte aber und sprach: »Eben ist er auf seinem dreibeinigen Pferd heimgekommen, und die andern haben ihn verspottet. Sie fragten auch: ›Hinter welcher Hecke hast du derweil gelegen und geschlafen?‹ Er aber sprach: ›Ich habe das Beste getan, und ohne mich wäre es schlecht gegangen.‹ Da ward er noch mehr ausgelacht.«

Der König sprach zu seiner Tochter: »Ich will ein großes Fest ansagen lassen, das drei Tage währen soll, und du sollst einen goldenen Apfel werfen, vielleicht kommt der Unbekannte herbei.« Als das Fest verkündet war, ging der Jüngling hinaus zu dem Wald und rief den Eisenhans. »Was verlangst du?«, fragte er. »Dass ich den goldenen Apfel der Königstochter fange.« – »Es ist so gut, als hättest du ihn schon«, sagte Eisenhans, »du sollst auch eine rote Rüstung dazu haben und auf einem stolzen Fuchs reiten.« Als der Tag kam, sprengte der Jüngling heran, stellte sich unter die Ritter und ward von niemand erkannt. Die Königstochter trat hervor und warf den Rittern einen goldenen Apfel zu, aber keiner fing ihn als er allein, aber sobald er ihn hatte, jagte er davon. Am zweiten Tag hatte ihn Eisenhans als weißen Ritter ausgerüstet und ihm einen Schimmel gegeben. Abermals fing er allein den Apfel, verweilte aber keinen Augenblick, sondern jagte damit fort. Der König ward bös und sprach: »Das ist nicht erlaubt, er muss vor mir erscheinen und seinen Namen nennen.« Er gab den Befehl, wenn der Ritter, der den Apfel gefangen habe, sich wieder davonmache, so sollte man ihm nachsetzen und, wenn er nicht gutwillig zurückkehrte, auf ihn hauen und stechen. Am dritten Tag erhielt er vom Eisenhans eine schwarze Rüstung und einen Rappen und fing auch wieder den Apfel. Als er aber damit fortjagte, verfolgten ihn die Leute des Königs, und einer kam ihm so nahe, dass er mit der Spitze des Schwerts ihm das Bein verwundete. Er entkam ihnen jedoch, aber sein Pferd sprang so gewaltig, dass der Helm ihm vom Kopf fiel, und sie konnten sehen, dass er goldene Haare hatte. Sie ritten zurück und meldeten dem König alles.

Am andern Tag fragte die Königstochter den Gärtner nach seinem Jungen. »Er arbeitet im Garten; der wunderliche Kauz ist auch bei dem Fest gewesen und erst gestern Abend wiedergekommen; er hat auch meinen Kindern drei goldene Äpfel gezeigt, die er gewonnen hat.« Der König ließ ihn vor sich fordern, und er erschien und hatte wieder sein Hütchen auf dem Kopf. Aber die Königstochter ging auf ihn zu und nahm es ihm ab, und da fielen seine goldenen Haare über die Schultern, und er war so schön, dass alle erstaunten. »Bist du der Ritter gewesen, der jeden Tag zu dem Fest gekommen ist, immer in einer andern Farbe, und der die drei goldenen Äpfel gefangen hat?«, fragte der König. »Ja«, antwortete er, »und da sind die Apfel«, holte sie aus seiner Tasche und reichte sie dem König. »Wenn Ihr noch mehr Beweise verlangt, so könnt Ihr die Wunde sehen, die mir Eure Leute geschlagen haben, als sie mich verfolgten. Aber ich bin auch der Ritter, der Euch zum Sieg über die Feinde geholfen hat.« – »Wenn du solche Taten verrichten kannst, so bist du kein Gärtnerjunge; sage mir, wer ist dein Vater?« – »Mein Vater ist ein mächtiger König.« – »Ich sehe wohl«, sprach der König, »ich bin dir Dank schuldig, kann ich dir etwas zu Gefallen tun?« – »Ja«, antwortete er, »das könnt Ihr wohl, gebt mir Eure Tochter zur Frau.« Da lachte die Jungfrau und sprach: »Der macht keine Umstände, aber ich habe schon an seinen goldenen Haaren gesehen, dass er kein Gärtnerjunge ist«; ging dann hin und küsste ihn. Zu der Vermählung kamen sein Vater und seine Mutter und waren in großer Freude; denn sie hatten schon alle Hoffnung aufgegeben, ihren lieben Sohn wiederzusehen. Und als sie an der Hochzeitstafel saßen, da schwieg auf einmal die Musik, die Türen gingen auf, und ein stolzer König trat herein mit großem Gefolge. Er ging auf den Jüngling zu, umarmte ihn und sprach: »Ich bin der Eisenhans und war in einen wilden Mann verwünscht, aber du hast mich erlöst. Alle Schätze, die ich besitze, die sollen dein Eigentum sein.«

Rumpelstilzchen

Es war einmal ein Müller, der war arm, aber er hatte eine schöne Tochter. Nun traf es sich, dass er mit dem König zu sprechen kam, und um sich ein Ansehen zu geben, sagte er zu ihm: »Ich habe eine Tochter, die kann Stroh zu Gold spinnen.« Der König sprach zum Müller: »Das ist eine Kunst, die mir wohlgefällt! Wenn deine Tochter so geschickt ist, wie du sagst, so bring sie morgen in mein Schloss, da will ich sie auf die Probe stellen.« Als nun das Mädchen zu ihm gebracht ward, führte er es in eine Kammer, die ganz voll Stroh lag, gab ihr Rad und Haspel und sprach: »Jetzt mache dich an die Arbeit, und wenn du diese Nacht durch bis morgen früh dieses Stroh nicht zu Gold versponnen hast, so musst du sterben.« Darauf schloss er die Kammer selbst zu, und sie blieb allein darin.

Da saß nun die arme Müllerstochter und wusste um ihr Leben keinen Rat. Sie verstand gar nichts davon, wie man Stroh zu Gold spinnen konnte, und ihre Angst ward immer größer, dass sie endlich zu weinen anfing. Da ging auf einmal die Tür auf, und ein kleines Männchen trat herein und sprach: »Guten Abend, Jungfer Müllerin, warum weint Sie so sehr?« – »Ach«, antwortete das Mädchen, »ich soll Stroh zu Gold spinnen und verstehe das nicht.« Sprach das Männchen: »Was gibst du mir, wenn ich dir's spinne?« – »Mein Halsband«, sagte das Mädchen. Das Männchen nahm das Halsband, setzte sich vor das Rädchen, und schnurr, schnurr, schnurr, dreimal gezogen, war die Spule voll. Dann steckte es eine andere auf, und schnurr, schnurr, schnurr, dreimal gezogen, war auch die zweite voll. Und so ging's fort bis zum Morgen, da war alles Stroh versponnen, und alle Spulen waren voll Gold. Bei Sonnenaufgang kam schon der König, und als er das Gold erblickte, erstaunte er und freute sich, aber sein Herz ward nun noch goldgieriger. Er ließ die Müllerstochter in eine andere Kammer voll Stroh bringen, die noch viel größer war, und befahl ihr, das auch in einer Nacht zu spinnen, wenn ihr das Leben lieb wäre. Das Mädchen wusste sich nicht zu helfen und weinte; da ging abermals die Tür auf, und das kleine Männchen erschien und sprach: »Was gibst du mir, wenn ich dir das Stroh zu Gold spinne?« – »Meinen Ring von dem Finger«, antwortete das Mädchen. Das Männchen nahm den Ring, fing wieder an zu schnurren mit dem Rade und hatte bis zum Morgen alles Stroh zu glänzendem Gold gesponnen. Der König freute sich über die Maßen bei dem Anblick, war aber noch immer nicht Goldes satt, sondern ließ die Müllerstochter in eine noch größere Kammer voll Stroh bringen und sprach: »Die musst du noch in dieser Nacht verspinnen; gelingt dir's aber, so sollst du meine Gemahlin werden.« ›Wenn's auch eine Müllerstochter ist‹, dachte er, eine reichere Frau finde ich in der ganzen Welt nicht.‹ Als das Mädchen allein war, kam das Männlein zum dritten Mal wieder und sprach: »Was gibst du mir, wenn ich dir noch diesmal das Stroh spinne?« – »Ich habe nichts mehr, das ich geben könnte«, antwortete das Mädchen. »So versprich mir, wenn du Königin wirst, dein erstes Kind.« – ›Wer weiß, wie das noch geht‹, dachte die Müllerstochter und wusste sich auch in der Not nicht anders zu helfen; sie versprach also dem Männchen, was es verlangte, und das Männchen spann dafür noch einmal das Stroh zu Gold. Und als am Morgen der König kam und alles fand, wie er gewünscht hatte, so hielt er Hochzeit mit ihr, und die Müllerstochter ward eine Königin.

Über ein Jahr brachte sie ein schönes Kind zur Welt und dachte gar nicht mehr an das Männchen. Da trat es plötzlich in ihre Kammer und sprach: »Nun gib mir, was du versprochen hast.« Die Königin erschrak und bot dem Männchen alle Reichtümer des Königreichs an, wenn es ihr das Kind lassen wollte, aber das Männchen sprach: »Nein, etwas Lebendes ist mir lieber als alle Schätze der Welt.« Da fing die Königin so an zu jammern und zu weinen, dass das Männchen Mitleid mit ihr hatte: »Drei Tage will ich dir Zeit lassen«, sprach es, »wenn du bis dahin meinen Namen weißt, so sollst du dein Kind behalten.«

Nun besann sich die Königin die ganze Nacht über auf alle Namen, die sie jemals gehört hatte, und schickte einen Boten über Land, der sollte sich erkundigen weit und breit, was es sonst noch für Namen gäbe. Als am andern Tag das Männchen kam, fing sie an mit Kaspar, Melchior, Balzer und sagte alle Namen, die sie wusste, nach der Reihe her, aber bei jedem sprach das Männlein: »So heiß' ich nicht.« Den zweiten Tag ließ sie in der Nachbarschaft herumfragen, und sagte dem Männlein die ungewöhnlichsten und seltsamsten Namen vor: »Heißt du vielleicht Rippenbiest oder Hammelswade oder Schnürbein?« Aber es antwortete immer: »So heiß' ich nicht.« Den dritten Tag kam der Bote wieder zurück und erzählte: »Neue Namen habe ich keinen einzigen finden können, aber wie ich an einem hohen Berg um die Waldecke kam, wo Fuchs und Has sich Gute Nacht sagen, so sah ich da ein kleines Haus, und vor dem Haus brannte ein Feuer, und um das Feuer sprang ein gar zu lächerliches Männchen, hüpfte auf einem Bein und schrie:

›Heute back' ich, morgen brau' ich,
übermorgen hol' ich der Königin ihr Kind;
ach, wie gut ist, dass niemand weiß,
dass ich Rumpelstilzchen heiß'!‹«

Da könnt ihr denken, wie froh die Königin war, als sie den Namen hörte und als bald hernach das Männlein hereintrat und fragte: »Nun, Frau Königin, wie heiß' ich?«, fragte sie erst: »Heißest du Kunz?« – »Nein.« – »Heißest du Heinz?« – »Nein.«
»Heißt du etwa Rumpelstilzchen?«
»Das hat dir der Teufel gesagt, das hat dir der Teufel gesagt«, schrie das Männlein und stieß mit dem rechten Fuß vor Zorn so tief in die Erde, dass es bis an den Leib hineinfuhr, dann packte es in seiner Wut den linken Fuß mit beiden Händen und riss sich selbst mitten entzwei.

Die sechs Diener

Vorzeiten lebte eine alte Königin, die war eine Zauberin, und ihre Tochter war das schönste Mädchen unter der Sonne. Die Alte dachte aber an nichts, als wie sie die Menschen ins Verderben locken könnte, und wenn ein Freier kam, so sprach sie, wer ihre Tochter haben wollte, müsste zuvor einen Bund – eine Aufgabe – lösen, oder er müsste sterben. Viele waren von der Schönheit der Jungfrau verblendet und wagten es wohl, aber sie konnten es nicht vollbringen, und dann war keine Gnade, sie mussten niederknien, und das Haupt ward ihnen abgeschlagen. Ein Königssohn hatte auch von der großen Schönheit der Jungfrau gehört und sprach zu seinem Vater: »Lasst mich hinziehen, ich will um sie werben.« – »Nimmermehr«, antwortete der König, »gehst du fort, so gehst du in deinen Tod.« Da legte der Sohn sich nieder und ward sterbenskrank und lag sieben Jahre lang, und kein Arzt konnte ihm helfen. Als der Vater sah, dass keine Hoffnung mehr war, sprach er voll Herzenstraurigkeit zu ihm: »Zieh hin und versuche dein Glück.« Wie der Sohn das hörte, stand er auf von seinem Lager, ward gesund und machte sich fröhlich auf den Weg.
Es trug sich zu, als er über eine Heide zu reiten kam, dass er von weitem auf der Erde etwas liegen sah wie einen großen Heuhaufen, und wie er sich näherte, konnte er unterscheiden, dass es der Bauch eines

Menschen war, der sich dahingestreckt hatte; der Bauch aber sah aus wie ein kleiner Berg. Der Dicke, wie er den Reisenden erblickte, richtete sich in die Höhe und sprach: »Wenn Ihr jemand braucht, so nehmt mich in Eure Dienste.« Der Königssohn antwortete: »Was soll ich mit einem so ungefügen Mann anfangen?« – »Oh«, sprach der Dicke, »das will nichts sagen, wenn ich mich recht auseinandertue, bin ich noch dreitausendmal so dick.« – »Wenn das ist«, sagte der Königssohn, »so kann ich dich brauchen, komm mit mir.« Da ging der Dicke hinter dem Königssohn her, und über eine Weile fanden sie einen andern, der lag da auf der Erde und hatte das Ohr auf den Rasen gelegt. Fragte der Königssohn: »Was machst du da?« – »Ich horche«, antwortete der Mann. »Wonach horchst du so aufmerksam?« – »Ich horche nach dem, was eben in der Welt sich zuträgt; denn meinen Ohren entgeht nichts, das Gras sogar hör' ich wachsen.« Fragte der Königssohn: »Sage mir, was hörst du am Hofe der alten Königin, welche die schöne Tochter hat?« Da antwortete er: »Ich höre das Schwert sausen, das einem Freier den Kopf abschlägt.« Der Königssohn sprach: »Ich kann dich brauchen, komm mit mir.« Da zogen sie weiter und sahen einmal ein paar Füße daliegen und auch etwas von den Beinen, aber das Ende konnten sie nicht sehen. Als sie eine gute Strecke fortgegangen waren, kamen sie zu dem Leib und endlich auch zu dem Kopf. »Ei«, sprach der Königssohn, »was bist du für ein langer Strick?« – »Oh«, antwortete der Lange, »das ist noch gar nichts, wenn ich meine Gliedmaßen erst recht ausstrecke, bin ich noch dreitausendmal so lang und bin größer als der höchste Berg auf Erden. Ich will Euch gerne dienen.« – »Komm mit«, sprach der Königssohn, »ich kann dich brauchen.« Sie zogen weiter und fanden einen am Weg sitzen, der hatte die Augen zugebunden. Sprach der Königssohn zu ihm: »Hast du blöde Augen, dass du nicht in das Licht sehen kannst?« – »Nein«, antwortete der Mann, »ich darf die Binde nicht abnehmen; denn was ich mit meinen Augen ansehe, das springt auseinander, so gewaltig ist mein Blick. Kann Euch das nützen, so will ich Euch gern dienen.« – »Komm mit«, antwortete der Königssohn, »ich kann dich brauchen.« Sie zogen weiter und fanden einen Mann, der lag mitten im heißen Sonnenschein und zitterte und fror am ganzen Leibe, so dass ihm kein Glied stillstand. »Wie kannst du frieren?«, sprach der Königssohn, »und die Sonne scheint so warm.« – »Ach«, antwortete der Mann, »meine Natur ist ganz anderer Art, je heißer es ist, desto mehr frier' ich, und der Frost dringt mir durch alle Knochen; und je kälter es ist, desto heißer wird mir. Mitten im Eis kann ich's vor Hitze und mitten im Feuer vor Kälte nicht aushalten.« – »Du bist ein wunderlicher Kerl«, sprach der Königssohn, »aber wenn du mir dienen willst, so komm mit.« Nun zogen sie weiter und sahen einen Mann stehen, der machte einen langen Hals, schaute sich um und schaute über alle Berge hinaus. Sprach der Königssohn: »Wonach siehst du so eifrig?« Der Mann antwortete: »Ich habe so helle Augen, dass ich über alle Wälder und Felder, Täler und Berge hinaus und durch die ganze Welt sehen kann.« Der Königssohn sprach: »Willst du, so komm mit mir; so einer fehlte mir noch.«

Nun zog der Königssohn mit seinen sechs Dienern in die Stadt ein, wo die alte Königin lebte. Er sagte nicht, wer er wäre, aber er sprach: »Wollt Ihr mir Eure schöne Tochter geben, so will ich vollbringen, was Ihr mir auferlegt.« Die Zauberin freute sich, dass ein so schöner Jüngling wieder in ihre Netze fiel, und sprach: »Dreimal will ich dir einen Bund aufgeben, lösest du ihn jedes Mal, so sollst du der Herr und Gemahl meiner Tochter werden.« – »Was soll das Erste sein?«, fragte er. »Dass du mir meinen Ring herbeibringst, den ich ins Rote Meer habe fallen lassen.« Da ging der Königssohn heim zu seinen Dienern und sprach: »Der erste Bund ist nicht leicht, ein Ring soll aus dem Roten Meer geholt werden, nun schafft Rat.« Da sprach der mit hellen Augen: »Ich will sehen, wo er liegt«, schaute in das Meer hinab und sagte: »Dort hängt er an einem spitzen Stein.« Der Lange trug sie hin und sprach: »Ich wollte ihn wohl herausholen, wenn ich ihn nur sehen könnte.« – »Wenn's weiter nichts ist«, rief der Dicke, legte sich nieder und hielt seinen Mund ans Wasser; da fielen die Wellen hinein wie in einen Abgrund, und er trank das ganze Meer aus, dass es trocken ward wie eine Wiese. Der Lange bückte sich ein wenig und holte den Ring mit der Hand heraus. Da ward der Königssohn froh, als er den Ring hatte, und brachte ihn der Alten. Sie erstaunte und sprach: »Ja, es ist der rechte Ring; den ersten Bund hast du glücklich gelöst, aber nun kommt der zweite. Siehst du, dort auf der Wiese vor meinem Schlosse, da weiden dreihundert fette Ochsen, die musst du mit Haut und Haar, Knochen und Hörnern verzehren; und unten im Keller liegen dreihundert Fässer Wein, die musst du dazu austrinken; und bleibt von den Ochsen ein Haar und von dem Wein ein Tröpfchen übrig, so ist mir dein Leben verfallen.« Sprach der Königssohn: »Darf ich mir keine Gäste dazu laden? Ohne Gesellschaft schmeckt keine Mahlzeit.« Die Alte lachte und antwortete: »Einen darfst du dir dazu laden, damit du Gesellschaft hast, aber weiter keinen.«

Da ging der Königssohn zu seinen Dienern und sprach zu dem Dicken: »Du sollst heute mein Gast sein und dich einmal satt essen.« Da tat sich der Dicke voneinander und aß die dreihundert Ochsen, dass kein Haar übrig blieb, und fragte, ob weiter nichts als das Frühstück da wäre. Den Wein trank er gleich aus den Fässern, ohne dass er ein Glas nötig hatte, und trank den letzten Tropfen vom Nagel herunter. Als die Mahlzeit zu Ende war, ging der Königssohn zur Alten und sagte ihr, der zweite Bund wäre gelöst. Sie verwunderte sich und sprach: »So weit hat's noch keiner gebracht, aber es ist noch ein Bund übrig«, und dachte: ›Du sollst mir nicht entgehen und wirst deinen Kopf nicht oben behalten.‹ – »Heut abend«, sprach sie, »bring' ich meine Tochter zu dir in deine Kammer, und du sollst sie mit deinem Arm umschlingen; und wenn ihr da beisammensitzt, so hüte dich, dass du nicht einschläfst. Ich komme Schlag zwölf Uhr, und ist sie dann nicht mehr in deinen Armen, so hast du verloren.« Der Königssohn dachte: ›Der Bund ist leicht, ich will wohl meine Augen offen behalten‹, doch rief er seine Diener, erzählte ihnen, was die Alte gesagt hatte, und sprach. »Wer weiß, was für eine List dahinter steckt. Vorsicht ist gut, haltet Wache.« Als die Nacht einbrach, kam die Alte mit ihrer Tochter und führte sie in die Arme des Königssohns, und dann schlang sich der Lange um sie beide in einen Kreis, und der Dicke stellte sich vor die Tür, dass also keine lebendige Seele herein konnte. Da saßen sie beide, und die Jungfrau sprach kein Wort, aber der Mond schien durchs Fenster auf ihr Angesicht, dass er ihre wunderbare Schönheit sehen konnte. Er tat nichts als sie anschauen, war voll Freude und Liebe, und es kam keine Müdigkeit in seine Augen. Das dauerte bis elf Uhr, da warf die Alte einen Zauber über alle, dass sie einschliefen, und in dem Augenblick war auch die Jungfrau entrückt.

Nun schliefen sie hart bis ein Viertel vor zwölf, da war der Zauber kraftlos, und sie erwachten alle wieder. »O Jammer und Unglück«, rief der Königssohn, »nun bin ich verloren!« Die treuen Diener fingen auch an zu klagen, aber der Horcher sprach: »Seid still, ich will horchen«, da horchte er einen Augenblick, und dann sprach er: »Sie sitzt in einem Felsen dreihundert Stunden von hier und bejammert ihr Schicksal. Du allein kannst helfen, Langer, wenn du dich aufrichtest, so bist du mit ein paar Schritten dort.« – »Ja«, antwortete der Lange, »aber der mit den scharfen Augen muss mitgehen, damit wir den Felsen wegschaffen.« Da huckte der Lange den mit verbundenen Augen auf, und im Augenblick waren sie vor dem verwünschten Felsen. Alsbald nahm der Lange dem andern die Binde von den Augen, der sich nur umschaute, so zersprang der Felsen in tausend Stücke. Da nahm der Lange die Jungfrau auf den Arm, trug sie in einem Nu zurück, holte noch seinen Kameraden, und eh' es zwölfe schlug, saßen sie alle wieder wie vorher und waren munter und guter Dinge. Als es zwölfe schlug, kam die alte Zauberin herbeigeschlichen, machte ein höhnisches Gesicht, als wollte sie sagen: ›Nun ist er mein‹, und glaubte, ihre Tochter säße dreihundert Stunden weit im Felsen. Als sie aber ihre Tochter in den Armen des Königssohnes erblickte, erschrak sie und sprach: »Da ist einer, der kann mehr als ich.« Aber sie durfte nichts einwenden und musste ihm die Jungfrau zusagen. Da sprach sie ihr ins Ohr: »Schande für dich, dass du gemeinem Volk gehorchen sollst und dir einen Gemahl nicht nach deinem Gefallen wählen darfst.«

Da ward das stolze Herz der Jungfrau mit Zorn erfüllt und sann auf Rache. Sie ließ am andern Morgen dreihundert Malter Holz zusammenfahren und sprach zu dem Königssohn, die drei Bünde wären gelöst, sie würde aber nicht eher seine Gemahlin werden, bis einer bereit wäre, sich mitten in das Holz zu setzen und das Feuer auszuhalten. Sie dachte, keiner seiner Diener würde sich für ihn verbrennen, und aus Liebe zu ihr würde er selber sich hineinsetzen, und dann wäre sie frei. Die Diener aber sprachen: »Wir haben alle etwas getan, nur der Frostige noch nicht, der muss auch daran«, setzten ihn mitten auf den Holzstoß und steckten ihn an. Da begann das Feuer zu brennen und brannte drei Tage, bis alles Holz verzehrt war, und als die Flammen sich legten, stand der Frostige mitten in der Asche, zitterte wie Espenlaub und sprach: »Einen solchen Frost hab' ich mein Lebtage nicht ausgehalten, und wenn er länger gedauert hätte, so wäre ich erstarrt.«

Nun war keine Aussicht mehr zu finden, die schöne Jungfrau musste den unbekannten Jüngling zum Gemahl nehmen. Als sie aber nach der Kirche fuhren, sprach die Alte: »Ich kann die Schande nicht ertragen«, und schickte ihr Kriegsvolk nach, das sollte alles niedermachen, was ihm vorkäme, und ihr die Tochter zurückbringen. Der Horcher aber hatte die Ohren gespitzt und die heimlichen Reden der Alten vernommen. »Was fangen wir an?«, sprach er zu dem Dicken, aber der wusste Rat, spie einmal oder zweimal hinter dem Wagen einen Teil von dem Meereswasser aus, das er getrunken hatte, da entstand ein großer See, worin die Kriegsvölker stecken blieben und ertranken. Als die Zauberin das vernahm, schickte sie ihre geharnischten Reiter, aber der Horcher hörte das Rasseln ihrer Rüstung und band dem einen die Augen auf, der guckte die Feinde ein bisschen scharf an, da sprangen sie auseinander wie Glas. Nun fuhren sie ungestört weiter, und als die beiden in der Kirche eingesegnet waren, nahmen die sechs Diener ihren Abschied und sprachen: »Eure Wünsche sind erfüllt, wir wollen weiterziehen und unser Glück versuchen.«

Eine halbe Stunde vor dem Schloss war ein Dorf, vor dem hütete ein Schweinehirt seine Herde; wie sie dahin kamen, sprach er zu seiner Frau: »Weißt du auch recht, wer ich bin? Ich bin kein Königssohn, sondern ein Schweinehirt, und der mit der Herde dort, das ist mein Vater. Wir zwei müssen auch daran und ihm helfen hüten.« Dann stieg er mit ihr in dem Wirtshaus ab und sagte heimlich zu den Wirtsleuten, in der Nacht sollten sie ihr die königlichen Kleider wegnehmen. Wie sie nun am Morgen aufwachte, hatte sie nichts anzutun, und die Wirtin gab ihr einen alten Rock und ein Paar alte wollene Strümpfe, dabei tat sie noch, als wär's ein großes Geschenk, und sprach: »Wenn nicht Euer Mann wäre, hätt' ich's Euch gar nicht gegeben.« Da glaubte sie, er wäre wirklich eine Schweinehirt, und hütete mit ihm die Herde und dachte: ›Ich habe es verdient mit meinem Übermut und Stolz.‹ Das dauerte acht Tage, da konnte sie es nicht mehr aushalten. Da kamen ein paar Leute und fragten, ob sie wüsste, wer ihr Mann wäre. »Ja«, antwortete sie, »er ist ein Schweinehirt und ist eben ausgegangen, mit Bändern und Schnüren einen kleinen Handel zu treiben.« Sie sprachen aber: »Kommt einmal mit, wir wollen Euch zu ihm hinführen«, und brachten sie ins Schloss hinauf; und wie sie in den Saal kam, stand da ihr Mann in königlichen Kleidern. Sie erkannte ihn aber nicht, bis er ihr um den Hals fiel, sie küsste und sprach: »Ich habe so viel für dich gelitten, da hast du auch für mich leiden sollen.« Nun ward erst die Hochzeit gefeiert, und der's erzählt hat, wollte, er wäre auch dabei gewesen.

Rapunzel

Es war einmal ein Mann und eine Frau, die wünschten sich schon lange vergeblich ein Kind; endlich machte sich die Frau Hoffnung, der liebe Gott werde ihren Wunsch erfüllen. Die Leute hatten in ihrem Hinterhaus ein kleines Fenster, daraus konnte man in einen prächtigen Garten sehen, der voll der schönsten Blumen und Kräuter stand; er war aber von einer hohen Mauer umgeben, und niemand wagte hineinzugehen, weil er einer Zauberin gehörte, die große Macht hatte und von aller Welt gefürchtet ward. Eines Tages stand die Frau an diesem Fenster und sah in den Garten hinab; da erblickte sie ein Beet, das mit den schönsten Rapunzeln bepflanzt war, und sie sahen so frisch und grün aus, dass sie lüstern ward und das größte Verlangen empfand, von den Rapunzeln zu essen. Das Verlangen nahm jeden

Tag zu, und da sie wusste, dass sie keine davon bekommen konnte, so fiel sie ganz ab, sah blass und elend aus. Da erschrak der Mann und fragte: »Was fehlt dir, liebe Frau?« – »Ach«, antwortete sie, »wenn ich keine Rapunzeln aus dem Garten hinter unserm Hause zu essen kriege, so sterbe ich.« Der Mann, der sie lieb hatte, dachte: ›Eh du deine Frau sterben lässest, holst du ihr von den Rapunzeln, es mag kosten, was es will.‹ In der Abenddämmerung stieg er also über die Mauer in den Garten der Zauberin, stach in aller Eile eine Hand voll Rapunzeln und brachte sie seiner Frau. Sie machte sich sogleich Salat daraus und aß ihn voller Begierde auf. Sie hatten aber so gut, so gut geschmeckt, dass sie den andern Tag noch dreimal so viel Lust bekam. Sollte sie Ruhe haben, so musste der Mann noch einmal in den Garten steigen. Er machte sich also in der Abenddämmerung wieder hinab, als er aber die Mauer herabgeklettert war, erschrak er gewaltig; denn er sah die Zauberin vor sich stehen. »Wie kannst du es wagen«, sprach sie mit zornigem Blick, »in meinen Garten zu steigen und meine Rapunzeln zu stehlen? Das soll dir schlecht bekommen!« – »Ach«, antwortete er, »lasst Gnade für Recht ergehen, meine Frau hat Eure Rapunzeln aus dem Fenster erblickt und empfindet ein so großes Gelüsten, dass sie sterben würde, wenn sie nicht davon zu essen bekäme.« Da ließ die Zauberin in ihrem Zorne nach und sprach zu ihm: »Verhält es sich so, wie du sagst, so will ich dir gestatten, Rapunzeln mitzunehmen, so viel du willst, allein ich mache eine Bedingung: Du musst mir das Kind geben, das deine Frau zur Welt bringen wird. Es soll ihm gut gehen, und ich will für es sorgen wie eine Mutter.« Der Mann sagte in der Angst alles zu, und als die Frau in Wochen kam, so erschien sogleich die Zauberin, gab dem Kinde den Namen Rapunzel und nahm es mit sich fort.

Rapunzel ward das schönste Kind unter der Sonne. Als es zwölf Jahre alt war, schloss es die Zauberin in einen Turm, der in einem Walde lag und weder Treppe noch Tür hatte; nur ganz oben war ein kleines Fensterchen. Wenn die Zauberin hinein wollte, so stellte sie sich unten hin und rief:

»Rapunzel, Rapunzel,
lass mir dein Haar herunter.«

Rapunzel hatte lange prächtige Haare, fein wie gesponnen Gold. Wenn sie nun die Stimme der Zauberin vernahm, so band sie ihre Zöpfe los, wickelte sie oben um einen Fensterhaken, und dann fielen die Haare zwanzig Ellen tief herunter, und die Zauberin stieg daran hinauf.
Nach ein paar Jahren trug es sich zu, dass der Sohn des Königs durch den Wald ritt und an dem Turm vorüberkam. Da hörte er einen Gesang, der war so lieblich, dass er stillhielt und horchte. Das war Rapunzel, die in ihrer Einsamkeit sich die Zeit damit vertrieb, ihre süße Stimme erschallen zu lassen. Der Königssohn wollte zu ihr hinaufsteigen und suchte nach einer Tür des Turms, aber es war keine zu finden. Er ritt heim, doch der Gesang hatte ihm so sehr das Herz gerührt, dass er jeden Tag hinaus in den Wald ging und zuhörte. Als er einmal so hinter einem Baum stand, sah er, dass eine Zauberin herankam, und hörte, wie sie hinaufrief:

»Rapunzel, Rapunzel,
lass mir dein Haar herunter.«

Da ließ Rapunzel die Haarflechten herab, und die Zauberin stieg zu ihr hinauf. »Ist das die Leiter, auf welcher man hinaufkommt, so will ich auch einmal mein Glück versuchen.« Und den folgenden Tag, als es anfing, dunkel zu werden, ging er zu dem Turme und rief:

»Rapunzel, Rapunzel,
lass dein Haar herunter.«

Alsbald fielen die Haare herab, und der Königssohn stieg hinauf.
Anfangs erschrak Rapunzel gewaltig, als ein Mann zu ihr hereinkam, doch der Königssohn fing an, ganz freundlich mit ihr zu reden und erzählte ihr, dass von ihrem Gesang sein Herz so sehr sei bewegt worden, dass es ihm keine Ruhe gelassen und er sie selbst habe sehen müssen.
Da verlor Rapunzel ihre Angst, und als er sie fragte, ob sie ihn zum Manne nehmen wollte, und sie sah, dass er jung und schön war, so dachte sie: ›Der wird mich lieber haben als die alte Frau Gothel‹, und sagte Ja und legte ihre Hand in seine Hand. Sie sprach: »Ich will gerne

mit dir gehen, aber ich weiß nicht, wie ich hinabkommen kann. Wenn du kommst, so bring jedes Mal einen Strang Seide mit; daraus will ich eine Leiter flechten, und wenn die fertig ist, so steige ich hinunter, und du nimmst mich auf dein Pferd.«

Sie verabredeten, dass er bis dahin alle Abend zu ihr kommen sollte; denn bei Tag kam die Alte. Die Zauberin merkte auch nichts davon, bis einmal Rapunzel anfing und zu ihr sagte: »Sag mir doch, Frau Gothel, wie kommt es nur, Sie wird mir viel schwerer heraufzuziehen als der junge Königssohn, der ist in einem Augenblick bei mir.« – »Ach, du gottloses Kind«, rief die Zauberin, »was muss ich von dir hören, ich dachte, ich hätte dich von aller Welt geschieden, und du hast mich doch betrogen!« In ihrem Zorne packte sie die schönen Haare der Rapunzel, schlug sie ein paar Mal um ihre linke Hand, griff eine Schere mit der Rechten, und ratsch, ratsch, waren sie abgeschnitten, und die schönen Flechten lagen auf der Erde. Und sie war so unbarmherzig, dass sie die arme Rapunzel in eine Wüstenei brachte, wo sie in großem Jammer und Elend leben musste. Denselben Tag aber, wo sie Rapunzel verstoßen hatte, machte abends die Zauberin die abgeschnittenen Flechten oben am Fensterhaken fest, und als der Königssohn kam und rief:

»Rapunzel, Rapunzel,
lass dein Haar herunter«,

so ließ sie die Haare hinab. Der Königssohn stieg hinauf, aber er fand oben nicht seine liebste Rapunzel, sondern die Zauberin, die ihn mit bösen und giftigen Blicken ansah. »Aha«, rief sie höhnisch, »du willst die Frau Liebste holen, aber der schöne Vogel sitzt nicht mehr im Nest und singt nicht mehr, die Katze hat ihn geholt und wird dir auch noch die Augen auskratzen. Für dich ist Rapunzel verloren, du wirst sie nie wieder erblicken.« Der Königssohn geriet außer sich vor Schmerz, und in der Verzweiflung sprang er den Turm herab. Das Leben brachte er davon, aber die Dornen, in die er fiel, zerstachen ihm die Augen. Da irrte er blind im Walde umher und tat nichts als jammern und weinen über den Verlust seiner liebsten Frau. So wanderte er einige Jahre im Elend umher und geriet endlich in die Wüstenei, wo Rapunzel mit den Zwillingen, die sie geboren hatte, einem Knaben und einem Mädchen, kümmerlich lebte. Er vernahm eine Stimme, und sie deuchte ihm so bekannt. Da ging er darauf zu, und wie er herankam, erkannte ihn Rapunzel und fiel ihm um den Hals und weinte. Zwei von ihren Tränen aber benetzten seine Augen; da wurden sie wieder klar, und er konnte damit sehen wie sonst. Er führte sie in sein Reich, wo er mit Freude empfangen ward, und sie lebten noch lange glücklich und vergnügt.

Sechse kommen durch die ganze Welt

Es war einmal ein Mann, der verstand allerlei Künste; er diente im Krieg und hielt sich brav und tapfer, aber als der Krieg zu Ende war, bekam er den Abschied und drei Heller Zehrgeld auf den Weg. »Wart«, sprach er, »das lass' ich mir nicht gefallen, finde ich die rechten Leute, so soll mir der König noch die Schätze des ganzen Landes herausgeben.« Da ging er voll Zorn in den Wald und sah einen darin stehen, der hatte sechs Bäume ausgerupft, als wären's Kornhalme. Sprach er zu ihm: »Willst du mein Diener sein und mit mir ziehen?« – »Ja«, antwortete er, »aber erst will ich meiner Mutter das Wellchen Holz heimbringen«, und nahm einen von den Bäumen und wickelte ihn um die fünf andern, hob die Welle auf die Schulter und trug sie fort. Dann kam er wieder und ging mit seinem Herrn, der sprach:

»Wir zwei sollten wohl durch die ganze Welt kommen.« Und als sie ein Weilchen gegangen waren, fanden sie einen Jäger, der lag auf den Knien, hatte die Büchse angelegt und zielte. Sprach der Herr zu ihm: »Jäger, was willst du schießen?« Er antwortete: »Zwei Meilen von hier sitzt eine Fliege auf dem Ast eines Eichbaums, der will ich das linke Auge herausschießen.« – »Oh, geh mit mir«, sprach der Mann, »wenn wir drei zusammen sind, sollten wir wohl durch die ganze Welt kommen.« Der Jäger war bereit und ging mit ihm, und sie kamen zu sieben Windmühlen, deren Flügel trieben ganz hastig herum, und es ging doch links und rechts kein Wind, und es bewegte sich kein Blättchen. Da sprach der Mann: »Ich weiß nicht, was die Windmühlen treibt, es regt sich ja kein Lüftchen«, und ging mit seinen Dienern weiter, und als sie zwei Meilen fortgegangen waren, sahen sie einen auf einem Baum sitzen, der hielt das eine Nasenloch zu und blies aus dem andern. »Mein, was treibst du da oben?«, fragte der Mann. Er antwortete: »Zwei Meilen von hier stehen sieben Windmühlen, seht, die blase ich an, dass sie laufen.« – »Oh, geh mit mir«, sprach der Mann, »wenn wir vier zusammen sind, sollten wir wohl durch die ganze Welt kommen.« Der Bläser ging mit, und über eine Zeit sahen sie einen, der stand da auf einem Bein und hatte das andere abgeschnallt und neben sich gelegt. Da sprach der Herr: »Du hast dir's ja bequem gemacht zum Ausruhen.« – »Ich bin ein Laufer«, antwortete er, »und damit ich nicht gar zu schnell springe, habe ich mir das eine Bein abgeschnallt; wenn ich mit zwei Beinen laufe, so geht's geschwinder, als ein Vogel fliegt.« – »Oh, geh mit mir, wenn wir fünf zusammen sind, sollten wir wohl durch die ganze Welt kommen.« Da ging er mit, und gar nicht lang, so begegneten sie einem, der hatte ein Hütchen auf, hatte es aber ganz auf dem einen Ohre sitzen. Da sprach der Herr zu ihm: »Manierlich! Manierlich! Häng deinen Hut doch nicht auf ein Ohr, du siehst ja aus wie ein Hans Narr.« – »Ich darf's nicht tun«, sprach der andere, »denn setz' ich meinen Hut gerad, so kommt ein gewaltiger Frost, und die Vögel unter dem Himmel erfrieren und fallen tot zur Erde.« »Oh, geh mit mir«, sprach der Herr, »wenn wir sechs zusammen sind, sollten wir wohl durch die ganze Welt kommen.«

Nun gingen die sechse in eine Stadt, wo der König hatte bekannt machen lassen, wer mit seiner Tochter um die Wette laufen wollte und den Sieg davontrüge, der sollte ihr Gemahl werden; wer aber verlöre, müsste auch seinen Kopf hergeben. Da meldete sich der Mann und sprach: »Ich will aber meinen Diener für mich laufen lassen.« Der König antwortete: »Dann musst du auch noch dessen Leben zum Pfand setzen, also dass sein und dein Kopf für den Sieg haften.« Als das verabredet und festgemacht war, schnallte der Mann dem Laufer das andere Bein an und sprach zu ihm: »Nun sei hurtig und hilf, dass wir siegen.« Es war aber bestimmt, dass, wer zuerst Wasser aus einem weit abgelegenen Brunnen brächte, Sieger sein sollte. Nun bekam der Laufer einen Krug und die Königstochter auch einen, und sie fingen zu gleicher Zeit zu laufen an; aber in einem Augenblick, als die Königstochter erst eine kleine Strecke fort war, konnte den Laufer schon kein Zuschauer mehr sehen. In kurzer Zeit langte er bei dem Brunnen an, schöpfte den Krug voll Wasser und kehrte wieder um. Mitten aber auf dem Heimweg überkam ihn eine Müdigkeit; da setzte er den Krug hin, legte sich nieder und schlief ein. Er hatte aber einen Pferdeschädel, der da auf der Erde lag, zum Kopfkissen gemacht, damit er hart läge und bald wieder erwachte. Indessen war die Königstochter, die auch gut laufen konnte, so gut es ein gewöhnlicher Mensch vermag, bei dem Brunnen angelangt und eilte mit ihrem Krug voll Wasser zurück; und als sie den Laufer da liegen und schlafen sah, war sie froh und sprach: »Der Feind ist in meine Hände gegeben«, leerte seinen Krug aus und sprang weiter. Nun wäre alles verloren gewesen, wenn

nicht zum guten Glück der Jäger mit seinen scharfen Augen oben auf dem Schloss gestanden und alles mit angesehen hätte. Da sprach er: »Die Königstochter soll doch gegen uns nicht aufkommen«, lud seine Büchse und schoss so geschickt, dass er dem Laufer den Pferdeschädel unter dem Kopf wegschoss, ohne ihm weh zu tun. Da erwachte der Laufer, sprang in die Höhe und sah, dass sein Krug leer und die Königstochter schon weit voraus war. Aber er verlor den Mut nicht, lief mit dem Krug wieder zum Brunnen zurück, schöpfte aufs Neue Wasser und war noch zehn Minuten eher als die Königstochter daheim. »Seht ihr«, sprach er, »jetzt hab' ich erst die Beine aufgehoben, vorher war's gar kein Laufen zu nennen.«

Den König aber kränkte es und seine Tochter noch mehr, dass sie so ein gemeiner abgedankter Soldat davontragen sollte; sie ratschlagten miteinander, wie sie ihn samt seinen Gesellen loswürden. Da sprach der König zu ihr: »Ich habe ein Mittel gefunden, lass dir nicht bang sein, sie sollen nicht wieder heimkommen.« Und sprach zu ihnen: »Ihr sollt euch nun zusammen lustig machen, essen und trinken«, und führte sie zu einer Stube, die hatte einen Boden von Eisen, und die Türen waren auch von Eisen, und die Fenster waren mit eisernen Stäben verwahrt. In der Stube war eine Tafel mit köstlichen Speisen besetzt, da sprach der König zu ihnen: »Geht hinein und lasst's euch wohl sein.« Und wie sie darinnen waren, ließ er die Tür verschließen und verriegeln. Dann ließ er den Koch kommen und befahl ihm, ein Feuer so lang unter die Stube zu machen, bis das Eisen glühend würde. Das tat der Koch, und es fing an und ward den sechsen in der Stube, während sie an der Tafel saßen, ganz warm, und sie meinten, das käme vom Essen; als aber die Hitze immer größer ward und sie hinaus wollten, Tür und Fenster aber verschlossen fanden, da merkten sie, dass der König sie ersticken wollte. »Es soll ihm aber nicht gelingen«, sprach der mit dem Hütchen, »ich will einen Frost kommen lassen, vor dem sich das Feuer schämen und verkriechen soll.« Da setzte er sein Hütchen gerade, und alsobald fiel ein Frost, dass alle Hitze verschwand und die Speisen anfingen zu frieren. Als nun ein paar Stunden herum waren und der König glaubte, sie wären in der Hitze verschmachtet, ließ er die Tür öffnen und wollte selbst nach ihnen sehen. Aber wie die Tür aufging, standen sie alle sechse da, frisch und gesund, und sagten, es wäre ihnen lieb, dass sie heraus könnten, sich zu wärmen; denn bei der großen Kälte in der Stube frören die Speisen an den Schüsseln fest. Da ging der König voll Zorn hinab zu dem Koch, schalt ihn und fragte, warum er nicht getan hätte, was ihm wäre befohlen worden. Der Koch aber antwortete: »Es ist Glut genug da, seht nur selbst.« Da sah der König, dass ein gewaltiges Feuer unter der Eisenstube brannte, und merkte, dass er den sechsen auf diese Weise nichts anhaben könnte.

Nun sann der König aufs Neue, wie er die bösen Gäste loswürde, ließ den Meister kommen und sprach: »Willst du Gold nehmen und dein Recht auf meine Tochter aufgeben, so sollst du haben, so viel du willst.« – »O ja, Herr König«, antwortete er, »gebt mir so viel, wie mein Diener tragen kann, so verlange ich Eure Tochter nicht.« Das war der König zufrieden, und jener sprach weiter: »So will ich in vierzehn Tagen kommen und es holen.« Darauf rief er alle Schneider aus dem ganzen Reich herbei, die mussten vierzehn Tage lang sitzen und einen Sack nähen. Und als er fertig war, musste der Starke, welcher Bäume ausrupfen konnte, den Sack auf die Schulter nehmen und mit ihm zu dem König gehen. Da sprach der König: »Was ist das für ein gewaltiger Kerl, der den hausgroßen Ballen Leinwand auf der Schulter trägt?«, erschrak und dachte: ›Was wird der für Gold wegschleppen?‹ Da hieß er eine Tonne Gold herbringen, die mussten sechzehn der stärksten Männer tragen, aber der Starke packte sie mit einer Hand, steckte sie in den Sack und sprach: »Warum bringt ihr nicht gleich mehr? Das deckt ja kaum den Boden.« Da ließ der König nach und nach seinen ganzen Schatz herbeitragen, und der Sack ward davon noch nicht zur Hälfte voll. »Schafft mehr herbei«, rief er, »die paar Brocken füllen nicht.« Da mussten noch siebentausend Wagen mit Gold in dem ganzen Reich zusammengefahren werden; die schob der Starke samt den vorgespannten Ochsen in seinen Sack. »Ich will's nicht lange besehen«, sprach er, »und nehmen, was kommt, damit der Sack nur voll wird.« Wie alles darin stak, ging doch noch viel hinein, da sprach er: »Ich will ein Ende machen.« Dann huckte er ihn auf den Rücken und ging mit seinen Gesellen fort.

Als der König nun sah, wie der einzige Mann des ganzen Landes Reichtum forttrug, ward er zornig und ließ seine Reiterei aufsitzen, die sollten den sechsen nachjagen und hatten Befehl, dem Starken den Sack wieder abzunehmen. Zwei Regimenter holten sie bald ein und riefen ihnen zu: »Ihr seid Gefangene, legt den Sack mit dem Gold nieder, oder ihr werdet zusammengehauen.« – »Was sagt ihr?«, sprach der Bläser, »wir wären Gefangene? Eher sollt ihr sämtlich in der Luft herumtanzen«, hielt das eine Nasenloch zu und blies mit dem andern die beiden Regimenter an, da fuhren sie auseinander und in die blaue Luft über alle Berge weg, der eine hierhin, der andere dorthin. Ein Feldwebel rief um Gnade, er hätte neun Wunden und wäre ein braver Kerl, der den Schimpf nicht verdiente. Da ließ der Bläser ein wenig nach, so dass er ohne Schaden wieder herabkam; dann sprach er zu ihm: »Nun geh heim zum König und sag, er sollte nur noch mehr Reiterei schicken, ich wollte sie alle in die Luft blasen.« Der König, als er den Bescheid vernahm, sprach: »Lasst die Kerle gehen, die haben etwas an sich.« Da brachten die sechs den Reichtum heim, teilten ihn und lebten vergnügt bis an ihr Ende.

Die Rübe

Es waren einmal zwei Brüder, die dienten beide als Soldaten, und der eine war reich, der andere arm. Da wollte der Arme sich aus seiner Not helfen, zog den Soldatenrock aus und ward ein Bauer. Also grub und hackte er sein Stückchen Acker und säte Rübsamen. Der Same ging auf, und es wuchs da eine Rübe, die ward groß und stark und zusehends dicker und wollte gar nicht aufhören zu wachsen, so dass sie eine Fürstin aller Rüben heißen konnte; denn nimmer ward so eine gesehen. Zuletzt war sie so groß, dass sie allein einen ganzen Wagen anfüllte und zwei Ochsen daran ziehen mussten, und der Bauer wusste nicht, was er damit anfangen sollte und ob's sein Glück oder sein Unglück wäre. Endlich dachte er: ›Verkaufst du sie, was wirst du Großes dafür bekommen, und willst du sie selber essen, so tun die kleinen Rüben denselben Dienst; am besten ist, du bringst sie dem König und machst ihm eine Verehrung damit.‹ Also lud er sie auf den Wagen,

spannte zwei Ochsen vor, brachte sie an den Hof und schenkte sie dem König. »Was ist das für ein seltsam Ding?«, sagte der König, »mir ist viel Wunderliches vor die Augen gekommen, aber so ein Ungetüm noch nicht; aus was für Samen mag die gewachsen sein? Oder dir gerät's allein, und du bist ein Glückskind.« – »Ach, nein«, sagte der Bauer, »ein Glückskind bin ich nicht, ich bin ein armer Soldat, der, weil er sich nicht mehr nähren konnte, den Soldatenrock an den Nagel hing und das Land baute. Ich habe noch einen Bruder, der ist reich und Euch, Herr König, auch wohl bekannt, ich aber bin von aller Welt vergessen.« Da empfand der König Mitleid mit ihm und sprach: »Deiner Armut sollst du überhoben und so von mir beschenkt werden, dass du wohl deinem reichen Bruder gleichkommst.« Da schenkte er ihm eine Menge Gold, Äcker, Wiesen und Herden und machte ihn steinreich, so dass des andern Bruders Reichtum gar nicht konnte damit verglichen werden. Als dieser das hörte, beneidete er ihn und sann hin und her, wie er sich auch ein solches Glück zuwenden könnte. Er wollt's aber noch viel gescheiter anfangen, nahm Gold und Pferde und brachte sie dem König und meinte nicht anders, der würde ihm ein viel größeres Gegengeschenk machen; denn hätte sein Bruder so viel für eine Rübe bekommen, was würden ihm so schöne Dinge nicht alles einbringen! Der König nahm das Geschenk und sagte, er wüsste ihm nichts wiederzugeben, das seltener und besser wäre als die große Rübe. Also musste der Reiche seines Bruders Rübe auf einen Wagen legen und nach Hause fahren lassen. Daheim wusste er nicht, an wem er seinen Zorn und Ärger auslassen sollte, bis ihm böse Gedanken kamen, und er beschloss, seinen Bruder zu töten. Er gewann Mörder, die mussten sich in einen Hinterhalt stellen, und darauf ging er zu seinem Bruder und sprach: »Lieber Bruder, ich weiß einen heimlichen Schatz, den wollen wir miteinander heben und teilen.« Der andere ließ sich's auch gefallen und ging ohne Arg mit. Als sie aber hinauskamen, stürzten die Mörder über ihn her, banden ihn und wollten ihn an einen Baum hängen. Indem sie eben darüber waren, erscholl aus der Ferne lauter Gesang und Hufschlag, dass ihnen der Schrecken in den Leib fuhr und sie Hals über Kopf ihren Gefangenen in den Sack steckten, am Ast hinaufwanden und die Flucht ergriffen. Er aber arbeitete oben, bis er ein Loch im Sack hatte, wodurch er den Kopf stecken konnte. Wer aber des Wegs kam, war nichts als ein fahrender Schüler, ein junger Geselle, der, fröhlich sein Lied singend, durch den Wald auf der Straße daherritt. Wie der oben nun merkte, dass einer unter ihm vorbeiging, rief er: »Sei mir gegrüßt zu guter Stunde.« Der Schüler guckte sich überall um, wusste nicht, wo die Stimme herschallte, endlich sprach er: »Wer ruft mir?« Da antwortete es aus dem Wipfel: »Erhebe deine Augen, ich sitze hier oben im Sack der Weisheit, in kurzer Zeit habe ich große Dinge gelernt, dagegen sind alle Schulen ein Wind; um ein Weniges, so werde ich ausgelernt haben, herabsteigen und weiser sein als alle Menschen. Ich verstehe die Gestirne und Himmelszeichen, das Wehen aller Winde, den Sand im Meer, Heilung der Krankheit, die Kräfte der Kräuter, Vögel und Steine. Wärst du einmal darin, du würdest fühlen, was für Herrlichkeit aus dem Sack der Weisheit fließt.« Der Schüler, wie er das alles hörte, erstaunte und sprach: »Gesegnet sei die Stunde, wo ich dich gefunden habe, könnt' ich nicht auch ein wenig in den Sack kommen?« Oben der antwortete, als tät er's nicht gerne: »Eine kleine Weile will ich dich wohl hineinlassen für Lohn und gute Worte, aber du musst doch noch eine Stunde warten, es ist ein Stück übrig, das ich erst lernen muss.« Als der Schüler ein wenig gewartet hatte, war ihm die Zeit zu lang, und er bat, dass er doch möchte hineingelassen werden, sein Durst nach Weisheit wäre gar zu groß. Da stellte sich der oben, als gäbe er endlich nach und sprach: »Damit ich aus dem Haus der Weisheit herauskann, musst du den Sack am Strick herunterlassen, so sollst du eingehen.« Also ließ der Schüler ihn herunter, band den Sack auf und befreite ihn, dann rief er selber: »Nun zieh mich recht geschwind hinauf«, und wollt' geradstehend in den Sack einschreiten. »Halt!«, sagte der andere, »so geht's nicht an«, packte ihn beim Kopf, steckte ihn umgekehrt in den Sack, schnürte zu und zog den Jünger der Weisheit am Strick baumwärts, dann schwengelte er ihn in der Luft und sprach: »Wie steht's, mein lieber Geselle? Siehe, schon fühlst du, dass dir die Weisheit kommt, und machst gute Erfahrung, sitze also fein ruhig, bis du klüger wirst.« Damit stieg er auf des Schülers Pferd, ritt fort, schickte aber nach einer Stunde jemand, der ihn wieder herablassen musste.

Die zwei Brüder

Es waren einmal zwei Brüder, ein reicher und ein armer. Der Reiche war ein Goldschmied und bös von Herzen; der Arme nährte sich davon, dass er Besen band, und war gut und redlich. Der Arme hatte zwei Kinder, das waren Zwillingsbrüder und sich so ähnlich wie ein Tropfen Wasser dem andern. Die zwei Knaben gingen ab und zu in des Reichen Haus und erhielten von dem Abfall manchmal etwas zu essen. Es trug sich zu, dass der arme Mann, als er in den Wald ging, Reisig zu holen, einen Vogel sah, der ganz golden war und so schön, wie ihm noch niemals einer vor Augen gekommen war. Da hob er ein Steinchen auf, warf nach ihm und traf ihn auch glücklich. Es fiel aber nur eine goldene Feder herab, und der Vogel flog fort. Der Mann nahm die Feder und brachte sie seinem Bruder, der sah sie an und sprach: »Es ist eitel Gold«, und gab ihm viel Geld dafür. Am andern Tag stieg der Mann auf einen Birkenbaum und wollte ein paar Äste abhauen; da flog derselbe Vogel heraus, und als der Mann nachsuchte, fand er ein Nest, und ein Ei lag darin, das war von Gold. Er nahm das Ei mit heim und brachte es seinem Bruder, der sprach wiederum: »Es ist eitel Gold«, und gab ihm, was es wert war. Zuletzt sagte der Goldschmied: »Den Vogel selber möcht ich wohl haben.« Der Arme ging zum dritten Mal in den Wald und sah den Goldvogel wieder auf dem Baum sitzen. Da nahm er einen Stein und warf ihn herunter und brachte ihn seinem Bruder, der gab ihm einen großen Haufen Gold dafür. ›Nun kann ich mir helfen‹, dachte er und ging zufrieden nach Haus.

Der Goldschmied war klug und listig und wusste wohl, was das für ein Vogel war. Er rief seine Frau und sprach: »Brat mir den Goldvogel und sorge, dass nichts davon wegkommt; ich habe Lust, ihn ganz allein zu essen.« Der Vogel war aber von so wunderbarer Art, dass, wer Herz und Leber von ihm aß, jeden Morgen ein Goldstück unter seinem Kopfkissen fand. Die Frau machte den Vogel zurecht, steckte ihn an einen Spieß und ließ ihn braten. Nun geschah es, dass, während er am Feuer stand und die Frau anderer Arbeiten wegen notwendig aus der Küche gehen musste, die zwei Kinder des armen Besenbinders hereinliefen, sich vor den Spieß stellten und ihn ein paar Mal herum-

drehten. Und da gerade zwei Stücklein aus dem Vogel in die Pfanne herabfielen, sprach der eine: »Die paar Bisschen wollen wir essen, ich bin so hungrig, es wird's ja niemand daran merken.« Da aßen sie beide die Stückchen auf; die Frau kam aber dazu, sah, dass sie etwas aßen, und sprach: »Was habt ihr gegessen?« – »Ein paar Stückchen, die aus dem Vogel herausgefallen sind«, antworteten sie. »Das sind Herz und Leber gewesen«, sprach die Frau ganz erschrocken, und damit ihr Mann nichts vermisste und nicht böse ward, schlachtete sie geschwind ein Hähnchen, nahm Herz und Leber heraus und legte es zu dem Goldvogel. Als er gar war, trug sie ihn dem Goldschmied auf, der ihn ganz allein verzehrte. Am andern Morgen aber, als er unter sein Kopfkissen griff und dachte, das Goldstück hervorzuholen, war so wenig wie sonst eins zu finden.

Die beiden Kinder aber wussten nicht, was ihnen für ein Glück zuteil geworden war. Am andern Morgen, wie sie aufstanden, fiel etwas auf die Erde und klingelte, und als sie es aufhoben, da waren's zwei Goldstücke. Sie brachten sie ihrem Vater, der wunderte sich und sprach: »Wie sollte das zugegangen sein?« Als sie aber am andern Morgen wieder zwei fanden und so jeden Tag, da ging er zu seinem Bruder und erzählte ihm die seltsame Geschichte. Der Goldschmied merkte gleich, wie es gekommen war und dass die Kinder Herz und Leber von dem Goldvogel gegessen hatten; und um sich zu rächen und weil er neidisch und hartherzig war, sprach er zu dem Vater: »Deine Kinder sind mit dem Bösen im Spiel, nimm das Gold nicht und dulde sie nicht länger in deinem Haus; denn er hat Macht über sie und kann dich selbst noch ins Verderben bringen.« Der Vater fürchtete den Bösen, und so schwer es ihm ankam, führte er doch die Zwillinge hinaus in den Wald und verließ sie da mit traurigem Herzen.

Nun liefen die zwei Kinder im Wald umher und suchten den Weg nach Haus, verirrten sich aber immer weiter. Endlich begegneten sie einem Jäger, der fragte: »Wem gehört ihr, Kinder?« – »Wir sind des armen Besenbinders Jungen«, antworteten sie und erzählten ihm, dass ihr Vater sie nicht länger im Hause hätte behalten wollen, weil alle Morgen ein Goldstück unter ihrem Kopfkissen läge. »Nun«, sagte der Jäger, »das ist gerade nichts Schlimmes, wenn ihr nur rechtschaffen dabei bleibt und euch nicht auf die faule Haut legt.« Der gute Mann, weil ihm die Kinder gefielen und er selbst keine hatte, so nahm er sie mit nach Haus und sprach: »Ich will euer Vater sein und euch großziehen.« Sie lernten da bei ihm die Jägerei, und das Goldstück, das ein jeder beim Aufstehen fand, hob er ihnen für die Zukunft auf.

Als sie herangewachsen waren, nahm sie ihr Pflegevater eines Tages mit in den Wald und sprach: »Heute sollt ihr euern Probeschuss tun, damit ich euch freisprechen und zu Jägern machen kann.« Sie gingen mit ihm auf den Anstand und warteten lange, aber es kam kein Wild. Der Jäger sah über sich und sah eine Kette von Schneegänsen in der Gestalt eines Dreiecks fliegen, da sagte er zu dem einen: »Nun schieß von jeder Ecke eine herab.« Der tat's und vollbrachte damit seinen Probeschuss. Bald darauf kam noch eine Kette angeflogen und hatte die Gestalt der Ziffer zwei. Da hieß der Jäger den andern gleichfalls von jeder Ecke eine herunterholen, und dem gelang sein Probeschuss auch. Nun sagte der Pflegevater: »Ich spreche euch frei, ihr seid ausgelernte Jäger.« Darauf gingen die zwei Brüder zusammen in den Wald, ratschlagten miteinander und verabredeten etwas. Und als sie abends sich zum Essen niedergesetzt hatten, sagten sie zu ihrem Pflegevater: »Wir rühren die Speise nicht an und nehmen keinen Bissen, bevor Ihr uns eine Bitte gewährt habt.« Sprach er: »Was ist denn eure Bitte?« Sie antworteten: »Wir haben nun ausgelernt, wir müssen uns auch in der Welt versuchen, so erlaubt, dass wir fortziehen und wandern.« Da sprach der Alte mit Freuden: »Ihr redet wie brave Jäger, was ihr begehrt, ist mein eigener Wunsch gewesen; zieht aus, es wird euch wohl ergehen.«

Als der bestimmte Tag kam, schenkte der Pflegevater jedem eine gute Büchse und einen Hund und jedem Goldstücke, so viel er wollte. Darauf begleitete er sie ein Stück Wegs, und beim Abschied gab er ihnen noch ein blankes Messer und sprach: »Wann ihr euch einmal trennt, so stoßt dies Messer am Scheideweg in einen Baum; daran kann einer, wenn er zurückkommt, sehen, wie es seinem abwesenden Bruder ergangen ist; denn die Seite, nach welcher dieser ausgezogen ist, rostet, wann er stirbt; solange er aber lebt, bleibt sie blank.« Die zwei Brüder gingen immer weiter fort und kamen in einen Wald, so groß dass sie unmöglich in einem Tag heraus konnten. Also blieben sie die Nacht darin und aßen, was sie in die Jägertasche gesteckt hatten; aber auch am zweiten Tag kamen sie nicht heraus. Da sie nichts zu essen hatten, sprach der eine: »Wir müssen etwas schießen, sonst leiden wir Hunger«, und lud seine Büchse. Und als ein alter Hase dahergelaufen kam, legte er an, aber der Hase rief:

»Lieber Jäger, lass mich leben,
ich will dir auch zwei Junge geben.«

Sprang auch gleich ins Gebüsch und brachte zwei Junge; die Tierlein spielten so munter und waren so artig, dass die Jäger es nicht übers Herz bringen konnten, sie zu töten. Sie behielten sie also bei sich, und die kleinen Hasen folgten ihnen auf dem Fuße nach. Bald darauf schlich ein Fuchs vorbei, den wollten sie niederschießen, aber der Fuchs rief:

»Lieber Jäger, lass mich leben,
ich will dir auch zwei Junge geben.«

Er brachte auch zwei Füchslein, und die Jäger mochten sie auch nicht töten, gaben sie den Hasen zur Gesellschaft, und sie folgten ihnen nach. Nicht lange, so schritt ein Wolf aus dem Dickicht; die Jäger legten auf ihn an, aber der Wolf rief:

»Lieber Jäger, lass mich leben,
ich will dir auch zwei Junge geben.«

Die zwei jungen Wölfe taten die Jäger zu den anderen Tieren, und sie folgten ihnen nach. Darauf kam ein Bär, der wollte gern noch länger herumtraben und rief:

»Lieber Jäger, lass mich leben,
ich will dir auch zwei Junge geben.«

Die zwei jungen Bären wurden zu den andern gesellt, und waren ihrer schon acht. Endlich, wer kam? Ein Löwe kam und schüttelte seine Mähne. Aber die Jäger ließen sich nicht schrecken und zielten auf ihn. Aber der Löwe sprach gleichfalls:

»Lieber Jäger, lass mich leben,
ich will dir auch zwei Junge geben.«

Er holte auch seine Jungen herbei, und nun hatten die Jäger zwei Löwen, zwei Bären, zwei Wölfe, zwei Füchse und zwei Hasen, die ihnen nachzogen und dienten. Indessen war ihr Hunger damit nicht gestillt worden; da sprachen sie zu den Füchsen: »Hört, ihr Schleicher, schafft uns etwas zu essen.« Sie antworteten: »Nicht weit von hier liegt ein Dorf, wo wir schon manches Huhn geholt haben; den Weg dahin wollen wir euch zeigen.« Da gingen sie ins Dorf, kauften sich etwas zu essen und ließen auch ihren Tieren Futter geben und zogen dann weiter. Die Füchse aber wussten guten Bescheid in der Gegend, wo die Hühnerhöfe waren, und konnten den Jägern überall den Weg weisen.

Nun zogen sie eine Weile herum, konnten aber keinen Dienst finden, wo sie zusammen geblieben wären. Da sprachen sie: »Es geht nicht anders, wir müssen uns trennen.« Sie teilten die Tiere, so dass jeder einen Löwen, einen Bären, einen Wolf, einen Fuchs und einen Hasen bekam; dann nahmen sie Abschied, versprachen sich brüderliche Liebe bis in den Tod und stießen das Messer, das ihnen ihr Pflegevater mitgegeben, in einen Baum; worauf der eine nach Osten, der andere nach Westen zog.

Der Jüngste kam mit seinen Tieren in eine Stadt, die war ganz mit schwarzem Flor überzogen. Er ging in ein Wirtshaus und fragte den Wirt, ob er nicht seine Tiere beherbergen könnte. Der Wirt gab ihnen einen Stall, wo in der Wand ein Loch war. Da kroch der Hase hinaus und holte sich ein Kohlhaupt, und der Fuchs holte sich ein Huhn, und als er das gefressen hatte, auch den Hahn dazu; der Wolf aber, der Bär und der Löwe konnten nicht hinaus, weil sie zu groß waren. Da ließ sie der Wirt hinbringen, wo eben eine Kuh auf dem Rasen lag, dass sie sich satt fraßen. Und als der Jäger für seine Tiere gesorgt hatte, fragte er erst den Wirt, warum die Stadt so mit Trauerflor ausgehängt wäre. Sprach der Wirt: »Weil morgen unseres Königs einzige Tochter sterben wird.« Fragte der Jäger: »Ist sie sterbenskrank?« – »Nein«, antwortete der Wirt, »sie ist gesund, aber sie muss doch sterben.« – »Wie geht das zu?«, fragte der Jäger. »Draußen vor der Stadt ist ein hoher Berg, darauf wohnt ein Drache, der muss alle Jahre eine reine Jungfrau haben, sonst verwüstet er das ganze Land. Nun ist niemand mehr übrig als die Königstochter; dennoch ist keine Gnade, sie muss ihm überliefert werden, und das soll morgen geschehen.« Sprach der Jäger: »Warum wird der Drache nicht getötet?« – »Ach«, antwortete der Wirt, »so viele Ritter haben's versucht, aber allesamt ihr Leben eingebüßt; der König hat dem, der den Drachen besiegt, seine Tochter zur Frau versprochen, und er soll auch nach seinem Tode das Reich erben.«

Der Jäger sagte dazu weiter nichts, aber am andern Morgen nahm er seine Tiere und stieg mit ihnen auf den Drachenberg. Da stand oben eine kleine Kirche, und auf dem Altar standen drei gefüllte Becher, und dabei war die Schrift: »Wer die Becher austrinkt, wird der stärkste Mann auf Erden und wird das Schwert führen, das vor der Türschwelle vergraben liegt.« Der Jäger trank da nicht, ging hinaus und suchte das Schwert in der Erde, vermochte aber nicht, es von der Stelle zu bewegen. Da ging er hin und trank die Becher aus und war nun stark genug, das Schwert leicht zu führen. Als die Stunde kam, wo die Jungfrau dem Drachen sollte ausgeliefert werden, begleiteten sie der König, der Marschall und die Hofleute hinaus. Sie sah von weitem den Jäger oben auf dem Drachenberg und meinte, der Drache stände da und erwarte sie, und wollte nicht hinaufgehen. Endlich aber, weil die ganze Stadt sonst wäre verloren gewesen, musste sie den schweren Gang tun. Der König und die Hofleute kehrten traurig heim, des Königs Marschall aber sollte stehen bleiben und aus der Ferne alles mit ansehen.

Als die Königstochter oben auf den Berg kam, stand da nicht der Drache, sondern der junge Jäger. Der sprach ihr Trost ein und sagte, er wollte sie retten, führte sie in die Kirche und verschloss sie darin. Gar nicht lange, so kam mit großem Gebraus der siebenköpfige Drache dahergefahren. Als er den Jäger erblickte, verwunderte er sich und sprach: »Was hast du hier auf dem Berge zu schaffen?« Der Jäger antwortete: »Ich will mit dir kämpfen.« Sprach der Drache: »So mancher Rittersmann hat hier sein Leben gelassen, mit dir will ich auch fertig werden«, und atmete Feuer aus sieben Rachen. Das Feuer sollte das trockne Gras anzünden, und der Jäger sollte in der Glut und dem Dampf ersticken, aber die Tiere kamen herbeigelaufen und traten das Feuer aus. Da fuhr der Drache gegen den Jäger, aber er schwang sein Schwert, dass es in der Luft sang, und schlug ihm drei Köpfe ab. Da ward der Drache erst recht wütend, erhob sich in die Luft, spie die Feuerflammen über den Jäger aus und wollte sich auf ihn stürzen, aber der Jäger zückte nochmals sein Schwert und hieb ihm wieder drei Köpfe ab. Das Untier ward matt und sank nieder und wollte doch wieder auf den Jäger los, aber er schlug ihm mit der letzten Kraft den Schweif ab, und weil er nicht mehr kämpfen konnte, rief er seine Tiere herbei, die zerrissen es in Stücke. Als der Kampf zu Ende war, schloss der Jäger die Kirche auf und fand die Königstochter auf der Erde liegen, weil ihr die Sinne vor Angst und Schrecken während des Streits vergangen waren. Er trug sie hinaus, und als sie wieder zu sich selbst kam und die Augen aufschlug, zeigte er ihr den zerrissenen Drachen und sagte ihr, dass sie nun erlöst wäre. Sie freute sich und sprach: »Nun wirst du mein liebster Gemahl werden; denn mein Vater hat mich demjenigen versprochen, der den Drachen tötet.« Darauf hing sie ihr Halsband von Korallen ab und verteilte es unter die Tiere, um sie zu belohnen, und der Löwe erhielt das goldene Schlösschen davon. Ihr Taschentuch aber, in dem ihr Name stand, schenkte sie dem Jäger, der ging hin und schnitt aus den sieben Drachenköpfen die Zungen aus, wickelte sie in das Tuch und verwahrte sie wohl.

Als das geschehen war, weil er von dem Feuer und dem Kampf so matt und müde war, sprach er zur Jungfrau: »Wir sind beide so matt und müde, wir wollen ein wenig schlafen.« Da sagte sie ja, und sie ließen sich auf die Erde nieder, und der Jäger sprach zu dem Löwen:

»Du sollst wachen, damit uns niemand im Schlaf überfällt«, und beide schliefen ein. Der Löwe legte sich neben sie, um zu wachen, aber er war vom Kampf auch müde, dass er den Bären rief und sprach: »Lege dich neben mich, ich muss ein wenig schlafen, und wenn was kommt, so wecke mich auf.« Da legte sich der Bär neben ihn, aber er war auch müde und rief den Wolf und sprach: »Lege dich neben mich, ich muss ein wenig schlafen, und wenn was kommt, so wecke mich auf.« Da legte sich der Wolf neben ihn, aber er war auch müde und rief den Fuchs und sprach: »Lege dich neben mich, ich muss ein wenig schlafen, und wenn was kommt, so wecke mich auf.« Da legte sich der Fuchs neben ihn, aber er war auch müde, rief den Hasen und sprach: »Lege dich neben mich, ich muss ein wenig schlafen, und wenn was kommt, so wecke mich auf.« Da setzte sich der Hase neben ihn, aber der arme Has war auch müde und schlief ein. Da schliefen nun die Königstochter, der Jäger, der Löwe, der Bär, der Wolf, der Fuchs und der Has, und schliefen alle einen festen Schlaf.
Der Marschall aber, der von weitem hatte zuschauen sollen, nahm sich ein Herz und stieg hinauf, als er den Drachen nicht mit der Jungfrau fortfliegen sah und alles auf dem Berg ruhig ward. Da lag der Drache zerstückt und zerrissen auf der Erde und nicht weit davon die Königstochter und ein Jäger mit seinen Tieren, die waren alle in tiefen Schlaf versunken. Und weil er bös und gottlos war, so nahm er sein Schwert und hieb dem Jäger das Haupt ab und fasste die Jungfrau auf den Arm und trug sie den Berg hinab. Da erwachte sie und erschrak, aber der Marschall sprach: »Du bist in meinen Händen, du sollst sagen, dass ich es gewesen bin, der den Drachen getötet hat.« – »Das kann ich nicht«, antwortete sie, »denn ein Jäger mit seinen Tieren hat's getan.« Da drohte er, sie zu töten, wenn sie ihm nicht gehorchte, und zwang sie, dass sie es versprach. Darauf brachte er sie vor den König, der sich vor Freuden nicht zu lassen wusste, als er sein liebes Kind wieder lebend erblickte, das er zerrissen glaubte. Der Marschall sprach zu ihm: »Ich habe den Drachen getötet und die Jungfrau und das ganze Reich befreit, darum fordere ich sie zur Gemahlin, so wie es zugesagt ist.« Der König fragte die Jungfrau: »Ist das wahr?« – »Ach ja«, antwortete sie, »es muss wohl wahr sein, aber ich halte mir aus, dass erst über Jahr und Tag die Hochzeit gefeiert

wird«, denn sie dachte, in der Zeit etwas von ihrem lieben Jäger zu hören.

Auf dem Drachenberg aber lagen noch die Tieren neben ihrem toten Herrn und schliefen; da kam eine große Hummel und setzte sich dem Hasen auf die Nase, aber der Hase wischte sie mit der Pfote ab und schlief weiter. Die Hummel kam zum zweiten Mal, aber der Hase wischte sie wieder ab und schlief fort. Da kam sie zum dritten Mal und stach ihn in die Nase, dass er aufwachte. Sobald der Hase wach war, weckte er den Fuchs und der Fuchs den Wolf und der Wolf den Bär und der Bär den Löwen. Und als der Löwe aufwachte und sah, dass die Jungfrau fort war und sein Herr tot, fing er an, fürchterlich zu brüllen und rief: »Wer hat das vollbracht? Bär, warum hast du mich nicht geweckt?« Der Bär fragte den Wolf: »Warum hast du mich nicht geweckt?« und der Wolf den Fuchs: »Warum hast du mich nicht geweckt?« und der Fuchs den Hasen: »Warum hast du mich nicht geweckt?« Der arme Has wusste allein nichts zu antworten, und die Schuld blieb auf ihm hangen. Da wollten sie über ihn herfallen, aber er bat und sprach: »Bringt mich nicht um, ich will unsern Herrn wieder lebendig machen. Ich weiß einen Berg, da wächst eine Wurzel, wer die im Mund hat, der wird von aller Krankheit und allen Wunden geheilt. Aber der Berg liegt zweihundert Stunden von hier.« Sprach der Löwe: »In vierundzwanzig Stunden musst du hin und her gelaufen sein und die Wurzel mitbringen.« Da sprang der Hase fort, und in vierundzwanzig Stunden war er zurück und brachte die Wurzel mit. Der Löwe setzte dem Jäger den Kopf wieder an, und der Hase steckte ihm die Wurzel in den Mund; alsbald fügte sich alles wieder zusammen, und das Herz schlug, und das Leben kehrte zurück. Da erwachte der Jäger und erschrak, als er die Jungfrau nicht mehr sah, und dachte: ›Sie ist wohl fortgegangen, während ich schlief, um mich loszuwerden.‹ Der Löwe hatte in der großen Eile seinem Herrn den Kopf verkehrt aufgesetzt, der aber merkte es nicht bei seinen traurigen Gedanken an die Königstochter. Erst zu Mittag, als er etwas essen wollte, da sah er, dass ihm der Kopf nach dem Rücken zu stand, konnte es nicht begreifen und fragte die Tiere, was ihm im Schlaf widerfahren wäre. Da erzählte ihm der Löwe, dass sie auch alle eingeschlafen wären, und beim Erwachen hätten sie ihn tot gefunden mit abgeschlagenem Haupte, der Hase hätte die Lebenswurzel geholt, er aber in der Eil' den Kopf verkehrt gehalten; doch wollte er seinen Fehler wieder gutmachen. Dann riss er dem Jäger den Kopf wieder ab, drehte ihn herum, und der Hase heilte ihn mit der Wurzel fest.

Der Jäger aber war traurig, zog in der Welt herum und ließ seine Tiere vor den Leuten tanzen. Es trug sich zu, dass er gerade nach Verlauf eines Jahres wieder in dieselbe Stadt kam, wo er die Königstochter vom Drachen erlöst hatte, und die Stadt war diesmal ganz mit rotem Scharlach ausgehängt. Da sprach er zum Wirt: »Was will das sagen? Vorm Jahr war die Stadt mit schwarzem Flor überzogen, was soll heute der rote Scharlach?« Der Wirt antwortete: »Vorm Jahr sollte unsers Königs Tochter dem Drachen ausgeliefert werden, aber der Marschall hat mit ihm gekämpft und ihn getötet. Morgen wird ihre Vermählung gefeiert; darum war die Stadt damals mit schwarzem Flor zur Trauer und ist heute mit rotem Scharlach zur Freude ausgehängt.«

Am andern Tag, da die Hochzeit sein sollte, sprach der Jäger um Mittagszeit zum Wirt: »Glaubt Er wohl, Herr Wirt, dass ich heut' Brot von des Königs Tisch hier bei ihm essen will?« – »Ja«, sprach der Wirt, »da wollt' ich doch noch hundert Goldstücke dransetzen, dass das nicht wahr ist.« Der Jäger nahm die Wette an und setzte einen Beutel mit ebenso viel Goldstücken dagegen. Dann rief er den Hasen und sprach: »Geh hin, lieber Springer, und hol mir von dem Brot, das der König isst.« Nun war das Häslein das Geringste und konnte es keinem andern wieder auftragen, sondern musste sich selbst auf die Beine machen. ›Ei‹, dachte es, ›wann ich so allein durch die Straßen springe, da werden die Metzgerhunde hinter mir drein sein.‹ Wie es dachte, so geschah es auch, und die Hunde kamen hinter ihm drein und wollten ihm sein gutes Fell flicken. Es sprang aber, hast du nicht gesehen, und flüchtete sich in ein Schilderhaus, ohne dass es der Soldat gewahr wurde. Da kamen die Hunde und wollten es heraus haben, aber der Soldat schlug mit dem Kolben drein, dass sie schreiend und heulend fortliefen. Als der Hase dies merkte, sprang er zum Schloss hinein und gerade zur Königstochter, setzte sich unter ihren Stuhl und kratzte sie am Fuß. Da sagte sie: »Willst du fort!« und meinte, es wäre ihr Hund. Der Hase kratzte zum zweiten Mal am Fuß; da sagte sie wieder: »Willst du fort!« und meinte, es wäre ihr Hund. Aber der Hase kratzte zum dritten Mal; da guckte sie herab und erkannte den Hasen an seinem Halsband. Nun nahm sie ihn auf ihren Schoß und sprach: »Lieber Hase, was willst du?« Antwortete er: »Mein Herr, der den Drachen getötet hat, ist hier und schickt mich; ich soll um ein Brot bitten, wie es der König isst.« Da war sie voll Freude und ließ den Bäcker kommen und befahl ihm, ein solches Brot zu bringen. Sprach das Häslein: »Aber der Bäcker muss mir's auch hintragen, damit mir die Metzgerhunde nichts tun.« Der Bäcker trug es ihm bis an die Tür der Wirtsstube; da stellte sich der Hase auf die Hinterbeine, nahm das Brot und brachte es seinem Herrn. Da sprach der Jäger: »Sieht Er, Herr Wirt, die hundert Goldstücke sind mein.« Der Wirt wunderte sich, aber der Jäger sagte: »Ja, Herr Wirt, das Brot hätt' ich, nun will ich aber auch von des Königs Braten essen.« Der Wirt sagte: »Das möcht' ich sehen«, aber wetten wollte er nicht mehr. Rief der Jäger den Fuchs und sprach:« Mein Füchslein, geh hin und hol mir Braten, wie ihn der König isst.« Der Rotfuchs wusste die Schliche besser, ging an den Ecken und durch die Winkel, ohne dass ihn ein Hund sah, setzte sich unter der Königstochter Stuhl und kratzte an ihrem Fuß. Da sah sie herab und erkannte den Fuchs am Halsband, nahm ihn mit in ihre Kammer und sprach: »Lieber Fuchs, was willst du?« Antwortete er: »Mein Herr, der den Drachen getötet hat, ist hier und schickt mich; ich soll bitten um einen Braten, wie ihn der König isst.« Da musste der Koch einen Braten, wie ihn der König aß, anrichten und dem Fuchs bringen; da nahm ihm der Fuchs die Schüssel ab, wedelte mit seinem Schwanz erst die Fliegen weg, die sich auf den Braten gesetzt hatten, und brachte ihn dann seinem Herrn. »Sieht Er, Herr Wirt«, sprach der Jäger, »Brot und Fleisch ist da, nun will ich auch Zugemüs essen, wie es der König isst.« Da rief er den Wolf und sprach: »Lieber Wolf, geh hin und hol mir Zugemüs, wie's der König isst.« Da ging der Wolf geradezu ins Schloss, und als er in der Königstochter Zimmer kam, da zupfte er sie hinten am Kleid. Sie erkannte ihn am Halsband und nahm ihn mit in ihre Kammer und sprach: »Lieber Wolf, was willst du?« Antwortete er: »Mein Herr, der den Drachen getötet hat, ist hier; ich soll bitten um ein Zugemüs, wie es der König isst.« Da ließ sie den Koch kommen, der musste ein Zugemüs bereiten, wie es der König aß, und musste es dem Wolf bis vor die Tür tragen; da nahm ihm der

Wolf die Schüssel ab und brachte sie seinem Herrn. »Sieht Er, Herr Wirt«, sprach der Jäger, »nun hab' ich Brot, Fleisch und Zugemüs, aber ich will auch Zuckerwerk essen, wie es der König isst.« Rief er den Bären und sprach. »Lieber Bär, du leckst doch gern etwas Süßes, geh hin und hol mir Zuckerwerk, wie's der König isst.« Da trabte der Bär nach dem Schlosse, und jedermann ging ihm aus dem Wege. Als er aber zu der Wache kam, wollte sie ihn nicht einlassen. Aber er hob sich in die Höhe und gab mit seinen Tatzen links und rechts ein paar Ohrfeigen, dass die ganze Wache zusammenfiel, und darauf ging er geradeswegs zu der Königstochter, stellte sich hinter sie und brummte ein wenig. Da schaute sie rückwärts und erkannte den Bären und sprach: »Lieber Bär, was willst du?« Antwortete er: »Mein Herr, der den Drachen getötet hat, ist hier; ich soll bitten um Zuckerwerk, wie's der König isst.« Da ließ sie den Zuckerbäcker kommen, der musste Zuckerwerk backen, wie's der König aß, und dem Bären vor die Tür tragen. Da leckte der Bär erst die Zuckererbsen auf, die heruntergerollt waren, dann stellte er sich aufrecht, nahm die Schüssel und brachte sie seinem Herrn. »Sieht Er, Herr Wirt«, sprach der Jäger, »nun habe ich Brot, Fleisch, Zugemüs und Zuckerwerk, aber ich will auch Wein trinken, wie ihn der König trinkt.« Er rief seinen Löwen herbei und sprach: »Lieber Löwe, du trinkst dir doch gerne einen Rausch, geh und hol mir Wein, wie ihn der König trinkt.« Da schritt der Löwe über die Straße, und die Leute liefen vor ihm, und als er an die Wache kam, wollte sie den Weg sperren, aber er brüllte nur einmal, so sprang alles fort. Nun ging der Löwe vor das königliche Zimmer und klopfte mit seinem Schweif an die Tür. Da kam die Königstochter heraus und wäre fast über den Löwen erschrocken, aber sie erkannte ihn an dem goldenen Schloss von ihrem Halsbande und hieß ihn mit in ihre Kammer gehen und sprach: »Lieber Löwe, was willst du?« Antwortete er: »Mein Herr, der den Drachen getötet hat, ist hier; ich soll bitten um Wein, wie ihn der König trinkt.« Da ließ sie den Mundschenk kommen, der sollte dem Löwen Wein geben, wie ihn der König tränke. Sprach der Löwe: »Ich will mitgehen und sehen, dass ich den Rechten kriege.« Da ging er mit dem Mundschenk hinab, und als sie unten hinkamen, wollte ihm dieser nur von dem gewöhnlichen Wein zapfen, aber der Löwe sprach: »Halt! Ich will den Wein erst versuchen«, zapfte sich ein Maß und schluckte es auf einmal hinab. »Nein«, sagte er, »das ist nicht der Rechte.« Der Mundschenk sah ihn schief an, ging aber und wollte ihm aus einem andern Fass geben, das für des Königs Marschall war. Sprach der Löwe: »Halt! Erst will ich den Wein versuchen«, zapfte sich wieder ein Maß und trank es: »Der ist besser, aber noch nicht der Rechte.« Da ward der Mundschenk bös und sprach: »Was so ein dummes Vieh vom Wein verstehen will!« Aber der Löwe gab ihm einen Schlag hinter die Ohren, dass er unsanft zur Erde fiel, und als er wieder aufgestanden war, führte er den Löwen ganz stillschweigend in einen kleinen, besonderen Keller, wo des Königs Wein lag, von dem sonst kein Mensch zu trinken bekam. Der Löwe versuchte den Wein, dann sprach er: »Das kann von

dem Rechten sein«, und hieß den Mundschenk sechs Flaschen füllen. Nun stiegen sie herauf; wie der Löwe aber ins Freie kam, schwankte er hin und her, und der Mundschenk musste ihm den Wein bis vor die Tür tragen; da nahm der Löwe den Henkelkorb in das Maul und brachte ihn seinem Herrn. Sprach der Jäger: »Sieht Er, Herr Wirt, da hab' ich Brot, Fleisch, Zugemüs, Zuckerwerk und Wein, wie es der König hat, nun will ich mit meinen Tieren Mahlzeit halten«, und setzte sich hin, aß und trank und gab dem Hasen, dem Fuchs, dem Wolf, dem Bär und dem Löwen auch davon zu essen und zu trinken und war guter Dinge; denn er sah, dass ihn die Königstochter noch lieb hatte. Und als er Mahlzeit gehalten hatte, sprach er: »Herr Wirt, nun hab' ich gegessen und getrunken, wie der König isst und trinkt; jetzt will ich an des Königs Hof gehen und die Königstochter heiraten.« Fragte der Wirt: »Wie soll das zugehen, da sie schon einen Bräutigam hat und heute die Vermählung gefeiert wird?« Da zog der Jäger das Taschentuch heraus, das ihm die Königstochter auf dem Drachenberg gegeben hatte und worin die sieben Zungen des Untiers eingewickelt waren, und sprach: »Dazu soll mir helfen, was ich da in der Hand halte.« Da sah der Wirt das Tuch an und sprach: »Wenn ich alles glaube, so glaube ich das nicht und will wohl Haus und Hof dransetzen.« Der Jäger aber nahm einen Beutel mit tausend Goldstücken und sagte: »Das setze ich dagegen.«

Nun sprach der König an der königlichen Tafel zu seiner Tochter. »Was haben die wilden Tiere gewollt, die zu dir gekommen und in meinem Schloss ein und aus gegangen sind?« Da antwortete sie: »Ich darf's nicht sagen, aber schickt hin und lasst den Herrn dieser Tiere holen, so werdet ihr wohl tun.« Der König schickte einen Diener ins Wirtshaus und ließ den fremden Mann einladen. Da sprach dieser: »Sieht Er, Herr Wirt, da schickt der König einen Diener und lässt mich einladen, aber ich gehe so noch nicht.« Und zum Diener sagte er: »Ich lasse den Herrn König bitten, dass er mir königliche Kleider schickt, einen Wagen mit sechs Pferden und Diener, die mir aufwarten.« Als der König die Antwort hörte, sprach er zu seiner Tochter: »Was soll ich tun?« Sagte sie: »Lasst ihn holen, wie er's verlangt, so werdet Ihr wohl tun.« Da schickte der König königliche Kleider, einen Wagen mit sechs Pferden und Diener, die ihm aufwarten sollten. Als der Jäger sie sah, sprach er: »Sieht Er, Herr Wirt, nun werde ich abgeholt, wie ich es verlangt habe«, und zog die königlichen Kleider an, nahm das Tuch mit den Drachenzungen und fuhr zum König. Als ihn der König kommen sah, sprach er zu seiner Tochter: »Wie soll ich ihn empfangen?« Antwortete sie: »Geht ihm entgegen, so werdet Ihr wohl tun.« Da ging ihm der König entgegen und führte ihn herauf, und seine Tiere folgten ihm nach. Der König wies ihm einen Platz an neben sich und seiner Tochter; der Marschall saß auf der andern Seite als Bräutigam, aber der kannte ihn nicht mehr. Nun wurden gerade die sieben Häupter des Drachen zur Schau aufgetragen, und der König sprach: »Die sieben Häupter hat der Marschall dem Drachen abgeschlagen; darum geb' ich ihm heute meine Tochter zur Gemahlin.« Der Jäger öffnete die sieben Rachen und sprach: »Wo sind die sieben Zungen des Drachen?« Da erschrak der Marschall und wusste nicht, was er antworten sollte. Endlich sagte er in der Angst: »Drachen haben keine Zungen.« Sprach der Jäger: »Die Lügner sollten keine haben, aber die Drachenzungen sind das Wahrzeichen des Siegers«, und wickelte das Tuch auf. Da lagen sie alle sieben darin, und dann steckte er jede Zunge in den Rachen, in den sie gehörte, und sie passte genau. Darauf nahm er das Tuch, in welches der Name der Königstochter gestickt war, und zeigte es der Jungfrau und fragte sie, wem sie es gegeben hätte; da antwortete sie: »Dem, der den Drachen getötet hat.« Und dann rief er sein Getier, nahm jedem das Halsband und dem Löwen das goldene Schloss ab und zeigte es der Jungfrau und fragte, wem es angehörte. Antwortete sie: »Das Halsband und das goldene Schloss waren mein; ich habe es unter die Tiere verteilt, die den Drachen besiegen halfen.« Da sprach der Jäger: »Als ich, müde von dem Kampf, geschlafen habe, da ist der Marschall gekommen und hat mir den Kopf abgehauen. Dann hat er die Königstochter fortgetragen und vorgegeben, er sei es gewesen, der den Drachen getötet habe; und dass er gelogen hat, beweise ich mit den Zungen, dem Tuch und dem Halsband.« Und dann erzählte er, wie ihn seine Tiere durch eine wunderbare Wurzel geheilt hätten und dass er ein Jahr lang mit ihnen herumgezogen und endlich wieder hierher gekommen wäre, wo er den Betrug des Marschalls erfahren hätte. Da fragte der König seine Tochter: »Ist es wahr, dass dieser den Drachen getötet hat?« Da antwortete sie: »Ja, es ist wahr; jetzt darf ich die Schandtat des Marschalls offenbaren, weil sie ohne mein Zutun an den Tag gekommen ist; denn er hat mir das Versprechen zu schweigen abgezwungen. Darum aber habe ich mir ausgehalten, dass erst in Jahr und Tag die Hochzeit sollte gefeiert werden.« Da ließ der König zwölf Ratsherren rufen, die sollten über den Marschall Urteil sprechen, und die urteilten, dass er müsste von vier Ochsen zerrissen werden. Also ward der Marschall gerichtet, der König aber übergab seine Tochter dem Jäger und ernannte ihn zu seinem Statthalter im ganzen Reich. Die Hochzeit ward mit großen Freuden gefeiert, und der junge König ließ seinen Vater und Pflegevater holen und überhäufte sie mit Schätzen. Den Wirt vergaß er auch nicht und ließ ihn kommen und sprach zu ihm: »Sieht Er, Herr Wirt, die Königstochter habe ich geheiratet, und sein Haus und Hof sind mein.« Sprach der Wirt: »Ja, das wäre nach den Rechten.« Der junge König aber sagte: »Es soll nach Gnaden gehen, Haus und Hof soll Er behalten und die tausend Goldstücke noch dazu.«

Nun waren der junge König und die junge Königin guter Dinge und lebten vergnügt zusammen. Er zog oft auf die Jagd, weil das seine Freude war, und die Tiere mussten ihn begleiten. Es lag aber in der Nähe ein Wald, von dem hieß es, er wäre nicht geheuer und wäre einer erst darin, so käm' er nicht leicht wieder heraus. Der junge König hatte aber große Lust, darin zu jagen, und ließ dem alten König keine Ruhe, bis er es ihm erlaubte. Nun ritt er mit einer großen Begleitung aus, und als er zu dem Wald kam, sah er eine schneeweiße Hirschkuh darin und sprach zu seinen Leuten: »Haltet hier, bis ich zurückkomme; ich will das schöne Wild jagen«, und ritt ihm nach in den Wald hinein, und nur seine Tiere folgten ihm. Die Leute hielten und warteten bis Abend, aber er kam nicht wieder. Da ritten sie heim und erzählten der jungen Königin: »Der junge König ist im Zauberwald einer weißen Hirschkuh nachgejagt und ist nicht wiedergekommen.« Da war sie in großer Besorgnis um ihn. Er war aber dem schönen Wild immer nachgeritten und konnte es niemals einholen; wenn er meinte, es wäre schussrecht, so sah er es gleich wieder in weiter Ferne dahinspringen, und endlich verschwand es ganz. Nun merkte er, dass er tief in den Wald hineingeraten war, nahm sein Horn und blies, aber er bekam keine Antwort; denn seine Leute konnten's nicht hören. Und da auch die Nacht einbrach, sah er, dass er diesen Tag nicht heimkommen könnte, stieg ab, machte sich bei einem Baum ein Feuer an und wollte dabei übernachten. Als er bei dem Feuer saß und seine Tiere sich auch neben ihn gelegt hatten, deuchte ihn, als hörte er eine menschliche Stimme; er schaute umher, konnte aber nichts bemerken.

Bald darauf hörte er wieder ein Ächzen wie von oben her; da blickte er in die Höhe und sah ein altes Weib auf dem Baum sitzen, das jammerte in einem fort: »Hu, hu, hu, was mich friert!« Sprach er: »Steig herab und wärme dich, wenn dich friert.« Sie aber sagte: »Nein, deine Tiere beißen mich.« Antwortete er: »Sie tun dir nichts, altes Mütterchen, komm nur herunter.« Sie war aber eine Hexe und sprach: »Ich will dir eine Rute von dem Baum herabwerfen; wenn du sie damit auf den Rücken schlägst, tun sie mir nichts.« Da warf sie ihm ein Rütlein herab, und er schlug sie damit; alsbald waren sie in Stein verwandelt. Und als die Hexe vor den Tieren sicher war, sprang sie herunter und rührte auch ihn mit einer Rute an und verwandelte ihn in Stein. Darauf lachte sie und schleppte ihn und die Tiere in einen Graben, wo schon mehr solcher Steine lagen.

Als aber der junge König gar nicht wieder kam, ward die Angst und Sorge der Königin immer größer. Nun trug sich zu, dass gerade in dieser Zeit der andere Bruder in das Königreich kam. Er hatte einen Dienst gesucht und keinen gefunden, war dann herumgezogen, hin und her, und hatte seine Tiere tanzen lassen. Da fiel ihm ein, er wollte einmal nach dem Messer sehen, das sie bei ihrer Trennung in einen Baumstamm gestoßen hatten, um zu erfahren, wie es seinem Bruder ginge. Wie er dahin kam, war seines Bruders Seite halb verrostet, und halb war sie noch blank. Da erschrak er und dachte: ›Meinem Bruder muss ein großes Unglück zugestoßen sein, doch kann ich ihn vielleicht noch retten; denn die Hälfte des Messers ist noch blank.‹ Er zog mit seinen Tieren gen Westen, und als er in das Stadttor kam, trat ihm die Wache entgegen und fragte, ob sie ihn bei seiner Gemahlin melden sollte; die junge Königin wäre schon seit ein paar Tagen in großer Angst über sein Ausbleiben und fürchtete, er wäre im Zauberwald umgekommen. Die Wache nämlich glaubte nicht anders, als dass er der junge König selbst wäre; so ähnlich sah er ihm und hatte auch die wilden Tiere hinter sich laufen. Da merkte er, dass von seinem Bruder die Rede war, und dachte: ›Es ist das beste, ich gebe mich für ihn aus, so kann ich ihn wohl leichter erretten.‹ Also ließ er sich von der Wache ins Schloss begleiten und ward mit großen Freuden empfangen. Die junge Königin meinte, es wäre ihr Gemahl, und fragte ihn, warum er so lange ausgeblieben wäre. Er antwortete: »Ich hatte mich in einem

Walde verirrt und konnte mich nicht eher wieder herausfinden.« Abends ward er in das königliche Bett gebracht, aber er legte ein zweischneidiges Schwert zwischen sich und die junge Königin; sie wusste nicht, was das heißen sollte, getraute sich aber nicht, zu fragen.
Da blieb er ein paar Tage und erforschte alles, wie es mit dem Zauberwald beschaffen war; endlich sprach er: »Ich muss noch einmal dort jagen.« Der König und die junge Königin wollten es ihm ausreden, aber er bestand darauf und zog mit großer Begleitung hinaus. Als er in den Wald gekommen war, erging es ihm wie seinem Bruder. Er sah eine weiße Hirschkuh und sprach zu seinen Leuten: »Bleibt hier und wartet, bis ich wiederkomme, ich will das schöne Wild jagen«, ritt in den Wald hinein, und seine Tiere liefen ihm nach. Aber er konnte die Hirschkuh nicht einholen und geriet so tief in den Wald, dass er darin übernachten musste. Und als er ein Feuer angemacht hatte, hörte er über sich ächzen: »Hu, hu, hu, wie mich friert!« Da schaute er hinauf, und es saß dieselbe Hexe oben im Baum. Sprach er: »Wenn dich friert, so komm herab, altes Mütterchen, und wärme dich.« Antwortete sie: »Nein, deine Tiere beißen mich.« Er aber sprach. »Sie tun dir nichts.« Da rief sie: »Ich will dir eine Rute hinabwerfen; wenn du sie damit schlägst, so tun sie mir nichts.« Aber der Jäger traute der Alten nicht und sprach: »Meine Tiere schlag' ich nicht, komm du herunter, oder ich hol' dich.« Da rief sie: »Was willst du wohl? Du tust mir doch nichts.« Er aber antwortete: »Kommst du nicht, so schieß' ich dich herunter.« Sprach sie: »Schieß nur zu, vor deinen Kugeln fürchte ich mich nicht.« Da legte er an und schoss nach ihr, aber die Hexe war fest gegen alle Bleikugeln, lachte, dass es gellte, und rief: »Du sollst mich noch nicht treffen.« Der Jäger wusste Bescheid, riss sich drei silberne Knöpfe vom Rock und lud sie in die Büchse; denn dagegen war ihre Kunst umsonst, und als er losdrückte, stürzte sie gleich mit Geschrei herab. Da stellte er den Fuß auf sie und sprach: »Alte Hexe, wenn du nicht gleich gestehst, wo mein Bruder ist, so pack' ich dich auf mit beiden Händen und werfe dich ins Feuer.« Sie war in großer Angst, bat um Gnade und sagte: »Er liegt mit seinen Tieren versteinert in einem Graben.« Da zwang er sie, mit hinzugehen, drohte ihr und sprach: »Alte Meerkatze, jetzt machst du meinen Bruder und alle Geschöpfe, die hier liegen, lebendig, oder du kommst ins Feuer.« Sie nahm eine

Rute und rührte die Steine an; da wurde sein Bruder mit den Tieren wieder lebendig, und viele andere, Kaufleute, Handwerker, Hirten standen auf, dankten für ihre Befreiung und zogen heim. Die Zwillingsbrüder aber küssten sich und freuten sich von Herzen. Dann griffen sie die Hexe, banden sie und legten sie ins Feuer, und als sie verbrannt war, da tat sich der Wald von selbst auf und war licht und hell, und man konnte das königliche Schloss auf drei Stunden Wegs sehen.
Nun gingen die zwei Brüder zusammen nach Haus und erzählten einander ihre Schicksale. Und als der Jüngste sagte, er wäre an des Königs statt Herr im ganzen Lande, sprach der andere: »Das hab' ich wohl gemerkt; denn als ich in die Stadt kam und für dich angesehen ward, da geschah mir alle königliche Ehre; die junge Königin hielt mich für ihren Gemahl, und ich musste an ihrer Seite essen und in deinem Bett schlafen.« Wie das der andere hörte, ward er so eifersüchtig und zornig, dass er sein Schwert zog und seinem Bruder den Kopf abschlug. Als dieser aber tot dalag und er sein rotes Blut fließen sah, reute es ihn gewaltig. »Mein Bruder hat mich erlöst«, rief er aus, »und ich habe ihn dafür getötet!« und jammerte laut. Da kam sein Hase und erbot sich, von der Lebenswurzel zu holen, sprang fort und brachte sie noch zu rechter Zeit; und der Tote ward wieder ins Leben gebracht und merkte gar nichts von der Wunde.
Darauf zogen sie weiter, und der Jüngste sprach: »Du siehst aus wie ich, hast königliche Kleider an wie ich, und die Tiere folgen dir nach wie mir. Wir wollen zu den entgegengesetzten Toren eingehen und von zwei Seiten zugleich beim König anlangen.« Also trennten sie sich, und bei dem alten König kam zu gleicher Zeit die Wache von dem einen und dem andern Tore und meldete, der junge König mit den Tieren wäre von der Jagd angelangt. Sprach der König: »Es ist nicht möglich, die Tore liegen eine Stunde weit auseinander.« Indem aber kamen von zwei Seiten die Brüder in den Schlosshof hinein und stiegen beide herauf. Da sprach der König zu seiner Tochter. »Sag an, welcher ist dein Gemahl? Es sieht einer aus wie der andere, ich kann's nicht wissen.« Sie war da in großer Angst und konnte es nicht sagen; endlich fiel ihr das Halsband ein, das sie den Tieren gegeben hatte; suchte und fand an dem einen Löwen ihr goldenes Schlösschen. Da rief sie vergnügt: »Der, dem dieser Löwe nachfolgt, der ist mein rech-

ter Gemahl.« Da lachte der junge König und sagte: »Ja, das ist der Rechte«, und sie setzten sich zusammen zu Tisch, aßen und tranken und waren fröhlich. Abends, als der junge König zu Bett ging, sprach seine Frau: »Warum hast du die vorigen Nächte immer ein zweischneidiges Schwert in unser Bett gelegt? Ich habe geglaubt, du wolltest mich totschlagen.« Da erkannte er die Treue seines Bruders.

Die Wichtelmänner

Erstes Märchen

Es war ein Schuster ohne seine Schuld so arm geworden, dass ihm nichts mehr übrig blieb als Leder zu einem einzigen Paar Schuhe. Nun schnitt er am Abend die Schuhe zu, die wollte er den nächsten Morgen in Arbeit nehmen; und weil er ein gutes Gewissen hatte, legte er sich ruhig zu Bett, befahl sich dem lieben Gott und schlief ein. Morgens, nachdem er sein Gebet verrichtet hatte und sich zur Arbeit niedersetzen wollte, standen die Schuhe ganz fertig auf seinem Tisch. Er verwunderte sich und wusste nicht, was er dazu sagen sollte. Er nahm sie in die Hand, um sie näher zu betrachten. Sie waren so sauber gearbeitet, dass kein Stich daran falsch war, gerade als wenn es ein Meisterstück sein sollte. Bald darauf trat auch schon ein Käufer ein, und weil ihm die Schuhe so gefielen, so bezahlte er mehr als gewöhnlich dafür, und der Schuster konnte von dem Geld Leder zu zwei Paar Schuhen erhandeln. Er schnitt sie abends zu und wollte den nächsten Morgen mit frischem Mut an die Arbeit gehen, aber er brauchte es nicht; denn als er aufstand, waren sie schon fertig, und es blieben auch nicht die Käufer aus, die ihm so viel Geld gaben, dass er Leder zu vier Paar Schuhen einkaufen konnte. Er fand frühmorgens auch die vier Paare fertig; und so ging's immer fort. Was er abends zuschnitt, das war am Morgen verarbeitet, also dass er bald wieder sein ehrliches Auskommen hatte und endlich ein wohlhabender Mann ward. Nun geschah es eines Abends, nicht lange vor Weihnachten, als der Mann wieder zugeschnitten hatte, dass er vor Schlafengehen zu seiner Frau sprach: »Wie wär's, wenn wir diese Nacht aufblieben, um zu sehen, wer uns solch hilfreiche Hand leistet?« Die Frau war's zufrieden und steckte ein Licht an; darauf verbargen sie sich in den Stubenecken hinter den Kleidern, die da aufgehängt waren, und gaben Acht. Als es Mitternacht war, da kamen zwei kleine niedliche nackte Männlein, setzten sich vor des Schusters Tisch, nahmen alle zugeschnittene Arbeit zu sich und fingen an, mit ihren Fingerlein so behänd und schnell zu stechen, zu nähen, zu klopfen, dass der Schuster vor Verwunderung die Augen nicht abwenden konnte. Sie ließen nicht nach, bis alles fertig auf dem Tische stand; dann sprangen sie schnell fort.

Am andern Morgen sprach die Frau: »Die kleinen Männer haben uns reich gemacht, wir müssten uns doch dankbar dafür bezeigen. Sie laufen so herum, haben nichts am Leib und müssen frieren. Weißt du was? Ich will Hemdlein, Rock, Wams und Höslein für sie nähen, auch jedem ein Paar Strümpfe stricken; mach du jedem ein Paar Schühlein dazu.« Der Mann sprach: »Das bin ich wohl zufrieden«, und abends legten sie die Geschenke statt der zugeschnittenen Arbeit zusammen auf den Tisch und versteckten sich dann, um mit anzusehen, wie sich die Männlein dazu anstellen würden. Um Mitternacht kamen sie herangesprungen und wollten sich gleich an die Arbeit machen; als sie aber kein zugeschnittenes Leder, sondern die niedlichen Kleidungsstücke fanden, verwunderten sie sich erst, dann aber bezeigten sie eine gewaltige Freude. Mit der größten Geschwindigkeit zogen sie sich an, strichen die schönen Kleider am Leib glatt und sangen:

»Sind wir nicht Knaben glatt und fein?
Was sollen wir länger Schuster sein!«

Dann hüpften und tanzten sie und sprangen über Stühle und Bänke. Endlich tanzten sie zur Tür hinaus. Von nun an kamen sie nicht wieder, dem Schuster aber ging es wohl, solang er lebte, und es glückte ihm alles, was er unternahm.

Zweites Märchen

Es war einmal ein armes Dienstmädchen, das war fleißig und reinlich, kehrte alle Tage das Haus und schüttete den Kehricht auf einen großen Haufen vor die Tür. Eines Morgens, als es eben wieder an die Arbeit gehen wollte, fand es einen Brief darauf, und weil es nicht lesen konnte, brachte es den Brief seiner Herrschaft, und da war es eine Einladung von den Wichtelmännern, die baten das Mädchen, ihnen ein Kind aus der Taufe zu heben. Das Mädchen wusste nicht, was es tun sollte, endlich auf vieles Zureden und weil sie ihm sagten, so etwas dürfte man nicht abschlagen, so willigte es ein. Da kamen drei Wichtelmänner und führten es in einen hohlen Berg, wo die Kleinen lebten. Es war da alles klein, aber so zierlich und prächtig, dass es nicht zu sagen ist. Die Kindbetterin lag in einem Bett von schwarzem Ebenholz mit Knöpfen von Perlen, die Decken waren mit Gold gestickt, die Wiege war von Elfenbein, die Badwanne von Gold. Das Mädchen stand nun Gevatter und wollte dann wieder nach Haus gehen, die Wichtelmännlein baten es aber inständig, drei Tage bei ihnen zu bleiben. Es blieb also und verlebte die Zeit in Lust und Freude, und die Kleinen taten ihm alles zuliebe. Endlich wollte es sich auf den Rückweg machen, da steckten sie ihm die Taschen erst ganz voll Gold und führten es wieder zum Berge hinaus. Als es nach Haus kam, wollte es seine Arbeit beginnen, nahm den Besen in die Hand, der noch in der

Ecke stand, und fing an zu kehren. Da kamen fremde Leute aus dem Haus, die fragten, wer es wäre und was es da zu tun hätte. Da war es nicht drei Tage, wie es gemeint hatte, sondern sieben Jahre bei den kleinen Männern im Berge gewesen, und seine vorige Herrschaft war in der Zeit gestorben.

Drittes Märchen

Einer Mutter ward ihr Kind von den Wichtelmännern aus der Wiege geholt und ein Wechselbalg mit dickem Kopf und starren Augen hineingelegt, der nichts als essen und trinken wollte. In ihrer Not ging sie zu ihrer Nachbarin und fragte sie um Rat. Die Nachbarin sagte, sie sollte den Wechselbalg in die Küche tragen, auf den Herd setzen, Feuer anmachen und in zwei Eierschalen Wasser kochen; das bringe den Wechselbalg zum Lachen, und wenn er lache, dann sei es aus mit ihm. Die Frau tat alles, wie die Nachbarin gesagt hatte. Wie sie die Eierschalen mit Wasser über das Feuer setzte, sprach der Klotzkopf:

»Nun bin ich so alt
wie der Westerwald
und hab' nicht gesehen, dass jemand in Schalen kocht«,

und fing an, darüber zu lachen. Indem er lachte, kam auf einmal eine Menge von Wichtelmännerchen; die brachten das rechte Kind und nahmen den Wechselbalg wieder mit fort.

Der Hase und der Igel

Disse Geschicht is lögenhaft to vertellen, Jungens, aver wahr is se doch, denn mien Grootvader, von den ick se hew, plegg jümmer, wenn he se mie vortüerde (mit Behaglichkeit vortrug), dabi to seggen: »Wahr mutt se doch sien, mien Söhn, anners kunn man se jo nich vertellen.« De Geschicht hett sick aber so todragen:
Et wöör an enen Sündagmorgen tor Harvesttied, jüst as de Bookwee-

ten bloihde. De Sünn wöör hellig upgaen am Hewen, de Morgenwind güng warm över de Stoppeln, de Larken süngen inn'r Lucht (Luft), de Immen sumsten in den Bookweeten, un de Lühde güngen in ehren Sündagsstaht nah'r Kerken, un alle Kreatur wöör vergnögt, un de Swinegel ook.

De Swinegel aver stünd vör siener Döhr, harr de Arm ünnerslagen, keek dabi in den Morgenwind hinut un quinkeleerde en lütjet Leedken vör sick hin, so good un so slecht, as nu eben am leewen Sündagmorgen en Swinegel to singen pleggt. Indem he nu noch so half liese vör sick hin sung, füll em up eenmal in, he künn ook wol, mittlerwiel sien Fro de Kinner wüsch un anträcke, en beeten in't Feld spazeeren un tosehen, wie sien Stähkröwen stünden. De Stähkröwen wöören aver de nöchsten bi sienem Huse, un he pleggte mit siener Familie davon to eten, darüm sahg he se as de sienigen an. Gesagt, gedahn und de Swinegel slög den Weg nah'n Felde in. He wöör noch nich ganß wiet von Huuse un wull jüst um den Slöbusch (Schlehenbusch), de dar vörm Felde liggt, nah den Stähkröwenacker hinup dreien, as em de Haas bemött, de in ähnlichen Geschäften uutgahn wöör, nämlich um sienen Kohl to besehn. De Swinegel böhd em en fründlichen go'n Morgen. De Haas aver, de up siene Wies en vörnehmer Herr was un hochfahrtig dabi, antwoorde nicks up den Swinegel sienen Gruß, sondern segte tom Swinegel, wobi he en gewaltig höhnische Miene annähm: »Wie kummt et denn, dat du hier all bi so fröhem Morgen im Felde rumlöppst?« »Ick gah spazeeren«, segt de Swinegel. »Spazeeren?« lachte de Haas. »Mi ducht, du kunnst de Been ook wol to betern Dingen gebruuken.«

Disse Antword verdröööt den Swinegel ungeheuer; denn alles kunn he verdregen, aver up siene Been laet he nicks komen, eben weil se von Natuhr scheef wöö-

ren. »Du bildst di wol in«, seggt nu de Swinegel tom Haasen, »as wenn du mit diene Beene mehr utrichten kunnst?« – »Dat denk ick«, seggt de Haas. »Dat kummt up'n Versöök an«, meent de Swinegel, »ick pareer, wenn wi in de Wett loopt, ick loop di vörbi.« – »Dat is tum Lachen, du mit diene scheefen Been«, seggt de Haas, »aver mienetwegen mach't sien, wenn du so övergroote Lust hest. Wat gilt de Wett?« – »En goldne Lujedor un'n Buddel Branwien«, seggt de Swinegel. »Angenahmen«, spröök de Haas, »sla in, un denn kann't gliek los gahn.« – »Nä, so groote Ihl het et nich«, meen de Swinegel, »ick bün noch ganß nüchdern; eerst will ick to Huus gahn und en beeten fröhstücken; inner halwen Stünd bün ick hier upp'n Platz.«

Damit güng de Swinegel; denn de Haas wöör et tofreeden. Ünnerweges dachte de Swinegel bei sick: ›De Haas verlett sick up siene langen Been, aver ick will em wol kriegen. He is zwar ehn vörnehm Herr, aver doch man'n dummen Keerl, un betahlen sall he doch.‹ Ass nu de Swinegel to Huuse ankööm, spröök he to sien Fro: »Fro, treck di gau (schnell) an, du must mit mi nah'n Felde hinuut.« – »Wat givt et denn?« seggt sien Fro. »Ick hew mit'n Haasen wett't üm'n golden Lujedor un'n Buddel Branwien, ick will mit em inn Wett loopen, un da salst du mit dabi sien.« – »O mien Gott, Mann«, füng nu den Swinegel sien Fru an to schreen, »büst du nich klook, hest du denn ganz den Verstand verlaaren? Wie kannst du mit den Haasen in de Wett loopen wollen?« »Holt dat Muul, Wief«, seggt de Swinegel, »dat is mien Saak. Resonehr nich in Männergeschäfte. Marsch, treck di an un denn kumm mit!« Wat sull den Swinegel sien Fro maken? Se musst wol folgen, se mugg nu wollen oder nich.

Ass se nu ünnerwegs wöören, spröök de Swinegel to sien Fro: »Nu pass up, wat ick seggen will. Sühst du, up den langen Acker dar wüll wi unnen Wettloop maken. De Haas löppt nemlich in der eenen Föhr (Furche) un ick inner andern, un von baben (oben) fang wi an to loopen. Nu häst du wieder nicks to dohn, as du stellst di hier unnen in de Föhr, un wenn de Haas up de andere Siet ankummt, so röpst du em entgegen: ›Ick bün all (schon) hier.‹«

Damit wöören se bi den Acker anlangt, de Swinegel wiesde siener Fro ehren Platz an und gung nu den Acker hinup. Ass he baben ankööm, wöör de Haas all da. »Kann et losgahn?«, seggt de Haas. »Jawol«, seggt de Swinegel. »Denn man to!« Un damit stellde jeder sick in siene Föhr. De Haas tellde (zählte): »Hahl een, hahl twee, hahl dree«, un los güng he wie en Stormwind den Acker hindah (hinab). De Swinegel aver lööp ungefähr man dree Schritt, dan duhkde he sick dahl (herab) in de Föhr un bleev ruhig sitten.

Als nu de Haas in vullen Loopen ünnen am Acker anklööm, rööp em den Swinegel sien Fro entgegen: »Ick bün all hier.« De Haas verwunderde sick nich wenig, he meende nich anders, as et wöör de Swinegel sülvst, de em dat toröóp; denn bekanntlich süht dem Swinegel sien Fro jüst so uut wie ehr Mann. De Haas aver meende: »Datt geiht nich to mit rechten Dingen.« He rööp: »Nochmal geloopen, wedder üm!« Un fort güng he wedder wie en Stormwind, dat em de Ohren am Koppe flögen. Den Swinegel sien Fro aver blev ruhig up ehren Platze. Ass nu de Haas baben anköóm, rööp em de Swinegel entgegen: »Ick bün all hier.« De Haas aver, ganz uuter sick vör Ihwer (Eifer), schreede: »Nochmal geloopen, wedder üm!« – »Mientwegen so oft, as du Lust hest«, antwoorde de Swinegel. So löp de Haas noch dreeundsöbentigmal, un de Swinegel höhl (hielt) et immer mit em uut. Jedes Mal, wenn de Haas ünnen oder baben anköóm, seggten de Swinegel oder sien Fro: »Ick bün all hier.«

Tum veerunsöbentigstenmal aver köm de Has nich mehr to Ende. Midden am Acker stört he tor Eerde, datt Blohd flög em utn Halse, un he bleev doot upn Platze. De Swinegel aver nöhm siene gewunnene Lujedor un den Buddel Branwien, rööp siene Fro uut der Föhr aff, un beide güngen vergnögt nah Huus, un wenn se nich storben sün, lewt se noch.

So begev et sick, dat up der Buxtehuder Heid de Swinegel den Haasen doot loope hett, un sied jener Tied hatt et sick keen Haas widder infallen laten, mit'n Buxtehuder Swinegel in de Wett to loopen.

De Lehre aver uut disser Geschicht is erstens, datt keener, un wenn he sick ook noch so vörnehm dücht, sick sall bikommen laten, övern geringen Mann sick lustig to maken, un wöört ook man 'n Swinegel. Un tweetens, datt et gerahden is, wenn eener freet, datt he sick ne Fro uut sienem Stande nimmt un de jüst so uutsüht as he sülwst. Wer also en Swinegel is, de mutt tosehn, datt siene Fro ook en Swinegel is, un so wieder.

Die Bremer Stadtmusikanten

Es hatte ein Mann einen Esel, der schon lange Jahre die Säcke unverdrossen zur Mühle getragen hatte, dessen Kräfte aber nun zu Ende gingen, so dass er zur Arbeit immer untauglicher ward. Da dachte der Herr daran, ihn aus dem Futter zu schaffen, aber der Esel merkte, dass kein guter Wind wehte, lief fort und machte sich auf den Weg nach Bremen. Dort, meinte er, könnte er ja Stadtmusikant werden. Als er ein Weilchen fortgegangen war, fand er einen Jagdhund auf dem Wege liegen, der jappte wie einer, der sich müde gelaufen hat. »Nun, was jappst du so, Packan?«, fragte der Esel. – »Ach«, sagte der Hund, »weil ich alt bin und jeden Tag schwächer werde, auch auf der Jagd nicht mehr fort kann, hat mich mein Herr totschlagen wollen, da hab' ich Reißaus genommen; aber womit soll ich nun mein Brot verdienen?« – »Weißt du was?«, sprach der Esel, »ich gehe nach Bremen und werde dort Stadtmusikant, geh mit und lass dich auch bei der Musik annehmen. Ich spiele die Laute, und du schlägst die Pauken.« Der Hund war's zufrieden, und sie gingen weiter. Es dauerte nicht lange, da saß eine Katze an dem Weg und machte ein Gesicht wie drei Tage Regenwetter. »Nun, was ist dir in die Quere gekommen, alter Bartputzer?«, sprach der Esel. – »Wer kann da lustig sein, wenn's einem an den Kragen geht«, antwortete die Katze, »weil ich nun zu Jahren komme, meine Zähne stumpf werden und ich lieber hinter dem Ofen sitze und spinne, als nach Mäusen herumjage, hat mich meine Frau ersäufen wollen; ich habe mich zwar noch fortgemacht, aber nun ist guter Rat teuer, wo soll ich hin?« – »Geh mit uns nach Bremen, du verstehst dich doch auf die Nachtmusik, da kannst du ein Stadtmusikant werden.« Die Katze hielt das für gut und ging mit. Darauf kamen die drei Landesflüchtigen an einem Hof vorbei; da saß auf dem Tor der Haushahn und schrie aus Leibeskräften. »Du schreist einem durch Mark und Bein«, sprach der Esel, »was hast du vor?« – »Da hab' ich gut Wetter prophezeit«, sprach der Hahn, »weil Unserer Lieben Frauen Tag ist, wo sie dem Christkindlein die Hemdchen gewaschen hat und sie trocknen will; aber weil morgen zum Sonntag Gäste kommen, so hat die Hausfrau doch kein Erbarmen und hat der Köchin gesagt, sie wollte mich morgen in der Suppe essen, und da soll ich mir heut Abend den Kopf abschneiden lassen. Nun schrei' ich aus vollem Hals, solang ich noch kann.« – »Ei was, du Rotkopf«, sagte der Esel, »zieh lieber mit uns fort, wir gehen nach Bremen, etwas Besseres als den Tod findest du überall; du hast eine gute Stimme, und wenn wir zusammen musizieren, so muss es eine Art haben.« Dem Hahn gefiel das, und sie gingen alle viere zusammen fort.

Sie konnten aber die Stadt Bremen in einem Tag nicht erreichen und kamen abends in einen Wald, wo sie übernachten wollten. Der Esel und der Hund legten sich unter einen großen Baum, die Katze und der Hahn machten sich in die Äste, der Hahn aber flog bis in die Spitze. Ehe er einschlief, sah er sich noch einmal nach allen vier Winden um; da deuchte ihn, er sähe in der Ferne ein Fünkchen brennen, und rief seinen Gesellen zu, es müsste nicht gar weit ein Haus sein; denn es scheine ein Licht. Sprach der Esel: »So müssen wir uns aufmachen und noch hingehen; denn hier ist die Herberge schlecht.« Der Hund meinte, ein paar Knochen und etwas Fleisch dran täten ihm auch gut. Also machten sie sich auf den Weg nach der Gegend, wo das Licht war, und sahen es bald heller schimmern, und es ward immer größer, bis sie vor ein hell erleuchtetes Räuberhaus kamen. Der Esel als der Größte näherte sich dem Fenster und schaute hinein. »Was siehst du, Grauschimmel?«, fragte der Hahn. »Was ich sehe?«, antwortete der Esel, »einen gedeckten Tisch mit schönem Essen und

Trinken, und Räuber sitzen daran und lassen's sich wohl sein.« – »Das wäre was für uns«, sprach der Hahn. »Ja, ja, ach, wären wir da!«, sagte der Esel. Da ratschlagten die Tiere, wie sie es anfangen müssten, um die Räuber hinauszujagen, und fanden endlich ein Mittel. Der Esel musste sich mit den Vorderfüßen auf das Fenster stellen, der Hund auf des Esels Rücken springen, die Katze auf den Hund klettern, und endlich flog der Hahn hinauf und setzte sich der Katze auf den Kopf. Wie das geschehen war, fingen sie auf ein Zeichen insgesamt an, ihre Musik zu machen: Der Esel schrie, der Hund bellte, die Katze miaute, und der Hahn krähte; dann stürzten sie durch das Fenster in die Stube hinein, dass die Scheiben klirrten. Die Räuber fuhren bei dem entsetzlichen Geschrei in die Höhe, meinten nicht anders, als ein Gespenst käme herein, und flohen in größter Furcht. Nun setzten sich die vier Gesellen an den Tisch, nahmen mit dem vorlieb, was übrig geblieben war, und aßen, als wenn sie vier Wochen hungern sollten.

Wie die vier Spielleute fertig waren, löschten sie das Licht aus und suchten sich eine Schlafstätte, jeder nach seiner Natur und Bequemlichkeit. Der Esel legte sich auf den Mist, der Hund hinter die Tür, die Katze auf den Herd bei der warmen Asche, und der Hahn setzte sich auf den Hahnenbalken. Und weil sie müde waren, schliefen sie auch bald ein. Als Mitternacht vorbei war und die Räuber von weitem sahen, dass kein Licht mehr im Haus brannte, auch alles ruhig schien, sprach der Hauptmann: »Wir hätten uns doch nicht sollen ins Bockshorn jagen lassen«, und hieß einen hingehen und das Haus untersuchen. Der Abgeschickte fand alles still, ging in die Küche, ein Licht anzuzünden, und weil er die glühenden, feurigen Augen der Katze für lebendige Kohlen ansah, hielt er ein Schwefelhölzchen daran, dass es Feuer fangen sollte. Aber die Katze verstand keinen Spaß, sprang ihm ins Gesicht, spie und kratzte. Da erschrak er gewaltig, lief und wollte zur Hintertür hinaus, aber der Hund, der dalag, sprang auf und biss ihn ins Bein. Und als er über den Hof an dem Miste vorbeirannte, gab ihm der Esel noch einen tüchtigen Schlag mit dem Hinterfuß; der Hahn aber, der vom Lärmen aus dem Schlaf geweckt und munter geworden war, rief vom Balken herab: »Kikeriki!« Da lief der Räuber, was er konnte, zu seinem Hauptmann zurück und sprach: »Ach, in dem Haus sitzt eine gräuliche Hexe, die hat mich angehaucht und mit ihren langen Fingern mir das Gesicht zerkratzt; und vor der Tür steht ein Mann mit einem Messer, der hat mich ins Bein gestochen; und auf dem Hof liegt ein schwarzes Ungetüm, das hat mit einer Holzkeule auf mich losgeschlagen; und oben auf dem Dache, da sitzt der Richter, der rief: ›Bringt mir den Schelm her!‹ Da machte ich, dass ich fortkam.« Von nun an getrauten sich die Räuber nicht weiter in das Haus, den vier Bremer Musikanten gefiel's aber so wohl darin, dass sie nicht wieder heraus wollten. Und der das zuletzt erzählt hat, dem ist der Mund noch warm.

Die zertanzten Schuhe

Es war einmal ein König, der hatte zwölf Töchter, eine immer schöner als die andere. Sie schliefen zusammen in einem Saal, wo ihre Betten nebeneinander standen, und abends, wenn sie darin lagen, schloss der König die Tür zu und verriegelte sie. Wenn er aber am Morgen die Türe aufschloss, so sah er, dass ihre Schuhe zertanzt waren, und niemand konnte herausbringen, wie das zugegangen war. Da ließ der König ausrufen, wer's könnte ausfindig machen, wo sie in der Nacht tanzten, der sollte sich eine davon zur Frau wählen und nach seinem Tode König sein; wer sich aber meldete und es nach drei Tagen und Nächten nicht herausbrächte, der hätte sein Leben

verwirkt. Nicht lange, so meldete sich ein Königssohn und erbot sich, das Wagnis zu unternehmen. Er ward wohl aufgenommen und abends in ein Zimmer geführt, das an den Schlafsaal stieß. Sein Bett war da aufgeschlagen, und er sollte Acht haben, wo sie hingingen und tanzten; und damit sie nichts heimlich treiben konnten oder zu einem andern Ort hinausgingen, war auch die Saaltüre offen gelassen. Dem Königssohn fiel's aber wie Blei auf die Augen, und er schlief ein, und als er am Morgen aufwachte, waren alle zwölfe zum Tanz gewesen; denn ihre Schuhe standen da und hatten Löcher in den Sohlen. Den zweiten und dritten Abend ging's nicht anders, und da ward ihm sein Haupt ohne Barmherzigkeit abgeschlagen. Es kamen hernach noch viele und meldeten sich zu dem Wagestück, sie mussten aber alle ihr Leben lassen. Nun trug sich's zu, dass ein armer Soldat sich auf dem Weg nach der Stadt befand, wo der König wohnte. Da begegnete ihm eine alte Frau, die fragte ihn, wo er hin wollte. »Ich weiß selber nicht recht«, sprach er und setzte im Scherz hinzu: »Ich hätte wohl Lust, ausfindig zu machen, wo die Königstöchter ihre Schuhe vertanzen, und darnach König zu werden.« – »Das ist so schwer nicht«, sagte die Alte, »du musst den Wein nicht trinken, der dir abends gebracht wird, und musst tun, als wärst du fest eingeschlafen.« Darauf gab sie ihm ein Mäntelchen und sprach: »Wenn du das umhängst, so bist du unsichtbar und kannst den zwölfen dann nachschleichen.« Wie der Soldat den guten Rat bekommen hatte, ward's Ernst bei ihm, so dass er ein Herz fasste, vor den König ging und sich als Freier meldete. Er ward so gut aufgenommen wie die andern auch, und es wurden ihm königliche Kleider angetan. Abends zur Schlafenszeit ward er in das Vorzimmer geführt, und als er zu Bette gehen wollte, kam die Älteste und brachte ihm einen Becher Wein. Aber er hatte sich einen Schwamm unter das Kinn gebunden, ließ den Wein da hineinlaufen und trank keinen Tropfen. Dann legte er sich nieder, und als er ein Weilchen gelegen hatte, fing er an zu schnarchen wie im tiefsten Schlaf. Das hörten die zwölf Königstöchter, lachten, und die Älteste sprach: »Der hätte auch sein Leben sparen können.« Danach standen sie auf, holten prächtige Kleider heraus, putzten sich vor den Spiegeln, sprangen herum und freuten sich auf den Tanz. Nur die Jüngste sagte: »Ich weiß nicht, ihr freut euch, aber mir ist so wunderlich zumut; gewiss widerfährt uns ein Unglück.« – »Du bist eine Schneegans«, sagte die Älteste, »die sich immer fürchtet. Hast du vergessen, wie viel Königssöhne schon umsonst da gewesen sind? Dem Soldaten hätt' ich nicht einmal brauchen einen Schlaftrunk zu geben, der Lümmel wäre doch nicht aufgewacht.« Wie sie alle fertig waren, sahen sie erst nach dem Soldaten, aber der hatte die Augen zugetan, und sie glaubten nun ganz sicher zu sein. Da ging die Älteste an ihr Bett und klopfte daran; alsbald sank es in die Erde, und sie stiegen durch die Öffnung hinab, eine nach der andern, die Älteste voran. Der Soldat, der alles mit angesehen hatte, zauderte nicht lange, hing sein Mäntelchen um und stieg hinter der Jüngsten mit hinab. Mitten auf der Treppe trat er ihr ein wenig aufs Kleid, da erschrak sie und rief: »Was ist das? Wer hält mich am Kleid?« – »Sei nicht so einfältig«, sagte die Älteste, »du bist an einem Haken hängen geblieben.« Da gingen sie vollends hinab, und wie sie unten waren, standen sie in einem wunderprächtigen Baumgang, da waren alle Blätter von Silber und schimmerten und glänzten. Der Soldat dachte: ›Du willst dir ein Wahrzeichen mitnehmen‹, und brach einen Zweig davon ab; da fuhr ein gewaltiger Krach aus dem Baume. Die Jüngste rief wieder: »Es ist nicht richtig, habt ihr den Knall gehört?« Die Älteste aber sprach: »Das sind Freudenschüsse, weil wir unsere Prinzen bald erlöst haben.« Sie kamen darauf in einen Baumgang, wo alle Blätter von Gold, und endlich in einen dritten, wo sie klarer Demant waren. Von beiden brach er einen Zweig ab, wobei es jedes Mal krachte, dass die Jüngste vor Schrecken zusammenfuhr; aber die Älteste blieb dabei, es wären Freudenschüsse. Sie gingen weiter und kamen zu einem großen Wasser, darauf standen zwölf Schifflein, und in jedem Schifflein saß ein schöner Prinz, die hatten auf die zwölfe gewartet, und jeder nahm eine zu sich, der Soldat aber setzte sich mit der Jüngsten ein. Da sprach der Prinz: »Ich weiß nicht, das Schiff ist heute viel schwerer, und ich muss aus allen Kräften rudern, wenn ich es fortbringen soll.« – »Wovon sollte das kommen«, sprach die Jüngste, »als vom warmen Wetter, es ist mir auch so heiß zumut.« Jenseits des Wassers aber stand ein schönes hell erleuchtetes Schloss, woraus eine lustige Musik erschallte. Sie ruderten hinüber, traten ein, und jeder Prinz tanzte mit seiner Liebsten; der Soldat aber tanzte unsichtbar mit, und wenn eine einen Becher mit Wein hielt, so trank er ihn aus, dass er leer war, wenn sie ihn an den Mund brachte; und der Jüngsten ward auch angst darüber, aber die Älteste brachte sie immer zum Schweigen. Sie tanzten da bis drei Uhr am andern Morgen, wo alle Schuhe durchgetanzt waren und sie aufhören mussten. Die Prinzen fuhren sie über das Wasser wieder zurück, und der Soldat setzte sich diesmal vornehin zur Ältesten. Am Ufer nahmen sie von ihren Prinzen Abschied und versprachen, in der folgenden Nacht wieder zu kommen. Als sie an der Treppe waren, lief der Soldat voraus und legte sich in sein Bett, und als die zwölf langsam und müde heraufgetrippelt kamen, schnarchte er schon wieder so laut, dass sie's alle hören konnten, und sie sprachen: »Vor dem sind wir sicher.« Da taten sie ihre schönen Kleider aus, brachten sie weg, stellten die zertanzten Schuhe unter das Bett und legten sich nieder. Am andern Morgen wollte der Soldat nichts sagen, sondern das wunderliche Wesen mit ansehen, und ging die zweite und die dritte Nacht wieder mit. Da war alles wie das erste Mal, und sie tanzten jedes Mal, bis die Schuhe entzwei waren. Das dritte Mal aber nahm er zum Wahrzeichen einen Becher mit. Als die Stunde gekommen war, wo er antworten sollte, steckte er die drei Zweige und den Becher zu sich und ging vor den König, die zwölfe aber standen hinter der Tür und horchten. Als der König die Frage tat: »Wo haben meine zwölf Töchter ihre Schuhe in der Nacht vertanzt?« so antwortete er: »Mit zwölf Prinzen in einem unterirdischen Schloss«, berichtete, wie es zugegangen war, und holte die Wahrzeichen hervor. Da ließ der König seine Töchter kommen und fragte sie, ob der Soldat die Wahrheit gesagt hätte, und da sie sahen, dass sie verraten waren, so mussten sie alles eingestehen. Darauf fragte ihn der König, welche er zur Frau haben wollte. Er antwortete: »Ich bin nicht mehr jung, so gebt mir die Älteste.« Da ward noch am selbigen Tage die Hochzeit gehalten und ihm das Reich nach des Königs Tode versprochen. Aber die Prinzen wurden auf so viele Tage wieder verwünscht, als sie Nächte mit den zwölfen getanzt hatten.

Jorinde und Joringel

Es war einmal ein altes Schloss mitten in einem großen, dicken Wald, darinnen wohnte eine alte Frau ganz allein, das war eine Erzzauberin. Am Tage machte sie sich zur Katze oder zur Nachteule, des Abends aber wurde sie wieder ordentlich wie ein Mensch gestaltet. Sie konnte das Wild und die Vögel herbeilocken, und dann schlachtete sie's, kochte und briet es. Wenn jemand auf hundert Schritte dem Schloss nahe kam, so musste er stillestehen und konnte sich nicht von der Stelle bewegen, bis sie ihn lossprach; wenn aber eine keusche Jungfrau in diesen Kreis kam, so verwandelte sie dieselbe in einen Vogel und sperrte sie dann in einen Korb ein. Sie hatte wohl siebentausend solcher Körbe mit so raren Vögeln im Schlosse.

Nun war einmal eine Jungfrau, die hieß Jorinde, sie war schöner als alle anderen Mädchen. Die und dann ein gar schöner Jüngling, namens Joringel, hatten sich zusammen versprochen. Sie waren in den Brauttagen, und sie hatten ihr größtes Vergnügen eins am andern. Damit sie nun einmal vertraut zusammen reden könnten, gingen sie in den Wald spazieren. »Hüte dich«, sagte Joringel, »dass du nicht so nahe ans Schloss kommst.« Es war ein schöner Abend, die Sonne schien zwischen den Stämmen der Bäume hell ins dunkle Grün des Waldes, und die Turteltaube sang kläglich auf den alten Rotbuchen. Jorinde weinte zuweilen, setzte sich hin im Sonnenschein und klagte; Joringel klagte auch. Sie waren so bestürzt, als wenn sie hätten sterben sollen, sie sahen sich um, waren unsicher und wussten nicht, wohin sie nach Hause gehen sollten. Noch halb stand die Sonne über dem Berg, und halb war sie unter. Joringel sah durchs Gebüsch und sah die alte Mauer des Schlosses nah bei sich; er erschrak und wurde todbang. Jorinde sang:

»Mein Vöglein mit dem Ringlein rot
singt Leide, Leide, Leide:
Es singt dem Täubelein seinen Tod,
singt Leide, Lei…
zicküth, zicküth, zicküth.«

Joringel sah nach Jorinde. Jorinde war in eine Nachtigall verwandelt, die sang: »Zicküth, zicküth.« Eine Nachteule mit glühenden Augen flog dreimal um sie herum und schrie dreimal: »Schu, hu, hu, hu.« Joringel stand da wie ein Stein, konnte nicht weinen, nicht reden, nicht Hand noch Fuß regen. Nun war die Sonne unter; die Eule flog in einen Strauch, und gleich darauf kam eine alte, krumme Frau aus diesem hervor, gelb und mager; große, rote Augen, krumme Nase, die mit der Spitze ans Kinn reichte. Sie murmelte, fing die Nachtigall und trug sie auf der Hand fort. Joringel konnte nicht von der Stelle kommen; die Nachtigall war fort. Endlich kam das Weib wieder und sagte mit dumpfer Stimme: »Grüß dich, Zachiel, wenn's Möndel ins Körbel scheint, bind los, Zachiel, zu guter Stund.« Da wurde Joringel los. Er fiel vor dem Weib auf die Knie und bat, sie möchte ihm seine Jorinde wiedergeben, aber sie sagte, er sollte sie nie wiederhaben, und ging fort. Er rief, er weinte, er jammerte, aber alles umsonst. »Uu, was soll mir geschehen?« Joringel ging fort und kam endlich in ein fremdes Dorf. Da hütete er die Schafe lange Zeit. Oft ging er rund um das Schloss herum. Endlich träumte er einmal des Nachts, er fände eine blutrote Blume, in deren Mitte eine schöne große Perle war. Die Blume brach er ab, ging damit zum Schlosse. Alles, was er mit der Blume berührte, ward von der Zauberei frei; auch träumte er, er hätte seine Jorinde dadurch wiederbekommen. Des Morgens, als er erwachte, fing er an, durch Berg und Tal zu suchen, ob er eine solche Blume fände. Er suchte bis an den neunten Tag, da fand er die blutrote Blume am Morgen früh. In der Mitte war ein großer Tautropfen, so groß wie die schönste Perle. Diese Blume trug er Tag und Nacht bis zum Schloss. Wie er auf hundert Schritt nahe bis zum Schloss kam, da ward er nicht fest, sondern ging fort bis ans Tor. Joringel freute sich sehr, berührte die Pforte mit der Blume, und sie sprang auf. Er ging hinein, durch den Hof, horchte, wo er die vielen Vögel vernähme. Endlich hörte er's. Er ging und fand den Saal, darin war die Zauberin und fütterte die Vögel in den siebentausend Körben. Wie sie den Joringel sah, ward sie bös, sehr bös, schalt, spie Gift und Galle gegen ihn aus, aber sie konnte auf zwei Schritte nicht an ihn kommen. Er kehrte sich nicht an sie und ging, besah die Körbe mit den Vögeln; da waren aber viele hundert Nachtigallen, wie sollte er nun seine Jorinde wieder finden? Indem er so zusah, merkte er, dass die Alte heimlich ein Körbchen mit einem Vogel wegnahm und damit nach der Tür ging. Flugs sprang er hinzu, berührte das Körbchen mit der Blume und auch das alte Weib. Nun konnte sie nichts mehr zaubern, und Jorinde stand da, so schön, wie sie ehemals war, und hatte ihn um den Hals gefasst. Da machte er auch alle die andern Vögel wieder zu Jungfrauen, und dann ging er mit seiner Jorinde nach Hause, und sie lebten lange vergnügt zusammen.

Die drei Glückskinder

Ein Vater ließ einmal seine drei Söhne vor sich kommen und schenkte dem ersten einen Hahn, dem zweiten eine Sense, dem dritten eine Katze. »Ich bin schon alt«, sagte er, »und mein Tod ist nah, da wollte ich euch vor meinem Ende noch versorgen. Geld hab' ich nicht, und was ich euch jetzt gebe, scheint wenig wert, es kommt aber bloß darauf an, dass ihr es verständig anwendet. Sucht euch nur ein Land, wo dergleichen Dinge noch unbekannt sind, so ist euer Glück gemacht.« Nach dem Tode des Vaters ging der Älteste mit seinem Hahn aus, wo er aber hinkam, war der Hahn schon bekannt. In den Städten sah er ihn schon von weitem auf den Türmen sitzen und sich mit dem Wind umdrehen, in den Dörfern hörte er mehr als einen krähen, und niemand wollte sich über das Tier wundern, so dass es nicht das Ansehn hatte, als würde er sein Glück damit machen. Endlich aber geriet's ihm doch, dass er auf eine Insel kam, wo die Leute nichts von einem Hahn wussten, sogar ihre Zeit nicht einzuteilen verstanden. Sie wussten wohl, wenn's Morgen oder Abend war, aber nachts, wenn sie's nicht verschliefen, wusste sich keiner aus der Zeit herauszufinden. »Seht«, sprach er, »was für ein stolzes Tier, es hat eine rubinrote Krone auf dem Kopf und trägt Sporen wie ein Ritter; es ruft euch des Nachts drei Mal zu bestimmter Zeit an, und wenn's das letzte Mal ruft, so geht die Sonne bald auf. Wenn's aber bei hellem Tag ruft, so richtet euch darauf ein, dann gibt's gewiss anderes Wetter.« Den Leuten gefiel das wohl, sie schliefen eine ganze Nacht nicht und hörten mit großer Freude, wie der Hahn um zwei, vier und sechs Uhr laut und vernehmlich die Zeit abrief. Sie fragten ihn, ob das Tier nicht feil wäre und wie viel er dafür verlangte. »Etwa so viel, als ein Esel Gold trägt«, antwortete er. »Ein Spottgeld für ein so kostbares Tier«, riefen sie insgesamt und gaben ihm gerne, was er gefordert hatte.

Als er mit dem Reichtum heimkam, verwunderten sich seine Brüder, und der Zweite sprach: »So will ich mich doch aufmachen und sehen, ob ich meine Sense auch so gut losschlagen kann.« Es hatte aber nicht das Ansehen danach; denn überall begegneten ihm Bauern und hatten so gut eine Sense auf der Schulter wie er. Doch zuletzt glückte es ihm auch auf einer Insel, wo die Leute nichts von einer Sense wussten. Wenn dort das Korn reif war, so fuhren sie Kanonen vor den Feldern auf und schossen's herunter. Das war nun ein ungewisses Ding, mancher schoss drüber hinaus, ein anderer traf statt des Halms die Ähren und schoss sie fort, dabei ging viel zu Grunde, und obendrein gab's einen lästerlichen Lärm. Da stellte sich der Mann hin und mähte es so still und so geschwind nieder, dass die Leute Maul und Nase vor Verwunderung aufsperrten. Sie waren willig, ihm dafür zu geben, was er verlangte, und er bekam ein Pferd, dem war Gold aufgeladen, so viel es tragen konnte.

Nun wollte der dritte Bruder seine Katze auch an den rechten Mann bringen. Es ging ihm wie den andern. Solange er auf dem festen Lande blieb, war nichts auszurichten, es gab allerorten Katzen, und waren ihrer so viel, dass die neugebornen Jungen meist im Wasser ersäuft wurden. Endlich ließ er sich auf eine Insel überschiffen, und es traf sich glücklicherweise, dass dort noch niemals eine gesehen war und doch die Mäuse so überhand genommen hatten, dass sie auf den Tischen und Bänken tanzten, der Hausherr mochte daheim sein oder nicht. Die Leute jammerten gewaltig über die Plage, der König selbst wusste sich in seinem Schlosse nicht dagegen zu retten. In allen Ecken pfiffen und nagten Mäuse. Da fing nun die Katze ihre Jagd an und hatte bald ein paar Säle gereinigt, und die Leute baten den König, das Wundertier für das Reich zu kaufen. Der König gab gerne, was gefordert wurde, das war ein mit Gold beladener Maulesel, und der dritte Bruder kam mit den allergrößten Schätzen heim.

Die Katze machte sich in dem königlichen Schlosse mit den Mäusen eine rechte Lust und biss so viele tot, dass sie nicht mehr zu zählen waren. Endlich ward ihr von der Arbeit heiß, und sie bekam Durst; da blieb sie stehen, drehte den Kopf in die Höhe und schrie: »Miau, miau.« Der König samt allen seinen Leuten, als sie das seltsame Geschrei vernahmen, erschrak, und sie liefen in ihrer Angst sämtlich zum Schloss hinaus. Unten hielt der König Rat, was zu tun das Beste wäre; zuletzt ward beschlossen, einen Herold an die Katze abzuschicken und sie aufzufordern, das Schloss zu verlassen oder zu gewärtigen, dass Gewalt gegen sie gebraucht würde. Die Räte sagten: »Lieber wollen wir uns von den Mäusen plagen lassen – an das Übel sind wir gewöhnt – als unser Leben einem solchen Untier preisgeben.« Ein Edelknabe musste hinaufgehen und die Katze fragen, ob sie das Schloss gutwillig räumen wollte. Die Katze aber, deren Durst nur noch größer geworden war, antwortete bloß: »Miau, miau.« Der Edelknabe verstand: »Durchaus, durchaus nicht«, und überbrachte dem König die Antwort. »Nun«, sprachen die Räte, »soll sie der Gewalt weichen.« Es wurden Kanonen aufgeführt und das Haus in Brand geschossen. Als das Feuer in den Saal kam, wo die Katze saß, sprang sie glücklich zum Fenster hinaus; die Belagerer hörten aber nicht eher auf, als bis das ganze Schloss in Grund und Boden geschossen war.

Der Arme und der Reiche

Vor alten Zeiten, als der liebe Gott noch selber auf Erden unter den Menschen wandelte, trug es sich zu, dass er eines Abends müde war und ihn die Nacht überfiel, bevor er zu einer Herberge kommen konnte. Nun standen auf dem Weg vor ihm zwei Häuser einander gegenüber, das eine groß und schön, das andere klein und ärmlich anzusehen, und das große gehörte einem reichen, das kleine einem armen Manne. Da dachte unser Herrgott: Dem Reichen werde ich nicht beschwerlich fallen, bei ihm will ich übernachten. Der Reiche, als er an seine Tür klopfen hörte, machte das Fenster auf und fragte den Fremdling, was er suche. Der Herr antwortete: »Ich bitte um ein Nachtlager.« Der Reiche guckte den Wandersmann vom Haupt bis zu den Füßen an, und weil der liebe Gott schlichte Kleider trug und nicht aussah wie einer, der viel Geld in der Tasche hat, schüttelte er mit dem Kopf und sprach: »Ich kann Euch nicht aufnehmen, meine Kammern liegen voll Kräutern und Samen, und sollte ich einen jeden beherbergen, der an meine Tür klopft, so könnte ich selber den Bettelstab in die Hand nehmen.« Schlug damit sein Fenster zu und ließ den lieben Gott stehen. Also kehrte ihm der liebe Gott den Rücken und ging hinüber zu dem kleinen Haus. Kaum hatte er angeklopft, so klinkte der Arme schon sein Türchen auf und bat den Wandersmann einzutreten. »Bleibt die Nacht über bei mir«, sagte er, »heute könnt Ihr doch nicht weiter kommen.« Das gefiel dem lieben Gott, und er trat zu ihm ein. Die Frau des Armen reichte ihm die Hand, hieß ihn willkommen und sagte, er möchte sich's nur bequem machen. Dann setzte sie Kartoffeln ans Feuer, und derweil sie kochten, melkte sie ihre Ziege, damit sie ein wenig Milch dazu hätten. Und als der Tisch gedeckt war, setzte sich der liebe Gott nieder und aß mit ihnen, und die schlechte Kost schmeckte ihm gut; denn es waren vergnügte Gesichter dabei. Nachdem sie gegessen hatten und Schlafenszeit war, rief die Frau heimlich ihren Mann und sprach: »Hör, lieber Mann, wir wollen uns heute Nacht eine Streu machen, damit der arme Wanderer sich in unser Bett legen und ausruhen kann, er ist den ganzen Tag über gegangen, da wird einer müde.« »Von Herzen gern«, antwortete er, »ich will's ihm anbieten«, ging zu dem lieben Gott und bat ihn, wenn's ihm recht wäre, möchte er sich in ihr Bett legen und seine Glieder ordentlich ausruhen. Der liebe Gott wollte den beiden Alten ihr Lager nicht nehmen, aber sie ließen nicht ab, bis er es endlich tat und sich in ihr Bett legte; sich selbst aber machten sie eine Streu auf der Erde. Am andern Morgen standen sie vor Tag schon auf und kochten dem Gast ein Frühstück, so gut sie es hatten. Als nun die Sonne durchs Fensterlein schien und der liebe Gott aufgestanden war, aß er wieder mit ihnen und wollte dann seines Weges ziehen. Als er in der Tür stand, kehrte er sich um und sprach: »Weil ihr so mitleidig und fromm seid, so wünscht euch dreierlei, das will ich euch erfüllen.« Da sagte der Arme: »Was soll ich mir sonst wünschen als die ewige Seligkeit und dass wir zwei, solang wir leben, gesund dabei bleiben und unser notdürftiges tägliches Brot haben; fürs Dritte weiß ich mir nichts zu wünschen.« Der liebe Gott sprach: »Willst du dir nicht ein neues Haus für das alte wünschen?« – »O ja«, sagte der Mann, »wenn ich das auch noch erhalten kann, so wär' mir's wohl lieb.« Da erfüllte der Herr ihre Wünsche, verwandelte ihr Haus in ein neues, gab ihnen nochmals seinen Segen und zog weiter.

Es war schon voller Tag, als der Reiche aufstand. Er legte sich ans Fenster und sah gegenüber ein neues, reinliches Haus mit roten Ziegeln, wo sonst eine alte Hütte gestanden hatte. Da machte er große Augen, rief seine Frau herbei und sprach: »Sag mir, was ist geschehen? Gestern Abend stand noch die alte elende Hütte, und heute steht da ein schönes, neues Haus. Lauf hinüber und höre, wie das gekommen ist.« Die Frau ging und fragte den Armen aus. Er erzählte ihr: »Gestern Abend kam ein Wanderer, der suchte Nachtherberge, und heute Morgen beim Abschied hat er uns drei Wünsche gewährt, die ewige Seligkeit, Gesundheit in diesem Leben und das notdürftige tägliche Brot dazu, und zuletzt noch statt unserer alten Hütte ein schönes, neues Haus.« Die Frau des Reichen lief eilig zurück und erzählte ihrem Manne, wie alles gekommen war. Der Mann sprach: »Ich möchte mich zerreißen und zerschlagen! Der Fremde ist zuvor hier gewesen und hat bei uns übernachten wollen, ich habe ihn aber abgewiesen.« – »Eil dich«, sprach die Frau, so kannst du den Mann noch einholen, und dann musst du dir auch drei Wünsche gewähren lassen.«

Der Reiche befolgte den guten Rat, jagte mit seinem Pferd davon und holte den lieben Gott noch ein. Er redete fein und lieblich und bat, er möcht's nicht übel nehmen, dass er nicht gleich eingelassen worden, er hätte den Schlüssel zur Haustür gesucht, derweil wäre er weggegangen. Wenn er des Weges zurückkäme, müsste er bei ihm einkehren. »Ja«, sprach der liebe Gott, »wenn ich einmal zurückkomme, will ich es tun.« Da fragte der Reiche, ob er nicht auch drei Wünsche tun dürfte wie sein Nachbar. »Ja«, sagte der liebe Gott, das dürfte er wohl, es wäre aber nicht gut für ihn, und er sollte sich lieber nichts wünschen. Der Reiche meinte, er wollte sich schon etwas aussuchen, das zu seinem Glücke gereiche, wenn er nur wüsste, dass es erfüllt würde. Sprach der liebe Gott: »Reit heim, und drei Wünsche, die du tust, die sollen in Erfüllung gehen.«

Nun hatte der Reiche, was er verlangte, ritt heimwärts und fing an nachzusinnen, was er sich wünschen sollte. Wie er sich so bedachte und die Zügel fallen ließ, fing das Pferd an zu springen, so dass er immerfort in seinen Gedanken gestört wurde und sie gar nicht zusammenbringen konnte. Er klopfte ihm den Hals und sagte: »Sei ruhig, Liese«, aber das Pferd machte aufs Neue Männerchen. Da ward er zuletzt ärgerlich und rief ganz ungeduldig: »So wollt' ich, dass du den Hals zerbrächst!« Wie er das Wort ausgesprochen hatte, plump, fiel er auf die Erde, und das Pferd lag tot und regte sich nicht mehr; damit war der erste Wunsch erfüllt. Weil er aber von Natur geizig war, wollte er das Sattelzeug nicht im Stich lassen, schnitt's ab, hing's auf seinen Rücken und musste nun zu Fuß gehen. ›Du hast noch zwei Wünsche übrig‹, dachte er und tröstete sich damit. Wie er nun langsam durch den Sand dahin ging, ward's ihm so warm und verdrießlich zumut. Der Sattel drückte ihn auf den Rücken, auch war ihm noch immer nicht eingefallen, was er sich wünschen sollte. »Wenn ich mir auch alle Reiche und Schätze der Welt wünsche«, sprach er zu sich selbst, »so fällt mir hernach noch allerlei ein. Ich will's aber so einrichten, dass mir gar nichts mehr zu wünschen übrig bleibt.« Dann seufzte er und sprach: »Ja, wenn ich der bayrische Bauer wäre, der auch drei Wünsche frei hatte, der wusste sich zu helfen, der wünschte sich zuerst recht viel Bier, und zweitens so viel Bier, als er trinken könnte, und drittens noch ein Fass Bier dazu.« Manchmal meinte er, jetzt hätte er es gefunden, aber hernach schien's ihm doch zu wenig. Da

kam ihm so in die Gedanken, was es seine Frau jetzt gut hätte, die säße daheim in einer kühlen Stube und ließe sich's wohlschmecken. Das ärgerte ihn ordentlich, und ohne dass er's wusste, sprach er so hin: »Ich wollte, die säße daheim auf dem Sattel und könnte nicht herunter, statt dass ich ihn da auf meinem Rücken schleppe.« Und wie das letzte Wort aus seinem Munde kam, so war der Sattel von seinem Rücken verschwunden, und er merkte, dass sein zweiter Wunsch auch in Erfüllung gegangen war. Da ward ihm erst recht heiß, er fing an zu laufen und wollte sich daheim ganz einsam in seine Kammer hinsetzen und auf etwas Großes für den letzten Wunsch sinnen. Wie er aber ankommt und die Stubentür aufmacht, sitzt da seine Frau mittendrin auf dem Sattel und kann nicht herunter, jammert und schreit. Da sprach er: »Gib dich zufrieden, ich will dir alle Reichtümer der Welt herbeiwünschen, nur bleib da sitzen.« Sie schalt ihn aber einen Schafskopf und sprach: »Was helfen mir alle Reichtümer der Welt, wenn ich auf dem Sattel sitze; du hast mich darauf gewünscht, du musst mir auch wieder herunterhelfen.« Er mochte wollen oder nicht, er musste den dritten Wunsch tun, dass sie vom Sattel ledig wäre und heruntersteigen könnte; und der Wunsch ward alsbald erfüllt. Also hatte er nichts davon als Ärger, Mühe, Scheltworte und ein verlornes Pferd; die Armen aber lebten vergnügt, still und fromm bis an ihr seliges Ende.

Der Trommler

Eines Abends ging ein junger Trommler ganz allein über das Feld und kam an einen See, da sah er an dem Ufer drei Stückchen weiße Leinewand liegen. »Was für feines Leinen«, sprach er und steckte eins davon in die Tasche. Er ging heim, dachte nicht weiter an seinen Fund und legte sich zu Bett. Als er eben einschlafen wollte, war es ihm, als nenne jemand seinen Namen. Er horchte und vernahm eine leise Stimme, die ihm zurief: »Trommler, Trommler, wach auf!« Er konnte, da es finstere Nacht war, niemand sehen, aber es kam ihm vor, als schwebte eine Gestalt vor seinem Bett auf und ab. »Was willst du?«, fragte er. »Gib mir mein Hemdchen zurück«, antwortete die Stimme, »das du mir gestern Abend am See weggenommen hast.« – »Du sollst es wiederhaben«, sprach der Trommler, »wenn du mir sagst, wer du bist.« – »Ach«, erwiderte die Stimme, »ich bin die Tochter eines mächtigen Königs, aber ich bin in die Gewalt einer Hexe geraten und bin auf den Glasberg gebannt. Jeden Tag muss ich mich mit meinen zwei Schwestern im See baden, aber ohne mein Hemdchen kann ich nicht wieder fortfliegen. Meine Schwestern haben sich fortgemacht, ich aber habe zurückbleiben müssen. Ich bitte dich, gib mir mein Hemdchen wieder.« – »Sei ruhig, armes Kind«, sprach der Trommler, »ich will dir's gerne zurückgeben.« Er holte es aus seiner Tasche und reichte es ihr in der Dunkelheit hin. Sie erfasste es hastig und wollte damit fort. »Weile einen Augenblick«, sagte er, »vielleicht kann ich dir helfen.« – »Helfen kannst du mir nur, wenn du auf den Glasberg steigst und mich aus der Gewalt der Hexe befreist. Aber zu dem Glasberg kommst du nicht, und wenn du auch ganz nahe daran wärst.« – »Was ich will, das kann ich«, sagte der Trommler, »ich habe Mitleid mit dir, und ich fürchte mich vor nichts. Aber ich weiß den Weg nicht, der nach dem Glasberge führt.« – »Der Weg geht durch den großen Wald, in dem die Menschenfresser hausen«, antwortete sie, »mehr darf ich dir nicht sagen.« Darauf hörte er, wie sie fortschwirrte.

Bei Anbruch des Tags machte sich der Trommler auf, hing seine Trommel um und ging ohne Furcht geradezu in den Wald hinein. Als er ein Weilchen gegangen war und keinen Riesen erblickte, so dachte er: ›Ich muss die Langschläfer aufwecken‹, hing die Trommel vor und schlug einen Wirbel, dass die Vögel aus den Bäumen mit Geschrei aufflogen. Nicht lange, so erhob sich auch ein Riese in die Höhe, der im Gras gelegen und geschlafen hatte, und war so groß wie eine Tanne. »Du Wicht«, rief er ihm zu, »was trommelst du hier und weckst mich aus dem besten Schlaf?« – »Ich trommle«, antwortete er, »weil viele Tausende hinter mir herkommen, damit sie den Weg wissen.« – »Was wollen die hier in meinem Wald?«, fragte der Riese. »Sie wollen dir den Garaus machen und den Wald von einem Ungetüm, wie du bist, säubern.« – »Oho«, sagte der Riese, »ich trete euch wie Ameisen tot.« – »Meinst du, du könntest gegen sie etwas ausrichten?«, sprach der Trommler, »wenn du dich bückst, um einen zu packen, so springt er fort und versteckt sich; wie du dich aber niederlegst und schläfst, so kommen sie aus allen Gebüschen herbei und kriechen an dir hinauf. Jeder hat einen Hammer von Stahl am Gürtel stecken, damit schlagen sie dir den Schädel ein.« Der Riese ward verdrießlich und dachte: ›Wenn ich mich mit dem listigen Volk befasse, so könnte es doch zu meinem Schaden ausschlagen. Wölfen und Bären drücke ich die Gurgel zusammen, aber vor den Erdwürmern kann ich mich nicht schützen.‹ – »Hör, kleiner Kerl«, sprach er, »zieh wieder ab, ich verspreche dir, dass ich dich und deine Gesellen in Zukunft in Ruhe lassen will, und hast du noch einen Wunsch, so sag's mir, ich will dir wohl etwas zu Gefallen tun.« – »Du hast lange Beine und kannst schneller laufen als ich, trag mich zum Glasberge, so will ich den Meinigen ein Zeichen zum Rückzug geben, und sie sollen dich diesmal in Ruhe lassen.« – »Komm her, Wurm«, sprach der Riese, »setz dich auf meine Schulter, ich will dich tragen, wohin du verlangst.« Der Riese hob ihn hinauf, und der Trommler fing oben an, nach Herzenslust auf der Trommel zu wirbeln. Der Riese dachte: ›Das wird das Zeichen sein, dass das andere Volk zurückgehen soll.‹ Nach einer Weile stand ein zweiter Riese am Weg, der nahm den Trommler dem ersten ab und steckte ihn in sein Knopfloch. Der Trommler fasste den Knopf, der groß wie eine Schüssel war, hielt sich daran und schaute ganz lustig umher. Dann kamen sie zu einem Dritten, der nahm ihn aus dem Knopfloch und setzte ihn auf den Rand seines Hutes; da ging der Trommler oben auf und ab und sah über die Bäume hinaus, und als er in blauer Ferne einen Berg erblickte, so dachte er: ›Das ist gewiss der Glasberg‹, und er war es auch. Der Riese tat nur noch ein paar Schritte, so waren sie an dem Fuß des Bergs angelangt, wo ihn der Riese absetzte. Der Trommler verlangte, er sollte ihn auch auf die Spitze des Glasbergs tragen, aber der Riese schüttelte mit dem Kopf und ging in den Wald zurück.

Nun stand der arme Trommler vor dem Berg, der so hoch war, als wenn drei Berge aufeinandergesetzt wären, und dabei so glatt wie ein Spiegel, und wusste keinen Rat, um hinaufzukommen. Er fing an zu klettern, aber vergeblich, er rutschte immer wieder herab. ›Wer jetzt ein Vogel wäre‹, dachte er, aber was half das Wünschen, es wuchsen ihm keine Flügel. Auf einmal erblickte er nicht weit von sich zwei Männer, die heftig miteinander stritten. Er ging auf sie zu und sah, dass sie wegen eines Sattels uneins waren, der vor ihnen auf der Erde lag und den jeder von ihnen haben wollte. »Was seid ihr für Narren«, sprach er, »zankt euch um einen Sattel und habt kein Pferd dazu.« »Der Sattel ist wert, dass man darum streitet«, antwortete der eine von den Männern, »wer darauf sitzt und wünscht sich irgendwohin, und wär's ans Ende der Welt, der ist im Augenblick angelangt, wie er den Wunsch ausgesprochen hat. Der Sattel gehört uns gemeinschaftlich, die Reihe darauf zu reiten, ist an mir, aber der andere will es nicht zulassen.« – »Den Streit will ich bald austragen«, sagte der Trommler, ging eine Strecke weit und steckte einen weißen Stab in die Erde. Dann kam er zurück und sprach: »Jetzt lauft nach dem Ziel, wer zuerst dort ist, der reitet zuerst.« Beide setzten sich in Trab, aber kaum waren sie ein paar Schritte weg, so schwang sich der Trommler auf den Sattel, wünschte sich auf den Glasberg, und ehe man die Hand umdrehte, war er dort. Auf dem Berg oben war eine Ebene, da stand ein altes steinernes Haus, und vor dem Haus lag ein großer Fischteich, dahinter aber ein finsterer Wald. Menschen und Tiere sah er nicht, es war alles still, nur der Wind raschelte in den Bäumen, und die Wolken zogen ganz nah über seinem Haupt weg. Er trat an die Tür und klopfte an. Als er zum dritten Mal geklopft hatte, öffnete eine Alte mit braunem Gesicht und roten Augen die Tür; sie hatte eine Brille auf ihrer langen Nase und sah ihn scharf an; dann fragte sie, was sein Begehren wäre. »Einlass, Kost und Nachtlager«, antwortete der Trommler. »Das sollst du haben«, sagte die Alte, »wenn du dafür drei Arbeiten verrichten willst.« – »Warum nicht?«, antwortete er, »ich scheue keine Arbeit, und wenn sie noch so schwer ist.« Die Alte ließ ihn ein, gab ihm Essen und abends ein gutes Bett. Am Morgen, als er ausgeschlafen hatte, nahm die Alte einen Fingerhut von ihrem dürren Finger, reichte ihn dem Trommler hin und sagte: »Jetzt geh an die Arbeit und schöpfe den Teich draußen mit diesem Fingerhut aus, aber ehe es Nacht wird, musst du fertig sein, und alle Fische, die in dem Wasser sind, müssen nach ihrer Art und Größe ausgesucht und nebeneinander gelegt sein.« – »Das ist eine seltsame Arbeit«, sagte der Trommler, ging aber zu dem Teich und fing an zu schöpfen. Er schöpfte den ganzen Morgen, aber was kann man mit einem Fingerhut bei einem großen Wasser ausrichten, und wenn man tausend Jahre schöpft? Als es Mittag war, dachte er: ›Es ist alles umsonst‹, hielt ein und setzte sich nieder. Da kam ein Mädchen aus dem Haus gegangen, stellte ihm ein Körbchen mit Essen hin und sprach: »Du sitzest da so traurig, was fehlt dir?« Er blickte es an und sah, dass es wunderschön war. »Ach«, sagte er, »ich kann die erste Arbeit nicht vollbringen, wie wird es mit den andern werden? Ich bin ausgegangen, eine Königstochter zu suchen, die hier wohnen soll, aber ich habe sie nicht gefunden; ich will weitergehen.« – »Bleib hier«, sagte das Mädchen, »ich will dir aus deiner Not helfen. Du bist müde, lege deinen Kopf in meinen Schoß und schlaf! Wenn du wieder aufwachst, so ist die Arbeit getan.« Der Trommler ließ sich das nicht zweimal sagen. Sobald ihm die Augen zufielen, drehte sie einen Wunschring und sprach: »Wasser herauf, Fische heraus!« Alsbald stieg das Wasser wie ein weißer Nebel in die Höhe und zog mit den andern Wolken fort, und die Fische schnalzten, sprangen ans Ufer und legten sich nebeneinander, jeder nach seiner Größe und Art. Als der Trommler erwachte, sah er mit Erstaunen, dass alles vollbracht war. Aber das Mädchen sprach: »Einer von den Fischen liegt nicht bei seinesgleichen, sondern ganz allein. Wenn die Alte heute Abend kommt und sieht, dass alles geschehen ist, was sie verlangt hat, so wird sie fragen: ›Was soll dieser Fisch allein?‹ Dann wirf ihr den Fisch ins Angesicht und sprich: ›Der soll für dich sein, alte Hexe.‹« Abends kam die Alte, und als sie die Frage getan hatte, so warf er ihr den Fisch ins Gesicht. Sie stellte sich, als merkte sie es nicht, und schwieg still, aber sie blickte ihn mit boshaften Augen an. Am andern Morgen sprach sie: »Gestern hast du es zu leicht gehabt, ich muss dir schwerere Arbeit geben. Heute musst du den ganzen Wald umhauen, das Holz in Scheite spalten und in Klafter legen, und am Abend muss alles fertig sein.« Sie gab ihm eine Axt, einen Schläger und zwei Keile. Aber die Axt war von Blei, der Schläger und die Keile waren von Blech. Als er anfing zu hauen, so legte sich die Axt um, und Schläger und Keile drückten sich zusammen. Er wusste sich nicht zu helfen, aber mittags kam das Mädchen wieder mit dem Essen und tröstete ihn: »Lege deinen Kopf in meinen Schoß«, sagte sie, »und schlaf! Wenn du aufwachst, so ist die Arbeit getan.« Sie drehte ihren

Wunschring, in dem Augenblick sank der ganze Wald mit Krachen zusammen, das Holz spaltete sich von selbst und legte sich in Klafter zusammen; es war, als ob unsichtbare Riesen die Arbeit vollbrächten. Als er aufwachte, sagte das Mädchen: »Siehst du, das Holz ist geklaftert und gelegt; nur ein einziger Ast ist übrig, aber wenn die Alte heute Abend kommt und fragt, was der Ast solle, so gib ihr damit einen Schlag und sprich: ›Der soll für dich sein, du Hexe.‹« Die Alte kam: »Siehst du«, sprach sie, »wie leicht die Arbeit war. Aber für wen liegt der Ast noch da?« – »Für dich, du Hexe«, antwortete er, und gab ihr einen Schlag damit. Aber sie tat, als fühlte sie es nicht, lachte höhnisch und sprach: »Morgen früh sollst du alles Holz auf einen Haufen legen, es anzünden und verbrennen.« Er stand mit Anbruch des Tages auf und fing an, das Holz herbeizuholen, aber wie kann ein einziger Mensch einen ganzen Wald zusammentragen? Die Arbeit rückte nicht fort. Doch das Mädchen verließ ihn nicht in der Not; es brachte ihm mittags seine Speise, und als er gegessen hatte, legte er seinen Kopf in ihren Schoß und schlief ein. Bei seinem Erwachen brannte der ganze Holzstoß in einer ungeheuern Flamme. »Hör mich an«, sprach das Mädchen, »wenn die Hexe kommt, wird sie dir allerlei auftragen. Tust du ohne Furcht, was sie verlangt, so kann sie dir nichts anhaben, fürchtest du dich aber, so packt dich das Feuer und verzehrt dich. Zuletzt, wenn du alles getan hast, so packe sie mit beiden Händen und wirf sie mitten in die Glut.« Das Mädchen ging fort, und die Alte kam herangeschlichen: »Hu! Mich friert«, sagte sie, »aber das ist ein Feuer, das brennt, das wärmt mir die alten Knochen. Aber dort liegt ein Klotz, der will nicht brennen, den hol mir heraus. Hast du das noch getan, so bist du frei und kannst ziehen, wohin du willst. Nur munter hinein!« Der Trommler besann sich nicht lange, sprang mitten in die Flammen, aber sie taten ihm nichts, nicht einmal die Haare konnten sie ihm versengen. Er trug den Klotz heraus und legte ihn hin. Kaum aber hatte das Holz die Erde berührt, so verwandelte es sich, und das schöne Mädchen stand vor ihm, das ihm in der Not geholfen hatte; und an den seidenen goldglänzenden Kleidern, die es anhatte, merkte er wohl, dass es die Königstochter war. Aber die Alte lachte giftig und sprach: »Du meinst, du hättest sie, aber du hast sie noch nicht.« Eben wollte sie auf das Mädchen losgehen und es fortziehen, da packte er

die Alte mit beiden Händen, hob sie in die Höhe und warf sie den Flammen in den Rachen, die über ihr zusammenschlugen, als freuten sie sich, dass sie eine Hexe verzehren sollten.
Die Königstochter blickte darauf den Trommler an, und als sie sah, dass es ein schöner Jüngling war, und bedachte, dass er sein Leben daran gesetzt hatte, um sie zu erlösen, so reichte sie ihm die Hand und sprach: »Du hast alles für mich gewagt, aber ich will auch für dich alles tun. Versprichst du mir deine Treue, so sollst du mein Gemahl werden. An Reichtümern fehlt es uns nicht, wir haben genug an dem, was die Hexe hier zusammengetragen hat.« Sie führte ihn in das Haus, da standen Kisten und Kasten, die mit ihren Schätzen angefüllt waren. Sie ließen Gold und Silber liegen und nahmen nur die Edelsteine. Sie wollten nicht länger auf dem Glasberg bleiben, da sprach er zu ihr: »Setze dich zu mir auf meinen Sattel, so fliegen wir hinab wie Vögel.« – »Der alte Sattel gefällt mir nicht«, sagte sie, »ich brauche nur an meinem Wunschring zu drehen, so sind wir zu Haus.« – »Wohlan«, antwortete der Trommler, »so wünsch uns vor das Stadttor.« Im Nu waren sie dort, der Trommler aber sprach: »Ich will erst zu meinen Eltern gehen und ihnen Nachricht geben, harre mein hier auf dem Feld, ich will bald zurück sein.« – »Ach«, sagte die Königstochter, »ich bitte dich, nimm dich in Acht, küsse deine Eltern bei deiner Ankunft nicht auf die rechte Wange; denn sonst wirst du alles vergessen.« – »Wie kann ich dich vergessen?«, sagte er und versprach ihr in die rechte Hand, recht bald wieder zu kommen. Als er in sein väterliches Haus trat, wusste niemand, wer er war, so hatte er sich verändert; denn die drei Tage, die er auf dem Glasberg zugebracht hatte, waren drei lange Jahre gewesen. Da gab er sich zu erkennen, und seine Eltern fielen ihm vor Freude um den Hals, und er war so bewegt in seinem Herzen, dass er sie auf beide Wangen küsste und an die Worte des Mädchens nicht dachte. Wie er ihnen aber den Kuss auf die rechte Wange gegeben hatte, verschwand ihm jeder Gedanke an die Königstochter. Er leerte seine Taschen aus und legte Hände voll der größten Edelsteine auf den Tisch. Die Eltern wussten gar nicht, was sie mit dem Reichtum anfangen sollten. Da baute der Vater ein prächtiges Schloss, von Gärten, Wäldern und Wiesen umgeben, als wenn ein Fürst darin wohnen sollte. Und als es fertig war, sagte die Mutter: »Ich

habe ein Mädchen für dich ausgesucht, in drei Tagen soll die Hochzeit sein.« Der Sohn war mit allem zufrieden, was die Eltern wollten.
Die arme Königstochter hatte lange vor der Stadt gestanden und auf die Rückkehr des Jünglings gewartet. Als es Abend ward, sprach sie: »Gewiss hat er seine Eltern auf die rechte Wange geküsst und hat mich vergessen.« Ihr Herz war voll Trauer, sie wünschte sich in ein einsames Waldhäuschen und wollte nicht wieder an den Hof ihres Vaters zurück. Jeden Abend ging sie in die Stadt und ging an seinem Haus vorüber; er sah sie manchmal, aber er kannte sie nicht mehr. Endlich hörte sie, wie die Leute sagten: »Morgen wird seine Hochzeit gefeiert.« Da sprach sie: »Ich will versuchen, ob ich sein Herz wieder gewinne.« Als der erste Hochzeitstag gefeiert ward, da drehte sie ihren Wunschring und sprach: »Ein Kleid so glänzend wie die Sonne.« Alsbald lag das Kleid vor ihr und war so glänzend, als wenn es aus lauter Sonnenstrahlen gewebt wäre. Als alle Gäste sich versammelt hatten, so trat sie in den Saal. Jedermann wunderte sich über das schöne Kleid, am meisten die Braut, und da schöne Kleider ihre größte Lust waren, so ging sie zu der Fremden und fragte, ob sie es ihr verkaufen wollte. »Für Geld nicht«, antwortete sie, »aber wenn ich die erste Nacht vor der Tür verweilen darf, wo der Bräutigam schläft, so will ich es hingeben.« Die Braut konnte ihr Verlangen nicht bezwingen und willigte ein, aber sie mischte dem Bräutigam einen Schlaftrunk in seinen Nachtwein, wovon er in tiefen Schlaf verfiel. Als nun alles still geworden war, so kauerte sich die Königstochter vor die Tür der Schlafkammer, öffnete sie ein wenig und rief hinein:

»Trommler, Trommler, hör mich an,
hast du mich denn ganz vergessen?
Hast du auf dem Glasberg nicht bei mir gesessen?
Habe ich vor der Hexe nicht bewahrt dein Leben?
Hast du mir auf Treue nicht die Hand gegeben?
Trommler, Trommler, hör mich an.«

Aber es war alles vergeblich, der Trommler wachte nicht auf, und als der Morgen anbrach, musste sie wieder fortgehen. Am zweiten Abend drehte sie ihren Wunschring und sprach: »Ein Kleid, so silbern wie der Mond.« Als sie mit dem Kleid, das so zart war wie der Mondschein, bei dem Fest erschien, erregte sie wieder das Verlangen der Braut und gab es ihr für die Erlaubnis, auch die zweite Nacht vor der Tür der Schlafkammer zubringen zu dürfen. Da rief sie in nächtlicher Stille:

»Trommler, Trommler, hör mich an,
hast du mich denn ganz vergessen?
Hast du auf dem Glasberg nicht bei mir gesessen?
Habe ich vor der Hexe nicht bewahrt dein Leben?
Hast du mir auf Treue nicht die Hand gegeben?
Trommler, Trommler, hör mich an.«

Aber der Trommler, von dem Schlaftrunk betäubt, war nicht zu erwecken. Traurig ging sie den Morgen wieder zurück in ihr Waldhaus. Aber die Leute im Haus hatten die Klage des fremden Mädchens gehört und erzählten dem Bräutigam davon. Sie sagten ihm auch, dass es ihm nicht möglich gewesen wäre, etwas davon zu vernehmen, weil sie ihm einen Schlaftrunk in den Wein geschüttet hätten. Am dritten Abend drehte die Königstochter den Wunschring und sprach: »Ein Kleid flimmernd wie Sterne.« Als sie sich darin auf dem Fest zeigte, war die Braut über die Pracht des Kleides, das die andern weit übertraf, ganz außer sich und sprach: »Ich soll und muss es haben.« Das Mädchen gab es, wie die andern, für die Erlaubnis, die Nacht vor der Tür des Bräutigams zuzubringen. Der Bräutigam aber trank den Wein nicht, der ihm vor dem Schlafengehen gereicht wurde. Und als alles im Haus still geworden war, so hörte er eine sanfte Stimme, die ihn anrief:

»Trommler, Trommler, hör mich an,
hast du mich denn ganz vergessen?
Hast du auf dem Glasberg nicht bei mir gesessen?
Habe ich vor der Hexe nicht bewahrt dein Leben?
Hast du mir auf Treue nicht die Hand gegeben?
Trommler, Trommler, hör mich an.«

Plötzlich kam ihm das Gedächtnis wieder. »Ach«, rief er, »wie habe ich so treulos handeln können, aber der Kuss, den ich meinen Eltern in der Freude meines Herzens auf die rechte Wange gegeben habe, der ist schuld daran, der hat mich betäubt.« Er sprang auf, nahm die Königstochter bei der Hand und führte sie zu dem Bett seiner Eltern. »Das ist meine rechte Braut«, sprach er, »wenn ich die andere heirate, so tue ich großes Unrecht.« Die Eltern, als sie hörten, wie alles sich zugetragen hatte, willigten ein. Da wurden die Lichter im Saal wieder angezündet, Pauken und Trompeten herbeigeholt, die Freunde und Verwandten eingeladen, wiederzukommen, und die wahre Hochzeit ward mit großer Freude gefeiert. Die erste Braut behielt die schönen Kleider zur Entschädigung und gab sich zufrieden.

Die goldene Gans

Es war ein Mann, der hatte drei Söhne, davon hieß der Jüngste der Dummling und wurde verachtet und verspottet und bei jeder Gelegenheit zurückgesetzt. Es geschah, dass der Älteste in den Wald gehen wollte, Holz hauen, und eh' er ging, gab ihm noch seine Mutter einen schönen, feinen Eierkuchen und eine Flasche Wein mit, damit er nicht Hunger und Durst litte. Als er in den Wald kam, begegnete ihm ein altes, graues Männlein, das bot ihm einen Guten Tag und sprach: »Gib mir doch ein Stück Kuchen aus deiner Tasche und lass mich einen Schluck von deinem Wein trinken, ich bin so hungrig und durstig.« Der kluge Sohn aber antwortete: »Geb' ich dir meinen Kuchen und meinen Wein, so hab' ich selber nichts, pack dich deiner Wege«, und ließ das Männlein stehen. Als er nun anfing, einen Baum zu behauen, dauerte es nicht lange, so hieb er fehl, und die Axt fuhr ihm in den Arm, dass er heimgehen und sich verbinden lassen musste. Das war aber von dem grauen Männchen gekommen.

Darauf ging der zweite Sohn in den Wald, und die Mutter gab ihm wie dem Ältesten einen Eierkuchen und eine Flasche Wein. Dem begegnete gleichfalls das Männchen und hielt um ein Stückchen Kuchen und einen Trunk Wein an. Aber der zweite Sohn sprach auch ganz verständig: »Was ich dir gebe, das geht mir selber ab, pack dich deiner Wege«, ließ das Männlein stehen und ging fort. Die Strafe blieb nicht aus; als er ein paar Hiebe am Baum getan, hieb er sich ins Bein, dass er nach Haus getragen werden musste.

Da sagte der Dummling: »Vater, lass mich einmal hinausgehen und Holz hauen.« Antwortete der Vater: »Deine Brüder haben sich Schaden dabei getan, bleib davon, du verstehst nichts davon.« Der Dummling aber bat so lange, bis er endlich sagte: »Geh nur hin, durch Schaden wirst du klug werden.« Die Mutter gab ihm einen Kuchen, der war mit Wasser in der Asche gebacken, und dazu eine Flasche saures Bier. Als er in den Wald kam, begegnete ihm gleichfalls das alte, graue Männchen, grüßte ihn und sprach: »Gib mir ein Stück von deinem Kuchen und einen Trunk aus deiner Flasche, ich bin so hungrig und durstig.« Antwortete der Dummling: »Ich habe aber nur Aschenkuchen und saures Bier, wenn dir das recht ist, so wollen wir uns setzen und essen.« Da setzten sie sich, und als der Dummling seinen Aschenkuchen herausholte, so war's ein feiner Eierkuchen, und das saure Bier war ein guter Wein. Nun aßen und tranken sie, und danach sprach das Männlein: »Weil du ein gutes Herz hast und von dem Deinigen gerne mitteilst, so will ich dir Glück bescheren. Dort steht ein alter Baum, den hau ab, so wirst du in den Wurzeln etwas finden.« Darauf nahm das Männlein Abschied.

Der Dummling ging hin und hieb den Baum um, und wie er fiel, saß in den Wurzeln eine Gans, die hatte Federn von reinem Gold. Er hob sie heraus, nahm sie mit sich und ging in ein Wirtshaus, da wollte er übernachten. Der Wirt aber hatte drei Töchter, die sahen die Gans, waren neugierig, was das für ein wunderlicher Vogel wäre, und hätten gar gern eine von seinen goldenen Federn gehabt. Die Älteste dachte: ›Es wird sich schon eine Gelegenheit finden, wo ich mir eine Feder ausziehen kann‹, und als der Dummling einmal hinausgegangen war, fasste sie die Gans beim Flügel, aber Finger und Hand blieben ihr daran festhängen. Bald danach kam die Zweite und hatte keinen andern Gedanken, als sich eine goldene Feder zu holen. Kaum aber hatte sie ihre Schwester angerührt, so blieb sie festhängen. Endlich kam auch die Dritte in gleicher Absicht. Da schrien die andern:

»Bleib weg, um's Himmels willen, bleib weg!« Aber sie begriff nicht, warum sie wegbleiben sollte, dachte: ›Sind die dabei, so kann ich auch dabei sein‹, und sprang herzu, und wie sie ihre Schwester angerührt hatte, so blieb sie an ihr hängen. So mussten sie die Nacht bei der Gans zubringen.

Am andern Morgen nahm der Dummling die Gans in den Arm, ging fort und bekümmerte sich nicht um die drei Mädchen, die daran hingen. Sie mussten immer hinter ihm dreinlaufen. Mitten auf dem Felde begegnete ihnen der Pfarrer, und als er den Aufzug sah, sprach er: »Schämt euch, ihr garstigen Mädchen, was lauft ihr dem jungen Bursch nach, schickt sich das?« Damit fasste er die Jüngste an die Hand und wollte sie zurückziehen. Wie er sie aber anrührte, blieb er gleichfalls hängen und musste selber hinterdrein laufen. Nicht lange, so kam der Küster daher und sah den Herrn Pfarrer, der drei Mädchen auf dem Fuß folgte. Da verwunderte er sich und rief: »Ei, Herr Pfarrer, wohinaus so geschwind? Vergesst nicht, dass wir heute noch eine Kindtaufe haben«, lief auf ihn zu und fasste ihn am Ärmel, blieb aber auch festhängen. Wie die fünf so hintereinander her trabten, kamen zwei Bauern mit ihren Hacken vom Feld; da rief der Pfarrer sie an und bat, sie möchten ihn und den Küster losmachen. Kaum aber hatten sie den Küster angerührt, so blieben sie hängen, und es waren ihrer nun siebene, die dem Dummling mit der Gans nachliefen.

Er kam darauf in eine Stadt, da herrschte ein König, der hatte eine Tochter, die war so ernsthaft, dass sie niemand zum Lachen bringen konnte. Darum hatte er ein Gesetz gegeben, wer sie zum Lachen bringen könnte, der sollte sie heiraten. Der Dummling, als er das hörte, ging mit seiner Gans und ihrem Anhang vor die Königstocher, und als diese die sieben Menschen immer hintereinander her laufen sah, fing sie überlaut an zu lachen und wollte gar nicht wieder aufhören. Da verlangte sie der Dummling zur Braut, aber dem König gefiel der Schwiegersohn nicht, er machte allerlei Einwendungen und sagte, er müsste ihm erst einen Mann bringen, der einen Keller voll Wein austrinken könnte. Der Dummling dachte an das graue Männchen, das könnte ihm wohl helfen, ging hinaus in den Wald, und auf der Stelle, wo er den Baum abgehauen hatte, sah er einen Mann sitzen, der machte ein ganz betrübtes Gesicht. Der Dummling fragte, was er sich so sehr zu Herzen nähme. Da antwortete er: »Ich habe so großen Durst und kann ihn nicht löschen, das kalte Wasser vertrage ich nicht, ein Fass Wein habe ich zwar ausgeleert, aber was ist ein Tropfen auf einem heißen Stein?« – »Da kann ich dir helfen«, sagte der Dummling, »komm nur mit mir, du sollst satt haben.« Er führte ihn darauf in des Königs Keller, und der Mann trank und trank, dass ihm die Hüften wehtaten, und ehe ein Tag herum war, hatte er den ganzen Keller ausgetrunken. Der Dummling verlangte abermals seine Braut, der König aber ärgerte sich, dass ein schlechter Bursch, den jedermann einen Dummling nannte, seine Tochter davontragen sollte, und machte neue Bedingungen: Er müsste erst einen Mann schaffen, der einen Berg voll Brot aufessen könnte. Der Dummling ging sogleich hinaus in den Wald. Da saß auf demselben Platz ein Mann, der schnürte sich den Leib mit einem Riemen zusammen, machte ein grämliches Gesicht und sagte: »Ich habe einen ganzen Backofen voll Raspelbrot gegessen, aber was hilft das, wenn man so großen Hunger hat wie ich, mein Magen bleibt leer, und ich muss mich nur zuschnüren, wenn ich nicht hungers sterben soll.« Der Dummling war froh darüber und sprach: »Mach dich auf und geh mit mir, du sollst dich satt essen.« Er führte ihn an den Hof des Königs, der hatte alles Mehl aus dem ganzen Reich zusammenfahren und einen ungeheuern Berg davon backen lassen; der Mann aber aus dem Walde stellte sich davor, fing an zu essen, und in einem Tag war der ganze Berg verschwunden. Der Dummling forderte zum dritten Mal seine Braut, der König aber suchte noch einmal Ausflucht und verlangte ein Schiff, das zu Land und zu Wasser fahren könnte. »Sowie du aber damit angesegelt kommst«, sagte er, »so sollst du gleich meine Tochter zur Gemahlin haben.« Der Dummling ging geradesweges in den Wald, da saß das alte, graue Männchen, dem er seinen Kuchen gegeben hatte, und sagte: »Ich habe für dich getrunken und gegessen, ich will dir auch das Schiff geben, das alles tu' ich, weil du barmherzig gegen mich gewesen bist.« Da gab er ihm das verlangte Schiff, und als der König das sah, konnte er ihm seine Tochter nicht länger vorenthalten. Die Hochzeit ward gefeiert, nach des Königs Tod erbte der Dummling das Reich und lebte lange Zeit vergnügt mit seiner Gemahlin.

Hans im Glück

Hans hatte sieben Jahre bei seinem Herrn gedient, da sprach er zu ihm: »Herr, meine Zeit ist herum, nun wollte ich gerne wieder heim zu meiner Mutter, gebt mir meinen Lohn.« Der Herr antwortete: »Du hast mir treu und ehrlich gedient; wie der Dienst war, so soll der Lohn sein«, und gab ihm ein Stück Gold, das so groß wie Hansens Kopf war. Hans zog sein Tüchlein aus der Tasche, wickelte den Klumpen hinein, setzte ihn auf die Schulter und machte sich auf den Weg nach Haus. Wie er so dahinging und immer ein Bein vor das andere setzte, kam ihm ein Reiter in die Augen, der frisch und fröhlich auf einem munteren Pferd vorbeitrabte. »Ach«, sprach Hans ganz laut, »was ist das Reiten ein schönes Ding! Da sitzt einer wie auf einem Stuhl, stößt sich an keinen Stein, spart die Schuh und kommt fort, er weiß nicht wie.« Der Reiter, der das gehört hatte, hielt an und rief: »Ei, Hans, warum laufst du auch zu Fuß?« – »Ich muss ja wohl«, antwortete er, »da habe ich einen Klumpen heimzutragen. Es ist zwar Gold, aber ich kann den Kopf dabei nicht geradhalten, auch drückt mir's auf die Schulter.« – »Weißt du was«, sagte der Reiter, »wir wollen tauschen, ich gebe dir mein Pferd, und du gibst mir deinen Klumpen.« – »Von Herzen gern«, sprach Hans, »aber ich sage Euch, Ihr müsst Euch damit schleppen.« Der Reiter stieg ab, nahm das Gold und half dem Hans hinauf, gab ihm die Zügel fest in die Hände und sprach: »Wenn's nun recht geschwind soll gehen, so musst du mit der Zunge schnalzen und hopp hopp rufen.«

Hans war seelenfroh, als er auf dem Pferde saß und so frank und frei dahinritt. Über ein Weilchen fiel's ihm ein, es sollte noch schneller gehen, und er fing an, mit der Zunge zu schnalzen und hopp hopp zu rufen. Das Pferd setzte sich in starken Trab, und ehe sich's Hans versah, war er abgeworfen und lag in einem Graben, der die Äcker von der Landstraße trennte. Das Pferd wäre auch durchgegangen, wenn es nicht ein Bauer aufgehalten hätte, der des Weges kam und eine Kuh vor sich her trieb. Hans suchte seine Glieder zusammen und machte sich wieder auf die Beine. Er war aber verdrießlich und sprach zu dem Bauer: »Es ist ein schlechter Spaß, das Reiten, zumal, wenn man auf so

eine Mähre gerät wie diese, ich setze mich nun und nimmermehr wieder auf. Da lob' ich mir Eure Kuh, da kann einer mit Gemächlichkeit hinterhergehen und hat obendrein seine Milch, Butter und Käse jeden Tag gewiss. Was gäb' ich darum, wenn ich so eine Kuh hätte!« – »Nun«, sprach der Bauer, »geschieht Euch so ein großer Gefallen, so will ich Euch wohl die Kuh für das Pferd vertauschen.« Hans willigte mit tausend Freuden ein, der Bauer schwang sich aufs Pferd und ritt eilig davon.

Hans trieb seine Kuh ruhig vor sich her und bedachte den glücklichen Handel. »Hab' ich nur ein Stück Brot, und daran wird mir's doch nicht fehlen, so kann ich, sooft mir's beliebt, Butter und Käse dazu essen; hab' ich Durst, so melk' ich meine Kuh und trinke Milch. Herz, was verlangst du mehr?« Als er zu einem Wirtshaus kam, machte er Halt, aß in der großen Freude alles, was er bei sich hatte, sein Mittag- und Abendbrot rein auf und ließ sich für seine letzten paar Heller ein halbes Glas Bier einschenken. Dann trieb er seine Kuh weiter, immer nach dem Dorfe seiner Mutter zu. Die Hitze ward drückender, je näher der Mittag kam, und Hans befand sich in einer Heide, die wohl noch eine Stunde dauerte. Da ward es ihm ganz heiß, so dass ihm vor Durst die Zunge am Gaumen klebte. Dem Ding ist zu helfen, dachte Hans, jetzt will ich meine Kuh melken und mich an der Milch laben. Er band sie an einen dürren Baum, und da er keinen Eimer hatte, so stellte er seine Ledermütze unter, aber wie er sich auch bemühte, es kam kein Tropfen Milch zum Vorschein. Und weil er sich ungeschickt dabei anstellte, so gab ihm das ungeduldige Tier endlich mit einem der Hinterfüße einen solchen Schlag vor den Kopf, dass er zu Boden taumelte und eine Zeit lang sich gar nicht besinnen konnte, wo er war. Glücklicherweise kam gerade ein Metzger des Weges, der auf einem Schubkarren ein junges Schwein liegen hatte. »Was sind das für Streiche!«, rief er und half dem guten Hans auf. Hans erzählte, was vorgefallen war. Der Metzger reichte ihm seine Flasche und sprach: »Da trinkt einmal und erholt Euch. Die Kuh will wohl keine Milch geben, das ist ein altes Tier, das höchstens noch zum Ziehen taugt oder zum Schlachten.« – »Ei, ei«, sprach Hans und strich sich die Haare über den Kopf, »wer hätte das gedacht! Es ist freilich gut, wenn man so ein Tier im Haus abschlachten kann, was gibt's für Fleisch! Aber ich mache mir aus dem Kuhfleisch nicht viel, es ist mir nicht saftig genug. Ja, wer so ein junges Schwein hätte! Das schmeckt anders, dabei noch die Würste.« – »Hört, Hans«, sprach der Metzger, »Euch zuliebe will ich tauschen und will Euch das Schwein für die Kuh lassen.« – »Gott lohn Euch Eure Freundschaft«, sprach Hans, übergab ihm die Kuh, ließ sich das Schweinchen losmachen und den Strick in die Hand geben.

Hans zog weiter und überdachte, wie ihm doch alles nach Wunsch ginge, begegnete ihm eine Verdrießlichkeit, so würde sie doch gleich wieder gutgemacht. Es gesellte sich danach ein Bursch zu ihm, der trug eine schöne weiße Gans unter dem Arm. Sie boten einander die Zeit, und Hans fing an, von seinem Glück zu erzählen und wie er immer so vorteilhaft getauscht hätte. Der Bursch erzählte ihm, dass er die Gans zu einem Kindtaufschmaus brächte. »Hebt einmal«, fuhr er fort und packte sie bei den Flügeln, »wie schwer sie ist, die ist aber auch acht Wochen lang genudelt worden. Wer in den Braten beißt, muss sich das Fett von beiden Seiten abwischen.« – »Ja«, sprach Hans und wog sie mit der einen Hand, »die hat ihr Gewicht, aber ein Schwein ist auch keine Sau.« Indessen sah sich der Bursch nach allen Seiten ganz bedenklich um, schüttelte auch wohl mit dem Kopf. »Hört«, fing er darauf an, »mit Eurem Schweine mag's nicht ganz richtig sein. In dem Dorfe, durch das ich gekommen bin, ist eben dem Schulzen eins aus dem Stalle gestohlen worden. Ich fürchte, ich fürchte, Ihr habt's da in der Hand. Sie haben Leute ausgeschickt, und es wäre ein schlimmer Handel, wenn sie Euch mit dem Schwein erwischten. Das Geringste ist, dass Ihr ins finstere Loch gesteckt werdet.« Dem guten Hans ward bang: »Ach Gott«, sprach er, »helft mir aus der Not, Ihr wisst hierherum bessern Bescheid, nehmt mein Schwein da und lasst mir Eure Gans.« – »Ich muss schon etwas aufs Spiel setzen«, antwortete der Bursche, »aber ich will doch nicht schuld sein, dass Ihr ins Unglück geratet.« Er nahm also das Seil in die Hand und trieb das Schwein schnell auf einen Seitenweg fort, der gute Hans aber ging, seiner Sorgen entledigt, mit der Gans unter dem Arme der Heimat zu. »Wenn ich's recht überlege«, sprach er mit sich selbst, »habe ich noch Vorteil bei dem Tausch: erstlich den guten Braten, hernach die Menge von Fett, die heraussträufeln wird, das gibt Gänsefettbrot auf ein Vierteljahr, und endlich die schönen, weißen

Federn, die lass' ich mir in mein Kopfkissen stopfen, und darauf will ich wohl ungewiegt einschlafen.«
Als er durch das letzte Dorf gekommen war, stand da ein Scherenschleifer mit seinem Karren, sein Rad schnurrte, und er sang dazu:

»Ich schleife die Schere und drehe geschwind
und hänge mein Mäntelchen nach dem Wind.«

Hans blieb stehen, sah ihm zu und sagte: »Euch geht's wohl, weil Ihr so lustig bei Eurem Schleifen seid.« – »Ja«, antwortete der Scherenschleifer, »das Handwerk hat einen güldenen Boden. Ein rechter Schleifer findet, sooft er in die Tasche greift, auch Geld darin. Aber wo habt Ihr die schöne Gans gekauft?« – »Die hab' ich nicht gekauft, sondern für mein Schwein eingetauscht.« – »Und das Schwein?« – »Das hab' ich für eine Kuh gekriegt.« – »Und die Kuh?« – »Die hab' ich für ein Pferd bekommen.« – »Und das Pferd?« – »Dafür hab' ich einen Klumpen Gold, so groß wie mein Kopf, gegeben.« – »Und das Gold?« – »Ei, das war mein Lohn für sieben Jahre Dienst.« – »Ihr habt Euch jederzeit zu helfen gewusst«, sprach der Schleifer, »könnt Ihr's nun dahin bringen, dass Ihr das Geld in der Tasche springen hört, wenn Ihr aufsteht, so habt Ihr Euer Glück gemacht.« – »Wie soll ich das anfangen?«, sprach Hans. »Ihr müsst ein Schleifer werden wie ich; dazu gehört eigentlich nichts als ein Wetzstein, das andere findet sich schon von selbst. Da hab' ich einen, der ist zwar ein wenig schadhaft, dafür sollt Ihr mir aber auch weiter nichts als Eure Gans geben; wollt Ihr das?« – »Wie könnt Ihr noch fragen?«, antwortete Hans, »ich werde ja zum glücklichsten Menschen auf Erden; habe ich Geld, sooft ich in die Tasche greife, was brauche ich da länger zu sorgen?« Er reichte ihm die Gans hin und nahm den Wetzstein in Empfang. »Nun«, sprach der Schleifer und hob einen gewöhnlichen schweren Feldstein, der neben ihm lag, auf, »da habt Ihr noch einen tüchtigen Stein dazu, auf dem sich's gut schlagen lässt und Ihr Eure alten Nägel geradeklopfen könnt. Nehmt hin und hebt ihn ordentlich auf.«
Hans lud den Stein auf und ging mit vergnügtem Herzen weiter; seine Augen leuchteten vor Freude; »ich muss in einer Glückshaut geboren sein«, rief er aus, »alles, was ich wünsche, trifft mir ein wie einem

Sonntagskind.« Indessen, weil er seit Tagesanbruch auf den Beinen gewesen war, begann er müde zu werden; auch plagte ihn der Hunger, da er allen Vorrat auf einmal in der Freude über die erhandelte Kuh aufgezehrt hatte. Er konnte endlich nur mit Mühe weitergehen und musste jeden Augenblick Halt machen; dabei drückten ihn die Steine ganz erbärmlich. Da konnte er sich des Gedankens nicht erwehren, wie gut es wäre, wenn er sie gerade jetzt nicht zu tragen brauchte. Wie eine Schnecke kam er zu einem Feldbrunnen geschlichen, wollte da ruhen und sich mit einem frischen Trunk laben. Damit er aber die Steine im Niedersitzen nicht beschädigte, legte er sie bedächtig neben sich auf den Rand des Brunnens. Darauf setzte er sich nieder und wollte sich zum Trinken bücken, da versah er's, stieß ein klein wenig an, und beide Steine plumpsten hinab. Hans, als er sie mit seinen Augen in die Tiefe hatte versinken sehen, sprang vor Freuden auf, kniete dann nieder und dankte Gott mit Tränen in den Augen, dass er ihm auch diese Gnade noch erwiesen und ihn auf eine so gute Art von den schweren Steinen befreit hätte, die ihm allein noch hinderlich gewesen wären. »So glücklich wie ich«, rief er aus, »gibt es keinen Menschen unter der Sonne.« Mit leichtem Herzen und frei von aller Last sprang er nun fort, bis er daheim bei seiner Mutter war.

Das tapfere Schneiderlein

An einem Sommermorgen saß ein Schneiderlein auf seinem Tisch am Fenster, war guter Dinge und nähte aus Leibeskräften. Da kam eine Bauersfrau die Straße herab und rief: »Gut Mus feil! Gut Mus feil!« Das klang dem Schneiderlein lieblich in die Ohren, es steckte sein zartes Haupt zum Fenster hinaus und rief: »Hier herauf, liebe Frau, hier wird sie die Ware los.« Die Frau stieg die drei Treppen mit ihrem schweren Korbe zu dem Schneider herauf und musste die Töpfe sämtlich vor ihm auspacken. Er besah sie alle, hob sie in die Höhe, hielt die Nase dran und sagte endlich: »Das Mus scheint mir gut, wieg sie mir doch vier Lot ab, liebe Frau, wenn's auch ein Viertelpfund ist, kommt es mir nicht darauf an.« Die Frau, welche gehofft hatte, einen guten Absatz zu finden, gab ihm, was er verlangte, ging aber ganz ärgerlich und brummig fort. »Nun, das Mus soll mir Gott gesegnen«. rief das Schneiderlein, »und soll mir Kraft und Stärke geben«, holte das Brot aus dem Schrank, schnitt sich ein Stück über den ganzen Laib und strich das Mus darüber. »Das wird nicht bitter schmecken«, sprach es, »aber erst will ich das Wams fertig machen, eh' ich anbeiße.« Es legte das Brot neben sich, nähte weiter und machte vor Freude immer größere Stiche. Indes stieg der Geruch von dem süßen Mus hinauf an die Wand, wo die Fliegen in großer Menge saßen, so dass sie herangelockt wurden und sich scharenweis darauf niederließen. »Ei, wer hat euch eingeladen?«, sprach das Schneiderlein und jagte die ungebetenen Gäste fort. Die Fliegen aber ließen sich nicht abweisen, sondern kamen wieder. Da lief dem Schneiderlein endlich, wie man sagt, die Laus über die Leber, es langte aus seiner Hölle nach einem Tuchlappen und: »Wart, ich will es euch geben!«, schlug es unbarmherzig drauf. Als es abzog und zählte, so lagen nicht weniger als sieben vor ihm tot und streckten die Beine. »Bist du so ein Kerl?«, sprach es und musste selbst seine Tapferkeit bewundern, »das soll die ganze Stadt erfahren.« Und in der Hast schnitt sich das Schneiderlein einen Gürtel, nähte ihn und stickte mit großen Buchstaben darauf »Siebene auf einen Streich!« – »Ei, was Stadt!«, sprach es weiter, »die ganze Welt soll's erfahren!« Und sein Herz wackelte ihm wie ein Lämmerschwänzchen.

Der Schneider band sich den Gürtel um den Leib und wollte in die Welt hinaus, weil er meinte, die Werkstätte sei zu klein für seine Tapferkeit. Eh' er abzog, suchte er im Haus herum, ob nichts da wäre, was er mitnehmen könnte, er fand aber nichts als einen alten Käs, den steckte er ein. Vor dem Tore bemerkte er einen Vogel, der sich im Gesträuch gefangen hatte, der musste zu dem Käse in die Tasche. Nun nahm er den Weg tapfer zwischen die Beine, und weil er leicht und behänd war, fühlte er keine Müdigkeit. Der Weg führte ihn auf einen Berg, und als er den höchsten Gipfel erreicht hatte, so saß da ein gewaltiger Riese und schaute sich ganz gemächlich um. Das Schneiderlein ging beherzt auf ihn zu, redete ihn an und sprach: »Guten Tag, Kamerad, gelt, du sitzest da und besiehst dir die weitläufige Welt? Ich

bin eben auf dem Wege dahin und will mich versuchen. Hast du Lust mitzugehen?« Der Riese sah den Schneider verächtlich an und sprach: »Du Lump! Du miserabler Kerl!« – »Das wäre!«, antwortete das Schneiderlein, knöpfte den Rock auf und zeigte dem Riesen den Gürtel, »da kannst du lesen, was ich für ein Mann bin.« Der Riese las: »Siebene auf einen Streich«, meinte, das wären Menschen gewesen, die der Schneider erschlagen hätte, und kriegte ein wenig Respekt vor dem kleinen Kerl. Doch wollte er ihn erst prüfen, nahm einen Stein in die Hand und drückte ihn zusammen, dass das Wasser heraustropfte. »Das mach mir nach«, sprach der Riese, »wenn du Stärke hast.« – »Ist's weiter nichts?«, sagte das Schneiderlein, das ist bei unsereinem Spielwerk«, griff in die Tasche, holte den weichen Käs und drückte ihn, dass der Saft herauslief. »Gelt«, sprach er, »das war ein wenig besser?« Der Riese wusste nicht, was er sagen sollte, und konnte es von dem Männlein nicht glauben. Da hob der Riese einen Stein auf und warf ihn so hoch, dass man ihn mit Augen kaum noch sehen konnte: »Nun, du Erpelmännchen, das tu mir nach.« – »Gut geworfen«, sagte der Schneider, »aber der Stein hat doch wieder zur Erde herabfallen müssen; ich will dir einen werfen, der soll gar nicht wiederkommen«, griff in die Tasche, nahm den Vogel und warf ihn in die Luft. Der Vogel, froh über seine Freiheit, stieg auf, flog fort und kam nicht wieder. »Wie gefällt dir das Stückchen, Kamerad?«, fragte der Schneider. »Werfen kannst du wohl«, sagte der Riese, »aber nun wollen wir sehen, ob du im Stande bist, etwas Ordentliches zu tragen.« Er führte das Schneiderlein zu einem mächtigen Eichbaum, der da gefällt auf dem Boden lag, und sagte: »Wenn du stark genug bist, so hilf mir den Baum tragen.« – »Gerne«, antwortete der kleine Mann, »nimm du nur den Stamm, ich will die Äste mit dem Gezweig aufheben und tragen, das ist doch das Schwerste.« Der Riese nahm den Stamm auf die Schulter, der Schneider aber setzte sich auf einen Ast, und der Riese, der sich nicht umsehen konnte, musste den ganzen Baum und das Schneiderlein noch obendrein forttragen. Es war da hinten ganz lustig und guter Dinge, pfiff das Liedchen: ›Es ritten drei Schneider zum Tore hinaus‹, als wäre das Baumtragen ein Kinderspiel. Der Riese, nachdem er ein Stück Wegs die schwere Last fortgeschleppt hatte, konnte nicht weiter und rief: »Hör, ich muss den Baum fallen lassen.« Der Schneider sprang herab, fasste den Baum mit beiden Armen, als wenn er ihn getragen hätte, und sprach zum Riesen: »Du bist ein so großer Kerl und kannst den Baum nicht einmal tragen.«

Sie gingen zusammen weiter, und als sie an einem Kirschbaum vorbeikamen, fasste der Riese die Krone des Baumes, wo die zeitigsten Früchte hingen, bog sie herab, gab sie dem Schneider in die Hand und hieß ihn essen. Das Schneiderlein aber war viel zu schwach, um den Baum zu halten, und als der Riese losließ, fuhr der Baum in die Höhe, und der Schneider ward mit in die Luft geschnellt. Als er wieder ohne Schaden herabgefallen war, sprach der Riese: »Was ist das, hast du nicht Kraft, die schwache Gerte zu halten?« – »An der Kraft fehlt es nicht«, antwortete das Schneiderlein, »meinst du, das wäre etwas für einen, der siebene mit einem Streich getroffen hat? Ich bin über den Baum gesprungen, weil die Jäger da unten in das Gebüsch schießen. Spring nach, wenn du's vermagst.« Der Riese machte den Versuch, konnte aber nicht über den Baum kommen, sondern blieb in den Ästen hängen.

Der Riese sprach: »Wenn du so ein tapferer Kerl bist, so komm mit in unsere Höhle und übernachte bei uns.« Als sie in der Höhle anlangten, saßen da noch andere Riesen beim Feuer, und jeder hatte ein gebratenes Schaf in der Hand und aß davon. Das Schneiderlein sah sich um und dachte: ›Es ist doch hier viel weitläufiger als in meiner Werkstatt.‹ Der Riese wies ihm ein Bett an und sagte, er sollte sich hineinlegen und ausschlafen. Dem Schneiderlein war aber das Bett zu groß; es legte sich nicht hinein, sondern kroch in eine Ecke. Als es Mitternacht war und der Riese meinte, das Schneiderlein läge in tiefem Schlafe, so stand er auf, nahm eine große Eisenstange und schlug das Bett mit einem Schlag durch und meinte, er hätte dem Grashüpfer den Garaus gemacht. Mit dem frühsten Morgen gingen die Riesen in den Wald und hatten das Schneiderlein ganz vergessen; da kam es auf einmal ganz lustig und verwegen dahergeschritten. Die Riesen erschraken und liefen in Hast fort.

Das Schneiderlein zog weiter, immer seiner spitzen Nase nach. Nachdem es lange gewandert war, kam es in den Hof eines königlichen Palastes, und da es Müdigkeit empfand, so legte es sich ins Gras und schlief ein. Während es da lag, kamen die Leute, betrachteten es von allen Seiten und lasen auf dem Gürtel: ›Siebene auf einen Streich.‹ »Ach«, sprachen sie, »was will der große Kriegsheld hier mitten im Frieden? Das muss ein mächtiger Herr sein.« Sie gingen und meldeten es dem König und meinten, wenn Krieg ausbrechen sollte, wäre das ein wichtiger und nützlicher Mann, den man um keinen Preis fortlassen dürfte. Dem König gefiel der Rat, und er schickte einen von seinen Hofleuten an das Schneiderlein ab, der sollte ihm, wenn es aufgewacht wäre, Kriegsdienste anbieten. Der Abgesandte blieb bei dem Schläfer stehen, wartete, bis er seine Glieder streckte und die Augen aufschlug, und brachte dann seinen Antrag vor. »Eben deshalb bin ich hierher gekommen«, antwortete er, »ich bin bereit, in des Königs Dienste zu treten.« Also ward er ehrenvoll empfangen und ihm eine besondere Wohnung angewiesen.

Die Kriegsleute aber waren dem Schneiderlein unhold und wünschten, es wäre tausend Meilen weit weg. »Was soll daraus werden?«, sprachen sie untereinander, »wenn wir Zank mit ihm kriegen und er haut zu, so fallen auf jeden Streich siebene. Da kann unsereiner nicht bestehen.« Also fassten sie einen Entschluss, begaben sich allesamt zum König und baten um ihren Abschied. »Wir sind nicht gemacht«, sprachen sie, »neben einem Mann auszuhalten, der siebene auf einen

Streich schlägt.« Der König war traurig, dass er um des einen willen alle seine treuen Diener verlieren sollte, und wäre ihn gerne wieder los gewesen. Aber er getraute sich nicht, ihm den Abschied zu geben, weil er fürchtete, er möchte ihn samt seinem Volke totschlagen und sich auf den königlichen Thron setzen. Er sann lange hin und her; endlich fand er einen Rat. Er schickte zu dem Schneiderlein und ließ ihm sagen, weil es ein so großer Kriegsheld wäre, so wollte er ihm ein Anerbieten machen. In einem Walde seines Landes hausten zwei Riesen, die mit Rauben, Morden, Sengen und Brennen großen Schaden stifteten; niemand dürfte sich ihnen nahen, ohne sich in Lebensgefahr zu setzen. Wenn er diese beiden Riesen überwände und tötete, so wollte er ihm seine einzige Tochter zur Gemahlin geben und das halbe Königreich zur Ehesteuer; auch sollten hundert Reiter mitziehen und ihm Beistand leisten. ›Das wäre so etwas für einen Mann, wie du bist‹, dachte das Schneiderlein, eine schöne Königstochter und ein halbes Königreich wird einem nicht alle Tage angeboten.‹ – »O ja«, gab er zur Antwort, »die Riesen will ich schon bändigen und habe die hundert Reiter dabei nicht nötig, wer siebene auf einen Streich trifft, fürchtet sich nicht vor zweien.«

Das Schneiderlein zog aus, und die hundert Reiter folgten ihm. Als es zu dem Rand des Waldes kam, sprach es zu seinen Begleitern: »Bleibt hier nur halten, ich will schon allein mit den Riesen fertig werden.« Dann sprang es in den Wald hinein und schaute sich rechts und links um. Über ein Weilchen erblickte es beide Riesen, sie lagen unter einem Baume und schliefen und schnarchten dabei, dass sich die Äste auf und nieder bogen. Das Schneiderlein, nicht faul, las beide Taschen voll Steine und stieg damit auf den Baum. Als es in der Mitte war, rutschte es auf einen Ast, bis es gerade über die Schläfer zu sitzen kam, und ließ dem einen Riesen einen Stein nach dem andern auf die Brust fallen. Der Riese spürte lange nichts, doch endlich wachte er auf, stieß seinen Gesellen an und sprach: »Was schlägst du mich?« – »Du träumst«, sagte der andere, »ich schlage dich nicht.« Sie legten sich wieder zum Schlaf, da warf der Schneider auf den Zweiten einen Stein herab. »Was soll das?«, rief der andere, »warum wirfst du mich?« – »Ich werfe dich nicht«, antwortete der Erste und brummte. Sie zankten sich eine Weile herum, doch weil sie müde waren, ließen sie's gut sein, und die Augen fielen ihnen wieder zu. Das Schneiderlein fing sein Spiel von neuem an, suchte den dicksten Stein aus und warf ihn dem ersten Riesen mit aller Gewalt auf die Brust. »Das ist zu arg!«, schrie er, sprang wie ein Unsinniger auf und stieß seinen Gesellen wider den Baum, dass dieser zitterte. Der andere zahlte mit gleicher Münze, und sie gerieten in solche Wut, dass sie Bäume ausrissen, aufeinander losschlugen, so lang, bis sie endlich beide zugleich tot auf die Erde fielen. Nun sprang das Schneiderlein herab. »Ein Glück nur«, sprach es, »dass sie den Baum, auf dem ich saß, nicht ausgerissen haben, sonst hätte ich wie ein Eichhörnchen auf einen andern springen müssen!« Es zog sein Schwert und versetzte jedem ein paar tüchtige Hiebe in die Brust; dann ging es hinaus zu den Reitern und sprach: »Die Arbeit ist getan, ich habe beiden den Garaus gemacht. Aber hart ist es hergegangen, sie haben in der Not Bäume ausgerissen und sich gewehrt, doch das hilft alles nichts, wenn einer kommt wie ich.« – »Seid Ihr denn nicht verwundet?«, fragten die Reiter. »Das hat gute Wege«, antwortete der Schneider, »kein Haar haben sie mir gekrümmt.« Die Reiter wollten ihm keinen Glauben beimessen und ritten in den Wald hinein. Da fanden sie die Riesen in ihrem Blute schwimmend, und ringsherum lagen die ausgerissenen Bäume.

Das Schneiderlein verlangte von dem König die versprochene Belohnung; den aber reute sein Versprechen, und er sann aufs Neue, wie er sich den Helden vom Halse schaffen könnte. »Ehe du meine Tochter und das halbe Reich erhältst«, sprach er zu ihm, »musst du noch eine Heldentat vollbringen. In dem Walde läuft ein Einhorn, das großen Schaden anrichtet, das musst du erst einfangen.« – »Vor einem Einhorne fürchte ich mich noch weniger als vor zwei Riesen; siebene auf einen Streich, das ist meine Sache.« Es nahm sich einen Strick und eine Axt mit, ging hinaus in den Wald und hieß abermals die, welche ihm zugeordnet waren, außen warten. Es brauchte nicht lange zu suchen, das Einhorn kam bald daher und sprang geradezu auf den Schneider los, als wollte es ihn ohne Umstände aufspießen. »Sachte, sachte«, sprach er, »so geschwind geht das nicht«, blieb stehen und wartete, bis das Tier ganz nahe war, dann sprang er behändiglich hinter den Baum. Das Einhorn rannte mit aller Kraft gegen den Baum und spießte sein Horn so fest in den Stamm, dass es nicht Kraft genug hatte, es wieder herauszuziehen, und so war es gefangen. »Jetzt hab' ich das Vöglein«, sagte der Schneider, kam hinter dem Baum hervor, legte dem Einhorn den Strick erst um den Hals, dann hieb er mit der Axt das Horn aus dem Baum, und als alles in Ordnung war, führte er das Tier ab und brachte es dem König.

Der König wollte ihm den verheißenen Lohn noch nicht gewähren und machte eine dritte Forderung. Der Schneider sollte ihm vor der Hochzeit erst ein Wildschwein fangen, das in dem Wald großen Schaden tat; die Jäger sollten ihm Beistand leisten. »Gerne«, sprach der Schneider, »das ist ein Kinderspiel.« Die Jäger nahm er nicht mit in den Wald, und sie waren's wohl zufrieden; denn das Wildschwein hatte sie schon mehrmals so empfangen, dass sie keine Lust hatten, ihm nachzustellen. Als das Schwein den Schneider erblickte, lief es mit schäumendem Munde und wetzenden Zähnen auf ihn zu und wollte ihn zur Erde werfen. Der flüchtige Held aber sprang in eine Kapelle, die in der Nähe war, und gleich oben zum Fenster in einem Satze wieder hinaus. Das Schwein war hinter ihm hergelaufen, er aber hüpfte außen herum und schlug die Tür hinter ihm zu; da war das wütende Tier gefangen, das viel zu schwer und unbehilflich war, um zum Fenster hinauszuspringen. Das Schneiderlein rief die Jäger herbei, die mussten den Gefangenen mit eigenen Augen sehen. Der Held aber begab sich zum Könige, der nun sein Versprechen halten musste, ihm seine Tochter und das halbe Königreich übergab.

Nach einiger Zeit hörte die junge Königin in der Nacht, wie ihr Gemahl im Traume sprach: »Junge, mach mir das Wams und flick mir die Hosen, oder ich will dir die Elle über die Ohren schlagen.« Da merkte sie, in welcher Gasse der junge Herr geboren war, klagte ihrem Vater ihr Leid, und bat, er möchte ihr von dem Manne abhelfen, der nichts anderes als ein Schneider wäre. Der König sprach ihr Trost zu und sagte: »Lass in der nächsten Nacht deine Schlafkammer offen; meine Diener sollen außen stehen und, wenn er eingeschlafen ist, hineingehen, ihn binden und auf ein Schiff tragen, das ihn in die weite Welt führt.« Die Frau war damit zufrieden, des Königs Waffenträger aber, der alles mitangehört hatte, war dem jungen Herrn gewogen und hinterbrachte ihm den ganzen Anschlag. »Dem Ding will ich einen Riegel vorschieben«, sagte das Schneiderlein. Abends legte es sich zu gewöhnlicher Zeit mit seiner Frau zu Bett. Als sie glaubte, es sei eingeschlafen, stand sie auf, öffnete die Tür und legte sich wieder. Das Schneiderlein, das sich nur stellte, als wenn es schlief, fing an, mit heller Stimme zu rufen:« Junge, mach mir das Wams und flick mir die Hosen, oder ich will dir die Elle über die Ohren schlagen! Ich habe siebene mit einem Streich getroffen, zwei Riesen getötet, ein Einhorn fortgeführt und ein Wildschwein gefangen und sollte mich vor denen fürchten, die draußen vor der Kammer stehen?« Als diese den Schneider also sprechen hörten, überkam sie eine große Furcht; sie liefen voller Angst davon und also war und blieb das Schneiderlein sein Lebtag ein König.

Die beiden Wanderer

Berg und Tal begegnen sich nicht, wohl aber die Menschenkinder, zumal gute und böse. So kamen auch einmal ein Schuster und ein Schneider auf der Wanderschaft zusammen. Der Schneider war ein kleiner, hübscher Kerl und war immer lustig und guter Dinge. Er sah den Schuster von der andern Seite herankommen, und da er an seinem Felleisen merkte, was er für ein Handwerk trieb, rief er ihm ein Spottliedchen zu:

»Nähe mir die Naht,
ziehe mir den Draht,
streich ihn rechts und links mit Pech,
schlag, schlag mir fest den Zweck.«

Der Schuster aber konnte keinen Spaß vertragen, er verzog sein Gesicht, als wenn er Essig getrunken hätte, und machte Miene, das Schneiderlein am Kragen zu packen. Der kleine Kerl fing aber an zu lachen, reichte ihm seine Flasche und sprach: »Es ist nicht bös gemeint, trink einmal und schluck die Galle hinunter.« Der Schuster tat einen gewaltigen Schluck, und das Gewitter auf seinem Gesicht fing

an, sich zu verziehen. Er gab dem Schneider die Flasche zurück und sprach: »Ich habe ihr ordentlich zugesprochen, man sagt wohl vom vielen Trinken, aber nicht vom großen Durst. Wollen wir zusammen wandern?« – »Mir ist's recht«, antwortete der Schneider, »wenn du nur Lust hast, in die große Stadt zu gehen, wo es nicht an Arbeit fehlt.« »Gerade dahin wollte ich auch«, antwortete der Schuster, »in einem kleinen Nest ist nichts zu verdienen, und auf dem Lande gehen die Leute lieber barfuß.« Sie wanderten also zusammen weiter und setzten immer einen Fuß vor den andern wie die Wiesel im Schnee.
Zeit genug hatten sie beide, aber wenig zu beißen und zu brechen. Wenn sie in eine Stadt kamen, so gingen sie umher und grüßten das Handwerk, und weil das Schneiderlein so munter aussah und so hübsche rote Backen hatte, so gab ihm jeder gerne, und wenn das Glück gut war, so gab ihm die Meistertochter unter der Haustüre auch noch einen Kuss auf den Weg. Wenn er mit dem Schuster wieder zusammentraf, so hatte er immer mehr in seinem Bündel. Der griesgrämige Schuster schnitt ein schiefes Gesicht und meinte: »Je größer der Schelm, je größer das Glück.« Aber der Schneider fing an zu lachen und zu singen und teilte alles, was er bekam, mit seinem Kameraden. Klingelten nun ein paar Groschen in seiner Tasche, so ließ er auftragen, schlug vor Freude auf den Tisch, dass die Gläser tanzten, und es hieß bei ihm: »Leicht verdient und leicht vertan.«
Als sie eine Zeit lang gewandert waren, kamen sie an einen großen Wald, durch welchen der Weg nach der Königsstadt ging. Es führten aber zwei Fußsteige hindurch, davon war der eine sieben Tage lang, der andere nur zwei Tage, aber niemand von ihnen wusste, welcher der kürzere Weg war. Die zwei Wanderer setzten sich unter einen Eichenbaum und ratschlagten, wie sie sich vorsehen und für wie viel Tage sie Brot mitnehmen wollten. Der Schuster sagte: »Man muss weiter denken, als man geht, ich will für sieben Tage Brot mitnehmen.« – »Was«, sagte der Schneider, »für sieben Tage Brot auf dem Rücken schleppen wie ein Lasttier? Ich halte mich an Gott und kehre mich an nichts. Das Geld, das ich in der Tasche habe, das ist im Sommer so gut wie im Winter, aber das Brot wird in der heißen Zeit trocken und schimmelig. Mein Rock geht auch nicht länger als auf die Knöchel. Warum sollen wir den richtigen Weg nicht finden? Für zwei

Tage Brot und damit gut.« Es kaufte sich also jeder sein Brot, dann gingen sie in den Wald hinein.

In dem Wald war es still wie in einer Kirche. Kein Wind wehte, kein Bach rauschte, kein Vogel sang, und durch die dichtbelaubten Äste drang kein Sonnenstrahl. Der Schuster sprach kein Wort, ihn drückte das schwere Brot auf dem Rücken, dass ihm der Schweiß über sein verdrießliches und finsteres Gesicht herabfloss. Der Schneider aber war ganz munter, sprang daher, pfiff oder sang ein Liedchen und dachte: ›Gott im Himmel muss sich freuen, dass ich so lustig bin.‹

Zwei Tage ging das so fort, aber als am dritten Tag der Wald kein Ende nehmen wollte und der Schneider sein Brot aufgegessen hatte, so fiel ihm das Herz doch eine Elle tiefer herab; indessen verlor er nicht den Mut, sondern verließ sich auf Gott und auf sein Glück. Den dritten Tag legte er sich abends hungrig unter einen Baum und stieg den andern Morgen hungrig wieder auf. So ging es auch den vierten Tag, und wenn der Schuster sich auf einen umgestürzten Baum setzte und seine Mahlzeit verzehrte, so blieb dem Schneider nichts als das Zusehn. Bat er um ein Stückchen Brot, so lachte der andere höhnisch und sagte: »Du bist immer so lustig gewesen, da kannst du auch einmal versuchen, wie's tut, wenn man unlustig ist; die Vögel, die morgens zu früh singen, die stößt abends der Habicht«, kurz, er war ohne Barmherzigkeit. Aber am fünften Morgen konnte der arme Schneider nicht mehr aufstehen und vor Mattigkeit kaum ein Wort herausbringen; die Backen waren ihm weiß und die Augen rot. Da sagte der Schuster zu ihm: »Ich will dir heute ein Stück Brot geben, aber dafür will ich dir dein rechtes Auge ausstechen.« Der unglückliche Schneider, der doch gerne sein Leben erhalten wollte, konnte sich nicht anders helfen, er weinte noch einmal mit beiden Augen und hielt sie dann hin, und der Schuster stach ihm mit einem scharfen Messer das rechte Auge aus. Dem Schneider kam in den Sinn, was ihm sonst seine Mutter gesagt hatte, wenn er in der Speisekammer genascht hatte: »Essen, so viel man mag, und leiden, was man muss.« Als er sein teuer bezahltes Brot verzehrt hatte, machte er sich wieder auf die Beine, vergaß sein Unglück und tröstete sich damit, dass er mit einem Auge immer noch genug sehen könnte. Aber am sechsten Tag meldete sich der Hunger aufs Neue und zehrte ihm fast das Herz auf. Er fiel abends bei einem Baum nieder, und am siebenten Morgen konnte er sich vor Mattigkeit nicht erheben, und der Tod saß ihm im Nacken. Da sagte der Schuster: »Ich will Barmherzigkeit ausüben und dir nochmals Brot geben; umsonst bekommst du es aber nicht, ich steche dir dafür das andere Auge noch aus.« Da erkannte der Schneider sein leichtsinniges Leben, bat den lieben Gott um Verzeihung und sprach: »Tue, was du musst, ich will leiden, was ich muss; aber bedenke, dass unser Herrgott nicht jeden Augenblick richtet und dass eine andere Stunde kommt, wo die böse Tat vergolten wird, die du an mir verübst und die ich nicht an dir verdient habe. Ich habe in guten Tagen mit dir geteilt, was ich hatte. Mein Handwerk ist derart, dass Stich muss Stich vertreiben. Wenn ich keine Augen mehr habe und nicht mehr nähen kann, so muss ich betteln gehen. Lass mich nur, wenn ich blind bin, hier nicht allein liegen, sonst muss ich verschmachten.« Der Schuster aber, der Gott aus seinem Herzen vertrieben hatte, nahm das Messer und stach ihm noch das linke Auge aus. Dann gab er ihm ein Stück Brot zu essen, reichte ihm einen Stock und führte ihn hinter sich her. Als die Sonne unterging, kamen sie aus dem Wald, und vor dem Wald auf dem Feld stand ein Galgen. Dahin leitete der Schuster den blinden Schneider, ließ ihn liegen und ging seiner Wege. Vor Müdigkeit, Schmerz und Hunger schlief der Unglückliche ein und schlief die ganze Nacht. Als der Tag dämmerte, erwachte er, wusste aber nicht, wo er lag. An dem Galgen hingen zwei arme Sünder, und auf dem Kopfe eines jeden saß eine Krähe. Da fing der eine an zu sprechen: »Bruder, wachst du?« – »Ja, ich wache«, antwortete der Zweite. »So will ich dir etwas sagen«, fing der Erste wieder an, »der Tau, der heute Nacht über uns vom Galgen herabgefallen ist, der gibt jedem, der sich damit wäscht, die Augen wieder. Wenn das die Blinden wüssten, wie mancher könnte sein Gesicht wieder haben, der nicht glaubt, dass das möglich sei.« Als der Schneider das hörte, nahm er sein Taschentuch, drückte es auf das Gras, und als es mit dem Tau befeuchtet war, wusch er seine Augenhöhlen damit. Alsbald füllten ein Paar frische und gesunde Augen die Höhlen. Es dauerte nicht lange, so sah der Schneider die Sonne hinter den Bergen aufsteigen, vor ihm in der Ebene lag die große Königsstadt mit ihren prächtigen Toren und hundert Türmen, und die goldenen Knöpfe und Kreuze, die auf den Spitzen standen, fingen an zu glühen. Er unterschied jedes Blatt an den Bäumen, erblickte die Vögel, die vorbeiflogen, und die Mücken, die in der Luft tanzten. Er holte eine Nähnadel aus der Tasche, und als er den Zwirn einfädeln konnte, so gut, wie er es je gekonnt hatte, sprang sein Herz vor Freude. Er warf sich auf seine Knie, dankte Gott für die erwiesene Gnade und sprach seinen Morgensegen. Er vergaß auch nicht, für die armen Sünder zu bitten, die da hingen wie der Schwengel in der Glocke und die der Wind aneinanderschlug. Dann nahm er sein Bündel auf den Rücken, vergaß bald das ausgestandene Herzeleid und ging unter Singen und Pfeifen weiter.

Das Erste, was ihm begegnete, war ein braunes Füllen, das frei im Felde herumsprang. Er packte es an der Mähne, wollte sich aufschwingen und in die Stadt reiten. Das Füllen aber bat um seine Freiheit: »Ich bin noch zu jung«, sprach es, »auch ein leichter Schneider wie du bricht mir den Rücken entzwei, lass mich laufen, bis ich stark geworden bin. Es kommt vielleicht eine Zeit, wo ich dir's lohnen kann.« »Lauf hin«, sagte der Schneider, »ich sehe, du bist auch so ein Springinsfeld.« Er gab ihm noch einen Hieb mit der Gerte über den Rücken, dass es vor Freude mit den Hinterbeinen ausschlug, über Hecken und Gräben setzte und in das Feld hineinjagte.

Aber das Schneiderlein hatte seit gestern nichts gegessen. »Die Sonne«, sprach er, »füllt mir zwar die Augen, aber das Brot nicht den Mund. Das Erste, was mir begegnet und halbwegs genießbar ist, das muss herhalten.« Indem schritt ein Storch ganz ernsthaft über die Wiese daher. »Halt, halt!«, rief der Schneider und packte ihn am Bein, »ich weiß nicht, ob du zu genießen bist, aber mein Hunger erlaubt mir keine lange Wahl, ich muss dich braten.« – »Tue das nicht«, antwortete der Storch, »ich bin ein heiliger Vogel, dem niemand ein Leid zufügt und der den Menschen großen Nutzen bringt. Lässt du mir mein Leben, so kann ich dir's ein andermal vergelten.« – »So zieh ab, Vetter Langbein«, sagte der Schneider. Der Storch erhob sich, ließ die langen Beine hängen und flog gemächlich fort.

»Was soll daraus werden?«, sagte der Schneider zu sich selbst, »mein Hunger wird immer größer und mein Magen immer leerer. Was mir jetzt in den Weg kommt, das ist verloren.« Indem sah er auf einem Teich ein paar junge Enten daherschwimmen. »Ihr kommt ja wie gerufen«, sagte er, packte eine davon und wollte ihr den Hals umdrehen. Da fing eine alte Ente, die in dem Schilf steckte, laut an zu kreischen, schwamm mit aufgesperrtem Schnabel herbei und bat ihn flehentlich, sich ihrer lieben Kinder zu erbarmen. »Denkst du nicht«, sagte sie, »wie deine Mutter jammern würde, wenn dich einer wegholen und dir den Garaus machen wollte?« – »Sei nur still«, sagte der gutmütige Schneider, »du sollst deine Kinder behalten«, und setzte die Gefangene wieder ins Wasser.

Als er sich umkehrte, stand er vor einem alten Baum, der halb hohl war, und sah die wilden Bienen aus und ein fliegen. »Da finde ich gleich den Lohn für meine gute Tat«, sagte der Schneider, »der Honig wird mich laben.« Aber der Weisel kam heraus, drohte und sprach: »Wenn du mein Volk anrührst, so sollen dir unsere Stacheln wie glühende Nadeln in die Haut fahren. Lässt du uns aber in Ruhe, so wollen wir dir ein andermal einen Dienst leisten.«

Das Schneiderlein sah, dass auch hier nichts anzufangen war. »Drei Schüsseln leer«, sagte er, »und auf der vierten nichts, das ist eine schlechte Mahlzeit.« Er schleppte sich also in die Stadt, und da es eben zu Mittag läutete, so war für ihn im Gasthaus schon gekocht, und er konnte sich gleich zu Tisch setzen. Als er satt war, sagte er: »Nun will ich auch arbeiten.« Er ging in der Stadt umher, suchte einen Meister und fand auch bald ein gutes Unterkommen. Da er aber sein Handwerk von Grund aus gelernt hatte, so dauerte es nicht lange, er ward berühmt, und jeder wollte seinen neuen Rock von dem kleinen Schneider gemacht haben. Alle Tage nahm sein Ansehen zu. »Ich kann in meiner Kunst nicht weiterkommen«, sprach er, »und doch geht's jeden Tag besser.« Endlich bestellte ihn der König zu seinem Hofschneider.

Aber wie's in der Welt geht: An demselben Tag war sein ehemaliger Kamerad, der Schuster, auch Hofschuster geworden. Als dieser den Schneider erblickte und sah, dass er wieder zwei gesunde Augen hatte, so peinigte ihn das Gewissen. ›Ehe er Rache an mir nimmt‹, dachte er bei sich selbst, ›muss ich ihm eine Grube graben.‹ Wer aber andern eine Grube gräbt, fällt selbst hinein. Abends, als er Feierabend gemacht hatte und es dämmerte, schlich er sich zu dem König und sagte: »Herr König, der Schneider ist ein übermütiger Mensch und hat sich vermessen, er wollte die goldene Krone wieder herbeischaffen, die vor alten Zeiten verloren gegangen ist.« – »Das sollte mir lieb sein«, sprach der König, ließ den Schneider am andern Morgen vor sich fordern und befahl ihm, die Krone wieder herbeizuschaffen oder die Stadt zu verlassen. ›Oho‹, dachte der Schneider, ›ein Schelm gibt mehr, als er hat. Wenn der murrköpfige König von mir verlangt, was kein Mensch leisten kann, so will ich nicht warten bis morgen, sondern gleich heute wieder zur Stadt hinauswandern.‹ Er schnürte also sein Bündel, als er aber aus dem Tor heraus war, tat es ihm doch Leid, dass er sein Glück aufgeben und die Stadt, in der es ihm so wohl gegangen war, mit dem Rücken ansehen sollte. Er kam zu dem Teich, wo er mit den Enten Bekanntschaft gemacht hatte, da saß gerade die Alte, der er ihre Jungen gelassen hatte, am Ufer und putzte sich mit dem Schnabel. Sie erkannte ihn gleich und fragte, warum er den Kopf so hängen lasse. »Du wirst dich nicht wundern, wenn du hörst, was mir begegnet ist«, antwortete der Schneider und erzählte ihr sein Schicksal. »Wenn's weiter nichts ist«, sagte die Ente, »da können wir Rat schaffen. Die Krone ist ins Wasser gefallen und liegt unten auf dem Grund, wie bald haben wir sie wieder heraufgeholt. Breite nur derweil dein Taschentuch ans Ufer aus.« Sie tauchte mit ihren zwölf Jungen unter, und nach fünf Minuten war sie wieder oben und saß mitten in der Krone, die auf ihren Fittichen ruhte, und die zwölf Jungen schwammen rund herum, hatten ihre Schnäbel untergelegt und halfen tragen. Sie schwammen ans Land und legten die Krone auf das Tuch. Sie war so prächtig und glänzte in der Sonne wie hunderttausend Karfunkelsteine. Der Schneider band sein Tuch zusammen und trug sie zum König, der in großer Freude war und dem Schneider eine goldene Kette um den Hals hing.

Als der Schuster sah, dass der eine Streich misslungen war, so besann er sich auf einen zweiten, trat vor den König und sprach: »Herr König, der Schneider ist wieder so übermütig geworden, er vermisst sich, das ganze königliche Schloss mit allem, was darin ist, los und fest, innen und außen, in Wachs abzubilden.« Der König ließ den Schneider kommen und befahl ihm, das ganze königliche Schloss mit allem, was darin wäre, los und fest, innen und außen, in Wachs abzubilden; und wenn er es nicht zu Stande brächte oder es fehlte nur ein Nagel an der Wand, so sollte er zeitlebens unter der Erde gefangensitzen. Der Schneider dachte: ›Es kommt immer ärger, das hält kein Mensch aus‹, warf sein Bündel auf den Rücken und wanderte fort. Als er an den hohlen Baum kam, setzte er sich nieder und ließ den Kopf hängen. Die Bienen kamen herausgeflogen, und der Weisel fragte ihn, ob er einen steifen Hals hätte, weil er den Kopf so schief hielt. »Ach nein«, antwortete der Schneider, »mich drückt etwas anderes«, und erzählte, was der König von ihm gefordert hatte. Die Bienen fingen an, untereinander zu summen und zu brummen, und der Weisel sprach: »Geh nur wieder nach Haus, komm aber morgen um diese Zeit wieder und bring ein großes Tuch mit, so wird alles gut gehen.« Da kehrte er wieder um, die Bienen aber flogen nach dem königlichen Schloss, geradezu in die offenen Fenster hinein, krochen in allen Ecken herum und besahen alles aufs Genaueste. Dann flogen sie zurück und bildeten das Schloss in Wachs nach mit einer solchen Geschwindigkeit, dass man meinte, es wüchse einem vor den Augen. Schon am Abend war alles fertig, und als der Schneider am folgenden Morgen kam, so stand das ganze prächtige Gebäude da, und es fehlte kein Nagel an der Wand und kein Ziegel auf dem Dach; dabei war es zart und schneeweiß und roch süß wie Honig. Der Schneider packte es vorsichtig in sein Tuch und brachte es dem König, der aber konnte sich nicht genug verwundern, stellte es in seinem größten Saal auf und schenkte dem Schneider dafür ein großes steinernes Haus.

Der Schuster aber ließ nicht nach, ging zum dritten Mal zu dem König und sprach: »Herr König, dem Schneider ist zu Ohren gekommen, dass auf dem Schlosshof kein Wasser springen will, da hat er sich vermessen, es solle mitten im Hof mannshoch aufsteigen und hell sein wie Kristall.« Da ließ der König den Schneider herbeiholen und sagte:

»Wenn nicht morgen ein Strahl von Wasser in meinem Hof springt, wie du versprochen hast, so soll dich der Scharfrichter auf demselben Hof um einen Kopf kürzer machen.« Der arme Schneider besann sich nicht lange und eilte zum Tore hinaus, und weil es ihm diesmal ans Leben gehen sollte, so rollten ihm die Tränen über die Backen herab. Indem er so voll Trauer dahinging, kam das Füllen herangesprungen, dem er einmal die Freiheit geschenkt hatte und aus dem ein hübscher Brauner geworden war. »Jetzt kommt die Stunde«, sprach er zu ihm, »wo ich dir deine Guttat vergelten kann. Ich weiß schon, was dir fehlt, aber es soll dir bald geholfen werden, sitz nur auf, mein Rücken kann deiner zwei tragen.« Dem Schneider kam das Herz wieder, er sprang in einem Satz auf, und das Pferd rannte in vollem Lauf zur Stadt hinein und geradezu auf den Schlosshof. Da jagte es dreimal rund herum, schnell wie der Blitz, und beim dritten Mal stürzte es nieder. In dem Augenblick aber krachte es furchtbar, ein Stück Erde sprang in der Mitte des Hofs wie eine Kugel in die Luft und über das Schloss hinaus, und gleich dahinterher erhob sich ein Strahl von Wasser, so hoch wie Mann und Pferd, und das Wasser war so rein wie Kristall. Als der König das sah, stand er vor Verwunderung auf, ging und umarmte das Schneiderlein im Angesicht aller Menschen.

Aber das Glück dauerte nicht lang. Der König hatte Töchter genug, eine immer schöner als die andere, aber keinen Sohn. Da begab sich der boshafte Schuster zum vierten Mal zu dem König und sprach: »Herr König, der Schneider lässt nicht ab von seinem Übermut. Jetzt hat er sich vermessen, wenn er wolle, so könne er dem Herrn König einen Sohn durch die Lüfte herbeitragen lassen.« Der König ließ den Schneider rufen und sprach: »Wenn du mir binnen neun Tagen einen Sohn bringen lässt, so sollst du meine älteste Tochter zur Frau haben.« ›Der Lohn ist freilich groß‹, dachte das Schneiderlein, ›aber die Kirschen hängen mir zu hoch; wenn ich danach steige, so bricht unter mir der Ast, und ich falle herab.‹ Er ging nach Haus, setzte sich auf seinen Arbeitstisch und bedachte, was zu tun wäre. »Es geht nicht«, rief er endlich aus, »ich will fort, hier kann ich doch nicht in Ruhe leben.« Er schnürte sein Bündel und eilte zum Tore hinaus. Als er auf die Wiesen kam, erblickte er seinen alten Freund, den Storch, der da wie ein Weltweiser auf und ab ging, zuweilen stillstand, einen Frosch in nähere

Betrachtung nahm und ihn endlich verschluckte. Der Storch kam heran und begrüßte ihn. »Ich sehe«, hub er an, »du hast deinen Ranzen auf dem Rücken, warum willst du die Stadt verlassen?« Der Schneider erzählte ihm, was der König von ihm verlangt hatte und er nicht erfüllen konnte, und jammerte über sein Missgeschick. »Lass dir darüber keine grauen Haare wachsen«, sagte der Storch, »ich will dir aus der Not helfen. Schon lange bringe ich die Wickelkinder in die Stadt, da kann ich auch einmal einen kleinen Prinzen aus dem Brunnen holen. Geh heim und verhalte dich ruhig. Heut über neun Tage begib dich in das königliche Schloss, da will ich kommen.« Das Schneiderlein ging nach Haus und war zu rechter Zeit in dem Schloss. Nicht lange, so kam der Storch herangeflogen und klopfte ans Fenster. Der Schneider öffnete ihm, und Vetter Langbein stieg vorsichtig herein und ging mit gravitätischen Schritten über den glatten Marmorboden; er hatte aber ein Kind im Schnabel, das schön wie ein Engel war und seine Händchen nach der Königin ausstreckte. Er legte es ihr auf den Schoß, und sie herzte und küsste es und war vor Freude außer sich. Der Storch nahm, bevor er wieder wegflog, seine Reisetasche von der Schulter herab und überreichte sie der Königin. Es steckten Tüten darin mit bunten Zuckererbsen, sie wurden unter die kleinen Prinzessinnen verteilt. Die Älteste aber erhielt nichts, sondern bekam den lustigen Schneider zum Mann. »Es ist mir geradeso«, sprach der Schneider, »als wenn ich das große Los gewonnen hätte. Meine Mutter hatte doch Recht, die sagte immer: ›Wer auf Gott vertraut und nur Glück hat, dem kann's nicht fehlen.‹«

Der Schuster musste die Schuhe machen, in welchen das Schneiderlein auf dem Hochzeitsfest tanzte, hernach ward ihm befohlen, die Stadt auf immer zu verlassen. Der Weg nach dem Wald führte ihn zu dem Galgen. Von Zorn, Wut und der Hitze des Tages ermüdet, warf er sich nieder. Als er die Augen zumachte und schlafen wollte, stürzten die beiden Krähen von den Köpfen der Gehenkten herab und hackten ihm die Augen aus. Unsinnig rannte er in den Wald und muss darin verschmachtet sein; denn es hat ihn niemand wieder gesehen oder etwas von ihm gehört.

Hänsel und Gretel

Vor einem großen Wald wohnte ein armer Holzhacker mit seiner Frau und seinen zwei Kindern; das Bübchen hieß Hänsel und das Mädchen Gretel. Er hatte wenig zu beißen und zu brechen, und einmal, als große Teuerung ins Land kam, konnte er auch das tägliche Brot nicht mehr schaffen. Wie er sich nun abends im Bette Gedanken machte und sich vor Sorgen herumwälzte, seufzte er und sprach zu seiner Frau: »Was soll aus uns werden? Wie können wir unsere armen Kinder ernähren, da wir für uns selbst nichts mehr haben?«

»Weißt du was, Mann«, antwortete die Frau, »wir wollen morgen in aller Frühe die Kinder hinaus in den Wald führen, wo er am dicksten ist, da machen wir ihnen ein Feuer an und geben jedem noch ein Stückchen Brot; dann gehen wir an unsere Arbeit und lassen sie allein. Sie finden den Weg nicht wieder nach Haus, und wir sind sie los.« – »Nein, Frau«, sagte der Mann, »das tue ich nicht; wie sollt' ich's übers Herz bringen, meine Kinder im Walde allein zu lassen; die wilden Tiere würden bald kommen und sie zerreißen.« – »O du Narr«, sagte sie, »dann müssen wir alle viere hungers sterben«, und ließ ihm keine Ruhe, bis er einwilligte. »Aber die armen Kinder dauern mich doch«, sagte der Mann.

Die zwei Kinder hatten vor Hunger auch nicht einschlafen können und hatten gehört, was die Stiefmutter zum Vater gesagt hatte. Gretel weinte bittere Tränen und sprach zu Hänsel: »Nun ist's um uns geschehen.« – »Still, Gretel«, sprach Hänsel, »gräme dich nicht, ich will uns schon helfen.« Und als die Alten eingeschlafen waren, stand er auf, zog sein Röcklein an, machte die Untertür auf und schlich sich hinaus. Da schien der Mond ganz helle, und die weißen Kieselsteine, die vor dem Haus lagen, glänzten wie lauter Batzen. Hänsel bückte sich und steckte so viel in sein Rocktäschlein, wie nur hinein wollten. Dann ging er wieder zurück, sprach zu Gretel: »Sei getrost, liebes Schwesterchen, und schlaf nur ruhig ein, Gott wird uns nicht verlassen«, und legte sich wieder in sein Bett.

Als der Tag anbrach, kam schon die Frau und weckte die beiden Kinder: »Steht auf, ihr Faulenzer, wir wollen in den Wald gehen und Holz holen.« Dann gab sie jedem ein Stückchen Brot und sprach: »Da habt ihr etwas für den Mittag, aber esst's nicht vorher auf, weiter kriegt ihr nichts.« Gretel nahm das Brot unter die Schürze, weil Hänsel die Steine in der Tasche hatte. Danach machten sie sich alle zusammen auf den Weg nach dem Wald. Als sie ein Weilchen gegangen waren, stand Hänsel still und guckte nach dem Haus zurück und tat das wieder und immer wieder. Der Vater sprach: »Hänsel, was guckst du da und bleibst zurück, hab Acht und vergiss deine Beine nicht.« – »Ach, Vater«, sagte Hänsel, »ich sehe nach meinem weißen Kätzchen, das sitzt oben auf dem Dach und will mir Ade sagen.« Die Frau sprach: »Narr, das ist dein Kätzchen nicht, das ist die Morgensonne, die auf den Schornstein scheint.« Hänsel aber hatte nicht nach dem Kätzchen gesehen, sondern immer einen von den blanken Kieselsteinen aus seiner Tasche auf den Weg geworfen.

Als sie mitten in den Wald gekommen waren, sprach der Vater: »Nun sammelt Holz, ihr Kinder, ich will ein Feuer anmachen, damit ihr nicht friert.« Hänsel und Gretel trugen Reisig zusammen, einen kleinen Berg hoch. Das Reisig ward angezündet, und als die Flamme recht hoch brannte, sagte die Frau: »Nun legt euch ans Feuer, ihr Kinder, und ruht euch aus, wir gehen in den Wald und hauen Holz. Wenn wir fertig sind, kommen wir wieder und holen euch ab.«

Hänsel und Gretel saßen am Feuer, und als der Mittag kam, aß jedes sein Stücklein Brot. Und weil sie die Schläge der Holzaxt hörten, so glaubten sie, ihr Vater wäre in der Nähe. Es war aber nicht die Holzaxt, es war ein Ast, den er an einen dürren Baum gebunden hatte und den der Wind hin und her schlug. Und als sie so lange gesessen hatten, fielen ihnen die Augen vor Müdigkeit zu, und sie schliefen fest ein. Als sie endlich erwachten, war es schon finstere Nacht. Gretel fing an zu weinen und sprach: »Wie sollen wir nun aus dem Wald kommen?« Hänsel aber tröstete sie: »Wart nur ein Weilchen, bis der Mond aufgegangen ist, dann wollen wir den Weg schon finden.« Und als der volle Mond aufgestiegen war, so nahm Hänsel sein Schwesterchen an der Hand und ging den Kieselsteinen nach, die schimmerten wie neu geschlagene Batzen und zeigten ihnen den Weg. Sie gingen die ganze Nacht hindurch und kamen bei anbrechendem Tag wieder zu ihres Vaters Haus. Sie klopften an die Tür, und als die Frau aufmachte und sah, dass es Hänsel und Gretel waren, sprach sie: »Ihr bösen Kinder, was habt ihr so lange im Walde geschlafen, wir haben geglaubt, ihr wolltet gar nicht wieder kommen.« Der Vater aber freute sich; denn es war ihm zu Herzen gegangen, dass er sie so allein zurückgelassen hatte.

Nicht lange danach war wieder Not in allen Ecken, und die Kinder hörten, wie die Mutter nachts im Bette zu dem Vater sprach: »Alles ist wieder aufgezehrt, wir haben noch einen halben Laib Brot, hernach hat das Lied ein Ende. Die Kinder müssen fort, wir wollen sie tiefer in den Wald hineinführen, damit sie den Weg nicht wieder herausfinden; es ist sonst keine Rettung für uns.« Dem Mann fiel's schwer aufs Herz, und er dachte: ›Es wäre besser, dass du den letzten Bissen mit deinen Kindern teiltest.‹ Aber die Frau hörte auf nichts, was er sagte. Wer A sagt, muss auch B sagen, und weil er das erste Mal nachgegeben hatte, so musste er es auch zum zweiten Mal.

Die Kinder waren aber noch wach gewesen und hatten das Gespräch mit angehört. Als die Alten schliefen, stand Hänsel wieder auf, wollte hinaus und Kieselsteine auflesen wie das vorige Mal, aber die Frau hatte die Tür verschlossen. Er tröstete sein Schwesterchen und sprach: »Weine nicht, Gretel, und schlaf nur ruhig, der liebe Gott wird uns schon helfen.«

Am frühen Morgen kam die Frau und holte die Kinder aus dem Bette. Sie erhielten ihr Stückchen Brot, das war aber noch kleiner als das vorige Mal. Auf dem Wege nach dem Wald bröckelte es Hänsel in der Tasche, stand oft still und warf ein Bröcklein auf die Erde. »Hänsel, was stehst du und guckst dich um«, sagte der Vater, »geh deiner Wege.« – »Ich sehe nach meinem Täubchen, das sitzt auf dem Dache und will mir Ade sagen«, antwortete Hänsel. »Narr«, sagte die Frau, »das ist dein Täubchen nicht, das ist die Morgensonne, die auf den Schornstein oben scheint.« Hänsel aber warf nach und nach alle Bröcklein auf den Weg.

Die Frau führte die Kinder noch tiefer in den Wald, wo sie ihr Lebtag noch nicht gewesen waren. Da ward wieder ein großes Feuer angemacht, und die Mutter sagte: »Bleibt nur da sitzen, ihr Kinder, und wenn ihr müde seid, könnt ihr ein wenig schlafen. Wir gehen in den

Wald und hauen Holz, und abends, wenn wir fertig sind, kommen wir und holen euch ab.« Als es Mittag war, teilte Gretel ihr Brot mit Hänsel, der sein Stück auf den Weg gestreut hatte. Dann schliefen sie ein, und der Abend verging, aber niemand kam zu den armen Kindern. Sie erwachten erst in der finstern Nacht, und Hänsel tröstete sein Schwesterchen und sagte: »Wart nur, Gretel, bis der Mond aufgeht, dann werden wir die Brotbröcklein sehen, die ich ausgestreut habe, die zeigen uns den Weg nach Haus.« Als der Mond kam, machten sie sich auf, aber sie fanden kein Bröcklein mehr; denn die vieltausend Vögel, die im Walde und im Felde umherfliegen, die hatten sie weggepickt. Hänsel sagte zu Gretel: »Wir werden den Weg schon finden«, aber sie fanden ihn nicht. Sie gingen die ganze Nacht und noch einen Tag von Morgen bis Abend, aber sie kamen aus dem Wald nicht heraus und waren so hungrig; denn sie hatten nichts als die paar Beeren, die auf der Erde standen. Und weil sie so müde waren, dass die Beine sie nicht mehr tragen wollten, so legten sie sich unter einen Baum und schliefen ein.

Nun war's schon der dritte Morgen, dass sie ihres Vaters Haus verlassen hatten. Sie fingen wieder an zu gehen, aber sie gerieten immer tiefer in den Wald, und wenn nicht bald Hilfe kam, so mussten sie verschmachten. Als es Mittag war, sahen sie ein schönes schneeweißes Vöglein auf einem Ast sitzen, das sang so schön, dass sie stehen blieben und ihm zuhörten. Und als es fertig war, schwang es seine Flügel und flog vor ihnen her, und sie gingen ihm nach, bis sie zu einem Häuschen gelangten, auf dessen Dach es sich setzte, und als sie ganz nah herankamen, so sahen sie, dass das Häuslein aus Brot gebaut war und mit Kuchen gedeckt; aber die Fenster waren von hellem Zucker. »Da wollen wir uns dran machen«, sprach Hänsel, »und eine gesegnete Mahlzeit halten. Ich will ein Stück vom Dach essen, Gretel, du kannst vom Fenster essen, das schmeckt süß.« Hänsel reichte in die Höhe und brach sich ein wenig vom Dach ab, um zu versuchen, wie es schmeckte, und Gretel stellte sich an die Scheiben und knupperte daran. Da rief eine feine Stimme aus der Stube heraus:

»Knupper, knupper, kneischen,
wer knuppert an meinem Häuschen?«

Die Kinder antworteten:

»Der Wind, der Wind,
das himmlische Kind«,

und aßen weiter, ohne sich irremachen zu lassen. Hänsel, dem das Dach sehr gut schmeckte, riss sich ein großes Stück davon herunter, und Gretel stieß eine ganze runde Fensterscheibe heraus. Da ging auf einmal die Tür auf, und eine steinalte Frau, die sich auf eine Krücke stützte, kam herausgeschlichen.

Hänsel und Gretel erschraken so gewaltig, dass sie fallen ließen, was sie in den Händen hielten. Die Alte aber wackelte mit dem Kopfe und sprach: »Ei, ihr lieben Kinder, wer hat euch hierhergebracht? Kommt nur herein und bleibt bei mir, es geschieht euch kein Leid.« Sie fasste beide an der Hand und führte sie in ihr Häuschen. Da ward gutes Essen aufgetragen, Milch und Pfannekuchen mit Zucker, Äpfel und Nüsse. Hernach wurden zwei schöne Bettlein weiß gedeckt, und Hänsel und Gretel legten sich hinein und meinten, sie wären im Himmel.

Die Alte hatte sich nur so freundlich angestellt, sie war aber eine böse Hexe, die den Kindern auflauerte, und hatte das Brothäuslein bloß gebaut, um sie herbeizulocken. Wenn eins in ihre Gewalt kam, so machte sie es tot, kochte es und aß es, und das war ihr ein Festtag. Die Hexen haben rote Augen und können nicht weit sehen, aber sie haben eine feine Witterung wie die Tiere und merken's, wenn Menschen herankommen. Als Hänsel und Gretel in ihre Nähe kamen, da lachte sie boshaft und sprach höhnisch: »Die habe ich, die sollen mir nicht wieder entwischen.« Frühmorgens, ehe die Kinder erwacht waren, stand sie schon auf, und als sie beide so lieblich ruhen sah, mit den vollen roten Backen, so murmelte sie vor sich hin: »Das wird ein guter Bissen werden.« Da packte sie Hänsel mit ihrer dürren Hand und trug ihn in einen kleinen Stall und sperrte ihn mit einer Gittertür ein. Er mochte schreien, wie er wollte, es half ihm nichts. Dann ging sie zur Gretel, rüttelte sie wach und rief: »Steh auf, Faulenzerin, trag Wasser und koch deinem Bruder etwas Gutes, der sitzt draußen im Stall und soll fett werden. Wenn er fett ist, so will ich ihn essen.« Gretel fing an, bit-

terlich zu weinen, aber es war alles vergeblich, sie musste tun, was die böse Hexe verlangte.
Nun ward dem armen Hänsel das beste Essen gekocht, aber Gretel bekam nichts als Krebsschalen. Jeden Morgen schlich die Alte zu dem Ställchen und rief: »Hänsel, streck deine Finger heraus, damit ich fühle, ob du bald fett bist.« Hänsel streckte ihr aber ein Knöchlein heraus, und die Alte, die trübe Augen hatte, konnte es nicht sehen und meinte, es wären Hänsels Finger, und verwunderte sich, dass er gar nicht fett werden wollte. Als vier Wochen herum waren und Hänsel immer mager blieb, da überkam sie die Ungeduld, und sie wollte nicht länger warten. »Heda, Gretel«, rief sie dem Mädchen zu, »sei flink und trag Wasser. Hänsel mag fett oder mager sein, morgen will ich ihn schlachten und kochen.« Ach, wie jammerte das arme Schwesterchen, als es das Wasser tragen musste. »Lieber Gott, hilf uns doch«, rief sie aus, »hätten uns nur die wilden Tiere im Wald gefressen, so wären wir doch zusammen gestorben.« – »Spar nur dein Geplärre«, sagte die Alte, »es hilft dir alles nichts.«
Frühmorgens musste Gretel heraus, den Kessel mit Wasser aufhängen und Feuer anzünden. »Erst wollen wir backen«, sagte die Alte, »ich habe den Backofen schon eingeheizt und den Teig geknetet.« Sie stieß das arme Gretel hinaus zu dem Backofen, aus dem die Feuerflammen schon herausschlugen. »Kriech hinein«, sagte die Hexe, »und sieh zu, ob recht eingeheizt ist, damit wir das Brot hineinschieben können.« Und wenn Gretel darin war, wollte sie den Ofen zumachen, und Gretel sollte darin braten, und dann wollte sie's auch aufessen. Aber Gretel merkte, was sie im Sinn hatte, und sprach: »Ich weiß nicht, wie ich's machen soll; wie komm' ich da hinein?« – »Dumme Gans«, sagte die Alte, »die Öffnung ist groß genug, siehst du wohl, ich könnte selbst hinein«, krabbelte heran und steckte den Kopf in den Backofen. Da gab ihr Gretel einen Stoß, dass sie weit hineinfuhr, machte die eiserne Tür zu und schob den Riegel vor. Hu, da fing sie an zu heulen, ganz grauselig; aber Gretel lief fort, und die gottlose Hexe musste elendiglich verbrennen.
Gretel aber lief schnurstracks zum Hänsel, öffnete sein Ställchen und rief: »Hänsel, wir sind erlöst, die alte Hexe ist tot.« Da sprang Hänsel heraus wie ein Vogel aus dem Käfig, wenn ihm die Tür aufgemacht

wird. Wie haben sie sich gefreut und sind sich um den Hals gefallen! Und weil sie sich nicht mehr zu fürchten brauchten, so gingen sie in das Haus der Hexe hinein, da standen in allen Ecken Kasten mit Perlen und Edelsteinen. »Die sind noch besser als Kieselsteine«, sagte Hänsel und steckte in seine Taschen, was hinein wollte, und Gretel sagte: »Ich will auch etwas mit nach Hause bringen«, und füllte sich sein Schürzchen voll.
»Aber jetzt wollen wir fort«, sagte Hänsel, »damit wir aus dem Hexenwald herauskommen.« Als sie aber ein paar Stunden gegangen waren, gelangten sie an ein großes Wasser. »Wir können nicht hinüber«, sprach Hänsel, »ich sehe keinen Steg und keine Brücke.« – »Hier fährt auch kein Schiffchen«, antwortete Gretel, »aber da schwimmt eine weiße Ente, wenn ich die bitte, so hilft sie uns hinüber.« Da rief sie:

»Entchen, Entchen,
da steht Gretel und Hänsel.
Kein Steg und keine Brücke,
nimm uns auf deinen weißen Rücken.«

Das Entchen kam auch heran, und Hänsel setzte sich auf und bat sein Schwesterchen, sich zu ihm zu setzen. »Nein«, antwortete Gretel, »es wird dem Entchen zu schwer, es soll uns nacheinander hinüberbringen.« Das tat das gute Tierchen, und als sie glücklich drüben waren und ein Weilchen fortgingen, da kam ihnen der Wald immer bekannter vor, und endlich erblickten sie von weitem ihres Vaters Haus. Da fingen sie an zu laufen, stürzten in die Stube hinein und fielen ihrem Vater um den Hals. Der Mann hatte keine frohe Stunde gehabt, seitdem er die Kinder im Walde gelassen hatte, die Frau aber war gestorben. Gretel schüttete sein Schürzchen aus, dass die Perlen und Edelsteine in der Stube herumsprangen, und Hänsel warf eine Hand voll nach der andern aus seiner Tasche dazu. Da hatten alle Sorgen ein Ende, und sie lebten in lauter Freude zusammen. Mein Märchen ist aus, dort lauft eine Maus, wer sie fängt, darf sich eine große, große Pelzkappe daraus machen.

Der Teufel und seine Großmutter

Es war ein großer Krieg, und der König hatte viele Soldaten, gab ihnen aber wenig Sold, so dass sie nicht davon leben konnten. Da taten sich drei zusammen und wollten ausreißen. Einer sprach zum andern: »Wenn wir erwischt werden, so hängt man uns an den Galgenbaum. Wie wollen wir's machen?« Sprach der andere: »Seht dort das große Kornfeld, wenn wir uns da verstecken, so findet uns kein Mensch; das Heer darf nicht hinein und muss morgen weiterziehen.« Sie krochen in das Korn, aber das Heer zog nicht weiter, sondern blieb rundherum liegen. Sie saßen zwei Tage und zwei Nächte im Korn und hatten so großen Hunger, dass sie beinah gestorben wären. Gingen sie aber heraus, so war ihnen der Tod gewiss. Da sprachen sie: »Was hilft uns unser Ausreißen, wir müssen hier elendig sterben.« Indem kam ein feuriger Drache durch die Luft geflogen, der senkte sich zu ihnen herab und fragte sie, warum sie sich da versteckt hätten. Sie antworteten: »Wir sind drei Soldaten und sind ausgerissen, nun müssen wir hier hungers sterben, wenn wir liegen bleiben, oder wir müssen am Galgen baumeln, wenn wir hinausgehen.« – »Wollt ihr mir sieben Jahre dienen«, sagte der Drache, »so will ich euch führen, dass euch niemand erwischen soll.« – »Wir haben keine Wahl und müssen's annehmen«, antworteten sie. Da packte sie der Drache in seine Klauen, führte sie durch die Luft über das Heer hinweg und setzte sie weit davon wieder auf die Erde; der Drache war aber niemand anders als der Teufel. Er gab ihnen ein kleines Peitschchen und sprach: »Peitscht und knallt ihr damit, so wird so viel Geld vor euch herumspringen, als ihr verlangt. Ihr könnt dann wie große Herren leben, Pferde halten und in Wagen fahren, nach Verlauf der sieben Jahre aber seid ihr mein Eigen.« Dann hielt er ihnen ein Buch vor, in das mussten sie sich alle drei unterschreiben. »Doch will ich euch«, sprach er, »erst noch ein Rätsel aufgeben; könnt ihr das raten, sollt ihr frei sein und aus meiner Gewalt entlassen.« Da flog der Drache von ihnen weg, und sie reisten fort mit ihrem Peitschchen, hatten Geld die Fülle, ließen sich Herrenkleider machen und zogen in der Welt herum. Wo sie waren, lebten sie in Freuden, fuhren mit Pferden und Wagen, aßen und tranken, taten aber

nichts Böses. Die Zeit verstrich ihnen schnell, und als es mit den sieben Jahren zu Ende ging, ward zweien gewaltig angst und bang, der Dritte aber nahm's auf die leichte Schulter und sprach: »Brüder, fürchtet nichts, ich bin nicht auf den Kopf gefallen, ich errate das Rätsel.« Sie gingen hinaus aufs Feld, saßen da, und die zwei machten betrübte Gesichter. Da kam eine alte Frau daher, die fragte, warum sie so traurig wären. »Ach, was liegt Euch daran, Ihr könnt uns doch nicht helfen.« »Wer weiß«, antwortete sie, »vertraut mir nur euern Kummer.« Da erzählten sie ihr, sie wären des Teufels Diener gewesen fast sieben Jahre lang, der hätte ihnen Geld wie Heu geschafft, sie hätten sich ihm aber verschrieben und wären ihm verfallen, wenn sie nach den sieben Jahren nicht ein Rätsel auflösen könnten. Die Alte sprach: »Soll euch geholfen werden, so muss einer von euch in den Wald gehen, da wird er an eine eingestürzte Felsenwand kommen, die aussieht wie ein Häuschen, in das muss er eintreten, dann wird er Hilfe finden.« Die zwei Traurigen dachten: ›Das wird uns doch nicht retten‹, und blieben sitzen, der Dritte aber, der Lustige, machte sich auf und ging so weit in den Wald, bis er die Felsenhütte fand. In dem Häuschen aber saß eine steinalte Frau, die war des Teufels Großmutter, und fragte ihn, was er hier wolle. Er erzählte ihr alles, was geschehen war, und sie hatte Erbarmen und sagte, sie wollte ihm helfen. Sie hob einen großen Stein auf, der über einem Keller lag, und sagte: »Da verstecke dich, du kannst alles hören, was hier gesprochen wird, sitz nur still. Wenn der Drache kommt, will ich ihn wegen der Rätsel befragen, mir sagt er alles; und dann achte auf das, was er antwortet.« Um zwölf Uhr nachts kam der Drache angeflogen und verlangte sein Essen. Die Großmutter deckte den Tisch und trug Trank und Speise auf, dass er vergnügt war, und sie aßen und tranken zusammen. Da fragte sie ihn im Gespräch, wie's den Tag ergangen wäre und wie viel Seelen er gekriegt hätte. »Es wollte mir heute nicht recht glücken«, antwortete er, »aber ich habe drei Soldaten in Aussicht, die sind mir sicher.« – »Ja, drei Soldaten«, sagte sie, »die haben etwas an sich, die können dir noch entkommen.« Sprach der Teufel höhnisch: »Die sind mein, denen gebe ich noch ein Rätsel auf, das sie nimmermehr raten können.« – »Was ist das für ein Rätsel?«, fragte sie. »Das will ich dir sagen: In der großen Nordsee liegt eine tote Meerkatze, die soll ihr Braten sein; und von einem Walfisch die Rippe, das soll ihr silberner Löffel sein; und ein alter hohler Pferdefuß, das soll ihr Weinglas sein.« Als der Teufel zu Bett gegangen war, hob die alte Großmutter den Stein auf und ließ den Soldaten heraus. »Hast du auch alles wohl in Acht genommen?« – »Ja«, sprach er, »ich weiß genug und will mir schon helfen.« Darauf musste er heimlich und in aller Eile zu seinen Gesellen zurückgehen. Er erzählte ihnen, wie der Teufel von der alten Großmutter wäre überlistet worden und wie er die Auflösung des Rätsels von ihm vernommen hätte. Da waren sie alle fröhlich und guter Dinge, nahmen die Peitsche und schlugen sich so viel Geld, dass es auf der Erde herumsprang. Als die sieben Jahre völlig herum waren, kam der Teufel mit dem Buche, zeigte die Unterschriften und sprach: »Ich will euch mit in die Hölle nehmen, da sollt ihr eine Mahlzeit haben. Könnt ihr mir raten, was ihr für einen Braten werdet zu essen kriegen, so sollt ihr frei und los sein und dürft auch das Peitschchen behalten.« Da fing der erste Soldat an: »In der großen Nordsee liegt eine tote Meerkatze, das wird wohl der Braten sein.« Der Teufel ärgerte sich, machte: »Hm! hm! hm!« und fragte den Zweiten: »Was soll aber euer Löffel sein?« – »Von einem Walfisch die Rippe, das soll unser silberner Löffel sein.« Der Teufel schnitt ein Gesicht, knurrte wieder dreimal: »Hm! hm! hm!« und sprach zum Dritten: »Wisst ihr auch, was euer Weinglas sein soll?« – »Ein alter Pferdefuß, das soll unser Weinglas sein.« Da flog der Teufel mit einem lauten Schrei fort und hatte keine Gewalt mehr über sie; aber die drei behielten das Peitschchen, schlugen Geld hervor, so viel sie wollten, und lebten vergnügt bis an ihr Ende.

Doktor Allwissend

Es war einmal ein armer Bauer namens Krebs, der fuhr mit zwei Ochsen ein Fuder Holz in die Stadt und verkaufte es für zwei Taler an einen Doktor. Wie ihm nun das Geld ausbezahlt wurde, saß der Doktor gerade zu Tisch; da sah der Bauer, wie er schön aß und trank, und das Herz ging ihm danach auf, und er wäre auch gern ein Doktor gewesen. Also blieb er noch ein Weilchen stehen und fragte endlich, ob er nicht auch könnte ein Doktor werden. »O ja«, sagte der Doktor, »das ist bald geschehen.« – »Was muss ich tun?«, fragte der Bauer. »Erstlich kauf dir ein Abc-Buch, so eins, wo vorn ein Göckelhahn drin ist; zweitens mache deinen Wagen und deine zwei Ochsen zu Geld und schaff dir damit Kleider an und was sonst zur Doktorei gehört; drittens lass dir ein Schild malen mit den Worten: ›Ich bin der Doktor Allwissend‹, und lass das oben über deine Haustür nageln.« Der Bauer tat alles, wie's ihm geheißen war. Als er nun ein wenig gedoktert hatte, aber noch nicht viel, ward einem reichen großen Herrn Geld gestohlen. Da ward ihm von dem Doktor Allwissend gesagt, der in dem und dem Dorfe wohnte und auch wissen müsste, wo das Geld hingekommen wäre. Also ließ der Herr seinen Wagen anspannen, fuhr hinaus ins Dorf und fragte bei ihm an, ob er der Doktor Allwissend wäre. Ja, der wär' er. So sollte er mitgehen und das gestohlene Geld wiederschaffen. O ja, aber die Grete, seine Frau, müsste auch mit, und sie fuhren zusammen fort. Als sie auf den adligen Hof kamen, war der Tisch gedeckt, da sollte er erst mitessen. Ja, aber seine Frau, die Grete auch, sagte er und setzte sich mit ihr hinter den Tisch.

Wie nun der erste Bediente mit einer Schüssel schönem Essen kam, stieß der Bauer seine Frau an und sagte: »Grete, das war der Erste«, und meinte, es wäre derjenige, welcher das erste Essen brächte. Der Bediente aber meinte, er hätte damit sagen wollen: ›Das ist der erste Dieb‹, und weil er's nun wirklich war, ward ihm angst, und er sagte draußen zu seinen Kameraden: »Der Doktor weiß alles, wir kommen übel an, er hat gesagt, ich wäre der Erste.« Der Zweite wollte gar nicht hinein, er musste aber doch. Wie er nun mit seiner Schüssel hereinkam, stieß der Bauer seine Frau an: »Grete, das ist der Zweite.« Dem Bedienten ward ebenfalls angst, und er machte, dass er hinauskam. Dem Dritten ging's nicht besser, der Bauer sagte wieder: »Grete, das ist der Dritte.« Der Vierte musste eine verdeckte Schüssel hineintragen, und der Herr sprach zum Doktor, er sollte seine Kunst zeigen und raten, was darunter läge; es waren aber Krebse. Der Bauer sah die Schüssel an, wusste nicht, wie er sich helfen sollte, und sprach: »Ach, ich armer Krebs!« Wie der Herr das hörte, rief er: »Da, er weiß es, nun weiß er auch, wer das Geld hat.«

Dem Bedienten aber ward gewaltig angst, und er blinzelte den Doktor an, er möchte einmal herauskommen. Wie er nun hinauskam, gestanden sie ihm alle viere, sie hätten das Geld gestohlen, sie wollten's ja gerne herausgeben und ihm eine schwere Summe dazu, wenn er sie nicht verraten wollte; es ginge ihnen sonst an den Hals. Sie führten ihn auch hin, wo das Geld versteckt lag. Damit war der Doktor zufrieden, ging wieder hinein, setzte sich an den Tisch und sprach: »Herr, nun will ich in meinem Buch suchen, wo das Geld steckt.« Der fünfte Bediente aber kroch in den Ofen und wollte hören, ob der Doktor noch mehr wüsste. Der saß aber und schlug sein Abc-Buch auf, blätterte hin und her und suchte den Göckelhahn. Weil er ihn nicht gleich finden konnte, sprach er: »Du bist doch darin und musst auch heraus.« Da glaubte der im Ofen, er wäre gemeint, sprang voller Schrecken heraus und rief: »Der Mann weiß alles.« Nun zeigte der Doktor Allwissend dem Herrn, wo das Geld lag, sagte aber nicht, wer's gestohlen hatte, bekam von beiden Seiten viel Geld zur Belohnung und ward ein berühmter Mann.

Strohhalm, Kohle und Bohne

In einem Dorfe wohnte eine arme alte Frau, die hatte ein Gericht Bohnen zusammengebracht und wollte sie kochen. Sie machte also auf ihrem Herd ein Feuer zurecht, und damit es desto schneller brennen sollte, zündete sie es mit einer Hand voll Stroh an. Als sie die Bohnen in den Topf schüttete, entfiel ihr unbemerkt eine, die auf dem Boden neben einen Strohhalm zu liegen kam; bald danach sprang auch eine glühende Kohle vom Herd zu den beiden herab. Da fing der Strohhalm an und sprach: »Liebe Freunde, von wannen kommt ihr her?« Die Kohle antwortete: »Ich bin zu gutem Glück dem Feuer entsprungen, und hätte ich das nicht mit Gewalt durchgesetzt, so war mir der Tod gewiss; ich wäre zu Asche verbrannt.« Die Bohne sagte: »Ich bin auch noch mit heiler Haut davongekommen, aber hätte mich die Alte in den Topf gebracht, ich wäre ohne Barmherzigkeit zu Brei gekocht worden wie meine Kameraden.« – »Wäre mir denn ein besser Schicksal zuteil geworden?«, sprach das Stroh. »Alle meine Brüder hat die Alte in Feuer und Rauch aufgehen lassen, sechzig hat sie auf einmal gepackt und ums Leben gebracht. Glücklicherweise bin ich ihr zwischen den Fingern durchgeschlüpft.« – »Was sollen wir aber nun anfangen?«, sprach die Kohle. »Ich meine«, antwortete die Bohne, »weil wir so glücklich dem Tode entronnen sind, so wollen wir als gute Gesellen zusammenhalten und, damit uns hier nicht wieder ein neues Unglück ereilt, gemeinschaftlich auswandern und in ein fremdes Land ziehen.«

Der Vorschlag gefiel den beiden andern. Bald aber kamen sie an einen kleinen Bach, und da keine Brücke oder kein Steg da war, so wussten sie nicht, wie sie hinüberkommen sollten. Der Strohhalm fand guten Rat und sprach: »Ich will mich querüber legen, so könnt ihr auf mir wie auf einer Brücke hinübergehen.« Der Strohhalm streckte sich also von einem Ufer zum andern, und die Kohle, die von hitziger Natur war, trippelte auch ganz keck auf die neugebaute Brücke. Als sie aber in die Mitte gekommen war und unter sich das Wasser rauschen hörte, war ihr doch angst. Sie blieb stehen und getraute sich nicht weiter. Der Strohhalm aber fing an zu brennen, zerbrach in zwei Stücke und fiel in den Bach. Die Kohle rutschte nach, zischte, als sie ins Wasser kam, und gab den Geist auf. Die Bohne, die vorsichtigerweise noch auf dem Ufer zurückgeblieben war, musste über die Geschichte lachen, konnte nicht aufhören und lachte so gewaltig, dass sie zerplatzte. Nun war es ebenfalls um sie geschehen, wenn nicht zu gutem Glück ein Schneider, der auf der Wanderschaft war, sich an dem Bach ausgeruht hätte. Weil er ein mitleidiges Herz hatte, so holte er Nadel und Zwirn heraus und nähte sie zusammen. Die Bohne bedankte sich bei ihm aufs Schönste, aber da er schwarzen Zwirn gebraucht hatte, so haben seit der Zeit alle Bohnen eine schwarze Naht.

Der Wolf und die sieben jungen Geißlein

Es war einmal eine alte Geiß, die hatte sieben junge Geißlein und hatte sie lieb, wie eine Mutter ihre Kinder lieb hat. Eines Tages wollte sie in den Wald gehen und Futter holen, da rief sie alle sieben herbei und sprach: »Liebe Kinder, ich will hinaus in den Wald, seid auf eurer Hut vor dem Wolf; wenn er hereinkommt, so frisst er euch alle mit Haut und Haar. Der Bösewicht verstellt sich oft, aber an seiner rauen Stimme und an seinen schwarzen Füßen werdet ihr ihn gleich erkennen.« Die Geißlein sagten: »Liebe Mutter, wir wollen uns schon in Acht nehmen.« Da meckerte die Alte und machte sich getrost auf den Weg.

Es dauerte nicht lange, so klopfte jemand an die Haustür und rief: »Macht auf, ihr lieben Kinder, eure Mutter ist da und hat jedem von euch etwas mitgebracht.« Aber die Geißerchen hörten an der rauen Stimme, dass es der Wolf war. »Wir machen nicht auf«, riefen sie, »du bist unsere Mutter nicht, die hat eine feine und liebliche Stimme, aber deine Stimme ist rau; du bist der Wolf.« Da ging der Wolf fort zu einem Krämer und kaufte sich ein großes Stück Kreide. Die aß er und machte damit seine Stimme fein. Dann kam er zurück, klopfte an die Haustür und rief: »Macht auf, ihr lieben Kinder, eure Mutter ist da und hat jedem von euch etwas mitgebracht.« Aber der Wolf hatte seine schwarze Pfote in das Fenster gelegt, das sahen die Kinder und riefen: »Wir machen nicht auf, unsere Mutter hat keinen schwarzen Fuß wie du, du bist der Wolf.« Da lief der Wolf zu einem Bäcker und sprach: »Ich habe mich an den Fuß gestoßen, streich mir Teig darüber.« Und als ihm der Bäcker die Pfote bestrichen hatte, so lief er zum Müller und sprach: »Streu mir weißes Mehl auf meine Pfote.« Der Müller dachte: ›Der Wolf will einen betrügen‹, und weigerte sich, aber der Wolf sprach: »Wenn du es nicht tust, so fresse ich dich.« Da fürchtete sich der Müller und machte ihm die Pfote weiß.

Nun ging der Bösewicht zum dritten Mal zu der Haustür, klopfte an und sprach: »Macht mir auf, Kinder, euer liebes Mütterchen ist heimgekommen und hat jedem von euch etwas aus dem Walde mitgebracht.« Die Geißerchen riefen: »Zeig uns erst deine Pfote, damit wir wissen, dass du unser liebes Mütterchen bist.« Da legte er die Pfote ins Fenster, und als sie sahen, dass sie weiß war, so glaubten sie, es wäre alles wahr, was er sagte, und machten die Tür auf. Wer aber hereinkam, das war der Wolf. Sie erschraken und wollten sich verstecken. Das eine sprang unter den Tisch, das Zweite ins Bett, das Dritte in den Ofen, das Vierte in die Küche, das Fünfte in den Schrank, das Sechste unter die Waschschüssel, das Siebente in den Kasten der Wanduhr. Aber der Wolf fand sie alle und machte nicht lange Federlesens. Eins nach dem andern schluckte er in seinen Rachen; nur das Jüngste in dem Uhrkasten, das fand er nicht. Als der Wolf seine Lust gestillt hatte, trollte er sich fort, legte sich unter einen Baum und fing an zu schlafen.

Nicht lange danach kam die Geiß wieder heim. Ach, was musste sie da erblicken! Die Haustür stand sperrweit auf; Tisch, Stühle und Bänke waren umgeworfen, die Waschschüssel lag in Scherben, Decke und Kissen waren aus dem Bett gezogen. Sie suchte ihre Kinder, aber nirgends waren sie zu finden. Sie rief sie nacheinander bei Namen, aber niemand antwortete. Endlich, als sie an das Jüngste kam, da rief eine feine Stimme: »Liebe Mutter, ich stecke im Uhrkasten.« Sie holte es heraus, und es erzählte ihr, dass der Wolf gekommen wäre und die andern alle gefressen hätte. Da könnt ihr denken, wie sie über ihre armen Kinder geweint hat.

Endlich ging sie in ihrem Jammer hinaus, und das jüngste Geißlein

lief mit. Als sie auf die Wiese kamen, so lag da der Wolf an dem Baum und schnarchte, dass die Äste zitterten. Sie betrachtete ihn von allen Seiten und sah, dass in seinem angefüllten Bauch sich etwas regte und zappelte. ›Ach Gott‹, dachte sie, ›sollten meine armen Kinder, die er zum Abendbrot hinuntergewürgt hat, noch leben?‹ Da musste das Geißlein nach Haus laufen und Schere, Nadel und Zwirn holen. Dann schnitt sie dem Ungetüm den Wanst auf, und kaum hatte sie einen Schnitt getan, so streckte schon ein Geißlein den Kopf heraus, und als sie weiterschnitt, so sprangen nacheinander alle sechse heraus und waren noch am Leben und hatten nicht einmal Schaden gelitten; denn das Ungetüm hatte sie in der Gier ganz hinuntergeschluckt. Das war eine Freude! Da herzten sie ihre liebe Mutter und hüpften wie ein Schneider, der Hochzeit hält. Die Alte aber sagte: »Jetzt geht und sucht Wackersteine, damit wollen wir dem gottlosen Tier den Bauch füllen, solange es noch im Schlafe liegt.« Da schleppten die sieben Geißerchen in aller Eile die Steine herbei und steckten sie ihm in den Bauch, so viel sie hineinbringen konnten. Dann nähte ihn die Alte in aller Geschwindigkeit wieder zu, dass er nichts merkte und sich nicht einmal regte.

Als der Wolf endlich ausgeschlafen hatte, machte er sich auf die Beine, und weil ihm die Steine im Magen so großen Durst erregten, so wollte er zu einem Brunnen gehen und trinken. Als er aber anfing zu gehen, so stießen die Steine in seinem Bauch aneinander und rappelten. Da rief er:

»Was rumpelt und pumpelt
in meinem Bauch herum?
Ich meinte, es wären sechs Geißlein,
so sind's lauter Wackerstein.«

Und als er an den Brunnen kam und sich über das Wasser bückte und trinken wollte, da zogen ihn die schweren Steine hinein, und er musste jämmerlich ersaufen. Als die sieben Geißlein das sahen, da kamen sie herbeigelaufen, riefen laut: »Der Wolf ist tot! Der Wolf ist tot!« und tanzten mit ihrer Mutter vor Freude um den Brunnen herum.

Vom klugen Schneiderlein

Es war einmal eine Prinzessin gewaltig stolz; kam ein Freier, so gab sie ihm etwas zu raten auf, und wenn er's nicht erraten konnte, so ward er mit Spott fortgeschickt. Sie ließ auch bekannt machen, wer ihre Rätsel löste, sollte sich mit ihr vermählen, möchte kommen, wer da wollte. Endlich fanden sich auch drei Schneider zusammen, davon meinten die zwei ältesten, sie hätten so manchen feinen Stich getan und hätten's getroffen, da könnt's ihnen nicht fehlen; der Dritte war ein kleiner unnützer Springinsfeld, der nicht einmal sein Handwerk verstand, aber meinte, er müsste dabei Glück haben; denn woher sollt's ihm sonst kommen? Da sprachen die zwei andern zu ihm: »Bleib nur zu Haus, du wirst mit deinem bisschen Verstande nicht weit kommen.« Das Schneiderlein ließ sich aber nicht irremachen und sagte, es hätte einmal seinen Kopf darauf gesetzt und wollte sich schon helfen, und ging dahin, als wäre die ganze Welt sein.

Da meldeten sich alle drei bei der Prinzessin und sagten, sie sollte ihnen ihre Rätsel vorlegen; es wären die rechten Leute angekommen, die hätten einen feinen Verstand, dass man ihn wohl in eine Nadel fädeln könnte. Da sprach die Prinzessin: »Ich habe zweierlei Haar auf dem Kopf, von was für Farben ist das?« – »Wenn's weiter nichts ist«, sagte der erste, »es wird schwarz und weiß sein wie Tuch, das man Kümmel und Salz nennt.« Die Prinzessin sprach: »Falsch geraten, der Zweite antworte!« Da sagte der Zweite: »Ist's nicht schwarz und weiß, so ist's braun und rot wie meines Herrn Vaters Bratenrock.« – »Falsch geraten«, sagte die Prinzessin, »der Dritte antworte, dem seh' ich's an, der weiß es sicherlich.« Da trat das Schneiderlein keck hervor und sprach: »Die Prinzessin hat ein silbernes und ein goldenes Haar auf dem Kopf, und das sind die zweierlei Farben.« Wie die Prinzessin das hörte, ward sie blass und wäre vor Schrecken beinah hingefallen; denn das Schneiderlein hatte es getroffen, und sie hatte fest geglaubt, das würde kein Mensch auf der Welt herausbringen. Als ihr das Herz wieder kam, sprach sie: »Damit hast du mich noch nicht gewonnen, du musst noch eins tun: Unten im Stall liegt ein Bär, bei dem sollst du die Nacht zubringen; wenn ich dann morgen aufstehe, und du bist noch lebendig, so sollst du mich heiraten.« Sie dachte aber, damit wollte sie das Schneiderlein loswerden; denn der Bär hatte noch keinen Menschen lebendig gelassen, der ihm unter die Tatzen gekommen war. Das Schneiderlein ließ sich nicht abschrecken, war ganz vergnügt und sprach: »Frisch gewagt, ist halb gewonnen.«

Als nun der Abend kam, ward mein Schneiderlein hinunter zum Bären gebracht. Der Bär wollt' auch gleich auf den kleinen Kerl los und ihm mit seiner Tatze einen guten Willkommen geben. »Sachte, sachte«, sprach das Schneiderlein, »ich will dich schon zur Ruhe bringen.« Da holte es ganz gemächlich, als hätt' es keine Sorgen, welsche Nüsse aus der Tasche, biss sie auf und aß die Kerne. Wie der Bär das sah, kriegte er auch Lust und wollte auch Nüsse haben. Das Schneiderlein griff in die Tasche und reichte ihm eine Hand voll; es waren aber keine Nüsse, sondern Wackersteine. Der Bär steckte sie ins Maul, konnte aber nichts aufbringen, er mochte beißen, wie er wollte. ›Ei‹, dachte er, ›was bist du für ein dummer Klotz‹, und sprach zum Schneiderlein: »Mein, beiß mir die Nüsse auf.« – »Da siehst du, was du für ein Kerl bist«, sprach das Schneiderlein, »hast so ein großes Maul und kannst die kleine Nuss nicht aufbeißen.« Da nahm es die Steine, war hurtig, steckte dafür eine Nuss in den Mund und knack, war sie entzwei. »Ich muss das Ding noch einmal probieren«, sprach der Bär, »wenn ich's so ansehe, ich mein', ich müsst's auch können.« Da gab ihm das Schneiderlein abermals Wackersteine, und der Bär arbeitete und biss aus allen Leibeskräften hinein. Aber du glaubst auch nicht, dass er sie aufgebracht hat. Wie das vorbei war, holte das Schneiderlein eine Violine unter dem Rock hervor und spielte sich ein Stückchen darauf. Als der Bär die Musik vernahm, konnte er es nicht lassen und fing an zu tanzen, und als er ein Weilchen getanzt hatte, gefiel ihm das Ding so wohl, dass er zum Schneiderlein sprach: »Hör, ist das Geigen schwer?« – »Kinderleicht, siehst du, mit der Linken leg' ich die Finger auf, und mit der Rechten streich' ich mit dem Bogen drauflos, da geht's lustig, hopsassa, vivallalera!« – »So geigen«, sprach der Bär, »das möcht' ich auch verstehen, damit ich tanzen könnte, sooft ich Lust hätte. Was meinst du dazu? Willst du mir Unterricht darin geben?« »Von Herzen gern«, sagte das Schneiderlein, »wenn du Geschick dazu hast. Aber weis einmal deine Tatzen her, die sind gewal-

tig lang, ich muss dir die Nägel ein wenig abschneiden.« Da ward ein Schraubstock herbeigeholt, und der Bär legte seine Tatzen darauf, das Schneiderlein aber schraubte sie fest und sprach: »Nun warte, bis ich mit der Schere komme«, ließ den Bären brummen, so viel er wollte, legte sich in die Ecke auf ein Bund Stroh und schlief ein.

Die Prinzessin, als sie am Abend den Bären so gewaltig brummen hörte, glaubte nicht anders, als er brummte vor Freuden und hätte dem Schneider den Garaus gemacht. Am Morgen stand sie ganz unbesorgt und vergnügt auf; wie sie aber nach dem Stall guckt, so steht das Schneiderlein ganz munter davor und ist gesund wie ein Fisch im Wasser. Da konnte sie nun kein Wort mehr dagegen sagen, und der König ließ einen Wagen kommen, darin musste sie mit dem Schneiderlein zur Kirche fahren, und da sollten sie vermählt werden. Wie sie eingestiegen waren, gingen die beiden andern Schneider, die ein falsches Herz hatten und ihm sein Glück nicht gönnten, in den Stall und schraubten den Bären los. Der Bär in voller Wut rannte hinter dem Wagen her. Die Prinzessin hörte ihn schnauben und brummen. Es ward ihr angst, und sie rief: »Ach, der Bär ist hinter uns und will dich holen.« Das Schneiderlein war fix, stellte sich auf den Kopf, steckte die Beine zum Fenster hinaus und rief: »Siehst du den Schraubstock? Wann du nicht gehst, so sollst du wieder hinein.« Wie der Bär das sah, drehte er sich um und lief fort. Mein Schneiderlein fuhr da ruhig in die Kirche, und die Prinzessin ward ihm an die Hand getraut, und er lebte mit ihr vergnügt wie eine Heidelerche. Wer's nicht glaubt, bezahlt einen Taler.

Der treue Johannes

Es war einmal ein alter König, der war krank und dachte: ›Es wird wohl das Totenbett sein, auf dem ich liege.‹ Da sprach er: »Lasst mir den getreuen Johannes kommen.« Der getreue Johannes war sein liebster Diener und hieß so, weil er ihm sein Lebenlang so treu gewesen war. Als er nun vor das Bett kam, sprach der König zu ihm: »Getreuester Johannes, ich fühle, dass mein Ende herannaht, und da habe ich keine andere Sorge als um meinen Sohn. Er ist noch in jungen Jahren, wenn du mir nicht versprichst, ihn zu unterrichten in allem, was er wissen muss und sein Pflegevater zu sein, so kann ich meine Augen nicht in Ruhe schließen.« Da antwortete der getreue Johannes: »Ich will ihn nicht verlassen und will ihm mit Treue dienen, wenn's auch mein Leben kostet.« Da sagte der alte König: »So sterb' ich getrost und in Frieden.« Und sprach dann weiter: »Nach meinem Tode sollst du ihm das ganze Schloss zeigen, alle Kammern, Säle und Gewölbe und alle Schätze, die darin liegen, aber die letzte Kammer in dem letzten Gang, worin das Bild der Königstochter vom goldenen Dache verborgen steht, sollst du ihm nicht zeigen. Wenn er das Bild erblickt, wird er eine heftige Liebe zu ihr empfinden und wird in Ohnmacht niederfallen und wird ihretwegen in große Gefahren geraten; davor sollst du ihn hüten.« Und als der treue Johannes nochmals dem alten König die Hand darauf gegeben hatte, ward dieser still, legte sein Haupt auf das Kissen und starb.

Als der alte König zu Grabe getragen war, da erzählte der treue Johannes dem jungen König, was er seinem Vater auf dem Sterbelager versprochen hatte, und sagte: »Das will ich gewisslich halten und will dir treu sein, wie ich ihm gewesen bin, und sollte es mein Leben kosten.« Die Trauer ging vorüber, da sprach der treue Johannes zu ihm: »Es ist nun Zeit, dass du dein Erbe siehst, ich will dir dein väterliches Schloss zeigen.« Da führte er ihn überall herum, auf und ab, und ließ ihn alle die Reichtümer und prächtigen Kammern sehen, nur die eine Kammer öffnete er nicht, worin das gefährliche Bild stand. Wenn die Tür aufging, sah man gerade darauf, und es war so herrlich gemacht, dass man meinte, es leibte und lebte und es gäbe nichts Lieblicheres und

Schöneres auf der ganzen Welt. Der junge König aber merkte wohl, dass der getreue Johannes immer an einer Tür vorüberging, und sprach: »Warum schließest du mir diese niemals auf?« – »Es ist etwas darin«, antwortete er, »vor dem du erschrickst.« Aber der König antwortete: »Ich habe das ganze Schloss gesehen, so will ich auch wissen, was darin ist«, ging und wollte die Tür mit Gewalt öffnen. Da hielt ihn der getreue Johannes zurück und sagte: »Ich habe es deinem Vater vor seinem Tode versprochen, dass du nicht sehen sollst, was in der Kammer steht. Es könnte dir und mir zu großem Unglück ausschlagen.« »Ach nein«, antwortete der junge König, »wenn ich nicht hineinkomme, so ist's mein sicheres Verderben, ich würde Tag und Nacht keine Ruhe haben, bis ich's gesehen hätte. Nun gehe ich nicht von der Stelle, bis du aufgeschlossen hast.«

Da sah der getreue Johannes, dass es nicht mehr zu ändern war, und suchte mit schwerem Herzen und vielem Seufzen aus dem großen Bund den Schlüssel heraus. Als er die Tür geöffnet hatte, trat er zuerst hinein und dachte, er wolle das Bildnis bedecken, dass es der König vor ihm nicht sähe; aber was half das? Der König stellte sich auf die Fußspitzen und sah ihm über die Schulter. Und als er das Bildnis der Jungfrau erblickte, das so herrlich war und von Gold und Edelsteinen glänzte, da fiel er ohnmächtig zur Erde nieder. Der getreue Johannes hob ihn auf, trug ihn in sein Bett und dachte voll Sorgen: ›Das Unglück ist geschehen, Herrgott, was will daraus werden?‹ Dann stärkte er ihn mit Wein, bis er wieder zu sich selbst kam. Das erste Wort, das er sprach, war: »Ach! Wer ist das schöne Bild?« – »Das ist die Königstochter vom goldenen Dache«, antwortete der treue Johannes. Da sprach der König weiter: »Meine Liebe zu ihr ist so groß, wenn alle Blätter an den Bäumen Zungen wären, sie könnten's nicht aussagen; mein Leben setze ich daran, dass ich sie erlange. Du bist mein getreuester Johannes, du musst mir beistehen.«

Der treue Diener besann sich lange, wie die Sache anzufangen wäre; denn es hielt schwer, nur vor das Angesicht der Königstochter zu kommen. Endlich hatte er ein Mittel ausgedacht und sprach zu dem König: »Alles, was sie um sich hat, ist von Gold; Tische, Stühle, Schüsseln, Becher, Näpfe und alles Hausgerät. In deinem Schatze liegen fünf Tonnen Goldes, lass eine von den Goldschmieden des Reichs verarbeiten zu allerhand Gefäßen und Gerätschaften, zu allerhand Vögeln, Gewild und wunderbaren Tieren, das wird ihr gefallen, wir wollen damit hinfahren und unser Glück versuchen.« Der König hieß alle Goldschmiede herbeiholen, die mussten Tag und Nacht arbeiten, bis endlich die herrlichsten Dinge fertig waren. Als alles auf ein Schiff geladen war, zog der getreue Johannes Kaufmannskleider an, und der König musste ein Gleiches tun, um sich ganz unkenntlich zu machen. Dann fuhren sie über das Meer und fuhren so lange, bis sie zu der Stadt kamen, worin die Königstochter vom goldenen Dache wohnte.

Der treue Johannes hieß den König auf dem Schiffe zurückbleiben und auf ihn warten. »Vielleicht«, sprach er, »bring' ich die Königstochter mit, darum sorgt, dass alles in Ordnung ist, lasst die Goldgefäße aufstellen und das ganze Schiff ausschmücken.« Darauf suchte er sich in sein Schürzchen allerlei von den Goldsachen zusammen, stieg ans Land und ging gerade nach dem königlichen Schloss. Als er in den Schlosshof kam, stand da beim Brunnen ein schönes Mädchen, das hatte zwei goldene Eimer in der Hand und schöpfte damit. Und als es das blinkende Wasser forttragen wollte und sich umdrehte, sah es den fremden Mann und fragte, wer er wäre. Da antwortete er: »Ich bin ein Kaufmann«, und öffnete sein Schürzchen und ließ sie hineinschauen. Da rief sie: »Ei, was für schönes Goldzeug!« und betrachtete eins nach dem andern und sprach: »Das muss die Königstochter sehen, die hat so große Freude an den Goldsachen, dass sie Euch alles abkauft.« Es nahm ihn bei der Hand und führte ihn hinauf; denn es war die Kammerjungfer. Als die Königstochter die Ware sah, war sie ganz vergnügt und sprach: »Es ist so schön gearbeitet, dass ich dir alles abkaufen will.« Aber der getreue Johannes sprach: »Ich bin nur der Diener von einem reichen Kaufmann. Was ich hier habe, ist nichts gegen das, was mein Herr auf seinem Schiff stehen hat, und das ist das Künstlichste und Köstlichste, was je in Gold ist gearbeitet worden.« Sie wollte alles heraufgebracht haben, aber er sprach: »Dazu gehören viele Tage, so groß ist die Menge, und so viel Säle, um es aufzustellen, dass Euer Haus nicht Raum dafür hat.« Da ward ihre Neugierde und Lust immer mehr angeregt, so dass sie endlich sagte: »Ich will selbst hingehen und deines Herrn Schätze betrachten.«

Da führte sie der getreue Johannes zu dem Schiffe hin und war ganz freudig, und der König, als er sie erblickte, sah, dass ihre Schönheit noch größer war, als das Bild sie dargestellt hatte, und meinte nicht anders, als das Herz wollte ihm zerspringen. Nun stieg sie in das Schiff, und der König führte sie hinein; der getreue Johannes aber blieb zurück bei dem Steuermann und hieß das Schiff abstoßen: »Spannt die Segel auf, dass es fliegt wie ein Vogel in der Luft.« Der König aber zeigte ihr drinnen das goldene Geschirr, jedes einzeln, die Schüsseln, Becher, Näpfe, die Vögel, das Gewild und die wunderbaren Tiere. Viele Stunden gingen herum, und in ihrer Freude merkte sie nicht, dass das Schiff dahinfuhr. Nachdem sie das Letzte betrachtet hatte, dankte sie dem Kaufmann und wollte heim; als sie aber an des Schiffes Rand kam, sah sie, dass es fern vom Land auf hohem Meere ging und mit vollen Segeln forteilte. »Ach«, rief sie erschrocken, »ich bin betrogen, ich bin entführt und in die Gewalt eines Kaufmannes geraten; lieber wollt' ich sterben!« Der König aber fasste sie bei der Hand und sprach: »Ein Kaufmann bin ich nicht, ich bin ein König und nicht geringer an Geburt, als du bist. Aber dass ich dich mit List entführt habe, das ist aus übergroßer Liebe geschehen. Das erste Mal, als ich dein Bildnis gesehen habe, bin ich ohnmächtig zur Erde gefallen.« Als die Königstochter vom goldenen Dache das hörte, ward sie getröstet, und ihr Herz ward ihm geneigt, so dass sie gerne einwilligte, seine Gemahlin zu werden.

Es trug sich aber zu, während sie auf dem hohen Meere dahinfuhren, dass der getreue Johannes, als er vorn auf dem Schiffe saß und Musik machte, in der Luft drei Raben erblickte, die dahergeflogen kamen. Da hörte er auf zu spielen und horchte, was sie miteinander sprachen; denn er verstand das wohl. Der eine rief: »Ei, da führt er die Königstochter vom goldenen Dache heim.« – »Ja«, antwortete der Zweite, »er hat sie noch nicht.« Sprach der Dritte: »Er hat sie doch, sie sitzt bei ihm im Schiffe.« Da fing der Erste wieder an und rief: »Was hilft ihm das? Wenn sie ans Land kommen, wird ihm ein fuchsrotes Pferd entgegenspringen. Da wird er sich aufschwingen wollen, und tut er das, so sprengt es mit ihm fort und in die Luft hinein, dass er nimmermehr seine Jungfrau wieder sieht.« Sprach der Zweite: »Ist gar keine Rettung?« – »O ja, wenn ein anderer schnell aufsitzt, das Feuergewehr, das in den Halftern stecken muss, herausnimmt und das Pferd damit totschießt, so ist der junge König gerettet. Aber wer weiß das? Und wer's weiß und sagt's ihm, der wird zu Stein von den Fußzehen bis zum Knie.« Da sprach der Zweite: »Ich weiß noch mehr, wenn das Pferd auch getötet wird, so behält der junge König doch nicht seine Braut. Wenn sie zusammen ins Schloss kommen, so liegt dort ein gemachtes Brauthemd in einer Schüssel und sieht aus, als wär's von Gold und Silber gewebt, ist aber nichts als Schwefel und Pech. Wenn er's antut, verbrennt es ihn bis auf Mark und Knochen.« Sprach der Dritte: »Ist gar keine Rettung?« – »O ja«, antwortete der Zweite, »wenn einer mit Handschuhen das Hemd packt und wirft es ins Feuer, dass es verbrennt, so ist der junge König gerettet. Aber was hilft's? Wer's weiß und es ihm sagt, der wird halben Leibes Stein vom Knie bis zum Herzen.« Da sprach der Dritte: »Ich weiß noch mehr. Wird das Brauthemd auch verbrannt, so hat der junge König seine Braut doch noch nicht; wenn nach der Hochzeit der Tanz anhebt und die junge Königin tanzt, wird sie plötzlich erbleichen und wie tot hinfallen. Und hebt sie nicht einer auf und zieht aus ihrer rechten Brust drei Tropfen Blut und speit sie wieder aus, so stirbt sie. Aber verrät das einer, der es weiß, so wird er ganzen Leibes zu Stein vom Wirbel bis zur Fußzehe.« Als die Raben das miteinander gesprochen hatten, flogen sie weiter, und der getreue Johannes hatte alles wohl verstanden, aber von der Zeit an war er still und traurig; denn verschwieg er seinem Herrn, was er gehört hatte, so war dieser unglücklich; entdeckte er es ihm, so musste er selbst sein Leben hingeben. Endlich aber sprach er bei sich: »Meinen Herrn will ich retten, und sollt' ich selbst darüber zu Grunde gehen.«

Als sie nun ans Land kamen, da geschah es, wie der Rabe vorhergesagt hatte, und es sprengte ein prächtiger fuchsroter Gaul daher. »Wohlan«, sprach der König, »der soll mich in mein Schloss tragen«, und wollte sich aufsetzen, doch der treue Johannes kam ihm zuvor, schwang sich schnell darauf, zog das Gewehr aus den Halftern und schoss den Gaul nieder. Da riefen die andern Diener des Königs, die dem treuen Johannes doch nicht gut waren: »Wie schändlich, das schöne Tier zu töten, das den König in sein Schloss tragen sollte!« Aber der König sprach: »Schweigt und lasst ihn gehen, es ist mein ge-

treuester Johannes, wer weiß, wozu das gut ist!« Nun gingen sie ins Schloss, und da stand im Saal eine Schüssel, und das gemachte Brauthemd lag darin. Der junge König ging darauf zu und wollte es ergreifen, aber der treue Johannes schob ihn weg, packte es mit Handschuhen an, trug es schnell ins Feuer und ließ es verbrennen. Die anderen Diener fingen wieder an zu murren und sagten: »Seht, nun verbrennt er gar des Königs Brauthemd.« Aber der junge König sprach: »Wer weiß, wozu es gut ist, lasst ihn gehen, es ist mein getreuester Johannes.« Nun ward die Hochzeit gefeiert, der Tanz hub an und die Braut trat auch hinein, da hatte der treue Johannes Acht und schaute ihr ins Antlitz; auf einmal erbleichte sie und fiel wie tot zur Erde. Da sprang er eilends hinzu, hob sie auf und trug sie in eine Kammer, da legte er sie nieder, kniete und sog die drei Blutstropfen aus ihrer rechten Brust und spie sie aus. Alsbald atmete sie wieder und erholte sich, aber der junge König hatte es mit angesehen und wusste nicht, warum es der getreue Johannes getan hatte, ward zornig darüber und rief: »Werft ihn ins Gefängnis.« Am andern Morgen ward der getreue Johannes verurteilt und zum Galgen geführt, und als er oben stand und gerichtet werden sollte, sprach er: »Jeder, der sterben soll, darf vor seinem Ende noch einmal reden, soll ich das Recht auch haben?« – »Ja«, antwortete der König, »es soll dir vergönnt sein.« Da sprach der treue

Johannes: »Ich bin mit Unrecht verurteilt und bin dir immer treu gewesen«, und erzählte, wie er auf dem Meer das Gespräch der Raben gehört und wie er, um seinen Herrn zu retten, das alles hätte tun müssen. Da rief der König: »O mein treuester Johannes, Gnade! Gnade! Führt ihn herunter.« Aber der treue Johannes war bei dem letzten Wort, das er geredet hatte, leblos herabgefallen und war ein Stein. Darüber trugen nun der König und die Königin großes Leid, und der König sprach: »Ach, was hab' ich große Treue so übel belohnt!« und ließ das steinerne Bild aufheben und in seine Schlafkammer neben sein Bett stellen. Sooft er es ansah, weinte er und sprach: »Ach, könnt' ich dich wieder lebendig machen, mein getreuester Johannes.« Es ging eine Zeit herum, da gebar die Königin Zwillinge, zwei Söhnlein, die wuchsen heran und waren ihre Freude. Einmal, als die Königin in der Kirche war und die zwei Kinder bei dem Vater saßen und spielten, sah dieser wieder das steinerne Bildnis voll Trauer an, seufzte und rief: »Ach, könnt' ich dich wieder lebendig machen, mein getreuester Johannes.« Da fing der Stein an zu reden und sprach: »Ja, du kannst mich wieder lebendig machen, wenn du dein Liebstes daran wenden willst.« Da rief der König: »Alles, was ich auf der Welt habe, will ich für dich hingeben.« Sprach der Stein weiter: »Wenn du mit deiner eigenen Hand deinen beiden Kindern den Kopf abhaust und mich mit ihrem Blute bestreichst, so erhalte ich das Leben wieder.« Der König erschrak, als er hörte, dass er seine liebsten Kinder selbst töten sollte, doch dachte er an die große Treue und dass der getreue Johannes für ihn gestorben war, zog sein Schwert und hieb mit eigener Hand den Kindern den Kopf ab. Und als er mit ihrem Blute den Stein bestrichen hatte, so kehrte das Leben zurück, und der getreue Johannes stand wieder frisch und gesund vor ihm. Er sprach zum König: »Deine Treue soll nicht unbelohnt bleiben«, und nahm die Häupter der Kinder, setzte sie auf und bestrich die Wunde mit ihrem Blut, davon wurden sie im Augenblick wieder heil, sprangen herum und spielten fort, als wär' ihnen nichts geschehen. Nun war der König voll Freude, und als er die Königin kommen sah, versteckte er den getreuen Johannes und die beiden Kinder in einem großen Schrank. Wie sie hereintrat, sprach er zu ihr: »Hast du gebetet in der Kirche?« »Ja«, antwortete sie, »aber ich habe beständig an den treuen Johannes gedacht, dass er so unglücklich durch uns geworden ist.« Da sprach er: »Liebe Frau, wir können ihm das Leben wieder geben, aber es kostet uns unsere beiden Söhnlein, die müssen wir opfern.« Die Königin ward bleich und erschrak im Herzen, doch sprach sie: »Wir sind's ihm schuldig wegen seiner großen Treue.« Da freute er sich, dass sie dachte, wie er gedacht hatte, ging hin und schloss den Schrank auf, holte die Kinder und den treuen Johannes heraus und sprach: »Gott sei gelobt, er ist erlöst.« Und erzählte ihr, wie sich alles zugetragen hatte. Da lebten sie zusammen in Glückseligkeit bis an ihr Ende.

Der Fuchs und die Gänse

Der Fuchs kam einmal auf eine Wiese, wo eine Herde schöner fetter Gänse saß, da lachte er und sprach: »Ich komme ja wie gerufen, ihr sitzt hübsch beisammen, so kann ich eine nach der andern auffressen.« Die Gänse gackerten vor Schrecken, sprangen auf, fingen an zu jammern und kläglich um ihr Leben zu bitten. Der Fuchs aber wollte auf nichts hören und sprach: »Da ist keine Gnade, ihr müsst sterben.« End-

lich nahm sich eine das Herz und sagte: »Sollen wir armen Gänse doch einmal unser jung frisch Leben lassen, so erlaub uns noch ein Gebet, damit wir nicht in unsern Sünden sterben, hernach wollen wir uns auch in eine Reihe stellen, damit du dir immer die Fetteste aussuchen kannst.« – »Ja«, sagte der Fuchs, »das ist billig und ist eine fromme Bitte. Betet, ich will so lange warten.« Also fing die Erste ein recht langes Gebet an, immer: »Ga! Ga!«, und weil sie gar nicht aufhören wollte, wartete die Zweite nicht, bis die Reihe an sie kam, sondern fing auch an: »Ga! Ga!« Die Dritte und Vierte folgten ihr, und bald gackerten sie alle zusammen. – Und wenn sie ausgebetet haben, soll das Märchen weitererzählt werden, sie beten aber alleweile noch immer fort.

Der junge Riese

Ein Bauersmann hatte einen Sohn, der war so groß wie ein Daumen und ward gar nicht größer und wuchs in etlichen Jahren nicht ein Haarbreit. Einmal wollte der Bauer ins Feld gehen und pflügen, da sagte der Kleine: »Vater, ich will mit hinaus.« – »Du willst mit hinaus?«, sprach der Vater, »bleib du hier, dort bist du zu nichts nutz, du könntest mir auch verloren gehen.« Da fing der Däumling an zu weinen, und um Ruhe zu haben, steckte ihn der Vater in die Tasche und nahm ihn mit. Draußen auf dem Felde holte er ihn wieder heraus und setzte ihn in eine frische Furche. Wie er da so saß, kam über den Berg ein großer Riese daher. »Siehst du dort den großen Butzemann?«, sagte der Vater und wollte den Kleinen schrecken, damit er artig wäre, »der kommt und holt dich.« Der Riese aber hatte mit seinen langen Beinen kaum ein paar Schritte getan, so war er bei der Furche. Er hob den kleinen Däumling mit zwei Fingern behutsam in die Höhe, betrachtete ihn und ging, ohne ein Wort zu sprechen, mit ihm fort. Der Vater stand dabei, konnte vor Schrecken keinen Laut hervorbringen und dachte nicht anders, als sein Kind wäre verloren.

Der Riese aber trug es heim und ließ es an seiner Brust saugen, und der Däumling wuchs und ward groß und stark nach Art des Riesen. Nach Verlauf von zwei Jahren ging der Alte mit ihm in den Wald, wollte ihn versuchen und sprach: »Zieh dir eine Gerte heraus.« Da war der Knabe schon so stark, dass er einen jungen Baum mit den Wurzeln aus der Erde riss. Der Riese aber meinte: »Das muss besser kommen«, nahm ihn wieder mit und säugte ihn noch zwei Jahre. Als er ihn versuchte, hatte seine Kraft schon so zugenommen, dass er einen alten Baum aus der Erde brechen konnte. Das war dem Riesen noch immer nicht genug, er säugte ihn abermals zwei Jahre, und als er dann mit ihm in den Wald ging und sprach: »Nun reiß einmal eine ordentliche Gerte aus«, so riss der Junge den dicksten Eichenbaum aus der Erde, dass es krachte, und es war ihm nur ein Spaß. »Nun ist's genug«, sprach der Riese, »du hast ausgelernt«, und führte ihn zurück auf den Acker, wo er ihn geholt hatte. Sein Vater stand da hinter dem Pflug, der junge Riese ging auf ihn zu und sprach: »Sieht Er wohl, Vater, was Sein Sohn für ein Mann geworden ist?« Der Bauer erschrak und sagte: »Nein, du bist mein Sohn nicht, ich will dich nicht, geh weg von mir.« – »Freilich bin ich Sein Sohn, lass Er mich an die Arbeit, ich kann pflügen so gut wie Er und noch besser.« – »Nein, nein, du bist mein Sohn nicht, du kannst auch nicht pflügen, geh weg von mir.« Weil er sich aber vor dem großen Mann fürchtete, ließ er den Pflug los, trat zurück und setzte sich zur Seite ans Land. Da nahm der Junge das Geschirr und drückte bloß mit einer Hand darauf, aber der Druck war so gewaltig, dass der Pflug tief in die Erde ging. Der Bauer konnte das nicht mit ansehen und rief ihm zu: »Wenn du pflügen willst, musst du nicht so gewaltig drücken, das gibt schlechte Arbeit.« Der Junge aber spannte die Pferde aus, zog selber den Pflug und sagte: »Geh Er nur nach Haus, Vater, und lass Er die Mutter eine große Schüssel voll Essen kochen; ich will derweil den Acker schon umreißen.« Da ging der Bauer heim und bestellte das Essen bei seiner Frau. Der Junge aber pflügte das Feld, zwei Morgen groß, ganz allein, und dann spannte er sich auch selber vor die Egge und eggte alles mit zwei Eggen zugleich. Wie er fertig war, ging er in den Wald und riss zwei Eichenbäume aus, legte sie auf die Schultern und hinten und vorn eine Egge darauf und hinten und vorn auch ein Pferd, und trug das alles, als wär es ein Bund Stroh, nach seiner Eltern Haus. Wie er in den

Hof kam, erkannte ihn seine Mutter nicht und fragte: »Wer ist der entsetzliche, große Mann?« Der Bauer sagte: »Das ist unser Sohn.« Sie sprach: »Nein, unser Sohn ist das nimmermehr.« Sie rief ihm zu: »Geh fort, wir wollen dich nicht.« Der Junge schwieg still, zog seine Pferde in den Stall, gab ihnen Hafer und Heu, alles, wie sich's gehörte. Als er fertig war, ging er in die Stube, setzte sich auf die Bank und sagte: »Mutter, nun hätte ich Lust zu essen, ist's bald fertig?« Da sagte sie: »Ja«, und brachte zwei große, große Schüsseln voll herein, daran hätten sie und ihr Mann acht Tage lang satt gehabt. Der Junge aber aß sie allein auf und fragte, ob sie nicht mehr vorsetzen könnte. »Nein«, sagte sie, »das ist alles, was wir haben.« – »Das war ja nur zum Schmecken, ich muss mehr haben.« Sie getraute nicht, ihm zu widerstehen, ging hin und setzte einen großen Schweinekessel voll übers Feuer, und wie es gar war, trug sie es herein. »Endlich kommen noch ein paar Brocken«, sagte er und aß alles hinein; es war aber doch nicht genug, seinen Hunger zu stillen. Da sprach er: »Vater, ich sehe wohl, bei Ihm werd' ich nicht satt, will Er mir einen Stab von Eisen verschaffen, der stark ist und den ich vor meinen Knien nicht zerbrechen kann, so will ich fort in die Welt gehen.« Der Bauer war froh, spannte seine zwei Pferde vor den Wagen und holte bei dem Schmied einen Stab, so groß und dick, wie ihn die zwei Pferde nur fortschaffen konnten. Der Junge nahm ihn vor die Knie, und ratsch, brach er ihn wie eine Bohnenstange in der Mitte entzwei und warf ihn weg. Der Vater spannte vier Pferde vor und holte einen Stab, so groß und dick, wie ihn die vier Pferde fortschaffen konnten. Der Sohn knickte auch diesen vor dem Knie entzwei, warf ihn hin und sprach: »Vater, der kann mir nicht helfen, Er muss besser vorspannen und einen stärkern Stab holen.« Da spannte der Vater acht Pferde vor und holte einen Stab, so groß und dick, wie ihn die acht Pferde herbeifahren konnten. Wie der Sohn den in die Hand nahm, brach er gleich oben ein Stück davon ab und sagte: »Vater, ich sehe, Er kann mir keinen Stab anschaffen, wie ich ihn brauche, ich will nicht länger bei Ihm bleiben.«

Da ging er fort und gab sich für einen Schmiedegesellen aus. Er kam in ein Dorf, darin wohnte ein Schmied, der war ein Geizmann, gönnte keinem Menschen etwas und wollte alles allein haben; zu dem trat er in die Schmiede und fragte, ob er keinen Gesellen brauchte. »Ja«, sagte der Schmied, sah ihn an und dachte: ›Das ist ein tüchtiger Kerl, der wird gut vorschlagen und sein Brot verdienen.‹ Er fragte: »Wie viel willst du Lohn haben?« – »Gar keinen will ich haben«, antwortete er, »nur alle vierzehn Tage, wenn die andern Gesellen ihren Lohn bezahlt kriegen, will ich dir zwei Streiche geben, die musst du aushalten.« Da war der Geizmann von Herzen zufrieden und dachte, damit viel Geld zu sparen. Am andern Morgen sollte der fremde Geselle zuerst vorschlagen, wie aber der Meister den glühenden Stab brachte und jener den ersten Schlag tat, so flog das Eisen voneinander, und der Amboss sank tief in die Erde. Da ward der Geizmann bös und sag-

te: »Ei was, dich kann ich nicht brauchen, du schlägst gar zu grob, was willst du für den einen Zuschlag haben?« Da sprach er: »Ich will dir nur einen ganz kleinen Streich geben, weiter nichts.« Und hob seinen Fuß auf und gab ihm einen Tritt, dass er über vier Fuder Heu hinausflog. Darauf suchte er sich den dicksten Eisenstab aus, der in der Schmiede war, nahm ihn als Stock in die Hand und ging weiter.

Als er eine Weile gezogen war, kam er zu einem Vorwerk und fragte den Amtmann, ob er keinen Großknecht nötig hätte. »Ja«, sagte der

Amtmann, »ich kann einen brauchen; du siehst aus wie ein tüchtiger Kerl, der schon was vermag, wie viel willst du Jahreslohn haben?« Er antwortete wiederum, er verlange gar keinen Lohn, aber alle Jahre wolle er ihm drei Streiche geben, die müsse er aushalten. Da war der Amtmann zufrieden; denn er war auch ein Geizhals. Am andern Morgen, da sollten die Knechte ins Holz fahren, und die andern Knechte waren schon auf, er aber lag noch im Bett. Da rief ihn einer an: »Steh auf, es ist Zeit, wir wollen ins Holz, und du musst mit.« – »Ach«, sagte er ganz grob und trotzig, »geht ihr nur hin, ich komme doch eher wieder als ihr alle miteinander.« Da gingen die andern zum Amtmann und erzählten ihm, der Großknecht läge noch im Bett und wollte nicht mit ins Holz fahren. Der Amtmann sagte, sie sollten ihn noch einmal wecken und ihn heißen die Pferde vorspannen. Der Großknecht sprach aber wie vorher: »Geht ihr nur hin, ich komme doch eher wieder als ihr alle miteinander.« Darauf blieb er noch zwei Stunden liegen, da stieg er endlich aus den Federn, holte sich aber erst zwei Scheffel voll Erbsen vom Boden, kochte sich einen Brei und aß den mit guter Ruhe, und wie das alles geschehen war, ging er hin, spannte die Pferde vor und fuhr ins Holz. Nicht weit vor dem Holz war ein Hohlweg, wo er durch musste, da fuhr er den Wagen erst vorwärts, dann mussten die Pferde stillehalten, und er ging hinter den Wagen, nahm Bäume und Reisig und machte da eine große Hucke (Verhack), so dass kein Pferd durchkommen konnte. Wie er nun vors Holz kam, fuhren die andern eben mit ihren beladenen Wagen heraus und wollten heim, da sprach er zu ihnen: »Fahrt nur hin, ich komme doch eher als ihr nach Haus.« Er fuhr gar nicht weit ins Holz, riss gleich zwei der allergrößten Bäume aus der Erde, warf sie auf den Wagen und drehte um. Als er vor der Hucke anlangte, standen die andern noch da und konnten nicht durch. »Seht ihr wohl«, sprach er, »wärt ihr bei mir geblieben, so wärt ihr ebenso schnell nach Haus gekommen.« Er wollte nun zufahren, aber seine Pferde konnten sich nicht durcharbeiten, da spannte er sie aus, legte sie oben auf den Wagen, nahm selber die Deichsel in die Hand, und hüf, zog er alles durch, und das ging so leicht, als hätt' er Federn geladen. Wie er drüben war, sprach er zu den andern: »Seht ihr wohl, ich bin schneller hindurch als ihr«, fuhr weiter, und die andern mussten stehen bleiben. In dem Hof aber nahm er einen Baum in die Hand, zeigte ihn dem Amtmann und sagte: »Ist das nicht ein schönes Klafterstück?« Da sprach der Amtmann zu seiner Frau: »Der Knecht ist gut; wenn er auch lang schläft, er ist doch eher wieder da als die andern.«

Nun diente er dem Amtmann ein Jahr. Wie das herum war und die andern Knechte ihren Lohn kriegten, sprach er, es wäre Zeit, er wollte sich auch seinen Lohn nehmen. Dem Amtmann ward aber angst vor den Streichen, die er kriegen sollte, und er bat ihn inständig, er möchte sie ihm schenken, lieber wollte er selbst Großknecht werden, und er sollte Amtmann sein. »Nein«, sprach er, »ich will kein Amtmann werden, ich bin Großknecht und will's bleiben, ich will aber austeilen, was bedungen ist.« Der Amtmann wollte ihm geben, was er nur verlangte, aber es half nichts, der Großknecht sprach zu allem: »Nein.« Da wusste sich der Amtmann nicht zu helfen und bat ihn um vierzehn Tage Frist, er wollte sich auf etwas besinnen. Der Großknecht sprach, die Frist sollte er haben. Der Amtmann berief alle seine Schreiber zusammen, sie sollten sich bedenken und ihm einen Rat geben. Die Schreiber besannen sich lange, endlich sagten sie, vor dem Großknecht wäre niemand seines Lebens sicher, der schlüge einen Menschen wie eine Mücke tot. Er sollte ihn heißen in den Brunnen steigen und ihn reinigen; wenn er unten wäre, wollten sie einen von den Mühlensteinen, die da lägen, herbeirollen und ihm auf den Kopf werfen, dann würde er nicht wieder an des Tages Licht kommen. Der Rat gefiel dem Amtmann, und der Großknecht war bereit, in den Brunnen hinabzusteigen. Als er unten auf dem Grund stand, rollten sie den größten Mühlenstein hinab und meinten, der Kopf wäre ihm eingeschlagen, aber er rief: »Jagt die Hühner vom Brunnen weg, die kratzen da oben im Sand und werfen mir die Körner an die Augen, dass ich nicht sehen kann.« Da rief der Amtmann: »Husch! Husch!« und tat, als scheuchte er die Hühner weg. Als der Großknecht mit seiner Arbeit fertig war, stieg er herauf und sagte: »Seht einmal, ich habe doch ein schönes Halsband um«, da war es der Mühlenstein, den er um den Hals trug. Der Großknecht wollte jetzt seinen Lohn nehmen, aber der Amtmann bat wieder um vierzehn Tage Bedenkzeit. Die Schreiber kamen zusammen und gaben den Rat, er sollte den Großknecht in die verwünschte Mühle schicken, um dort in der Nacht Korn zu mahlen;

von da wäre noch kein Mensch morgens lebendig herausgekommen. Der Anschlag gefiel dem Amtmann, er rief den Großknecht noch denselben Abend und hieß ihn acht Malter Korn in die Mühle fahren und in der Nacht noch mahlen; sie hätten's nötig. Da ging der Großknecht auf den Boden und tat zwei Malter in seine rechte Tasche, zwei in die linke, vier nahm er in einem Quersack halb auf den Rücken, halb auf die Brust, und ging also beladen nach der verwünschten Mühle. Der Müller sagte ihm, bei Tag könnte er recht gut da mahlen, aber nicht in der Nacht, da wäre die Mühle verwünscht; und wer da noch hineingegangen wäre, den hätte man am Morgen tot darin gefunden. Er sprach: »Ich will schon durchkommen, macht Euch nur fort und legt Euch aufs Ohr.« Darauf ging er in die Mühle und schüttete das Korn auf. Gegen elf Uhr ging er in die Müllerstube und setzte sich auf die Bank. Als er ein Weilchen dagesessen hatte, tat sich auf einmal die Tür auf, und es kam eine große, große Tafel herein, und auf die Tafel stellte sich Wein und Braten und viel gutes Essen, alles von selber. Da er hungrig war und die Speisen sah, so setzte er sich auch an die Tafel, aß und ließ sich's gut schmecken. Als er satt war, wurden die Lichter auf einmal alle ausgeputzt, das hörte er deutlich, und wie's nun stockfinster war, so kriegte er so etwas wie eine Ohrfeige ins Gesicht. Da sprach er: »Wenn noch einmal so etwas kommt, so teil' ich auch wieder aus.« Und wie er zum zweiten Mal eine Ohrfeige kriegte, da schlug er gleichfalls mit hinein. Und so ging das fort die ganze Nacht, er nahm nichts umsonst, sondern gab reichlich zurück und schlug nicht faul um sich herum; bei Tagesanbruch aber hörte alles auf. Wie der Müller aufgestanden war, wollt' er nach ihm sehen und verwunderte sich, dass er noch lebte. Da sprach er: »Ich habe mich satt gegessen, habe Ohrfeigen gekriegt, aber ich habe auch Ohrfeigen ausgeteilt.« Der Müller freute sich und sagte, nun wäre die Mühle erlöst, und wollte ihm gern zur Belohnung viel Geld geben. Er sprach aber: »Geld will ich nicht, ich habe doch genug.« Dann nahm er sein Mehl auf den Rücken, ging nach Haus und sagte dem Amtmann, er hätte die Sache ausgerichtet und wollte nun seinen bedungenen Lohn haben. Der wusste sich nicht zu lassen, ging in der Stube auf und ab, und die Schweißtropfen liefen ihm von der Stirne herunter. Da machte er das Fenster auf nach frischer Luft, eh' er sich's aber versah, hatte ihm der

Großknecht einen Tritt gegeben, dass er durchs Fenster in die Luft hineinflog, immerfort, bis ihn niemand mehr sehen konnte. Da sprach der Großknecht zur Frau des Amtmanns: »Kommt er nicht wieder, so müsst Ihr den anderen Streich hinnehmen.« Sie rief: »Nein, nein, ich kann's nicht aushalten«, und machte das andere Fenster auf, weil ihr die Schweißtropfen die Stirne herunterliefen. Da gab er ihr einen Tritt, dass sie gleichfalls hinausflog, und da sie leichter war, noch viel höher als ihr Mann. Der Mann rief: »Komm doch zu mir«, sie aber rief: »Komm du zu mir, ich kann nicht zu dir.« Und sie schwebten da in der Luft, und konnte keins zum andern kommen, und ob sie da noch schweben, das weiß ich nicht; der junge Riese aber nahm seine Eisenstange und ging weiter.

Der Schneider im Himmel

Es trug sich zu, dass der liebe Gott an einem schönen Tag in dem himmlischen Garten sich ergehen wollte und alle Apostel und Heiligen mitnahm, also dass niemand mehr im Himmel blieb als der heilige Petrus. Der Herr hatte ihm befohlen, während seiner Abwesenheit niemand einzulassen; Petrus stand also an der Pforte und hielt Wache. Nicht lange, so klopfte jemand an. Petrus fragte, wer da wäre und was er wollte. »Ich bin ein armer, ehrlicher Schneider«, antwortete eine feine Stimme, »der um Einlass bittet.« – »Ja, ehrlich«, sagte Petrus, »wie der Dieb am Galgen, du hast lange Finger gemacht und den Leuten das Tuch abgezwickt. Du kommst nicht in den Himmel, der Herr hat mir verboten, solange er draußen wäre, irgendjemand einzulassen.« – »Seid doch barmherzig«, rief der Schneider, »kleine Flicklappen sind nicht gestohlen und nicht der Rede wert. Seht, ich hinke und habe von dem Weg daher Blasen an den Füßen; ich kann unmöglich wieder umkehren. Lasst mich nur hinein, ich will alle schlechte Arbeit tun. Ich will die Kinder tragen, die Windeln waschen, die Bänke, darauf sie gespielt haben, säubern und abwischen und ihre zerrissenen Kleider flicken.« Der heilige Petrus ließ sich aus Mitleiden

bewegen und öffnete dem lahmen Schneider die Himmelspforte so weit, dass er mit seinem dürren Leib hineinschlüpfen konnte. Er musste sich in einen Winkel hinter die Tür setzen und sollte sich da still und ruhig verhalten, damit ihn der Herr, wenn er zurückkäme, nicht bemerkte und zornig würde. Der Schneider gehorchte, als aber der heilige Petrus einmal zur Tür hinaustrat, stand er auf, ging voll Neugierde in allen Winkeln des Himmels herum und besah sich die Gelegenheit. Endlich kam er zu einem Platz; da standen viele schöne und köstliche Stühle und in der Mitte ein ganz goldener Sessel, der mit glänzenden Edelsteinen besetzt war; er war auch viel höher als die übrigen Stühle, und ein goldener Fußschemel stand davor. Es war aber der Sessel, auf welchem der Herr saß, wenn er daheim war und von welchem er alles sehen konnte, was auf Erden geschah. Der Schneider stand still und sah den Sessel eine gute Weile an; denn er gefiel ihm besser als alles andere. Endlich konnte er den Vorwitz nicht bezähmen, stieg hinauf und setzte sich in den Sessel. Da sah er alles, was auf Erden geschah, und bemerkte eine alte, hässliche Frau, die an einem Bach stand und wusch und zwei Schleier heimlich beiseite tat. Der Schneider erzürnte sich bei diesem Anblicke so sehr, dass er den goldenen Fußschemel ergriff und durch den Himmel auf die Erde hinab nach der alten Diebin warf. Da er aber den Schemel nicht wieder heraufholen konnte, so schlich er sich sachte aus dem Sessel weg und setzte sich an seinen Platz hinter die Tür.

Als der Herr und Meister mit dem himmlischen Gefolge wieder zurückkam, ward er zwar den Schneider hinter der Tür nicht gewahr, als er sich aber auf seinen Sessel setzte, mangelte der Schemel. Er fragte den heiligen Petrus, wo der Schemel hingekommen wäre; der wusste es nicht. Da fragte er weiter, ob er jemand hereingelassen hätte. »Ich weiß niemand«, antwortete Petrus, »der da gewesen wäre als ein lahmer Schneider, der noch hinter der Tür sitzt.« Da ließ der Herr den Schneider vor sich treten und fragte ihn, ob er den Schemel weggenommen und wo er ihn hingetan hätte. »O Herr«, antwortete der Schneider freudig, »ich habe ihn im Zorne hinab auf die Erde nach einem alten Weibe geworfen, das ich bei der Wäsche zwei Schleier stehlen sah.« – »O du Schalk«, sprach der Herr, »wollt' ich richten, wie du richtest, wie meinst du, dass es dir schon längst ergangen wäre? Ich hätte schon lange keine Stühle, Bänke, Sessel, ja keine Ofengabel mehr hier gehabt, sondern alles nach den Sündern hinabgeworfen. Fortan kannst du nicht mehr im Himmel bleiben; sieh zu, wo du hinkommst. Hier soll niemand strafen denn ich allein, der Herr.«

Petrus musste den Schneider wieder hinaus vor den Himmel bringen, und weil er zerrissene Schuhe hatte und die Füße voll Blasen, nahm er einen Stock in die Hand und zog nach Warteinweil, wo die frommen Soldaten sitzen und sich lustig machen.

Das Lumpengesindel

Hähnchen sprach zum Hühnchen: »Jetzt ist die Zeit, wo die Nüsse reif werden, da wollen wir zusammen auf den Berg gehen und uns einmal recht satt essen, ehe sie das Eichhorn alle wegholt.« – »Ja«, antwortete das Hühnchen, »komm, wir wollen uns eine Lust miteinander machen.« Da gingen sie zusammen fort auf den Berg und blieben bis zum Abend. Nun weiß ich nicht, ob sie sich so dick gegessen hatten oder ob sie übermütig geworden waren, kurz, sie wollten nicht zu Fuß nach Haus gehen, und das Hähnchen musste einen kleinen Wagen von Nussschalen bauen. Als er fertig war, setzte sich Hühnchen hinein und sagte zum Hähnchen: »Du kannst dich nur immer vorspannen.« – »Du kommst mir recht«, sagte das Hähnchen, »lieber geh' ich zu Fuß nach Haus, als dass ich mich vorspannen lasse. Kutscher will ich wohl sein und auf dem Bock sitzen, aber selbst ziehen, das tu' ich nicht.«

Wie sie so stritten, schnatterte eine Ente daher: »Ihr Diebsvolk, wer hat euch geheißen in meinen Nussberg gehen? Wartet, das soll euch schlecht bekommen!« Ging also mit aufgesperrtem Schnabel auf das Hähnchen los. Aber Hähnchen war auch nicht faul und stieg der Ente tüchtig zu Leib, endlich hackte es mit seinem Sporn so gewaltig auf sie los, dass sie um Gnade bat und sich gern zur Strafe vor den Wagen spannen ließ. Hähnchen setzte sich nun auf den Bock und war Kutscher, und darauf ging es fort in einem Jagen: »Ente, lauf zu, was du

kannst!« Als sie ein Stück des Weges gefahren waren, begegneten sie zwei Fußgängern, einer Stecknadel und einer Nähnadel. Diese riefen: »Halt! Halt!« und sagten, es würde gleich stichdunkel werden, da könnten sie keinen Schritt weiter, auch wäre es so schmutzig auf der Straße, ob sie nicht ein wenig einsitzen könnten, sie wären auf der

Schneiderherberge vor dem Tor gewesen und hätten sich beim Bier verspätet. Hähnchen, da es magere Leute waren, die nicht viel Platz einnahmen, ließ sie beide einsteigen, doch mussten sie versprechen, ihm und seinem Hühnchen nicht auf die Füße zu treten. Spätabends kamen sie zu einem Wirtshaus, und weil sie die Nacht nicht weiterfahren wollten, die Ente auch nicht gut zu Fuß war, so kehrten sie ein. Der Wirt machte anfangs viel Einwendungen, sein Haus wäre schon voll, gedachte auch wohl, es möchte keine vornehme Herrschaft sein, endlich aber, da sie süße Reden führten, er sollte das Ei haben, welches das Hühnchen unterwegs gelegt hatte, auch die Ente behalten, die alle Tage eins legte, so sagte er endlich, sie möchten die Nacht über bleiben. Nun ließen sie wieder frisch auftragen und lebten in Saus und Braus. Frühmorgens, als es dämmerte und noch alles schlief, weckte Hähnchen das Hühnchen, holte das Ei, pickte es auf, und sie verzehrten es zusammen; die Schalen aber warfen sie auf den Feuerherd. Dann gingen sie zu der Nähnadel, die noch schlief, packten sie beim Kopf und steckten sie in das Sesselkissen des Wirtes, die Stecknadel aber in sein Handtuch, endlich flogen sie, mir nichts, dir nichts, über die Heide davon. Die Ente, die gern unter freiem Himmel schlief und im Hof geblieben war, hörte sie fortschnurren, machte sich munter und fand einen Bach, auf dem sie hinabschwamm. Ein paar Stunden später machte sich erst der Wirt aus den Federn, wusch sich und wollte sich am Handtuch abtrocknen, da fuhr ihm die Stecknadel über das Gesicht und machte ihm einen roten Strich von einem Ohr zum andern. Dann ging er in die Küche und wollte sich eine Pfeife anstecken, wie er aber an den Herd kam, sprangen ihm die Eierschalen in die Augen. »Heute morgen will mir alles an meinen Kopf«, sagte er und ließ sich verdrießlich auf seinen Großvaterstuhl nieder; aber geschwind fuhr er wieder in die Höhe und schrie: »Auweh!«, denn die Nähnadel hatte ihn noch schlimmer und nicht in den Kopf gestochen. Nun war er vollends böse und hatte Verdacht auf die Gäste, die so spät gestern Abend gekommen waren. Und wie er ging und sich nach ihnen umsah, waren sie fort. Da tat er einen Schwur, kein Lumpengesindel mehr in sein Haus zu nehmen, das viel verzehrt, nichts bezahlt und zum Dank noch obendrein Schabernack treibt.

Das Wasser des Lebens

Es war einmal ein König, der war krank, und niemand glaubte, dass er mit dem Leben davonkäme. Er hatte aber drei Söhne, die waren darüber betrübt, gingen hinunter in den Schlossgarten und weinten. Da begegnete ihnen ein alter Mann, der fragte sie nach ihrem Kummer. Sie sagten ihm, ihr Vater wäre so krank, dass er wohl sterben würde; denn es wollte ihm nichts helfen. Da sprach der Alte: »Ich weiß noch ein Mittel, das ist das Wasser des Lebens; wenn er davon trinkt, so wird er wieder gesund. Es ist aber schwer zu finden.« Der Älteste sagte: »Ich will es schon finden«, ging zum kranken König und bat ihn, er möchte ihm erlauben auszuziehen, um das Wasser des Lebens zu suchen; denn das könnte ihn allein heilen. »Nein«, sprach der König, »die Gefahr ist dabei zu groß, lieber will ich sterben.« Er bat aber so lange, bis der König einwilligte. Der Prinz dachte in seinem Herzen: ›Bringe ich das Wasser, so bin ich meinem Vater der Liebste und erbe das Reich.‹ Also machte er sich auf, und als er eine Zeit lang fortgeritten war, stand da ein Zwerg auf dem Wege, der rief ihn an und sprach: »Wo hinaus so geschwind?« – »Dummer Knirps«, sagte der Prinz ganz stolz, »das brauchst du nicht zu wissen«, und ritt weiter. Das kleine Männchen aber war zornig geworden und hatte einen bösen Wunsch getan. Der Prinz geriet bald in eine Bergschlucht, und je weiter er ritt, je enger taten sich die Berge zusammen, und endlich konnte er keinen Schritt weiter; es war nicht möglich, das Pferd zu wenden oder aus dem Sattel zu steigen, und er saß da wie eingesperrt. Der kranke König wartete lange Zeit auf ihn, aber er kam nicht. Da sagte der zweite Sohn: »Vater, lass mich ausziehen und das Wasser suchen, und sagte bei sich: ›Ist mein Bruder tot, so fällt das Reich mir zu.‹ Der König ließ ihn nur schweren Herzens ziehen. Der Prinz zog also auf demselben Weg fort, den sein Bruder eingeschlagen hatte, und begegnete auch dem Zwerg, der ihn anhielt und fragte, wohin er so eilig wolle. »Kleiner Knirps«, sagte der Prinz, »das brauchst du nicht zu wissen«, und ritt fort, ohne sich weiter umzusehen. Aber der Zwerg verwünschte ihn, und er geriet wie der andere in eine Bergschlucht und konnte nicht vorwärts und rückwärts. So geht's aber den Hochmütigen.

Als auch der zweite Sohn ausblieb, so erbot sich der Jüngste, auszuziehen und das Wasser zu holen, und der König musste ihn endlich ziehen lassen. Als er dem Zwerg begegnete und dieser fragte, wohin er so eilig wolle, gab er ihm Rede und Antwort und sagte: »Ich suche das Wasser des Lebens; denn mein Vater ist sterbenskrank.« – »Weißt du auch, wo das zu finden ist?« – »Nein«, sagte der Prinz. »Weil du dich betragen hast, wie sich's geziemt, nicht übermütig wie deine falschen Brüder, so will ich dir sagen, wie du zu dem Wasser des Lebens gelangst. Es quillt aus einem Brunnen in dem Hofe eines verwünschten Schlosses, aber du dringst nicht hinein, wenn ich dir nicht eine eiserne Rute gebe und zwei Laiberchen Brot. Mit der Rute schlag dreimal an das eiserne Tor des Schlosses, so wird es aufspringen. Inwendig liegen zwei Löwen, die den Rachen aufsperren, wenn du aber jedem ein Brot hinwirfst, so werden sie still, und dann eile und hol von dem Wasser des Lebens, bevor es zwölf schlägt, sonst schlägt das Tor wieder zu, und du bist eingesperrt.« Der Prinz dankte ihm, nahm die Rute und das Brot und machte sich auf den Weg. Und als er anlangte, war alles so, wie der Zwerg gesagt hatte. Das Tor sprang beim dritten Rutenschlag auf, und als er die Löwen mit dem Brot gesänftigt hatte, trat er in das Schloss und kam in einen großen schönen Saal. Darin saßen verwünschte Prinzen, denen zog er die Ringe vom Finger, dann lag da ein Schwert und ein Brot, das nahm er weg. Und weiter kam er in ein Zimmer, darin stand eine schöne Jungfrau, die freute sich, als sie ihn sah, küsste ihn und sagte, er hätte sie erlöst und sollte ihr ganzes Reich haben, und wenn er in einem Jahre wiederkäme, so sollte ihre Hochzeit gefeiert werden. Dann sagte sie ihm auch, wo der Brunnen wäre mit dem Lebenswasser, er müsste sich aber eilen und daraus schöpfen, eh' es zwölf schlüge. Da ging er weiter und kam endlich in ein Zimmer, wo ein schönes frischgedecktes Bett stand, und weil er müde war, wollt' er erst ein wenig ausruhen. Also legte er sich und schlief ein; als er erwachte, schlug es drei Viertel auf zwölf. Da sprang er ganz erschrocken auf, lief zu dem Brunnen und schöpfte daraus mit einem Becher und eilte, dass er fortkam. Wie er eben zum eisernen Tor hinausging, da schlug's zwölf, und das Tor schlug so heftig zu, dass es ihm noch ein Stück von der Ferse wegnahm.

Er aber war froh, dass er das Wasser des Lebens erlangt hatte, ging heimwärts und kam wieder an dem Zwerg vorbei. Als dieser das Schwert und das Brot sah, sprach er: »Damit hast du großes Gut gewonnen, mit dem Schwert kannst du ganze Heere schlagen, das Brot aber wird niemals alle.« Der Prinz wollte ohne seine Brüder nicht nach Haus kommen und sprach: »Lieber Zwerg, kannst du mir nicht sagen, wo meine zwei Brüder sind? Sie sind früher als ich nach dem Wasser des Lebens ausgezogen und sind nicht wiedergekommen.« »Zwischen zwei Bergen stecken sie eingeschlossen«, sprach der Zwerg, »dahin habe ich sie verwünscht, weil sie so übermütig waren.« Da bat der Prinz so lange, bis der Zwerg sie wieder losließ, aber er warnte ihn und sprach: »Hüte dich vor ihnen, sie haben ein böses Herz.«

Als seine Brüder kamen, freute er sich und erzählte ihnen, wie es ihm ergangen wäre, dass er das Wasser des Lebens gefunden und einen Becher voll mitgenommen und eine schöne Prinzessin erlöst hätte, die wollte ein Jahr lang auf ihn warten, dann sollte Hochzeit gehalten werden, und er bekäme ein großes Reich.

Damit ritten sie zusammen fort und gerieten in ein Land, wo Hunger und Krieg war, und der König glaubte schon, er müsste verderben. Da ging der Prinz zu ihm und gab ihm das Brot, womit er sein ganzes Reich speiste und sättigte; und dann gab ihm der Prinz auch das Schwert, damit schlug er die Heere seiner Feinde und konnte nun in Ruhe und Frieden leben. Da nahm der Prinz sein Brot und Schwert wieder zurück, und die drei Brüder ritten weiter. Sie kamen aber noch in zwei Länder, wo Hunger und Krieg herrschten, und da gab der Prinz den Königen jedes Mal sein Brot und Schwert und hatte nun drei Reiche gerettet. Und danach setzten sie sich auf ein Schiff und fuhren übers Meer. Während der Fahrt sprachen die beiden ältesten unter sich: »Der Jüngste hat das Wasser des Lebens gefunden, dafür wird ihm unser Vater das Reich geben, das uns gebührt, und er wird unser Glück wegnehmen.« Da wurden sie rachsüchtig und verabredeten miteinander, dass sie ihn verderben wollten. Sie warteten, bis er einmal fest eingeschlafen war, da gossen sie das Wasser des Lebens aus dem Becher und nahmen es für sich, ihm aber gossen sie bitteres Meerwasser hinein.

Als sie daheim ankamen, brachte der Jüngste dem kranken König seinen Becher, damit er daraus trinken und gesund werden sollte. Kaum aber hatte er ein wenig von dem bittern Meerwasser getrunken, so ward er noch kränker. Und wie er jammerte, kamen die beiden ältesten Söhne und klagten den Jüngsten an, er hätte ihn vergiften wollen, sie brächten ihm das rechte Wasser des Lebens, und reichten es ihm. Kaum hatte er davon getrunken, so fühlte er seine Krankheit verschwinden und war wieder stark und gesund. Danach gingen die beiden zu dem Jüngsten, verspotteten ihn und sagten: »Du hast zwar das Wasser des Lebens gefunden, aber du hast die Mühe gehabt und wir den Lohn; du hättest klüger sein und die Augen aufbehalten sollen, wir haben's dir genommen, während du auf dem Meere schliefst, und übers Jahr, da holt sich einer von uns die schöne Königstochter. Aber hüte dich, dass du nichts davon verrätst, der Vater glaubt dir doch nicht, und wenn du ein einziges Wort sagst, so sollst du noch obendrein dein Leben verlieren, schweigst du aber, so soll dir's geschenkt sein.«

Der alte König war zornig über seinen jüngsten Sohn und glaubte, er hätte ihm nach dem Leben getrachtet. Also ließ er den Hof versammeln und das Urteil über ihn sprechen, dass er heimlich sollte erschossen werden. Als der Prinz nun einmal auf die Jagd ritt und nichts Böses vermutete, musste des Königs Jäger mitgehen. Draußen, als sie ganz allein im Wald waren und der Jäger so traurig aussah, sagte der Prinz zu ihm: »Lieber Jäger, was fehlt dir?« Der Jäger sprach:

»Ich kann's nicht sagen und soll es doch.« Da sprach der Prinz: »Sage heraus, was es ist, ich will dir's verzeihen.« – »Ach«, sagte der Jäger, »ich soll Euch totschießen, der König hat mir's befohlen.« Da erschrak der Prinz und sprach: »Lieber Jäger, lass mich leben, da geb' ich dir mein königliches Kleid, gib mir dafür dein schlechtes.« Der Jäger sagte: »Das will ich gerne tun, ich hätte doch nicht nach Euch schießen können.« Da tauschten sie die Kleider, und der Jäger ging heim, der Prinz aber ging weiter in den Wald hinein.

Über eine Zeit, da kamen zu dem alten König drei Wagen mit Gold und Edelsteinen für seinen jüngsten Sohn. Sie waren aber von den drei Königen geschickt, die mit des Prinzen Schwert die Feinde geschlagen und mit seinem Brot ihr Land ernährt hatten und die sich dankbar bezeigen wollten. Da dachte der alte König: ›Sollte mein Sohn unschuldig gewesen sein?‹ und sprach zu seinen Leuten: »Wäre er noch am Leben, wie tut mir's so Leid, dass ich ihn habe töten lassen.« – »Er lebt noch«, sprach der Jäger, »ich konnte es nicht übers Herz bringen, Euern Befehl auszuführen«, und sagte dem König, wie es zugegangen war. Da freute sich der König, und er ließ in allen Reichen verkündigen, sein Sohn dürfte wiederkommen und er sollte in Gnaden aufgenommen werden.

Die Königstochter aber ließ eine Straße vor ihrem Schloss machen, die war ganz golden und glänzend, und sie sagte ihren Leuten, wer darauf geradeswegs zu ihr geritten käme, das wäre der Rechte und den sollten sie einlassen, wer aber daneben käme, der wäre der Rechte nicht und den sollten sie auch nicht einlassen. Als nun die Zeit bald herum war, dachte der Älteste, er wollte sich eilen, zur Königstochter gehen und sich für ihren Erlöser ausgeben, da bekäme er sie zur Gemahlin und das Reich daneben. Also ritt er fort, und als er vor das Schloss kam und die schöne, goldene Straße sah, dachte er: ›Das wäre jammerschade, wenn du darauf rittest‹, lenkte ab und ritt rechts nebenher. Wie er aber vor das Tor kam, sagten die Leute zu ihm, er wäre der Rechte nicht, er sollte wieder fortgehen. Bald darauf machte sich der zweite Prinz auf, und wie der zur goldenen Straße kam und das Pferd den einen Fuß darauf gesetzt hatte, dachte er: ›Es wäre jammerschade, das könnte etwas abtreten‹, lenkte ab und ritt links nebenher. Wie er aber vor das Tor kam, sagten die Leute, er wäre der Rechte nicht, er sollte wieder fortgehen. Als nun das Jahr herum war, wollte der Dritte aus dem Wald fort zu seiner Liebsten reiten und bei ihr sein Leid vergessen. Also machte er sich auf und dachte immer an sie und wäre gerne schon bei ihr gewesen und sah die goldene Straße gar nicht. Da ritt sein Pferd mitten darüber hin, und als er vor das Tor kam, ward es aufgetan, und die Königstochter empfing ihn mit Freuden und sagte, er wär' ihr Erlöser und der Herr des Königreichs, und die Hochzeit ward gehalten mit großer Glückseligkeit. Und als sie vorbei war, erzählte sie ihm, dass sein Vater ihn zu sich entboten und ihm verziehen hätte. Da ritt er hin und sagte ihm alles, wie seine Brüder ihn betrogen und er doch dazu geschwiegen hätte. Der alte König wollte sie strafen, aber sie waren fortgeschifft und kamen ihr Lebtag nicht wieder.

Der Wolf und der Fuchs

Der Wolf hatte den Fuchs bei sich, und was der Wolf wollte, das musste der Fuchs tun, weil er der Schwächere war, und der Fuchs wär' gern den Herrn los gewesen. Es trug sich zu, dass sie beide durch den Wald gingen, da sprach der Wolf: »Rotfuchs, schaff mir was zu fressen, oder ich fresse dich selber auf.« Da antwortete der Fuchs: »Ich weiß einen Bauernhof, wo ein paar junge Lämmlein sind, hast du Lust, so wollen wir eins holen.« Dem Wolf war das recht, sie gingen hin, und der Fuchs stahl das Lämmlein, brachte es dem Wolf und machte sich fort. Da fraß es der Wolf auf, war aber damit noch nicht zufrieden, sondern wollte das andere dazu haben und ging, es zu holen. Weil er es aber so ungeschickt machte, ward es die Mutter vom Lämmlein gewahr und fing an, entsetzlich zu schreien und zu blöken, dass die Bauern herbeigelaufen kamen. Da fanden sie den Wolf und schlugen ihn so erbärmlich, dass er hinkend und heulend bei dem Fuchs ankam. »Du hast mich schön angeführt«, sprach er, »ich wollte das andere Lamm holen, da haben mich die Bauern erwischt und haben mich weich geschlagen.« Der Fuchs antwortete: »Warum bist du so ein Nimmersatt?«

Am andern Tag gingen sie wieder ins Feld, der gierige Wolf sprach abermals: »Rotfuchs, schaff mir was zu fressen, oder ich fresse dich selber auf.« Da antwortete der Fuchs: »Ich weiß ein Bauernhaus, da backt die Frau heut abend Pfannkuchen, wir wollen uns davon holen.« Sie gingen hin, und der Fuchs schlich ums Haus herum, guckte und schnupperte so lange, bis er ausfindig machte, wo die Schüssel stand, zog dann sechs Pfannkuchen herab und brachte sie dem Wolf. »Da hast du zu fressen«, sprach er zu ihm und ging seiner Wege. Der Wolf hatte die Pfannkuchen in einem Augenblick hinuntergeschluckt und sprach: »Sie schmecken nach mehr«, ging hin und riss geradezu die ganze Schüssel herunter, dass sie in Stücke zersprang. Da gab's einen gewaltigen Lärm, dass die Frau herauskam, und als sie den Wolf sah, rief sie die Leute, die eilten herbei und schlugen ihn, was das Zeug halten wollte, dass er mit zwei lahmen Beinen laut heulend zum Fuchs in den Wald hinauskam. »Was hast du mich garstig angeführt«, rief er, »die Bauern haben mich erwischt und mir die Haut gegerbt.« Der Fuchs aber antwortete: »Warum bist du so ein Nimmersatt.«

Am dritten Tag, als sie beisammen draußen waren und der Wolf mit Mühe nur forthinkte, sprach er doch wieder: »Rotfuchs, schaff mir was zu fressen, oder ich fresse dich selber auf.« Der Fuchs antwortete: »Ich weiß einen Mann, der hat geschlachtet und das gesalzene Fleisch liegt in einem Fass im Keller, das wollen wir holen.« Sprach der Wolf: »Aber ich will gleich mitgehen, damit du mir hilfst, wenn ich nicht fort kann.« – »Meinetwegen«, sagte der Fuchs und zeigte ihm die Schliche und Wege, auf welchen sie endlich in den Keller gelangten. Da war nun Fleisch im Überfluss, und der Wolf dachte: ›Bis ich aufhöre, hat's Zeit.‹ Der Fuchs ließ sich's auch gut schmecken, blickte überall herum, lief aber oft zu dem Loch, durch welches sie gekommen waren, und versuchte, ob sein Leib noch schmal genug wäre, durchzuschlüpfen. Sprach der Wolf: »Lieber Fuchs, sag mir, warum rennst du so hin und her?« – »Ich muss doch sehen, ob niemand kommt«, antwortete der Listige, »friss nur nicht zu viel.« Da sagte der Wolf: »Ich gehe nicht eher fort, bis das Fass leer ist.« Indem kam der Bauer, der den Lärm von des Fuchses Sprüngen gehört hatte, in den Keller. Der Fuchs, wie er ihn sah, war mit einem

Satz zum Loch draußen. Der Wolf wollte nach, aber er hatte sich so dick gefressen, dass er nicht mehr durchkonnte, sondern stecken blieb. Da kam der Bauer mit einem Knüppel und schlug ihn tot. Der Fuchs aber sprang in den Wald und war froh, dass er den alten Nimmersatt los war.

Die sechs Schwäne

Es jagte einmal ein König in einem großen Wald und jagte einem Wild so eifrig nach, dass ihm niemand von seinen Leuten folgen konnte. Als der Abend herankam, hielt er still und blickte um sich; da sah er, dass er sich verirrt hatte. Er suchte einen Ausgang, konnte aber keinen finden. Da sah er eine alte Frau mit wackelndem Kopfe, die auf ihn zukam; das war aber eine Hexe. »Liebe Frau«, sprach er zu ihr, »könnt Ihr mir nicht den Weg durch den Wald zeigen?« – »O ja, Herr König«, antwortete sie, »das kann ich wohl, aber es ist eine Bedingung dabei, wenn Ihr die nicht erfüllt, so kommt Ihr nimmermehr aus dem Wald und müsst darin hungers sterben.« – »Was ist das für eine Bedingung?«, fragte der König. – »Ich habe eine Tochter«, sagte die Alte, »die so schön ist, wie Ihr keine auf der Welt finden könnt, und verdient wohl, Eure Gemahlin zu werden; wollt Ihr die zur Frau Königin machen, so zeige ich Euch den Weg aus dem Walde.« Der König in der Angst seines Herzens willigte ein, und die Alte führte ihn zu ihrem Häuschen, wo ihre Tochter beim Feuer saß. Sie empfing den König, und er sah wohl, dass sie sehr schön war, aber sie gefiel ihm doch nicht, und er konnte sie ohne heimliches Grausen nicht ansehen. Nachdem er das Mädchen zu sich aufs Pferd gehoben hatte, zeigte ihm die Alte den Weg, und der König gelangte wieder in sein königliches Schloss, wo die Hochzeit gefeiert wurde.

Der König war schon einmal verheiratet gewesen und hatte von seiner ersten Gemahlin sieben Kinder, sechs Knaben und ein Mädchen, die er über alles auf der Welt liebte. Weil er nun fürchtete, die Stiefmutter möchte sie nicht gut behandeln und ihnen gar ein Leid antun, so brachte er sie in ein einsames Schloss. Es lag so verborgen und der Weg war so schwer zu finden, dass er ihn selbst nicht gefunden hätte, wenn ihm nicht eine weise Frau ein Knäuel Garn von wunderbarer Eigenschaft geschenkt hätte; wenn er das vor sich hin warf, so wickelte es. sich von selbst los und zeigte ihm den Weg. Der König ging aber so oft hinaus zu seinen lieben Kindern, dass der Königin seine Abwesenheit auffiel; sie ward neugierig und wollte wissen, was er draußen ganz allein in dem Walde zu schaffen habe. Sie gab seinen Dienern viel Geld, und die verrieten ihr das Geheimnis und sagten ihr auch von dem Knäuel, das allein den Weg zeigen könnte. Nun hatte sie keine Ruhe, bis sie herausgebracht hatte, wo der König das Knäuel aufbewahrte, und dann machte sie kleine weißseidene Hemdchen, und da sie von ihrer Mutter die Hexenkünste gelernt hatte, so nähte sie einen Zauber hinein. Und als der König einmal auf die Jagd geritten war, nahm sie die Hemdchen und ging in den Wald, und das Knäuel zeigte ihr den Weg. Die Kinder, die aus der Ferne jemand kommen sahen, meinten, ihr lieber Vater käme zu ihnen, und sprangen ihm voll Freude entgegen. Da warf sie über ein jedes eins von den Hemdchen, und wie das ihren Leib berührt hatte, verwandelten sie sich in Schwäne und flogen über den Wald hinweg. Die Königin ging ganz vergnügt nach Hause und glaubte, ihre Stiefkinder los zu sein, aber das Mädchen war ihr mit den Brüdern nicht entgegengelaufen, und sie wusste nichts von ihm. Anderntags kam der König und wollte seine Kinder besuchen, er fand aber niemand als das Mädchen. »Wo sind deine Brüder?«, fragte der König. »Ach, lieber Vater«, antwortete es, »die sind fort und haben mich allein zurückgelassen«, und erzählte ihm, dass es aus seinem Fensterlein mit angesehen habe, wie seine Brüder als Schwäne über den Wald weggeflogen wären, und zeigte ihm die Federn, die sie in dem Hof hatten fallen lassen und die es aufgelesen hatte. Der König trauerte, aber er dachte nicht, dass die Königin die böse Tat vollbracht hätte, und weil er fürchtete, das Mädchen würde ihm auch geraubt, so wollte er es mit fortnehmen. Aber es hatte Angst vor der Stiefmutter und bat den König, dass es nur noch diese Nacht im Waldschloss bleiben dürfte.

Das arme Mädchen dachte: ›Meines Bleibens ist nicht länger hier, ich will gehen und meine Brüder suchen.‹ Und als die Nacht kam, entfloh es und ging gerade in den Wald hinein. Es ging in einem fort, bis es vor Müdigkeit nicht weiter konnte. Da sah es eine Wildhütte, stieg hinauf und fand eine Stube mit sechs kleinen Betten, aber es getraute sich nicht, sich in eins zu legen, sondern kroch unter eins, legte sich auf den harten Boden und wollte die Nacht da zubringen. Als aber die Sonne bald untergehen wollte, hörte es ein Rauschen und sah, dass sechs Schwäne zum Fenster hereingeflogen kamen. Sie setzten sich auf den Boden und bliesen einander an und bliesen sich alle Federn ab, und ihre Schwanenhaut streifte sich ab wie ein Hemd. Da sah sie das Mädchen an und erkannte ihre Brüder, freute sich und kroch unter dem Bett hervor. Die Brüder waren nicht weniger erfreut, als sie ihr Schwesterchen erblickten; aber ihre Freude war von kurzer Dauer. »Hier kann deines Bleibens nicht sein«, sprachen sie zu ihm, »das ist eine Herberge für Räuber, wenn die heimkommen und finden dich, so ermorden sie dich.« – »Könnt ihr mich denn nicht beschützen?«, fragte das Schwesterchen. »Nein«, antworteten sie, »denn wir können nur eine Viertelstunde lang jeden Abend unsere Schwanenhaut ablegen und haben in dieser Zeit unsere menschliche Gestalt, aber dann werden wir wieder in Schwäne verwandelt.« Das Schwesterchen weinte und sagte: »Könnt ihr denn nicht erlöst werden?« – »Ach nein«, antworteten sie, »die Bedingungen sind zu schwer. Du darfst sechs Jahre lang nicht sprechen und nicht lachen und musst in der Zeit sechs Hemdchen für uns aus Sternenblumen zusammennähen. Kommt ein einziges Wort aus deinem Munde, so ist alle Arbeit verloren.« Und als die Brüder das gesprochen hatten, war die Viertelstunde herum, und sie flogen als Schwäne wieder zum Fenster hinaus.

Das Mädchen aber fasste den festen Entschluss, seine Brüder zu erlösen und wenn es auch sein Leben kostete. Es verließ die Wildhütte, ging mitten in den Wald und setzte sich auf einen Baum und brachte da die Nacht zu. Am andern Morgen ging es aus, sammelte Sternblumen und fing an zu nähen. Reden konnte es mit niemand, und zum Lachen hatte es keine Lust. Es saß da und sah nur auf seine Arbeit. Als es schon lange Zeit da zugebracht hatte, geschah es, dass der König des Landes in dem Wald jagte und seine Jäger zu dem Baum kamen, auf welchem das Mädchen saß. Sie riefen es an und sagten:

»Wer bist du?« Es gab aber keine Antwort. »Komm herab zu uns«, sagten sie, »wir wollen dir nichts zu Leid tun.« Als sie es weiter mit Fragen bedrängten, so warf es ihnen seine goldene Halskette herab und dachte, sie damit zufrieden zu stellen. Sie ließen aber nicht ab; da warf es ihnen seinen Gürtel herab, und als auch dies nichts half, seine Strumpfbänder und nach und nach alles, was es anhatte und entbehren konnte, so dass es nichts mehr als sein Hemdlein behielt. Die Jäger ließen sich aber damit nicht abweisen, stiegen auf den Baum, hoben das Mädchen herab und führten es vor den König. Der König fragte: »Wer bist du? Was machst du auf dem Baum?« Aber es antwortete nicht. Er fragte es in allen Sprachen, die er wusste, aber es blieb stumm wie ein Fisch. Weil es aber so schön war, so ward des Königs Herz gerührt, und er fasste eine große Liebe zu ihm. Er tat ihm seinen Mantel um und brachte es in sein Schloss. Da ließ er ihm reiche Kleider antun, und es strahlte in seiner Schönheit wie der helle Tag, aber es war kein Wort aus ihm herauszubringen. Er setzte es bei Tisch an seine Seite, und seine bescheidenen Mienen und seine Sittsamkeit gefielen ihm so sehr, dass er sprach: »Diese begehre ich zu heiraten und keine andere auf der Welt«, und nach einigen Tagen vermählte er sich mit ihr.

Der König aber hatte eine böse Mutter, die war unzufrieden mit dieser Heirat und sprach schlecht von der jungen Königin. »Wer weiß, wo die Dirne her ist«, sagte sie, »die nicht reden kann; sie ist eines Königs nicht würdig.« Über ein Jahr, als die Königin das erste Kind zur Welt brachte, nahm es ihr die Alte weg und bestrich ihr im Schlafe den Mund mit Blut. Da ging sie zum König und klagte sie an, sie wäre eine Menschenfresserin. Der König wollte es nicht glauben und litt nicht, dass man ihr ein Leid antat. Sie saß aber beständig und nähte an den Hemden und achtete auf nichts anderes. Das nächste Mal, als sie wieder einen schönen Knaben gebar, übte die falsche Schwiegermutter denselben Betrug aus, aber der König konnte sich nicht entschließen, ihren Reden Glauben beizumessen. Er sprach: »Sie ist zu fromm und gut, als dass sie so etwas tun könnte; wäre sie nicht stumm und könnte sich verteidigen, so würde ihre Unschuld an den Tag kommen.« Als aber das dritte Mal die Alte das neugeborne Kind raubte und die Königin anklagte, die kein Wort zu ihrer Verteidigung vorbrachte, so

konnte der König nicht anders, er musste sie dem Gericht übergeben, und das verurteilte sie, den Tod durchs Feuer zu erleiden.
Als der Tag herankam, wo das Urteil sollte vollzogen werden, da war zugleich der letzte Tag von den sechs Jahren herum, in welchen sie nicht sprechen und nicht lachen durfte, und sie hatte ihre lieben Brüder aus der Macht des Zaubers befreit. Die sechs Hemden waren fertig geworden, nur dass an dem Letzten der linke Ärmel noch fehlte. Als sie nun zum Scheiterhaufen geführt wurde, legte sie die Hemden auf ihren Arm, und als sie oben stand und das Feuer eben sollte angezündet werden, so schaute sie sich um. Da kamen sechs Schwäne durch die Luft dahergezogen. Da sah sie, dass ihre Erlösung nahte, und ihr Herz regte sich in Freude. Die Schwäne rauschten zu ihr her und senkten sich herab, so dass sie ihnen die Hemden überwerfen konnte. Und wie sie davon berührt wurden, fielen die Schwanenhäute ab, und ihre Brüder standen leibhaftig vor ihr und waren frisch und schön; nur dem Jüngsten fehlte der linke Arm, und er hatte dafür einen Schwanenflügel am Rücken. Sie herzten und küssten sich, und die Königin ging zu dem Könige, der ganz bestürzt war, und fing an zu reden und sagte: »Liebster Gemahl, nun darf ich sprechen und dir offenbaren, dass ich unschuldig bin und fälschlich angeklagt«, und erzählte ihm von dem Betrug der Alten, die ihre drei Kinder weggenommen und verborgen hätte. Da wurden sie zu großer Freude des Königs herbeigeholt, und die böse Schwiegermutter wurde zur Strafe auf den Scheiterhaufen gebunden und zu Asche verbrannt. Der König aber und die Königin mit ihren sechs Brüdern lebten lange Jahre in Glück und Frieden.

Der kluge Knecht

Wie glücklich ist der Herr, und wie wohl steht es mit seinem Hause, wenn er einen klugen Knecht hat, der auf seine Worte zwar hört, aber nicht danach tut und lieber seiner eigenen Weisheit folgt. Ein solcher kluger Hans ward einmal von seinem Herrn ausgeschickt, eine verlorene Kuh zu suchen. Er blieb lange aus, und der Herr dachte: ›Der treue Hans, er lässt sich in seinem Dienste doch keine Mühe verdrießen.‹ Als er aber gar nicht wieder kommen wollte, befürchtete der Herr, es möchte ihm etwas zugestoßen sein, machte sich selbst auf und wollte sich nach ihm umsehen. Er musste lange suchen, endlich erblickte er den Knecht, der im weiten Feld auf und ab lief. »Nun lieber Hans«, sagte der Herr, als er ihn eingeholt hatte, »hast du die Kuh gefunden, nach der ich dich ausgeschickt habe?« – »Nein, Herr«, antwortete er, »die Kuh habe ich nicht gefunden, aber auch nicht gesucht.« – »Was hast du denn gesucht, Hans?« – »Etwas Besseres, und das habe ich auch glücklich gefunden.« – »Was ist das, Hans?« – »Drei Amseln«, antwortete der Knecht. »Und wo sind sie?«, fragte der Herr. »Eine sehe ich, die andere höre ich, und die dritte jage ich«, antwortete der kluge Knecht.

Nehmt euch daran ein Beispiel, bekümmert euch nicht um euern Herrn und seine Befehle, tut lieber, was euch einfällt und wozu ihr Lust habt; dann werdet ihr ebenso weise handeln wie der kluge Hans.

Die drei Federn

Es war einmal ein König, der hatte drei Söhne, davon waren zwei klug und gescheit, aber der dritte sprach nicht viel, war einfältig und hieß nur der Dummling. Als der König alt und schwach ward und an sein Ende dachte, wusste er nicht, welcher von seinen Söhnen nach ihm das Reich erben sollte. Da sprach er zu ihnen: »Ziehet aus, und wer mir den feinsten Teppich bringt, der soll nach meinem Tod König sein.« Und damit es keinen Streit unter ihnen gab, führte er sie vor sein Schloss, blies drei Federn in die Luft und sprach: »Wie die fliegen, so sollt ihr ziehen.« Die eine Feder flog nach Osten, die andere nach Westen, die dritte flog aber geradeaus und flog nicht weit, sondern fiel bald zur Erde. Nun ging der eine Bruder rechts, der andere ging links, und sie lachten den Dummling aus, der bei der dritten Feder da, wo sie niedergefallen war, bleiben musste.

Der Dummling setzte sich nieder und war traurig. Da bemerkte er auf einmal, dass neben der Feder eine Falltür lag. Er hob sie in die Höhe, fand eine Treppe und stieg hinab. Da kam er vor eine andere Tür, klopfte an und hörte, wie es inwendig rief:

»Jungfer grün und klein,
Hutzelbein,
Hutzelbeins Hündchen,
Hutzel hin und her,
lass geschwind sehen, wer draußen wär'.«

Die Tür tat sich auf, und er sah eine große, dicke Itsche (Kröte) sitzen und rings um sie eine Menge kleiner Itschen. Die dicke Itsche fragte, was sein Begehren wäre. Er antwortete: »Ich hätte gerne den schönsten und feinsten Teppich.« Da rief sie eine junge und sprach:

»Jungfer grün und klein,
Hutzelbein,
Hutzelbeins Hündchen,
Hutzel hin und her,
bring mir die große Schachtel her.«

Die junge Itsche holte die Schachtel, und die dicke Itsche machte sie auf und gab dem Dummling einen Teppich daraus, so schön und so fein, wie oben auf der Erde keiner konnte gewebt werden. Da dankte er ihr und stieg wieder hinauf.
Die beiden andern hatten aber ihren jüngsten Bruder für so albern gehalten, dass sie glaubten, er würde garnichts finden und aufbringen. »Was sollen wir uns mit Suchen groß Mühe geben«, sprachen sie, nahmen dem ersten besten Schäfersweib, das ihnen begegnete, die groben Tücher vom Leib und trugen sie dem König heim. Zu derselben Zeit kam auch der Dummling zurück und brachte seinen schönen Teppich, und als der König den sah, erstaunte er und sprach: »Wenn es dem Recht nach gehen soll, so gehört dem Jüngsten das Königreich.« Aber die zwei andern ließen dem Vater keine Ruhe und sprachen, unmöglich könnte der Dummling König werden, und baten ihn, er möchte eine neue Bedingung machen. Da sagte der Vater: »Der

soll das Reich erben, der mir den schönsten Ring bringt«, führte die drei Brüder hinaus und blies drei Federn in die Luft, denen sie nachgehen sollten. Die zwei ältesten zogen wieder nach Osten und Westen, und für den Dummling flog die Feder geradeaus und fiel neben der Erdtür nieder. Da stieg er wieder hinab zu der dicken Itsche und sagte ihr, dass er den schönsten Ring brauchte. Sie ließ sich gleich ihre große Schachtel holen und gab ihm daraus einen Ring, der glänzte von Edelsteinen und war so schön, dass ihn kein Goldschmied auf der Erde hätte machen können. Die zwei Ältesten lachten über den Dummling, der einen goldenen Ring suchen wollte, gaben sich gar keine Mühe, sondern schlugen einem alten Wagenring die Nägel aus und brachten ihn dem König. Als aber der Dummling seinen goldenen Ring vorzeigte, so sprach der Vater abermals. »Ihm gehört das Reich.« Die zwei Ältesten ließen nicht ab, den König zu quälen, bis er noch eine dritte Bedingung machte und den Ausspruch tat, der sollte das Reich haben, der die schönste Frau heimbrächte. Die drei Federn blies er nochmals in die Luft, und sie flogen wie die vorigen Male.

Da ging der Dummling ohne weiteres hinab zu der dicken Itsche und sprach: »Ich soll die schönste Frau heimbringen.« – »Ei«, antwortete die Itsche, »die schönste Frau! Die ist nicht gleich zur Hand, aber du sollst sie doch haben.« Sie gab ihm eine ausgehöhlte Gelbe Rübe mit sechs Mäuschen bespannt. Da sprach der Dummling ganz traurig: »Was soll ich damit anfangen?« Die Itsche antwortete: »Setze nur eine von meinen kleinen Itschen hinein.« Da griff er aufs Geratewohl eine aus dem Kreis und setzte sie in die gelbe Kutsche, aber kaum saß sie darin, so ward sie zu einem wunderschönen Fräulein, die Rübe zur Kutsche und die

sechs Mäuschen zu Pferden. Da küsste er sie, jagte mit den Pferden davon und brachte sie zu dem König. Seine Brüder kamen nach, die hatten sich gar keine Mühe gegeben, eine schöne Frau zu suchen, sondern die ersten besten Bauernweiber mitgenommen. Als der König sie erblickte, sprach er: »Dem Jüngsten gehört das Reich nach meinem Tod.« Aber die zwei Ältesten betäubten die Ohren des Königs aufs Neue mit ihrem Geschrei: »Wir können's nicht zugeben, dass der Dummling König wird«, und verlangten, der sollte den Vorzug haben, dessen Frau durch einen Ring springen könnte, der da mitten in dem Saal hing. Sie dachten: ›Die Bauernweiber können das wohl, die sind stark genug, aber das zarte Fräulein springt sich tot.‹ Der alte König gab das auch noch zu. Da sprangen die zwei Bauernweiber, sprangen auch durch den Ring, waren aber so plump, dass sie fielen und ihre groben Arme und Beine entzweibrachen. Darauf sprang das schöne Fräulein, das der Dummling mitgebracht hatte, und sprang so leicht hindurch wie ein Reh, und aller Widerspruch musste aufhören. Also erhielt er die Krone und hat lange in Weisheit geherrscht.

Aschenputtel

Einem reichen Manne wurde seine Frau krank, und als sie fühlte, dass ihr Ende herankam, rief sie ihr einziges Töchterlein zu sich ans Bett und sprach: »Liebes Kind, bleib fromm und gut, so wird dir der liebe Gott immer beistehen, und ich will vom Himmel auf dich herabblicken.« Darauf tat sie die Augen zu und verschied. Das Mädchen ging jeden Tag hinaus zu dem Grabe der Mutter und weinte und blieb fromm und gut. Als der Winter kam, deckte der Schnee ein weißes Tüchlein auf das Grab, und als die Sonne im Frühjahr es wieder herabgezogen hatte, nahm sich der Mann eine andere Frau.

Die Frau hatte zwei Töchter mit ins Haus gebracht, die schön und weiß von Angesicht waren, aber garstig und schwarz von Herzen. Da ging eine schlimme Zeit für das arme Stiefkind an. »Soll die dumme Gans bei uns in der Stube sitzen?«, sprachen sie. »Wer Brot essen will, muss es verdienen, hinaus mit der Küchenmagd!« Sie nahmen ihm seine schönen Kleider weg, zogen ihm einen grauen alten Kittel an und gaben ihm hölzerne Schuhe. »Seht einmal die stolze Prinzessin, wie sie geputzt ist!«, riefen sie, lachten und führten es in die Küche. Da musste es von Morgen bis Abend schwere Arbeit tun, früh vor Tag aufstehn, Wasser tragen, Feuer anmachen, kochen und waschen. Obendrein taten ihm die Schwestern alles ersinnliche Herzeleid an, verspotteten es und schütteten ihm die Erbsen und Linsen in die Asche, so dass es sitzen und sie wieder auslesen musste. Abends, wenn es sich müde gearbeitet hatte, kam es in kein Bett, sondern musste sich neben den Herd in die Asche legen. Und weil es darum immer staubig und schmutzig aussah, nannten sie es Aschenputtel.

Es trug sich zu, dass der Vater einmal in die Messe ziehen wollte, da fragte er die beiden Stieftöchter, was er ihnen mitbringen sollte? »Schöne Kleider«, sagte die eine; »Perlen und Edelsteine« die zweite. »Aber du, Aschenputtel«, sprach er, »was willst du haben?« – »Vater, das erste Reis, das Euch auf Eurem Heimweg an den Hut stößt, das brecht für mich ab.« Er kaufte nun für die beiden Stiefschwestern schöne Kleider, Perlen und Edelsteine, und auf dem Rückweg, als er durch einen grünen Busch ritt, streifte ihn ein Haselreis und stieß ihm den Hut ab. Da brach er das Reis ab und nahm es mit. Als er nach Hause kam, gab er den Stieftöchtern, was sie sich gewünscht hatten, und dem Aschenputtel gab er das Reis von dem Haselbusch. Aschenputtel dankte ihm, ging zu seiner Mutter Grab und pflanzte das Reis darauf und weinte so sehr, dass die Tränen darauf niederfielen und es begossen. Es wuchs aber und ward ein schöner Baum. Aschenputtel ging alle Tage dreimal darunter, weinte und betete, und allemal kam ein weißes Vöglein auf den Baum, und wenn es einen Wunsch aussprach, so warf ihm das Vöglein herab, was es sich gewünscht hatte.

Es begab sich aber, dass der König ein Fest anstellte, das drei Tage dauern sollte und wozu alle schönen Jungfrauen im Lande eingeladen wurden, damit sich sein Sohn eine Braut aussuchen möchte. Die zwei Stiefschwestern, als sie hörten, dass sie auch dabei erscheinen sollten, waren guter Dinge, riefen Aschenputtel und sprachen: »Kämme uns die Haare, bürste uns die Schuhe und mache uns die Schnallen fest; wir gehen zur Hochzeit auf des Königs Schloss.« Aschenputtel gehorchte, weinte aber, weil es auch gern zum Tanz mitgegangen wäre, und bat die Stiefmutter, sie möchte es ihm erlauben. »Du, Aschenputtel«, sprach sie, »bist voll Staub und Schmutz und willst zur Hochzeit?« Als es aber mit Bitten anhielt, sprach sie endlich: »Da habe ich dir eine Schüssel Linsen in die Asche geschüttet, wenn du die Linsen in zwei Stunden wieder ausgelesen hast, so sollst du mitgehen.« Das Mädchen ging durch die Hintertür nach dem Garten und rief: »Ihr zahmen Täubchen, ihr Turteltäubchen, all ihr Vöglein unter dem Himmel, kommt und helft mir lesen,

die guten ins Töpfchen,
die schlechten ins Kröpfchen.«

Da kamen zum Küchenfenster zwei weiße Täubchen herein und danach die Turteltäubchen, und endlich schwirrten und schwärmten alle Vöglein unter dem Himmel herein und ließen sich um die Asche nieder. Und die Täubchen nickten mit den Köpfchen und fingen an pick, pick, pick, pick, und da fingen die Übrigen auch an pick, pick, pick, pick und lasen alle guten Körnlein in die Schüssel. Kaum war eine Stunde herum, so waren sie schon fertig und flogen alle wieder hinaus. Da brachte das Mädchen die Schüssel der Stiefmutter, freute sich und glaubte, es dürfte nun mit auf die Hochzeit gehen. Aber sie sprach: »Nein, Aschenputtel, du hast keine Kleider und kannst nicht tanzen, du wirst nur ausgelacht.« – Als es nun weinte, sprach sie: »Wenn du mir zwei Schüsseln voll Linsen in einer Stunde aus der Asche rein lesen kannst, so sollst du mitgehen«, und dachte: ›Das kann es ja nimmermehr‹. Als sie die zwei Schüsseln Linsen in die Asche geschüttet hatte, ging das Mädchen durch die Hintertür nach dem Garten und rief: »Ihr zahmen Täubchen, ihr Turteltäubchen, all ihr Vöglein unter dem Himmel, kommt und helft mir lesen,

die guten ins Töpfchen,
die schlechten ins Kröpfchen.«

Da kamen zum Küchenfenster zwei weiße Täubchen herein und danach die Turteltäubchen, und endlich schwirrten und schwärmten alle Vöglein unter dem Himmel herein und ließen sich um die Asche nieder. Und die Täubchen nickten mit ihren Köpfchen und fingen an pick, pick, pick, pick, und da fingen die Übrigen auch an pick, pick, pick, pick und lasen alle guten Körner in die Schüsseln. Und eh' eine halbe Stunde herum war, waren sie schon fertig und flogen alle wieder hinaus. Da trug das Mädchen die Schüsseln zu der Stiefmutter, freute sich und glaubte, nun dürfte es mit auf die Hochzeit gehen. Aber sie sprach: »Es hilft dir alles nichts, du kommst nicht mit; denn du hast keine Kleider und kannst nicht tanzen; wir müssten uns deiner schämen.« Darauf eilte sie mit ihren zwei stolzen Töchtern fort.

Als nun niemand mehr daheim war, ging Aschenputtel zu seiner Mutter Grab unter den Haselbaum und rief:

»Bäumchen rüttel dich und schüttel dich,
wirf Gold und Silber über mich.«

Da warf ihm der Vogel ein golden und silbern Kleid herunter und mit Seide und Silber ausgestickte Pantoffeln. In aller Eile zog es das Kleid an und ging zur Hochzeit. Seine Schwestern aber und die Stiefmutter kannten es nicht und meinten, es müsste eine fremde Königstochter sein, so schön sah es in dem goldenen Kleide aus. An Aschenputtel dachten sie gar nicht. Der Königssohn kam ihm entgegen, nahm es bei der Hand und tanzte mit ihm. Er wollte auch mit sonst niemand tanzen, also dass er ihm die Hand nicht losließ, und wenn ein anderer kam, es aufzufordern, sprach er: »Das ist meine Tänzerin.«

Es tanzte, bis es Abend war; da wollte es nach Haus gehen. Der Königssohn aber sprach: »Ich gehe mit und begleite dich«, denn er wollte sehen, wem das schöne Mädchen angehörte. Sie entwischte ihm aber und sprang in das Taubenhaus. Nun wartete der Königssohn, bis der Vater kam, und sagte ihm, das fremde Mädchen wär' in das Taubenhaus gesprungen. Der Alte dachte: ›Sollte es Aschenputtel sein?‹, und sie mussten ihm Axt und Hacken bringen, damit er das Taubenhaus entzweischlagen konnte, aber es war niemand darin. Und als sie ins

Haus kamen, lag Aschenputtel in seinen schmutzigen Kleidern in der Asche, und ein trübes Öllämpchen brannte im Schornstein; denn Aschenputtel war geschwind aus dem Taubenhaus hinten herabgesprungen und war zu dem Haselbäumchen gelaufen. Da hatte es die schönen Kleider abgezogen und aufs Grab gelegt, und der Vogel hatte sie wieder weggenommen, und dann hatte es sich in seinem grauen Kittelchen in die Küche zur Asche gesetzt.

Am andern Tag, als das Fest von neuem anhub und Eltern und Stiefschwestern wieder fort waren, ging Aschenputtel zu dem Haselbaum und sprach:

»Bäumchen rüttel dich und schüttel dich,
wirf Gold und Silber über mich.«

Da warf der Vogel ein noch viel stolzeres Kleid herab als am vorigen Tag. Und als es mit diesem Kleide auf der Hochzeit erschien, erstaunte jedermann über seine Schönheit. Der Königssohn aber hatte gewartet, bis es kam, nahm es gleich bei der Hand und tanzte nur allein mit ihm. Wenn die andern kamen und es aufforderten, sprach er: »Das ist meine Tänzerin.« Als es nun Abend war, wollte es fort, und der Königssohn ging ihm nach und wollte sehen, in welches Haus es ging. Aber es sprang ihm fort und in den Garten hinter dem Haus. Darin stand ein schöner, großer Baum, an dem die herrlichsten Birnen hingen; es kletterte so behänd wie ein Eichhörnchen zwischen die Aste, und der Königssohn wusste nicht, wo es hingekommen war. Er wartete aber, bis der Vater kam und sprach zu ihm: »Das fremde Mädchen ist mir entwischt, und ich glaube, es ist auf den Birnbaum gesprungen.« Der Vater dachte: ›Sollte es Aschenputtel sein?‹, ließ sich die Axt holen und hieb den Baum um, aber es war niemand darauf. Und als sie in die Küche kamen, lag Aschenputtel da in der Asche wie sonst auch; denn es war auf der andern Seite vom Baum herabgesprungen, hatte dem Vogel auf dem Haselbäumchen die schönen Kleider wiedergebracht und sein graues Kittelchen angezogen.

Am dritten Tag, als die Eltern und Schwestern fort waren, ging Aschenputtel wieder zu seiner Mutter Grab und sprach zu dem Bäumchen:

»Bäumchen rüttel dich und schüttel dich,
wirf Gold und Silber über mich.«

Nun warf ihm der Vogel ein Kleid herab, das war so prächtig und glänzend, wie es noch keins gehabt hatte, und die Pantoffeln waren ganz golden. Als es in dem Kleid zu der Hochzeit kam, wussten sie alle nicht, was sie vor Verwunderung sagen sollten. Der Königssohn tanzte ganz allein mit ihm, und wenn es einer aufforderte, sprach er: »Das ist meine Tänzerin.«

Als es nun Abend war, wollte Aschenputtel fort, und der Königssohn wollte es begleiten, aber es entsprang ihm so geschwind, dass er nicht folgen konnte. Der Königssohn hatte aber eine List gebraucht und hatte die ganze Treppe mit Pech bestreichen lassen. Da war, als es hinabsprang, der linke Pantoffel des Mädchens hängen geblieben. Der Königssohn hob ihn auf, und er war klein und zierlich und ganz golden. Am nächsten Morgen ging er damit zu dem Mann und sagte zu ihm: »Keine andere soll meine Gemahlin werden als die, an deren Fuß dieser goldene Schuh passt.« Da freuten sich die beiden Schwestern; denn sie hatten schöne Füße. Die älteste ging mit dem Schuh in die Kammer und wollte ihn anprobieren, und die Mutter stand dabei. Aber sie konnte mit der großen Zehe nicht hineinkommen, und der Schuh war ihr zu klein, da sprach die Mutter: »Hau die Zehe ab, wann du Königin bist, so brauchst du nicht mehr zu Fuß zu gehen.« Das Mädchen hieb die Zehe ab, zwängte den Fuß in den Schuh, verbiss den Schmerz und ging heraus zum Königssohn. Da nahm er sie als seine Braut aufs Pferd und ritt mit ihr fort. Sie mussten aber an dem Grabe vorbei; da saßen die zwei Täubchen auf dem Haselbäumchen und riefen:

»Rucke di guck, rucke di guck,
Blut ist im Schuck (Schuh).
Der Schuck ist zu klein,
die rechte Braut sitzt noch daheim.«

Da blickte er auf ihren Fuß und sah, wie das Blut herausquoll. Er wendete sein Pferd um, brachte die falsche Braut wieder nach Haus und sagte, das wäre nicht die Rechte; die andere Schwester sollte den

Schuh anziehen. Da ging diese in die Kammer und kam mit den Zehen glücklich in den Schuh, aber die Ferse war zu groß. Da sprach die Mutter: »Hau ein Stück von der Ferse ab, wann du Königin bist, brauchst du nicht mehr zu Fuß zu gehen.« Das Mädchen hieb ein Stück von der Ferse ab, zwängte den Fuß in den Schuh, verbiss den Schmerz und ging heraus zum Königssohn. Da nahm er sie als seine Braut aufs Pferd und ritt mit ihr fort. Als sie an dem Haselbäumchen vorbeikamen, saßen die zwei Täubchen darauf und riefen:

»Rucke di guck, rucke di guck,
Blut ist im Schuck.
Der Schuck ist zu klein,
die rechte Braut sitzt noch daheim.«

Er blickte nieder auf ihren Fuß und sah, wie das Blut aus dem Schuh quoll und an den weißen Strümpfen ganz rot heraufgestiegen war. Da wendete er sein Pferd und brachte die falsche Braut wieder nach Haus. »Das ist auch nicht die Rechte«, sprach er, »habt Ihr keine andere Tochter?« – »Nein«, sagte der Mann, »nur von meiner verstorbenen Frau ist noch ein kleines verbuttetes Aschenputtel da, das kann unmöglich die Braut sein.« Der Königssohn sprach, er sollte es heraufschicken, die Mutter aber antwortete: »Ach nein, das ist viel zu schmutzig.« Er wollte es aber durchaus haben, und Aschenputtel musste gerufen werden. Da wusch es sich erst Hände und Angesicht rein, ging dann hin und neigte sich vor dem Königssohn, der ihm den goldenen Schuh reichte. Dann setzte es sich auf einen Schemel, zog den Fuß aus dem schweren Holzschuh und steckte ihn in den Pantoffel, der war wie angegossen. Und als es sich in die Höhe richtete und der König ihm ins Gesicht sah, so erkannte er das schöne Mädchen, das mit ihm getanzt hatte, und rief: »Das ist die rechte Braut!« Die Stiefmutter und die beiden Schwestern erschraken und wurden bleich vor Ärger. Er aber nahm Aschenputtel aufs Pferd und ritt mit ihm fort. Als sie an dem Haselbäumchen vorbeikamen, riefen die zwei weißen Täubchen:

»Rucke di guck, rucke di guck,
kein Blut im Schuck.

Der Schuck ist nicht zu klein,
die rechte Braut, die führt er heim.«

Und als sie das gerufen hatten, kamen sie beide herabgeflogen und setzten sich dem Aschenputtel auf die Schultern, eins rechts, das andere links.

Als die Hochzeit mit dem Königssohn sollte gehalten werden, kamen die falschen Schwestern, wollten sich einschmeicheln und teil an seinem Glück nehmen. Als die Brautleute nun zur Kirche gingen, war die Älteste zur rechten, die Jüngste zur linken Seite. Da pickten die Tauben einer jeden das eine Auge aus. Hernach, als sie herausgingen, war die Älteste zur Linken und die Jüngste zur Rechten, da pickten die Tauben einer jeden das andere Auge aus. Und waren sie also für ihre Bosheit mit Blindheit auf ihr Lebtag gestraft.

Sneewittchen

Es war einmal mitten im Winter, und die Schneeflocken fielen wie Federn vom Himmel herab, da saß eine Königin an einem Fenster, das einen Rahmen von schwarzem Ebenholz hatte, und nähte. Und wie sie so nähte und nach dem Schnee aufblickte, stach sie sich mit der Nadel in den Finger, und es fielen drei Tropfen Blut in den Schnee. Und weil das Rote im weißen Schnee so schön aussah, dachte sie bei sich: ›Hätt' ich ein Kind so weiß wie Schnee, so rot wie Blut und so schwarz wie das Holz an dem Rahmen!‹ Bald darauf bekam sie ein Töchterlein, das war so weiß wie Schnee, so rot wie Blut und so schwarzhaarig wie Ebenholz und ward darum das Sneewittchen (Schneeweißchen) genannt. Und wie das Kind geboren war, starb die Königin.

Über ein Jahr nahm sich der König eine andere Gemahlin. Es war eine schöne Frau, aber sie war stolz und übermütig und konnte nicht leiden, dass sie an Schönheit von jemand sollte übertroffen werden. Sie hatte einen wunderbaren Spiegel, wenn sie vor den trat und sich darin beschaute, sprach sie:

»Spieglein, Spieglein an der Wand,
wer ist die Schönste im ganzen Land?«

So antwortete der Spiegel:

»Frau Königin, Ihr seid die Schönste im Land.«

Da war sie zufrieden; denn sie wusste, dass der Spiegel die Wahrheit sagte. Sneewittchen aber wuchs heran und wurde immer schöner, und als es sieben Jahr alt war, war es so schön wie der klare Tag und schöner als die Königin selbst. Als diese einmal ihren Spiegel fragte:

»Spieglein, Spieglein an der Wand,
wer ist die Schönste im ganzen Land?«

so antwortete er:

»Frau Königin, Ihr seid die Schönste hier,
aber Sneewittchen ist tausendmal schöner als Ihr.«

Da erschrak die Königin und ward gelb und grün vor Neid. Von Stund an hasste sie das Mädchen. Und der Neid und Hochmut wuchsen wie ein Unkraut in ihrem Herzen immer höher, dass sie Tag und Nacht keine Ruhe mehr hatte. Da rief sie einen Jäger und sprach: »Bring das Kind hinaus in den Wald, ich will's nicht mehr vor meinen Augen sehen. Du sollst es töten und mir Lunge und Leber zum Wahrzeichen mitbringen.« Der Jäger gehorchte und führte es hinaus, und als er den Hirschfänger gezogen hatte und Sneewittchens unschuldiges Herz durchbohren wollte, fing es an zu weinen und sprach: »Ach, lieber Jäger, lass mir mein Leben; ich will in den wilden Wald laufen und nimmermehr heimkommen.« Und weil sie so schön war, hatte der Jäger Mitleiden und sprach: »So lauf hin, du armes Kind.« – ›Die wilden Tiere werden dich bald gefressen haben‹, dachte er, und doch war's ihm, als wär' ein Stein von seinem Herzen gewälzt, weil er es nicht zu töten brauchte. Und als gerade ein junger Frischling dahergesprungen kam, stach er ihn ab, nahm Lunge und Leber heraus und

brachte sie der Königin mit. Der Koch musste sie in Salz kochen, und das boshafte Weib aß sie auf und meinte, sie hätte Sneewittchens Lunge und Leber gegessen.
Nun war das arme Kind in dem großen Wald mutterseelenallein und wusste nicht, wie es sich helfen sollte. Da fing es an zu laufen und lief über die spitzen Steine und durch die Dornen, und die wilden Tiere sprangen an ihm vorbei, aber sie taten ihm nichts. Es lief, solange nur die Füße noch fort konnten, bis es bald Abend werden wollte; da sah es ein kleines Häuschen und ging hinein, sich zu ruhen. In dem Häuschen war alles klein, aber so zierlich und reinlich, dass es nicht zu sagen ist. Da stand ein weißgedecktes Tischlein mit sieben kleinen Tellern, jedes Tellerlein mit seinem Löffelein, ferner sieben Messerlein und Gäblein und sieben Becherlein. An der Wand waren sieben Bettlein nebeneinander aufgestellt und schneeweiße Laken darübergedeckt. Sneewittchen, weil es so hungrig und durstig war, aß von jedem Tellerlein ein wenig Gemüs und Brot und trank aus jedem Becherlein einen Tropfen Wein; denn es wollte nicht einem allein alles wegnehmen. Hernach, weil es so müde war, legte es sich in ein Bettchen, aber keins passte; das eine war zu lang, das andere zu kurz, bis endlich das siebente recht war. Und darin blieb es liegen, befahl sich Gott und schlief ein.
Als es ganz dunkel geworden war, kamen die Herren von dem Häuslein. Das waren die sieben Zwerge, die in den Bergen nach Erz hackten und gruben. Sie zündeten ihre sieben Lichtlein an, und wie es nun hell im Häuslein ward, sahen sie, dass jemand darin gewesen war; denn es stand nicht alles so in der Ordnung, wie sie es verlassen hatten. Der Erste sprach: »Wer hat auf meinem Stühlchen gesessen?« Der Zweite: »Wer hat von meinem Tellerchen gegessen?« Der Dritte: »Wer hat von meinem Brötchen genommen?« Der Vierte: »Wer hat von meinem Gemüschen gegessen?« Der Fünfte: »Wer hat mit meinem Gäbelchen gestochen?« Der Sechste: »Wer hat mit meinem Messerchen geschnitten?« Der Siebente: »Wer hat aus meinem Becherlein getrunken?« Dann sah sich der Erste um und sah, dass auf seinem Bett eine kleine Delle war; da sprach er: »Wer hat in mein Bettchen getreten?« Die andern kamen gelaufen und riefen: »In meinem hat auch jemand gelegen.« Der Siebente aber, als er in sein Bett sah, erblickte Sneewittchen, das lag darin und schlief. Nun rief er die andern, die

kamen herbeigelaufen und schrien vor Verwunderung, holten ihre sieben Lichtlein und beleuchteten Sneewittchen. »Ei, du mein Gott! Ei, du mein Gott!«, riefen sie, »was ist das Kind so schön!« und hatten so große Freude, dass sie es nicht aufweckten, sondern im Bettlein fortschlafen ließen. Der siebente Zwerg aber schlief bei seinen Gesellen, bei jedem eine Stunde, da war die Nacht herum.

Als es Morgen war, erwachte Sneewitchen, und wie es die sieben Zwerge sah, erschrak es. Sie waren aber freundlich und fragten: »Wie heißt du?« – »Ich heiße Sneewittchen«, antwortete es. »Wie bist du in unser Haus gekommen?«, sprachen weiter die Zwerge. Da erzählte es ihnen, dass seine Stiefmutter es hätte wollen umbringen lassen, der Jäger hätte ihm aber das Leben geschenkt, und da wär' es gelaufen den ganzen Tag, bis es endlich ihr Häuslein gefunden hätte. Die Zwerge sprachen: »Willst du unsern Haushalt versehen, kochen, betten, waschen, nähen und stricken, und willst du alles ordentlich und reinlich halten, so kannst du bei uns bleiben, und es soll dir an nichts fehlen.« – »Ja«, sagte Sneewittchen, »von Herzen gern.« Morgens gingen sie in die Berge und suchten Erz und Gold, abends kamen sie wieder, und da musste ihr Essen bereit sein. Den Tag über war das Mädchen allein; da warnten es die guten Zwerglein und sprachen: »Hüte dich vor deiner Stiefmutter, die wird bald wissen, dass du hier bist; lass ja niemand herein.«

Die Königin aber, nachdem sie Sneewittchens Lunge und Leber glaubte gegessen zu haben, dachte nicht anders, als dass sie wieder die Erste und Allerschönste wäre, trat vor ihren Spiegel und sprach:

»Spieglein, Spieglein an der Wand,
wer ist die Schönste im ganzen Land?«

Da antwortete der Spiegel:

»Frau Königin, Ihr seid die Schönste hier,
aber Sneewittchen über den Bergen
bei den sieben Zwergen
ist noch tausendmal schöner als Ihr.«

Da erschrak sie; denn sie wusste, dass der Spiegel keine Unwahrheit sprach, und merkte, dass der Jäger sie betrogen hatte und Sneewittchen noch lebte. Und da sann und sann sie aufs Neue, wie sie es umbringen wollte; denn, solange sie nicht die Schönste war im ganzen Land, ließ ihr der Neid keine Ruhe. Und als sie sich endlich etwas ausgedacht hatte, färbte sie sich das Gesicht und kleidete sich wie eine alte Krämerin und war ganz unkenntlich. In dieser Gestalt ging sie über die sieben Berge zu den sieben Zwergen, klopfte an die Tür und rief: »Schöne Ware feil, feil!« Sneewittchen guckte zum Fenster heraus und rief: »Guten Tag, liebe Frau, was habt Ihr zu verkaufen?« – »Gute Ware, schöne Ware«, antwortete sie, »Schnürriemen in allen Farben«, und holte einen hervor, der aus bunter Seide geflochten war. ›Die ehrliche Frau kann ich hereinlassen‹, dachte Sneewittchen, riegelte die Tür auf und kaufte sich den hübschen Schnürriemen. »Kind«, sprach die Alte, »wie du aussiehst! Komm, ich will dich einmal ordentlich schnüren.« Sneewittchen hatte kein Arg, stellte sich vor sie und ließ sich mit dem neuen Schnürriemen schnüren. Aber die Alte schnürte geschwind und schnürte so fest, dass dem Sneewittchen der Atem verging und es für tot hinfiel. »Nun bist du die Schönste gewesen«, sprach sie und eilte hinaus.

Nicht lange darauf, zur Abendzeit kamen die sieben Zwerge nach Hause, aber wie erschraken sie, als sie ihr liebes Sneewittchen auf der Erde liegen sahen; und es regte und bewegte sich nicht, als wäre es tot. Sie hoben es in die Höhe, und weil sie sahen, dass es zu fest geschnürt war, schnitten sie den Schnürriemen entzwei, da fing es ein wenig zu atmen an und ward nach und nach wieder lebendig. Als die Zwerge

hörten, was geschehen war, sprachen sie: »Die alte Krämerfrau war niemand anders als die gottlose Königin. Hüte dich und lass keinen Menschen herein.«
Das böse Weib aber, als es nach Haus gekommen war, ging vor den Spiegel und fragte:

»Spieglein, Spieglein an der Wand,
wer ist die Schönste im ganzen Land?«

Da antwortete es wie sonst:

»Frau Königin, Ihr seid die Schönste hier,
aber Sneewittchen über den Bergen
bei den sieben Zwergen
ist noch tausendmal schöner als Ihr.«

Als sie das hörte, lief ihr alles Blut zum Herzen, so erschrak sie; denn sie sah wohl, dass Sneewittchen wieder lebendig geworden war. »Nun aber«, sprach sie, »will ich etwas aussinnen, das dich zu Grunde richten soll«, und mit Hexenkünsten, die sie verstand, machte sie einen giftigen Kamm. Dann verkleidete sie sich und nahm die Gestalt eines andern alten Weibes an. So ging sie hin über die sieben Berge, klopfte an die Tür und rief: »Gute Ware feil, feil!« Sneewittchen schaute heraus und sprach: »Geht nur weiter, ich darf niemand hereinlassen.« – »Das Ansehen wird dir doch erlaubt sein«, sprach die Alte, zog den giftigen Kamm heraus und hielt ihn in die Höhe. Da gefiel er dem Kinde so gut, dass es sich betören ließ und die Tür öffnete. Als sie des Kaufs einig waren, sprach die Alte: »Nun will ich dich einmal ordentlich kämmen.« Das arme Sneewittchen dachte an nichts und ließ die Alte gewähren, aber kaum hatte sie den Kamm in die Haare gesteckt, als das Gift darin wirkte und das Mädchen ohne Besinnung niederfiel. »Du Ausbund von Schönheit«, sprach das boshafte Weib, »jetzt ist's um dich geschehen«, und ging fort. Zum Glück aber war es bald Abend, wo die sieben Zwerglein nach Haus kamen. Als sie Sneewittchen wie tot auf der Erde liegen sahen, hatten sie gleich die Stiefmutter in Verdacht, suchten nach und fanden den gifti-

gen Kamm, und kaum hatten sie ihn herausgezogen, so kam Sneewittchen wieder zu sich. Da warnten sie es noch einmal, auf seiner Hut zu sein und niemand die Türe zu öffnen.
Die Königin stellte sich daheim vor den Spiegel und sprach:

»Spieglein, Spieglein an der Wand,
wer ist die Schönste im ganzen Land?«

Antwortete es wie vorher:

»Frau Königin, Ihr seid die Schönste hier,
aber Sneewittchen über den Bergen
bei den sieben Zwergen
ist doch noch tausendmal schöner als Ihr.«

Als sie den Spiegel so reden hörte, zitterte und bebte sie vor Zorn. »Sneewittchen soll sterben«, rief sie, »und wenn es mein eignes Leben kostet.« Darauf ging sie in eine ganz verborgene einsame Kammer, wo niemand hinkam, und machte da einen giftigen, giftigen Apfel. Äußerlich sah er schön aus, weiß mit roten Backen, dass jeder, der ihn erblickte, Lust danach bekam. Aber wer ein Stückchen davon aß, der musste sterben. Als der Apfel fertig war, färbte sie sich das Gesicht und verkleidete sich in eine Bauersfrau, und so ging sie über die sieben Berge zu den sieben Zwergen. Sie klopfte an, Sneewittchen streckte den Kopf zum Fenster heraus und sprach: »Ich darf keinen Menschen einlassen, die sieben Zwerge haben mir's verboten.« – »Mir auch recht«, antwortete die Bäuerin, »meine Apfel will ich schon loswerden. Da, einen will ich dir schenken.« – »Nein«, sprach Sneewittchen, »ich darf nichts annehmen.« – »Fürchtest du dich vor Gift?«, sprach die Alte, »siehst du, da schneide ich den Apfel in zwei Teile; die rote Backe iss du, die weiße will ich essen.« Der Apfel war aber so kunstvoll gemacht, dass die rote Backe allein vergiftet war. Sneewittchen gelüstete es nach dem schönen Apfel, und als es sah, dass die Bäuerin davon aß, so konnte es nicht länger widerstehen und nahm die giftige Hälfte. Kaum aber hatte es einen Bissen davon im Mund, so fiel es tot zur Erde nieder. Da betrachtete es die Königin mit grausigen Blicken

und lachte überlaut und sprach: »Weiß wie Schnee, rot wie Blut, schwarz wie Ebenholz! Diesmal können dich die Zwerge nicht wieder erwecken.« Und als sie daheim den Spiegel befragte:

»Spieglein, Spieglein an der Wand,
wer ist die Schönste im ganzen Land?«

so antwortete er endlich:

»Frau Königin, Ihr seid die Schönste im Land.«

Da hatte ihr neidisches Herz Ruhe.

Die Zwerglein, wie sie abends nach Haus kamen, fanden Sneewittchen auf der Erde liegen, und es ging kein Atem mehr aus seinem Mund, und es war tot. Sie hoben es auf, suchten, ob sie was Giftiges fänden, schnürten es auf, kämmten ihm die Haare, wuschen es mit Wasser und Wein, aber es half alles nichts; das liebe Kind war tot und blieb tot. Sie legten es auf eine Bahre und setzten sich alle siebene daran und beweinten es und weinten drei Tage lang. Da wollten sie es begraben, aber es sah noch so frisch aus wie ein lebender Mensch und hatte noch seine schönen roten Backen. Sie sprachen: »Das können wir nicht in die schwarze Erde versenken«, und ließen einen durchsichtigen Sarg von Glas machen, dass man es von allen Seiten sehen konnte, legten es hinein und schrieben mit goldenen Buchstaben seinen Namen darauf und dass es eine Königstochter wäre. Dann setzten sie den Sarg hinaus auf den Berg, und einer von ihnen blieb immer dabei und bewachte ihn. Und die Tiere kamen auch und beweinten Sneewittchen, erst eine Eule, dann ein Rabe, zuletzt ein Täubchen.

Nun lag Sneewittchen lange, lange Zeit in dem Sarg und verweste nicht, sondern sah aus, als wenn es schliefe; denn es war noch so weiß wie Schnee, so rot wie Blut und so schwarzhaarig wie Ebenholz. Es geschah aber, dass ein Königssohn in den Wald geriet und zu dem Zwergenhaus kam, da zu übernachten. Er sah auf dem Berg den Sarg und das schöne Sneewittchen darin und las, was mit goldenen Buchstaben darauf geschrieben war. Da sprach er zu den Zwergen: »Lasst mir den Sarg, ich will euch geben, was ihr dafür haben wollt.« Aber die Zwerge antworteten: »Wir geben ihn nicht um alles Gold in der Welt.« Da sprach er. »So schenkt mir ihn; denn ich kann nicht leben, ohne Sneewittchen zu sehen, ich will es ehren und hoch achten wie mein Liebstes.« Wie er so sprach, empfanden die guten Zwerglein Mitleiden mit ihm und gaben ihm den Sarg. Der Königssohn ließ ihn nun von seinen Dienern auf den Schultern forttragen. Da geschah es, dass sie über einen Strauch stolperten, und von dem Schüttern fuhr der giftige Apfelgrütz, den Sneewittchen abgebissen hatte, aus dem Hals. Und nicht lange, so öffnete es die Augen, hob den Deckel vom Sarg in die Höhe und richtete sich auf und war wieder lebendig. »Ach Gott, wo bin ich?«, rief es. Der Königssohn sagte voll Freude: »Du bist bei mir«, und erzählte, was sich zugetragen hatte, und sprach: »Ich habe dich lieber als alles auf der Welt; komm mit mir in meines Vaters Schloss, du sollst meine Gemahlin werden.« Da war ihm Sneewittchen gut und ging mit ihm, und ihre Hochzeit ward mit großer Pracht und Herrlichkeit angeordnet. Zu dem Fest wurde auch die gottlose Stiefmutter eingeladen. Wie sie sich mit schönen Kleidern angetan hatte, trat sie vor den Spiegel und sprach:

»Spieglein, Spieglein an der Wand,
wer ist die Schönste im ganzen Land?«

Der Spiegel antwortete:

»Frau Königin, Ihr seid die Schönste hier,
aber die junge Königin ist tausendmal schöner als Ihr.«

Da stieß das böse Weib einen Fluch aus, und ward ihr so angst, so angst, dass sie sich nicht zu lassen wusste. Sie wollte zuerst gar nicht auf die Hochzeit kommen; doch ließ es ihr keine Ruhe, sie musste fort und die junge Königin sehen. Und wie sie hineintrat, erkannte sie Sneewittchen, und vor Angst und Schrecken stand sie da und konnte sich nicht regen. Aber es waren schon eiserne Pantoffeln über Kohlenfeuer gestellt und wurden mit Zangen hereingetragen und vor sie hingestellt. Da musste sie in die rot glühenden Schuhe treten und so lange tanzen, bis sie tot zur Erde fiel.

Der alte Sultan

Es hatte ein Bauer einen treuen Hund, der Sultan hieß, der war alt geworden und hatte alle Zähne verloren, so dass er nichts mehr fest packen konnte. Zu einer Zeit stand der Bauer mit seiner Frau vor der Haustür und sprach: »Den alten Sultan schieß' ich morgen tot, der ist zu nichts mehr nütze.« Die Frau, die Mitleid mit dem treuen Tiere hatte, antwortete: »Da er uns so lange Jahre gedient hat und ehrlich zu uns gehalten, so könnten wir ihm wohl das Gnadenbrot geben.« – »Ei was«, sagte der Mann, »du bist nicht recht gescheit, er hat keinen Zahn mehr im Maul, und kein Dieb fürchtet sich vor ihm. Hat er uns gedient, so hat er sein gutes Fressen dafür gekriegt.«
Der arme Hund, der nicht weit davon in der Sonne ausgestreckt lag, hatte alles mit angehört und war traurig, dass morgen sein letzter Tag sein sollte. Er hatte einen guten Freund, das war der Wolf; zu dem schlich er abends hinaus in den Wald und klagte über das Schicksal, das ihm bevorstände. »Höre, Gevatter«, sagte der Wolf, »sei guten Mutes, ich will dir aus deiner Not helfen. Ich habe etwas ausgedacht. Morgen in aller Frühe geht dein Herr mit seiner Frau ins Heu, und sie nehmen ihr kleines Kind mit, weil niemand im Hause zurückbleibt. Sie pflegen das Kind während der Arbeit hinter der Hecke in den Schatten zu legen, lege dich daneben, gleich als wolltest du es bewachen. Ich will dann aus dem Walde herauskommen und das Kind rauben, du musst mir eifrig nachspringen, als wolltest du mir es wieder abjagen. Ich lasse es fallen, und du bringst es den Eltern wieder zurück, die glauben dann, du hättest es gerettet, und sind viel zu dankbar, als dass sie dir ein Leid antun sollten. Im Gegenteil, du kommst in völlige Gnade, und sie werden es dir an nichts mehr fehlen lassen.«
Der Anschlag gefiel dem Hund, und wie er ausgedacht war, so ward er auch ausgeführt. Der Vater schrie, als er den Wolf mit seinem Kinde durchs Feld laufen sah, als es aber der alte Sultan zurückbrachte, da war er froh, streichelte ihn und sagte: »Dir soll kein Härchen gekrümmt werden, du sollst das Gnadenbrot essen, solange du lebst.« Zu seiner Frau aber sprach er: »Geh gleich heim und koche dem alten Sultan einen Weckbrei, den braucht er nicht zu beißen, und bring das

Kopfkissen aus meinem Bette, das schenk' ich ihm zu seinem Lager.« Von nun an hatte es der alte Sultan gut. Bald hernach besuchte ihn der Wolf und freute sich, dass alles so wohl gelungen war. »Aber, Gevatter«, sagte er, »du wirst doch ein Auge zudrücken, wenn ich bei Gelegenheit deinem Herrn ein fettes Schaf weghole. Es wird einem heutzutage schwer, sich durchzuschlagen.« – »Darauf rechne nicht«, antwortete der Hund, »meinem Herrn bleibe ich treu, das darf ich nicht zugeben.« Der Wolf meinte, das wäre nicht im Ernste gesprochen, und kam in der Nacht herangeschlichen. Aber der Bauer, dem der treue Sultan das Vorhaben des Wolfes verraten hatte, passte ihm auf und kämmte ihm mit dem Dreschflegel garstig die Haare. Der Wolf musste ausreißen, schrie aber dem Hund zu: »Wart, du schlechter Geselle, dafür sollst du büßen!«

Am andern Morgen schickte der Wolf das Schwein und ließ den Hund hinaus in den Wald fordern; da wollten sie ihre Sache ausmachen. Der alte Sultan konnte keinen Beistand finden als eine Katze, die nur drei Beine hatte, und als sie zusammen hinausgingen, humpelte die arme Katze daher und streckte zugleich vor Schmerz den Schwanz in die Höhe. Der Wolf und sein Beistand waren schon an Ort und Stelle, als sie aber ihren Gegner daherkommen sahen, meinten sie, er führte einen Säbel mit sich, weil sie den aufgerichteten Schwanz der Katze dafür ansahen. Und wenn das arme Tier so auf drei Beinen hüpfte, dachten sie nicht anders, als es höbe jedes Mal einen Stein auf und wollte damit auf sie werfen. Da ward ihnen beiden Angst. Das wilde Schwein verkroch sich ins Laub, und der Wolf sprang auf einen Baum. Der Hund und die Katze, als sie herankamen, wunderten sich, dass sich niemand sehen ließ. Das wilde Schwein aber hatte sich im Laub nicht ganz verstecken können, sondern die Ohren ragten noch heraus. Während die Katze sich bedächtig umschaute, zuckte das Schwein mit den Ohren; die Katze, welche meinte, es regte sich da eine Maus, sprang darauf zu und biss herzhaft hinein. Da erhob sich das Schwein mit großem Geschrei, lief fort und rief: »Dort, auf dem Baum, da sitzt der Schuldige.« Der Hund und die Katze schauten hinauf und erblickten den Wolf, der schämte sich, dass er sich so furchtsam gezeigt hatte, und nahm von dem Hund den Frieden an.

Der alte Großvater und der Enkel

Es war einmal ein steinalter Mann, dem waren die Augen trüb geworden, die Ohren taub, und die Knie zitterten ihm. Wenn er nun bei Tische saß und den Löffel kaum halten konnte, schüttete er Suppe auf das Tischtuch, und es floss ihm auch etwas wieder aus dem Mund. Sein Sohn und dessen Frau ekelten sich davor, und deswegen musste sich der alte Großvater endlich hinter den Ofen in die Ecke setzen, und sie gaben ihm sein Essen in ein irdenes Schüsselchen und noch dazu nicht einmal satt; da sah er betrübt nach dem Tisch, und die Augen wurden ihm nass. Einmal auch konnten seine zitterigen Hände das Schüsselchen nicht festhalten, es fiel zur Erde und zerbrach. Die junge Frau schalt, er sagte aber nichts und seufzte nur. Da kaufte sie ihm ein hölzernes Schüsselchen für ein paar Heller, daraus musste er nun essen. Wie sie da so sitzen, so trägt der kleine Enkel von vier Jahren auf der Erde kleine Brettlein zusammen. »Was machst du da?«, fragte der Vater. »Ich mache ein Tröglein«, antwortete das Kind, »daraus sollen Vater und Mutter essen, wenn ich groß bin.« Da sahen sich Mann und Frau eine Weile an, fingen endlich an zu weinen, holten alsofort den alten Großvater an den Tisch und ließen ihn von nun an immer mitessen, sagten auch nichts, wenn er ein wenig verschüttete.

Der Herr Gevatter

Ein armer Mann hatte so viel Kinder, dass er schon alle Welt zu Gevatter gebeten hatte, und als er noch eins bekam, so war niemand mehr übrig, den er bitten konnte. Er wusste nicht, was er anfangen sollte, legte sich in seiner Betrübnis nieder und schlief ein. Da träumte ihm, er sollte vor das Tor gehen und den Ersten, der ihm begegnete, zu Gevatter bitten. Als er aufgewacht war, beschloss er, dem Traume zu folgen, ging hinaus vor das Tor, und den Ersten, der ihm begegnete, bat er zu Gevatter. Der Fremde schenkte ihm ein Gläschen mit Wasser und sagte: »Das ist ein wunderbares Wasser, damit kannst du die Kranken gesund machen. Du musst nur sehen, wo der Tod steht. Steht er beim Kopf, so gib dem Kranken von dem Wasser, und er wird gesund werden; steht er aber bei den Füßen, so ist alle Mühe vergebens, er muss sterben.« Der Mann konnte von nun an immer sagen, ob ein Kranker zu retten war oder nicht, ward berühmt und verdiente viel Geld. Einmal ward er zu dem Kind des Königs gerufen, und als er eintrat, sah er den Tod bei dem Kopfe stehen und heilte es mit dem Wasser, und so war es auch bei dem zweiten Mal, aber das dritte Mal stand der Tod bei den Füßen, da musste das Kind sterben.

Der Mann wollte doch einmal seinen Gevatter besuchen und ihm erzählen, wie es mit dem Wasser gegangen war. Als er aber ins Haus kam, war eine so wunderliche Wirtschaft darin. Auf der ersten Treppe zankten sich Schippe und Besen und schlugen gewaltig aufeinander los. Er fragte sie: »Wo wohnt der Herr Gevatter?« Der Besen antwortete: »Eine Treppe höher.« Als er auf die zweite Treppe kam, sah er eine Menge toter Finger liegen. Er fragte: »Wo wohnt der Herr Gevatter?« Einer antwortete: »Eine Treppe höher.« Auf der dritten Treppe lag ein Haufen toter Köpfe, die wiesen ihn wieder eine Treppe höher. Auf der vierten Treppe sah er Fische über dem Feuer stehen, die sich selber in der Pfanne backten. Sie sprachen auch: »Eine Treppe höher.« Und als er die fünfte hinaufgestiegen war, so kam er vor eine Stube und guckte durch das Schlüsselloch; da sah er den Gevatter, der ein Paar lange Hörner hatte. Als er hineinging, legte sich der Gevatter geschwind aufs Bett und deckte sich zu. Da sprach der Mann: »Herr Gevatter, was ist für eine wunderliche Wirtschaft in Eurem Hause? Als ich auf Eure erste Treppe kam, so zankten sich Schippe und Besen miteinander und schlugen gewaltig aufeinander los.« – »Wie seid Ihr so einfältig«, sagte der Gevatter, »das waren der Knecht und die Magd, die sprachen miteinander.« – »Aber auf der zweiten Treppe sah ich tote Finger liegen.« – »Ei, wie seid Ihr albern! Das waren Schwarzwurzeln.« – »Auf der dritten Treppe lag ein Haufen Totenköpfe.« – »Dummer Mann, das waren Krautköpfe.« – »Auf der vierten sah ich Fische in der Pfanne, die britzelten und backten sich selber.« Wie er das gesagt hatte, kamen die Fische und trugen sich selber auf. »Und als ich die fünfte Treppe heraufgekommen war, guckte ich durch das Schlüsselloch einer Tür, und da sah ich Euch, Gevatter, und Ihr hattet lange Hörner.« – »Ei, das ist nicht wahr!« Dem Mann ward angst, und er lief fort, und wer weiß, was ihm der Herr Gevatter sonst angetan hätte.

Die weiße Schlange

Es ist nun schon lange her, da lebte ein König, dessen Weisheit im ganzen Lande berühmt war. Nichts blieb ihm unbekannt, und es war, als ob ihm Nachricht von den verborgensten Dingen durch die Luft zugetragen würde. Er hatte aber eine seltsame Sitte. Jeden Mittag, wenn von der Tafel alles abgetragen und niemand mehr zugegen war, musste ein vertrauter Diener noch eine Schüssel bringen. Sie war aber zugedeckt, und der Diener wusste selbst nicht, was darin lag, und kein Mensch wusste es; denn der König deckte sie nicht eher auf und aß nicht davon, bis er ganz allein war. Das hatte schon lange Zeit gedauert; da überkam eines Tages den Diener, der die Schüssel wieder wegtrug, die Neugierde, und er brachte die Schüssel in seine Kammer. Als er die Tür sorgfältig verschlossen hatte, hob er den Deckel auf, und da sah er, dass eine weiße Schlange darin lag. Bei ihrem Anblick konnte er die Lust nicht zurückhalten, sie zu kosten; er schnitt ein Stückchen davon ab und steckte es in den Mund. Kaum aber hatte es seine Zunge berührt, so hörte er vor seinem Fenster ein seltsames

Gewisper von feinen Stimmen. Er ging und horchte; da merkte er, dass es die Sperlinge waren, die miteinander sprachen und sich allerlei erzählten, was sie im Felde und Walde gesehen hatten. Der Genuss der Schlange hatte ihm die Fähigkeit verliehen, die Sprache der Tiere zu verstehen.

Nun trug es sich zu, dass gerade an diesem Tage der Königin ihr schönster Ring fortkam, und auf den vertrauten Diener, der überall Zugang hatte, der Verdacht fiel, er habe ihn gestohlen. Der König ließ ihn vor sich kommen und drohte ihm unter heftigen Scheltworten, wenn er bis morgen den Täter nicht zu nennen wüsste, so sollte er dafür angesehen und gerichtet werden. Es half nichts, dass er seine Unschuld beteuerte, er ward mit keinem bessern Bescheid entlassen. In seiner Unruhe und Angst ging er hinab in den Hof und bedachte, wie er sich aus seiner Not helfen könne. Da saßen die Enten an einem fließenden Wasser friedlich nebeneinander und ruhten; sie putzten sich mit ihren Schnäbeln glatt und hielten ein vertrauliches Gespräch. Der Diener blieb stehen und hörte ihnen zu. Sie erzählten sich, wo sie heute Morgen all herumgewackelt wären und was für gutes Futter sie gefunden hätten; da sagte eine verdrießlich: »Mir liegt etwas schwer im Magen, ich habe einen Ring, der unter der Königin Fenster lag, in der Hast mit hinuntergeschluckt.« Da packte sie der Diener gleich beim Kragen, trug sie in die Küche und sprach zum Koch: »Schlachte doch diese ab, sie ist wohl genährt.« – »Ja«, sagte der Koch und wog sie in der Hand, »die hat keine Mühe gescheut, sich zu mästen, und schon lange darauf gewartet, gebraten zu werden.« Er schnitt ihr den Hals ab, und als sie ausgenommen ward, fand sich der Ring der Königin in ihrem Magen. Der Diener konnte nun leicht vor dem Könige seine Unschuld beweisen, und da dieser sein Unrecht wieder gutmachen wollte, erlaubte er ihm, sich eine Gnade auszubitten, und versprach ihm die größte Ehrenstelle.

Der Diener schlug alles aus und bat nur um ein Pferd und Reisegeld; denn er hatte Lust, die Welt zu sehen. Als seine Bitte erfüllt war, machte er sich auf den Weg und kam eines Tages an einem Teich vorbei, wo er drei Fische bemerkte, die sich im Rohr gefangen hatten und nach Wasser schnappten. Obgleich man sagt, die Fische wären stumm, so vernahm er doch ihre Klage. Weil er ein mitleidiges Herz hatte, so stieg er vom Pferde ab und setzte die drei Gefangenen wieder ins Wasser. Sie zappelten vor Freude, streckten die Köpfe heraus und riefen ihm zu: »Wir wollen dir's gedenken und dir's vergelten, dass du uns errettet hast.« Er ritt weiter, und nach einem Weilchen kam es ihm vor, als hörte er zu seinen Füßen in dem Sand eine Stimme. Er horchte und vernahm, wie ein Ameisenkönig klagte: »Wenn uns nur die Menschen mit den ungeschickten Tieren vom Leibe blieben! Da tritt mir das dumme Pferd mit seinen Hufen meine Leute ohne Barmherzigkeit nieder!« Er lenkte auf einen Seitenweg ein, und der Ameisenkönig rief ihm zu: »Wir wollen dir's gedenken und dir's vergelten.« Der Weg führte ihn in einen Wald, und da sah er einen Rabenvater und eine Rabenmutter, die standen bei ihrem Nest und warfen ihre Jungen heraus. »Fort mit euch, ihr Galgenschwengel«, riefen sie, »wir können euch nicht mehr satt machen, ihr seid groß genug und könnt euch selbst ernähren.« Die armen Jungen lagen auf der Erde, flatterten und schlugen mit ihren Fittichen und schrien: »Wir hilflosen Kinder, wir sollen uns selbst ernähren und können noch nicht fliegen! Was bleibt uns übrig, als hier hungers zu sterben!« Da stieg der gute Jüngling ab, tötete das Pferd mit seinem Degen und überließ es den jungen Raben zum Futter. Die kamen herbeigehüpft, sättigten sich und riefen: »Wir wollen dir's gedenken und dir's vergelten.«

Er musste jetzt seine eigenen Beine gebrauchen, und als er lange Wege gegangen war, kam er in eine große Stadt. Da war großer Lärm und Gedränge in den Straßen, und einer kam zu Pferde und machte bekannt, die Königstochter suche einen Gemahl; wer sich aber um sie bewerben wolle, der müsse eine schwere Aufgabe vollbringen, und könne er es nicht glücklich ausführen, so habe er sein Leben verwirkt. Viele hatten es schon versucht, aber vergeblich ihr Leben daran gesetzt. Der Jüngling, als er die Königstochter sah, ward von ihrer Schönheit so verblendet, dass er alle Gefahr vergaß, vor den König trat und sich als Freier meldete.

Alsbald ward er hinaus ans Meer geführt und vor seinen Augen ein goldener Ring hineingeworfen. Dann hieß ihn der König diesen Ring aus dem Meeresgrund wieder hervorholen und fügte hinzu: »Wenn du ohne ihn wieder in die Höhe kommst, so wirst du immer aufs Neue hinabgestürzt, bis du in den Wellen umkommst.« Alle bedauerten den schönen Jüngling und ließen ihn dann einsam am Meere zurück. Er stand am Ufer und überlegte, was er wohl tun sollte; da sah er auf einmal drei Fische daherschwimmen, und es waren keine anderen als jene, welchen er das Leben gerettet hatte. Der mittelste hielt eine Muschel im Munde, die er an den Strand zu den Füßen des Jünglings hinlegte, und als dieser sie aufhob und öffnete, so lag der Goldring darin. Voll Freude brachte er ihn dem Könige und erwartete, dass er ihm den verheißenen Lohn gewähren würde. Die stolze Königstochter aber, als sie vernahm, dass er ihr nicht ebenbürtig war, verschmähte ihn und verlangte, er sollte zuvor eine zweite Aufgabe lösen. Sie ging hinab in den Garten und streute selbst zehn Säcke voll Hirse ins Gras. »Die muss er morgen, eh' die Sonne hervorkommt, aufgelesen haben«, sprach sie, »und kein Körnchen darf fehlen.« Der Jüngling setzte sich in den Garten und dachte nach, wie es möglich wäre, die Aufgabe zu lösen, aber er konnte nichts ersinnen und erwartete, beim Anbruch des Morgens zum Tode geführt zu werden. Als aber die ersten Sonnenstrahlen in den Garten fielen, so sah er die zehn Säcke alle wohlgefüllt nebeneinander stehen, und kein Körnchen fehlte darin. Der Ameisenkönig war mit seinen tausend und tausend Ameisen in der Nacht angekommen, und die dankbaren Tiere hatten die Hirse in die Säcke gesammelt. Die Königstochter kam selbst in den Garten herab und sah mit Verwunderung, dass der Jüngling vollbracht hatte, was ihm aufgegeben war. Aber sie konnte ihr stolzes Herz noch nicht bezwingen und sprach: »Hat er auch die beiden Aufgaben gelöst, so soll er doch nicht eher mein Gemahl werden, bis er mir einen Apfel vom Baume des Lebens gebracht hat.« Der Jüngling wusste nicht, wo der Baum des Lebens stand; er machte sich auf und wollte immerzu gehen, solange ihn seine Beine trügen, aber er hatte keine Hoffnung, ihn zu finden. Als er schon durch drei Königreiche gewandert war und abends in einen Wald kam, setzte er sich unter einen Baum und wollte schlafen. Da hörte er in den Ästen ein Geräusch, und ein goldner Apfel fiel in seine Hand. Zugleich flogen drei Raben zu ihm herab, setzten sich auf seine Knie und sagten: »Wir sind die drei jungen Raben, die du vom Hungertod errettet hast; als wir groß geworden waren und hörten, dass du den goldenen Apfel suchtest, so sind wir über das Meer geflogen bis ans Ende der Welt, wo der Baum des Lebens steht, und haben dir den Apfel geholt.« Voll Freude machte sich der Jüngling auf den Heimweg und brachte den goldenen Apfel der schönen Königstochter, der nun keine Ausrede mehr übrig blieb. Sie teilten den Apfel des Lebens und aßen ihn zusammen. Da ward ihr Herz mit Liebe zu ihm erfüllt, und sie erreichten in ungestörtem Glück ein hohes Alter.

Von dem Mäuschen, Vögelchen und der Bratwurst

Es waren einmal ein Mäuschen, ein Vögelchen und eine Bratwurst in Gesellschaft geraten, hatten einen Haushalt geführt, lange wohl und köstlich in Frieden gelebt und trefflich an Gütern zugenommen. Des Vögelchens Arbeit war, dass es täglich in den Wald fliegen und Holz beibringen müsste. Die Maus sollte Wasser tragen, Feuer anmachen und den Tisch decken, die Bratwurst aber sollte kochen.

Wem zu wohl ist, den gelüstet immer nach neuen Dingen! Also, eines Tages stieß dem Vöglein unterwegs ein anderer Vogel auf, dem es seine treffliche Gelegenheit erzählte und rühmte. Derselbe andere Vogel schalt es aber einen armen Tropf, der große Arbeit, die beiden zu Haus aber gute Tage hätten. Denn wenn die Maus ihr Feuer angemacht und Wasser getragen hatte, so begab sie sich in ihr Kämmerlein zur Ruhe, bis man sie hieß den Tisch decken. Das Würstlein blieb beim Kochtopf, sah zu, dass die Speise wohl kochte, und wenn es bald Essenszeit war, schlängelte es sich durch den Brei oder das Gemüs, so war es geschmalzen, gesalzen und bereitet. Kam dann das Vöglein heim und legte seine Bürde ab, so saßen sie zu Tisch, und nach gehabtem Mahl schliefen sie sich die Haut voll bis den andern Morgen; und das war ein herrlich Leben.

Das Vöglein anderen Tages wollte aus Anstiftung nicht mehr ins Holz, sprechend, es wäre lang genug Knecht gewesen und sie sollten einmal umwechseln und es auf eine andere Weise auch versuchen. Und wiewohl die Maus und auch die Bratwurst heftig dafür baten, so war der Vogel doch Meister; es musste gewagt sein. Sie spielten darum, und das Los kam auf die Bratwurst, die musste Holz tragen; die Maus ward Koch, und der Vogel sollte Wasser holen.

Was geschieht? Das Bratwürstchen zog fort gen Holz, das Vöglein machte Feuer an, die Maus stellte den Topf zu, und sie warteten nur, bis Bratwürstchen heimkäme und Holz für den andern Tag brächte. Es blieb aber das Würstlein so lang unterwegs, dass ihnen beiden nichts Gutes vorkam und das Vöglein ein Stück Luft hinaus entgegenflog. Unfern aber findet es einen Hund am Weg, der das arme Bratwürstlein als freie Beute angetroffen, angepackt und niedergemacht hatte. Das Vöglein beschwerte sich auch sehr über diesen offenbaren Raub beim Hund, aber es half kein Wort; denn, sprach der Hund, er hätte falsche Briefe bei der Bratwurst gefunden, deswegen wäre sie ihm des Lebens verfallen gewesen.

Das Vöglein, traurig, nahm das Holz auf sich, flog heim und erzählte, was es gesehn und gehöret. Sie waren sehr betrübt, verglichen sich aber, das Beste zu tun und beisammenzubleiben. Darum deckte das Vöglein den Tisch, und die Maus rüstete das Essen und wollte anrichten und in den Topf wie zuvor das Würstlein, durch das Gemüs schlingen und schlupfen, dasselbe zu schmalzen; aber ehe sie in die Mitte kam, ward sie angehalten und musste Haut und Haar und dabei das Leben lassen.

Als das Vöglein kam und wollte das Essen auftragen, da war kein Koch vorhanden. Das Vöglein warf bestürzt das Holz hin und her, rief und suchte, konnte aber seinen Koch nicht mehr finden. Aus Unachtsamkeit kam das Feuer in das Holz, also dass eine Brunst entstand; das Vöglein eilte, Wasser zu langen; da fiel ihm der Eimer in den Brunnen und es mit hinab, dass es sich nicht mehr erholen konnte und da ersaufen musste.

Die Bienenkönigin

Zwei Königssöhne gingen einmal auf Abenteuer und gerieten in ein wildes, wüstes Leben, so dass sie gar nicht wieder nach Haus kamen. Der Jüngste, welcher der Dummling hieß, machte sich auf und suchte seine Brüder; aber wie er sie endlich fand, verspotteten sie ihn, dass er mit seiner Einfalt sich durch die Welt schlagen wollte, und sie zwei könnten nicht durchkommen und wären doch viel klüger. Sie zogen alle drei miteinander fort und kamen an einen Ameisenhaufen. Die zwei Ältesten wollten ihn aufwühlen und sehen, wie die kleinen Ameisen in der Angst herumkröchen und ihre Eier forttrügen, aber der Dummling sagte: »Lasst die Tiere in Frieden, ich leid's nicht, dass ihr sie stört.« Da gingen sie weiter und kamen an einen See, auf dem schwammen viele, viele Enten. Die zwei Brüder wollten ein paar fangen und braten, aber der Dummling ließ es nicht zu und sprach: »Lasst die Tiere in Frieden, ich leid's nicht, dass ihr sie tötet.« Endlich kamen sie an ein Bienennest, darin war so viel Honig, dass er am Stamm herunterlief. Die zwei wollten Feuer unter den Baum legen und die Bienen ersticken, damit sie den Honig wegnehmen könnten. Der Dummling hielt sie aber wieder ab und sprach: »Lasst die Tiere in Frieden, ich leid's nicht, dass ihr sie verbrennt.« Endlich kamen die drei Brüder in ein Schloss, wo in den Ställen lauter steinerne Pferde standen, auch war kein Mensch zu sehen, und sie gingen durch alle Säle, bis sie vor eine Tür ganz am Ende kamen, davor hingen drei Schlösser; es war aber mitten in der Tür ein Lädlein, dadurch konnte man in die Stube sehen. Da sahen sie ein graues Männchen, das an einem Tisch saß. Sie riefen es an, einmal, zweimal, aber es hörte nicht, endlich riefen sie zum dritten Mal, da stand es auf, öffnete die Schlösser und kam heraus. Es sprach aber kein Wort, sondern führte sie zu einem reichbesetzten Tisch, und als sie gegessen und getrunken hatten, brachte es einen jeglichen in sein eigenes Schlafgemach. Am andern Morgen kam das graue Männchen zu dem Ältesten, winkte und leitete ihn zu einer steinernen Tafel, darauf standen drei Aufgaben geschrieben, wodurch das Schloss erlöst werden könnte. Die erste war: In dem Wald unter dem Moos lagen die Perlen der Königstochter, tausend an der Zahl, die mussten aufgesucht werden, und wenn vor Sonnenuntergang noch eine einzige fehlte, so ward der, welcher gesucht hatte, zu Stein. Der Älteste ging hin und suchte den ganzen Tag, als aber der Tag zu Ende war, hatte er erst hundert gefunden; es geschah, wie auf der Tafel stand, er ward in Stein verwandelt. Am folgenden Tag unternahm der zweite Bruder das Abenteuer, es ging ihm aber nicht viel besser als dem Ältesten, er fand nicht mehr als zweihundert Perlen und ward zu Stein. Endlich kam auch an den Dummling die Reihe, der suchte im Moos, es war aber so schwer, die Perlen zu finden, und es ging so langsam. Da setzte er sich auf einen Stein und weinte. Da kam der Ameisenkönig, dem er einmal das Leben erhalten hatte, mit fünftausend Ameisen, und es währte gar nicht lange, so hatten die kleinen Tiere die Perlen gefunden. Die zweite Aufgabe aber war, den Schlüssel zu der Schlafkammer der Königstochter aus der See zu holen. Wie der Dummling zur See kam, schwammen die Enten, die er einmal gerettet hatte, heran, tauchten unter und holten den Schlüssel aus der Tiefe. Die dritte Aufgabe aber war die schwerste, aus den drei schlafenden Töchtern des Königs sollte die Jüngste und die Liebste herausgesucht werden. Sie glichen sich aber vollkommen und waren durch nichts verschieden, als dass sie, bevor sie eingeschlafen waren, verschiedene Süßigkeiten gegessen hatten, die Älteste ein Stück Zucker, die Zweite ein wenig Sirup, die Jüngste einen Löffel voll Honig. Da kam die Bienenkönigin von den Bienen, die der Dummling vor dem Feuer geschützt hatte, und versuchte den Mund von allen dreien; zuletzt blieb sie auf dem Mund sitzen, der Honig gegessen hatte, und so erkannte der Königssohn die Rechte. Da war der Zauber vorbei, alles war aus dem Schlaf erlöst, und wer von Stein war, erhielt seine menschliche Gestalt wieder. Und der Dummling vermählte sich mit der Jüngsten und Liebsten und ward König nach ihres Vaters Tod; seine zwei Brüder aber erhielten die beiden andern Schwestern.

Inhalt